LA SORCIÈRE DE LUNE

MARLON JAMES

LA SORCIÈRE DE LUNE

roman

Traduit de l'anglais (Jamaïque)
par Héloïse Esquié

ALBIN MICHEL

Ce livre est publié
sous la direction de Francis Geffard.

Édition originale américaine parue sous le titre :
MOON WITCH, SPIDER KING
Publiée par Riverhead Books,
une division de Penguin Random House LLC, New York, États-Unis.

Cartes : Marlon James

Shirley

LA MER DE SABLE
RIVIÈRE UBANGTA
LES TERRES DE LA FORÊT
RIVIÈRE DES DEUX SŒURS
COLLINES
DU SORTILÈGE
LAC ABBAR
UBANGTA
LES TERRES SOMBRES
LE
MWERU
VALLÉE DE L'UWOMOWOMOWOMOWO
LAC BLANC
LAC ROUGE
RIVIÈRE KEGERE
LE
MARAIS
DE SANG
N
LES TERRES
DU NORD
1. FASISI
2. MANTHA
3. LA CITÉ MAUVE
4. JUBA
5. KU
6. GANGATOM
7. LUALA LUALA
8. KONGOR
9. MITU
10. MALAKAL
11. DOLINGO
12. KALINDAR
13. WAKADISHU
14. NIGIKI
15. LISH

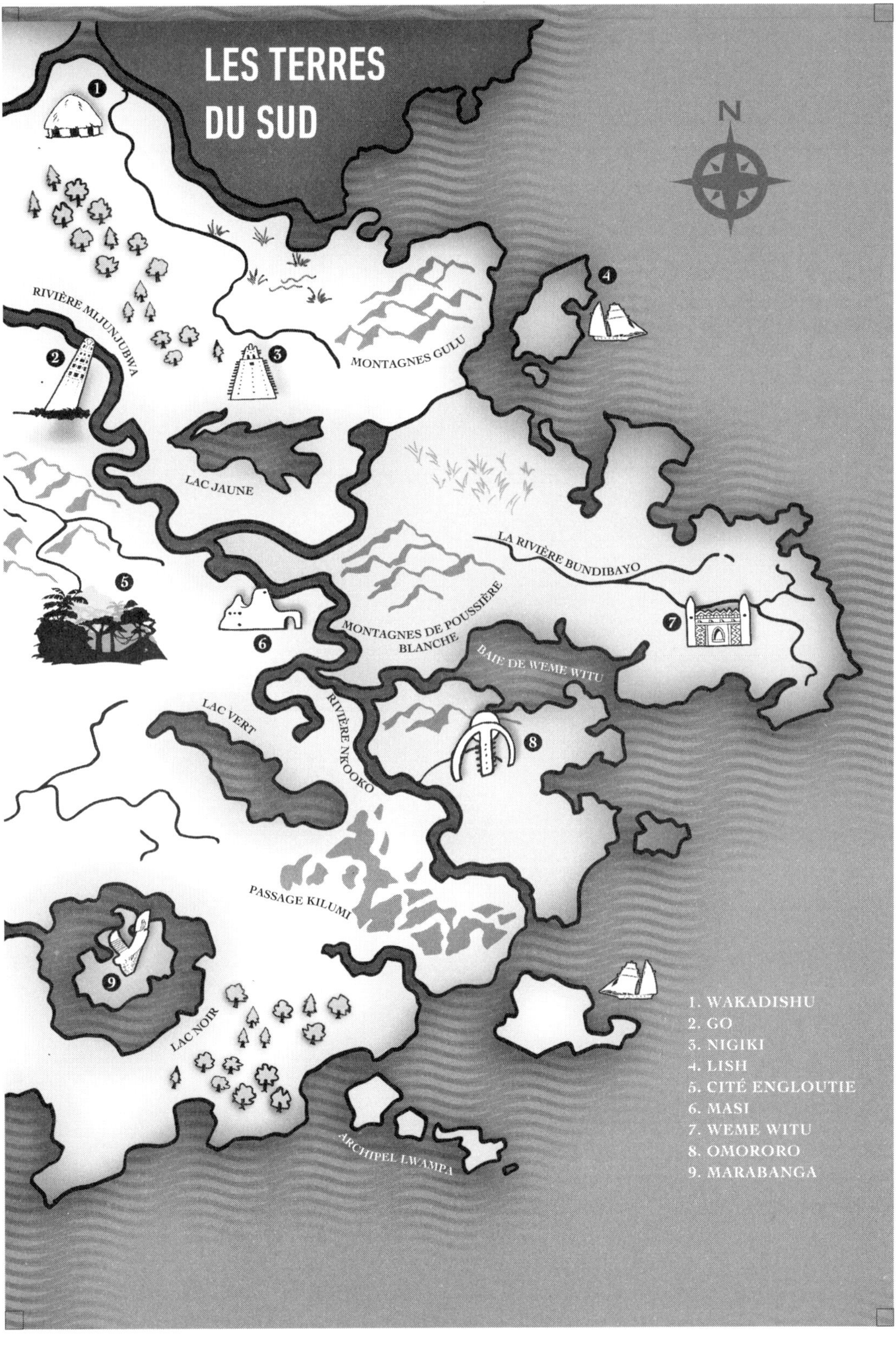
LES TERRES
DU SUD
N
RIVIÈRE MIJUNJUBWA
MONTAGNES GULU
LAC JAUNE
LA RIVIÈRE BUNDIBAYO
MONTAGNES DE POUSSIÈRE
BLANCHE
BAIE DE WEME WITU
LAC VERT
RIVIÈRE NKOOKO
PASSAGE KILUMI
LAC NOIR
ARCHIPEL LWAMPA
1. WAKADISHU
2. GO
3. NIGIKI
4. LISH
5. CITÉ ENGLOUTIE
6. MASI
7. WEME WITU
8. OMORORO
9. MARABANGA

KONGOR

1. LA MAISON DES BIENS ET SERVICES DU PLAISIR DE MADAME WADADA
2. LA MAISON DE BASU FUMANGURU
3. ALLÉE DES MARCHANDS DE PARFUM
4. TOUR DE L'AUTOUR NOIR
5. LA MAISON DU VIEUX SEIGNEUR
6. FORT DE L'ARMÉE DU CHEF KONGORI
7. LA GRANDE SALLE DES ARCHIVES
8. L'ANCIENNE MAISON
9. CANAL DE NIMBE

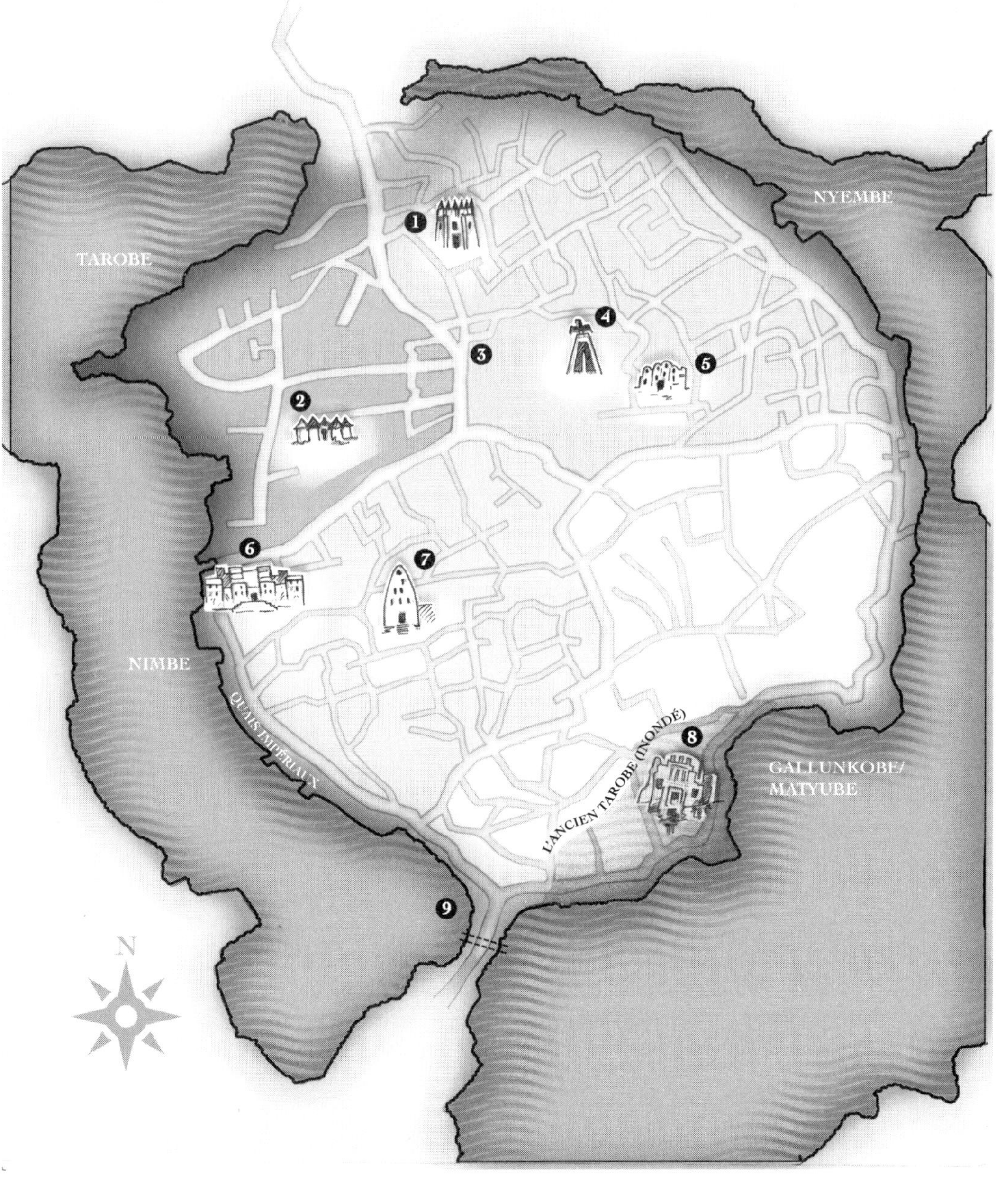

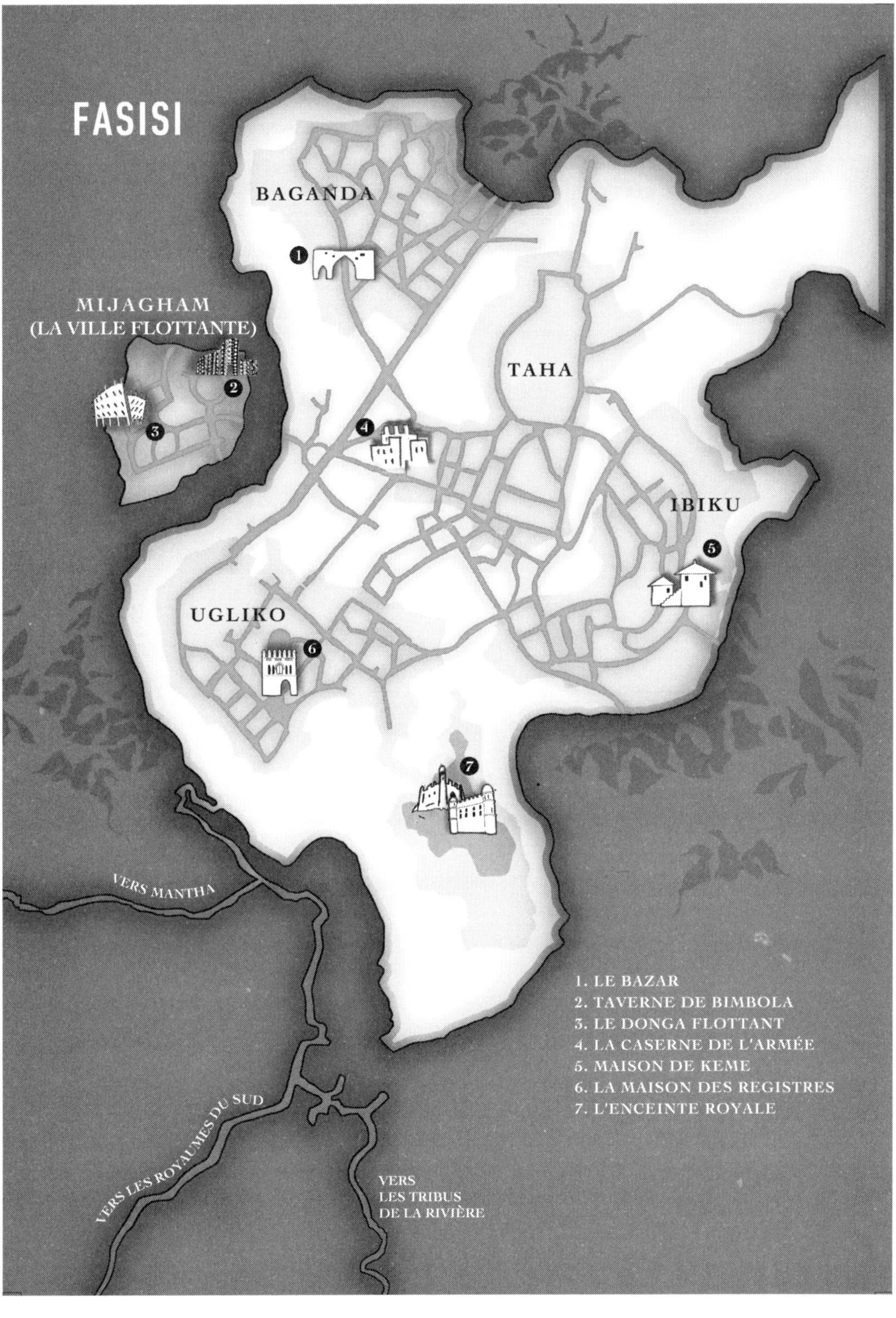
FASISI
BAGANDA
MIJAGHAM
(LA VILLE FLOTTANTE)
TAHA
IBIKU
UGLIKO
VERS MANTHA
VERS LES ROYAUMES DU SUD
VERS
LES TRIBUS
DE LA RIVIÈRE
1. LE BAZAR
2. TAVERNE DE BIMBOLA
3. LE DONGA FLOTTANT
4. LA CASERNE DE L'ARMÉE
5. MAISON DE KEME
6. LA MAISON DES REGISTRES
7. L'ENCEINTE ROYALE

DOLINGO
ROUTE VERS LA CITADELLE
ROUTE VERS LE TERRITOIRE DOLINGO
VERS LE LAC ROUGE
RIVIÈRES FLOTTANTES
RIVIÈRES FLOTTANTES
RIVIÈRES FLOTTANTES
CARAVANE AÉRIENNE
CARAVANE AÉRIENNE
MKOLOLO, LE PREMIER ARBRE
N
1. SITE DU VIEUX DOLINGO
2. BRANCHE DES COURTISANS
3. PALAIS DE LA REINE
4. MUPONGORO
5. BRANCHE DU TRIBUNAL
6. MLUMA
7. MUNGUNGA
8. IKANDAVA
9. MWALIGANZA
10. MKORA
11. PRISON ET SALLE DE TORTURE
12. MELELEK, SALLE DE LA SCIENCE BLANCHE

1. FORT NORD
2. MAISON SANS PORTES
3. MAISON DU GRAND BELEKUN
4. CASERNE EST
5. FORT OUEST
6. AUBERGE DE PISTEUR
7. TOUR EFFONDRÉE
8. CHAPELLE DU VICE-ROI
9. FORT SUD

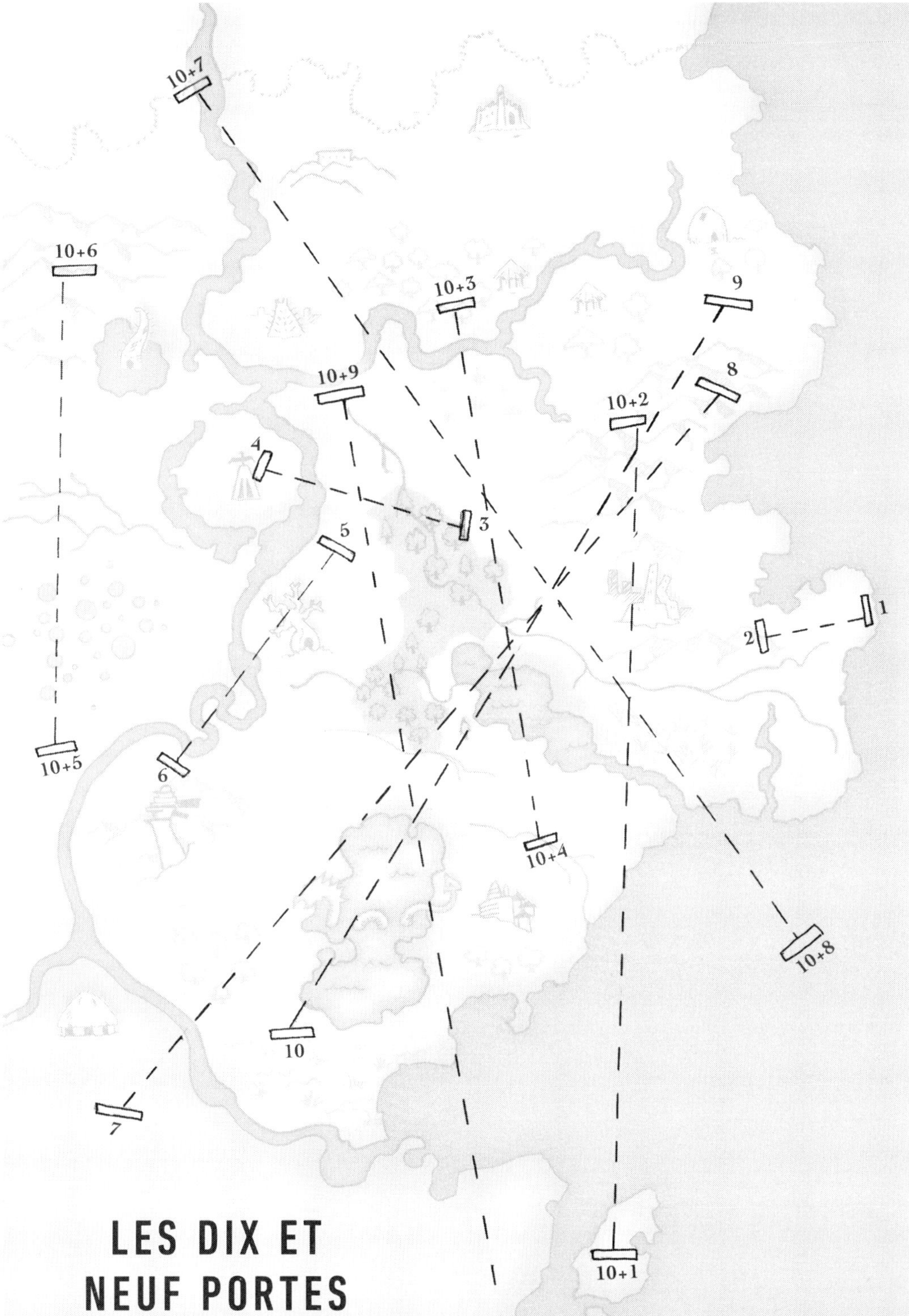

LES DIX ET NEUF PORTES

Personnages apparaissant dans ce récit

À MITU ET KONGOR

Sogolon, aussi appelée Fruit défendu et Sorcière de Lune
Son père
Le frère aîné
Le frère cadet
Le frère benjamin
La femme python
Miss Azora, propriétaire d'une Maison des Biens et Services du Plaisir
Yanya, une prostituée
Dinti, une autre
Maîtresse Komwono, une femme impérieuse
Maître Komwono, son mari
Dame Maîtresse Morongo, sa sœur
Ukundunka, un monstre lié à un talisman
La cuisinière, qu'on appelle Cuisinière
Nanil, une esclave
Keme, éclaireur du Roi, maréchal de l'Armée rouge de Fasisi
Wangechi, l'épouse de Basu Fumanguru
Militu, son autre épouse
Omoluzu, démons de l'ombre marcheurs de plafond
Mossi d'Azar, troisième officier de l'armée du chef kongori
Les sorcières Mawana, sirènes terrestres, dites également jengu de la boue

À FASISI

Yétúnde, l'épouse de Keme
Keme, fils
Serwa, fille
Aba, fille
Lurum, fils
Ehede, fils
Matisha, fille
Ndambi, fille
Beremu, un lion
Makaya, un autre lion
Dame Maîtresse Doungourou, femme de la cour royale de Fasisi
Dame Kaabu, femme de la cour
Seigneur Kaabu, son mari, homme de la cour
Les Sangomin, apprentis des Sangoma, une secte de nécromanciens et de chasseurs de sorcières
Kwash Kagar, Roi du Nord et père du Prince Likud, de la maison d'Akum
Reine Wutu, sa deuxième épouse
Jeleza, sa sœur
Lokji, sa sœur
Kwash Moki, fils de Kwash Kagar, anciennement Prince Likud
Aduke, l'un de ses fils jumeaux, deviendra plus tard Kwash Liongo
Abeke, l'autre jumeau
Emini, princesse, sœur de Kwash Moki
Majozi, prince, époux d'Emini
Kwash Aduware, fils de Kwash Liongo
Kwash Netu, fils de Kwash Aduware
Kwash Dara, fils de Kwash Netu
Les Okyeame, messagers du Roi
L'Aesi, chancelier du Roi
Alaya, un griot du Sud
Djabe, mercenaire des Sept Ailes
Oumou, proche de Keme
Bimbola, propriétaire d'une taverne à Go
Olu, héros de guerre, commandant des armées de Kwash Kagar
Vunakwe, suivante de la princesse

Itulu, suivante de la princesse
La première suivante, à la tête des suivantes de la princesse
Asafa, un général de l'armée de Kwash Kagar
Diamante, un autre général
Scala, un ancien, décédé
Kantu, un berserker
La sororité divine, nonnes de la forteresse de Mantha

DANS LE ROYAUME DU SUD

Bushi/Popele, une divinité des eaux
Nsaka Ne Vampi, une chasseuse de prime
Oseye, sa sœur
Nyka, un mercenaire
Bisimbi, une nymphe des eaux meurtrière
Bolom, un griot du Sud
Ikede, son arrière-petit-fils, un autre griot du Sud
Yumboes, des fées de l'herbe
Chipfalambula, un énorme poisson

À MANTHA

Lethabo, une nonne
Lissisolo, sœur de Kwash Dara
Ninki Nanka, dragon de rivière
Prince de Mitu, comme son nom l'indique
Basu Fumanguru, ancien du royaume du Nord
Sœur régente, cheffe des nonnes de la sororité divine

À DOLINGO

Jakwu, tacticien du Roi du Sud (décédé)
Femme Nnimnim, maîtresse de la magie des soins
La reine de Dolingo, comme son nom l'indique
Son chancelier
Les savants blancs, plus sombres des nécromanciens et des alchimistes

Ipundulu, l'oiseau-foudre vampire
Ishologu, Ipundulu sans sorcier
Sasabonsam, un ogre aux ailes de chauve-souris
Adze, vampire et nuée d'insectes
Eloko, troll de l'herbe et cannibale
Le garçon, fils de Lissisolo, sans nom

À MALAKAL, PUIS À KONGOR

Les Sept Ailes, mercenaires
Sadogo, un homme très grand qui n'est pas un géant
Amadu, un marchand d'esclaves
Bibi, son serviteur
Pisteur, chasseur connu sous ce seul nom
Léopard, métamorphe connu sous plusieurs autres noms
Fumeli, l'archer du Léopard
Zogbanu, des trolls originaires du Marais de Sang
Venin, une adolescente élevée pour servir de nourriture aux Zogbanu

1

LA FEMME SANS NOM

K'hwi mahwin

Un

Une nuit, je suis allée dans la jungle des rêves. C'était pas un rêve, c'était un souvenir, il a jailli dans mon sommeil pour l'usurper. Dans ce souvenir-rêve, il y a une fille. Regarde-la, la fille. La fille qui vit dans la vieille termitière. Ses frères, trois qu'ils sont, ils habitent dans une grande hutte, et ils disent que la termitière ressemble au cœur d'un géant posé à l'envers, en putréfaction, mais la fille, elle sait pas ce que ça veut dire, tout ça. La fille, elle presse ses lèvres contre le ventre creux de la termitière, ses parois d'argile rouge, rugueuses au toucher. Pas de fenêtre, sauf à considérer qu'un trou c'est une fenêtre, auquel cas il y en a plein, des fenêtres, des fentes partout dessus, qui font que la lumière lui strie le corps de haut en bas et en travers, si bien que la chaleur s'insinue, qu'elle stagne, si bien que le vent se faufile dans les creux. Les termites, ça fait longtemps qu'elles l'ont abandonnée, cette butte. Un four comme ça, on y laisserait même pas son chien, mais regarde un peu, c'est là qu'ils retiennent la fille.

Deux jambes qui s'allongent mais qui restent des brindilles, une tête qui grossit mais une poitrine qui reste plate comme la terre, elle doit être à l'âge juste avant que son corps se libère, sauf que personne s'embête à compter ses années. Pourtant ils marquent le coup chaque été, ils le marquent avec rage et chagrin. Ils, ses frères. C'est comme ça qu'ils marquent sa naissance, oh. À cette période de l'année ils sentent le mal fondre sur eux comme un nuage, et c'est sa faute à elle. Alors elle pince les lèvres parce qu'il y a de la fermeté en elle, les lèvres aussi serrées que ses poings, qu'elle contracte. La détermination se peint sur son visage comme dans son cœur. Là. Décidée. Elle va s'enfuir, s'extirper de ce trou, elle va courir, jamais s'arrêter de courir. Et si ses orteils tombent, elle courra sur les talons, et si ses talons tombent, elle courra sur les genoux, et si ses genoux tombent, elle rampera. Comme un bébé qui retourne vers sa mère, peut-être bien. Feue sa mère qui n'a pas vécu assez longtemps pour lui donner un nom.

Grâce à la faible lumière qui filtre par les trous de l'entrée, elle peut compter les jours. Grâce à l'odeur de bouse de vache, elle devine qu'un des frères laboure la terre pour planter les nouvelles cultures, ce qui fait qu'on ne peut être que le jour d'Arb ou Gidada, neuvième ou dixième de la lune Camsa. Grâce à un dernier regard, elle voit la grande feuille d'arbre sur laquelle ils ont laissé une louche de bouillie hier soir pour la nourrir, ce qu'ils ne font que deux fois par quart de lune. Quand ils y pensent. La plupart du temps, ils la laissent crever de faim, et si ça leur revient quand même, le soir à une heure avancée, ils disent que de toute façon c'est trop tard, un esprit n'aura qu'à la nourrir en rêve.

Vois la fille. Regarde-la comme elle écoute. C'est par les cris de ses frères, quand ils débattent du meilleur moment pour planter du mil et pour laisser la terre reposer, qu'elle apprend à distinguer une saison d'une autre. Les jours de pluie et les jours secs lui révèlent le reste. Sinon, ils la tirent juste de la termitière par une corde fixée au fer qu'ils lui laissent toujours au cou, l'attachent à une branche et la traînent dans le champ, ils lui gueulent de remuer la bouse de vache, la bouse de chèvre, le lisier de porc et les crottes de chevreuil avec ses mains. Enfouis tes mains dans la terre et mélange-la bien, toute cette merde, afin que puisse pousser ta propre nourriture, la pitance que tu mérites pas. La fille, elle est née avec une dette sur le dos, une pénitence. Aux yeux de ses trois frères elle ne l'aura jamais remboursée complètement.

Regarde-les, les garçons. Ses frères, les deux plus grands, ils se moquent du plus jeune qui hurle. Ces garçons-là, quand ils sont nés, ils portaient rien que des tapis de paille sur les coudes et les mollets, de minuscules boucliers de pailles sur les doigts. Les deux plus grands, ils mettent des casques qui ressemblent à des cages de paille. Des casques jaune et vert. La fille sort de son four en rampant pour les regarder. Son frère aîné fait tournoyer un bâton haut comme une maison. Il pivote, tournoie, bondit comme s'il dansait. Puis il fait une roulade, un bond, et il abat le bâton en plein sur le cou du cadet. Le cadet braille :

« Fils de putain !

– On a la même mère », réplique l'aîné, et il se marre. Il se détourne le temps d'un clin d'œil mais il est quand même trop lent. Un bâton s'abat sur son épaule gauche. Il fait volte-face, et il rigole encore même si le coup l'a blessé. C'est son tour, maintenant. Il prend son bâton à deux mains comme une hache, court après son frère et fait pleuvoir les coups. Le cadet, il en place deux mais l'aîné, lui, il est trop rapide. Il arme son bras et il cogne, il cogne, il cogne. Estafilade sur le torse, estafilade sur le bras gauche, estafilade sur la lèvre inférieure, qu'il éclate.

« Hé, c'est qu'un jeu », proteste le cadet, qui crache du sang.

Quant au benjamin, il tente d'ajuster le gros casque sur sa petite tête, sans succès. « Moi, je vous bats tous les deux, qu'il annonce.

– Visez-moi ce petit branleur. Tu sais pourquoi on va au donga, déjà, petit ? demande l'aîné.

– Je suis pas débile. Vous y allez pour gagner la bagarre au bâton. Tuer l'imbécile qui vous a défié. »

Les deux frères regardent le benjamin comme si un inconnu venait d'apparaître entre eux.

« T'es trop jeune, frérot.

– Je veux jouer ! » dit l'autre.

L'aîné se tourne pour lui faire face.

« Tu sais rien du tout sur le donga. Tu sais à quoi il sert, déjà, ce bâton ?

– T'es sourd ? J'ai dit à se battre, à tuer !

– Non, petit con. Ça, c'est le premier bâton. Quand tu gagnes, t'as le droit d'utiliser ton deuxième bâton. Tu peux proposer un combat à n'importe quelle jolie fille. »

Il sourit au cadet, et le cadet l'imite. Le plus jeune est perplexe.

« Mais on utilise seulement un bâton à la lutte, pas deux.

– C'est ce que je dis. T'es trop jeune. »

Le cadet désigne la bite du benjamin.

« Ah, le bâton du petit frère c'est qu'une brindille encore. »

Avec l'aîné, ils rient assez longtemps pour que la rage s'empare du benjamin, et c'est pas parce qu'il comprend toujours pas, mais parce qu'il a compris. La petite, elle regarde. Elle le voit saisir le bâton, le brandir bien haut, l'abattre bien fort, en plein dans le dos du frère cadet. Il crie, l'aîné se retourne, et son bâton cogne bien vite le plus jeune au front. Il arme de nouveau et lui flanque un coup derrière les genoux. Le benjamin tombe, et l'aîné lui assène une pluie de coups sur tout le corps. Le benjamin hurle et le cadet prend l'aîné par le bras. Ils s'éloignent, laissant leur frère chialer dans la poussière. Mais sitôt qu'il constate que personne ne l'observe, il cesse de pleurer et leur court après. La petite s'éloigne un peu plus de sa hutte, à quatre pattes, et ramasse un bâton qu'ils ont abandonné là. Plus solide et plus dur qu'elle ne s'y attendait, plus long aussi. Trois fois sa taille. Elle le brandit, frappe le sol et réveille la poussière.

On attend que mère hurle quatre fois, c'est ça qu'on fait, lui explique l'aîné. Le jour est parti, mais la nuit n'est pas encore là, et il tire deux fois sur sa chaîne pour lui laisser le temps de sortir, alors qu'en général, il la traîne dehors sans prévenir et, le temps qu'il l'ait attirée à lui, elle s'étrangle. Le vin de palme lui fait tourner la tête, donc il va dire des choses que personne n'est là pour écouter. Il tire sur la chaîne comme pour manœuvrer un âne entêté, n'empêche que c'est le seul moment où il la laisse approcher de la maison. Et quand elle arrive là, la fille retrouve un vague souvenir, celui de son père qui la soulève en souriant, mais le sourire s'assombrit vite et les bras s'affaiblissent, et il y a un instant furtif où elle flotte dans les airs avant de retomber dans la poussière. On attend que mère hurle quatre fois, il explique, parce que quatre fois ça veut dire que c'est un garçon, et trois, que c'est une fille. Sauf que mère n'a pas crié.

L'aîné, il raconte l'histoire, mais à cause du vin de palme il ne met pas les formes. Tu l'as vu mon père ? Tu l'as vue sa fierté quand le ventre de Maman s'est mis à pousser en avant comme pour la guider ? Trois fils et bientôt quatre ; si jamais c'est une fille, il pourra la marier s'il devient riche, la vendre s'il devient pauvre. Tes frères, ils ont vu ton père compter les jours avant la naissance, parce qu'elle était partie accoucher chez sa mère. Tous on voulait que ce soit un garçon, ton plus jeune frère surtout, pour pouvoir enfin être le grand frère de quelqu'un et faire tout ce que fait un grand frère. Ton père attend la nouvelle, mais il se repose, aussi, parce qu'il a enfin écouté ce qu'elle disait, sa femme. Mari, cette bicoque elle va jamais suffire. Alors il l'a agrandie. Il a abattu le mur de la réserve à grain pour faire une plus grande chambre aux deux premiers frères, il en a construit une autre au benjamin et au fils à naître, et une autre pièce où mère va pouvoir coudre car c'est la plus glorieuse des femmes. Et une autre encore pour la grand-mère qu'il déteste mais ne peut pas laisser vivre seule. On attend que la mère hurle quatre fois. Mais les quatre hurlements ne viennent pas, ni les trois précédents. Quand on arrive à la hutte de grand-mère, elle dit : La petite, elle est sortie les pieds devant, et le cordon autour du cou. Ma fille a saigné tant et tant qu'elle a perdu tout son sang, et puis son œil il est devenu blanc et elle est partie. Ko oroji adekwu ebila afingwi, dit Grand-mère, mais c'était pas encore son heure. Petit diable, matricide, tu es pareille au grain de poussière qui rend tout l'œil aveugle.

Vois les malédictions que tu fais venir sur cette maison ! Un jour mon père se met à sangloter, le suivant à danser, et la nuit il hurle contre les ancêtres, les maudit pour leur jeu cruel. On a parlé au prêtre, il dit. On porte l'amulette, on invoque les dieux du tonnerre et du voyage, on ne mange pas de gras, pas de haricots, pas de viande tuée à l'aide d'une flèche, alors pourquoi les dieux nous infligent une telle calamité ? Elle s'est réjouie de son ventre, elle s'est réjouie de son mari et pendant six lunes on n'a pas partagé la couche, alors pourquoi les dieux nous infligent une telle calamité ? On a fait nos libations, on a chanté les louanges de la déesse des rivières qui contrôle l'eau dans la matrice, alors pourquoi ? Personne ne l'a traité de fou jusqu'au jour où on l'a trouvé recroquevillé, tête en bas, genoux par-dessus la poitrine, en train de se pisser dans la bouche. Après ça, oui, on l'a dit fou. Le troisième jour après la naissance, c'est la cérémonie du nom, mais personne n'est venu, et personne n'est reparti. Personne n'a osé te donner de nom, car tu es une malédiction et la seule chose qui soit pire qu'engendrer une malédiction c'est lui donner un nom, car chaque fois qu'on prononce ce nom on invoque un malheur. Donc pas de nom pour toi. Et aussi, personne ne t'a craché de poivre de crocodile dans la bouche pour t'empêcher de devenir une femme indigne, et personne ne t'a fait de collier d'acier pour te séparer du monde des esprits.

Une autre nuit. La fillette sent la chaîne à son cou qui la tiraille, puis qui la tire, puis qui la traîne tout net hors de la termitière, la traîne si violemment qu'elle jaillit par la petite entrée, agrandissant le trou. Et ça continue, on la traîne dans la boue et la poussière, la fiente de poule, on manque lui briser le cou avant qu'elle empoigne la chaîne, jusqu'à ce que la fille remarque qu'elle s'approche de plus en plus de la maison. Elle se retourne mais ne voit personne qui la tire, entend un bruit de reptation. Un python géant, blanc-jaune, s'est pris la queue dans la chaîne et avance vers la maison, sans savoir qu'il traîne la fille. La fille, elle a peur de ce que va faire le python en trouvant ses frères endormis dans la maison. Mais aucun hurlement ne monte à ses lèvres, aucun cri, aucune alerte.

Cependant, la queue du python glisse de la chaîne. Elle ne glisse pas, non, car la fille la voit dans la pénombre. Cette queue qui devient de plus en plus petite, comme si le serpent était en train de s'absorber lui-même. Elle devient plus petite et le serpent, lui, il devient plus large, plus gros, comme un cocon, car sous sa peau ça s'agite furieusement. Les bosses blanc et jaune se tordent, s'étirent, se tournent et se roulent, jusqu'au moment où deux mains jaillissent de la peau et déchirent le corps. La peau tombe et il en sort une femme nue. Cette femme ne jette pas un seul regard derrière elle, elle se dirige vers la maison, qu'elle contourne. La petite fille la suit, laissant quelques pas entre elles, jusqu'à l'arrière de la maison où la femme python grimpe par la fenêtre du frère cadet. La fille s'assoit dans la poussière, dans le noir, elle écoute le silence quand tout à coup un cri d'homme se fait entendre dans la chambre de son frère. De plus en plus fort, ce cri, assez fort pour la pousser à se lever d'un bond et à courir à la fenêtre, qui est trop haute pour elle, alors elle cherche dans la pénombre quelque chose sur quoi se jucher et ne trouve qu'un tabouret avec un pied cassé. Une lampe à huile éclaire faiblement la chambre. Sur le sol est couché son frère, et à cheval sur son frère, la femme python. Elle fait de petits bonds comme si elle tentait d'attraper quelque chose, tandis que le frère se tortille et s'agite comme si quelqu'un le cognait fort. Sur quoi il crie qu'elle l'a achevé, qu'il est mort, et tout son corps se ramollit. Là, il se met à pleurer, et pendant tout ce temps la femme python ne dit rien. Personne ne vient ici à part cette putain sorcière, il dit. Je suis ni putain ni sorcière, mais toi t'es maudit, c'est tout, elle dit. Toi et tes frères, et ton père fou, et ta mère morte. Tellement maudits qu'y a que les putains pour s'approcher de vous.

« Vous devriez tuer la fille, poursuit la femme python.

– On a déjà essayé, mais toujours elle revient. » La petite fille manque tomber du tabouret.

« Quatre jours après qu'elle a poussé mon père à la folie et ma mère à la tombe, avec mes frères on est allés l'abandonner au fond du bush. Mais cette maudite fillette a réussi à retrouver le chemin, tu te rends compte ? Elle qui marchait même pas encore à quatre pattes, à ce moment-là. Les gens du village, ils disent que les yumboes, les fées de l'herbe, l'ont nourrie de nectar et de noix écrasées. Petite sorcière, qu'elles l'appellent. À cause d'elle, le village nous a exclus. Quand il pleut pas, quand les récoltes sont mauvaises, ils nous mettent ça sur le dos. Écoutez, je leur ai dit, venez la chercher, si vous la voulez. Je m'en fiche de ce que vous lui faites, mais personne n'est venu. Tous les trois, on se nourrit de ce que nous déposent les gens en attendant qu'on soit capables de cultiver nos propres grains. C'est à cause d'elle qu'ils nous ont exclus. C'est à cause d'elle que j'aurai jamais d'autre épouse que toi.

– Je suis pas ton épouse », réplique la femme python.

Bien des lunes viennent et repartent, emportant avec elles des années, aussi. Elle a grandi, ses cheveux pendouillent en grappes sales jusqu'à ce qu'elle les arrache et, à sa voix, parfois, ses frères croient entendre leur mère. Elle a appris les manières des grands : pas un mot ne lui échappe. Plus de deux fois, le benjamin va pour la gifler mais elle intercepte sa main et lui rend sa gifle. Personne ne lui apprend de chansons alors elle invente les siennes, et elle commence à voir un ciel au-delà du bout de sa corde. Pourtant, elle habite encore dans la termitière, elle laboure toujours la terre et la crotte de chèvre, on lui donne toujours le fouet par caprice, et il arrive encore que le benjamin la flanque par terre d'un coup de pied, lui marche dessus et l'enfonce dans la boue. Quitte à tuer notre mère, t'aurais pu au moins naître garçon, il lui dit. Elle se sent traverser de nombreuses lunes, de nombreux étés, mais les frères, eux, ils en sont restés au jour où elle est née, le jour de la mort de sa mère.

Quand l'aîné et le cadet partent en voyage à l'est, car d'après eux aucune femme ne veut d'eux dans leur village, le benjamin vient la tourmenter. Elle voit sur son visage qu'il a pensé à mal tout le jour. Mes grands frères ont de la chance d'avoir eu la cérémonie avant la mort de Maman, dit-il. Ils ont de la chance d'être devenus hommes, eux deux. Moi, tu m'as volé ma chance. Aucun ancien ne veut me circoncire et me faire homme, parce qu'on est tous maudits. Après l'avoir piétinée dans la boue quotidiennement pendant huit jours, le neuvième, il la piétine dans un buisson d'épines.

Elle sait pourquoi ils la détestent, ils le lui répètent tous les soirs : Petit démon, matricide, quand c'est que Maman elle pourra arrêter de pleurer ? Quand c'est que Maman elle pourra arrêter de chialer dans l'autre monde à cause du petit diable qui lui a déchiré, brûlé le koo, qui l'a tuée ? La fille tend l'oreille pour entendre les cris de sa mère venus du pays des morts, mais elle n'entend rien. Silence, alors. Elle garde le silence pendant qu'ils la battent sous prétexte qu'elle a demandé plus de nourriture avec moins de pourriture. Elle garde le silence quand ils disent : Nous force pas à aller dans l'autre monde supplier le seigneur des lieux de te prendre et de nous rendre notre mère. Elle garde le silence, car elle sait déjà qu'ils essaient. C'est ce qu'a dit le frère cadet à la femme python l'autre nuit.

Trois frères, tous cruels. L'aîné, il la fouette, laissant deux cicatrices sur son visage. Le cadet, il l'affame, disant que puisqu'elle se prend pour une femme, elle a qu'à se faire à manger. Et le benjamin, c'est le pire, parce que personne ne veut lui accorder la circoncision cérémoniale pour faire de lui un homme et c'est tout par sa faute à elle. Je te tuerai avant que tu deviennes une femme, il lui dit. Il dit aussi ceci : Je vais prendre un couteau et découper la tête de ton koo moi-même car aucune femme n'osera te toucher. Tant qu'elle est dans ta fente, tu n'es ni garçon ni fille. Un monstre, voilà ce que t'es.

La fille ne comprend jamais ça de la même manière. La première fois qu'ils la traitent de monstre, elle se gratte la peau jusqu'à se faire saigner, furieuse de ne pas trouver d'écailles à arracher. Elle se ronge les ongles pour les empêcher de devenir des griffes. Quand ça la gratte entre les yeux, elle croit qu'il va lui en jaillir un troisième. Ou que des poils vont lui pousser partout comme sur le tokoloshe, le démon noir aux poils drus dont le frère aîné lui a dit qu'il l'attaquerait pendant son sommeil. Un jour, elle sort la tête de la termitière et voit passer une femme devant la hutte qui se moque de ses frères car ils sont si mal en point que quelqu'un a dû ajouter une malédiction à leur malédiction. Peut-être qu'elle est un monstre. Un petit démon. Matricide. Fille dont la femme python a dit qu'elle avait grandi sans connaître le lait maternel. Rien d'étonnant à ce que ses petits nénés ne grossissent pas. Son frère dit que le nom de la récolte est le même que celui de la plante qui la donne, alors sans doute, s'ils disent qu'elle est un monstre, monstre elle sera. Et lorsque les années s'envolent et qu'elle constate que les gens emploient ce mot à tout bout de champ, la fille commence à penser que si elle n'est pas un monstre, elle est une malédiction engendrée par sa mère. Même pas jolie, crache le frère cadet. La petite passe ses mains sur sa peau, sent tous les os durs et saillants, ceux des hanches étant les plus gros, les pires, et la laideur n'est plus pour elle une crainte mais une certitude.

Mais ses frères, ils mentent aussi. Regarde-les, voilà le cadet qui vole un collier que l'aîné a gagné au donga, et ensuite il murmure que c'est le benjamin qui l'a pris. Et deux nuits plus tard un python géant va repartir un collier de cuivre autour du cou. Et voilà l'aîné qui bat le benjamin, et le benjamin qui bat la petite, mais ça ne lui suffit pas. Le benjamin a versé du poison dans le ruisseau où la femme python s'abreuve, et elle est prise d'un mal si grand que, sous l'haleine du vent, vient le messager du trépas. Le cadet crie : Qui est cette pauvre malade ! Car il ne peut dire à personne, même pas à ses frères, que toutes les nuits il fait une chose interdite, et qu'il écrase les œufs que la femme pond parfois dans les herbes hautes près du lit de la rivière. Et voilà le plus vieux qui, comme toujours quand il est sous l'influence du vin de palme, parle de l'homme qu'il a assassiné et de la femme qu'il a violée, et de l'homme qu'il a violé et de la femme qu'il a assassinée. Les lunes passent et passent les années avant que cette petite comprenne que rien de ce qui sort de la bouche de ces frères-là ne pourrait jamais passer pour vérité, même s'ils disent que l'eau est mouillée, le feu chaud.

Alors voilà. C'est décidé. Elle l'a décidé il y a dix et deux lunes. Autour de son cou il y a un fer et à ce fer est attachée une corde. Cette corde est assez longue pour la laisser sortir de la route, marcher dans la cour, s'approcher de la clôture, se faufiler entre les porcs, les poulets, les souris et tous les animaux qui vivent dans l'étable. Donc depuis dix et deux lunes, à chaque fois que l'aube point, elle ronge la corde près de son cou – ce bout-là ils ne le voient jamais puisque personne ne veut jamais la voir de près. Juste un brin à la fois, parfois juste une bouchée, et à force de mastication et de salive, elle la sectionne. Ensuite, elle refait un nœud lâche et grimace comme s'ils la tiraient trop fort. Mais la saison des plantations est proche, et les frères ne vont pas tarder à venir en criant : Viens, petite souillon, c'est le moment de labourer. Non. C'est le moment de fuir.

Le jour qu'elle a choisi s'assombrit, et le soleil devient noir dans le ciel. Sombre comme la nuit. Le fer est encore à son cou. Mais elle sort en rampant de la termitière, enroule la longue corde autour de sa taille si bien qu'on dirait qu'un serpent est en train de l'étouffer. La faible lumière lui laisse croire que le soleil a disparu mais il est encore haut dans le ciel, encore peu après midi, un anneau qui brûle autour d'un centre noir. Elle le regarde trop longtemps, et lorsqu'elle essaie de s'enfuir, ses yeux sont devenus aveugles. Il y a une lueur dans l'air, une lueur sur la poussière. Tout est étincelant, comme brûlé à blanc. Les poules caquettent, stupéfaites quand elle les écarte à coups de pied, et en courant vers le portail, elle rentre droit dans son torse.

« Dis donc, il y a un truc qui cloche, là, petite merde. »

Le plus jeune frère.

« Où que tu crois aller comme ça ? »

D'abord il croit qu'elle court seulement folâtrer avec les porcs, les seules bêtes plus sales qu'elle, mais il remarque la corde enroulée autour d'elle. Petite saloperie, il dit, et il l'empoigne par les cheveux. La douleur la fait hurler mais elle refuse de pleurer. Elle crie, elle donne des coups de pied et il fait de même : Oui, gueule et cabre-toi comme un animal, dit-il en cherchant le bout de la corde pour la faire tournoyer comme un hameçon. Mais elle lui flanque un coup de pied au mollet, un bon coup de pied, et il la relâche. Lui lance un regard dur, sans dire un mot. Puis le jeune frère jette son coutelas par terre et retire la lanière en cuir de son sarong pour la battre. Un sourire si large qu'on dirait qu'il a la face fendue en deux. Elle saisit l'un des rares objets qu'elle a emportés, et tandis qu'il bondit sur elle comme un guépard, elle le lui écrase en plein visage, une petite vessie de chèvre remplie de sa pisse d'il y a trop de lunes, mélangée avec la poussière du sol, et ça le brûle quand il tente de s'essuyer les yeux. Il hurle, ses yeux gonflent et se ferment. Tu m'as aveuglé, il braille, et il tousse un peu de la pisse de feu dans sa bouche. Elle essaie de nouveau de s'enfuir, mais dans la mêlée il empoigne la corde et tire. Il tire encore et encore et elle sent que la corde se déroule et pourtant elle est entraînée vers lui sans pouvoir rien n'y faire, malgré ses talons plantés dans la poussière, la boue, la fiente et le lisier. Petite merde, il hurle, je vais prendre ce que je prends toujours, et ensuite je vais te tuer. Pas la peine de chercher mes frères, ils sont pas là pour me retenir. Là. La peur cesse. Les frères, ils ne viendraient pas la sauver mais le retenir, lui. Comme quelqu'un qui, vous voyant sur le point de marcher sur une épine, prévient l'épine. Il est encore aveugle et il tire sur la corde, un bras puis l'autre. Elle se laisse faire, puis ramasse le coutelas. Pas loin, je le sens, il crie, et c'est vrai qu'elle est pas loin. La corde la tire au niveau de la taille, l'entraîne, la serre, mais la petite laisse les choses se faire et il sent le lisier de porc sur elle. Elle rassemble toute sa volonté pour brandir le coutelas et frapper.

« Tu m'as coupé la main ! Petite pute ! Petite chienne ! »

Le plus jeune frère qui geint, qui gémit, qui jure et qui cherche sa main. La petite s'enfuit. Avec la corde qui danse derrière elle, la main de son frère qui ne la lâche pas.

Puis il y a encore plus de soleil qui cuit la peau et aveugle les yeux, et une piste assez large pour deux chariots, et les pieds engourdis d'avoir marché trop longtemps. Elle fuit de cabane en cabane, de chemin en chemin, de bush en bush et d'arbre en arbre jusqu'à trouver une forêt, enfin, pour se cacher de ses frères, qui vont sûrement la chercher et demander aux autres de la chercher aussi. Quatre jours sans toit, encore plus sans manger, et encore une lune avant qu'elle tombe. La fille peut sentir le sommeil même si elle ne rêve pas et, lorsqu'elle se réveille, la voilà qui bouge, et ce bien que ses jambes soient immobiles. La corde était tellement serrée qu'elle t'étranglait comme un serpent, dit une femme d'une voix rauque. Où qu'elle est, ta mère ? elle demande, et la fille se met à trembler comme si un vent froid l'avait brusquement arrachée de sa stupeur. Un jour de plus et un cahot de la charrette coupe son sommeil. La femme demande : Où tu allais comme ça, petite ? Mais la fille n'a pas de réponse. Ça fait rien, dit la femme. Elles se rendent à Kongor.

Vois la fille. La femme de la charrette habite une maison dans une rue où tout est bleu. Une maison avec un étage et deux échelles, et dix femmes. Les femmes au cou ensorcelant, disent les hommes. La femme de la charrette, qui se fait appeler Miss Azora, les nomme ses putains ; elle a jamais été du genre à se cacher derrière les jolis mots. Pourquoi t'amènes encore une fille ? demande une des femmes qui, au cours des sept jours qui se sont écoulés depuis l'arrivée de la petite, n'a pas enfilé le moindre vêtement. L'affaire tourne, mais ne roule pas, répond Miss Azora qui la regarde comme si elle se demandait, elle aussi, pourquoi elle s'est embarrassée d'une charge supplémentaire.

« Y aura bientôt une place à prendre.

– Je sais pas travailler l'argile », dit la petite. Les autres filles rigolent, mais Miss Azora marmonne quelque chose dans sa barbe, comme si elle faisait un petit calcul.

Les années filent les unes après les autres quand elle compte les jours passés avec Miss Azora, mais des fois elle voudrait revenir en arrière. Les années filent les unes après les autres et jettent un arrondi sur ses flancs et la chair de son derrière. Elles font grincer sa voix puis la radoucissent, et parfois elle ne se reconnaît pas. Les années, elles font que le même œil voit la même chose mais le lit autrement. Lit autrement les hommes. Lit autrement Miss Azora. Non, la lit pour ce qu'elle a toujours été, et ce pour quoi elle considère qu'est faite une fille. On est femmes ensemble, dit l'une, mais nous appelle pas sœurs. Cette première année, deux femmes s'en vont, et la suivante, l'une d'elles revient. Trois hommes meurent dans la maison, dont un à l'intérieur de Dinti. Deux des morts, d'autres hommes viennent les chercher, mais le troisième était un voyageur et elles doivent payer un marchand pour le brûler. La petite que Miss Azora ramène, elle n'a pas de nom, mais puisque c'est la seule fille parmi des femmes, elles l'appellent juste Fille. Elles envoient Fille chez le boucher chercher tripes et pieds de cochon parce qu'il la prend en pitié et se montre généreux. Fille dépend de la gentillesse de certaines des femmes et se tient à l'écart de la méchanceté d'autres. Fille se cache quand une femme dit cache-toi et ne sors pas, car un certain homme vient avec une certaine requête, et si Miss Azora aime les enfants, elle aime encore plus l'argent. Fille, elle joue dans la poussière, dans l'arrière-salle avec un bâton qu'elle appelle sa sœur jusqu'au jour où elle se réveille et l'abandonne par terre. Fille, elle regarde les putains être tout sauf putains jusqu'à la nuit. Pendant ce temps, Miss Azora l'observe. De Fille, elle dit : T'as grandi toutes ces années, mais ton visage il est trop dur, comme si tout ce que tu voyais c'est les gens qui t'ont fait du mal, et ton menton il est trop pointu, tes yeux trop enfoncés, ton nez trop gros, tes nénés trop petits, tes jambes trop longues, tes mains trop habiles, et ta langue trop vive. Puis elle empoigne Fille et lui ôte sa robe par la tête. Elle frissonne, car durant toutes ces années à se couvrir dans une maison où les femmes ne couvrent rien, elle a appris la honte. Laisse tomber cette merde, dit Miss Azora en inspectant la fille. La honte, tu peux ni l'acheter ni la vendre. Ton koo a changé aussi, elle dit, et elle ordonne à Dinti d'apporter des chiffons.

« La lune va pas tarder à venir te prendre ce qu'elle veut, elle dit.

– Et ensuite, ce sera les hommes », glousse Dinti.

Les prédictions de Miss Azora se réalisent peu après, et la première fois Fille a mal aux mamelons, le ventre enflé, mal à la tête, elle laisse des traînées de sang partout où elle s'assoit, et ce trois nuits durant. Le bas de son ventre lui donne des coups de poing de l'intérieur quand ça le chante, et la douleur se réverbère dans le creux de ses reins et le haut de ses cuisses. Fille n'arrête pas de pleurer. J'ai jamais vu personne en baver à ce point-là, dit Miss Azora, et elles l'installent dans une baignoire et lui versent de l'eau tiède sur les épaules. Miss Azora lui caresse la nuque et lui chante une chanson pour l'endormir. Désespère pas, Fille, t'es une femme maintenant, elle dit.

Une demi-lune après, Miss Azora la déplace dans la plus petite pièce de la maison, qu'elles appellent le placard. Il y a là son premier lit, un drap épais fourré de plumes, et dans un coin une bassine et un broc d'eau, mais pas pour boire. La même nuit, une des dix femmes descend de la fenêtre juste au-dessus avant de grimper sur son lit. C'est moi, Yanya, elle dit. La femme la regarde, pousse un soupir long et sonore, et dit : Va pas croire que Miss Azora elle fait ça par charité. Elle te prépare seulement pour faire de toi le prochain fruit défendu. Le fruit défendu c'est pour l'homme aux besoins spéciaux, sauf que ces hommes ils ont rien de spécial à part leur bourse bien garnie. Le genre d'homme qui, en voyant les copines de jeu de sa gamine, peine à contenir le désir d'en prendre une pour la traîner dans les tréfonds du bush. Mais d'abord elle va attendre, te regarder te développer, t'engraisser encore un peu. Puis voilà ce qu'elle va faire. Une nuit, sans prévenir, elle t'enverra un homme. Elle préfère s'y prendre ainsi, te les lâcher dessus, puis t'expliquer ensuite que si t'y prends pas goût tu peux toujours t'en aller. C'est ça qu'elle va faire, car elle l'a fait avec nous toutes. Mais voilà ce que tu peux faire, toi, ajoute Yanya, même si elle ne dit rien de ce qui est arrivé au dernier fruit défendu. Au lieu de ça elle glisse une pochette à

Fille et dit : Mélanges-en juste l'équivalent d'une phalange dans ce bol, et assure-toi bien qu'ils boivent.

Les quatre premiers hommes laissent tous une bourse renflée et un grand sourire à Miss Azora, disant que s'étendre entre les jambes de la nouvelle c'est comme coucher sur un nuage. Le nuage n'est pas entre ses jambes, c'est l'oreiller sur lequel toutes sortes d'hommes s'endorment. Mais le cinquième, il la viole le temps qu'elle fredonne deux chansons à l'arrière de sa tête, puis il se sert un verre. Les hommes se réveillent toujours épuisés et fiers, pensant sans doute avoir laissé des jumeaux bâtards en elle. Mais après le cinquième, elle se met à les voler.

Son sac se remplit. Or, argent, acier, porcelaines et indigo. Boucles d'oreille, anneaux de nez, bagues, colliers, noix de kola, baies miracle, talismans, amulettes, un cœur séché, des os d'animaux, des pièces de Bawo, des bijoux de jade, des fétiches en bois, du kaolin et une petite figurine en onyx. Les hommes disent à leur femme qu'ils ont dû tomber sur la route, dans la rivière, ou bien se perdre en mer, ou encore se faire voler. Bien plus facile de laisser couler, même s'ils savent qui le leur a pris, car la seule chose qui soit pire que de dire qu'un objet précieux a disparu, c'est d'expliquer comment il est revenu. Ils continuent de venir, de demander la fille au nuage entre les jambes. Ce qui laisse Azora penser qu'il se produit un phénomène étrange, car il n'y a rien chez cette fille qui puisse mettre un homme en transe, mais en même temps elle crache pas sur le blé qu'elle rapporte.

Maganatti Jarra, la vingtième nuit de la lune Cikawa. Les hommes font ce qu'ils croient devoir faire, les femmes s'arrangent. À la maison de Miss Azora, la maîtresse peste, les affaires tournent au ralenti. La plupart des femmes sont dans le vestibule où Miss Azora accueille les hommes et fait les comptes. Yanya et une autre femme sont assises face à face, deux autres sont debout à la fenêtre de droite. Fille, elle est assise par terre tout au bout de la pièce, hors de portée des gifles de Miss Azora. Quant à celle-ci, elle marche de long en large dans le couloir sans pouvoir s'arrêter, tout en poussant des jurons. Superstition sur le ciel nocturne, dit une des femmes, mais ça ne plaît pas à Miss Azora. Elle commence à se demander s'il y a une nouvelle rumeur concernant les femmes, une plus forte que toutes les précédentes, lesquelles n'ont jamais empêché aucun homme de venir mais rassurent leurs femmes. On raconte encore qu'on a une saleté de maladie de femme ?

demande-t-elle, mais personne ne peut répondre, car aucune de ces femmes n'en fréquente d'autres en dehors de la maison. Si l'homme ne vient pas au koo, le koo doit aller à l'homme, décrète Miss Azora et elle ordonne à Yanya d'aller se poster dans la rue et de baisser le haut de sa robe pour montrer ses seins à tous les passants.

« Pourquoi moi, Miss Azora ?

– À ton avis, ma vieille ? Parce que les nichons de Dinti pendouillent comme des pis de chèvre, et puis parce que je vais pas le répéter, voilà pourquoi. Allez... »

Lentement mais vite ça se produit. Autour du cou de Miss Azora, un long doigt noir s'enroule, puis deux, puis trois, puis quatre. Aucune femme n'a encore crié que la main saisit Miss Azora, la soulève du sol et la jette contre le mur de l'autre côté de la pièce. Elle tombe par terre et ne bouge plus. À présent les femmes hurlent, elles fuient. Personne ne l'a entendu venir, ni vu ni senti non plus. À deux pas, on voit que c'est un mâle, et il pousse un cri si strident que les oreilles de plusieurs femmes se mettent à saigner. Il ressemble à une créature qui se mouvrait lentement, mais en un clin d'œil il empoigne une autre femme qui tente de fuir et la projette au loin, elle aussi. Il pousse un hurlement suraigu et démolit une chaise. Lui, la créature. Si haut que sa tête frotte le plafond, une main fine et faible d'apparence, l'autre épaisse comme son corps, qui touche le sol. Deux jambes grandes comme des arbres mais une plus courte que l'autre. Il remue et rampe comme une araignée, écrasant par terre sa grosse main, écrabouillant les tables, les urnes, les vases, et lançant tout ce qui tombe entre ses longs doigts. Puis il voit la fille et hurle de nouveau. Il se dirige droit sur elle. Elle monte à l'échelle, vite – elle n'a jamais grimpé si vite – et elle court dans sa chambre. Les bris, les cris, les hurlements s'approchent jusqu'à ce que la petite porte soit arrachée d'un coup. La bête, qui crie encore. La petite tremble si fort que chacun de ses battements de cils projette des larmes alentour.

« Tu ferais mieux de remercier les dieux de pas être un petit voleur. Sans quoi j'appellerais dix hommes pour arracher l'Ukundunka de ton petit trou à merde », dit cette femme.

Elle, une dame qui ressemble à un personnage d'une grande noblesse, d'une grande importance. Les lèvres sombres et le nez large, froncés par une grimace, et les sourcils agacés sous une constellation de points blancs qui descendent le long de la joue gauche. Un ighiya sur la tête comme une grosse fleur noire, et une longue couverture Basotho blanche autour des épaules, ornée d'un motif noir de guerrier avec lance et bouclier. Une grande femme, et ample, même si elle n'est pas grosse. On dirait qu'elle peut tenir tous ses enfants dans ses bras à la fois. Les joues d'une femme qui rit sans prévenir, sans plaisanterie. La petite fille tremble encore. L'Ukundunka donne des petits coups de patte sur les draps de son lit, comme pour tenter de l'attirer.

« Où il est, petite fille ? »

La petite fille est incapable de prononcer le moindre mot. « Où… où… où…

– Le talisman, petite sotte. Ma petite figurine en onyx. Me force pas à reposer la question, sinon je vais lui demander de te fouiller. »

L'Ukundunka baisse la tête sur elle. Une tête longue pareille à celle d'un cheval, des yeux de loup, des dents de crocodile. Une haleine d'elle ne sait quoi.

« Ils ne font qu'un, tu comprends ? L'Ukundunka et le talisman, c'est du pareil au même. Laisse-moi te raconter une histoire. Un jour, alors que nous étions mariés depuis longtemps, je dis à mon mari : Cher mari, tout le monde sait que tu es un homme important. Tout le monde sait que ce sont des affaires importantes qui te retiennent tard dans la nuit. Les dieux savent que je m'inquiète. Je m'inquiète tant que j'ai demandé à un magicien proche des dieux en esprit de me fabriquer quelque chose pour assurer la sécurité de mon mari. Oui, mari, je lui dis. Tu portes ce talisman tout le temps et l'Ukundunka te protégera. Un homme important comme toi, avec des ennemis partout, ma foi, tu pourrais finir dans un fossé ! Alors chaque nuit, si je retourne plus de cinq fois le sablier et que je n'ai pas signe de mon mari, j'envoie l'Ukundunka à la recherche du talisman. Pour le protéger, tu comprends ? Sauf qu'un soir, non seulement il rentre tard, mais il rentre sans. Il l'a perdu, il dit. Il dit, le cherche pas, je sais pas où il est parti. Je dis t'en fais pas, mon mari, je vais bien vite le trouver, et je m'occuperai du voleur. Et regarde-le donc, posé sur le sein d'une putain.

– Je suis pas une putain.

– Tu es dans un bordel. Il y a peu de chances pour que tu sois une nonne.

– Je suis pas une putain.
– Tu n'es pas cuisinière.
– Je suis pas une putain, oh !
– Alors pourquoi elle pue le mâle, cette chambre ? »

La petite fille n'a pas de réponse à ça. Elle aurait pu dire que oui, la chambre pue le mâle, mais cette odeur pestilentielle n'a pas laissé de trace sur elle. Cependant, si elle parle des potions somnifères, Miss Azora va l'apprendre. La femme noble la dévisage à fond, elle la scrute.

« Peut-être que tu peux lui donner un enfant. Pas question que je m'inflige ça, pas avec lui en tout cas. Ha ha, le choc sur ton visage. C'est vrai que tu es une enfant.
– Je fais jamais la putain. Je couche jamais avec les clients.
– Jamais, hein ?
– Non, je les dépouille. »

La petite fille est plus déstabilisée par les yeux fixes de la femme que par les crachats de l'Ukundunka. Mais sa mine sévère se fend d'un sourire.

« De l'or ? Des porcelaines ? Raconte-moi tout, petite. »

La petite, elle ne peut faire autrement que la regarder de nouveau. Elle se demande si c'est ce que font les femmes adultes, dévoiler et dévoiler, surprendre et surprendre, jusqu'à ce que la seule chose qu'on puisse attendre d'elle soit l'émerveillement.

« Je leur prends tout ce qu'ils ont qui ne devrait pas traîner. Et je le garde, car Miss Azora, elle nous donne rien.
– Rien du tout ? Et vos habits ?
– On les achète. Comme j'ai dit, elle nous donne rien. Sauf une chose. Elle nous donne à toutes un viol la première fois qu'elle nous vend, et elle fait payer triple tarif à l'homme. Alors je leur prépare une potion, et je les vole.
– Eh bien. Donc ils ne te prennent rien, mais tu leur prends beaucoup. Tu sais quoi, petite, tu n'es pas dans la bonne maison.
– Je vais pas quitter une exploiteuse pour une autre.
– Qui dit que t'as quelque chose à exploiter, déjà ? »

La petite fille part avec la femme noble ce soir-là. Miss Azora ne dit rien. Elle bouge pas du coin où l'Ukundunka l'a balancée, alors qui sait ce que le destin lui réserve. La femme noble demande son nom à la fille.

« J'en ai pas.
– Quoi ? Comment t'appellent les gens ?

– Petite, petite crotte, petite fille, petite putain, fille, fruit défendu.

– Assez. Choisis un nom et on t'appellera comme ça.

– Ma mère s'appelle Sogolon. »

Voyez, la fille prend le nom de sa défunte mère, cent soixante-dix-sept ans plus tôt. Cent soixante-dix-sept ans que la grande gourde du monde tourne autour du soleil.

Sogolon.

Deux

« Sogolon, arrête de te cogner contre les murs. Tu n'es plus une petite fille. »

Vois la fille. Elle voudrait dire à Maîtresse Komwono qu'elle ne se cogne pas contre les murs par habitude, et qu'elle ne cherche pas non plus à se faire mal. Mais elle est curieuse, la sensation de se heurter de plein fouet contre une chose si dure, qui n'amortit pas le choc comme du coton, ne l'assourdit pas comme la terre, et ne vous laisse pas vous y enfoncer, comme la boue, ou en retirer un peu, comme l'argile. C'est une nouveauté, de sentir quelque chose qui l'arrêtera même si elle court de toutes ses forces. Car on aura beau avancer, on ne peut traverser les obstacles quand ils sont en pierre. Pas de rebond, pas d'écho, pas de son, c'est définitif. Pourtant ce n'est pas de la pierre, même si la pierre a contribué à sa fabrication. La surface est rêche, granuleuse, mais pas comme la pierre, plutôt comme du sable, comme si quelqu'un avait trouvé le moyen d'agglomérer le sable de façon à le rendre plus solide que du bois. Et froid, le mur est toujours froid, comme la lame d'une hache que la cuisinière fait tremper dans le pot de vin toute la nuit pour le rafraîchir. Deux matins, peut-être trois, peut-être dix, elle s'approche d'un mur, par exemple celui à l'arrière de la cuisine, plongé dans l'ombre, le mur du fond face au jardin, l'intérieur de la réserve à grains, n'importe où pourvu qu'on ne puisse la voir ; et elle le lèche.

Des murs comme ceux-ci, ils ne se distinguent pas seulement par leur goût. Dès le premier jour Sogolon entre par la porte de derrière et ensuite, presque chaque jour, la maîtresse se vante que ce n'est pas une maison ordinaire. Et sûrement pas une vulgaire maison kongori, mais une demeure digne des grands seigneurs vivant au nord de la mer de Sable. Nous n'avons lésiné sur rien pour faire que notre maison semble sortie d'un rêve oriental, dit la maîtresse. Sogolon n'a encore visité aucune maison kongori, donc elle n'a pas d'élément de comparaison. D'abord, le plafond qui est plus haut qu'un homme debout sur les épaules d'un autre. Les murs rêches comme de la pierre mais tout de même modelés à la main, comme dans les maisons d'argile de Mitu. Des fenêtres plus grandes que dans les habitations voisines, où elles ressemblent à des écoutilles. Des poutres en bois noble, hautes et hors d'atteinte, comme des moustaches sur le mur et auxquelles sont suspendues des ceintures, des épées, des masques et des fétiches, ainsi que des boucliers. Plus bas, mais encore toujours en hauteur, sont accrochés des textiles de tous les royaumes du Nord et du Sud et d'au-delà. Juste à côté de la fenêtre de gauche, le tabouret du maître, sur lequel il ne laisse s'asseoir personne. Un esclave l'a fait une fois, dit la cuisinière. Le maître a chargé un magistrat de fouetter le garçon jusqu'à ce que le petit imbécile ne puisse plus différencier l'eau de la pisse. Dans toute la maison, des tapis et des coussins par terre pour qui veut s'asseoir. Le tout dans des motifs de rouge, jaune, vert et bleu.

Mais bien souvent Sogolon erre dans les couloirs et découvre une nouvelle pièce. Ou des pièces qui semblaient spacieuses la nuit précédente mais qui paraissent désormais petites. Des pièces auparavant chaudes, où maintenant il fait froid. Des pièces situées alors juste à côté de la cuisine, qu'elle retrouve au bout du couloir dans la partie de la maison où même le maître ne va pas. La pièce n'a pas bougé, ça elle le sait, mais on dirait que si parce qu'il y en a trop pour se rappeler les différences. Peut-être que c'est pour ça qu'elle n'a pas pu compter le nombre des habitants. La maîtresse et le maître. La grosse cuisinière, dont elle ne connaît pas le nom, et qui ne voit jamais la nécessité de le lui apprendre. La fille esclave, mince, qui s'est présentée comme esclave avant de révéler son nom, Nanil. Un garçon qui s'occupe des chevaux du maître, ça elle le sait par la cuisinière. Puis, un jour, elle voit ce garçon à la fois sortir un cheval et balayer le toit. Des jumeaux, mais personne ne lui a dit. À moins d'y être obligé, personne ne lui parle.

Mais tu n'es plus une petite fille, lui dit Maîtresse Komwono, et selon les jours, ça ne veut pas dire la même chose. Car la fille finit par se demander non pas quand elle a cessé d'être une petite fille, mais quand elle a commencé à l'être. La poule ne dit jamais qu'elle a été poussin, et la chèvre ne dit pas, regarde, j'étais un faible chevreau. Qui était là pour lui dire, à part ses frères et Miss Azora ? Et pour celle-ci l'enfance était une perte de temps, un état gauche et maladroit dont toute femme intelligente devait se défaire au plus vite. Mais reste joyeuse, disait-elle, car il y en a qui préfèrent que tu ressembles à une petite fille.

Maîtresse Komwono lui explique plusieurs fois que ce n'est pas ici qu'elle est destinée à servir, mais elle aime cette maison. Et ces mots lui font se demander si la maîtresse n'est pas en train de la former dans le but de la livrer à une maison de nonnes, ou à un camp d'anciens, en échange d'une vie plus riche de ces pièces d'or que la maîtresse aime à compter. Écoute-la, Maîtresse Komwono. Tu imagines, hein ? dit-elle en prenant des pièces dans sa main. Tu imagines une maison à laquelle tout ce qu'apporte le maître est son nom ? Pas de pièces, pas de billet, pas de porcelaines. Son nom est son seul usage. Les griots, qui conservent l'histoire familiale en chansons, font remonter sa lignée à la formation de Fasisi elle-même. Komwono, les guépards de la savane ancienne. Si seulement c'étaient des vrais guépards. Si seulement c'étaient des vrais quelque chose, n'importe quoi qui s'achète ou se vende ou se donne. Mais tout de même beaucoup de portes s'ouvrent, et peu se ferment quand tu vas par le nom de Komwono.

Et ce maître. Ils se confondaient tous, les hommes qui venaient dans sa chambre, donc elle ne pouvait le distinguer d'un autre. Ils s'endormaient sur son nuage avant même de prendre la peine de parler, et ceux qui tentaient de parler ne pensaient pas qu'elle vaille la peine qu'on lui parle. Après tout, ce n'est pas ce trou qu'ils achètent, sauf si la femme est Dinti. Et celui qui ne parlait pas et ne buvait pas le vin, il la violait. Elle a conservé une marque dans son esprit, un souvenir de leur odeur, si ce n'est de leurs visages, le vœu de leur rendre visite une nuit avec un couteau. Mais quand elle a vu le maître, elle n'a pas pu déterminer si c'était lui le premier homme, ou le dernier, ou même un autre. Elle l'a vu, oui, mais pas rencontré. Elle ne l'a jamais rencontré, même la première fois qu'elle l'a vu. L'esclave lui a dit : Frangine, ne lève même pas les yeux vers lui car c'est un homme qui était autrefois convoqué à la cour royale. Et quand

Sogolon a demandé pourquoi il ne l'était plus, l'esclave a juste répondu, tu es qui pour t'imaginer qu'un seigneur des terres du milieu va s'abaisser à t'expliquer quelque chose, à toi ? Une fille comme toi, ça doit être comme un courant d'air pour un homme pareil. Ça signifie que je dois jamais être sur son passage, conclut Sogolon, car même si c'est elle qui parle, aucun de ces mots ne vient de Nanil.

Mais si elle ne se souvient pas de ce maître, elle remarque que lui se souvient d'elle. Elle le voit sur son visage, en particulier avec ses yeux qui s'écarquillent quand il est surpris, qui dérivent quand il cache quelque chose, qui se plissent quand il est fâché, qui se vident quand il fait semblant et se ferment quand il nie. Au moins ils ne clignent jamais de désir, un désir dont elle craint toujours la survenue. Tout ceci, maîtresse le voit aussi et elle y prend un tel plaisir que Sogolon commence à se demander si c'est un jeu. Elle les entend, dans la chambre où le maître s'apprête à faire sa sieste, et où la maîtresse s'habille et fait toute seule son umchokozo, peignant une ligne d'ocre blanc en pointillé entre sa tempe gauche et son nez, ses lèvres, jusqu'à un point final sur son menton. Elle s'apprête à rencontrer quelqu'un d'important, ou à accomplir une tâche importante.

« Femme, tu trouves cette fille de rien et tu la ramènes à la maison comme un animal abandonné ?

– Mari, c'est toi qui as perdu le talisman. Moi je suis juste allée le récupérer.

– Et tu te retrouves avec cette fille ?

– On dirait bien. Peut-être que les dieux ont décidé de nous gratifier d'un fruit. Un bon en plus, parce que je l'ai trouvée…

– Peut-être que les dieux t'ont trouvé une voleuse.

– Une voleuse excellente, alors, mon cher mari. Comment s'y est-elle prise pour le retirer de ton cou ? »

Le mari se tait un moment. Puis il demande : « Où… Tu l'as trouvée où ?

– Dans un fossé, mon mari. Elle y était juste à côté du talisman, comme si elle le surveillait. Ça m'a tout l'air d'un signe. Fais confiance aux dieux.

– Un fossé ? Quel fossé ?

– Un fossé est un fossé, mon cher mari.

– Elle ne peut pas rester dans cette maison.

– Et où est-ce qu'elle ira ? C'est juste une fille désœuvrée. La maison grandit, le besoin de servantes augmente. Qu'est-ce qu'elle est pour toi ?
– Moi ? Je la connais même pas, cette fille.
– Tu dis toujours que tu veux un enfant.
– J'ai jamais dit ça, oh.
– Exact. Ce que tu as dit, c'est : Ils sont où mes enfants, chienne stérile ? Tu vas tuer ma lignée. Eh bien, c'est un nouveau jour pour toi et cette maison. Des enfants peuvent encore venir. Peut-être même qu'il y en a déjà une.
– C'est pas une enfant.
– C'est l'enfant de quelqu'un.
– Je l'aime pas.
– Tu ne la connais pas.
– Nique les dieux, femme. Tu cherches à me vexer ?
– Te vexer ? Comment ça, mari ? Elle a dit avoir trouvé le talisman dans le fossé où on l'a trouvée. C'est forcément l'œuvre des dieux. Je me suis dit, Femme, pourquoi ton mari, il irait marcher si près d'un fossé ? Dans le quartier de Gallunkobe ? Comment le collier il a pu tomber de son cou alors que la chaîne elle est pas cassée ? Pourquoi il allait à pied, déjà ? Mais les dieux ils disent toujours : fais confiance au mari pour guider en vérité, alors je choisis de faire confiance. Mais vu comment cette fille a protégé ce qui m'est cher, nous est cher, un homme connu pour ses bonnes œuvres comme toi tiendra bien à ce qu'on la récompense.
– Alors jette-lui trois pièces d'or et renvoie-la.
– Comme une simple catin ? » Maître Komwono toussote. Il dit qu'il sait pas comment c'est qu'on commerce avec les catins. Sogolon écoute, tapie dans le vestibule. Personne ne l'entend glousser. Ça, c'est une femme rusée, même si tout ce qu'elle dit à Sogolon, c'est ce qu'elle fait mal. Petite, tu manges mal. Mastique pas bruyamment comme une vache. Voilà comment on mange. Examine bien le morceau de pain avant de le déchirer, et ne déchire pas de morceau plus gros que la paume de ta main. Ne prends pas de morceau de ragoût de chèvre plus gros qu'une phalange. Mastique lentement et fais en sorte que personne n'entende ou ne voie ce que tu mastiques, car c'est comme ça qu'on dégoûte ceux qui regardent. Petite, tu te laves mal. Autrement dit, tu ne te laves pas du tout à part quand je menace de te jeter dehors à coups de pied, avec ta puanteur. Voilà comment on se lave. Tu

vas dans la salle d'eau à côté de la réserve à grain et tu te frottes la peau avec du sable. Frotte-toi entre les seins, frotte-toi sous les pieds, frotte tes coudes pour qu'ils n'aient pas l'air d'ergots de poule, mais tamponne délicatement ton koo, avec juste un peu d'eau sans quoi tu vas l'abîmer. Petite, ta tête n'est pas comme il faut. Essaie même pas l'ighiya – tu viens pas d'une famille noble. Prends ce tissu et demande à la femme de ménage de t'apprendre à faire un gele. Tu n'as pas beaucoup de cheveux et ça ne fait pas joli, si peu de cheveux. Petite, tu marches pas comme il faut. Voilà comment on marche. Regarde l'ingxangxosi, comment il se tient, les ailes repliées comme un homme qui croise les mains dans son dos, le menton sorti, la tête haute comme s'il avait un flacon d'huile posé en équilibre au sommet. Pense d'abord au genou, qui monte, mais pas trop haut pour une femme, et les pieds quand ils touchent le sol, fais ça sans bruit, comme sur la pointe des pieds. Tu veux que je sois comme le diable-oiseau ? demande Sogolon lorsqu'elle voit ledit oiseau sauvage piétiner un serpent et le dévorer. Maîtresse Komwono la récompense d'une gifle. Tu parles comme ces femmes qui vivent dans des huttes de merde, elle dit. Tu ne vas pas tarder à quitter l'enfance et tu dois être prête.

Prête à quoi, Sogolon ne pose pas la question. D'après ce qu'avait dit Miss Azora, elle l'avait déjà quittée, l'enfance. Elle ne veut pas contrarier Maîtresse Komwono et mettre un terme à sa générosité. Mais elle sait que la maîtresse la forme à quelque chose, même si elle ne sait pas à quoi, et ça ne lui paraît pas si différent de Miss Azora. Sogolon prend l'habitude d'observer tous les gens qui viennent en visite, et ils sont nombreux. Elle se tapit dans les couloirs plus sombres pour entendre qui a perdu une femme de ménage, qui a besoin d'une fille, quel garçon vient d'achever la cérémonie du passage à l'âge d'homme, ou quel chef a déçu sa dernière épouse. Ou encore, parce que Maîtresse aime à compter les pièces, qui vient d'hériter d'une somme coquette. Les années sans Miss Azora ne l'ont pas transformée en idiote. Elle sait que, sans dot, elle n'est d'aucune utilité pour un homme. À moins que l'homme veuille un fils, et encore un autre, et qu'il s'en fiche du trou par lequel ils viennent au jour.

Regarde-la, la fille, qui voit le monde par sa fenêtre, frottant encore partout ses mains sur cette chose qu'on appelle fenêtre. Un vaste toit, peut-être un lieu où les hommes se retrouvent pour tenir de sages conversations, ou boire. Un toit avec des marches donnant sur un autre toit, peut-être une famille déjà grande, qui s'agrandit encore. Des toits parfois pas différents du mur qui mène à eux, avec les traces des mains qui ont lissé la terre. Plus loin, une tour grande et fine, une prison, ou peut-être le bâtiment où la ville stocke le sorgho en cas de famine. Ou la demeure des gens les plus grands, les plus fins des neuf mondes. Elle compte les étages par les fenêtres. Trois maisons de trois étages avec des fenêtres au-dessus des fenêtres, puis une quatrième avec un seul étage et pas de fenêtre du tout. Trois familles riches et une pauvre, suppose-t-elle. Elle se demande quel genre de femme habite à l'intérieur. Une ville de toits qu'elle ne peut juger par leur hauteur, qui est partout la même. C'est pourquoi les rares maisons de six, voire huit étages, percent le ciel. Mais de la même couleur, tous ces murs. Brun, ocre, sable ou terre séchée. Les fenêtres, qui n'obéissent pas aux règles de l'artisanat, semblent plutôt s'ouvrir sans logique comme dans une ruche.

Et la nuit, la ville change. Là elle ressemble au dos d'un animal, noir d'ombre et de piquants, mais dans les ombres des fenêtres tremblote une lueur orange. Plusieurs lampes à plusieurs fenêtres, elles ont l'air toutes esseulées. D'autres à la lueur plus pâle car le feu est plus loin, dans un four où cuit de la viande, ou sous un grand pot où infuse du café. Plus loin, au cœur de la ville, les lumières ne tremblotent même pas. Et tout au nord, au centre de Kongor, au sommet de la plus haute tour, une statue de l'oiseau perché sur le pinacle comme prêt à s'envoler. La Tour de l'Autour noir, comme l'a appelée la cuisinière lorsqu'elle l'a emmenée dans les rues. Tout ce dont elle se souvient, c'est la route qui tourne, zigzague et s'élargit tant que trois chariots d'un côté peuvent en croiser trois de l'autre, et puis elle se rétrécit tant que seule une femme peut y passer. Pour quitter le quartier de Tarobe – le plus riche de la ville, comme le dit fièrement la cuisinière à Sogolon –, il faut aller au sud, vers le lit presque sec de la rivière, où les esclaves se rendent pour tirer de la terre ce qu'il lui reste d'eau, y trempant des tissus qu'ils essorent au-dessus de seaux pour séparer la terre du liquide, ou bien aller au nord, vers tout le reste. On prend la route limitrophe le long des quais impériaux avant de rejoindre une autre route, large et passante, qui nous amène au cœur du quartier de Nimbe, où chacun tient registre de tout ce qui marche, enfante et chie, dit la cuisinière. Sogolon est déjà fatiguée mais la cuisinière ne semble jamais se lasser. Sogolon doit crier qu'elle ne peut plus marcher pour que l'autre siffle un chariot, qui les amène de l'autre côté, après la Tour de l'Autour noir, dans le quartier de Nimbe, où la cuisinière avait prévu depuis le début de faire ses courses. On a besoin d'une nouvelle lampe à huile, deux si on fait des économies, dit-elle. Et ici à Nimbe se trouvait le meilleur fabricant de lampes, le meilleur fabricant de tout si tu veux savoir, ajoute-t-elle, même si Sogolon n'a jamais posé de question. Sogolon s'émerveille de ces murs si hauts qu'ils cachent la rue au soleil. Une dispute la ramène à la cuisinière, qui hurle sur un marchand à propos du prix d'une lampe. Ils jurent et se menacent jusqu'à ce que la cuisinière finisse par déclarer que, si elle avait voulu traiter avec des voleurs, elle l'aurait emmenée à l'opposé de là, dans le nord. Le nord. C'est là qu'elles vont ensuite. Le quartier de Gallunkobe, où la plupart des maisons ont l'air grasses, basses et identiques. Et tous les gens tirent la même tête, une tête de six pieds de long. Ne dis pas à la maîtresse où on est allées, dit la cuisinière. Et ne reviens jamais ici. La cuisinière lui donne la main dans les rues et prend une mine sévère quand Sogolon réplique que ça fait bien longtemps qu'elle n'est plus une enfant. Je lâche ta main dans Gallunkobe, tu revois jamais la maison de la maîtresse, dit-elle, laissant Sogolon épouser la vue des vendeurs, acheteurs, buveurs, rieurs, le tissu qui se déroule, la viande qui se hache, les femmes nobles escortées de gardes qui les suivent, grands comme des arbres, qui marchandent, avec l'avertissement qu'elle pourrait bien se livrer au danger.

Le danger se trouve derrière, dans une ferme située en un lieu dont elle n'a jamais appris le nom, avec trois frères qui n'attendent que de la tuer. Le danger, c'est un homme qui rend visite à Miss Azora pour coucher avec le Fruit Défendu, un homme à qui elle n'a pas pu faire boire sa potion avant qu'il la plaque sur le lit. Le danger, il est quelque part dans l'au-delà où, d'après ses frères, sa mère leur hurle de se venger de la petite chienne qui s'est arrachée de son koo à coups de griffes, et de la tuer, cette égoïste. Kongor ? Cette terre est une merveille. Et Sogolon s'en attriste car elle ne veut pas la quitter. Même si le maître lui passe encore devant sans la regarder, comme si elle était un vieux fantôme de la maison. La maîtresse, elle la regarde bien assez. Elle en fait bien assez. Sogolon est quelqu'un pour qui la maîtresse fait des histoires, quelqu'un pour qui elle s'inquiète. Quelqu'un à habiller de beaux vêtements pour que les gens se disent qu'elle vient d'une bonne maison. Elle est une fillette à instruire, à corriger, à claquer sur le front, à fesser, à gronder quand elle parle comme un rat de rivière Mitu, c'est comme ça que l'appelle la maîtresse une fois qu'elle a pigé d'où vient la petite au juste. Mais elle sait. La maîtresse la prépare pour ailleurs. Pour quelqu'un d'autre. Alors elle apprend les jours et se met à les compter. Vingt et neuf : une nouvelle lune. Puis elle apprend les lunes et comment les compter, contente quand elle en compte une, craignant que ce soit la dernière qu'elle compte dans cette demeure. Tiens-toi droite comme une femme, pas comme une paresseuse idiote, s'écrie Maîtresse Komwono quand elle la surprend à se voûter, mais ce n'est pas la paresse qui la fait se voûter. Pendant ce temps, le maître, il ne la regarde toujours pas.

Puis, une nuit, le maître descend dans les appartements situés à côté de la cuisine, où elle et la jeune esclave couchent. Elle ne dort pas, même si on dirait que si, et c'est pareil pour la fille. Il essaie de ne pas faire de bruit. Il marche sur la pointe des pieds dans des pantoufles qui claquent sur le sol à chaque pas. Il secoue doucement l'esclave du bout du pied. Elle ne bouge pas, il secoue fort. Elle grogne et s'écarte de lui, mais il la secoue du bout du pied. Elle grogne de nouveau, un grognement qui se mue en marmonnement. C'en est assez pour le maître, qui lève sa chemise de nuit, et dessous il n'a rien, mais un rien qui est noir dans l'ombre, et le fait ressembler à un fantôme vêtu d'une robe. La chemise de nuit n'arrête pas de retomber et il n'arrête pas de la relever. Le maître s'agenouille, attire l'esclave à lui. Elle grogne comme si elle voulait se rendormir, et elle roule sur le ventre lorsqu'il la traîne sur le sol. Le maître lui lève sa robe au-dessus de ses fesses, sur le dos, et relève la sienne. Il la claque contre sa peau jusqu'à ce qu'il se sente prêt. Sogolon se tourne pour les observer, curieuse de voir ce qu'elle croit qu'il croit lui avoir fait chez Miss Azora. Il donne un coup de reins, pousse et s'arrête pour écarter quelque chose qui lui pique le genou, peut-être un petit caillou, mais elle ne bouge pas. Elle, elle ne gémit pas, mais lui beaucoup.

La ville, c'est la ville. Là d'où elle vient, parfois l'herbe qui se balance dans la brise pouvait lui donner l'impression que la terre s'ouvrait à elle. Surtout avec rien qu'un trou sur la paroi d'une termitière pour la regarder. Mais Kongor n'offre rien. Et quand le sommeil ne la trouve pas, elle se lève et regarde par la fenêtre. Une rue presque endormie, mais il y a des garçons tout le temps sur la route, l'air d'aller quelque part. Certains en agbada, d'autres nus, tous portant un casque de paille, ou bien des bracelets au coude, des bracelets au mollet de couleurs vives, qui défient l'obscurité. Ces attributs, elle les connaît mais elle ne sait plus d'où. Mais quelque chose la frappe plus profond que le savoir. Et quelque chose dans ces garçons qui se pavanent en ville comme si les rues étaient à eux lui donne un sentiment de liberté, qui monte jusqu'à ses pieds, et déjà elle s'enfuit. Un diable n'aurait pas le temps de cligner les yeux que la porte elle l'a passée. Une porte sans serrure, sans garde, puisque le nom du maître est sa protection. Trop de temps s'écoule avant qu'elle prenne conscience qu'elle ne sait pas où aller. Ni comment rentrer.

Mais elle sait qu'elle est dans le quartier de Tarobe, et que si elle prend au sud elle tombe sur le lit de la rivière, donc si elle part dans l'autre sens, vers la Tour de l'Autour noir, elle doit se diriger vers le nord, ou le nord-est. Les rues nocturnes de Tarobe sont toutes bordées de torches pour l'éclairage. Mais bien vite Sogolon se retrouve dans une rue qu'elle connaît pas et là, la seule lumière qui la porte, c'est la lune. C'est le son qui la porte plus que la lumière, car elle rejoint les garçons. La Tour de l'Autour noir s'approche de plus en plus, mais elle est encore loin. Elle arrive à proximité d'une étendue dégagée où, le jour, se tient un grand marché très animé, mais à cette heure, le voilà plein de voix et de torches. Elle tourne et voit le feu de joie qui brûle aussi haut qu'une maison. Et les garçons. Mais ce ne sont pas eux qui allument la foudre dans sa poitrine. Ce sont les ornements sur leurs têtes et leurs coudes et leurs genoux et leurs doigts. L'armure de paille du bâtonneur. La rue où elle se trouve donne sur le feu de joie, et les toits découpent le clair de lune et la plongent dans la pénombre. Elle s'écarte de la lumière du feu qui crépite, et observe, tapie dans le noir.

Les garçons sautent, crient rient et braient. Pas comme ses frères, chez qui chaque mouvement était empreint de méchanceté. Il y a des hommes aussi, certains habillés en Sept Ailes, avec des tenues noires à l'extérieur, blanches au-dedans, certains en agbadas distingués, d'autres ressemblant à des seigneurs, d'autres encore à des mendiants. Mais surtout des garçons, la plupart nus ou en train d'ôter leurs habits. Beaucoup en armure de bâtonneur. Certains ne portant rien que de l'argile blanche et une chaîne autour de la taille. Regarde-les, les garçons. Il y en a un au sol qui en bloque un autre qui abat son bâton sur un autre garçon. Le garçon qui cogne vite à la peau luisante. Le garçon au sol, il n'a pas de bouclier aux mains, et lorsqu'il reçoit un coup sur les phalanges il laisse échapper son bâton. Un coup au visage et un autre à la joue et un homme court pour arrêter le combat. Quelques garçons poussent des hourras. Ils accourent et portent le vainqueur sur leurs épaules. Le perdant, personne ne l'approche.

Le second combat est plus long mais encore trop rapide. Elle veut regarder les garçons, mais ça ne lui suffit pas. Les regarder bondir, d'accord, mais Sogolon imagine ses pieds à elle dans les airs. Elle trouve ça exaltant, les regarder cogner, esquiver, parer et frapper, frapper encore jusqu'à ce que le sang coule, mais elle donne des coups dans le noir, elle aussi, elle esquive et pare et cogne. C'est le pouvoir de la danse, car même quand ils versent le sang, il y a du ressort, de l'entrain et de la grâce. Sogolon, elle veut un bâton plus que tout. Un bâton mince comme son pouce, haut comme un arbre, et plus dur que la pierre. Elle veut longer une rue vide avec le mal prêt à frapper. Encore un combat. Quand elle bondit en l'air, pile en même temps qu'un garçon qui lui aussi bondit en l'air, elle a l'impression d'y rester.

Sogolon se dit que pour rentrer elle doit retourner vers le sud, mais les rues de Kongor n'obéissent pas à de telles règles. Elle ne retrouve pas la maison avant midi. Et tout le monde vaque à ses affaires, comme si de rien n'était. La tristesse chasse son soulagement une fois qu'elle comprend qu'elle n'a manqué à personne. Un drôle d'endroit, où tout continue sans elle comme si personne ne comptait sur elle pour rien, comme si elle n'avait d'importance pour personne. En vérité, ça lui donne envie de hurler.

Un jour, Sogolon marche dans le vestibule et tombe sur des gens en grande conversation dans la salle d'accueil. Pour dire la vérité, elle ne s'est pas aventurée là par hasard. Elle sait que c'est dans la salle d'accueil que sont dévoilés les secrets, car tout y trouve sa place, surtout les confidences. Ce n'est pas que le maître et la maîtresse manquent de prudence, mais que les gens qui empruntent le vestibule ne s'arrêtent jamais pour écouter ce qu'on raconte, étant forcément occupés par leurs propres affaires. Et si jamais la cuisinière y voyait Sogolon, elle lui donnerait une grosse gifle et rapporterait à la maîtresse. Sogolon note les us et coutumes de la noblesse. Ce n'est pas que les nobles doivent se montrer discrets, mais que les plus mal nés ne doivent pas empiéter sur leurs secrets. Ça ne l'empêche pas de se glisser dans le vestibule pour écouter.

« Comment ça, je dois aller le trouver ? Ça aurait l'air de quoi ? » demande le maître. Plus agité que Sogolon ne l'a jamais entendu.

« Aux yeux de qui, mari ? demande la maîtresse. Il n'y a personne dans la rue à midi.

– Tu fais semblant, ou tu es vraiment stupide ? Personne dans la rue à midi. Tu crois que si je veux pas y aller, c'est parce que j'ai peur des gens ?

– Non, mari.

– Et lui qui nous dit de venir à pied, alors qu'il sait que j'ai un char, un chariot et le meilleur cheval de Kongor.

– Il est pas loin, mari.

– C'est pas une question de distance, idiote. Il veut que je vienne à pied pour me montrer que sa maison est bien vue en ce moment, et pas la nôtre. Sans quoi ce salaud, qui n'est même pas d'une vraie famille jesere même si sa maison est pleine d'instruments, il oserait jamais me convoquer chez lui. Et comme si la blessure n'y suffisait pas, cette vache des marais choisit d'y ajouter l'insulte. Non seulement on doit aller à lui, mais on doit y aller à pied, comme de vulgaires serviteurs. Tu le sais, que toute sa maisonnée n'attend que de voir ça, tu le sais, hein ? Il va peut-être même appeler ses amis et ses voisins, disant : Venez voir le spectacle ! La famille Komwono va ramper à ma porte, de la poussière aux pieds ! Comment tu peux ne pas voir ça ?

– Parce que je regarde déjà plus loin. On est en train de changer de saison, et toi tu es encore en train de râler qu'il fait trop chaud cet été.

– Tu racontes n'importe quoi, femme.

– Parfois, pour avancer, il faut traverser des épreuves, mari.

– Quoi ? »

La maîtresse laisse échapper un soupir. Sogolon observe le fardeau de la femme. Obligée de faire l'idiote pour laisser croire à un homme idiot qu'il est intelligent.

« C'est comme tu dis, mari. Tout ce qu'on a besoin de voir, c'est la destination. Regarde même pas qui se trouve sur le chemin parce qu'on va tous les laisser derrière. Alors marchons, mari. Marchons plus loin qu'eux.

– Tu as toujours trop parlé.

– Il t'a dit quoi, exactement ?

– À moi, il a rien dit. T'as pas entendu ? Je suis même plus digne d'entendre sa voix. Il envoie son messager. "J'ai un message du palais. Ses grâces pourraient encore être accordées à la famille Komwono." Pourraient encore être accordées à la famille Komwono ? Mon grand-père a libéré Wakadishu à lui tout seul pendant…

– Pendant la première guerre. Oui, mari. C'est peut-être bien ça, le problème.

– Regardez-moi cette femme, c'est une voyante, maintenant.

– Mari, vous n'êtes jeunes ni l'un ni l'autre, alors il doit bien se rappeler que notre Roi a pris Kongor par la force.

– Et ?

– La noblesse originaire de Fasisi, vivant parmi les Kongori. Il y a des veuves qui vivent dans la rue.

– Sois pas idiote, femme. Rejoindre l'empire est la meilleure chose qui soit arrivée à Kongor.

– Mais il n'ont pas rej…

– J'ai dit sois pas idiote. Kongor n'est pas Bornu. L'impertinence de ce royaume l'a rayé de la mémoire. Ici, on n'a jamais élevé la voix contre le Roi. Et cette merde de chacal n'a même pas eu la décence de faire simplement passer le message qu'il a une affaire urgente à discuter. Il confie l'affaire même au serviteur. Un messager, femme ! Un messager !

– Ça fait trois ans qu'on attend cette nouvelle, mari. Qu'est-ce que ça peut faire, comment on la reçoit ?

– Ce que t'es vulgaire, tu peux vraiment pas le cacher ? »

Sogolon attend que la maîtresse le fasse taire par une répartie concise et tranchante. Rien ne vient. La pièce devient si silencieuse qu'elle se demande si l'un d'eux est sorti. Elle frémit, pensant tout à coup que quelqu'un va surgir derrière elle.

« Eh bien, mari, la prochaine fois fouette le messager, si ça te chante.

– Ce sera pas le dernier que je fouetterai aujourd'hui, tu peux en être sûre. Comme un chien banni, ils me traitent. Comme un chien banni.

– Mari, tu es sage en toutes choses. Mais s'ils veulent qu'on soit des chiens, soyons des chiens. Ils ne s'attendront pas à nous voir mordre. »

Encore une pause. Sogolon sait que le maître entend enfin quelque chose qui peut lui être utile. Elle n'en sait pas long sur les hommes, mais le peu qu'elle sait lui suffit à deviner ce qui vient.

« Ils nous traitent comme des corniauds ? C'est ça qu'ils comptent faire ? Eh bien soyons des corniauds. Qu'ils sachent que ces corniauds ont des crocs, qu'ils feront couler le sang !

– Comme tu es sage, mon mari, dit la maîtresse. On y va habillés en blanc. Prends ton poignard. »

La maîtresse et le maître ne disent à personne où ils vont. Si les gens chez qui ils vont sont de basse condition, nous le sommes encore plus, dit la cuisinière, et ils ont pas à se justifier de quoi que ce soit. Sogolon attend la nuit pour aller chercher les garçons bâtonneurs. Elle se cache et observe jusqu'à ce qu'un homme crie qu'il est temps qu'ils arrêtent ce donga, et tous se dispersent. Cette fois quelqu'un abandonne un bâton dans la poussière. Comme un voleur qui n'en revient pas de sa chance, c'est comme ça qu'elle le récupère. Elle devrait rentrer en courant à présent, elle le sait. Courir avant que celui qui a oublié son bâton revienne. Mais elle ne peut pas s'en aller. Elle s'accroupit bien bas comme un guépard dans le bush, puis elle bondit en l'air et lutte contre les ténèbres.

Parce qu'elle a appris à nommer les jours et à compter les lunes, Sogolon sait que quatre lunes sont venues et reparties depuis qu'elle vit dans la maison. La veille, elle comptait la fin d'une lune et à présent la voilà assise dans la salle d'accueil à se demander ce que la nouvelle Gurrandala, la dernière lune de l'année, va apporter. Six jours auparavant seulement, le soleil lui a apporté de la lourdeur avec enflement et sang, ce qui n'a fait que l'inquiéter car même dans cette maison le sang-de-lune est là pour signifier que ton usage est d'enfanter. Même si le maître ne la regarde jamais, elle n'a jamais oublié la fois où la maîtresse a dit qu'avec son arrivée dans la maison, viendront peut-être un jour des enfants. La cuisinière voit Sogolon se comporter bizarrement, et au lieu de lui demander quel est son problème, elle lui donne des feuilles et c'est le silence qu'elles observent. Sogolon espère. Il y a bien des façons de décrire une femme, mais sitôt que vient le sang, on oublie toutes les autres.

Pas le temps, elle dit. Pas le temps, vraiment, de t'emmener dans une maison de gavage, et à ce qu'il semble tu es trop vieille et c'est trop tard. Alors Maîtresse Komwono lui interdit de cuisiner, disant que sa main doit être employée à des tâches plus délicates.

À savoir peigner les cheveux de la maîtresse. Ses cheveux, ils sont épais et rêches quand elle les croit fins, et chaque fois que le peigne accroche sur un magoton, elle donne une claque sur les mains de Sogolon. Mais c'est aussi dans ces moments que la maîtresse rogne sur son temps pour former la fille, et plus seulement en lui disant ce qu'elle ne fait pas bien. Tiens-toi droite, petite, courbe ta hanche comme si tu voulais qu'elle se replie sur ta poitrine. Maintenant marche. Combien de doigts pour prendre le pain ? Deux, imbécile, pas trois. Ensuite je parie que tu vas prendre la viande comme ça. Je suis sûre de t'avoir montré comment manger la chèvre crue et la cuite, et quand choisir laquelle. Baisse-toi jusqu'au sol, petite, genoux serrés. Ne t'agenouille pas, ne te plie pas en deux, et surtout ne t'accroupis pas, on pourrait croire que tu es en train de chier et personne n'a envie de voir ça. Écoute-toi un peu, c'est dur de se baisser. C'est pas censé être facile. Tu sais pas encore le poids que tes jambes vont devoir porter, et déjà tu gémis alors que tu ne portes que de l'air. Maintenant brosse-moi les cheveux.

« Oui, Maîtresse. »

Sogolon est en train de peigner la maîtresse quand celle-ci lui prend la main.

« Le maître, il te regarde ?

– Non, Maîtresse.

– Il vient pas te trouver ? Dans la nuit, petite, il vient pas te trouver ?

– Non, Maîtresse.

– Étrange. Alors où va-t-il, je me le demande. Tu as peut-être raison. Je crains qu'il soit trop gêné pour jamais oser venir te trouver.

– Vous voulez que j'y fasse quelque chose, Maîtresse ?

– Oh, par tous les dieux, non. C'est sa honte et sa culpabilité qui font qu'il se tient à carreau », dit-elle en riant. Puis elle ajoute :

« Mais s'il vient te trouver, ne te refuse pas à lui.

– Maîtresse ?

– Tu m'as entendue. Cet homme est ton maître, petite. Va pas oublier ça. »

La première nuit de la lune Gurrandala, elle se lave et pense aller au donga de rue. Même au cœur de la nuit, l'eau est encore chaude du grand soleil du jour. Ni la cuisinière ni l'esclave ne se lavent, donc la salle est vide, trois murs de trois côtés qui donnent sur la cour de derrière. Ils l'ont construite entre la réserve à grain et la cuisine, ce qui peut signifier plusieurs choses, mais notamment qu'aucun homme ne verra une femme dans son intimité. Car aucun homme, surtout pas un homme de prestige comme le maître, ne s'approcherait jamais de la cuisine ou de la réserve à grains. Une fois, Maîtresse Komwono l'a dit tout fort, et à partir de là le maître ne s'est plus approché de la chambre. C'est Nanil qui en sort quand le matin approche. La maîtresse tient à ce que la salle soit un lieu de beauté et d'éclat, avec un motif de pièces d'or en rangée, puis des porcelaines, puis de nouveau de l'or, et ainsi de suite. Le sol, taillé dans la pierre, est lisse, et en haut du mur médian, qui est à peine plus grand que Sogolon, il y a un bambou creux par lequel coule l'eau. Alors elle se lave. Elle prend son temps parce qu'il est tard et que tout le monde dort. Et quand elle a fini de se laver, elle a une vision. Elle-même.

La cuisinière dit que la maîtresse elle a acheté le grand plat en argent il y a plus de sept lunes, pas pour présenter son abondante nourriture. Elle l'a accroché dans la salle d'eau pour que les femmes puissent se regarder. Sogolon ne voit pas pourquoi une femme voudrait se regarder pendant qu'elle se lave, et pourtant c'est ce qu'elle fait. Longtemps après s'être écartée du jet d'eau, elle est encore dans la salle, à se contempler. Miss Azora s'assurait qu'il n'y avait rien dans ses chambres qui puisse refléter une image de peur que les hommes, en se voyant, perdent leur vigueur naturelle, soit à la vue de leur corps flasque, soit sous le poids de la honte. Mais ici le regard des hommes n'a pas sa place. Alors c'est elle qui regarde. Elle baisse la tête pour voir ses cheveux, qui lui descendent presque aux épaules avant qu'elle les roule en nœuds sur le sommet de son crâne. Le visage qui lui fait deviner son âge, sauf que c'est pas elle qui devine, c'est la maîtresse. La cuisinière a dit à Maîtresse Komwono : Elle peut pas avoir plus de dix et un ans, Maîtresse. À quoi la maîtresse a répondu non, son esprit est trop vif pour une enfant de cet âge, mais elle est trop sincère, trop de cœur, pas assez d'esprit, pour en avoir plus de dix et cinq. Dix et trois, alors, murmure Sogolon au miroir qui renvoie faiblement son image. Dans la faible lueur de la torche, elle ne distingue pas grand-chose. Sa forme, encore étrange à ses yeux, avec des épaules qui lui font penser à celles d'un jeune bâtonneur. La taille et les hanches étroites, pas des hanches pour promettre huit enfants à un homme. Les jambes comme prêtes à courir presque sans sommation. La lueur de la torche tombe sur ses seins, qu'elle ne voit jamais de raison de regarder, mais, bien souvent, elle surprend la maîtresse en train de les lorgner, et elle la soupçonne alors de penser au maître. Elle regrette vraiment de ne pas se souvenir de lui et de ce qu'il a apporté comme paroles dans sa chambre avant qu'elle le réduise au silence. Quelque chose déguerpit dans le jardin et son cœur fait un bond. Un chat.

Regarde-la, la fille qui se contemple. Sogolon touche son cou, ses seins, elle touche son koo et pense aux mots de la maîtresse qui reviennent encore l'assaillir. Elle a envie de palper chaque partie de son corps et de lui demander : *tu sers à quoi ?* Nanil l'esclave dit que son corps est destiné à faire de nombreux bébés. La cuisinière dit : La grossesse de cette petite pute d'esclave commence à se voir, mais Maîtresse refuse de la bannir de la maison, alors même que le maître l'exige. Comment ça se fait que cette femme fait pas ce que dit son homme, elle demande à la cuisinière. Parce qu'il a pas de volonté, et à Fasisi, où le maître et la maîtresse se sont mariés, l'épouse garde sa fortune si elle le souhaite, ce qui fait que le maître n'a pas de richesses non plus.

Trois femmes. La maîtresse, la cuisinière et l'esclave. Sogolon les considère toutes les trois et se dit que la question n'est peut-être pas qui elle est mais ce qu'elle veut. La maîtresse attend l'arrivée d'une bonne nouvelle qui lui permettra de retourner à Fasisi sans perdre la face. Elle attend cette nouvelle chaque jour, écoutant le roulement lointain des tambours, guettant les enfants messagers qui passent devant chez elle, ou les pigeons qui survolent la maison mais jamais ne se posent sur le toit. La cuisinière ne veut rien de plus que cuisiner et se moquer des gens. Ce que veut l'esclave, elle l'ignore. Ce que veut Sogolon, Sogolon l'ignore. Peut-être qu'elle veut parler, s'enfuir, escalader la Tour de l'Autour noir jusqu'au sommet et voir les confins du monde. Elle le dit à la cuisinière, car elle a besoin de le dire à quelqu'un, mais elle s'entend répondre : *Écoute-moi, petite. C'est parce que t'as pas d'éducation. Pas de mère pour t'élever.* Sogolon écoute mais entend, *Pas de mère qui t'ait appris à ne jamais demander dans quel but elle t'élève.* Elle se regarde et tressaille à l'idée que ces femmes la font se réjouir de n'avoir pas de mère.

Elle pense au chat qui vient de traverser le jardin en courant, qui ne vit que pour manger, pisser et chier, tout comme le maître.

Sauf que son koo est un trou, et il a quelque chose à y introduire. La maîtresse ne veut pas d'enfants, apparemment, mais elle n'a pas de problème avec ce qu'on fait pour ça. Elle et le maître s'y jettent comme dans la guerre environ tous les quarts de lune. Le reste du temps, il baise Nanil jusqu'à ce que ça ait l'air de lui faire mal. Et là il y va plus fort. Sogolon est restée trop longtemps dans la salle d'eau, et la nuit se fait plus profonde, plus sombre. Elle essaie de réfléchir à ce qu'elle veut mais l'image du maître chamboule ses pensées. Elle veut bouger. Elle ne sait pas ce que ça veut dire, mais elle veut bouger. Elle veut que les gens ne la connaissent plus que par sa trace.

Qui t'a dit que tu avais le droit de désirer ? demande une voix qui vient de l'intérieur d'elle-même. Aucune femme de Kongor n'a le droit de désirer. Un jour, dans la salle d'accueil, elle entend le maître dire à un autre homme qu'il y a des gens qui parcourent la lisière de la mer de Sable à cheval et sur le dos de bêtes étranges ; ils se couvrent le visage d'un voile et les mains de marques de sorcellerie, et il arrive que des hommes aiment d'autres hommes, ou les bêtes qu'ils chevauchent, voire leur propre sœur. Mais ils ne considèrent aucune terre comme la leur. Ils ne plantent pas de graine, ne construisent pas de silo, et même lorsqu'ils se tiennent immobiles, c'est qu'ils se déplacent lentement. Sogolon, ça lui a plu. Se déplacer lentement tout en restant immobiles. Elle voit bien. Elle comprend. Elle était déjà en train de remuer, de courir, de s'en aller, de revenir, de disparaître, de filer, de marcher, de glisser, tout ça, ça bouge.

Sogolon n'est pas une putain, ça, elle le répète à qui veut l'entendre. Mais c'est une voleuse, et ça, elle ne le dit à personne. En partant de chez Miss Azora, elle a emporté tout ce qu'elle avait subtilisé aux hommes, et une nuit sur deux, depuis lors, quand Nanil se lève pour aller trouver le maître, elle sort le sac de sa cachette, un carreau descellé dans le sol, au coin de la chambre où elle dort. Sous ce carreau, quelques habits, et par-dessus, un chiffon raidi de sang séché. Du sang-de-lune, murmure-t-elle un jour à l'esclave pour que celle-ci, ou quelqu'un d'autre, soit pris de trop de dégoût pour s'y frotter. Les femmes kongori tiennent pour vérité des idées bizarres, croyant par exemple que celle qui touche le sang-de-lune d'une autre femme restera stérile pour le restant de ses jours. Or le restant de ses jours, c'est la seule chose qui intéresse Sogolon. Depuis qu'elle a commencé à compter les jours, les quarts de lune, puis les lunes, puis ce qu'il y a au-delà des lunes, elle se projette déjà mentalement, pense déjà que personne ne va l'aider, sauf elle, malgré toute la bienveillance que lui accorde la maîtresse. *La bienveillance*, c'est le mot de la maîtresse, pas le sien. Elle est là pour le bon plaisir de la maîtresse, en vérité. Le plaisir.

Nuit chaude au donga. Démons de la chaleur qui chassent la pluie et fendillent le lit de la rivière, fondent sur la ville dès avant l'aube si bien qu'à midi même les routes transpirent. Par des journées comme celle-ci, les bêtes soit elles tombent soit elles courent vers l'eau croupie, les gens ne peuvent rien faire d'autre que s'asseoir à l'ombre et pester que l'ombre ne protège pas de ce feu aveugle, et l'œil des vieillards roule dans leur orbite à mesure qu'ils se meurent. La nuit n'apporte rien que de la frustration, car lorsque la lumière s'éclipse, elle n'emporte pas la chaleur. La maîtresse est partie chez sa sœur, et le maître ne va se coucher qu'une fois que la cuisinière l'a massé à l'aide de cette eau où elle laisse macérer des feuilles pendant des semaines jusqu'à lui donner un goût de vin. Le reste de la maison s'arrange comme il peut. Personne ne dort vraiment, mais personne n'a l'énergie de se soucier des autres. Sogolon s'enveloppe dans une couverture et sort par la grande porte, dans la nuit, luttant contre l'atmosphère épaisse et poisseuse comme une soupe.

Une fois arrivée, Sogolon prend place. De la sueur dégouline sur son visage et sa tunique, entre ses fesses et sur ses jambes, si bien qu'elle a peur de laisser des gouttes sur le sol. Les gens essuient la sueur de leurs yeux avant qu'elle les aveugle, il se dégage de toute la place une forte odeur de musc. Trois combats ont lieu, deux dans le style qu'ils appellent kongori, et deux dans le style occidental. Le style occidental, c'est celui qu'elle aime le moins. Deux hommes sautent dans le cercle et attaquent : il y a des coups violents, des gesticulations, des estafilades, des coupures, rien que de la force brute jusqu'à ce que le plus faible empoigne son front sanguinolent et cesse de donner des coups pour se protéger. Le plus costaud continue de bourriner jusqu'à ce que son adversaire cesse de bloquer les coups. Arrête de bouger. Le donga fait silence tandis qu'ils emmènent le jeune homme, puis un coin de l'assistance pousse des hourras. Le costaud gagne à chaque fois. Mais il n'y a que ce coin-là qui l'apprécie. Ils courent pour le soulever, le hisser sur leurs épaules quand quelqu'un crie. Un homme que

Sogolon n'a jamais vu auparavant sort de la foule et va se placer au centre du cercle. Ignorant toute prudence, elle s'approche.

L'homme porte une jupe bleue nouée haut sur la taille, qui lui tombe en dessous du genou. Sa coiffe, une crinière de lion. Il se tient droit et fier et parle une langue que Sogolon ne connaît pas. Encore plus près maintenant, parmi les hommes, dans la partie la plus sombre de la place, elle ramène la couverture étroitement sur sa tête. D'un bond, le combattant le plus costaud retourne dans le cercle et fait signe à la foule de l'applaudir, mais seuls ceux qui lui sont fidèles l'encouragent. Le nouveau secoue la tête, et rit. En plus, il brandit deux bâtons. Un long, qu'il tient par le milieu, et un plus court. L'autre beugle qu'il pourrait avoir quatre-vingt-dix et neuf bâtons, de défaite il n'y en aura qu'une. L'arbitre se précipite au milieu, mais le costaud l'écarte d'une poussée. Il se met à gémir et à cogner le nouveau. Bim, bam, boum, à la tête et au ventre de l'homme qui le bloque d'une main. Si on ne fait que bloquer, on perd, mais cet homme il ricane comme s'il l'emportait. Puis il fait tournoyer son bâton si vite qu'il devient flou et chaque coup du costaud rebondit et le gifle au visage, quelquefois à la bouche. Le costaud pousse des jurons. Il balance son bras par en haut, par en bas, l'homme bloque et bondit, bloque et danse. L'autre se recule, charge, mais pile à ce moment-là le nouveau bloque la charge et le fouette au visage avec son petit bâton. Juste au coin de la bouche. Le costaud crache du sang. Il se relance dans la lutte, abattant vite son bâton, cogne la terre plus que l'homme. Le nouveau saute, tournoie, danse autour de lui comme un moustique. Le costaud tente de tournoyer aussi rapidement, mais trébuche deux fois. Le nouveau tourne le dos et lève les mains vers la foule comme s'il avait gagné. La foule rugit comme s'il avait gagné. Sogolon jette un œil sur la gauche et remarque un homme qui l'observe. Le nouveau emmagasine les saluts comme on emmagasine la chaleur.

« T'apportes une couverture en plein été ? Pas assez chaud à ton goût ? » demande-t-il, mais elle ne répond pas.

« C'est toi, le prix ? » continue-t-il. Sogolon s'écarte.

Le nouveau est encore en train d'exciter la foule et la foule en train d'aimer cet homme qu'elle peut apprécier. Le costaud se relève. Même Sogolon se dit : Sois comme le lion dans le bush, imbécile. Mais le costaud, il est costaud de partout. Il rugit et charge, mais le nouveau ne bouge pas. Le costaud charge avec son bâton en avant comme une lance. Sogolon étrangle un petit cri. Le nouveau ne se retourne même pas, il reste planté là jusqu'à la toute dernière seconde : là, il se laisse tomber au sol et fourre son petit bâton entre les pieds du costaud, qui tombe violemment sur le menton et ne bouge plus. On applaudit longuement, et comme l'homme ne bouge toujours pas, ses admirateurs finissent par l'emmener. Personne à part Sogolon ne l'entend hurler qu'il ne peut plus bouger en dessous du cou. Elle s'éloigne mais voit l'homme qui lui a posé des questions, il la suit à présent. Elle part en courant dans une allée, tourne à droite puis à gauche.

Quand elle rentre, la maison est calme. La maîtresse n'est pas encore rentrée de chez sa sœur, elle doit passer la nuit là-bas. Le connaissant, le maître a dû remercier les dieux de pouvoir dormir dans son propre lit. Mais Sogolon s'est trop tracassée pour dormir. Le maître et la maîtresse n'ont laissé que quatre portes dans cette maison : l'entrée, la chambre, la porte de derrière et la bibliothèque du maître. Elle est déjà entrée dans la chambre plus d'une fois, plus de cinq fois, et n'y a jamais rien trouvé d'intéressant. La bibliothèque du maître, elle ne s'en approche pas. Mais c'est la nuit et tout le monde dort. La plus grande partie de la pièce est comme toutes les autres de la maison, presque vide, mais avec du tissu, du textile, des poufs et des tabourets. Près de l'unique fenêtre, un objet entièrement recouvert d'un drap blanc. Elle sait de quoi il s'agit, car la cuisinière en parle à chaque fois qu'elle prie pour que son destin change.

Sogolon passe la main sur l'étoffe qui le couvre. Elle a la sensation d'être attirée par la chose cachée en dessous et redoute un instant qu'il s'agisse d'une bête immobile. Elle prend le drap à deux mains et l'arrache. Il garde un boli à la maison, a dit la cuisinière. Sogolon fait un bond en arrière à sa vue, car ça ressemble à un animal. Quatre petites pattes qui tiennent une base ronde et épaisse, comme un jeune hippopotame. Lorsqu'elle s'approche elle trouve que ça ressemble plutôt aux pieds d'un tabouret. Mais la forme prend tout de même un corps d'animal. Le boli a une bosse sur le dos, et une autre à l'avant du corps, qui fait office de tête. Sauf que la tête est ronde comme la bosse, sans yeux ni bouche. Le boli est épais, avec une peau rêche, comme de la boue craquelée sous le soleil, ou du vieux cuir. Rien à voir avec les sculptures qu'elle voit partout dans la maison, ni avec un fétiche, ni avec le corps d'un dieu en forme d'animal. Le boli suggère qu'un dieu s'est trouvé au milieu d'une création qu'il a laissée inachevée. Mais d'après les murmures que la cuisinière et l'esclave échangent à son sujet, elle s'attend à ce qu'il soit magnifique et terrible. Alors elle le touche.

« Sa puissance pourrait te rendre aveugle. »

Sogolon sursaute. Elle fait un bond en arrière, mais elle n'a nulle part où s'enfuir. Le maître est sur le seuil. Elle baisse la tête et le salue. Il entre, sans la regarder.

« Ou te transformer en idiote pour avoir cru pouvoir le manipuler. »

Il va droit sur le boli, touche sa bosse.

« Lorsque le boli est arrivé ici, ce n'était qu'un morceau de bois enveloppé dans du tissu. Et maintenant, regarde-le. Dix et neuf ans d'offrandes aux dieux. Argile, sable, terre, merde, et certaines choses dont aucune langue décente ne saurait parler », dit-il. Puis il rit.

C'est la première fois qu'il lui adresse la parole, et Sogolon sait qu'il vaut mieux ne rien répondre. Pas même : Oui, Maître.

« Je… Je…

– Tu n'es qu'une voleuse.

– Non, Maître.

– Alors tu veux extraire la sève du boli pour toi ?

– Non, Maître.

– Tu ne sais même pas ce que c'est, et pourquoi tu le saurais ? Qu'est-ce qu'un objet de puissance pour qui n'en a aucune ? »

Le maître se met à le caresser.

« Essaie de faire marcher ta cervelle. Le nyama du monde, qui entre et sort par ton nez quand tu respires, qui apporte la pluie et la sécheresse, qui apporte la vie et la reprend, tout cela se réunit dans le boli. Les dieux embrassent tout du regard et compressent tout en lui, comme un potier modèle l'argile. Il tient l'esprit à l'abri, tu comprends ? Il conserve le nyama pour la communauté.

– Ici, c'est pas la communauté. C'est ta maison », dit Sogolon. La lueur de la lune tombe sur le front plissé du maître.

« Il y a des choses que tout le monde ne peut pas posséder. Viens là. »

Sogolon avait esquissé un pas vers la porte, mais elle s'interrompt.

« Je ne répète pas mes ordres dans ma propre maison, tu m'entends ? »

Sogolon se dirige vers lui mais s'arrête au moment où elle pose le pied sur un tapis. À mi-chemin du doigt du maître qui lui fait signe d'approcher.

« Comment aurais-je pu te posséder alors que je ne me souviens même pas de toi ? »

Sogolon ne répond pas.

« Tu as passé tellement de jours à faire l'animal de compagnie pour ma femme que tu as oublié que ton métier, c'est pute. Tu dois avoir une sacrée chance : tu as quitté Miss Azora juste avant que quelqu'un se soit introduit dans sa maison pour la tuer. Lui briser le cou comme une brindille. »

Sogolon étouffe un petit cri. Elle ne savait pas ce qu'il était advenu de Miss Azora cette nuit-là, et elle n'aurait pas su à qui poser la question. Il est clair que la maîtresse se moque de ce que fait son monstre.

« C'est toi qui as voulu venir en la présence du boli. Alors viens dans sa présence. »

Sogolon s'est replacée à l'endroit où elle se tenait avant qu'il entre. La lune a bougé, et à présent elle couvre la silhouette d'argent. Le maître lui ordonne de toucher le dos. Lorsqu'elle retire ses doigts, ils sont mouillés.

« Du sang de chèvre, tout le long du dos. Un peu de sang de poule, aussi. Tu comprends ? Tu ne peux rien lui ajouter qui ne soit pas un sacrifice. Pour qu'il te fasse un don, tu dois lui en faire un, et pour lui faire un don, tu dois te priver de quelque chose. Que vas-tu lui ajouter ? »

Sogolon regarde fixement le maître.

« Tu prends ton regard pour une réponse ? »

Elle se retourne vers le boli. Elle lui dit qu'elle pourrait se rendre à la cuisine et revenir avec des noix de cola à mâcher et cracher, car elle a entendu dire que certains dieux en sont friands.

« C'est mon argent qui a payé ces noix. En quoi est-ce un sacrifice de ta part ? » dit-il. Sogolon se recule, mais il se recule avec elle.

« Tout ce qui l'intéresse, ta maîtresse, c'est d'être de nouveau acceptée à la cour, tu comprends ? Sa seule raison de vivre, c'est d'entrer de nouveau dans les faveurs de la maison royale d'Akum.

Qu'importe si c'est à cause de sa bouche venimeuse que nous sommes bannis. »

Sogolon prend le drap pour couvrir le boli.

« Laisse ça. Sors. »

Sogolon se retourne pour s'en aller en marchant le plus vite possible.

« Une dernière chose, dit-il. Il y a de l'eau pour se laver juste devant le silo. N'entre plus jamais ici avec l'odeur du donga. »

N'agis pas comme si tu tremblais. Tu trembles, mais ne le montre pas, se répète-t-elle.

« Faut que je sois de bonne humeur, pour te le dire gentiment. Dès la première fois que tu es sortie, je t'ai suivie. Ou était-ce la deuxième, la troisième, ou même la dixième ? La première chose que je me suis dit, c'est regarde-moi cette putain qui sort combler son insatisfaction. Mais non, regarde-moi où je te retrouve. À présent, je n'ai même pas besoin de te suivre, puisque tu reviens avec cette odeur d'hommes. »

Sogolon reste plantée là. Elle ne se tourne pas.

« Tu aimes regarder des hommes se foutre sur la gueule comme des chiens sauvages ? C'est ça qui t'excite, ma grande ? C'est comme ça que tu aimes les hommes, dans le plus simple appareil ? »

Sogolon ne se tourne pas.

« Je t'ai dit de sortir. »

Elle a pas fait cinq pas qu'un coup à l'arrière de sa tête l'assomme. Le maître laisse tomber la sculpture, puis se laisse tomber sur elle avant que sa tête ait cessé de tourner. Il la prend par l'épaule et la roule sur le dos. Sogolon a encore la tête qui tourne, et ça ne s'arrête pas. Le maître dit quelque chose mais elle n'entend qu'un grognement méchant. Sa tête lui revient au moment où il saisit le haut de sa tunique pour l'arracher. Mais l'étoffe ne se déchire pas, et il tire encore et encore, il la tire encore et encore. Elle tente de le repousser mais il la gifle. Elle s'étrangle, va pour hurler, mais il dit : Hurle, et tu seras à la rue avant le lever du soleil. Tu m'entends ? Elle serre les jambes et lui, d'une main, agrippe son cou et de l'autre, en s'aidant aussi de ses jambes, essaie de la forcer à s'ouvrir. Elle gémit, se débat et libère sa main pour le griffer au cou. Il grogne de nouveau et lui flanque un coup de poing dans la figure. Sonnée trop longtemps, elle est sonnée trop longtemps. Elle essaie de le repousser, tente de se retourner, mais il a déjà remonté sa chemise de nuit, prêt à la gifler de sa peau. Arrête de lutter, toi, t'es pas élevée pour gagner, dit-il et il fourre son doigt en elle. Elle ferme les yeux et pense à la chose la plus bruyante, la plus sauvage, la plus stridente. Une tempête, avec des nuages gris qui barattent comme du lait de vache dans du café. La pluie qui se déchaîne et noie les pâturages. Et le vent qui siffle puis hurle, le vent qui crie, le vent qui emporte les arbres, la maison, la terre, le ciel bleu, la poussière et la Tour de l'Autour noir, séparant la statue de sa fondation et faisant voler l'oiseau de pierre. Une quinte de toux puis une autre forcent ses yeux à s'ouvrir. Le vent, un démon chuchotant, soulève des papiers sur un tabouret, gonfle la toile comme une voile puis elle tombe délicate et glisse devant le boli qui s'échappe par la fenêtre.

Juste en face d'elle, le maître, la tête proche du plafond, le dos pressé contre le mur, les jambes ballantes comme s'il flottait dans l'eau, les bras tremblants, les mains tentant d'agripper l'air. Et transperçant son torse, une poutre aussi pointue qu'une flèche.

Trois

Bezila nathi. Ils pleurent avec nous. Le lendemain soir, la sœur aînée de Maîtresse Komwono a abandonné la multitude de tâches que les dieux lui demandent d'accomplir afin d'offrir ses bras ouverts à sa cadette endeuillée. Cette sœur, elle est petite quand la maîtresse est grande, et grosse du devant quand la maîtresse n'est large que des flancs, et en la voyant n'importe qui dirait : Bénis soient les dieux qui t'envoient un autre enfant. La maîtresse n'a pas d'enfants alors la sœur en amène neuf des siens, tous des garçons, l'aîné dont la tête touche le cadre de la porte d'entrée, le dernier qui laisse partout une odeur de merde de bébé. Entre trois et six pleurent, entre deux et trois hurlent, huit ou neuf gueulent, quatre ou cinq rient, et par au moins dix fois il y en a un qui braille : Arrête tout de suite ! Rien de tout cela par deuil.

Mais la sœur fait savoir à toute la maisonnée qu'elle est venue endosser le fardeau du chagrin de sa sœur. Et quel fardeau, c'est vrai, bénis soient les dieux, car ils savent bien la multitude de choses qu'elle a à faire. C'est pourquoi chaque jour elle exige du fufu, aussi bien de yam et de plantain, trois sortes de soupes, deux poulets, un chevreau frais saigné et de la bouillie de millet car tous ses fils sauf un détestent le goût du sorgho. Et pas de repas trop chaud ou vous aurez une gifle, pas de repas trop froid ou vous serez pincée. La cuisinière ordonne de tout servir à la température de la pisse de bébé, et tous les dix seront contents, ce qui se révèle exact. La maîtresse, elle mange rien.

Et Maîtresse Komwono. Elle a été la deuxième à trouver le corps après que l'esclave s'est levée du sol de la cuisine à l'aube pour filer à la bibliothèque, en douce, s'attendant à faire ce qu'elle faisait toujours sur la convocation du maître. Au lieu de ça elle a hurlé et réveillé la maisonnée. La maîtresse, qui rentrait de chez sa sœur, où il faisait plus frais mais où il y avait bien trop de boucan pour dormir, avec les neuf enfants qui se réveillaient tour à tour pour perturber la nuit, elle s'est précipitée vers la pièce d'où venaient les cris, espérant prendre son mari sur le fait, en plein acte ignoble, une chose qu'il n'a le cran de faire qu'en son absence, qu'elle pourra lui reprocher longtemps. Elle entre dans la salle d'accueil avant la cuisinière et les jumeaux, qui arrivent juste à temps pour la retenir avant qu'elle s'évanouisse et tombe. Maîtresse Komwono braille, hurle, pleure, crie, gueule et crache, et elle rit devant le corps de son mari d'une manière qui ne sied guère à une noble dame. Ça, ça vient de la cuisinière, qui dit qu'il y a une lune seulement cette même maîtresse en aurait dit tant sur une autre. Depuis la découverte du cadavre à l'aube, elle, la cuisinière, prend sur elle de faire tourner la maisonnée, sans que la maîtresse lui ait jamais indiqué qu'elle devait le faire. Cette besogne s'achève à midi quand la sœur de la maîtresse arrive en gueulant : Qu'est-ce qui est arrivé à mon beau-frère ? Bien que personne ne se rappelle l'avoir envoyé chercher. La première chose que fait cette sœur, qui se fait appeler Dame Maîtresse Morongo, est d'exiger qu'elles déplacent le corps vers l'une des pièces du fond où Sogolon ne se rappelle pas avoir jamais mis le pied, après tout on ne peut pas garder son corps dans la partie habitée. Il y a un trou dedans.

Maîtresse Komwono passe le plus clair de la journée dans son lit et n'a pas assez de volonté pour dire à sa sœur et à ses neuf neveux taisez-vous, vous perturbez mon deuil. La cuisinière, elle commence à s'inquiéter de la voir manger de moins en moins jusqu'à ce que, deux jours plus tard, elle ne mange plus rien du tout. Sa sœur dit : Oui, dommage, mais donne le bol à mon cadet car entre ses grands frères et ses petits frères on l'oublie toujours, et il ne faut gâcher la nourriture sous aucun prétexte. La nuit, la cuisinière se rend au chevet de la maîtresse pour voir si le chagrin l'a rendue trop malade et la trouve endormie à poings fermés, non sur le lit conjugal mais par terre. La cuisinière, pensant qu'elle est tombée, s'empresse d'aller la réveiller pour la ramener à son lit. Mais la maîtresse repousse ses mains et dit qu'il fait plus frais par terre. La pièce est déjà froide, Maîtresse, pourquoi vous cherchez le froid encore ? demande la cuisinière. Elle examine le sol et voit un appuie-tête et toutes sortes de draps, étalés comme un lit.

« Il y a un esprit dans le lit, dit Maîtresse Komwono. Il est pas mort de sa belle mort et maintenant il est dans mon lit. La nuit dernière il a glissé ses paluches sous ma chemise de nuit. »

La cuisinière outrepasse son rôle et dit que ça devrait la rendre heureuse de savoir que même dans l'outre-monde le maître brûle encore de désir pour elle, à quoi la maîtresse réplique : « J'ai jamais dit que c'était lui. »

Le lendemain, la sœur entre en se dandinant dans la cuisine en s'éventant, et elle demande ce qu'il convient de faire maintenant, car elle parle toute seule, la pauvre femme. L'un des jumeaux observe : « Peut-être qu'elle parle aux ancêtres, Maîtresse. Peut-être qu'elle supervise le passage en douceur de son mari. Dans l'outre-monde, je veux dire.

– Qui, au nom des dieux sages et stupides, a permis à ce garçon de m'adresser la parole ? » demande la sœur.

C'est de la sorcellerie, c'est le mal, dit l'esclave, et cette idée s'implante dans la maison. La cuisinière déclare qu'elle ne laissera jamais la maîtresse à son heure de faiblesse, car ce genre de déloyauté se saurait et l'entraverait dans sa recherche d'un nouvel emploi. L'esclave ne peut pas s'en aller, car elle est liée au nom des Komwono. Les jumeaux refusent de partir, cependant ils ne dorment pas dans la maison mais avec les chevaux, et Sogolon n'a nulle part où aller. Elles avaient fermé la bibliothèque une fois que les jumeaux avaient traîné le maître dans la salle d'accueil. Tout le monde attend à sa façon les signes maléfiques et sortilèges malveillants, mais rien ne vient.

Bien que personne ne l'ait appelé, le magistrat débarque avec deux suppléants qui ont l'air d'attendre encore que du poil leur pousse sur les couilles bien après l'heure. La maîtresse, elle n'est pas d'humeur à parler, sauf pour dire que le nom des Komwono lui vaut bien le droit de pleurer son mari dans l'intimité. Et la cuisinière, elle n'est pas d'humeur à voir des étrangers mettre tout sens dessus dessous dans la maison, surtout que la première chose qu'il fait, le magistrat, c'est renverser le boli, puis s'émerveiller qu'il ne se soit pas brisé. Un crime, c'est pas un bateau dans la nuit. Il peut pas juste passer sans être vu, qu'il dit. Bien, alors trouvez les diables qui ont soulevé le maître jusqu'au plafond, et chassez-les, puisque vous êtes visiblement un dur à cuire, qu'elle répond. Tout le monde dans le quartier sait que le magistrat est aussi couard que ses suppléants sont stupides. J'en ai pas fini avec cette maison, il dit, mais sans doute était-ce bien le cas, car on ne l'a plus jamais revu.

Encore deux jours et les familles de la femme et du mari arrivent. En si grand nombre que la maison enfle et éclate, et certains doivent trouver à se loger dans les parages tandis que d'autres pestent et disent qu'ils vont rentrer chez eux. Dame Maîtresse Morongo gémit et pousse des jurons parce qu'elle ne pense qu'au bien-être de sa sœur, et ces gens ils viennent pour tout prendre, tout manger, dormir partout. Mais à présent, sa voix se perd dans la maison, comme elle le dit à la cuisinière. Maîtresse Komwono a trois sœurs au total et elles viennent toutes avec leurs familles élargies. Mais le maître a trois frères et trois sœurs, qui viennent avec leurs enfants et leurs petits-enfants, tous par dizaines et dizaines. La cuisinière est débordée, qui doit faire venir deux femmes pour l'aider, dont deux n'ont jamais vu l'intérieur de la maison de Maîtresse Komwono auparavant.

La différence entre la famille du maître et celle de la maîtresse est flagrante. C'est là qu'on voit bien que c'est une vieille famille, à leur attitude. La tête haute, comme s'ils ne se baissaient jamais pour compter l'argent. Bien qu'il y ait des tabourets partout, ils s'accroupissent, et aucun d'eux n'est gros. Mais ils sont évasifs, comme le maître, comme s'ils gardaient tous des secrets, même entre eux. Le frère aîné, qui amène cinq enfants, a déjà pris sur lui de programmer les rites. Le plus jeune, sans consulter personne, il a décidé que c'est la sorcellerie qui a tué le maître, et dès qu'il l'a trouvée, il traîne l'esclave au beau milieu de la cour pour la flageller jusqu'à ce qu'elle passe aux aveux. Il ordonne à l'un des jumeaux de la ligoter avec une corde d'herbe, ignorant ses pleurs, ses supplications et ses cris. Il crie : Parle-moi de ta nécromancie ! Parle-moi de ton insatisfaction ! Il la frappe deux fois avant que sa sœur lui gueule d'arrêter. Le frère lui crie que c'est une affaire d'homme et qu'elle a pas à s'en mêler, ce à quoi la sœur réplique : C'est une affaire d'homme de bon sens et durant toutes ces années tu n'en as jamais montré. Il prend le bâton et marche sur sa sœur comme s'il allait la cogner, elle aussi. Mon mari peut te casser le dos d'une main, espèce de petite crotte de chien, réplique-t-elle, assez fort pour que toute la maison l'entende, car à cette heure presque tout le monde s'est réveillé et s'ennuie.

Qui aurait une raison de s'en prendre au maître, si ce n'est une esclave ? demande-t-il avec un sourire mauvais. Il croit encore qu'il va l'emporter dans cette dispute. « Cette fillette maigrichonne, tu trouves qu'elle a l'air de connaître l'art de la sorcellerie ? Qu'elle a l'air de connaître un art, quel qu'il soit ? fait sa sœur. Elle sait même pas lire, la pauvrette.

– Et toi tu t'imagines que ton frère s'est empalé lui-même ? »

Il ouvre les vannes : on dirait qu'il est le seul à s'alarmer que son frère soit mort de cette façon. « Peut-être que vous souhaitiez tous sa mort, dit-il.

– Peut-être qu'on attend les résultats de l'enquête du magistrat, mon frère.

– Il est déjà venu et reparti. On en parle sur les marchés.

– Peut-être qu'il a trouvé le coupable, alors.

– La question reste sans réponse, ma sœur.

– Si t'as toujours pas compris ce qu'elle fichait dans la bibliothèque de ton frère avant les poules, pas étonnant que tu n'aies qu'un seul enfant.

– Tu dois parler de baise acrobatique, ma sœur, si tu crois que c'est ça la cause de sa mort. Il baisait quoi, une chauve-souris ? »

Le frère laisse partir l'esclave, mais ne lâche pas l'affaire. La rumeur ne met pas longtemps à se répandre en ville que la diablerie a pris possession de la maison Komwono. D'autant moins que l'origine de la fuite, c'est le plus jeune frère. Il y a une petite pute dans la maison qui étudie le mal, raconte-t-il à un poteau que, dans son ivresse, il a pris pour un homme sympathique. Éloigne tes sales pattes de moi, crache-t-il à l'un des jumeaux, qui est venu le chercher.

Ce frère convoque les féticheurs et les devins Ifa, aux frais de son frère mort. Ils balaient la bibliothèque du regard puis du balai, collectant poussière, papier et tout objet impossible à identifier, une piécette que personne ne peut dépenser, et n'importe quel résidu de n'importe quel liquide s'écoulant quand homme et femme niquent. Et tout le sang caillé par terre. Ils coupent aussi quelques mèches des cheveux de Nanil, l'esclave, et demandent des échantillons de ses vêtements, mais elle n'a que ceux qu'elle porte. Et ils prennent certains des livres précieux du maître, sans préciser toutefois pourquoi ils en ont besoin. La bibliothèque est la seule pièce où il n'y ait personne. Quand les frères décident qu'est venu le temps d'umkapho, le plus jeune fulmine et dit : À quoi bon informer les ancêtres si personne ne peut leur dire où est son âme ni où elle va ? Alors ne prononce pas de discours, dit l'aîné des frères, et les hommes de la maison le laissent.

Pendant ce temps, Sogolon reste dans la réserve à grain, à l'abri des regards. Comme personne ne l'appelle, personne ne voit l'enflure sombre juste en dessous de son œil. Elle a installé sa natte dans un coin si petit qu'elle doit se recroqueviller comme un bébé pour s'y loger. Puis elle remonte sa tunique sur sa tête, laissant le reste de son corps aux mouches et aux grains qui la grattent. Personne n'a besoin d'elle, surtout pas la maîtresse, qui reste dans sa chambre et dort par terre, sauf la fois où ses sœurs s'introduisent dans la chambre avec deux urnes pleines d'eau, disant : Si tu ne veux rien faire, d'accord, mais d'abord tu vas te laver. Ses sœurs et belles-sœurs s'y mettent toutes ensemble pour la capturer comme un gibier, et la déshabillent bien qu'elle hurle et se débatte, et tout ce que peuvent faire Sogolon, l'esclave et la cuisinière, c'est regarder. Jusqu'à ce qu'elles ferment la porte afin qu'aucun homme ou femme de basse extraction ne voie comme la saleté et le chagrin dégradent une femme.

La huitième nuit, Sogolon se réveille en sursaut. Elle roule sur le dos et regarde par la fenêtre. La maison est pleine, mais tout le monde dort. Tout le monde y arrive, même la maîtresse, que son chagrin rend folle. Mais pas Sogolon. Vois la fille. Elle se glisse hors de la réserve à grain et sort dans la cour où même les poules sommeillent. Si tu vas plus loin que le couloir, de l'autre côté, si tu te baisses en passant la fenêtre de la cuisine, tu arriveras au portail auquel mène aussi la porte de derrière, et de là, tu pourras t'enfuir. *Mais m'enfuir où ?* demande une autre voix dans sa tête. *Pas t'enfuir vers, t'enfuir de, fuir*, répond une autre. *Fuis avant qu'ils ne comprennent. Fuis car bientôt ils sauront.* Le vent s'engouffre dans la maison, comme un murmure qu'elle devine venu d'une autre pièce, dans une langue qu'elle ne connaît pas. Un murmure qui ressemble à un rire, puis un caquètement, un grondement ; et tout autour, elle sent la poussière qui se met à remuer, le grain à trembler. Un grondement, une fissure qui ouvre un entonnoir, lequel l'avale tout entière.

Quand Sogolon se réveille, elle étouffe. Elle tousse violemment dans le noir. Allongée sur sa natte dans la réserve à grains, elle entend des flammes qui réveillent la cuisine. Aube. Elle se rappelle alors que ce n'est pas qu'elle ne puisse pas dormir. C'est qu'elle n'ose pas.

Juste après midi, les hommes reviennent avec quelques anciens et une vache. Ils l'égorgent sur place, dans la cour, laissant le sang couler où il choisit de couler, un possible message du dieu du jugement et de la vengeance. Le plus jeune frère désigne un filet de sang qui se dirige vers la cuisine et dit : Je suis trop fatigué pour vous répéter que la sorcellerie vient de là ; mais cette fois les gens l'écoutent. Voici ce que font les hommes. Après avoir tué la vache, ils découpent la chair, hachent les os et cuisent le tout dans trois marmites sans parfums ni épices. Puis chaque personne liée au mort par le sang ou la loi mange. Assis par terre dans la maison ou dans l'allée, dans la poussière de la cour et dans la rue. Ils sifflent et font la moue à cause du goût affreux, mais ne disent rien de peur de fâcher les ancêtres, qui les observent et jugent les vivants comme les morts. Cuisinière, esclaves, serviteurs et Sogolon, tous ne font qu'observer.

Le même après-midi, les femmes s'insultent entre elles. Renvoyez les enfants, disent les sœurs de la maîtresse, car elles ont moins d'enfants même si on compte Dame Maîtresse Morongo et ses neuf fils. Et les vôtres sont les plus bruyants, les plus vulgaires, les plus gâtés et les plus bagarreurs, disent les femmes Komwono, les sœurs et épouses du côté du maître. Dame Maîtresse Morongo affirme que le mort n'est pas encore parti et que quand il porte des messages aux ancêtres son comportement attire des esprits. De plus, chacun sait que les esprits mauvais adorent les funérailles. Mais les sœurs du maître répliquent vous êtes toutes dingues, comme vos maris. Dame Maîtresse Morongo se dresse devant les sœurs et épouses Komwono comme si elle s'apprêtait à gratter la poussière de son sabot, et renâcle. C'est qui que vous traitez de dingues ? Aucune de vous, chattes du bush, ne se couvrait les nichons avant que votre frère n'épouse l'argent et les propriétés de ma sœur, elle dit. Komwono, le légendaire clan guerrier. La guerre elle a bon dos, oh. Les Komwono en sont outrées, car leur nom prestigieux est tout ce qu'elles ont. Vous avez peur que vos enfants aient encore des yeux pour voir ce qu'ils ne devraient pas, voilà tout, disent-elles. Une sœur, la voyant de l'autre côté de la cour, crie à Sogolon :

« Quel âge t'as ? Oui, toi qu'es couverte des grains que cette pute de cuisinière me fait bouffer. Quel âge t'as ? » C'est la première fois que quelqu'un d'une des deux familles lui adresse la parole.

Sogolon se tient devant la réserve à grains, mais maintenant que tout le monde la regarde, elle ne sait pas où se mettre.

« Moi, Maîtresse ?

– Qui d'autre, fillette ? Quel âge t'as ?

– Dix et trois, Maîtresse ?

– Hmmm... Tu... » Elle laisse mourir sa phrase avant d'en commencer une autre. « T'es encore une enfant, alors. Dis-moi, jeune fille, dis-le à toutes ces dames précieuses, ces dames intelligentes... Tu as vu des esprits par ici ces dernières nuits ? Quelqu'un t'a embêtée ? »

Sogolon regarde bien les sœurs et les belles-sœurs, la famille du maître et celle de la maîtresse, et oublie qui est qui. Quatre d'un côté, trois de l'autre, et elles se ressemblent toutes, plus qu'au maître ou à la maîtresse.

« Non, Maîtresse, j'ai vu personne. »

Car c'est tout ce qu'elle fait, Sogolon, regarder. Puis elle se regarde regarder, regarder au point de savoir en détail ce qui n'est pas ses affaires. Donc en deux jours elle sait quel frère et quelle belle-sœur, et quelle sœur et quel beau-frère sont plus proches que le couple marié ne l'était en cette vie. Elle passe autant de temps que possible à ouvrir l'œil, et dans la foule qui grossit, il y a toujours quelqu'un de neuf à observer, à étudier, à suivre. Mais elle sait que ce n'est pas le pourquoi. Au bout de deux jours il n'y a plus rien de curieux dans les gens ni le monde. Et pourtant elle reste éveillée toute la nuit jusqu'à l'aube, et léthargique dans le jour.

Sogolon s'observe en attente du changement, car elle sait qu'il arrive. Elle sait qu'il pourrait bien déjà être là. Un changement dans sa voix, un changement dans sa démarche, un changement dans son visage quand les gens lui posent une question. Elle ne sait pas comment elle sait qu'être dans une pièce où l'on a vu la mort entrer et ressortir, prenant la vie d'un autre, doit vous souiller. Elle ne se sent pas pareille. Parfois il y a une lourdeur comme ce qu'il arrivera à son corps dans deux quarts de lune. Le sang-de-lune. Mais ce n'est pas comme ça, cette lourdeur-là la frappe comme une maladie, s'attarde plus longtemps qu'on pourrait le rêver, repart quand elle choisit. Elle ne peut la décrire, même pas à elle-même. Pas une chaleur, même si elle a l'impression d'une chaleur qui brûle sa tête lentement. Pas une douleur, et pourtant on dirait une blessure. Plutôt une inquiétude. Une inquiétude ignoble. Une chose des plus inconfortables qui refuse de décider si elle est idée ou sensation. Comme quelque chose dans le fond de sa cervelle, un peu comme la première fois qu'on lui a fait boire du café. Elle aimerait bien que ce soit le café. Elle a honte de comparer ça à un truc aussi trivial, mais de quel autre élément de comparaison dispose-t-elle ? La nuit, c'est pire, une sensation qui prend possession d'un côté de sa tête, descend frémissant dans ses épaules, et tremble sur le bout de ses doigts, une sensation qui lui donne envie de découper sa peau afin d'en sortir. Elle veut si fort en sortir qu'elle serait prête à s'écorcher vive pour y parvenir. C'est la seule façon dont elle arrive à y penser, à cette chaleur insidieuse qui n'est pas une chaleur, cette douleur qui n'est pas douleur, cette folie qui n'est pas folle. Seulement cette… elle ne sait pas. Et le fait de ressasser ne la fait pas en savoir plus qu'auparavant. Sogolon voit la flamme dans la cuisine et se demande si elle devrait y plonger la main, pas assez pour se brûler gravement mais assez pour se faire mal, de façon à ce que cet intrus nocturne, car c'est ainsi qu'elle a commencé à l'appeler, s'éclipse. Chasser la douleur par la douleur. Quand ses frères oubliaient de la nourrir, parfois son esprit s'enflammait d'une angoisse atroce, comme s'il était furieux contre elle, et tout ce qu'elle trouvait à y faire, c'était se cogner la tête par terre jusqu'à ce qu'une souffrance vienne à bout de l'autre, et parfois les deux disparaissaient. L'intrus dans sa tête lui donne envie de le chasser par les coups. Non. Elle sait qu'il ne s'en ira jamais. Il descend sur elle chaque soir et lui dérobe son sommeil. Parfois il vient le matin quand elle ramasse des grains, ou quand elle voit l'un des frères du maître, ou remarque une chose sans lien avec rien, un trou dans sa robe, ou un crépuscule non pas orangé, mais violacé.

Vois la fille. Elle compte les jours. Son esprit la ramène de force à la bibliothèque, au moment où elle a touché le boli, ramené ses doigts pleins de sang de chèvre. De poulet aussi. Le sang coule le long du mur. Suis à l'envers son trajet, pars dans l'autre sens, monte quand il descend et tu verras ses orteils, puis ses jambes, puis sa chemise de nuit. La poutre qui sort de sa poitrine, ses bras grands ouverts, et les yeux qui regardent encore mais ne voient plus. Elle a trop peur pour dire son nom, ou pour appeler au secours. Elle se tourne vers l'entrée et il surgit, l'air fâché, pressé de se mettre au travail et espérant qu'elle va sortir sans qu'il ait à lui en donner l'ordre. En entrant, il la voit et crie : *Tu n'es qu'une voleuse.* Ce n'est pas en train d'arriver, regarde-le sur le mur. Voir les yeux vides du maître pousse Sogolon à se demander ce qu'il mijotait ce jour-là. Ce qu'il comptait faire quand le soleil se lèverait comme il se lève maintenant, où il allait être à midi. Quand une personne meurt, on tue l'avenir aussi. Pas elle, se dit-elle, elle a tué personne. Il lui faut sortir de la chambre à reculons, oui, reculer, effacer chaque pas qu'elle a fait dans cette pièce, se défaire elle-même. Mais en arrivant à la porte, Sogolon s'immobilise. Le maître, immobile et raide. Sogolon se demande déjà ce qui l'attend au bout du jour quand le pied gauche du maître frémit. Puis le droit. Sur quoi il redresse la tête et tente de hurler, mais de sa bouche jaillit du sang épais comme du miel. Sa tête tressaute, ses mains tressautent, Sogolon fuit.

Dehors dans la cour elle arrive tout juste à dépasser l'entrée, puis son corps entier se plie en deux et elle vomit. Elle dégobille, elle gerbe, même quand plus rien ne sort. Le jour approche et rien ne l'arrête, et une fois que son ventre cesse de tenter de la vider, Sogolon se rappelle que les autres vont bientôt se lever, l'autre qui ne se réveille jamais avant elle, mais se lève toujours d'abord pour filer en douce et faire son affaire avec le maître, s'il n'est pas venu la trouver dans la nuit. Sogolon se redresse d'un bond, recouvre le vomi de terre du bout du pied, puis se dépêche de rentrer. Elle se faufile jusqu'à sa couche et couvre de son drap ses pieds pleins de terre. Elle tourne le dos à l'esclave, et garde les yeux fixés sur la jonction du sol avec le mur jusqu'au moment où l'esclave commence à s'agiter. Elle l'entend épousseter sa chemise de nuit, marcher le plus silencieusement possible jusqu'à la bassine d'eau de la cuisine, plonger ses mains dans l'eau pour éviter les bruits d'éclaboussure, puis se renifler et s'essuyer, et se renifler de nouveau, les aisselles peut-être, puis la poitrine, les jambes et le koo, après quoi la fille récupère son drap, s'enroule dedans et marche jusqu'au placard, qu'elle entrouvre, referme, avant de sortir à pas de loup, faisant de moins en moins de bruit à mesure qu'elle s'éloigne dans le couloir, jusqu'à ce qu'il n'y ait plus un son, qu'il ne demeure que Sogolon qui compte les pas qu'elle n'entend pas, se demandant combien il en faut à l'esclave pour arriver dans la partie est de la maison, si elle fait le trajet d'une traite, ou s'interrompt, car Nanil fait toujours très attention à n'éveiller personne, puis combien de pas il reste entre le couloir extérieur et le couloir intérieur, après la salle d'accueil, après une autre galerie qui mène à la chambre nuptiale, après quelques carreaux fêlés que la maîtresse ne cesse de demander au maître de remplacer, jusqu'à ce qu'elle arrive enfin en face de la bibliothèque. Nanil frappera à la porte, elle frappera au rythme secret de leur code. Attendra deux respirations, peut-être trois. Elle ne regardera rien, sauf le sol, et elle s'avancera, retirera sa robe par le cou, se mettra à genoux, à quatre pattes, elle attendra le temps de trois battements de cil, peut-être quatre. Sogolon est encore couchée sur le côté, par terre, et elle observe la jonction du sol et du plafond, elle attend. Elle se demande pourquoi ça ne vient pas. Peut-être dans cette salle existe-t-il du possible, et quelque chose d'autre s'y passe, voire rien du tout. Mais là-dessus, Nanil hurle. Et hurle, et hurle encore, et Sogolon reste immobile tandis que des larmes jaillissent dans ses yeux. Nanil, elle hurle encore. Puis plus rien. Puis le grincement rapide d'une porte qui s'ouvre en grand, suivi d'un choc sourd quand elle heurte le mur. Quel genre de diablerie se déroule sous mon toit ? s'écrie la maîtresse. Je m'en vais discipliner cette saleté de fille et cette saleté de… La maîtresse ne finit pas sa phrase. Sogolon attend que ça vienne, et ça vient. À présent la maîtresse gémit, et elle gémit encore et encore, et maintenant des pas retentissent partout dans les couloirs. Les jumeaux courent chercher de l'aide dans la rue. La sensation saisit à nouveau Sogolon, et elle se lève d'un bond et court dehors juste à temps pour vomir sous le porche.

Et la maîtresse pleure tout le jour. Elle convoque Sogolon peu après midi et dit : Distrais-moi, raconte quelque chose que tu as appris dans le bush. Sogolon reste perplexe. Elle ne vient pas du tout du bush, explique-t-elle, mais la maîtresse réplique : Alors pourquoi tu sens les herbes hautes tout le temps comme ça ? Et elle part d'un grand rire jovial même si Sogolon n'a pas trouvé ça drôle. Autrefois elle sentait la terre, et à présent elle sent les fleurs qu'elle ramasse en chemin, mais elle n'a jamais senti l'herbe.

« Amuse-moi », braille la maîtresse, sur quoi elle tombe de sa chaise et reste par terre jusqu'à ce que la cuisinière et un des jumeaux accourent pour la relever.

« Pourquoi tu ne l'as pas aidée ? C'est pas possible, une empotée pareille ! » s'exclame la cuisinière.

En l'espace de trois jours, l'odeur qui émane de la chambre de la maîtresse est au-delà de la puanteur.

Elle n'était pas censée être dans la bibliothèque. Elle n'a rien à faire dans cette pièce. Le maître a tous les droits de circuler dans ses propres appartements, pas elle. Elle a passé la porte par sa propre volonté, ce qui l'a rendue sujette de la sienne, à lui. On dirait des mots qui sortent de la bouche du maître, pas de la sienne, à elle. Mais si le maître ne l'avait pas touchée, il serait là aujourd'hui, à faire comme si elle n'était pas là. Une voix qui ressemble à la sienne lui rappelle que la maîtresse lui avait dit de ne pas se refuser à lui. Si elle n'était pas entrée dans cette pièce sans permission comme une vulgaire voleuse, il n'y aurait eu personne pour tenter le maître, à part Nanil. Tu as fait venir le mal sur toi, tu as fait venir le mal sur lui. Ferme ta bouche pendant qu'il te montre à quoi servent tes trous, et dis-toi juste que ce sont les choses qui doivent t'arriver. Non. Je n'ai rien fait, le vent l'a fait. Le vent l'a fait.

À cause du poids de ses réflexions, Sogolon n'a plus que la peau sur les os. Elle ne sait pas qu'elle se trouve dans la cuisine jusqu'à ce que la cuisinière crie, et pas qu'une fois. Bouge de là, petite abrutie, tu vois pas que tout le monde est occupé à son chagrin ? À ce moment-là, la maîtresse entre chancelante, avec sa sœur à sa suite. Elle tient à peine debout, et ses yeux semblent tout perdus, comme si c'est hier qu'elle regardait. Elle tombe presque sur Sogolon, se cramponne à sa tunique et manque les entraîner par terre toutes les deux. « C'est toi qui as tué mon mari, dis la vérité ! Allez, dis la vérité. C'est toi ? Tu as tué mon maître, tu l'as tué. »

L'haleine de la maîtresse est fétide. Sogolon, qui la tient encore, cligne des yeux une fois et les larmes coulent sur ses joues. La maîtresse s'écarte et empoigne la cuisinière. C'est toi qui as tué mon mari, dis la vérité ! Allez, dis la vérité. C'est toi ? Tu as tué mon maître, tu l'as tué, elle dit. Elle agrippe la cuisinière et tente de la secouer, mais la cuisinière étant robuste, elle ne secoue que sa robe. Sogolon la regarde dévisager la cuisinière et comprend qu'elle n'exige pas, elle supplie. La maîtresse la lâche et se dirige vers la cour quand elle voit l'un des jumeaux. Deux de ses sœurs la font cesser. Elles n'ont pas besoin de la traîner cette fois. Les mains de la maîtresse retombent le long de son corps, et elle retourne d'elle-même dans sa chambre.

Deux choses se produisent en vitesse. L'enterrement du maître et les convocations à la cour royale. La nuit des funérailles, Sogolon se réveille et remarque que la lampe à sa fenêtre s'est éteinte. Le matin des rites, les sœurs habillent la maîtresse en noir. Elle doit rester vêtue de noir pendant neuf lunes. À l'approche du soir, les hommes reviennent avec une autre vache. Ils l'égorgent sur place, dans la cour, laissant le sang couler où il choisit de couler. Voici ce que font les femmes. Après qu'ils ont tué la vache, elles découpent la chair, hachent les os et cuisent le tout dans trois marmites avec du poivre de Guinée, de l'ail, du soumbala, du beurre de cacahuètes et du sel. Puis chaque personne liée au mort par le sang ou la loi mange. Assis par terre dans la maison ou dans l'allée, dans la poussière de la cour et dans la rue. Ils s'extasient et s'émerveillent du goût extraordinaire, et chantent les louanges du maître, qui devient à présent l'un des ancêtres, lesquels observent et jugent les vivants comme les morts.

Le prêtre asperge tous les parents d'eau bénite, et les frotte d'herbes pour bannir les ombres qui les suivent, celles que leur corps n'a pas projetées. Mais pas Sogolon, ni la cuisinière, ni les autres employés de la maison, car ils ne sont pas de la famille. C'est aussi bien, dit la cuisinière. Leurs diables ne regardent qu'eux.

La maison des Komwono est enfin revenue en grâce, annonce le porteur de ladite bonne nouvelle, un garçon au sourire trop large. Il transporte les mots dans sa bouche comme s'il ne savait pas ce qu'il disait, ni à qui, ce qui est vrai. Il ne savait pas qu'il arrivait dans une maison en plein deuil, ni qu'il allait annoncer cette nouvelle à Sogolon. Que les dieux vous apportent consolation, dit-il aussi en regardant le plafond, comme s'il avait surpris un mauvais esprit en train de l'observer. Puis il s'en va sans tarder. Répète-moi tout ce qu'il a dit, demande Maîtresse Komwono, et sous le choc elles voient son humeur noire s'évaporer sur sa peau, et le feu qui la quitte part embraser le bush.

La première chose qu'elle fait, c'est chasser tout le monde de la maison, sauf son personnel. Et ceux qui sont venus de loin, ma sœur ? demande Dame Maîtresse Morongo. Tu n'en fais pas partie, ma sœur, tu habites au bout de la rue, réplique la maîtresse. Mais tous autant que vous êtes, soyez partis d'ici midi, car je récupère ma maison. Sœurs et belles-sœurs jugent la chose révoltante. Frères et beaux-frères soupirent et hochent la tête de soulagement, car des esprits visitent leur entrejambe la nuit, et aucun ne peut jurer que ce sont des esprits femelles. Les sœurs de la maîtresse, une par une, refusent de partir, disant : Chère sœur, tu vas être en ukuzila pendant neuf lunes, peut-être même un an si les ancêtres n'accueillent pas ton mari à temps. Une femme en ukuzila ne peut pas faire ce qu'on attend d'une femme vêtue de rouge ou jaune. Les dieux exigent que tu te modères en actions et en pensées. Tu as besoin de tes sœurs, disent-elles. Les Komwono disent pareil, mais ils et elles ajoutent : Et il faut qu'on voie ce que notre cher frère nous a laissé.

« L'ukuzila n'attache pas les pieds, ni la main, ni même la bouche, répond-elle à ses sœurs. Et vous, espèces de sales sangsues, vous oubliez que la richesse, c'est pas au mort qu'elle appartient », dit la maîtresse à ses sœurs, même si à son expression, on voit bien qu'elle les considère toutes comme des charognardes. Elles partent l'après-midi même. Sogolon n'en revient toujours pas que la maîtresse ait pu revenir à elle-même en l'espace de seulement quelques retournements de sablier alors que, la veille, elle ne parvenait même pas à sortir de sa chambre pour pisser. Mais le soir, au moment où les parents par le sang ou la loi se préparent à partir à pied, à cheval, en char, en charrette et en caravane, quand elle repère sept guerriers des Sept Ailes, mercenaires au service de l'Autour noir plantés devant le portail pour les fouiller un à un, vérifiant qu'ils n'ont rien pillé, elle sait que sa maîtresse a récupéré ses esprits. Le reste de la soirée, Sogolon entend les cling et clang de l'or, l'argent, l'acier et l'ivoire qu'on arrache aux attelages coupables, tandis que la maîtresse commente en riant : T'as vu ça ? T'as vu ça ? Comme si quelqu'un observait avec elle le spectacle par la fenêtre.

Maîtresse Komwono, désormais consumée par les exigences des préparatifs, se hâte. Le héraut n'a laissé que la trace de sa propre voix, ainsi qu'un message : le maître est convié (avec la maîtresse) par la grâce du Très Excellent Kwash Kagar, Roi de Fasisi, Empereur des Terres du Nord, Régent du Territoire de la Vallée, et Prêtre Impérial des Régions Divines de la Terre et du Ciel, à une audience, ce bien sûr à son bon et royal plaisir.

Maîtresse Komwono n'est pas une imbécile. Elle sait qu'« à son bon et royal plaisir » est à la fois promesse et piège. Que son bon plaisir peut varier par simple caprice et que le trajet de l'enceinte royale au donjon royal peut se faire sur un claquement de doigts.

Ou que son bon plaisir peut bien être de se moquer d'eux encore plus en se déclarant trop occupé pour voir quiconque. Eux, parce qu'elle ne prévient pas que le maître est mort. Car un Roi dont le sang est de lignée céleste, la lignée des dieux, n'a que très peu de temps pour les sottes affaires des mortels. Et qui est-elle pour croire qu'elle a le droit d'entrer en conflit avec le Roi ou quiconque de la maison d'Akum ? Ça, elle le dit à la chambre quand Sogolon y entre. Cette dernière est déconcertée. La maîtresse, sur un ton de jeune fille, presque, comme quelqu'un qui voudrait qu'on l'aime mais ne sait trop comment s'y prendre. La maîtresse à qui il reste à dire ce qui lui a valu d'être bannie de la cour.

« Le maître, c'est lui qu'elle aimait, tu comprends. Elle aimait qu'il lui dise qu'elle était jolie. Pas belle comme une femme, ou racée comme un cheval, ce qu'elle était en effet, mais jolie comme une petite fille. C'est sans doute pour ça qu'elle rit sottement. Ce qu'elle m'a dit, c'était dur. Ce qu'elle m'a fait, c'était pire.

– Qui ça, Maîtresse ?

– La déesse de l'amour et de la poésie – de qui je pourrais parler, à part de la Sœur du Roi, espèce d'abrutie ? Quand j'étais une de ses dames d'honneur, elle m'insultait tout le temps, me disait que j'étais lente, même quand je lui essuyais le cul. »

Sogolon est une fillette. Le deuil, on dirait que c'est comme porter une maison sur le dos, alors elle est plus que perplexe de voir que la maîtresse ne cède pas sous ce poids. Peut-être qu'elle le cache, ou peut-être qu'une femme adulte peut porter un chagrin aussi lourd qu'une maison sur le dos et en plus de ça on dirait qu'elle porte aussi tout le reste. Sogolon se demande comment elle fait, car son esprit cède presque toutes les nuits. Elle croit être dans la jungle des rêves, mais la nuit se fait matin, sans transition, et la laisse avec l'impression soit de ne s'être pas réveillée soit de n'avoir pas dormi. Le chagrin et la culpabilité se mêlent, couvant quelque chose comme une bosse sous la peau. Une chose monstrueuse.

Une nuit, à la veille de leur départ pour Fasisi, Nanil vient la trouver devant la réserve à grains mais ne se tourne pas pour révéler son visage. C'est culotté de la part d'une esclave de parler ainsi à une personne libre, même s'il ne s'agit que d'une enfant trouvée, inutile. Je sais que c'est toi, elle dit. Je sais que c'est forcément toi. Le maître est allé à la bibliothèque pour m'attendre, et personne n'en aurait eu l'usage, ni la femme, ni la cuisinière, ni les deux garçons, bien sûr. Sogolon pense à répliquer : *Fillette, ferme ta bouche tant que la maîtresse ne t'a pas permis de parler.* Elle ouvre la sienne, les mots juste derrière les dents. Puis elle regarde de nouveau et ne voit que la cour déserte. Ça doit être sa tête qui lui joue des tours. Ça doit être ça.

S'écoulent encore deux jours, puis ils partent en convoi, sur la route de Fasisi. Juste en lisière de la ville, ils passent devant le magistrat, qui leur crie qu'il n'oublie pas et qu'un jour il reviendra à la maison.

« Allez-y maintenant, répond la maîtresse. Mais si vous ne trouvez pas qui a tué… non, comment on a tué mon mari, j'obtiendrai du Roi en personne un décret pour vous faire flageller. »

Et ils repartent. L'escorte royale annonce chaque matin à la maîtresse combien il reste de jours avant qu'ils atteignent Fasisi. Un quart de lune passé, toute une lune à venir, si c'est la volonté des dieux. Voici ce que la maîtresse a emporté avec elle. De la soie qu'elle conserve dans un coffre à quatre verrous – elle provient d'une terre où les gens portent les vers tisseurs dans leurs cheveux. Sogolon la voit la fois où la maîtresse ouvre le coffre, et où du blanc et du mauve s'en échappent comme s'ils allaient s'envoler. À compter de ce jour, Sogolon sait que le plus grand plaisir en ce monde sera de toucher de la soie. Et ces choses aussi : le tissu ukuru et aso oke, l'indigo, un flacon de myrrhe dont elle s'asperge souvent, des peaux de léopard, une vache pour sa chair, un agneau pour ses gigots, des pépites d'or qu'elle sort de temps en temps et glisse entre ses seins, soupirant qu'elle envisage encore de ne pas s'en séparer, et un singe qui autrefois divertissait le maître. Voici qui vient avec elle. Un des jumeaux, trois membres des Sept Ailes qu'elle paie en argent, l'escorte royale qui ouvre la voie, et Sogolon.

La maîtresse se prélasse à l'arrière de la caravane sur des coussins et des tapis, des peaux et des fourrures dans lesquelles même une femme comme elle pourrait s'égarer. Comme une tente Bintuin. Des tissus de toutes sortes couvrent les parois avec leurs motifs qui disent Gangatom, Luala Luala, le peuple de la rivière de Wakadishu, et d'autres vivant au nord de la mer de Sable. Le parfum à l'intérieur de la cabine est si dense qu'il se transforme en émotion. Deux fenêtres de chaque côté restent fermées la plus grande partie du jour, mais s'ouvrent pour le lever et le coucher du soleil, ou chaque fois que la maîtresse sent qu'il n'y a pas de poussière. La maîtresse ne mange guère, surtout ce que le jumeau cuisine la nuit près du feu qu'ils allument. Elle grignote un peu les viandes salées et fruits secs que la cuisinière charge Sogolon de lui servir, mais, bien souvent, elle se contente de boire du vin. Parfois elle parle au maître dans son sommeil, et lui demande pourquoi sa queue dépasse encore plus que la poutre qui lui transperce la poitrine. À part ça, tout ce qu'elle fait, c'est regarder Sogolon. Chaque fois qu'elle se retourne vers la maîtresse, le temps qu'elle la distingue des tissus et fourrures, la maîtresse la fixe depuis longtemps déjà. Sogolon ne sait pas comment interpréter son expression. On dirait qu'elle sait que cette fille est la cause de son malheur, même si elle ne sait pas comment. À cause de ça, Sogolon ne s'est pas endormie depuis leur départ. Elle se couche sur le flanc à l'autre bout de la caravane, derrière des rideaux que la maîtresse lui a ordonné de ne pas tirer. Dans son dos se trouve une pierre aux nombreuses aspérités, conçue pour la piquer si elle s'y assoupissait, ce qui lui arrive en journée. La maîtresse la regarde comme si elle avait remarqué. De quoi as-tu peur si tu t'endors, que le sommeil te délie la langue ? Cette langue retorse, qui vit en toi mais n'obéit jamais vraiment. Qu'attend-elle de me dire, cette petite fourbe ? Sogolon se retourne pour ne pas répondre, jusqu'à ce qu'elle se rende compte que tout ce dialogue se déroule dans sa tête.

Troisième nuit du troisième quart de lune. À la lueur de la lampe, elle voit la maîtresse à nouveau qui la fixe. La maîtresse n'est pas d'humeur à parler à cette enfant trouvée, mais elle veut tout de même faire connaître ses volontés. Sogolon ouvre un placard au moment où la caravane roule sur une ornière, et elle est projetée, comme le contenu, sur le côté. Elle entend le jumeau jurer et l'escorte rire. Elle remet la nourriture dans le placard et porte une outre à vin à la maîtresse, qui n'a pas cessé de la regarder pendant ce temps. Exaspérée à présent, c'est certain, mais ne pensant toujours pas qu'elle vaut la peine qu'on la gronde une bonne fois. Sogolon se dirige vers elle, d'un pas prudent pour éviter les secousses. Elle s'apprête à lui présenter l'outre de vin, lorsqu'elle s'aperçoit que, bien que ses yeux soient grands ouverts, la maîtresse dort à poings fermés. Miss Azora avait un mot pour ce genre de phénomène. Un dieu qui surveille ce que vous faites la nuit prendra le contrôle du sommeil de quelqu'un, afin d'employer ses yeux comme une fenêtre. Le lendemain, la maîtresse dit : « C'est une ruse. Forcément.

– Maîtresse ?

– Tout ceci, envoyer chercher celle qui a été bannie. C'est une ruse pour m'humilier. Tu ne connais pas ses manières. La Sœur du Roi, imbécile. Ou Princesse Jeleza, je ne sais même pas comment elle se fait appeler. Naissance royale signifie d'une royale bassesse. Et les dieux savent qu'elle est tout à fait capable de me faire voyager aussi longtemps rien que pour me ridiculiser auprès de la cour.

– Alors pourquoi tenez-vous tant à y aller, Maîtresse ?

– Quoi ? Comment cette petite morveuse ose-t-elle s'imaginer qu'elle a le droit de me poser des questions pareilles ? Intolérable. C'est le mot, intolérable. Je devrais te faire fouetter.

– Je vous implore de me pardonner, Maîtresse.

– Oui, implore, c'est ça. Même si implorer ne m'a jamais servi à rien. »

Elle regarde Sogolon, comme si elle venait de remarquer sa présence. « J'aurais dû t'envoyer dans une maison de gavage pour que tu puisses devenir une femme accomplie. Un peu de danse, un peu de broderie, et même quelques notions sur l'éducation des enfants, au lieu de cette grossièreté.

– Maîtresse ?

– Petite, tu me fatigues. Sors d'ici, et va-t'en. »

Sogolon peut même pas faire semblant de s'en attrister. L'escorte retire la moitié du fardeau de son second cheval et la fait monter en selle. L'animal est attaché à l'escorte donc elle n'a rien à faire, mais c'est quand même la première fois qu'elle monte. Elle fait la somme de toutes les choses qu'elle a éprouvées pour la première fois et veut éprouver de nouveau. Plonger dans la soie, monter à cheval, penser qu'elle est libre.

Ils font halte à découvert, sur un terrain presque comme du sable et où, dans la nuit, le froid se fait mordant. Mais voilà que Sogolon dort sous deux couvertures à l'air libre avec les autres hommes. Chaque jour qui les rapproche de Fasisi, l'excitation de la maîtresse s'accroît. Fasisi n'est pas comme la plupart des villes du Nord, où chaque coutume est liée à la noblesse de l'homme. Là-bas, quand une femme se marie, elle conserve leurs richesses et le pouvoir qui va avec. Quant au Roi, lorsqu'il choisit de devenir un dieu et de rejoindre les ancêtres royaux, il transmet la couronne au premier-né mâle de la maison de sa sœur aînée. Peut-être est-ce pour cette raison que la maîtresse semble regretter cette ville encore plus que ne la regrettait feu son mari, pourquoi elle a encore plus hâte d'y retourner. Mais elle se demande tout de même à haute voix ce qui leur a valu d'y être convoqués. La maîtresse répète plus d'une fois que le Roi et la Reine ne les ont pas invités pour le plaisir d'entendre les discours assommants du maître. Sogolon, elle sait pas quel poids accorder à tous ces mots. Elle sait pas ce qu'il y a de pire, un secret ou un mensonge ; et si un secret masque suffisamment la vérité pour laisser entrevoir une histoire différente, n'est-ce pas encore un mensonge ? La maîtresse la bannit, elle la fait dormir avec les hommes et les insectes, mais elle a tout de même de la peine pour la maîtresse, et se gronde intérieurement de s'imaginer qu'elle est en position d'avoir pitié de qui que ce soit.

Mais à présent qu'elle est dehors, sous le ciel, de l'aube à la tombée de la nuit, le chemin de Fasisi lui montre des choses qu'elle n'a jamais vues avant. La route va et vient. Parfois, toute la moitié d'un jour, la route est de pierres taillées à la perfection, mais juste après, elle n'est plus que terre, sable et buissons d'épines. La deuxième fois qu'ils arrivent sur une portion de route ancienne, l'escorte explique que tout cela fait partie de l'ancien royaume, bien avant Fasisi, bien avant tout homme encore en vie. Ils dépassent des villages perchés sur des flancs de collines, avec de petites maisons faites de boue et de pierre, avec des toits de chaume et sans porte. Ils dépassent des villages dont on dirait que tous les habitants se sont enfuis, à moins qu'ils aient péri. À un tournant, devant deux sentiers, l'escorte crie qu'ils vont rester le long des rivières, car c'est la meilleure manière d'éviter les bandits. Un membre des Sept Ailes dit qu'il est prêt à tout combat, ce à quoi l'escorte répond : Alors va te battre, si ça t'amuse. Mon Roi m'a donné l'ordre de ramener ma cargaison saine et sauve. La maîtresse, qui écoute à la fenêtre, entend le mot « cargaison » et siffle avec mépris, s'assurant qu'il l'entende. Ses invités, corrige-t-il. Ils chevauchent le long de la rivière et longent les murs de Juba, où tous les quelques mètres se tient un cheval avec un homme dessus, un homme en habit de soldat, comme l'escorte.

Cet homme est tout le contraire des Sept Ailes. D'abord, contrairement à ces derniers, vêtus de tuniques sombres et d'écharpes bleues même par temps chaud, lui est presque entièrement vêtu de vert. Un bouclier bronze et noir qu'il porte sur le dos. Sogolon remarque ensuite la lame, un cimeterre qu'elle apprendra bientôt à manier. Cotte de mailles, tunique, ceinture fourreau en cuir, et une longue cape qu'il enroule autour de lui comme la maîtresse fait de ses couvertures. Cheveux et barbe couleur or-feu, presque hirsutes, et un visage mince avec des lèvres épaisses qui lui donnent l'air de sourire dix fois plus quand il fait la tête. Et la voix, comme le chant d'une rivière. Ce n'est pas le genre d'homme à rendre visite à Miss Azora. Sogolon regarde son visage, anguleux, peut-être un brin de malice cachée sous cette barbe. Malice ? Si ce n'est pas le genre d'homme qui viendrait au bordel, c'est qu'il n'en aurait jamais besoin. Beau ? Elle connaît à peine ce mot, ne sait pas comment l'employer. Parfois, elle cligne des yeux et ne voit que cheveux, pommettes et lèvres. Et la peau comme du café faisant la paix avec le lait. C'est les yeux qui sourient encore quand le reste de son visage se durcit, c'est le sourire qui reste sur elle-même quand il se retourne pour mener son cheval. Ils s'arrêtent à deux reprises sur la route qui longe la rivière. Une première fois pour laisser reposer les chevaux, une seconde fois à la demande de la maîtresse parce que sinon ils arriveraient trop tôt à Fasisi, ce qui reviendrait à perdre irrémédiablement la face, explique-t-elle. L'homme profite de ces deux haltes pour se laver, quand personne d'autre ne le fait.

« C'est ici que l'eau est la meilleure », dit-il à Sogolon en se rendant sur la berge. Elle a pris l'habitude, depuis sa plus tendre enfance, d'examiner les paroles des hommes pour y évaluer le danger.

« Je me baignerai pas », dit-elle.

Il la regarde sans rien sur son visage, pas de déception mais pas non plus d'indifférence, et répond : Comme tu voudras. Sans y réfléchir une fois, ni deux, il retire ses vêtements. Sogolon jurerait à quiconque le lui demande qu'on dirait que c'est le contraire, que les vêtements se retirent de lui. Les hommes qui venaient chez Miss Azora ressemblaient à des hommes qui avaient besoin de venir chez Miss Azora, et pas aux garçons qui gagnaient au donga. Mais les garçons du donga, avec leurs corps effilés, ressemblaient à des bâtons sombres et luisants. L'escorte donne l'impression que ses habits commettent une perfidie en le cachant. Épaules larges et torse lourd de muscles. La taille fine d'un échassier, les jambes épaisses d'un jeune cheval. Sogolon sait qu'elle va le penser, et voudrait rencontrer l'idée avant qu'elle atteigne sa tête pour la stopper, mais elle échoue. La queue qu'on espère voir au centre d'un corps comme le sien. Pendant sur les couilles, épaisse, relâchée, n'ayant rien à prouver. Il sort de l'eau, s'étire et marche un peu, il ne fait pas ça pour montrer quoi que ce soit à Sogolon car il a déjà oublié sa présence. Mais elle regarde l'homme marcher, les gouttelettes d'eau qui jaillissent de lui ; après tant d'années dans un bordel, elle ne savait pas que lorsqu'un homme marche dans un sens, sa queue remue dans l'autre. De haut en bas, elle tressaute, comme si elle dansait sur une musique plus rapide. Au bordel il n'y a que deux sortes de queues, violentes ou molles, et la fille n'a pas de préférence. Mais soit l'escorte ne la voit pas, oublie qu'elle est là, soit il marche comme si c'était pareil que se réveiller, ou se payer une bière. Se payer une bière. Elle se demande si elle est toujours avec elle, la honte du corps. Ce n'est pas possible, car ils ne sont pas comme ça dans le peuple d'où elle vient. Maudit soit ce bordel qui lui a donné quelque chose qu'elle n'aurait jamais attendu d'un tel endroit. La pudeur. Sogolon relie dans son esprit des idées qui n'ont aucun sens. Il s'étire, bras tendus, comme pour saluer le soleil couchant.

« Alors, Sogolon, dit-il, arrachant la fille à sa méditation. C'est pas ça, ton nom ?

– Eh si, c'est bien mon nom », répond-elle. Détournant la tête de lui, et se demandant ce qui lui prend. Il ne se tourne pas pour la regarder. Mais on dirait que ses fesses, grosses et plus sombres, sont la seule chose qui relie ses bras à ses jambes rebelles.

« Tu as l'intention de conduire ce cheval, ou ça te va de le laisser te conduire ?

– Quoi ? »

L'escorte se retourne, dos au soleil. Même l'eau ne supporte pas de quitter sa peau. Regardez-la qui tente de s'attarder un peu plus longtemps sur lui. Sogolon ne sait pas qui nourrit des idées pareilles, mais dit tout haut : Écoute, faut que tu arrêtes ça. Il vient vers elle, qu'est-ce que c'est qu'il dit. Il vient vers elle, et elle ne peut lever les yeux sur son visage, mais les baisser n'est pas mieux car à présent elle regarde plus bas que ses deux mamelons, et roule de haut en bas sur cette planche à laver, son abdomen, hérissé de poils qui descendent plus bas, toujours plus bas.

« Tu veux monter ? » dit-il.

Sogolon est un bâton à présent. Elle est un bâton.

« On a une autre selle dans le fond. Fixe-la sur le cheval, et sangle-toi dessus. Sur la selle, pas le cheval. Une fille doit savoir comment on monte à cheval, tu crois pas ?

– Je sais pas.

– Tu peux jamais savoir quand tu auras besoin de t'enfuir. Les pattes du cheval vont plus vite que les tiennes. » Il sourit de nouveau. Elle pense qu'il va aller chercher la selle tout de suite. Lui apprendre tout de suite. La prendre dans ses mains puissantes et la hisser sur le cheval, comme si elle était aussi légère qu'un roseau.

« Demain », dit-il, puis il va récupérer ses habits.

Et donc, Fasisi.

Quatre

Donc ce grand dieu du ciel, qui pleure avec la pluie, enfourche les éclairs et crie avec le tonnerre, il avait deux fils. Un fils qu'il a eu avec la soleille, et quand elle couche avec lui, une lumière orange explose de leur baise et transforme le gris du ciel en mauve, puis en bleu. Le second, il l'a eu avec la lune car la nuit vient après le jour, et le dieu dans son obscurité nue baise la lune blanche et rend le ciel argent. Le dieu du ciel couche avec l'une sans le dire à l'autre, car leur haine est ancienne et profonde, et si vous voyez la soleille, seule de jour, et la lune avec ses centaines d'enfants scintillants de nuit, vous ne tardez pas à savoir pourquoi. La soleille et la lune portent leurs ventres enflés pendant quatre ans, et les deux manquent tomber du ciel, car un enfant divin est trop pesant. Mais comme elles ne rendent pas visite à ce dieu en même temps, ni l'une ni l'autre ne sait que l'autre attend un enfant. Le monde est tellement neuf que bien des choses n'ont pas encore de nom, et comme elles n'en ont pas, personne ne peut les dire siennes. Les choses comme le feu, la nudité, les émeraudes et les bêtes de la mer. Les dieux, qui sont encore en train de créer ce monde terrible et magnifique, n'ont pas eu le temps, qu'ils n'ont pas non plus nommé.

La soleille et la lune enfantent le même jour. Les deux donnent leur fils au dieu, car aucune des deux mères ne peut se libérer pour s'occuper de l'enfant, pas quand la soleille veille constamment sur la terre, pas quand la lune en a déjà plus qu'assez. Un bébé exige de vous le monde, disent-elles toutes les deux au dieu, quoique à des heures différentes, dans des salles différentes. Ni l'une ni l'autre ne veut nourrir l'enfant et affamer l'univers car un univers et un bébé veulent la même chose. Le dieu du ciel nomme ses fils Dumata, c'est-à-dire celui de la lumière orange et mauve, et Durara, c'est-à-dire peau de celui qui vient avec la pluie nocturne. Mais un dieu est comme l'homme qu'il n'a pas encore créé, c'est-à-dire qu'il élève ses fils en sauvages sans se soucier d'eux, c'est-à-dire qu'il ne les élève pas du tout. Bien vite, il advient que ces garçons font les quatre cents coups dans le royaume, tonitruant avec tant de poids que les nuages se fendent, et allumant tant de foudre qu'elle tue tout ce qu'on aurait pu trouver sous un arbre, si les arbres et ce genre de choses existaient. Ils enquiquinent la soleille, qui met le ciel en feu, puis tourmentent la lune, qui se cache de plus en plus dans les ténèbres, si bien qu'au bout de vingt et huit jours, elle disparaît pour quatre nuits. Ces garçons ils posent problème, oh.

Donc le grand dieu du ciel, qui crie avec le tonnerre, enfourche les éclairs, pleure avec la pluie, envoie ses deux fils dans le monde. N'y voyez pas un bannissement, dit-il. Mais non, vous ne pourrez jamais revenir dans le ciel, ajoute-t-il, et il attache un lourd poids à leurs pieds pour s'en assurer. Il les envoie avec trois choses, mais puisqu'aucune n'a de nom, aucune n'a place dans cette histoire. Dumata de la soleille atterrit dans le Nord, tandis que Durara de la lune atterrit dans le Sud. Il n'y a nulle part où se tenir, car aucun dieu encore n'a créé un tel lieu, alors les deux garçons tirent quelque chose de leur sac et en saupoudrent la terre avant d'y poser pied. Dumata atterrit sur une matière jaune et dure qui scintille dans le jour. Dumata est du genre impatient, il n'a pas le temps d'attendre le bon plaisir des dieux, alors il la nomme or. Durara atterrit sur une terre dure et blanche qu'il prend pour des nuages figés. Cette terre est pâle et vide et elle ne scintille pas. Mais lorsque Durara s'allonge sur le ventre, il tire la langue pour la lécher, et le goût en est agréable. Bien que fils de l'autre mère, il est encore trop semblable à son frère, et lui aussi nomme lui-même cette terre, il l'appelle sel.

Et ensuite les deux garçons deviennent des hommes, puis des rois. Roi de l'Or et Roi du Sel. Les deux deviennent gros et avides, gardant presque tout pour eux-mêmes, et ne laissant rien pour les humains, qui désormais peuplent la terre. Mais or et sel sont davantage qu'or et sel. Car l'or est tout ce qui est beau, et le sel tout ce qui est utile. Et bien que le Nord soit fait de terres magnifiques, avec une richesse magnifique, et un roi magnifique, plus joli que sa Reine, il n'y a pas là grand-chose d'utile. Pas même la nourriture, car tout ce qu'on y trouve a toujours l'air splendide, mais tout a le même goût. Mais rien n'est formidable dans le Sud non plus, car ils n'ont jamais une seule chose dont on ne fasse bon usage. Rien dans le royaume qu'on contemplerait avec admiration, rien qu'on aimerait, pas même le Roi. Non pas que le Roi soit laid, mais personne sur ces terres ne se sert de ses yeux pour autre chose que voir, de ses oreilles pour entendre, de son nez pour sentir, et de sa bouche pour parler. Même les rapports sexuels ont pour but exclusif la reproduction, jamais le plaisir, c'est pourquoi on les appelle rapports sexuels. Quant à la nourriture, elle satisfait le goût et rend les garçons forts, mais les gens ferment les yeux avant de mettre les aliments dans leur bouche.

La raison nous dit ceci. Le Nord pourrait en apprendre long du Sud et le Sud a beaucoup à gagner du Nord. On aurait pu s'attendre à ce qu'un échange commercial se mette en place, mais les rois accomplissent la destinée de leurs mères et se déclarent la guerre. Le Nord envahit une partie du Sud, et c'est comme ça qu'ils obtiennent sel et épices. Le Sud pille le Nord, et c'est comme ça qu'ils ont des châteaux qui s'élèvent du sol, et des colliers d'or luisant. Ainsi se poursuit la guerre, jusqu'à ce que se perdent les anciens noms des royaumes du Nord et du Sud, ceux des deux garçons, oubliés de tous si ce n'est des griots du Sud et des dieux oubliés. Tout ce qu'apprennent homme et femme, ils l'apprennent des dieux, y compris ceci. Que, chair ou esprit, les humains sont les seules créatures qui, même si elles possèdent le bon sens, n'en font jamais usage. Et pour ce qui est de leurs actions, ils outragent toutes les autres bêtes à part le cheval, le chameau, l'âne, le cochon, le pigeon, la chèvre et le chien, et depuis lors tout autre animal est un ennemi au regard de la plupart des hommes. Pendant ce temps, la soleille et la lune brillent sur les deux royaumes d'une lumière égale, se lamentant que les peuples de la terre soient trop entêtés, trop stupides pour s'entendre, ayant dû apprendre l'un de l'autre cet instinct si belliqueux.

« C'est la raison qui t'a dit ça aussi, joli garçon ? » dit un membre des Sept Ailes tandis qu'ils sont tous assis autour du feu. Ils : l'escorte, le jumeau, les mercenaires et Sogolon. La maîtresse se repose dans sa caravane et bientôt s'endort d'un sommeil si profond que ses ronflements font fuir toutes les petites créatures qui dormaient dessous, effrayées.

« Je répète simplement ce que m'ont dit les dieux », dit l'escorte, dont le nom est Keme.

« La guerre, elle a pas besoin de cause, la guerre c'est la guerre, c'est tout, dit l'autre.

– La guerre c'est la guerre ? Ou la guerre c'est l'argent, mercenaire ?

– Écoute ça, soldat. Les rois, ils déclarent la guerre les uns après les autres, et jamais ils ne conduisent leur propre armée sur le champ de bataille. Pourquoi se fatiguer, quand ils ont des imbéciles dans ton genre qui se prennent pour leur bras armé ? Puis vous vous battez, vous vous faites tuer, et vos femmes touchent chacune une piécette. L'argent, au moins, c'est quelque chose. Pourquoi te bats-tu donc ?

– Je me bats pour ce qui vaut qu'on se batte. Pour elle, dit-il en montrant Sogolon d'un hochement de tête.

– Elle s'appelle pas Maîtresse. Elle est qui, celle-là, pour qu'on se batte pour elle ? C'est comme de l'air, ce pour quoi tu te bats. Tu peux pas le saisir, le tenir ni même le sentir.

– N'empêche que si tu respires pas, tu meurs.

– Tous ces palabres sur de l'air. C'est là que tu vis, dans ta tête ? »

Lui des Sept Ailes, il rit. Il n'est pas loin le temps où elle pensait qu'ils ne parlaient pas du tout, et rire n'en parlons pas. Sogolon a envie de répliquer qu'elle les préférait quand ils se couvraient encore le visage et ne disaient rien, mais c'est un mensonge. Même avant ça, elle ne les a jamais aimés. Keme devrait être agacé, c'est ce qu'elle se dit. Si agacé qu'il collerait un coup de poing à l'un d'entre eux, lui ferait cracher ses dents acérées, car personne ne le lui reprocherait. Mais Keme reste assis avec eux devant le feu, il rit et sourit comme s'il appréciait leur compagnie, tandis qu'ils se moquent de l'homme qui prépare leur nourriture. Pendant un moment, ce qui l'intéresse c'est surtout de le regarder être un homme parmi d'autres hommes. Tout est neuf. Comme la façon dont l'homme s'assoit avec l'homme dans l'herbe et dans la terre. Ils sont tous là, à prendre leur place autour du feu, à surveiller la viande, quelle qu'elle soit, et à poser leurs épée, lance et casque, qu'ils retirent comme s'ils couchaient des bébés pour la sieste. Après quoi ils s'allongent sur le dos en appui sur leurs coudes, ou restent assis, mains sur les genoux, tête sur les mains, et écartent les jambes comme pour dire au feu de se glisser là les réchauffer. Sogolon imagine des choses avec les hommes, et ne sait pas trop si elle y penserait normalement, ou si c'est l'escorte qui embrase ses pensées. Car ni ses frères, ni le maître, ni les jumeaux ne l'ont jamais agitée comme lui. Elle ne se souvient pas quand ils ont arrêté de l'appeler escorte pour l'appeler Keme. Elle ne sait pas quoi penser de ce nom. Non, pas du nom, mais du fait de le prononcer. Elle est assise à l'écart de la caravane, mais pas dans le cercle près du feu, et elle songe aux hommes. S'ils passent du temps ensemble, poursuivant un même but, disons, ou allant juste dans la même direction, deviennent-ils toujours frères ?

« Mais regardez-moi Keme à la lueur du feu. Si mignon que tu pourrais être une fille. »

Tout le monde rit, y compris l'escorte.

« Attention, mercenaire, Fasisi ne tolère pas ceux qui aiment les hommes, c'est pas Kongor », dit-il, et tout le monde rit sauf le Sept Ailes qui le trouve mignon. Sogolon l'observe. Elle s'aperçoit que l'escorte l'observe aussi, tout en riant. Un bref instant ses yeux se posent sur elle et elle détourne le regard, mais pas aussi vite.

« Qu'est-ce que tu en penses, Sogolon ? » demande-t-il. L'esprit de Sogolon manque jaillir de sa bouche.

« Tu demandes à la fille si elle te trouve mignon ? »

Sogolon, silencieuse, regarde l'obscurité, de l'autre côté. La vérité entre elle et le ciel, c'est qu'elle s'est posé cette question bien des fois en esprit. Et y a répondu.

« Tu étais plus intelligent au dernier quart de lune, dit Keme.

– J'ai pas parlé, la semaine dernière, rétorque le Sept Ailes.

– C'est bien ce que je dis. Et toi, Sogolon, tu te bats pour une cause ou pour l'argent ?

– Les femmes ne se battent pas, dit le Sept Ailes.

– T'essaies d'en devenir une, c'est pour ça que tu réponds ? Je parle à Sogolon. »

Elle ne sait pas s'il la défend ou s'il se moque un peu d'elle. Peut-être les deux. Un homme peut être deux choses différentes au même instant, tout comme une femme. Elle ressort de sa tête et tous les hommes la regardent.

« Et c'est quoi, la cause ? demande-t-elle.

– Redis ça ? fait-il, curieux.
– Tu parles de se battre pour une cause. Mais quelle cause ? C'est pas parce qu'on se bat pour elle qu'elle est bonne.
– Elle a raison, escorte, dit l'autre Sept Ailes. Tu n'as pas dit si c'était une bonne cause.
– Choisis-en une. Choisis-en une que tu trouves bonne. »

Sogolon ne veut pas le regarder, mais elle ne veut pas détourner les yeux. Il la regarde, ni fâché, ni triste, ni moqueur, mais pas non plus comme s'il l'attendait. Bientôt, la conversation va changer, et il changera avec, riant et plaisantant comme tout à l'heure. Pensera-t-il moins à moi ? se demande-t-elle, mais pas avec ces mots. Quand l'escorte la regarde, des mots elle en a pas.

« Imbécile d'escorte, arrête d'essayer de faire penser une fille », dit le premier Sept Ailes, et tout le monde rit. L'escorte rit et le son de son rire la coupe. Mais il n'arrête pas de la regarder et elle a la sensation que ses vêtements brûlent sur elle.

Le sommeil ne viendra pas cette nuit. Si, il viendra, mais la perturbera tout de même. Jusqu'au matin ses yeux grands ouverts, regardant mourir le feu ; et lui, étendu là qui ronfle doucement, qui la fait penser qu'elle n'est bonne qu'à le regarder dormir.

« Laisse pas ces mecs te perturber. Ils racontent des histoires, c'est tout, lui dit l'escorte. Toutes ces conneries sur les dieux et les monstres. »

C'est toi qui les racontais, ne dit-elle pas.

« Je suis pas perturbée.
– Moi je le suis un peu », dit-il, et il prend la selle de Sogolon. Elle le suit jusqu'au cheval. Le jour se lève complètement, et tout le monde se réveille. Keme pose la selle sur le cheval et s'apprête à la sangler quand elle dit : « Je peux pas faire ça. »

Keme recule, les mains en l'air comme s'il était fait prisonnier. Il sourit. « Sogolon. Tu sais pourquoi tu vas à Fasisi ?
– Bien sûr. Je vais tenir compagnie à la maîtresse.
– Si t'es censée lui tenir compagnie, pourquoi t'es pas dans la caravane ? »

Comme le murmure d'une rivière. La fille ouvre la bouche mais ne dit rien. Il répond d'un hochement de tête qu'il dissimule dans sa cape.

« Hier soir, j'ai pas choisi de cause parce que je veux pas la guerre, dit-elle.

– Petite, la guerre elle est toujours là. Et si c'est pas la guerre, c'est la rumeur de guerre. Votre Roi, il aime la paix, mais votre prince ?

– Je sais rien du tout sur le Roi ou le prince. Fasisi est toujours si loin de nous.

– Elle se rapproche d'un jour à l'autre. »

Il lui apprend à monter de façon à ce que le cheval ne la renverse pas ni ne mâche l'intérieur de ses jambes. La maîtresse ne sait pas ce qu'elle fabrique dehors, mais elle est contente de se réveiller sans le regard de Sogolon. Quant à celle-ci, elle est sur son cheval à l'avant du convoi, un soir, quand elle se surprend à se demander où est Keme. Mais quand elle se retourne, il s'approche et donne un petit coup de pique à son cheval. Le cheval hennit, se cabre et part au galop.

« Elle va pas hurler, elle va pas hurler. »

Pour ne pas hurler, elle doit le dire tout haut. Mais le cheval file, s'emballe, et elle glisse, et ils avancent si vite. Si vite. Plus vite. Il va la jeter bas, ce cheval. Elle va se casser le cou. Elle tire sur les rênes, mais le cheval continue de galoper. Il saute par-dessus un rocher et Sogolon sent tout son corps se détacher du cheval avant d'atterrir de nouveau sur la selle. Elle tire les rênes plus fort, toujours plus fort, avant de se rendre compte que ça ne fait qu'empirer les choses. Chaque fois qu'elle tire, le cheval tressaille, ce qui accroît sa peur. Et ça ne s'arrête toujours pas. Sogolon essaie autre chose, tirer sur la rêne gauche, fermement mais tout doux, tirer jusqu'à ce que l'animal tourne la tête. Ça le ralentit un peu. Calme le cheval. Bientôt ils sont au trot et, pour la première fois, Sogolon respire. Mentalement, elle retourne le sablier trois fois avant que la caravane la rattrape, et elle descend de cheval. Quand il la voit, Keme pique un rapide galop, s'arrête juste devant elle et met pied à terre.

« Sogolon ! Je commençais à redouter que tu aies eu des ennuis », dit-il avec un sourire plus éclatant que jamais. Elle ouvre la bouche pour dire quelque chose mais ne parvient à émettre qu'un grognement. Elle lui fonce dessus poings devant. Il esquive. C'est ce qu'elle veut. Il ne voit pas surgir son genou avant de se le prendre en plein visage. Il tombe sur le dos et ne bouge plus.

« Keme ? »

La fureur de Sogolon s'évapore aussitôt. Elle s'agenouille.

« Keme ! »

Keme ouvre les yeux, se tourne et crache du sang, et quand il sourit, ses dents sont encore rouges.

« Nique les dieux, t'es un roi cavalier, maintenant, pas vrai ? » dit-il.

Et donc, Fasisi.

Fasisi, comme Malakal, est une ville dont on sait que l'on s'approche quand on commence à grimper. L'air se raréfie, devient froid. Les Sept Ailes masquent de nouveau leurs visages, et le jumeau tente de s'envelopper dans un rideau de la caravane. Keme est encore vêtu de vert, mais il troque sa cape pour une couverture comme celles que porte parfois Maîtresse Komwono. Blanc et vert bien sûr, se dit Sogolon quand il l'enroule autour de ses épaules. Blanc comme la terre froide des montagnes, à part le motif vert, du maïs jaillissant de ses feuilles. Il lui lance une autre couverture.

« Fasisi approche, dit-il.

– On réveille la maîtresse ?

– Non. »

La pente raide, soudaine, choque le jumeau. Quelque chose roule et tombe dans la caravane, mais il ne s'arrête pas pour voir ce que c'est.

« Il tient de toi, dit Keme.

– Quoi ? Qu'est-ce que tu…

– Réponds pas à tout par “quoi”.

– Oui mais qu'est-ce que tu veux dire ?

– Au début de ce voyage, s'il entendait un bruit dans la caravane, il arrêtait tout le monde pour aller voir. Pour s'assurer que tout se passait au mieux pour sa maîtresse. À présent, elle pourrait se briser le cou que le garçon ne ralentirait pas.

– C'est un long voyage.

– Pas faux. Je me sens déjà plus vieux rien que de l'avoir fait.

– Tu vas être content d'arriver, de repartir. »

Il se tourne pour la regarder.

« Pas totalement, non. »

La route zigzague sitôt qu'ils s'engagent. Bientôt, ils avancent à travers la brume, mais ce n'est que bien après les avoir dépassés que Sogolon constate qu'ils ont traversé des nuages. La route est deux fois plus large que la caravane et, sous les sabots des chevaux, il y a de la brique taillée à perte de vue. Presque rouge, et propre comme s'il venait de pleuvoir. La route est un serpent, avec des virages qui mènent à d'autres virages, très peu de portions droites. Par moments, la route épouse le flanc de la montagne, car il s'agit d'une montagne, et par moments, elle file tout au sommet, avec un précipice sur un lac de brume de chaque côté. Par moments le bord de la route est nu, sans rien pour arrêter un attelage rétif, ni un cheval affolé. Mais juste après un nouveau virage, la route se rétrécit encore davantage et de chaque côté s'élève un haut mur. Sogolon n'est jamais allée si loin, jamais montée si haut, elle n'a jamais vu de montagne en compagnie de tant de montagnes, si vertes qu'elles sont bleues. Peut-être était-ce vraiment l'œuvre du fils du dieu du ciel, repoussant la poussière et faisant collines et vallées en se tournant dans son sommeil. C'est l'autre itinéraire, dit-il. Moins fréquenté, mais il conduit directement à l'enceinte royale et prend un jour de moins. Ils arrivent à un virage qui fait presque un demi-tour avant que la route redevienne droite. À peu près tous les deux cents pas ils passent sous une arcade de briques.

« T'es l'enfant de ta mère ou de ton père ?

– Qu...

– Arrête avec tes “quoi”.

– Y a que les gens éduqués pour dire des trucs pareils.

– C'est une question ou une affirmation ?

– Oui.

– Eh bien, je posais une question. Ils diraient quoi, les gens ? Que t'es la fille de ta mère ou la fille de ton père ?

– Je sais pas.

– Comment ça se fait ? Crois-moi, la prochaine fois qu'on se croise, mon père et moi, il croisera aussi mon poignard. Mais je suis bien obligé d'avouer que j'ai de son entêtement, de sa gaieté, et que les dieux me pardonnent, de ses péchés. On aime aussi le même genre de femmes. Je le sais parce qu'il a failli me voler la mienne. » Keme rit. « C'est trop graveleux.

– Je préfère ça.

– Je sais. »

Ils laissent les chevaux trotter à leur rythme.

« Ma mère, elle a été sage-femme à la naissance du prince héritier, puis de sa sœur. On dit qu'elle est spéciale entre toutes les femmes, car elle a fait naître celui qui un jour deviendra un dieu.

– Mains bénies, dirait la maîtresse.

– Pas si bénies quand elle nous fouette comme si elle chassait des démons. Grâce aux dieux. Ils doivent savoir comment on peut avoir un grand amour et une énorme haine pour la même femme. Ils vous consument tout pareil, l'amour et la haine.

– Alors qui est-ce que tu détestes et aimes à la fois, dans ce cas ?

– Quoi, j'ai pas dit ça. Je…

– Arrête avec tes "quoi". »

Il rit. « Fine, la mouche. »

Elle dit : « Père ou mère, c'est du pareil au même. Je les connais ni l'un ni l'autre.

– Ah bon ? Pas du tout ? Mais tu n'es pas orpheline ?

– Il y a trois hommes qui me cherchent en ce moment même et qui diront que je suis leur sœur. L'un est le pire homme que j'aie jamais connu, et les deux autres sont pires que lui. Mais j'ai jamais connu ma mère et mon père. Les gens disent que des diables ont empoisonné l'esprit de mon père.

– Peut-être qu'il était juste malade. Qu'en savent-ils ?

– Il mettait sa queue dans sa bouche et buvait sa pisse comme du vin.

– Nique les dieux. Ignoble, mais impressionnant. Et ta mère ?

– Je porte son nom. J'avais que ça en quittant mes frères.

– Elle t'a laissée partir ?

– Elle est morte. Morte en accouchant de moi. Et c'est ça qui a rendu mon père fou.

– Ah.

– Je veux pas l'entendre, que je suis maudite.

– Quel morveux de fils de hyène t'a dit une chose pareille ?

– Mes frères. Et tout le monde au village. Leurs paroles sautent par-dessus la clôture et viennent à moi.

– Oh, Sogolon.

– Qu'est-ce que c'est que ça ? Qu'est-ce que tu fais ?

– J'ai pitié de toi.

– Je veux pas de ça. Qui en voudrait ?

– Je me demande si tu seras toujours comme ça. Tu dis les choses telles qu'elles sont. Un vautour sera jamais un faucon avec toi.

– Et c'est bien, ça ?

– La plupart du temps.

– Quand ils disent que je suis maudite, ils mêlent la pitié au mépris. Le village a brûlé la dernière femme qui a été traitée de sorcière.

– Nique les dieux, et les sorcières, et ceux qui croient en elles. Une enfant sans mère et une sœur sans frère. Au lieu d'une vie, tu en as déjà vécu trois. Tu penses souvent à tout ça ?
– Pour quoi faire ? Vivre, c'est vivre, et ça demande déjà tant d'énergie. Qui a le temps de faire autre chose ? »
Il arrête son cheval pour la regarder.
« Je vais pas t'oublier de sitôt, Sogolon la fille sans mère. »

La maîtresse se réveille avec un appétit de bête féroce. Elle se dit à part elle : « Un jour entier ? », et se le répète encore et encore, car elle n'arrive pas à comprendre comment elle a pu dormir pendant deux aubes et un crépuscule. Ou pourquoi cette petite idiote ne l'a pas réveillée. Sogolon laisse la maîtresse à sa solitude dès qu'elle se met à regarder si elle s'est pissé dessus en dormant. Le reste de l'après-midi, elle surprend la maîtresse à regarder par la fenêtre, comme pour tenter de retrouver le jour qui lui a échappé. Sogolon pense à toutes les tisanes qui se trouvent dans la caravane ; elle en a préparé une avec la mauvaise variété et en trop grosse quantité. Par accident, dit-elle à l'escorte, puis à elle-même. Sogolon se sent monstrueuse d'avoir fait ce qu'elle a fait, mais à chaque fois qu'elle croise le regard de Keme, il glousse en silence ou part d'un grand rire.
« Tais-toi, dit-elle.
– J'ai rien dit.
– Tu vas m'attirer des ennuis, je le sais.
– Je serai pas là assez longtemps », réplique-t-il, et ces mots leur ôtent leur sourire à tous les deux.
Le jour tombe à peine lorsque la caravane arrive devant le grand mur. Sogolon s'attendait à de la pierre taillée, peut-être même à de la brique, mais le mur est lisse comme de l'argile. Il est aussi rose pâle sous les rayons du soleil, et presque violet là où l'ombre se répand. De grandes tourelles et de petites fenêtres et, à travers l'une d'entre elles, de l'eau marron qui s'écoule. Sogolon suppose que le mur est dix et deux fois aussi haut que le garde qui se tient devant et, au sommet, à quelques pas d'écart, se tient un autre garde qui porte un casque en acier et une lance. Ils gagnent la porte qui s'ouvre aussitôt que les gardes voient l'escorte, visiblement chargé d'une affaire importante. Sogolon essaie de garder la tête haute, elle aussi, mais il y a trop à voir qu'elle n'a jamais vu avant.

Ils entrent dans Fasisi. Avant qu'elle ait le temps de penser à ce qu'elle voit, Keme lui explique que c'est l'enceinte des nobles, pas la ville proprement dite. Pour arriver de l'autre côté de Fasisi, il faudrait une demi-journée. Sogolon se dit qu'elle en voit plus qu'assez dans cette rue-ci. Elle ne peut s'empêcher de la comparer à Kongor. Et les murs de Kongor ressemblent tant à de la terre qu'on pourrait croire la ville entière jaillie de la poussière. Peut-être est-ce parce qu'elle tourne la tête si vite et si souvent de tous côtés qu'au début elle ne voit que des couleurs. Le méli-mélo de blanc, rouge, mauve, vert et bleu se fixe en tuniques blanches portées par les hommes et les femmes ; terre, briques et murs rouges ; tissus mauves débordant du souk à leur passage ; herbe et arbres verts qui couronnent les jardins cachés derrière les murs. Et murs bleus le long de la route où les entraîne Keme. *Du calme, toi, du calme*, dit une voix qui ressemble à celle de Sogolon, mais elle imagine que c'est Keme qui parle. Il est déjà parti en avant, pas trop loin, mais suffisamment pour que la ville sache qu'un soldat est rentré.

Elle regarde le ciel d'abord puis, au-dessous, la ville qui drape cette majestueuse montagne telle une robe puissante. Plus haut, au sommet, ce doit être le palais, se dit-elle, mais il est tellement haut que tout ce qu'elle voit n'est que formes et lumières. La rue devant elle est assez large pour que s'y croisent trois caravanes. Encore des briques, toutes les briques du monde pour une seule route. Groupes de garçons en jupes, pantalons et châles blancs, groupes d'hommes aux boucliers, lances et épées dorés, et aux coiffes de plumes clairsemées. Tous les hommes portent la barbe et certains des moustaches qui tombent encore plus bas. Elle croise une petite fille qui la fixe des yeux, vêtue d'une peau de chèvre, un tour de perles autour du cou. Et trois autres femmes, toutes en blanc, toutes avec des chevelures volumineuses comme des coussins qui leur tombent sur les épaules. Deux portent des calebasses luisantes avec des lanières de cuir en guise de sacs, et l'une d'entre elles est sanglée d'une large écharpe orange où repose un bébé. Voilà donc les femmes de Fasisi. Elle ne sait rien d'elles. Les femmes échangent murmures et rires par-dessus le bruit de la ville qu'elle vient à peine de remarquer. Des cris, des rires, des harangues, des jurons, des invocations, des prières, des rends-moi tout l'argent que tu m'as escroqué, des d'accord la dot maintenant que tu y ajoutes une chèvre, des j'y vais ma femme va me gronder vaut mieux pas que je boive encore de la bière, des c'est bien ce que je crois, avec l'épouse cinglée, oh oui j'ai entendu qu'elle a encore été convoquée au tribunal. Et d'autres paroles éparses, et appels agacés, et couplets d'ivrognes qui la retiennent presque de voir toutes ces nouveautés. Elle se retourne, poussant presque le cheval à regarder aussi les femmes, qui ne l'ont pas vue.

Fasisi n'est pas près de s'endormir, et Sogolon non plus. Les maisons de Fasisi sont plus hautes que la plupart de celles de Kongor, bien qu'elles aient moins d'étages, vu que sur une montagne, vous aurez beau grimper, il y a toujours plus haut. Le quartier des nobles, annonce Keme. Et très différent du reste de Fasisi. Ça, il ne le dit pas, mais elle le devine. Et si ça, c'est le quartier des nobles, qui vit plus haut, c'est évident. De là où ils sont, tout ce qu'elle voit, ce sont des murs comme celui qu'ils ont passé. *Palais, cour, roi*, que des mots qu'elle connaît mais ne parvient pas à fixer dans sa tête. Maître et Maîtresse sont les seuls nobles qu'elle connaît. Mais c'est bien là qu'ils sont, et ils s'approchent.

La maîtresse finit par passer la tête par sa fenêtre. Sogolon fait ralentir son cheval. Elle attend que quelque chose sorte de sa bouche, ordre ou insulte, mais la maîtresse ne dit rien. Ses lèvres s'entrouvrent et restent ainsi, et elle cligne à peine des yeux. Trop de bruit dans la rue pour entendre le soupir de la maîtresse. Plus loin, un mur encore plus haut. Pas le palais, car le mur ne cache que trois tours, avec en haut de chacune un mamelon en guise de toit. Ça la fait rire malgré elle. Keme la regarde, comme s'il allait poser une question, mais s'abstient. Les murs du palais ne sont plus très loin à présent. Mais à ce moment-là, Keme fait tourner son cheval sur la droite et tous le suivent. Encore une rue bleue, les murs, la porte, les fenêtres que certains ferment à cet instant. Ils dépassent des bâtiments aussi majestueux que des palais, avec des arcades de pierre, des escaliers de pierre, des toits en dôme, et dans certaines, des hommes en robes bleues montant lentement les marches, tête baissée. Des moines, elle se rappelle leurs manières au bordel. C'est la maison du culte des dieux magnifique. L'escorte les conduit dans une autre rue plus étroite que les précédentes. Le Sept Ailes, qui chevauchait au niveau de la caravane, se met en retrait. Deux femmes avec des paniers sur la tête s'écartent tandis qu'un homme entre furtivement dans un bâtiment. Sogolon se trouve au même niveau que Keme, mais ses yeux se portent sur ces maisons, des deux côtés, avec leurs balcons et jardins suspendus, deux choses pour lesquelles elle n'a pas de mots. Et aux balcons, des hommes, des femmes et des enfants crient quelque chose aux chevaux.

À un carrefour, une espèce d'agitation les arrête. Une bagarre. Deux badauds s'écartent de la voie d'un bond. Deux chars passent à toute vitesse, transportant deux hommes chacun. L'un debout, fouettant les chevaux, l'autre assis, examinant quelque chose dans ses mains. Tous deux portent une robe blanche drapée sur l'épaule.

Tout ce tohu-bohu attire la maîtresse à sa fenêtre : « Arrêtez. Arrêtez tout de suite », ordonne-t-elle. Elle doit crier deux fois pour que le jumeau l'entende.

« Sogolon. Sogolon ! »

Sogolon met pied à terre et va trouver sa maîtresse.

« Petite sotte, tu m'as pas entendue t'appeler ?

– Je devais descendre de cheval, Maîtresse.

– Bien sûr que tu devais descendre. Cette rue est si étroite que seule une femme sans poitrine peut y passer. D'ailleurs cette rue, quel sens a-t-elle ? Dis-moi vite, toi.

– Je comprends pas ce que vous me demandez, Maîtresse.

– Si je suis idiote, je suis idiote. Mais même mes yeux idiots, ils voient bien que c'est pas l'enceinte royale, ça, j'en suis sûre. On est arrivés à Fasisi ?

– Oui, Maîtresse.

– Alors qu'est-ce que c'est que cet endroit ?

– Fasisi, Maîtresse…

– Ma petite, me force pas à te tomber dessus comme la foudre. Tu sais depuis combien de temps ils m'attendent, à la cour ? Je vais vous fouetter le dos jusqu'à vous peler complètement, tous autant que vous êtes, si vous me mettez en retard. Et la nuit vient, en plus.

– Je vais demander à Keme, Maîtresse ?

– Keme ? Allons bon, par le téton d'une vache stérile, qui est Keme ?

– L'escorte.

– L'escorte. Écoute, ma grande, tu n'as pas à appeler cette escorte autrement qu'escorte.

– Oh.

– Oh, effectivement. Ça fait un bon moment que tu n'es plus chez Miss Azora, ma grande.

– J'ai pas…

– Je t'ai pas posé de question, alors pourquoi tu me réponds ? Il a la tête aussi molle que toi, cette escorte ?

– Je sais pas, Maîtresse.

– Je veux lui parler. Immédiatement. »

Avant même que Keme arrive au niveau de la caravane, Maîtresse Komwono est en train de l'incendier : elle veut savoir s'il a ses yeux dans son pantalon et deux trous du cul à la place. De plus, s'ils ne sont pas devant la couronne de Fasisi, c'est qu'ils se sont trompés de route.

« Et où sommes-nous, d'ailleurs ? demande-t-elle.

– Ugliko.

– Ce n'est pas Ugliko. Je ne vois que des commerçants, là.

– C'est le quartier commerçant d'Ugliko, m'dame.

– Le quartier commerçant ? Ça sert à ça, l'argent, maintenant ? À acheter la noblesse ?

– Avec la grâce du Roi, m'dame.

– Ils vont acheter des principautés, ensuite ? Ça coûte combien de devenir prêtre ? Dieu vivant, il y aura bien quelqu'un pour s'acheter le statut de griot. Quoi qu'il en soit, je vous prie de m'emmener hors d'ici.

– C'est ici que vous allez séjourner en attendant que la couronne vous convoque à la cour.

– Qu'est-ce que tu viens de me dire ? Séjourner ici ? Poser le pied par terre ici ? »

Et elle continue, demande si elle doit vraiment croire qu'une femme de noble naissance, une femme mariée à un chef et seigneur encore plus noble, un homme dont la lignée remonte aux grands rois guerriers des terres du Nord, doit vraiment prendre résidence dans la préfecture d'Ugliko, parmi des marchands. Marchands, beugle-t-elle encore et encore, disant ce mot comme un autre dirait merde. Et comme pour lui faire savoir qu'elle veut bien dire merde, la maîtresse insiste sur l'odeur de la préfecture du commerce, sur l'odeur des marchands, cette odeur qui ne les quitte jamais et qui va l'infecter si elle reste ici ne serait-ce qu'une nuit et quoi, par tous les jurons, un million de jurons, qu'est-on censé faire de ce bleu si épouvantable ? Tout ce que Sogolon parvient à se rappeler, c'est que la maîtresse adore compter les sous. L'escorte écoute sa tirade avec patience et calme.

« Dame Komwono. Tous ceux qui voient le Roi, qui vont entrer à la cour, qu'ils soient nobles, paysans ou animaux domestiques, tous doivent passer par la maison des registres, où ils seront approuvés avant de se voir octroyer l'autorisation d'entrer dans l'enceinte royale.

– Mais je ne suis…

– Pas sourde, je sais. C'est pour cela que je n'ai pas besoin de me répéter. Je suis sûr que vous considérez la sécurité de nos Roi, Reine et princes comme fondamentale, à moins que je me trompe ?

– Quoi ? »

Sogolon manque dire : Arrête avec tes « quoi ».

« Bien sûr que oui. Que les dieux protègent toujours notre Roi et nos princes.

– Et la Reine ?

– Dieux vivants, bien sûr protégez-la aussi. Ça doit être une nouveauté, ce protocole.

– Mais non, m'dame. Ils l'ont lancé le mois où vous avez été… où vous avez quitté la cour. La sagesse de Son Excellence le chancelier. Maîtresse, nous devons repartir. L'Ugliko est un autre lieu à la nuit tombée.

– Quel genre de lieu ? Je ne le devinerais jamais. »

L'escorte hoche la tête et retourne à sa place à l'avant du convoi. Sogolon fait mine de le suivre.

« Pas toi », dit la maîtresse.

Deux jours passent dans la rue commerçante. Ils dorment dans une propriété aussi spacieuse qu'un palais, mais la maîtresse ne rate pas une occasion de maudire sa vulgarité. Tout a l'éclat de la nouveauté. Le clinquant du grossier, de l'acheté, au lieu de la patine élégante de générations de noblesse alliée à la bénédiction originaire des dieux. Sogolon se fait la réflexion que cette demeure est plus majestueuse que toutes les pièces de la maison de la maîtresse. Dans chaque pièce il y a un feu, dans chaque pièce les peintures au plafond racontent des histoires d'hommes pieux faisant des choses pieuses. Une salle avec une baignoire pour la maîtresse et trois autres pour quiconque y a accès. Et des serviteurs qui font partie du personnel de la couronne, même si aucun ne travaille au palais. Ça, ils le savent car la maîtresse a posé la question. Keme reste avec eux aussi, car sa mission n'est pas achevée tant qu'il n'a pas fait ce pour quoi la cour l'a envoyé. Amener à bon port ceux de la maison Komwono. Sogolon s'occupe de la maîtresse jusqu'à ce que celle-ci en ait assez de chanter les louanges de la Sœur du Roi pour sa magnanimité sans fond, puis de la maudire pour sa rancune mesquine, avant de s'endormir. Sogolon, elle, ne dort jamais.

La deuxième nuit, elle va dans la cour et voit l'escorte avec un lion. Ça, elle n'en avait jamais vu. Un lion mâle qui paraît presque blanc dans le noir. Gros comme une table, assez gros pour écraser Keme rien qu'en se couchant sur lui. Le lion grogne et gronde, et Sogolon sursaute bien qu'elle soit à l'abri. Qu'est-ce que c'est que ce lieu où les bêtes se promènent en liberté ? Maîtresse Komwono n'a jamais évoqué ce genre de danger. Sogolon ne sait pas quoi faire, la confusion la prend, la terreur aussi, mais elle remarque alors qu'il n'en est rien de Keme. *Ça ?* semble-t-il demander. Puis il se met à courir à travers la cour et le lion le poursuit en poussant un feulement. Keme ne va pas loin. Le lion se jette sur lui au moment où il se retourne, et les deux tombent au sol. Sogolon s'apprête à hurler quand Keme se met à rire encore plus fort et crie : Attention où tu lèches, amant d'hommes, sur quoi le lion gronde à nouveau. Keme gratte la mâchoire de l'animal qui ronronne comme un chat et frotte sa tête contre l'escorte, manquant le renverser. Keme rit de plus belle. Ils roulent ensemble dans la poussière.

« Un moustique a pénétré ce corps avant toi », dit Keme.

Le lion ronronne avant de s'éloigner.

« Heureusement que tu es restée en retrait pendant que tu nous regardais, ajoute-t-il en se tournant vers elle. Parce que Makaya se cherche une nouvelle partenaire.

– Comment pourrais-je épouser un lion ?

– Sans cérémonie. Il te mordrait le cou et t'enlèverait.

– Les femmes aiment ça ?

– La plus noble des créatures ? On pourrait tomber plus mal.

– Je vous regardais pas. »

Il époussette ses habits couverts de poussière.

« Tu regardais rien du tout, donc le lion et moi on est juste entrés dans ton champ de vision par hasard ?

– Je vais me coucher.

– Mais tu vas pas dormir. Sans quoi tu serais pas là en train de me parler.

– Non, je...

– Arrête de me contredire par principe. Tous les hommes ne cherchent pas à se disputer avec toi.

– Exact. Les morts me fichent la paix. »

Keme éclate de rire si fort qu'il doit se gronder lui-même.

« Tu vas réveiller la maîtresse, dit Sogolon.

– Nique les dieux, ne nous infligeons pas ça. Tu sais quoi ? On devrait aller derrière. Je vais te monter un truc qui va te plaire. »

Sogolon s'arrête et le considère longuement. Le masque de mauvaise humeur qui descend sur son visage, même lui peut le voir dans la pénombre. Ce masque le tient en respect, figé dans l'espace et dans la nuit.

« J'irai derrière que dalle avec toi.

– Comme tu voudras », dit-il, et il s'éloigne. Sogolon va passer plus de temps qu'elle ne se l'avouerait à se demander si elle devrait le suivre. Mais elle retourne à sa chambre et entre sur le territoire du ni sommeil ni pas sommeil. Les choses remuent maintenant comme si elle se trouvait sous l'eau, mais elle voit tout, sait tout. Cette maison, avec les lits surélevés du sol, et des perroquets bleus et verts qui volent dans le plafond, et des dessins d'hommes saints dans le plafond qui, parfois, au coin de sa vision, remuent. C'est une illusion, se dit-elle. À cette heure de la nuit, à ce stade de fatigue, l'esprit est trop faible pour immobiliser quoi que ce soit, pas même ce que l'on voit.

« Oh non, cette femme, elle perd la tête. Un décret est un décret », dit-elle. Elle, la dame qui ce matin rend visite à Maîtresse Komwono. La maîtresse n'arrête pas de l'appeler « chère sœur » quand elle parle, mais l'a traitée de langue de pute, de chiennasse au sein tombant avant qu'elle arrive. Ce matin, elle l'a traitée de tous les noms sitôt que le héraut est reparti, lui qui a réveillé toute la maisonnée en annonçant avec forces cris et tambour sa visite en début d'après-midi.

« Après midi, autrement dit il faut préparer à déjeuner », a commenté la maîtresse.

Maîtresse Komwono a mis la cuisinière au travail et, avant l'arrivée de son invitée, mpotopoto au maquereau, harengs au sel – car le poisson de mer est un mets rare à la montagne –, eto de patate douce, figues fraîches et rondelles de klouikloui frites sont prêts. Elle n'est pas plutôt installée sur les coussins, Maîtresse Doungourou, qu'elle commence à se plaindre : tout est si sucré, trop sucré, même le hareng, la cuisinière ne doit pas être aussi raffinée que celle de la cour. Car à la cour, la mode est au salé, l'ancien devenu neuf, ce qui aurait pu faire grimper le prix du sel, mais comme nous ne sommes plus en guerre contre le Sud, le prix est resté ferme, et même si une femme comme elle, au nom noble comme le sien, ne s'associerait jamais avec un commerçant ou un marchand d'aucune sorte, c'est vrai qu'ils ont trempé un peu dans la vente, pour s'amuser, et c'est bien triste pour beaucoup, mais pas pour eux, en fait, que la paix fasse tomber si bas le prix du sel. Puis elle se plaint de nouveau du goût de la nourriture, mais n'en laisse pas une miette à la maîtresse.

Sogolon les regarde et remarque un nouveau phénomène. L'amie ennemie. Elle ne comprend pas ça, donc elle observe encore. Dame Maîtresse Doungourou, la très chère sœur, chiennasse au sein tombant, et c'est vrai qu'elle porte sa robe à l'ancienne, les seins dénudés. Cette dame lui fait penser à la sœur de la maîtresse, qui elle aussi la colle alors que la maîtresse dit qu'elle ne peut pas la supporter. Elle a l'impression que Maîtresse Komwono n'a que des gens comme ça parmi ses amies et parents. Mais Sogolon ne trouve pas où ranger ça dans son cerveau. Qu'est-ce qui les rapproche, si ce n'est l'amour ? Non pas qu'elle ait de l'amour une idée bien précise, encore moins qu'il rapproche les gens. Ses frères restaient proches parce qu'ils ne connaissaient pas d'autre façon de vivre et, dès qu'ils en auront appris une, ils se tireront, elle en est sûre. C'est encore un de ces grands mots qu'aurait employés feu le maître. Sogolon le laisse ressortir de son esprit aussi vite qu'il y est entré. Qu'est-ce qui les rapproche, ces femmes ? Peut-être que c'est ainsi, quand on est entouré de gens de toutes sortes, mais qu'on a personne. Keme a un lion avec qui jouer dans la poussière. Elle laisse ressortir Keme aussi vite qu'il y est entré. Peut-être est-ce un spectacle, une danse, une cérémonie entre eux deux.

« Ah oui, depuis que les Sangomin ont établi résidence au pied du prince héritier. Maintenant toutes les autres femmes sont plus que bénies si elles se font pas traiter de sorcières.

– Ils traitent Dame Kaabu de sorcière ? Alors de quoi ils traitent sa mère ?

– D'un mot que n'emploient pas les dames convenables.

– Alors te tracasse pas, ma chère sœur. »

Elles sont toutes les deux affalées sur les coussins comme des femmes qui n'ont pas à se préoccuper du regard des hommes. Dame Maîtresse Doungourou porte une robe vert foncé et un tas de colliers de perles qui descendent jusqu'à ses sombres mamelons. À chaque doigt, une bague en or. Voire deux. La dame maîtresse parle autant avec les mains qu'avec la bouche, et le tout donne l'impression qu'elle sonne l'alerte.

« Ils ont convoqué le prêtre Ifa après une semaine de divination, et pendant tout ce temps, personne n'a pu trancher la question pour de bon.

– Mais pourquoi pensent-ils que c'est une sorcière ?

– Paroles de dieu, Njaaye, vous recevez pas les nouvelles dans les provinces du Sud ? Deux des concubines du roi ont eu des bébés qui sont sortis les pieds devant. L'un s'est étranglé avec le cordon ombilical, l'autre a tué la mère. Tous les serviteurs disent que Kaabu est pleine de malice et d'esprit malin depuis le seul enfant qu'elle a eu, une fille attardée.

– Et le Seigneur Kaabu les a laissés prendre sa femme comme ça ?

– C'est lui qui l'accuse. Les prêtres, ils ont rien trouvé pour affirmer que c'est une sorcière, alors le seigneur a fait venir une Sangoma.

– Et maintenant cette saleté de shaman des rivières a ses entrées jusqu'au trône ? Les choses ont vraiment changé.

– Tu veux pas que je te raconte ?

– Bien sûr que si.

– Ah. Alors le seigneur a demandé réparation au Roi et là, ma chère sœur, c'est là que le chancelier s'est impliqué dans l'histoire. Paroles de dieu, cet homme, il me fait froid dans le dos. S'il faut désigner un coupable, c'est à cause de lui que tout ça est arrivé. Je crois pas à la rumeur mais j'ai entendu dire que c'est de son fait, au chancelier, si la cour accorde désormais ses faveurs aux Sangomin, et pourquoi ils se mêlent de juger toutes ces histoires de sorcellerie. C'est comme ça que ça s'est passé, ma sœur. L'homme d'argile blanc, ce chasseur de sorcières qui n'a jamais passé un peigne dans ses cheveux de toute sa vie, il s'est présenté chez eux sans prévenir. Il n'a quc la peau sur les os, d'après ce que j'ai entendu dire, et écoute un peu : il est venu avec sept autres. Écoute un peu ma sœur : les sept autres c'étaient des enfants, et attention, les enfants les plus bizarres que tu verras de ta vie. Il y en a un qui a la peau rouge, l'autre qui rampe sur le mur, et un qui a deux têtes ! Ils ont débarqué comme ça dans la maison, comme le tonnerre, et empoigné Dame Kaabu en disant qu'elle est une sorcière. Deux gardes, j'ai entendu dire, deux gardes sont allés la défendre, pensant que c'était une agression : eh bien, les enfants se sont jetés sur eux comme une meute de hyènes sur de la viande crue. Ma chère, j'ai entendu que quand ils se sont repliés, il ne restait d'un des gardes que les os tandis que les membres de l'autre étaient éparpillés partout dans la cour. Des enfants démons, mais ils sont au service du bien maintenant, alors tout va bien ? Ils ont déclaré que deux autres concubines étaient des sorcières aussi.

– Pourquoi ?

– Le chasseur de sorcières à la peau d'argile blanche a deviné qu'elles fricotaient ensemble.

– Et alors ? Les concubines délaissées s'arrangent entre elles. C'est pas nouveau.

– Si, ça l'est. Le chasseur de sorcières a ordonné aux enfants de maintenir les deux femmes jambes écartées pendant qu'il les corrigeait en personne.

– Je sais pas ce que tu veux dire, ma sœur.

– Mais si, tu sais. Ce chevelu immonde et ses enfants diables, ils ont envahi cette maison comme s'ils étaient venus faire la guerre. Ils ont même commencé à tabasser le maître jusqu'au moment où quelqu'un a réalisé qui c'était.

– Mais tu crois pas que t'oublies quelque chose, ma sœur ? Depuis quand les sorcières sont vues comme maléfiques ?

– Depuis combien de temps tu... depuis quand tu es partie, ma sœur ?

– Assez longtemps.

– Bien sûr. Et ce pauvre Maître Komwono. J'en savais rien jusqu'au dernier quart de lune, ma sœur.

– Des sorcières, ma sœur. Depuis quand peut-on appeler les femmes des sorcières ?

– Mais c'est bien des sorcières, ma sœur.

– C'est pas ça que je demande, ma sœur.

– Faudra que tu demandes à mon mari. C'est lui qui est intelligent, même le prince héritier en est impressionné.

– C'est la deuxième fois que tu parles du prince héritier. Et le Roi ?

– Le Roi. T'as pas entendu ? Ma chère sœur, je croyais que c'était pour ça que tu étais venue. Parce que ton mari a toujours gardé sa place dans le cœur du Roi. Même après que vous...

– À t'entendre, on croirait que...

– Il s'en va, ma sœur.
– Il s'en va pour aller où ?
– Il part, ma sœur. Il part.
– Et j'ai demandé où… il… oh. Le Roi est à l'article de la mort.
– Ma sœur ! Tu es partie depuis trop longtemps. Ce genre de parole constitue une trahison. Le Roi s'occupe de ses affaires avec les ancêtres, tu m'entends ? À l'avenir, évite à tout prix de dire ça. C'est une trahison, désormais. Dire ce que tu n'as pas dit, car je ne l'ai pas entendu, c'est désirer tuer le pays. Le seigneur chancelier l'a décrété, et le prince héritier l'a approuvé. Et les scribes l'ont inscrit sur le parchemin donc c'est la loi maintenant. Le Roi s'occupe de ses affaires.
– Si personne ne meurt, personne n'a besoin d'un dernier hommage.
– Ah, tu commences à apprendre, on dirait.
– J'apprends beaucoup de choses, Njaaye, et c'est seulement mon troisième jour. C'est une nouvelle tradition, aussi, d'éviter de parler d'elle ? Ou est-ce que je n'en suis pas digne avant qu'elle me reçoive ?
– Qui, ma sœur ?
– Tu réponds parfaitement à la question, ma foi. »
Quand la dame s'apprête à partir, elle dit à Maîtresse Komwono : Arrange-toi pour être prête quand viendra le chancelier. Ce qui arrache une dernière question à la maîtresse.
« Je ne comprends toujours pas cette histoire de chancelier. Le Roi a-t-il perdu la tête ?
– Je ne comprends pas que tu ne comprennes pas », dit la dame, qui fronce les sourcils afin qu'ils disent ce à quoi ses lèvres se refusent, qu'elle a déjà répondu à trop de questions.
« Kwash Kagar n'a jamais eu de chancelier. Il s'appuyait sur les féticheurs et la Sœur du Roi.
– Tu t'égares, ma sœur. Mais voyons, le chancelier il a toujours été là. Il est là de toute éternité.
– Non, pas il y a cinq ans. C'est la sœur de Sa Majesté qui était son conseiller principal. Qui est le chancelier ? »
La dame rit. « Ma sœur, t'es restée trop longtemps dans les provinces, ou quoi ? Ou c'est le diable de la nuit qui a emporté tes souvenirs ? Ah… attends… c'est le deuil. C'est ça qui doit t'esquinter la mémoire. L'Aesi est avec le Roi depuis que Roi il y a. Et le Roi n'a pas de sœur.

– Je ne crois pas que j'oublierais celle qui m'a bannie.
– Pas besoin de revenir là-dessus, ma sœur.
– La Princesse.
– Princesse Emini ? Elle était forcément trop jeune. Tu me déconcertes, ma sœur.
– Pas plus que l'inverse. La Sœur du Roi, Jeleza. L'ordre de bannissement est venu de son messager personnel.
– Jamais entendu ce nom-là.
– Quoi ? C'est la plus stupide des… Ah. Bien sûr. Je ne suis pas encore digne de prononcer son nom.
– T'as laissé ta cervelle en exil. Tu n'as pas été bannie par un ordre scellé ?
– Si, sur papyrus, mais quelle importance ?
– Alors le seau venait de la maison royale. Mais peu importe par qui, surtout que tu vas être réhabilitée.
– C'est sûr, ma sœur.
– Mais écoute bien. À présent Sa Majesté prend conseil de sa fille, mais tout le monde à la cour se plaint déjà qu'elle se comporte comme si elle était le prince héritier. Même depuis que Kwash Kagar l'a mariée.
– Pardonne-moi, ma chère sœur. De toute évidence, l'atmosphère de Kongor m'a abîmé la mémoire.
– C'est le chagrin qui te joue des tours, ma sœur. Il prend de la mémoire des choses qu'il ne devrait pas, et il y laisse des choses qui n'ont rien à y faire.
– Ça doit être ça. Sois bénie de bonne fortune, ma très chère.
– Toi aussi, ma sœur. »

Aussitôt que Dame Maîtresse a passé la porte, quand la maîtresse est sûre que son palanquin est suffisamment loin, elle se tourne vers la cour et dit : « Oh, Jeleza. On était femmes, ensemble. On était femmes ensemble, oh. Sogolon, sors de derrière cette fichue porte. »

Des Okyeame dans les rues. Les polyglottes royaux, ce qu'espèrent devenir les hérauts quand meurt l'un d'entre eux. Tous portent le tissu sacré, kente, dont ils drapent leur corps deux fois avant de le passer sur l'épaule gauche, car l'épaule droite est pour le Roi. Keme en désigne un à Sogolon tandis qu'ils quittent le marché avec la cuisinière. Aujourd'hui l'Okyeame parle dans la langue de Kwash Kagar, lui dit-il. Juge-les par leurs vers, car ce qui sort de leur bouche est beauté, même s'ils décrivent une flaque de boue. Sogolon en voit un en rejoindre un autre, mais rien là-dedans ne l'intéresse, même pas les sceptres d'or qu'ils portent tous deux. Keme l'entraîne plus près, pour voir ce que dit le sceptre, prétend-il, mais elle ne saisit pas ce qu'il entend par là. Ils fendent la foule et vont se placer juste derrière eux. Un ancien Okyeame et un apprenti. Sur la pomme du sceptre, une sculpture représentant trois hommes, un qui se couvre les yeux ; le second, les oreilles ; et le dernier, la bouche. Keme s'apprête à dire quelque chose quand l'Okyeame prend la parole : « Kwash Kagar le très magnifique est parti s'occuper de ses affaires ! Le Roi s'occupe des affaires des ancêtres ! Le très magnifique Kwash Kagar s'occupe de ses affaires ! »

Sogolon le voit et ne le croit pourtant pas. Tout le marché, chaque homme, chaque femme, jusqu'au dernier, se tait. Le très excellent Kwash Kagar s'occupe de ses affaires, répète-t-il. Le marché reste silencieux. Même une vendeuse qui tend un fruit à une femme, même la femme qui le prend. Puis, de la même façon tout le monde se remet à bouger, à acheter, à vendre, à marchander, à se disputer, à escroquer tandis que les Okyeame s'en vont.

La deuxième cuisinière accourt, hors d'haleine.

« Ils sont à la maison ! Ils ont pas prévenu et la maîtresse a déjà peur !

– Qui ça, idiote ? Dis-moi avant d'avaler ta langue.

– L'Aesi et ses hommes. »

Ils retournent à la propriété en vitesse, mais lorsqu'ils arrivent au portail, un autre genre de vent souffle au visage de Sogolon, dur et froid, avec une odeur de feu mort. Deux fortes bourrasques, puis un son évoquant un battement d'ailes gigantesques. Le bruit la fait sursauter, mais elle est seule à le remarquer. Les cuisinières se précipitent dans la cuisine, et Keme file prendre sa place avec les gardes du palais, au garde-à-vous. Sogolon les dépasse en courant, et traverse la cour pour rejoindre le couloir donnant sur la salle d'accueil. Deux gardes sont postés devant l'entrée, avec de gros colliers de perles autour du cou, le torse nu, et des robes blanches qui commencent à la taille. À l'intérieur, deux autres se tiennent à la fenêtre. Et sur un tabouret, mais face à la maîtresse, il y a un homme avec des cheveux rouges roulés en petites bosses qui recouvrent son crâne, vêtu d'une robe noire sans manches. Assis, mais plus grand que la plupart des gens debout, cou et bras noirs du même noir que la partie foncée de la mousse verte. La maîtresse s'apprête à dire quelque chose. Sogolon ne parvient pas à déchiffrer son expression. L'Aesi se tourne et sourit.

« Attendez dehors, s'il vous plaît. »

Le sablier dans la tête de Sogolon se retourne trois fois avant qu'un garde vienne la chercher. Il lui indique un tabouret puis quitte la pièce. Les deux autres sont toujours près de la fenêtre. L'Aesi entre de nouveau dans la pièce, et sa cape se soulève bien que Sogolon ne perçoive aucun courant d'air. Elle se demande si ce sont les cheveux rouge vif qui font paraître sa peau plus sombre, ou si c'est sa peau charbon qui fait paraître ses cheveux plus clairs.

Il se racle la gorge. « Toi. La fille sans nom.

– Je…

– Ne parle pas tant que je ne t'ai pas posé de question. Et ne me fais pas répéter mes questions une fois que je les ai posées. C'est compris ?

– Oui. Oui, Maître.

– Seul Kwash Kagar est Maître. Nous sommes tous à son service. C'est compris ?

– Oui, Maî… Oui.

– Appelle-moi chancelier, ou Aesi, ou ne m'appelle pas du tout. Les titres, c'est pour les vautours qui tournent autour de nous. Je m'en moque. »

Quelque chose attire son attention et il regarde par la fenêtre. Il regarde longuement par la fenêtre. Sogolon s'agite nerveusement.

« Tu sais pourquoi ta maîtresse a été bannie ?

– Non, Aesi.

– Mais tu étais là quand Maître Komwono est mort ?

– Quoi ?

– Dans la maison, petite fille. Tu étais dans la maison le matin où Maître Komwono est mort ?

– Oui, Aesi.

– Tu sais comment il est mort ?

– L'esclave l'a trouvé sur le mur, Maître.

– Pas de maître ici.

– Oh.

– Et toi tu es… pas esclave, pas enfant… Tu es quoi, pupille ?

– Oui, Maît…

– Tu sais ce que ça veut dire, pupille ?

– Non. »

L'Aesi s'esclaffe. On dirait un éternuement. « Ta maîtresse souhaite entrer à la cour. Rentrer, dans son cas. Et je suis tenté de lui accorder cette faveur, car le prince héritier tient à se présenter comme un dirigeant magnanime. Qui sait, peut-être sait-elle mieux maîtriser sa langue, à présent. A-t-elle des amies sorcières, petite ?

– Non. Non, Maître, elle déteste les sorcières. Aucune sorcière ne nous rend visite à Kongor. »

L'Aesi hoche la tête et rit de nouveau. Rapide comme l'éclair, il plante ses yeux dans les siens. Sogolon tente de soutenir son regard. Elle ne cherche ni à être insolente ni à montrer sa force, mais elle en a assez des hommes qui exercent leur puissance sur elle, même par un simple regard. Elle ne cligne des yeux qu'une seule fois. L'Aesi ne semble pas cligner des yeux du tout. Il le fait si brièvement qu'elle sait que la plupart des gens ne le verraient pas, mais elle si, et elle ne sait pas pourquoi. Juste avant de sourire de nouveau, il fronce les sourcils. Une grimace qui lui prend tout le visage, puis disparaît.

« Je te dirais volontiers de rappeler à ta maîtresse de faire attention à sa langue cette fois, mais tu n'as pas la liberté de lui dire ce genre de choses. Qui t'a appelée Sogolon ?

– Je me suis nommée moi-même, monsieur.

– C'est un mensonge. C'est la maîtresse qui t'a appelée comme ça. »

À ce moment-là, l'un des gardes s'empoigne le ventre et vomit. L'incident distrait Sogolon, mais lorsqu'elle se tourne de nouveau vers l'Aesi, il a toujours les yeux rivés sur elle.

« Sortez-le, dit-il avant de se lever pour s'en aller. Que s'est-il passé quand le maître t'a trouvée ? »

Sogolon est médusée. L'Aesi sourit.

« Mauvaise question. Mauvaise personne », dit-il.

La maîtresse va se recoucher et reste au lit jusqu'au lendemain matin. Un peu avant l'aube, elle crie : *Tes paroles sont les mêmes pour toute femme dont tu ne lèves pas la robe*, puis se réveille. Sogolon est dans la chaise longue à côté de son lit.

« Pourquoi tu me veilles, toi ? Je suis pas malade.

– C'est juste que le sommeil m'a surprise ici, Maîtresse.

– Le laisse plus te surprendre ici. Je refuse qu'on me surveille. Mais bref. Quelle magnifique journée. Pourquoi la gâcher par mauvaise humeur et insatisfaction ? C'est une perte de temps.

Sogolon, va immédiatement trouver la cuisinière. Je prendrai des œufs, pas la bouillie qu'elle doit être en train de préparer. Très belle journée. »

Sogolon est sur le point de sortir, mais la maîtresse la rappelle.

« Et quand tu reviendras, on va choisir lequel de ces tissus convient pour une robe de cérémonie et un gele.

– Oui, Maîtresse.

– Sogolon, est-ce que tu… Non, vas-y, petite. Non, attends… Pourquoi je te pose la question à toi, tu n'es qu'une fille du bush. »

Ça ne l'a même pas dérangée. Elle se tourne vers la porte.

« C'est juste que je ne sais pas quoi lui dire. Pas en tant que sujet, en tant qu'amie. En tant que femme.

– Je sais pas quels sont les derniers mots que vous avez dits à la Sœur du Roi, m'dame, mais…

– La Sœur du Roi. Petite sotte. Je parle de la fille du Roi. Kwash Kagar, il n'a pas de sœur. »

Sogolon encaisse le choc sans trop ciller.

« Kwash Kagar, il n'a pas de sœur, petite. »

Cinq

« Lire ? Tu dois te croire à Juba. Personne ne lit à Fasisi. Et quel besoin as-tu de lire ? » demande Keme.

Vois la fille. Vois son visage se rembrunir lorsque cet homme parmi les hommes qui occupent son esprit lui dit de ne pas s'embêter à lire car il n'en voit pas l'intérêt pour lui-même, il ne voit pas à quoi ça pourrait l'avancer, elle. Elle ne sait pas pourquoi elle lui a posé la question. Ces derniers temps, il la met de mauvaise humeur à propos de tout et de rien, comme quand il se moque d'elle parce qu'elle veut comprendre ce que ça signifie quand un homme appose sa marque sur un parchemin. Et qu'elle veut quelqu'un pour l'instruire, car elle ne peut s'instruire toute seule. Il lui fait oublier pourquoi elle voulait lire en premier lieu. À Kongor, il y a une Grande Salle des Archives, un grand œuf fait de chaume et de plâtre, qui fait la hauteur de trois et dix hommes et contient les archives de tous les rois et royaumes du Nord. Les gens de Juba parlent du Palais de la Sagesse, où les gens de partout, parfois d'aussi loin que l'autre côté de la mer déchaînée, viennent acquérir par la lecture la connaissance des sciences naturelles, la cartographie des étoiles, les arts de la guérison, la chirurgie et les mathématiques. Le Palais de la Sagesse ne se soucie que de l'esprit, et ne s'embarrasse pas du corps qui le porte. Mais rien de tel à Fasisi, siège de l'empire. Ici, la sagesse est pour ceux qui souhaitent prospérer, et si vous êtes déjà de noble naissance, alors quelle prospérité supplémentaire espérer de par les neuf mondes ?

Quelqu'un lui dit que l'homme a la puissance car seul l'homme a la charge, quelqu'un qui a la même voix que Keme, ce qui l'agace encore davantage. Tout ce qu'elle voit, c'est que l'homme traverse la vie si facilement qu'il peut même se gratter l'entre-jambe quand ça le démange, où qu'il soit. Ou puer davantage qu'un cadavre et compter qu'une femme ne lui refusera pas son koo. Même ses frères ne la regardaient autrefois que comme un fardeau, alors qu'elle était seule à tout porter, sac de grains et grande feuille pour ramasser toute la merde de vache, de cochons et de chiens. Si l'homme veut croire qu'il a la charge, laissez-le croire. Dans une salle poussiéreuse de cette maison, elle voit les rouleaux de parchemin, les gravures et les livres reliés de cuir, et elle veut savoir ce qu'il y a dedans. Savoir, car elle commence à mépriser la sensation du livre qui ne s'ouvre que pour l'exclure. Du manuscrit qui se déroule mais lui reste fermé, du parchemin qui montre tout mais ne lui révèle rien. Mais elle se défait de son souhait. Le fardeau qui lui pèse n'a rien à voir avec ce qui fait trembler ses genoux.

À présent, chaque invitation de Keme prend un double sens. *On devrait aller derrière. Je vais te montrer un truc qui va te plaire.* Sogolon est assez jeune pour savoir qu'elle n'a pas tout à fait terminé sa croissance, mais assez vieille pour ne pas se fier à un homme qui se propose de la conduire dans un petit coin sombre. Elle a appris sa leçon du temps où elle vivait chez Miss Azora. Quand elle lui demande pourquoi il est encore là, il lui demande si elle préférerait qu'il soit parti. Avant qu'elle décide si elle va répondre ou pas, il rit et explique qu'il a pour mission de mener la maison Komwono à la cour royale, et que, du point de vue de la couronne, et du sien, elle ne s'y trouve pas encore. Viens, je vais t'apprendre à tirer à l'arc, c'est la dernière proposition de lui qu'elle refuse.

Dans la chambre qu'on lui a attribuée, se glissant sous les draps, Sogolon se sent lourde comme de l'acier. L'Aesi a laissé son odeur dans la salle d'accueil et le couloir, mais elle ne saurait dire si c'est vraiment une odeur ou juste un souvenir. Elle s'interroge sur le souvenir, aussi. Il y a deux jours, la maîtresse s'inquiétait de la Sœur du Roi. Hier, la maîtresse a décrété que la Sœur du Roi n'était plus. Non, même pas, car pour qu'elle n'existe plus, il faudrait partir du principe qu'elle a un jour existé. C'est déjà assez terrible que la maîtresse pense qu'elle ment. Ce serait pire qu'elle pense que Sogolon invente, car il faudrait alors qu'elle en trouve la raison. Sogolon, elle sait bien qu'elle n'a pas inventé la princesse, qu'elle n'aurait eu aucune raison de le faire, surtout quand, le reste de la journée, la maîtresse a fait preuve d'une mémoire redoutable, la grondant pour avoir écouté aux portes la veille. Mais la façon dont la maîtresse lui a répondu lui suggère que le rêve et le souvenir se confondent, et à présent elle se demande où, à part ça, elle mélange les deux. Dans son lit, cette idée lui pèse, mais elle s'assoupit d'un sommeil léger, qui lui apporte un rêve léger, où elle entrevoit ces cheveux rouges comme la tête d'un anaplecte. Dans le rêve-souvenir il se tourne vers elle et s'apprête à parler juste au moment où elle se réveille.

Trois jours après la visite de l'Aesi, la cour leur fait savoir que la maison Komwono sera reçue le lendemain. Sitôt le héraut parti, la maîtresse s'emporte contre Sogolon : elle jure, crie et se lamente car elle voit à présent que tous ces tissus datent de la dernière fois qu'elle est venue à la cour et ce serait une humiliation épouvantable – Épouvantable, tu m'entends, si je mettais le pied à la cour dans des chiffons si démodés. Autant revenir habillée en esclave, hurle-t-elle à Sogolon, bien que la jeune fille n'ait rien à voir avec les habits en question. Va dans un souk digne de ce nom, dit-elle, et elle lui jette des pièces. Sogolon est terrifiée, car elle ne connaît pas ses goûts, ne sait pas ce qui plairait à la cour, et ne sait pas si les deux choses reviennent au même. La maîtresse envoie Keme avec elle, qui siffle, exaspéré, en apprenant qu'ils partent acheter des habits pour femmes.

Le souk de tissus et bibelots se trouve dans le quartier de Baganda, au bout d'une longue voie qui relie les quatre autres parties de la ville. Ils sortent par la porte ouest avant midi, tous les deux à cheval même si Sogolon est encore mal à l'aise en selle. Sur la grande route, ils s'élancent. Car une longue portion du chemin suit une ligne de crête, avec une falaise de chaque côté, et pour seule vue les montagnes bleues par-dessus d'autres montagnes. D'un carrefour à l'autre, ils finissent par descendre le flanc de la montagne puis contournent un lac fumant. Après un long virage, les voilà sur une route qui mène droit à Baganda, quartier des forgerons et des potiers, des commerçants et artisans, des marchés et des souks, des acheteurs et des mendiants. Il y a aussi des commerces dans l'Ugliko, mais tous doivent fermer boutique et vider la rue au coucher du soleil ; les traînards passent la nuit dans des donjons si profonds que certains n'en ressortent jamais. Elle n'a jamais vu un lieu comme Baganda. Ce doit être de là que viennent les soieries de la maîtresse, car elle voit des tissus de couleurs dont elle ne connaît pas le nom. Et des motifs plus vrais que nature – des poissons qui nagent, des lions qui se pavanent, des figures qui dansent au rythme d'un tambour qu'elle n'entend pas. À un étal, un homme vend des chats roux venus de l'autre côté de la mer de Sable : *Caressez-les, cuisinez-les, comme vous voudrez, ils seront excellents dans les deux cas.* Plus d'une vendeuse crie que ses marchandises descendent tout juste d'un convoi venu d'une terre où des hommes tournoient sur eux-mêmes dix lunes durant. D'un pays où les poissons marchent et les chevaux nagent. Elle manque heurter un étal de serpents vivants, et hurle. Keme la tire en arrière en riant. Ils avancent au trot, et elle repère des gens qui ne sont pas des marchands. Des femmes achetant pour des familles, des négociants en route pour les marchés de l'or, de l'émeraude, des fourrures, du musc et du sel. Des garçons qui portent des rouleaux de parchemin pour des vieillards qui les suivent de loin, en boitillant. Des artisans chargés d'outils, des chariots tirés par des ânes, des chariots tirés par des mules, des chariots tirés par des bœufs. Des bœufs qui renâclent sur des garçons munis de badines. Des hérauts annonçant que le Roi s'occupe de ses affaires.

« Je vais bientôt rejoindre la légion des buffles, annonce Keme, nerveux.

– Je connais pas cette légion.

– Tu en connais beaucoup, des légions ?

– Ce que je sais, c'est que je peux partir tranquillement à cheval.

– Ton problème, c'est que personne ne prend jamais la peine de te raconter une plaisanterie.

– Des plaisanteries, je ne vois que ça.

– Aujourd'hui, tu prends vraiment la mouche pour un rien.

– Tu vas me dire ce que c'est que cette légion ?

– Nique les dieux. » Il fait la grimace, puis sourit. Sogolon le regarde toujours avec une expression neutre.

« Ce sont les premiers sur le champ de bataille, eux qui mènent l'effort de guerre. Hautement qualifiés dans toutes les formes de combat, ils ne répondent à personne qu'au Roi.

– Tu es déjà qualifié. La légion des buffles, hein ? Peut-être que tu es déjà en train de te transformer en buffle.

– De la part de n'importe qui d'autre, ça serait un compliment.

– Et de ma part ?
– Je ne sais pas, Miss Sogolon. »

« On dirait qu'il y a au moins une chose à sauver chez toi », dit la maîtresse. Elle inspecte tous les tissus. Elle fronce les sourcils, mais caresse néanmoins l'étoffe.

« Ces trois-là, ils iront très bien, dit-elle en désignant le tas sur la gauche. Et ceux-là on va bien devoir faire avec, ajoute-t-elle en montrant le tas de droite. Pour toi, je veux dire, petite. Tu comprends bien que tu ne peux pas approcher le Roi vêtue comme un rat d'eau. Dis à la gouvernante de me trouver une couturière. Ce soir, petite. »

Toute la maison fait la grimace en entendant la maîtresse hurler sur la couturière. Alors Sogolon va dehors. Elle a perdu le compte des nuits, mais c'est soit la deuxième, soit la troisième sans lune. Sogolon s'ennuie. Ça doit être l'heure où les hommes lisent, se dit-elle. Cela dit, elle ne sait pas lire et il n'y a personne pour lui apprendre. La maîtresse préfère lui apprendre à s'asseoir, à manger, à se tenir droite, à être, c'est d'ailleurs étonnant qu'elle ne se mêle pas de lui apprendre à chier. Son esprit se fait cruel. L'idée ne lui vient même pas tellement que, demain, elle se trouvera à la cour royale en présence d'un quelconque personnage royal, et c'est un honneur que peu de gens connaîtront jamais, et assurément personne dans son genre. Il lui vient l'idée de considérer sa vie jusqu'à cet instant, de remonter aussi loin que sa mémoire le lui permet, puis de suivre le fil jusqu'à ce point, rien que pour s'émerveiller du trajet parcouru. Mais ça ne l'intéresse pas de remonter si loin. Ni même de revenir en arrière, au fond. Même pas à l'après-midi passé, encore moins.

Ce qui l'intéresse, c'est Keme qui monte à cheval, se glisse par le portail, disparaît dans la nuit. Sans trop y réfléchir non plus, elle l'imite et le suit. Ils sont sur le chemin qui mène à Baganda. La nuit lui fait peur jusqu'à ce qu'elle réalise que l'obscurité n'est pas si sombre. Que la route est juste là, brillante de poussière, comme les arbres, comme les ombres qui se découpent sur le ciel non pas noir, mais du bleu le plus riche. Et ses oreilles se chargent de voir ce qui demeure invisible à ses yeux, suivant Keme à bonne distance, mais sans jamais perdre sa trace. Au moins, dans la pénombre, elle ne voit pas les ravins de chaque côté. Elle tourne à gauche au premier carrefour, ce qui la mène sur un coude qui descend le flanc de la montagne. Au milieu du virage, un sentier part sur la droite, où la poussière flotte encore, réveillée par les sabots du cheval de Keme. Arrivée presque au bout de la route, elle trouve le cheval attaché à un arbre, mais pas le jeune homme. Elle met pied à terre et s'enfonce dans les arbres et buissons. Pas de réponse de Keme, bien qu'elle l'appelle à deux reprises. La falaise plonge brusquement, et elle trébuche. Une souche interrompt sa roulade, et tant mieux, car derrière la souche c'est le vide. Du moins c'est ce qu'elle sent sur ses jambes. Pas ce qu'elle voit. Elle cligne cinq fois des yeux, puis sept, mais ça ne change rien, alors elle observe Keme, mais ça ne compense pas son incrédulité.

Keme, il marche dans l'air, sur les nuages. Non, il marche sur des tuiles, certaines juste assez grande pour y poser le bout du pied, d'autres larges comme une porte, et aucune n'est fixée à rien, elles flottent dans le ciel. Des tuiles, des briques, des rochers, des morceaux de sol qui tracent une piste dans les airs. Sogolon est sur le premier bloc flottant avant de prendre le temps de réfléchir à ce qu'elle est en train de faire. Il s'enfonce un peu, et elle plaque sa main sur sa bouche pour retenir un cri. Le deuxième bloc s'enfonce un peu, lui aussi. Elle ne peut pas avancer. Sous elle, elle voit des montagnes, des vallées et le vide, qui ne lui promet rien de rien. Est-ce que c'est Keme, qui marche comme sur la terre ferme, qui la pousse à faire ça ? Toujours est-il qu'elle trébuche sur la tuile suivante et manque tomber. Elle laisse échapper un petit cri, mais pas assez fort pour attirer l'attention de Keme. Les tuiles, planches et briques lui paraissent à présent aussi solides que la terre ferme. Les nuages flottent sous elle, et la pénombre en dessous fait monter la terreur dans sa poitrine. Keme avance comme un homme qui a déjà emprunté ce chemin si souvent qu'il ne prend pas la peine de regarder. Mais elle, pour la première fois, elle regarde au-delà de la piste et au-delà du vent qui prend la couleur d'un fantôme dans le ciel nocturne.

La piste est plus longue qu'elle en a l'air. Plus longue que deux tours de sablier. Si elle pouvait se demander quoi que ce soit, à part comment ça se fait qu'elle marche sur le ciel, elle se demanderait quel dieu peut bien avoir l'esprit si éparpillé qu'il a fait ce chemin, comme en ramassant tout ce qui lui tombait sous la main. Le bout de la piste est plus déroutant encore que le début. Sa tête déborde d'incongruités qu'elle voit mais ne croit pas, même s'il y a quelque chose dans la démarche régulière de Keme qui ancre ce dernier. Les nuages se rassemblent et se séparent tandis qu'ils avancent, et il y a quelque chose dans l'air, un murmure peut-être. Keme a disparu. Elle se frotte la poitrine pour chasser la panique. Les nuages s'écartent et elle distingue d'abord la fumée, sept volutes qui montent et, en dessous, des toits, certains pointus, d'autres plats. Voir et croire ne s'accordent pas, et ce décalage menace son équilibre. Maisons, cabanes, tavernes, ponts, refuges, tous agglutinés comme dans n'importe quel quartier de Fasisi, et tous flottant dans les airs. Des portes donnent sur des ruelles, qui donnent sur des portes, qui donnent sur des ruelles, et partout dans ces ruelles, du mouvement.

Un pas rapide lui coûte. Plus que du ciel sous elle, à présent. Elle tombe. Elle cesse de tomber. Une main saisit son poignet et la relève. Keme.

« "J'irai derrière que dalle avec toi." C'est pas ça que t'as dit ? Et fort, en plus. Alors pourquoi tu me suis ?

– C'est ça que tu voulais me montrer ?

– Tu continues à te faire des idées, ma grande.

– Cet endroit, c'est quoi ?

– Tu fais la grimace comme si je puais de la bouche. Attends, mais là je rêve : cette fille, elle croyait que j'allais la violer, ou quoi ? C'est ça que tu croyais ?

– Non.

– Tu mens mieux en journée.

– Des enfants des dieux vivent ici ?

– Non. » Keme continue d'avancer. « Mais des enfants de Go, oui. »

Elle ne lui demande pas plus d'explication, se disant qu'il est trop énervé contre elle pour lui répondre. Il ne lui a jamais donné la moindre raison de croire qu'il avait l'intention de lui faire du mal cette nuit-là. Comme si un homme avait besoin de raison. Certes il n'était pas comme les autres hommes. Mais il est un homme.

« Je comprends pas.

– Eh non. Fais attention à pas glisser, cette fois. »

Elle le suit, faisant des grands pas comme lui, posant les pieds où il les pose, sautant quand il saute. Bien vite, ils arrivent au centre de la ville – car comment appeler ça, sinon une ville ? Rien à Fasisi ne ressemble à ces toits ou à ces murs, et rien à Mitu ou Kongor non plus. Murs d'argile blancs mais sombres dans la nuit, et couverts de motifs, de stries, de dessins de guerre, de chasse, de nage, de baise, de danse, qui tous brillent rouge et jaune dans la nuit telle une forge. Des marques qui montent plus haut que la première fenêtre et la seconde, jusqu'au ciel. Toits plats et murs de la même argile. Maisons revêtant les formes de leur choix, certaines plus larges que hautes, d'autres comme une aiguille qui pointe dans le ciel, d'autres encore arrondies comme un œuf ou un sein.

« Qu'est-ce que tu veux dire ? »

Keme s'arrête devant une entrée. On entend force cris et rires à l'intérieur. Une taverne.

« Go. Les Enfants de Go. T'as déjà entendu parler de Go ?

– Ça existe pas, Go.

– Alors t'en as jamais entendu parler.

– Si, j'en ai entendu parler. J'ai dit ça existe pas, à part dans les histoires que les femmes racontent aux enfants.

– T'en connais pas, des femmes comme ça.

– Bon, tu m'expliques, ou pas ? »

Keme secoue la tête en riant. « Les gens d'ici, ils descendent du peuple de Go. Ils sont arrivés il y a dix générations de ça. Quand ils ont quitté Go, ils ont tout pris avec eux, même l'argile, même le bois et la pierre pour construire leurs maisons. Mais tout ce qui vient de Go, que ce soit le bois, la pierre, le métal ou la terre, se comporte comme Go. Elle est vraie, la légende, ma belle. C'est même pas une légende. Tout ce qui vient de Go se met à flotter aussitôt que le soleil se couche, et sombre aussitôt qu'il se lève.

– Tu dis que toute cette ville s'élève dans les airs au coucher du soleil.

– C'est exactement ce que je viens de dire.

– Je te crois pas.

– Et voici une ville qui flotte dans les airs, que tu le croies ou non. »

Il lui tourne le dos et entre dans la taverne. Des gens crient : Keme ! Elle s'apprête à le suivre, mais elle ne peut s'arracher à tout ce qu'elle a sous les yeux. Tout a l'air normal, jusqu'au moment où on regarde vers le bas. À la lisière d'un bosquet, ou au bout d'un chemin pavé, il y a un trou qui sépare les parties entre elles. Que se passe-t-il quand quelqu'un tombe ? Est-ce qu'à Go les habitants volent, eux aussi ? Les gens passent, l'air affairé, mais il n'y a rien qui les distingue des habitants de Fasisi. Et ça, c'est une taverne ? Qu'est-ce qui attend l'ivrogne qui en sort ?

Trois hommes passent devant elle, trop occupés à se disputer sur la signification à donner au regard d'une riche demoiselle pour la remarquer. Elle les suit des yeux jusqu'à ce qu'ils tournent à gauche et disparaissent derrière un mur recouvert de motifs rouge luisants. Elle est tentée de le toucher pour voir si ça brûle. Il est imposant, ce quartier. Les maisons sont les unes sur les autres, beaucoup ont des cheminées. Les gens sont tranquillement chez eux. Elle entre.

À chaque coin est suspendue une torche. Sous chaque torche, des groupes de gens qui rient, crient, poussent des jurons, réclament haut et fort un autre verre de vin, une autre chope de bière et ramène-toi à poil avec. Qu'est-ce que tu ferais de moi, à poil ? demande la serveuse. Reviens toute nue, insiste l'homme. Reviens et je te boirai comme je la bois, cette bière. Tu veux dire que t'en descendrais que la moitié, parce que t'as pas la carrure pour encaisser le reste ? réplique la fille, et tout le monde rit. À travers les rires Sogolon trouve Keme, car le sien est le plus sonore, un cri qui se termine sur un son de soupir. Elle est déconcertée par le lieu. De la musique, kora et oud, mais pas d'instrumentistes. Une lumière tamisée, assez pour reconnaître à qui on a affaire, mais pareille à une couverture bleue qui tombe douce sur chaque visage. Tout le monde sur des tapis, et les tapis par terre. Tout le monde affalé sur des oreillers, des coussins, ou assis. Comme Keme. Il éclate de rire et donne une claque au lion étendu à côté de lui, qui gronde et lève une patte comme s'il allait le renverser. Keme rit plus fort, et les autres l'imitent. Il y a un vieil homme avec une canne qu'il tient encore et qui tourne le dos à Sogolon. Maigre, le dos nu, les côtes saillantes. Riant également, un des Sept Ailes qui a retiré son turban de son crâne chauve luisant, un autre vêtu de l'armure que porte Keme en général, une femme en robe longue à rayures dorées, au tissu si fin qu'entre les stries d'or on voit sa peau. Une femme frôle Sogolon en rejoignant le groupe, une belle femme qu'elle prend pour une serveuse jusqu'au moment où elle s'assoit à côté du vieillard.

« Sogolon, viens, que je te présente mes amis », dit-il.

Le vieillard se retourne. Keme commence par lui.

« Voici Alaya. Ne t'étonne pas quand tu iras à Malakal ou à Mitu, ou ailleurs, si tu vois un homme qui lui ressemble comme deux gouttes d'eau. Certains disent que c'est son jumeau.

– Plus que huit, donc plus que jumeau, dit le vieux.

– Plus que huit, donc un père consanguin », dit sa voisine, et ils éclatent de nouveau de rire.

« La femme perverse à côté de lui, c'est Bimbola.

– Toutes les femmes se font traiter de perverses quand elles réalisent que les hommes sont stupides », réplique Bimbola en montrant une place à Sogolon. Keme poursuit :

« Tu connais le Sept Ailes, mais ça doit être la première fois que tu vois le visage de Djabe. À ma gauche, Beremu, le lion à l'odeur la plus infecte de Fasisi. »

Le lion gronde.

« Et à ma droite, quelqu'un que personne n'a besoin de connaître. »

Dans la pénombre, quelque chose cogne Keme à la tempe.

« Par mes deux couilles ! Femme, avec quoi tu m'as frappé ?

– Quelque chose que peut manger Beremu, dit la femme qui sort de l'ombre. Je m'appelle Oumou. Et toi ?

– Sogolon. »

Keme regarde le vieillard et dit : « Mais dis-moi, Alaya, il va comment, le Roi ?

– C'est toi qui sers au palais. Je suis juste un griot.

– Vous avez des nouvelles du royaume que même le royaume ne sait pas. »

Alaya cogne deux fois le tapis. « Le Roi s'occupe de ses affaires, répond-il, et le lion rugit. C'est bien, Beremu, répète-lui de pas remuer cette merde.

– Tu dois croire qu'on est dans ta chambre.

– La ferme, Oumou.

– J'ai rien dit.

– Mais tu le penses. Beremu, qu'est-ce que tu sais ? »

Le lion gronde, puis ronronne, après quoi il émet un son que Sogolon ne connaît pas.

« Les gens dans le ciel, ils s'en fichent du Roi, quel qu'il soit, dit Alaya.

– Qu'est-ce que ça veut dire, ça ?

– Ça veut dire que votre prince, il agit déjà comme s'il avait la couronne sur la tête. Et le Roi, il est de plus en plus occupé. Il y a deux nuits, il a failli finir son travail. Pour la première fois en trois lunes, le prince est venu au palais sans être convoqué. Mais Kwash Kagar, il a décidé qu'il avait encore du travail. Il s'est même levé, et a fait quelque pas avant qu'on le remette au lit. Tu aurais dû voir la tête du prince quand son char l'a emmené. Il aurait pu faire fondre de l'acier avec son regard, le mec.

– Le char, il l'a pas emmené assez loin, intervient Bimbola. On a dû l'arracher de dessus une fille du quartier de Taha quand elle a cessé de bouger. En pleine rue, et il s'en fichait d'être vu. Ensuite les Sangomin ont trouvé la maison de la fille, et ils l'ont incendiée. Ces enfants-là, rien que cette semaine…

– Bimbola, interrompt Keme.

– Je dis les choses comme elles sont. Depuis que ce chasseur de sorcières est dans les petits papiers de l'Aesi, depuis que l'Aesi les a ramenés, lui et sa tribu de démons, tout Fasisi est prise en otage. Ils rôdent partout, ils sèment le chaos, ils prennent tout ce qui leur chante. Tu les as vus au marché, ils volent tout ce dont ils ont envie. La semaine dernière, une femme a protesté, eh bien l'un d'eux lui a cramé la langue. Un autre a mis une claque à un homme, mais tout le monde a bien vu qu'il lui a coupé la tête, comme ça. Et que les dieux te viennent en aide si t'as le malheur de te trouver sur leur chemin, parce que s'ils te piétinent pas, ils te passeront à travers le corps et te feront exploser le cœur. T'as de la chance s'ils ne te coupent qu'un doigt. Tu peux appeler un magistrat, il les laissera partir. Ils sont déchaînés.

– Ils sont pas déchaînés, quelqu'un les a lâchés sur le royaume, corrige Alaya.

– Quel pays ça va être quand ce Roi…

– Tais-toi, Oumou », coupe Keme.

Beremu gronde.

« Beremu, dis pas n'importe quoi, toi non plus », dit Keme.

Le lion se lève, gronde, et part dans une autre salle.

Alaya se tourne vers Sogolon. « Ça, ce lion, c'est sa façon de dire : Arrête d'être aussi lâche.

– Et il a de la chance que ce soit lui, sans quoi je lui planterais mon couteau dans la figure. Comment il ose me traiter de lâche, putain ? dit Keme.

– Tu loju, dit Bimbola.

– Je rougis pas », proteste Keme.

Il boit un peu de bière. Oumou regarde Sogolon et lui demande : « Alors, t'as l'intention de devenir la deuxième femme de Keme, ma belle ? »

Keme crie quelque chose mais Sogolon n'entend pas. Deuxième femme. Ça entre dans sa tête, sort de sa tête, revient dans sa tête, et en ressort. Son esprit, il sait pas quoi répondre à ça. Mais l'idée ne la quitte que pour lui revenir.

« Le pauvre, c'est tout juste s'il peut s'occuper de la première, reprend Oumou.

– Laisse-la tranquille.

– Je l'embête pas. Si je voulais lui manquer de respect, c'est à toi que j'aurais posé la question. »

Sogolon détourne les yeux vers le groupe assis sur leur droite, les deux hommes âgés qui sourient mais se parlent d'une voix inintelligible. Elle regarde Bimbola, qui se rend au comptoir pour resservir une bière à un homme. Bien sûr qu'il a une femme, regarde-le. Il en a peut-être même deux. Qu'est-ce que ça peut te faire ? Entre lui et toi, il n'y a rien, que du vent. Sogolon a envie d'être une femme adulte, qui comprend les choses de femme adulte. Mais tout ça lui donne l'impression de n'être qu'une fillette. Non, pas une fillette, une imbécile. Pas parce qu'elle éprouve tel ou tel sentiment, mais parce qu'elle a des sentiments tout court.

« Dans lequel des neuf mondes t'es partie, là ? » demande Oumou.

Sogolon ne répond pas. Ça manque d'air ici, et elle a envie de s'en aller.

Un fracas, un rugissement, un hurlement, un grondement, encore un fracas, un bruit de lutte, un bruit de course. Puis un bruit de poursuite, quelqu'un qui enfonce une porte, ou qui tombe par terre. Personne ne sait, jusqu'à ce que le lion revienne avec une petite fille blanche dans la gueule. Les gens dans le bar sautent, hurlent et s'enfuient, mais autour de Keme, personne ne bouge. Le cou de la fille, à la peau blanche comme du kaolin, est pris dans les mâchoires de Beremu.

« Lâche cette fille ! » s'écrie Keme.

Beremu la secoue encore. La fille ne bouge pas.

« Allez ! » crie de nouveau Keme, prenant sa lance. Beremu lâche la fille et rugit plus fort qu'elle ne l'a jamais entendu rugir. Tout le monde sort en courant, ne laissant que Keme et sa compagnie.

« Tu l'as tuée ? » demande Oumou. Beremu gronde de nouveau. « Mais on dirait qu'elle est morte. »

Beremu regarde Keme et rugit. Keme tient toujours sa lance. Bimbola s'approche de la fille, blanche de la tête aux pieds, même les cheveux. Elle se penche pour l'examiner, une simple enfant aux yeux ouverts mais qui ne voit rien, la bouche ouverte, mais silencieuse. Lorsqu'elle touche son front, la fille se réduit en poudre.

« Par les dieux ! » s'écrie-t-elle.

Keme abaisse sa lance. À Beremu, il demande : « Un Sangomin ? »

Le lion gronde, marmonne et siffle, puis gronde de nouveau. Keme fixe Sogolon. Elle n'aime pas son regard.

« De la poudre. Rien que de la poussière, dit Oumou.

– Il ou elle s'est déjà changé en quelqu'un d'autre. Et il est parti, dit Alaya. »

Sogolon a peur de s'approcher, mais tout le monde le fait, à part Alaya. « Si le Sangomin est déjà venu ici, je l'ai jamais vu, dit-il.

– Alaya, qui tu as mis en colère, cette fois ? demande Keme. Bientôt quelqu'un va le suivre. »

De la poussière glisse entre les doigts d'Oumou. À présent, ils regardent tous Alaya.

« C'est Beremu qui l'a tué », dit-il.

Beremu commence à gronder, mais Oumou dit : « Je sais pas ce que c'était, mais il en reste plus qu'une coquille vide.

– Et toi, Monsieur le Gardien du Château, tu peux pas rester là, dit Bimbola.

– Mais j'ai rien fait.

– Il faut que ça se tasse. Va-t'en.

– C'est Alaya, qui devrait s'en aller.

– T'as cru que c'était une question ? »

Keme ne lui rend pas son regard. « On y va », lance-t-il. À la porte, il fait une pause. « Sogolon », dit-il, et il sort. Elle le rejoint en courant.

Dehors, Keme marche très vite et Sogolon met un moment à le rattraper.

« Tout ce que je voulais, c'était une nuit tranquille.

– C'est pas moi qui te l'ai prise.

– Même quand personne t'embête, tu trouves un moyen de déclencher une dispute.

– C'est toi qui te disputais avec ton amie.

– Oh, j'ai oublié. Toi, t'en as pas, d'amis. Demain tu vas au palais. À partir de là, tu seras le problème d'un autre garde.

– Ah parce que j'étais un problème ? Tu apprends à tous tes problèmes à monter à cheval et à tirer à l'arc ?

– Rentre à la maison, Sogolon.

– J'ai pas de maison.

– Alors va là où on veut bien de toi. Et me suis pas.

– Écoute, je…

– Me suis plus jamais. »

Six

Comprends bien que le Roi ne vit pas dans l'enceinte royale. Les murs de l'enceinte, ils protègent les nobles et les parents proches, les riches et les puissants, ceux de fortune ancienne et nouvelle, ceux qui ont la faveur du Roi et ceux qui sont à son service. Mais à l'intérieur de l'enceinte se cache une autre enceinte, avec de hauts murs-rideaux, perchée sur la cime de la montagne. C'est là qu'il se dresse, le château de Kwash Kagar, et sur ce terrain que s'élèvent sept autres châteaux. Sept châteaux qui renferment les histoires des sept rois de la dynastie Akum, car il est interdit qu'un héritier vive dans la demeure d'un roi mort. Le prince peut vivre dans n'importe quel château, ainsi que la princesse, la Reine Mère, et tous ceux qui ont du roi le sang mais pas de titre. Et la construction doit se faire avec soin et sagesse, car s'il bâtit trop tard, le vieux roi laissera son successeur sans demeure. S'il bâtit trop tôt, il subira l'affront de voir son fils tenter de prendre sa place, et il l'exilera dans une forteresse montagneuse encore plus lointaine que Mantha elle-même.

Kwash Kagar, il a construit le plus grand château qu'œil ait jamais vu, à la mesure de ses ambitions, assez grand pour accueillir ses nombreux enfants, légitimes et bâtards, comme le chantent certains malicieux griots. Murs-rideaux de brique, quatre étages de haut, avec des créneaux de la taille d'un homme. À chaque étage, des fenêtres en arcade, aussi hautes que cinq hommes. Des tours aux quatre coins du mur, avec des sentinelles qui montent la garde, et à l'intérieur, le château, et au dernier étage du château, deux étages supplémentaires, moitié aussi vastes, où vivent le Roi et la Reine. Il n'y a qu'à regarder le château de Kwash

Kagar pour deviner que ce Roi n'avait qu'une ambition, celle d'être plus grand que tout autre roi, ou à tout le moins, d'en avoir l'air. Sa date de naissance est gravée sur chaque brique brune. Chaque mur de briques est épais comme quatre pas. On raconte que le château est si vaste que, quand la nuit tombe sur l'aile est, c'est encore le soir à l'ouest. Et à mesure que son royaume et sa famille s'agrandissaient, il a ajouté chambre après chambre, couloir après couloir, et les dépendances se sont étalées jusqu'aux murs de l'enceinte, y compris les quartiers des serviteurs où logent ceux qui le nourrissent, le vêtissent, le lavent, coupent ses ongles en forme de griffes, nettoient les croûtes de ses yeux, et essuient les gouttes de pisse avant que le lit royal se mette à puer. Pas loin non plus, la salle de bal, le théâtre et les bains. Et enfin les baraquements des dix et deux lions impériaux, une bibliothèque aussi grande que le premier palais, et une salle des archives. Un garde armé d'une lance se tient devant chaque rempart, voire deux. On trouve aussi des gardes par quatre à la guérite, et un sur chaque marche de l'escalier qui mène à l'entrée.

Dans le donjon, parfois dans l'enceinte, mais à l'extérieur s'ils ont agacé le Roi, dorment ceux qui viennent à la cour. Certains ne restent qu'un quart de lune, d'autres une demi-année, certains ne s'en vont jamais. La maîtresse, elle refuse de dire à quelle catégorie elle appartenait. Mais Dame Maîtresse Doungourou, qui a sa place à la cour ces temps-ci, l'a renseignée. Le Roi, Kwash Kagar, vieux et faible comme il est, reste au lit. Son épouse, la première Reine, morte des années avant lui, son esprit hante la même lignée d'ancêtres, bien qu'elle ne soit pas de leur sang. La deuxième épouse de Kwash Kagar, la Reine Wutu, il l'a épousée il y a deux ans, quand il pouvait encore marcher ; elle lui faisait l'effet d'une étrangère dans sa propre maison, et il demandait de quelle concubine il s'agissait chaque fois qu'il la croisait. Si belle que les gens s'imaginent qu'elle est bête, mais pendant ce temps, à en croire la cuisinière, elle ourdit des intrigues. Et la cuisinière dit aussi : L'an dernier, elle a prétendu qu'une grossesse lui donnait des nausées, mais elle a cessé lorsque l'Aesi, après avoir fait un petit calcul, a découvert qu'à la date où l'enfant aurait été conçu, le Roi était déjà trop faible pour faire quoi que ce soit au lit, à part dormir. Elle a toute sa famille ici : sa sœur, avec ses quatre enfants tous reconnus par son mari, mais qui ressemblent tous au Roi ; son père, un homme prétentieux, et son frère, un homme lubrique, qui se croit l'un des favoris du prince héritier alors même que le prince ne cesse de le prendre pour un homme du Roi, lui demandant à la moindre occasion s'il est de service pour essuyer le cul de Kwash Kagar avant que toute la cour se rende compte qu'il s'est chié dessus. Quant au prince héritier, Likud, il partageait autrefois un château avec sa sœur, la Princesse Emini, mais ils se sont lassés de leurs attitudes respectives. Le prince vit désormais avec quatre hommes et trois femmes, lesquels sont peut-être fiancés, peut-être pas, puisque les serviteurs les surprennent toujours dans des configurations différentes et dans des lits différents, ou à un autre étage, sur un autre palier, un autre toit, voire dans une cage, une fois. Dans les quartiers de la princesse, il y a cinq femmes qui la connaissent depuis sa naissance, étant donné qu'elles étaient au service de feue la Reine. La princesse et le prince se plaignent tous deux du fait que cette Reine encore nouvelle infeste la maison de sa famille comme les poux infestent une chevelure, car à la cour on trouve aussi son oncle, sa tante et deux cousins.

Sont également présents plusieurs bâtards du Roi, auxquels il porte une grande affection, ainsi que le Commandant Olu, son plus grand guerrier, qui réside désormais au palais en récompense de ses services. Il a survécu à une lance qui lui a transpercé la tête, mais emporté presque tout l'esprit, si bien que la nouvelle Reine demande souvent s'il y a deux bouffons à la cour, au lieu d'un. Le Commandant Olu reste dans son coin, mais il porte un collier de mariage, et personne ne sait pourquoi, même pas lui. À la cour on trouve enfin : quatre autres hommes de la garde rapprochée du Roi ; sept autres nobles femmes encore au service de feue la Reine ; des joueurs de tambour, de harpe et de kora ; un bouffon ; un devin Ifa ; et de nombreux Sangomin, tous jeunes, voire plus jeunes que ça. Et l'Aesi, mais qu'y a-t-il à dire de lui ? Tout le monde sait qui il est, et le sait de tout temps, bien que personne ne se rappelle le jour où il ou elle l'a vu pour la première fois, ni comment il est devenu chancelier. Ils l'ont toujours connu comme ça, c'est tout.

Les deux hommes des Sept Ailes vont tranquillement au trot jusqu'à la porte du château. Ils ouvrent la marche, le jumeau conduit la caravane ; Keme chevauche à leur niveau ; il s'apprête à parler à Maîtresse Komwono, mais se contente de regarder par la vitre.

« Pourquoi il a l'air d'avoir perdu quelque chose à l'intérieur, ce cavalier ?

– Quoi ? Non. Non, m'dame. »

Sogolon aimerait voir le visage de Keme se décomposer de gêne. Mais ça n'arrivera pas, car de gêne il n'en éprouve pas. On dirait qu'il a perdu quelque chose à l'intérieur de la caravane et qu'il le cherche. Sogolon, à l'arrière, trie les cadeaux de la maîtresse pour le Roi, parmi lesquels la myrrhe dont elle ne cesse de se servir, bien qu'elle la dise plus rare qu'un bébé jengu dans un pot. Keme regarde par la vitre, et Sogolon ne cherche pas à lui rendre son regard. Maîtresse Komwono les considère l'un et l'autre et ça la satisfait, car au moins cela la soulage de l'inquiétude que sa petite arrive à la cour déjà souillée. Sogolon baisse les yeux sur la robe de femme qu'elle porte, c'est la première fois qu'elle en met une. Et le gele, elle n'est pas encore habituée à avoir autre chose que ses cheveux sur sa tête. La robe bleue comme le ciel du matin avec un motif qui ressemble à des pattes de poule un peu partout. Le gele, pareil. Sogolon a l'impression d'être une poupée ou un portemanteau, plus qu'une personne. C'est dur de marcher en robe, c'est pas facile, se dit-elle encore et encore en contemplant l'étroitesse du tissu au niveau du genou, qui s'évase en dessous, rendant impossible d'avancer sans ressembler à un poisson maladroit.

« On arrive au premier des grands châteaux, m'dame, annonce Keme. Sur la droite après les arbres, c'est le château de Kwash Jafari, le deuxième des rois Akum. Kwash Kalifa, son père, a conquis ces terres, mais il est mort avant de pouvoir bâtir dessus. Les gens l'appellent le Château rouge parce que, eh bien, vous voyez pourquoi. »

Sogolon a envie de regarder dehors. Elle a envie de voir les châteaux, et la route, et les gardes, et toutes ces choses qui l'enchanteraient. Mais elle refuse de croiser son regard. La caravane tourne à droite.

« Le château de Kwash Jafari, un palais, à dire vrai. Et la demeure de Princesse Emini. Un des deux châteaux en pierre, alors que tout le reste est en brique. Et…

– Pourquoi il pense que j'ai besoin qu'on m'explique un lieu que je connais déjà, ce cavalier ? Il s'imagine que c'est la première fois que je viens à la cour ? » dit la maîtresse dans le vague, car elle ne s'abaisserait jamais à adresser directement la parole à

Keme. Ou à se plaindre à Sogolon. Elle s'éloigne de la vitre, se rassoit dans son fauteuil, et ferme les yeux pour se préparer. La caravane s'arrête. La maîtresse s'essuie les yeux et réclame de l'eau en marmonnant ; c'est là que Sogolon s'aperçoit qu'elle pleure.

À partir de la guérite, tous doivent aller à pied. Ou en palanquin, et la maîtresse peste à voix basse, furieuse de n'en avoir pas apporté. Keme les escorte sous l'arcade, jusqu'à la grande salle d'accueil ; des gardes en armure rouge se tiennent devant la porte. Keme ne s'arrête pas, et la maîtresse non plus, alors Sogolon ne peut rien voir assez longtemps pour s'en émerveiller. Elle ne peut regarder que devant elle, deux portes mauves en arc qui s'ouvrent à leur approche, donnant sur une salle avec des rideaux qui montent jusqu'aux hauts plafonds couverts d'une débauche de peintures d'hommes en prière, à la guerre et à la chasse. Deux autres portes s'ouvrent sur une salle avec des urnes énormes près des fenêtres, des vases sur les rebords des fenêtres, des petits arbres à l'intérieur, et des chaises pour les visiteurs. Au fond de la salle, une estrade en or et trois fauteuils, le plus grand au milieu. Un fauteuil mauve où sont inscrits à l'or des mots que Sogolon ne peut déchiffrer. Ils arrivent à une autre porte, mais devant celle-ci, deux lions montent la garde. Bien qu'elle ait rencontré Beremu par deux fois, Sogolon s'effraie de les voir si gros, tous deux arrivant à l'épaule de la maîtresse quand ils entrent. Ils ne semblent pas la gêner, alors qu'ils mettent Sogolon mal à l'aise. En passant devant celui de droite, Keme lui gratte la tête. Beremu ? Il dit quelque chose au moment où elle passe devant lui, pas un grondement, mais pas un ronronnement non plus. Arrivée au milieu de la salle, elle se rend compte que les deux lions les suivent. Dans celle-ci, il y a moins de sièges que dans la précédente, et aux murs des tapisseries de rois et de reines. Kwash Kalifa, le premier Roi, sur un cheval blanc. Le même sur le trône, à côté de sa Reine. Kwash Kalifa de nouveau, devant sa multitude d'enfants et de sujets, debout sur la première montagne. Kwash Kalifa encore, avec épée et lance, menant une grande armée rouge au combat contre l'ennemi vert, des cadavres d'hommes et de chevaux à leurs pieds. Et là encore, les deux dernières, de chaque côté du couloir menant à une autre série de portes. Sur la gauche, celle de Kalifa massacrant le ninki nanka cracheur de feu, dont le long corps et la longue queue écaillés font le tour du cadre. Sur la droite, le Roi, la Reine et le petit prince entourés par des lions.

Deux autres lions les rejoignent et les conduisent dans la salle suivante.

« Mais c'est pas le palais du Roi ? » demande Maîtresse. Keme se retourne, mais ne répond rien.

« Kwash Kagar ne s'établirait jamais dans le palais d'un roi mort, même s'il… »

Deux lions rugissent. La maîtresse s'empresse de se taire.

Les deux portes s'ouvrent sur un brouhaha. Des gens. La cour. Des bavardages, des rires, des ragots à mi-voix, des rumeurs qu'on murmure. Une brise qui se promène et porte aux oreilles de Sogolon des bribes de conversation qu'elle n'a pas demandées. *Quel dieu distrait s'est soudain rappelé qu'elle… tu peux me croire, quand il s'en ira la paix partira avec lui… se conduit comme un vrai homme ces derniers temps, tu vas voir, bientôt elle va prendre femme… la guerre ? Non, non, non, pas la guerre.* Mais elle lève les yeux trop tard pour voir qui a dit quoi. Tout ce qu'elle peut faire c'est regarder ces hommes et ces femmes parés de si riches atours que toute la pièce brille. Certains portent même de l'or. Les femmes en motifs de toutes les formes et de toutes les couleurs, rivalisant entre elles sur celle qui portera le plus haut et le plus large ighiya. Les hommes et les femmes en étoffe basotho de toutes couleurs et motifs, si bien que Sogolon surprend la maîtresse à contempler sa propre tenue, différente parce qu'elle l'a voulu, et plisser le front. Sogolon sait. La maîtresse voulait par-dessus tout se démarquer, mais à présent elle se chagrine car, pour se démarquer, elle se démarque. Sogolon aussi, car elle est habillée dans le même style. Des murmures lui parviennent, trop bas pour les distinguer, mais elle sait qu'aucun n'est bien intentionné. Car maintenant tout le monde regarde Maîtresse Komwono, qui salue d'un petit hochement de tête quelques-uns de ceux qu'elle connaît. Deux hommes à la peau très sombre sourient. Quelques personnes hochent la tête, quelques femmes font la grimace, et beaucoup ne font rien du tout. Plus en retrait de cette assemblée que les airs qu'elle se donne ne le laisseraient penser, se trouve Dame Maîtresse Doungourou.

C'est la procession, à présent. Les deux lions devant, les deux Sept Ailes, Keme en armure, la maîtresse, Sogolon et les deux autres lions derrière. Quand ils approchent du trône, voilà que les fauves s'accroupissent. D'abord, leurs poils s'ébouriffent comme sous l'effet du vent, puis la peau de leur dos fonce, et fonce à mesure que leur dos s'élargit, les muscles se dessinent les uns à la suite des autres et les membres s'étirent en bras et jambes, et quatre hommes nus, la peau sombre et les cheveux clairs, se lèvent. La maîtresse se précipite vers les hautes marches qui mènent au trône, et se jette par terre. La salle fait silence, à part les chuchoteurs qui se croient inaudibles.

Une voix grave, masculine annonce : « La maison d'Akum, descendant du forgeron divin qui a parlé à Bakali, dieu de la foudre et du feu, qui a tué sa propre famille par erreur et qui depuis cette nuit-là partage son feu et sa mélancolie avec le monde, mais aussi son triomphe.

– Ainsi c'était, est et sera toujours », dit l'assemblée en chœur.

La voix reprend : « Bakali a posé l'œil sur Kalifa le forgeron, et jugé qu'il était le plus agréable des hommes, alors il l'a élevé au rang des dieux pour qu'il rejoigne un jour les ancêtres, pour qu'il rejoigne un jour les dieux. En son nom, Kwash Kalifa.

– Ainsi c'était, est et sera toujours, dit l'assemblée en chœur.

– Bénis soient ceux de vous qui recherchent les conseils divins », dit-il en sortant de la porte ouest. Lui, l'Aesi. Il entre dans la salle vêtu d'une soutane rouge. Manches longues, par-dessus une tunique blanche visible en haut du torse. Sept ou huit colliers de perles, orange et jaunes, tels des anneaux concentriques autour du cou. Une coiffe en paille tressée avec deux queues de perles qui pendent de ses oreilles jusqu'à sa taille.

« Bénis soient-ils », dit la foule.

Sogolon observe la maîtresse. D'abord elle est étalée sur le sol, la tête et le nez sur le carrelage. Mais maintenant elle lève la tête, comme si une musique que nul autre n'entendait avait attiré son attention. L'Aesi se tourne vers elle sans s'approcher davantage, et dit : « Le Roi s'occupe de ses affaires aujourd'hui. »

Soit la maîtresse n'entend pas, soit elle ne comprend pas ce qu'il dit, car elle reste au sol.

« Lève-toi », fait-il, bien plus fort. La maîtresse a du mal. Sogolon se précipite pour l'aider. La maîtresse lui cramponne la main, et sitôt qu'elle a retrouvé son équilibre, lui donne une claque dessus pour l'écarter. Les hommes-lions entendent quelque chose et se laissent tous tomber par terre, puis se relèvent en félins, aux quatre coins de l'estrade royale. Un autre bruit se fait entendre à l'ouest.

Tous plient un genou jusqu'à ce que la princesse s'assoie sur le trône. Princesse Emini, nullement en habits d'apparat, vêtue plus simplement que toute l'assistance, en tunique et cape, comme si on venait de l'arracher à une partie de sport masculin. L'apparat, elle le garde pour sa tête, un bandeau en or sur le front, avec une frange qui lui retombe sur les sourcils, perles d'or et de porcelaine divisant en deux ses cheveux longs, épais et bouclés en deux, quatre ou cinq colliers de quatre ou cinq motifs, avec des boucles d'oreilles en cerceau aussi grosses que ses oreilles. Derrière elle, un homme qui ressemble à un rat mouillé, peinant à la rattraper.

« Leurs Altesses, Princesse Emini et Prince Majozi. »

Le prince s'est installé à droite du trône.

« Votre Altesse, le trône du Roi est…

– Froid. Mais il fera l'affaire. Quelle responsabilité royale m'a laissée le prince héritier aujourd'hui ?

– Les devoirs du trône, Altesse », fait l'Aesi. Sogolon regarde son large dos.

« Je reconnais bien le sens du devoir que mon frère témoigne à son peuple.

– Le prince héritier est occupé…

– Et je m'ennuie. Or vous ne me voyez pas accumuler les assassins et tuer des putes. Mais peut-être que je devrais le faire, hein, Aesi ? Les transgressions d'un garçon n'ont pas l'air de vous gêner moitié autant que celles d'une fille.

– Mais vous êtes une femme, Princesse.

– Gardez la flatterie pour une épouse. Ou une esclave. On ne peut jamais savoir, avec les femmes qui vous entourent. »

Certains, dans l'assistance, ceux qui n'ont pas l'air de comprendre les sous-entendus, comme le prince, rient. L'Aesi se retourne et tout le monde s'arrête, sauf le prince. Il glousse si longuement que la princesse doit lui jeter un regard noir pour le faire cesser.

« Et bien sûr, mon père est occupé. Si seulement le prince héritier l'était aussi. Aesi, c'est de la trahison, ça ?

– Pas encore, Votre Altesse. »

Sogolon regarde son dos tandis qu'il hoche la tête. Mais lorsqu'il se redresse, il regarde sur le côté et se tourne à demi. Comme si une musique venait d'attirer son attention. Sogolon se racle la gorge et il se tourne de nouveau.

« Le Roi s'occupe de ses affaires tous les jours, n'est-ce pas ? dit la princesse. Qu'est-ce que je donnerais pour que les gens de Fasisi parlent librement. Ou peut-être seulement cette assemblée.

– Ils parlent comme vous l'exigez, Princesse, dit le prince en riant.

– Êtes-vous sourd aujourd'hui, cher Prince ?

– J'entends tout, chère Princesse », répond-il, mais la princesse regarde déjà la foule.

« Qui a apporté des hommages de nos amis ? » demande-t-elle. Keme et les Sept Ailes s'écartent, et font signe à la maîtresse d'en faire de même. Sogolon va se ranger sur le côté, entre deux femmes avec des habits aux rayures dorées et un nez noble. À partir de là, et pendant une grande partie de la journée, des gens arrivent, apportant malles, sacs, bourses, palanquins, tonneaux et cages. Apportant des oiseaux et des bêtes, des chevaux aussi petits que des chats, et deux garçons qui se transforment en des animaux jamais vus au Nord ni au Sud. Un prince de Kalindar, qui est incapable de prouver de quoi il est prince, vient avec une demande en mariage, ce qui fait rire la princesse, laquelle lui demande s'il sait qu'elle est déjà mariée. Toute la cour retient son souffle, et le Prince Majozi siffle avec mépris quand l'homme dit qu'il sait. Le Prince Majozi lance un regard noir à la princesse afin de la faire réagir, mais elle rit et dit : D'ailleurs, mon véritable époux est la responsabilité de mon père, mais on ne sait jamais, mon prince, ne sommes-nous pas des humains, et la vie humaine change très rapidement. Puis elle le congédie d'un geste, avec un clin d'œil et un sourire. Et d'autres encore arrivent des terres de l'autre côté de la mer déchaînée, et de la mer de Sable, le dernier ayant apporté de la myrrhe, qu'il sent à plein nez. Sogolon frémit pour la maîtresse, qui a choisi le même cadeau.

« Je crois que j'en ai presque fini pour aujourd'hui. Ma chambre déborde de tous vos présents. Et de vos doléances.

– Encore quelques-uns, Votre Altesse.

– Un seul.

– Comme vous voudrez », dit l'Aesi, et il écarte les bras en s'inclinant. Sogolon trouve que c'est trop, mais trop de quoi, elle l'ignore.

« De retour parmi nous, la dame maîtresse de la maison des Komwono », dit-il, et la maîtresse s'avance en traînant les pieds avant qu'on lui fasse signe. Elle s'incline.

« De retour d'où ça ?

– Kongor.

– Si loin que ça ? C'est à un mois et un quart de lune. Pourquoi étiez-vous partie ?

– Je… si… s'il plaît à Votre Altesse », commence Maîtresse Komwono, nerveuse à présent tandis qu'elle promène les yeux sur les gens de la cour. Elle se tourne vers l'Aesi, comme pour chercher de l'aide.

« Dame Maîtresse est heureuse d'être parmi nous, dit-il.

– Mais pourquoi était-elle partie ? Vous n'étiez pas à la cour, autrefois ? Ici, puis partie, et maintenant revenue… Ce n'est pas une question difficile.

– C'était avant que vous preniez vos responsabilités royales, ma princesse, dit l'Aesi.

– Vous mettez très longtemps à répondre à ma question, tous les deux.

– Dame Maîtresse Komwono…

– Komwono. Komwono. Ah… ah oui. Je vois bien maintenant. Je vois. » La princesse s'interrompt et réfléchit un long moment, jetant des coups d'œil à la maîtresse, puis dans le vide. « C'est vous qui avez été bannie. Par ma mère, si je me souviens bien. »

Maîtresse Komwono incline de nouveau la tête.

« La dame maîtresse…

– Peut parler pour elle-même, Aesi, sauf si ça vous plaît que je vous interrompe tout le temps. Dame Maîtresse, la couronne et la cour vous souhaitent la bienvenue.

– Merci, Très-Haute.

– Le Très-Haut, c'est mon père. Je suis une lumière considérablement moins éclatante.

– Avec votre permission, Votre Altesse, tristes et malades ont été mes années loin de la cour. Bien des jours je suis restée dans la peur, tremblante, car la lumière de sa présence me manquait. Oh, quel malheur. Oh, quel regret. Mon défunt époux…

– J'allais vous demander où il était. Surtout que l'invitation a dû être envoyée au mari, lui précisant d'amener sa femme. Ou qui il voulait. Jusqu'à maintenant, personne ne savait que vous étiez veuve, on dirait. Vous pensiez qu'on aurait annulé l'invitation ?

– Non, m'dame.

– Eh bien vous auriez eu tort. Les dieux posent les règles, nous ne faisons que les suivre du mieux que nous pouvons, n'est-ce pas ? Parfois, nous devons faire sans eux. Prenez votre cas, Dame Maîtresse. L'invitation était adressée à votre mari et l'invitée de son choix, pas à vous, mais vous voilà, sans lui. Puisque vous n'avez pas prévenu de sa mort, que pouvons-nous conclure ici, sinon que vous avez commis un mensonge par omission ? Et puisque cette invitation a été lancée par la grâce du Roi, en vérité vous avez menti au Roi, Dame Maîtresse, ce qui, comme vous le savez parfaitement, est passible de mort. Mais comme j'ai dit, les règles, parfois, on doit s'en passer, n'est-ce pas ?

– Oui, oui, oui, Votre Altesse. »

Sogolon se demande si la maîtresse a manqué se pisser dessus. Elle sait qu'elle, elle n'était pas loin.

« Ma mère est morte et mon père est… occupé. J'ai bien peur qu'il n'y ait pas de sang royal pour évoquer le bon vieux temps avec vous, Dame Maîtresse. »

Sogolon sent un nœud dans sa nuque, tellement serré qu'elle baisse la tête pour s'étirer le cou. Lorsqu'elle la relève, l'Aesi la regarde. Elle détourne les yeux, les pose sur le liseré d'or bordant la canopée qui fait de l'ombre à la princesse, et sur les bras du fauteuil, sculptés en forme de lions. Et sur les quatre lions qui viennent de se transformer en hommes avant que le soleil change de couleur. Puis elle reporte son regard sur l'Aesi qui la fixe toujours.

« C'est un honneur de revenir à la cour, Votre Altesse.

– Nous verrons ce que vous pensez après une journée avec ces belles dames et ces messieurs instruits. Entre-temps, vos présents ? Montrez-moi les présents que vous avez apportés à votre Roi. »

Sur ce les Sept Ailes s'avancent avec deux coffres et les posent par terre. L'un d'eux ouvre le premier, et la soie se réveille, et commence à se libérer avant qu'il le referme.

« Vous offrez ces coffres au Roi ?

– Le premier est plein de soieries qui viennent de l'autre côté de la mer déchaînée, ma princesse. De la soie telle que personne n'en porte à cette cour, car personne n'a fait le voyage en bateau pour en ramener.

– C'est bien possible.

– Le second contient un nkisi nkondi en or, avec des ongles en or.

– Pour quand mon père aura envie de prononcer une malédiction dorée », dit la princesse. Elle a l'air blasée, pas pour elle-même mais pour son père.

« Et cette fille, Très-Haute. J'apporte au Roi cette fille. »

Là-dessus, l'un des Sept Ailes agrippe le bras de Sogolon et la traîne devant, pile entre les deux coffres. Sogolon laisse le choc et le désarroi là où elle se tenait avant. Elle ne peut emporter ni l'un ni l'autre avec elle à présent qu'elle se tient devant la princesse. Sauf qu'elle ne sait pas où se tenir, où regarder, où exister. Le Sept Ailes lui donne un coup de pied à l'arrière du genou et elle tombe sur l'autre. Elle a envie de regarder la maîtresse pour demander : Pourquoi ? Comment peux-tu ? Ou bien : Grosse salope, tu viens de me transformer en esclave, là ? Les autres pensées se chevauchent. Peut-être qu'elle pourrait s'enfuir. Elle n'irait pas loin, mais au moins elle aurait essayé. Le visage de Kwash Kagar lui traverse l'esprit, ou peut-être est-ce un autre visage, car elle n'a jamais posé les yeux sur le Roi. Elle n'ose pas regarder la princesse, car la voix dans sa tête le lui interdit. Des larmes lui montent aux yeux mais ne coulent que d'un seul, et elle refuse de les essuyer. Sogolon tremble, elle le sait. Dans le fond de la salle, un rire. Elle pense que c'est un rire. Un rire un peu comme celui du frère cadet. Elle a fait tant d'effort pour échapper à ceux qui voulaient lui imposer leur volonté. Tant d'effort. Elle a laissé un homme embroché sur un mur et un autre sans main. Non seulement elle grelotte, mais en se détachant d'elle-même elle se voit debout et en larmes dans l'indifférence générale, elle voit sa peau couverte de plaques rouges et ses mains qui tremblent. Esclave. La maîtresse l'a réduite en esclavage par la ruse. Elle a envie de la regarder et de lui dire : Je t'ai réduite au veuvage par la ruse. Elle ne peut contenir le tremblement, ni les larmes, et à présent une ombre plane sur elle.

L'Aesi. Il est nez à nez avec elle, regarde sa robe bleue de poisson. Elle repense à la façon dont les hommes regardaient les femmes chez Miss Azora. Lentement, d'abord les pieds, puis la taille, le ventre, s'arrêtant bien sur les seins, et enfin, peut-être, le visage. Beaucoup ne montaient pas si haut, elle s'en souvient. L'Aesi regarde directement son visage, et elle essaie de ne pas en tirer de conclusion. Il n'a pas les sourcils froncés, mais dressés, et ses lèvres s'entrouvrent, comme s'il cherchait quelque chose de toutes ses forces, mais ne le trouvait pas. *Peut-être qu'il cherche ta beauté et ne la trouve pas*, dit la voix qui ressemble à la sienne. Il la prend par le cou, sans hésitation. Il ne serre pas, mais sa main est ferme. Elle agrippe sa main et tente de ne pas pleurer.

Elle donne des claques sur sa main, tentant de trouver une prise, de l'écarter, mais les yeux de l'Aesi ne trahissent aucune volonté, aucune force, rien du tout. Sogolon attend que la maîtresse derrière elle dise quelque chose mais n'entend rien. Elle tend l'oreille, espérant entendre les pas de quelqu'un qui approche et… fasse quelque chose, elle ne sait quoi, peut-être les pas de Keme, mais elle n'entend rien. Il ne l'étrangle pas, non, mais il l'informe de sa puissance. Ses doigts sont chauds et se réchauffent encore. Elle a l'impression qu'il la soulève et qu'elle bat des jambes, mais ses pieds sont encore posés sur le sol.

« Oh, reposez cette pauvre fille, Chancelier. Chaque fois que vous voyez un visage, il faut que vous cherchiez une sorcière.

– Les sorcières ne sont pas les seules menaces que doive redouter le royaume, Altesse.

– Bien sûr que non. Il y a aussi les arcs-en-ciel, les poussins et la couleur jaune. Ou tout ce que vous avez pu voir cette semaine dans vos divinations. Mais une petite fille ?

– Une petite fille peut être…

– Voyez-vous donc. Cet homme se propose de m'expliquer ce que peut être une petite fille. Peut-être que vous en savez un peu trop long sur les petites filles. »

Quelques courtisans rient. Le rire est contagieux et la salle rugit. L'Aesi sourit. Il lâche le cou de Sogolon.

« Dame Maîtresse, avancez donc », dit la princesse. Maîtresse Komwono les contourne pour aller se placer devant le trône. Elle s'incline de nouveau.

« Alors, qu'est-ce que vous apportez comme présents au Roi ? Un fétiche en or, des pièces, des habits féminins et une esclave ? »

Sogolon écarquille les yeux.

« Elle… c'est pas une esclave, Votre Altesse, juste un cadeau.

– Un cadeau pour faire quoi ? N'avez-vous pas entendu la nouvelle, Madame ? Mon père ne peut pas faire grand-chose, ces temps-ci. Qu'est-il censé faire avec elle ?

– Tout ce qu'il voudra, Votre Altesse.

– Tout ce qu'il voudra, dites-vous. Il y a plus de quatre cents femmes dans le harem du Roi. S'il y en a une de plus, vous pensez qu'il va le remarquer ? Ah, regardez-moi sa tête, on dirait qu'elle ne s'attendait pas du tout à entrer dans le harem.

– Harem si Sa Majesté le souhaite, Altesse, sauf si vous lui trouvez un autre usage, dit Maîtresse Komwono.

– Un autre usage ? C'est à vous de nous dire lequel. On dirait surtout que ce que vous faites, c'est vous débarrasser d'un fardeau, Dame Maîtresse. Et regardez. Encore une fois, elle n'était au courant de rien. Peut-être que vous saurez quoi faire d'elle, Prince.
– Elle n'a pas l'air bonne à grand-chose, Princesse.
– Peut-être la cuisine, Altesse, intervient l'Aesi.
– Vous pensez que je vais envoyer cette fille à la cuisinière ? Vous oubliez qui dirige vraiment ce palais. Tu sais faire la cuisine ?
– Non, elle sait pas faire », dit Maîtresse Komwono juste au moment où Sogolon ouvre la bouche.
« Et depuis quand cette cour se charge-t-elle de placer concubines et cuisinières ?
– Pardonnez-moi, Altesse.
– Pardonnez quoi, au juste, Dame ? Vous avez déposé ce cadeau en espérant que c'était à un homme que vous le remettriez. Un cadeau au Roi signifiera bientôt un cadeau au prince et… bon, bon, bon. »
La princesse se lève. Elle en a assez pour la journée.
« Regardez-moi cette fille. Rien d'une esclave, rien d'une servante, rien d'une cuisinière, aucun art, aucune technique, pas jolie, peut-être même pas solide, aucun talent si ce n'est celui de rester en vie. » La princesse secoue la tête. « Faites en sorte que mon frère ne l'approche pas. »
L'assistance fait un foin de tous les diables, soulevant requête sur requête, des points qui ne peuvent pas attendre, des plaidoyers qu'elle doit entendre aujourd'hui, mais l'Aesi déclare, presque dans un murmure, que lorsqu'un membre de la famille royale quitte la salle, l'assemblée part avec lui. Ils savent ce qu'il veut dire. Juste après le congé de la princesse, mais avant le départ de l'assemblée, l'Aesi précise solennellement que les présents de Maîtresse Komwono seront acceptés, et lui recommande de considérer son prestige auprès du Roi restauré. À présent, la couronne lui souhaite la bénédiction des dieux pour son voyage retour à Kongor. Ce soir même. La maîtresse tremble. Elle se met à pleurer, mais ravale ses larmes en voyant tous les gens de la cour qui la regardent. Maîtresse Komwono garde la tête haute et sort sans escorte, sans un seul regard à Sogolon. La jeune fille voudrait qu'elle la regarde. Elle voudrait que la maîtresse lise son visage. Le silence gagne la salle et l'assistance se retire. Tous, sauf Sogolon, qui ne sait pas où aller. Elle presse ses bras contre ses côtes, bien qu'elle n'ait

pas froid. La salle est différente une fois que tout le monde est parti. Le gris s'y infiltre comme si les lieux accueillaient la nuit. Il n'y a pas de bruit, mais le silence est comme un bourdonnement, comme si elle était sous un arbre envahi par les abeilles.

« Tu es la fille sans nom.

– J'ai un nom. »

L'Aesi rit. « Mais pour ce qui est d'à qui tu peux parler et quand, tu n'en as aucune notion. » Il monte les marches du trône, puis se place face à elle. Sa robe tourne plus lentement que lui, le suivant comme une vague.

« Tu as déjà vu une telle magnificence ?

– Je...

– Première chose à apprendre, ma petite. Quand une personne de haut rang te pose une question, elle n'attend pas de réponse. Mais regarde autour de toi, regarde les colonnes d'or, les tapisseries de velours, les plafonds et les murs qui racontent l'histoire des rois. Comme il était improbable qu'une fille comme toi se retrouve un jour dans une salle pareille. Je sais ce que tu dirais si tu avais les mots pour le dire : que ça n'est pas arrivé de ton fait. Mais les dieux ont bien dû te porter un intérêt particulier, mon enfant. Un intérêt tout particulier. Que sais-tu de ton Roi ? »

Sogolon reste muette.

« Une fille sans nom comme toi, qui vient des terres conquises, pourquoi en saurais-tu davantage que le lion ou le buffle domestiqués sur les rois ? »

Sogolon reste sans rien dire, sans comprendre.

« Maintenant, te voilà parmi les paons. Et la merde de paon. »

Il y a une honte en Sogolon qui persiste tout le quart de lune. Elle fixe le ciel de sa fenêtre, garde les yeux fixés dehors du matin à minuit, car il n'y a pas d'issue si ce n'est sauter et laisser son corps atterrir là où les dieux le souhaitent. Elle voudrait hurler sur la dame maîtresse pour sa cruauté et sa perfidie. Elle n'a jamais été son esclave, elle pourrait le lui dire en face. Elle voudrait hurler que c'est pour ça que son mari est où il est, mais au moins lui l'a touchée quand il a tenté de la violer. La maîtresse l'a violentée sans même la toucher.

Regarde la fille, dans une chambre de la troisième tour du palais de la princesse. À ne rien faire si ce n'est attendre, et quoi ? Le soleil chaque matin, la nourriture trois fois par jour, le changement de gardes même si la gouvernante affirme qu'elle n'est pas prisonnière. Mais tous les endroits où Sogolon souhaite se rendre lui sont interdits, donc confinée dans sa chambre elle l'est bien.

De sa fenêtre, elle voit des habitations dont elle attend d'apprendre les noms. Toutes des merveilles, par rapport à une termitière, un placard dans un bordel, ou le sol de la cuisine chez un seigneur. Maîtresse Komwono n'est pas partie assez longtemps pour qu'elle commence à oublier son visage, mais elle l'oublie pourtant. De sa fenêtre, elle voit des marches qui partent de sa propre tour vers l'extérieur. Elle voit aussi ceci : une partie des remparts et la tour du château du Roi affairé, gardée par des sentinelles. Le reste est invisible de sa fenêtre. Juste devant, une allée pavée qui mène à la bibliothèque, un château en soi, mais avec quatre murs comme une boîte, un étage, et pas de porte qu'elle puisse voir. Sur la droite de ce bâtiment, la salle de banquet, aussi vaste qu'un champ, et où, la nuit, elle entend de la musique, des danseurs, des clameurs et des cris. Si elle se concentre, derrière les arbres, elle distingue les archives, monumentales, deux fois plus grandes que la bibliothèque. Dans la droite ligne de la bibliothèque, le château inachevé de Kwash Mabili, qui est mort une lune après être devenu Roi, et à côté, le château achevé de Kwash Kojo, son frère, et l'arrière-grand-oncle du Roi actuel. La lignée des rois lui embrouille l'esprit, mais pas les châteaux. Elle regrette seulement de ne pas pouvoir visiter l'intérieur. Mais même celui-ci, ils l'en tiennent à l'écart. Plus loin, à la gauche du château du Roi actuel, celui de Kwash Kong. Pas le plus ancien, mais le seul à tomber en ruines. Aucune maison n'est aussi étroite, cependant aucune maison ne grimpe aussi haut. Elle compte quatre rangées de fenêtres au-dessus des arbres, et se demande combien il y en a en dessous. De sa fenêtre elle voit des couloirs et le toit des couloirs, des passages couverts et les ruines des passages, des humains et des bêtes vêtus pour la cour, des gardes et des soldats, des vergers et des pâturages, des paons et des lions.

À la lueur du crépuscule, cinq femmes toutes de blanc vêtues viennent la chercher. Elles viennent aussi à la lumière du matin pour l'emmener à la salle à manger, où elles restent debout tandis qu'elle prend son petit-déjeuner ou son dîner, sans rien lui dire.

« On vous a coupé la langue ? » leur demande-t-elle, mais elles ne répondent pas. D'être assise dans cette salle conçue pour accueillir cent convives, mais n'en accueillant qu'une présentement, lui donne l'impression d'être une reine de rien. Elle les sent qui rongent ses pensées, la jalousie, la solitude, la conscience qu'il y a là de quoi manger et boire pour beaucoup, comme la salle. Au moins, elle ne voit jamais l'Aesi. Cet homme la déstabilise, sa simple robe y suffit. Elle ne voit pas non plus Keme, sauf la fois où la princesse décide de faire une promenade à cheval. Les gardes du palais, qui ne sont pas cavaliers, l'appellent, lui et deux autres, ainsi que deux lions, pour la suivre. Peut-être que ce qu'elle voit de sa petite fenêtre, c'est le fonctionnement du palais ? Regarder, c'est tout ce qui lui reste à faire. Sogolon perd le compte des jours, mais le dernier jour du troisième quart de lune depuis qu'on l'a laissée dans cette chambre, la princesse demande à la voir, cette fille que quelqu'un a pensé offrir en cadeau.

« Sa tête a une jolie forme », fait observer une femme.

À son menton dressé, si loin de son cou, Sogolon présume qu'elle appartient à la noblesse. Elle est dans une pièce et ne se souvient plus comment elle est arrivée là. Par une porte, elle voit un lit, ce dont elle déduit qu'il s'agit d'une chambre, mais la princesse est assise sur le rebord de la fenêtre tandis que les autres femmes se prélassent sur des tabourets. Ces appartements pourraient être ceux de n'importe laquelle : toutes sont vêtues de tissus raffinés, le front et les joues couverts de points umchokozo blancs car elles rendent visite à un être ou à une personne importante.

« Une jolie forme pour quoi faire, Vunakwe ? Quel genre de bouche pond une merde pareille ? »

Ladite Vunakwe semble sur le point de répliquer, mais se ravise.

« Arrête de te raviser, dis ce que tu as à dire, ordonne la princesse.

– J'ai juste dit que la fille avait une bonne tête, Princesse. Quand on n'a rien, même un petit quelque chose, c'est beaucoup.

– Hmmm. Et tu as quoi, toi, Vunakwe, à part mon indulgence ? »

Les yeux de Vunakwe disent tout. Il vaut mieux pour elle qu'elle se taise.

« Et écoutez-moi, qui suis si cruelle envers la favorite de ma mère, dit la princesse. Dame Vunakwe, tu dois me pardonner.

– Bien sûr, Princesse.

– Dis-le.

– Je vous pardonne, Princesse. »

La princesse rit. « Quelle idée que je puisse avoir besoin de pardon. Nique les dieux si je ne peux pas plaisanter avec mes chères amies. Dois-je me passer de gaieté dans ce lieu ? »

Lcs quatrc femmes rient. La princesse croise les genoux et Sogolon ne réalise qu'à ce moment-là qu'elle s'habille comme un homme.

« Une jolie forme de tête ? Je la trouve bizarre, sa tête, dit la princesse. Viens là, toi. »

Sogolon hésite, mais s'avance avant que les femmes remarquent son insolence. Elle se poste plus près d'elles, toutes affalées sur des tapis et des oreillers, que de la princesse. Sogolon, qui se tient là, sent les yeux des femmes sur elle, perçoit la différence avec le regard des hommes. Ni l'un ni l'autre n'est agréable, mais c'est désagréable d'une autre manière.

« Itulu, qu'est-ce qu'on peut faire d'elle ? »

Les lèvres d'Itulu sont luisantes de gras de poulet. Elle essaie de parler en mastiquant, ne voyant pas que la princesse fait la moue.

« C'est à moi que vous posez la question, Princesse ?

– J'ai dit ton nom et posé une question. À ton avis ? Aujourd'hui, les dieux me mettent à l'épreuve, avec les dames de ma mère.

– Peut-être l'offrir en sacrifice à Baraka, Altesse. »

La princesse se lève et rit. Elle tourne autour de Sogolon avant de reprendre : « Itulu, ça, c'est pour les peuples qui coupent encore le koo de leurs femmes. Ne sois pas une sauvage. Je sais que ta mère était de Bornu. »

Itulu rit avec les lèvres, mais pas avec les yeux. Les autres femmes tentent d'avoir l'air affairées ; elles mangent du poulet, boivent de l'eau parfumée et du vin, caressent des poupées en tissu, chatouillent un lionceau, s'éventent, mais ce qu'elles font en réalité, c'est observer la princesse, tentant d'arriver où elle va avant elle, afin d'anticiper ce qu'elle va dire.

« Elle nous étudie », dit la princesse, l'air amusée. Sogolon s'empresse de détourner les yeux, mais à présent la princesse rit.

« Ma belle, regarde ce qu'il te plaira. Personne ici ne mérite ton étude. »

Mais c'est vrai, elle étudie. Estimant à quel point ces femmes dissimulent leurs sentiments à chaque fois que la princesse fait le genre de sorties que, à en juger par son expression, elle aime à faire contre ce genre de femmes. À cause de ça, elle se demande si quelque part, sur ces terres, il y a deux femmes comme Keme et le lion. Peut-être qu'eux aussi, ils passent l'après-midi à manger du poulet en s'envoyant des piques. Non, il n'y a qu'elle, la princesse, qui envoie des piques. Mais Sogolon déchiffre les visages. Un petit sourire, cachant une blessure, qui se transforme en grand sourire quand la dissimulation fonctionne, et en grimace dans le cas contraire. Deux sourcils dressés signifient *quelle bonne nouvelle*, mais un seul signifie *quelle salope*. Si l'œil sous le sourcil dressé part vers le ciel, ça veut dire *et ça recommence*. Et elle a beau se refermer presque aussitôt, une bouche bée signifie *je l'avais pas vue venir, cette vacherie*. Un bref regard dans le vague, le temps de lâcher une larme. Une tête qui se détourne sans cesser de regarder, pour voir si les autres ont remarqué.

« Qu'est-ce qu'elle apprend de nous, Princesse ?

– Je ne sais pas. Qu'est-ce que tu apprends de ces femmes estimées ? C'est à toi que je parle.

– Quelle insolence. Réponds à ta princesse, dit Itulu.

– Gamine, tu veux qu'on te fasse fouetter ? Réponds à Son Altesse.

– Je... On m'a dit de ne jamais m'adresser directement à la princesse, noble dame, dit Sogolon.

– Qui t'a dit ça ?

– La noble Dame Maîtresse Komwono.

– Cette femme bannie ? Si elle avait pu elle t'aurait soulevée, écarté les jambes et plantée sur la bite de mon père. Je ne tiendrais pas compte de ses paroles, à ta place.

– Effectivement, Princesse, dit une des femmes. Je me rappelle encore le jour où elle a dit à la Reine Moth...

– Si j'ai besoin de m'en souvenir, je te le demanderai.

– Oui, Princesse. »

La princesse tourne une fois de plus autour de Sogolon.

« Mais tu es une énigme, ma grande.

– Peut-être qu'elle devrait être ta nouvelle suivante, Princesse.

– Suivante ? Mais dans ce cas vous ne me serviriez plus à rien, vous autres. Regarde-les, ma grande. Je n'arrête pas de me tromper en les tenant pour mes amies. »

Tout cela est trop pour Sogolon, qui ne sait quoi penser, quoi ressentir, ni même où poser les yeux. Elle essaie de regarder par la fenêtre et voit un garde. Elle espère qu'il s'agit de Keme, mais ce n'est qu'une sentinelle anonyme.

« Je sais, Princesse, dit une femme, peut-être Itulu. Donne-la en mariage au Commandant Olu. »

À ces mots, toutes les femmes rient, un rire sonore qui enfle jusqu'à ce qu'elles se rendent compte que la princesse n'y a pas pris part.

« Vous imaginez ? Sa façon de tripoter sans cesse ce collier de mariage, comme s'il avait été un jour l'époux de quelqu'un. Pauvre vieux fou, dit une autre.

– Fou, fou, fou.

– Laissez-le tranquille, il n'a jamais embêté personne.

– Les vipères, elles embêtent personne jusqu'au jour où on leur marche dessus.

– Alors laissez tranquille le serpent d'un homme, pour une fois. »

Encore des rires.

« En vérité, dit une autre, il est déjà marié à l'air, à un fantôme, ou à une diablesse peut-être. Je l'entends gémir après elle la nuit, même si le lendemain matin il est incapable de dire son nom.

– Mets-les ensemble, ça fera deux personnes qui sauront pas quoi faire. Lui, tout ce qu'il sait faire avec, c'est pisser dans le bush, et elle, on dirait qu'elle vient du bush, dit une troisième.

– Cet homme est la raison pour laquelle vous pouvez toutes rester assises ici à manger du poulet en jactant comme des poules », dit la princesse, ce qui fait taire toute l'assemblée. En effet, il règne un silence tel que Sogolon entend le garde posté dehors dire à quelqu'un d'emprunter la troisième porte.

« Le Commandant, il est comme ça parce qu'une lance lui a traversé la tête, laissant un trou à envahir pour les démons. Et toi, Itulu, pourquoi tu es comme ça ? Ça me donne la nausée de vous voir. Sortez. Sortez ! »

Sogolon regarde les femmes s'en aller, puis va pour leur emboîter le pas.

« Regarde-les, ces faucons et ces vautours. Toutes, jusqu'à la dernière, elles viennent d'un territoire conquis. Celle qui ressemble à un cheval, qui servait ma mère, a perdu son mari quand on a repris Wakadishu. Je ne t'ai pas donné congé. D'où es-tu, ma petite ?

– Mitu, Votre Altesse.

– Dis-moi quelque chose sur cet endroit.

– C'est… ah… je…
– Je m'ennuie vite. Assieds-toi. Mange du poulet. »

Au milieu du quart de lune suivant, juste après le coucher du soleil, Sogolon sort de sa chambre. Le garde lui a recommandé plus d'une fois de ne pas le faire, mais il ne peut l'en empêcher. Elle dévale les escaliers, virage après virage, jusqu'à ce qu'elle arrive à une arcade qui donne sur une arcade, qui donne sur une arcade, qui mène à une énorme et lourde double porte qu'elle ouvre en poussant de toutes ses forces. Dehors, elle se trouve sur un chemin qui se ramifie pour desservir le palais du Roi, la bibliothèque, l'amphithéâtre, et donne sur des marches qui descendent vers les ruines de Kwash Abili. Une foule de courtisans richement vêtus, parlant fort, se dirigent vers le château où demeure le prince héritier, Likud. Une voix qu'elle n'entend pas, qui ressemble à la sienne, dit : *Un cadeau pour le Roi est un cadeau pour le prince héritier.* Elle part dans l'autre sens, vers la bibliothèque. Mais les voix semblent la suivre. Elle n'a jamais vu le prince et sait déjà qu'elle préférerait ne jamais le voir. Mais elle sait aussi que c'est un espoir chimérique. Elle le verra bientôt, c'est sûr. Tous les chemins du palais doivent mener à la couronne. Les voix se font plus fortes, des rires, comme si tout le monde se moquait d'elle. Elle se demande comment il se fait que ce soit dans cet endroit, où il y a le moins de menaces, qu'elle ait le plus peur. Elle regarde derrière elle et les voit qui continuent de marcher vers le château du prince, plus loin à présent. Quand elle se retourne de nouveau, elle lui rentre dedans, butant droit dans son torse.

Et ses livres. Elle a fait tomber les livres de ses mains. C'est ce qu'il dit, ni en colère ni triste, mais comme quelqu'un qui remarque que le soleil quitte le ciel. « Ce sera toi, dit-il. Ce sera toi qui auras fait tomber les livres de mes mains pour me mettre à l'épreuve. » Ils se trouvent à la porte de la bibliothèque. Sogolon et le Commandant Olu. Le plus grand guerrier du Roi, qui vit désormais dans l'un des palais en récompense de ses services. Les femmes prétendent, même après ce jour dans la salle avec la princesse, que la tête du Commandant sera toujours transpercée de part en part, qu'en le regardant de profil on voit les nuages dans le ciel. Les racontars de ces femmes ne sont pas plus raffinés que ceux de n'importe quelle pute de chez Miss Azora, mais ça la tente, elle doit se l'avouer, de baisser son capuchon pour vérifier par elle-même.

« Désolée, dit-elle.

– Les livres se moquent que tu sois désolée. » Il est sérieux un bref instant, puis marmonne quelque chose.

« Quoi ?

– Tu peux en prendre un pour le lire si tu veux. Je les ai déjà tous lus.

– Alors pourquoi vous les prenez ?

– Je vais tous les oublier. Sacré fardeau, pas vrai ? Je vais tous les lire et je ne pourrai pas m'endormir parce que quand je referme le livre, cent hommes et bêtes refusent de quitter ma chambre. Je me réveillerai le lendemain, et devine un peu : ils seront partis. Tous partis. Alors je relirai le livre.

– Si vous les oubliez tous, comment savez-vous que vous relisez les mêmes ?

– Choisis un livre.

– J'ai jamais appris à lire des livres. »

Il la regarde comme si elle venait de dire qu'elle n'avait jamais soigné sa lèpre. Vieux, mince, il a déjà le dos voûté et ses yeux ont presque l'air atteints de cécité des rivières, mais à sa façon, le Commandant Olu est plus beau que Keme.

« Alors qu'est-ce qui t'amène à la bibliothèque ? Rien qui puisse te servir, là-dedans ?

– J'irai aux archives, alors. C'est une bibliothèque aussi ?

– Non. C'est une erreur courante chez les imbéciles, de croire qu'une bibliothèque et des archives sont du pareil au même, mais ce n'est pas le cas. Une bibliothèque, c'est un lieu où on lit des textes. Les archives, c'est là où on les cache.

– Je ne vois pas ce que vous voulez dire.

– Bien sûr que non, tu ne vois pas. Suis-moi. Je vais aller à mes appartements à l'arrière du troisième palais, mais je vais oublier mes appartements, quel palais, et peut-être même toi le temps d'y arriver. Nous devons nous dépêcher. »

Ils se mettent en marche.

« Comment t'appelles-tu ?

– Sogolon.

– Sogolon. Qui t'a appelée comme ça ?

– Personne.

– On dirait que tu ne connais même pas encore ton propre sang.

– On dirait que c'est pas tes affaires. »

Il rit. Plus fort qu'elle ne s'y serait attendue. Le sourire illumine son visage et le rajeunit. Elle voudrait que le capuchon tombe en arrière.

« Dans pas longtemps, quand je vais te redemander ton nom, faudra pas t'en formaliser. »

Elle n'a jamais marché aussi longtemps. Est-il en train d'oublier ? Elle se pose la question. Ils empruntent une allée de briques en lacets qui les emmène à travers un jardin déconcertant, car l'allée se divise en allées, qui se divisent elles-mêmes en allées, comme des branches, même si on dirait plutôt une rivière asséchée et ses affluents. Des plantes et des fleurs, dont certaines qu'elle n'a jamais vues. Il a l'air de se souvenir encore, et tant mieux car elle n'aimerait pas se perdre ici. L'allée du jardin conduit à un pont sur une rivière qui a l'air trop propre pour avoir été faite par les dieux. Le pont mène à trois volées de marches qu'il grimpe à toute vitesse, mais qui font presque éclater le cœur de Sogolon dans sa poitrine. Ils arrivent à un palier, qui donne sur trois autres volées de marches, puis sur une autre allée, et finalement le mince château. Maintenant qu'il est proche, il a l'air encore plus haut, les derniers étages perdus dans les nuages.

« Toi, pourquoi tu me suis ? demande-t-il, ni fâché ni méfiant, seulement curieux.

– Tu m'as dit de te suivre. Que tu risquais d'oublier.

– Ah oui. Je ne me rappelle pas, mais ton visage m'inspire confiance. Suis-moi. »

Dans ses appartements, qui occupent tout l'étage. Aussi large que la salle avec les amies de la princesse. Il y a de grandes fenêtres, du carrelage au sol, de grands fauteuils, tabourets et bancs, et des tapis. Ce n'est pas tout. Tout est recouvert d'écritures noires, rouges par endroits. Chaque mur marqué de charbon et de cendre, et d'encre, chaque carreau marqué à la teinture, tous les coussins également. Elle ne sait pas comment ça se lit, mais commence à voir ce que ça pourrait vouloir dire. Certaines inscriptions sont fluides et pleines, si gonflées d'encre qu'il en tombe des gouttes, tandis que d'autres inscriptions ressemblent à des griffures, comme s'il avait tenté d'écrire aussi vite qu'il pensait. Elle ne sait pas, mais ces griffures sont si folles qu'elles se confondent. Mot, glyphes, marques, dessins de chevaux, de lances, de chars et de guerre.

« Parfois, quand je commence une phrase, j'oublie de quoi elle parle avant d'arriver au bout. Alors j'attends une journée, je réfléchis une journée, et je la termine avec autre chose.

– Tu te dépêches parce que ta tête tente de te fausser compagnie. Ça dit quoi, sur la cruche ?

– Demande du lait si c'est la fin du quart de lune. C'est la fin, là.

– Non. Sur la table ? Tu l'as gravé avec un couteau.

– Nous ? Nous… traité avec Wakadishu. Ne jamais signer. »

Ça plaît à Sogolon. Toute une maison qui lui dit des choses à elle, comme elle lui dit des choses à lui. Parfois, elle voit une inscription et parvient à deviner le mot, ou une partie du mot. « C'est la grande quoi ?

– La grande salle. Je n'aime pas les banquets. Les gens font des paris sur ce dont je me souviens.

– Tu te souviens de ça ?

– Le féticheur m'a dit que ma malédiction, c'est que je me souviens encore que j'oublie. La paix ne viendra pas tant que je n'aurai pas oublié que j'oublie. Ou mourrai.

– Formidable quoi, là ?

– Formidable derrière. La dame Itulu a un formidable derrière.

– Mais un esprit tout petit », termine Sogolon, et il rit.

« Tu t'appelles comment ?

– Sogolon.

– Sogolon. Quelqu'un t'a appelée comme ça ?

– Laisse mon nom tranquille, vieil homme. C'est toi qui as écrit tout ça ?

– Écrit tout quoi ? Attends. Écoute. Regarde sur la fenêtre. »

Sur la fenêtre, il y a une inscription d'apparence très délicate. Elle le fait sourire.

« Oui, d'après la fenêtre, j'ai tout écrit. C'est curieux. Aussitôt que je l'ai lu je me rappelle une partie de ce que j'ai écrit. Surtout les inscriptions en rouge.

– Du sang ?

– Non. »

Il ramasse un coussin, le lit, puis se rend à sa chambre. Sogolon le suit, bien qu'elle ait d'abord eu un recul. Il soulève un tapis en peau de zèbre, révélant une petite inscription en rouge.

« Ça dit quoi ?

– Ça dit de ne pas le dire.

– Qu'est-ce que c'est, qu'il ne faut pas dire ?

– Tu te crois maline ?
– Je suis juste une fille.
– Tu n'as pas l'air d'être "juste" quoi que ce soit. Tu pourrais être leur amie.
– L'amie de qui ?
– Je ne… je ne sais pas.
– Je suis l'amie de personne », dit-elle, et elle fait mine de s'en aller. « J'y vais, ajoute-t-elle.
– Attends ! Je veux dire non. Quand le soir vient, la solitude me rend malade. Je ne sais pas pourquoi. Ce souvenir-là ne me revient jamais. Ça dit de ne pas leur faire confiance. C'est ça que ça dit. Ne leur fais pas confiance, surtout pas à l'Aesi. »
Sogolon ne sait pas quoi faire de ces informations. Tout ce qu'elle sait, c'est que l'Aesi l'a regardée trop longuement. Pas comme les autres hommes qui veulent s'amuser avec son koo, et pourtant lui aussi il veut la pénétrer.
« Elle dit que je ne peux jamais partir, reprend-il.
– Qui ?
– Je sais pas, mais elle me dit ça toutes les nuits quand je rêve. Ou des fois quand je me réveille. Je ne peux pas partir, sans quoi personne ici ne la connaîtra.
– Elle ressemble à quoi ?
– À un rêve. Ne t'assois pas là. »
Elle se relève d'un bond du tabouret et se tourne pour le regarder. Semblable à n'importe quel tabouret.
« C'est sûr qu'une tristesse m'envahit quand je m'assois là. Mais j'en suis certain. J'ai la sensation qu'elle n'est que pour moi, comme si une partie de moi s'y trouvait. Une partie de moi qui a disparu à présent. Tu veux savoir pourquoi je te dis des choses profondes. Bientôt je ne me rappellerai plus te les avoir dites. J'oublierai peut-être même ton visage. »
Sans cesser de regarder le tabouret, Sogolon répond : « Alors dis-moi. Pourquoi tu portes ce truc autour du cou ?
– Quoi ?
– Le collier. À ton cou. Pourquoi ? »
Il le touche du bout des doigts et apparaît sur son visage une expression qu'elle ne sait interpréter. Il appuie plus fort, le tapote, puis le serre de nouveau. On dirait que c'est le battement de son propre cœur qu'il cherche.
« Un collier. À mon cou.

– Qui l'y a mis ?

– Ça doit être moi. Qui d'autre ? Je ne sais pas. Je ne sais pas à quoi il sert. Pourquoi faut-il un pourquoi ?

– Alors enlève-le.

– Non.

– Les dames de compagnie de la princesse disent que c'est un collier de mariage. »

Olu rit. « La seule chose que j'aie épousée, c'était la guerre. Les femmes, elles savent rien, c'est des femmes. Je suis fatigué. »

Il s'allonge sur un tas de coussins et s'endort en un clin d'œil. Sogolon sait qu'elle devrait partir, mais elle a envie de rester. Elle devrait laisser les choses en paix mais elle a envie de regarder. De nouveau, les murs, les rideaux et le sol couverts de son écriture. Elle regarde la peau de zèbre et se demande pourquoi il lui faut se rappeler de ne pas faire confiance à l'Aesi ; peut-être un avertissement du Commandant Olu des temps passés. Elle le regarde de nouveau et se dirige à pas de loup vers la chambre. À l'intérieur, un lit trop grand, même pour un homme de stature impressionnante comme le commandant. Mais la pièce, elle est propre, tout ce qu'on peut faire briller en lustrant brille. Et le sol, il est couvert d'inscriptions, et de taches là où il les a effacées du bout du pied. Juste au-dessus du lit, un autre est accroché, et elle manque ne pas le voir, car l'argent est tout pâle. Un collier de mariage exactement identique à celui que porte le commandant. Elle l'entend marmonner dans l'autre pièce, et elle sursaute. Dans la salle d'accueil, il flotte parmi les coussins et tapis comme dans une piscine. En s'approchant, Sogolon éprouve l'envie de s'asseoir à côté de lui, de veiller sur lui, de s'occuper de lui, même. Cet amoureux de la guerre ici présent.

« La guerre est trop importante pour qu'on la laisse aux soldats », souffle-t-il, faisant de nouveau sursauter Sogolon. Mais ses yeux sont toujours fermés, et il est toujours au-dessus et au-dessous de la piscine de coussins, une jambe sous un tapis, l'autre dehors.

« La guerre est trop importante pour qu'on la laisse aux soldats… Tu crois que tu peux… non, non, non, le mauve je le laisse à toi et tes semblables… non, non, non, femme, non. Ha ha ha… Avec les plumes tu as l'air d'un paon… comment pourrais-je me moquer d'une femme comme toi ? D'un nez comme le tien ? »

Il se tourne sur le côté et la phrase suivante sort dans un soupir.

« Oh, Jeleza. Jeleza, Jeleza, Jeleza », il dit.

Sept

Sommeil perturbant. Sogolon se réveille et ne sait quoi faire. Elle ne veut pas se lever et boire un peu d'eau. Elle ne veut pas aller à sa fenêtre et contempler la lune. Elle ne veut pas réveiller le garde à la porte, pour quoi faire ? Elle ne sait pas où est la chambre de la cuisinière ou pire, le puits si elle doit aller chercher l'eau elle-même. Rien à faire si ce n'est rester couchée là, sur et sous les draps, et regarder le plafond.

Mais soudain, c'est le plafond qui la regarde.

Tout sursaute sauf son corps. Même le hurlement, il meurt dans sa bouche avant de dépasser ses dents. Ça lui est déjà arrivé de ne pas être capable de bouger, et elle n'a pas le temps d'y penser que des yeux apparaissent au plafond, des yeux fixés sur elle. Se réveiller, mais ne pas pouvoir se lever. Désirant de toutes ses forces repousser le drap et se mettre debout, mais impossible. Alors elle essaie de ramper mais ça ne marche pas, et de rouler, mais ça ne marche pas non plus. Et quand elle parvient enfin à se redresser sur ses coudes, les larmes qui dégoulinent sur ses joues semblent jaillir par leur propre volonté, non par simple détresse. Le plafond la regarde, avec des yeux jaunes qui brillent. Grands ouverts, comme par curiosité, même pas méchants. Les yeux s'arrachent à la pénombre, logés dans un visage encore noir. Ce visage, il descend du plafond, entraînant deux bras, puis un torse, et un ventre, il descend des ténèbres comme on descendrait d'un poteau. Un visage rond comme une prune. Comme un enfant. Une jambe à plat contre le plafond, collée à lui mais longue, trop longue. Alors le bras sombre, maigre s'avance pour lui toucher le visage. Et pour hurler, elle hurle.

Sogolon roule et tombe du lit, sur la poitrine et le menton. Le choc l'ébranle jusqu'aux orteils. Au plafond, un bruit de ruade, ça remue. Sogolon se lève d'un bond et court vers la porte, mais quelque chose la retient par la chemise. Cet enfant-sombre, couleur goudron, son long doigt qui accroche le col de sa robe, pas avec force, juste curieux. Sogolon, elle hurle de nouveau. Elle essaie de fuir, mais la prise délicate est ferme, elle ira nulle part. La robe se déchire, elle tire de toutes ses forces et appelle le garde à grands cris, mais il la ramène vers lui aussi facilement que si elle était une plume. Il lâche. Elle pense que c'est un garçon, mais elle se retourne pas pour vérifier. Elle tente de se dégager de sa robe, mais il tire de nouveau, l'entraîne au sol. La tête de Sogolon se met à tourner. Dans son crâne, un battement sourd, et la chambre tourne et la fait tourner. Le sol remue sous elle, sans s'arrêter. Elle roule de nouveau et tombe lorsque le sol se renverse entièrement, sur le côté, au point de remplacer le mur tandis que le mur devient sol. Elle roule près de la fenêtre et tend les mains pour s'y rattraper, ne pas chuter au-dehors. Et la pièce continue de bouger, mais il n'y a qu'elle qui tombe. Tout, le lit, le tabouret, la lampe, le tapis, la cruche, tout reste immobile. Donc ça doit être sa tête, seulement, qui tourne. Mais alors la chambre se remet à bouger, et elle fait encore des tonneaux, et le plafond se transforme en sol, et le sol en plafond. Et le voilà debout, au lieu de pendu par les pieds. Elle s'accroche à une colonne, peu sûre d'elle.

Et le garçon, il a l'air d'un garçon maintenant. Un garçon plus noir que l'ombre, et maigre. Ses bras et jambes longs comme une girafe, son buste et son ventre courts, et sa grosse tête. Sur la table de chevet, une lampe qui se trouve être la seule lumière de la chambre, une théière avec une seule flamme, faible. Et ses yeux, ses yeux jaunes. Brillants comme de l'encens qui brûle. Sur le sol, il plie le genou et le coude, avec des gestes d'araignée. Sogolon jette des coups d'œil à la porte, de l'autre côté à présent, ce qui signifie qu'il lui faut passer devant lui. Le garçon tape du pied et pousse un sifflement. Il grimpe au mur en rampant, détale jusqu'au plafond, et tout à coup, il disparaît. Elle est dans une tour et le plafond est haut. Mais le plafond est sol, et sol, le plafond. Ou bien tout est à l'endroit et c'est elle qui est à l'envers. Elle se rend à la porte en trébuchant et attrape la lampe juste à temps pour le voir accroupi sur le sol. Le plafond. Il lui bondit dessus si vite qu'elle ne réfléchit pas, elle lui jette la lampe, qui l'atteint à la poitrine. Une flamme tremblote puis éclate sur tout son ventre, son dos et son cou. Le garçon pousse des cris stridents et le bruit, comme un couteau, lui perce les oreilles. Telle une araignée, il rampe jusqu'à une fenêtre et sort. Sogolon court le long du sommet du plafond et gagne la porte. Ce n'est qu'une fois dehors qu'elle entend ses propres cris. Derrière la porte, le sol est le sol et le toit le toit, et le garde dort, à moins qu'il soit mort. Sogolon dévale les escaliers et longe un couloir. Dévale d'autres escaliers et arrive à une porte, qui mène à une autre porte, qui mène à une autre porte, et enfin à la première salle du trône. Pas celle où elle a rencontré la princesse, elle en est sûre, même si on n'y voit pas grand-chose dans la pénombre. Mais elle les voit, les trois lions endormis au milieu de la pièce. Keme l'a déjà prévenue. Tous les lions ne sont pas des métamorphes, certains sont seulement des lions. Ensommeillée, fatiguée, effrayée ou juste à bout, Sogolon se glisse entre eux, s'allonge par terre et s'endort.

Elle se réveille le lendemain matin dans son lit ; le soleil réchauffe son visage, la flamme de la lampe à côté d'elle est éteinte. Sogolon ne peut pas s'en empêcher. Elle sort de la chambre en courant et claque la porte derrière elle, réveillant le garde posté en haut de l'escalier.

« Jeune maîtresse, tout va bien ?

– Je suis pas une maîtresse.

– Bien sûr.

– Il est où, le garde de la nuit dernière ?

– De la nuit dernière ? Il a fini son service, jeune maîtresse.

– Je suis pas… Laisse tomber.

– Jeune maîtresse, vous n'êtes pas censée… »

Partir. Mais elle le fait quand même. Elle dévale l'escalier, traverse les salles qu'elle a traversées cette nuit, se demandant comment ça se fait que ce palais, par moments, ait l'air encore plus vide que la maison de Maîtresse Komwono. Le Roi s'occupe de ses affaires, et tous les serviteurs aussi, lui répondra-t-on si elle pose la question. Mais elle ne la posera pas. Toutes ces journées à attendre ce que la princesse va décider à son sujet suffisent à lui faire regretter que le garçon du plafond ne l'ait pas enlevée. Deux des lions dorment encore mais le troisième la suit. Ils marchent côte à côte et quand elle lui dit : « Beremu ? », il répond pas, il remue même pas la tête. En vérité, ça aurait pu être un pet aussi bien qu'un appel, ses paroles. Sogolon frissonne. C'est pas un métamorphe, c'est un lion. Elle a pas de mots pour nommer ce qui se passe quand l'excitation et la terreur se produisent en même temps. Il l'accompagne jusqu'à mi-chemin de chez le Commandant Olu, puis quelque chose attire son regard, et il part au galop.

Quand elle arrive chez le commandant, il en sort une femme qu'elle a jamais vue auparavant. Peau sombre, seins nus, un foulard autour de la taille. Les deux mains pleines d'assiettes, de brocs, de gobelets et d'une flèche en or dont Sogolon se rappelle l'avoir entendu dire qu'elle est un cadeau du Roi, de la Reine, ou de quelqu'un qui aime porter la couronne.

« C'est pas à toi, tout ça, dit Sogolon.

– Et toi, t'es pas ma mère, que je sache, dit la femme.

– Il t'a déjà payée.

– Il se rappelle même pas où il range son argent. Alors je me paie moi-même.

– Je te crois pas.

– Petite fille, j'ai l'air d'en avoir quelque chose à foutre ? M'oblige pas à lâcher tout ça pour te taillader. »

Un rugissement, si sonore et rapide que même Sogolon sursaute. La femme laisse tomber tout ce qu'elle a dans les mains et s'enfuit. Le lion la suit au petit trot sur quelques mètres et elle court encore plus vite. Il suit Sogolon à l'intérieur et elle voit pas de raison de l'en empêcher. Le Commandant Olu est étalé par terre. Au départ, elle le croit mort mais il roule sur lui-même. Keme lui suffit, elle veut pas voir un autre homme nu.

« Commandant Olu. Commandant Olu, réveillez-vous. Commandant Olu. »

Il remue un peu et marmonne quelque chose mais il se réveille pas. Puis le lion rugit et il se lève d'un bond. Sogolon s'étonne de voir une lance si près de l'endroit où il dort. Il l'empoigne, comme s'il s'apprêtait à la lancer, quand il voit Sogolon. Le lion rugit de nouveau. Le commandant lâche son arme et se frotte les yeux.

« Qu'est-ce que vous faites chez moi, tous les deux ? Un homme n'a pas le droit de dormir ?

– Ta putain te dévalisait.

– Qui ça ?

– Ta putain.

– Le lion et la bouffonne de la cour dans ma maison si tôt le matin. Ça doit être une plaisanterie. »

Sogolon s'efforce d'éviter de voir un autre homme nu, mais il est là, juste devant elle. Ce vieil homme mince et musclé, comme s'il venait d'une tribu nomade, sauf que sur chaque membre, il a des cicatrices. Et pas des motifs, pas de l'art, mais les cicatrices brutales de la guerre. Les poils qu'il a sur le torse et au-dessus de la queue sont comme ceux de son menton, noirs, entremêlés de blanc. Quand leurs regards se croisent, il fait la moue, sachant qu'elle l'inspecte.

« Je te connais, mais je ne connais pas ton nom.

– Sogolon.

– Sogolon ? Tu viens d'une tribu du bush ?

– Laisse tomber mon nom, vieil homme.

– Qui est ton ami ?

– Un lion.

– Bien vu. Tu comptes aussi regarder l'air et me dire que c'est de l'air, ou bien puiser un peu d'eau et me dire que c'est de l'eau ?

– Pourquoi tout le monde est tellement impoli, à Fasisi ? »

Il rit. « Parce que c'est Fasisi. Tout le monde est taillé pour la guerre, même les nourrices. Pas de délicatesse chez nous.

– Peut-être que si tu évitais de coucher avec des putains, tu te réveillerais moins impoli.

– Regardez-moi cette petite fille qui se croit tout permis dans ma propre maison. Qui est impoli, maintenant ?

– J'ai pas…

– Ne t'avise plus jamais d'entrer chez moi si c'est pour juger mon comportement. »

Sogolon se tait un instant. Elle espère que son visage dit désolée sans qu'elle ait besoin de le dire.

« Lion, j'ai l'impression que j'ai combattu à tes côtés à la guerre. Ou peut-être que c'était ton père », dit Olu en s'avançant vers le lion pour le gratter derrière les oreilles. « Je vais faire du café.

– T'as pas de femme pour te le faire ?

– Petite fille, qu'est-ce que tu fais chez moi ?

– Je veux dire, j'ai vu faire la cuisinière. Je peux te le préparer. »

Le commandant va chercher sa robe de chambre tandis que Sogolon s'approche du foyer, réveille la flamme et prépare le café. Ils vont s'installer sur un palier, dehors, et le lion se roule par terre pour prendre le soleil.

« Sogolon, dit Olu.

– Tu te souviens.

– Parfois.

– Quelqu'un est venu dans ma chambre la nuit dernière. Si je le dis à quelqu'un, ils vont penser que des diables ont pris possession de moi.

– Qui est venu dans ta chambre ?

– Il ressemble à un petit garçon. Mais seulement du visage. Des jambes longues comme une araignée, les bras aussi. Et il rampait au plafond quand il est venu m'attaquer. Un garçon noir. Noir, noir, noir. Il courait au plafond comme si pour lui c'était le sol. Puis il m'a attaquée, mais je lui ai jeté ma lampe et il a pris feu.

– Et ?

– Et il s'est échappé par la fenêtre. C'est là que j'ai quitté la chambre pour aller dormir avec les lions. Avec lui. Quand je me suis réveillée ce matin, quelqu'un m'avait remise dans mon lit et avait rangé la chambre. La chambre, elle était comme s'il s'était rien passé dans la nuit, Commandant.

– Olu. Je commande rien du tout. »

C'est là qu'elle voit sa tête. La tête est toujours sous ses yeux mais c'est la première fois qu'elle regarde. Pas un trou qui la traverse, mais une cicatrice avec des pointes, comme une étoile, où les cheveux ne poussent pas.

« Il se passe des trucs bizarres depuis… je sais pas combien de temps maintenant.

– Depuis quand ?

– Je t'ai dit que je sais pas, petite.

– Qui sont les Sangomin ?

– Quand tu prononces ce nom, tout ce que je vois c'est son visage. À lui, l'Aesi.

– Une dame a dit à ma maîtresse qu'il les avait fait venir ici, quand personne ne parvenait à guérir la maladie de Kwash Kagar.

– Je me rappelle un truc comme ça. Ils ne l'ont pas guéri. Non, ils ne l'ont pas guéri, ils ont seulement dit que le Roi était frappé de sorcellerie. Je ne me rappelle rien ensuite.

– Peut-être que tu l'as écrit.

– Peut-être. »

Ils examinent les murs et le plafond en quête de mots. Cherche des lettres rouges ou le chien à la queue de serpent, recommande-t-il. Sogolon en trouve un sur le côté des toilettes, un autre sous le tapis cachant l'avertissement au sujet de l'Aesi, et un autre au milieu d'un bout de tissu qu'elle fait tomber. Touche pas à mes dessous, dit-il. Il les lui prend, et elle sourit en le voyant pris de pudeur.

« J'espère que je viens pas juste de l'enlever.

– Si c'est le cas, t'es plus propre que la plupart des hommes », dit-elle, et il hoche la tête. « Ça dit quoi ?

– C'est pas dans l'ordre. Il y a quelque chose avant. »

Le roi est la cible d'un autre genre d'ennemi, dit le seigneur rouquin. Le trône a besoin d'un autre genre de guerrier, il dit. Peut-être qu'il a raison.

Il ne se gêne pas, cet Aesi. Il a viré tous les gardes du trône, même les lions. Il a fallu un tollé pour les ramener.

Seuls l'Aesi et les Sangomin ont le droit d'approcher le Roi.

Enfants vicieux, chiens lâchés.

« Tu en as trouvé un autre avec le serpent-chien ? »

Il soulève davantage le tapis.

Puis la princesse a envoyé chercher les herboristes, les nonnes du bush profond. Nous avons attendu. Pour certains, nous avons attendu. Le prince ne cesse de jurer, et de se plaindre, et de gémir, vraiment c'est un homme qui ne connaîtra jamais la guerre. Le roi ne va pas plus mal aujourd'hui, mais pas mieux non plus, par les dieux.

Six herboristes sont venues mais quatre ont disparu. Nous ne les avons trouvées nulle part. Je les trouverais, si on me le demandait. Je suis commandant, je sais y faire.

« J'ai dû… quand j'ai écrit ça… je… le suivant, où est le suivant ? »

L'état du roi a empiré. L'Aesi a exigé l'exécution des herboristes et le prince a accepté. Le problème c'est la sorcellerie, dit-il.

Du sang, tellement de sang. Par les dieux, comme elle a saigné, cette herboriste. L'Aesi.

Je n'oublierai jamais comment manier une épée, par les dieux. Peut-être m'en servirai-je sur lui. Pourquoi est-ce que j'oublie tout, sauf lui ?

« Lui qui ? demande Sogolon.

– À ton avis ? »

Quel garçon, avec ses cheveux qui ressemblent à des serpents morts ! Ses cheveux, de l'argile blanche. Le visage, le cou, les jambes, partout comme le clair de lune. L'Aesi l'a fait venir et il est venu avec les enfants les plus bizarres des neuf mondes mais, même s'il est plus grand, ça reste un enfant. Beaucoup en jure-

raient. J'en ai compté neuf, mais plus tard j'en ai compté treize, et le lendemain, huit.

« Il y en a d'autres ?

– Il faut que je cherche, répond Olu. Peut-être qu'ils disent la même chose. Peut-être. »

Ils se remettent à chercher. Sogolon commence à voir des signes et des mots et à deviner ce qu'ils pourraient vouloir dire, même si elle peut pas les nommer. « Ce mot, je l'ai déjà vu dix et une fois. Il dit quoi ?

– Jeleza.

– Oh. Et elle est qui, pour toi ?

– C'est une femme ? Je sais pas qui c'est. »

Une voix qui ressemble à la sienne dit : *Ces mots qui s'accumulent dans ta bouche ne doivent pas la quitter. Jamais.*

« Ce collier que tu portes. Je sais ce que c'est », dit-elle.

Trois jours plus tard, Sogolon se réveille encore sous le choc et en colère. Elle repense à la peur aussi, à ce moment, bref comme un éclair, où on aurait dit qu'il allait lui faire quelque chose. Sogolon, elle savait pas à quoi s'attendre de sa part, mais elle imaginait sûrement pas qu'Olu entrerait dans une telle rage que le lion devrait intervenir pour les séparer. Tout ce qu'elle a fait, c'est lui dire que Jeleza est la sœur du Roi, et son épouse à lui, et qu'elle, elle sait ni où elle se trouve ni comment elle a pu disparaître, mais tout le monde a l'air de penser que cette femme, elle a jamais existé, tout le monde sauf moi. Et toi, Olu. Elle pensait qu'il aurait été soulagé, ne serait-ce que d'apprendre pourquoi ce curieux nom hante ses rêves. Au moins, il allait savoir qu'il avait de bonnes raisons de se méfier de l'Aesi, et elle aussi, car tout ce qui s'est passé entre le jour où sa maîtresse se rappelait la Sœur du Roi, et le lendemain, où elle s'est mise à agir comme si cette femme, elle était jamais née, c'est l'Aesi. À part Olu. Il oublie pas complètement. Elle s'attarde en lui, peut-être parce que l'amour est une chose qui s'attarde, et qu'aucune force, qu'elle vienne de l'Aesi ou d'un autre, ne peut éradiquer l'amour par la violence. Cette force, elle n'en connaît pas la nature. Elle sait rien de l'Aesi. Elle sait presque rien de cette cour, ni de ce Roi. Mais Olu, peut-être que si. Peut-être est-ce écrit en rouge ou en noir quelque part dans la maison.

Elle s'attendait pas à un sourire : ce ne sont pas des nouvelles joyeuses. Mais elle pensait qu'Olu serait satisfait d'apprendre à la fois la vérité et la tromperie dont il a été victime. Au lieu de ça, il s'est mis à hurler. Comme il faut qu'elle soit perverse et cruelle, cette fille, pour inventer toute une fable sur une foutue Sœur du Roi quand elle sait que tout le monde à la cour le prend pour un fou qui invente chaque jour de nouvelles histoires ? Est-elle en train de se moquer ? Est-ce le prince qui l'envoie ? Ou les salopes cruelles de la cour, qui racontent sans vergogne qu'il a un trou dans la tête ?

« C'est à cause de ma tête, c'est ça ? C'est parce que tu as entendu dire que j'allais oublier presque tout ce que tu dirais, c'est pour ça que tu viens là, me sortir un truc aussi vil. Ça fait combien de jours que tu fais ça ? Comment as-tu pu exercer une telle perversité sur un homme qui ne connaît rien d'autre que le deuil, espèce de petite… »

Il se dirige vers elle, menaçant, et le lion intervient. Puis il lui hurle de s'en aller.

Le sixième jour du troisième quart de lune, la Princesse Emini tient audience pour entendre toutes les prières et requêtes à l'attention du Roi. Sogolon, elle ne sait pas si elle est censée s'y rendre mais un coup ferme à sa porte lui apprend tout ce qu'elle a besoin de savoir. À présent, elle est dans la salle du trône, elle écoute et regarde les mêmes gens qui demandent les mêmes choses. La princesse a l'air de s'ennuyer, comme d'habitude, et l'Aesi, il fait presque volte-face au moment où Sogolon entre. Elle le fixe par-derrière en se perdant dans la foule. Vas-y, tourne-toi, pense-t-elle, puis elle frissonne, se demandant comment ça se fait que, dans tout cet oubli, le nom de cet homme revienne encore et encore. Il se retourne de nouveau et Sogolon fait taire son esprit. Elle regarde autour d'elle, et l'impression lui vient comme une inondation, elle est la seule à se trouver dans cet état de clairvoyance propre à la nuit, quand peau et ciel, personne et esprit sont de la même couleur. Tandis que tous sont encore dans l'aveuglement du grand midi, avec le jour qui brûle tout, ne laissant que du blanc. Cette fois, il se tourne complètement et la regarde en face, mais elle se glisse derrière une femme qui porte un volumineux ighiya.

« Il les a fait venir ? » murmure quelqu'un. Deux femmes parlent à mi-voix près d'une fenêtre. Sogolon, elle aimerait voir ce qu'elles regardent, mais une porte s'ouvre en grand et la lumière de l'extérieur pénètre dans la salle. Ainsi que trois d'entre eux. Le tout noir de cette nuit-là, ou peut-être un autre, rampant au plafond, s'arrêtant pour baisser la tête et effrayer les femmes de la cour. Une autre, rouge comme le crépuscule du sommet du crâne jusqu'au cou, bleue comme la mer du buste aux pieds, avec une langue jaune, fourchue, qui jaillit de sa bouche. Quelqu'un chuchote qu'il est aussi là, le plus vieux d'entre eux, mais celui qui entre, ce n'est qu'un garçon. Grand, dégingandé, du poil au menton, mais quand même un enfant. Un enfant qui fait trembler certaines personnes dans l'assistance. Il s'assoit au pied des marches du trône et la princesse jette un regard noir à l'Aesi.

« Bouge, dit l'Aesi au garçon.

– Tout le monde donne des ordres, et pourtant c'est moi, le prince héritier », dit le Prince Likud, qui entre dans la salle. C'est la première fois que Sogolon le voit. L'assemblée s'empresse de mettre genou à terre, si bien que Sogolon se retrouve seule encore debout. Elle se baisse trop vite et manque basculer en arrière. Le Prince Likud monte les marches du trône et se plante juste à côté, toisant la princesse jusqu'à ce qu'elle lui laisse sa place. Il sourit à l'assistance, et Sogolon le regarde bien : sourcils épais sur de petits yeux, barbe en pointe sous des lèvres minces, pas de moustache. Une tête forte, des épaules de travailleur, pas de prince. Une calotte noir et or et une cape drapée sur son épaule droite, la gauche étant nue. Ça fait pas très longtemps qu'elle est familière des coutumes royales, mais même elle, elle sait que seuls les rois vont sans chemise, avec une robe qui ne couvre que leur épaule droite. La princesse fait la grimace et secoue la tête. Elle le sait aussi. Pendant ce temps, Sogolon observe les enfants, qui tournent en rond, font des petits bonds et prennent visiblement plaisir à faire reculer la foule. En bonne fille de ferme, elle comprend de quoi il s'agit. Rassembler le troupeau. Elle sait pas si ce sont des Sangomin, mais une chose est certaine.

Ce sont des animaux domestiques.

Même le plus vieux, celui à la peau d'argile blanche, a l'air d'attendre que le prince lui jette des restes. La fille lézard rouge et bleu dégage tout un chemin jusqu'au trône rien qu'en traversant l'assemblée. Le marcheur de plafond continue de s'agiter en tous sens, comme s'il la cherchait. Sogolon baisse la tête. Le prince se jette sur le trône comme le fait la princesse.

« Alors, ma sœur, donne-moi des nouvelles. »

Le marcheur de plafond jette un coup d'œil au lustre, puis il rassemble ses membres, se préparant à bondir dessus. Mais lorsqu'il s'aperçoit que l'Aesi l'observe, il renonce. Il descend jusqu'à une fenêtre et s'installe sur le rebord.

« Et des bonnes, ajoute-t-il.

– Des nouvelles ?

– Pas comme ça, Emini. Pas comme si tu t'apprêtais à me cracher une avanie.

– Et si je…

– Plus joliment. Comme un poète.

– Tu ne peux pas être sé… En vers ? » Elle se tient debout, à présent. On a l'impression qu'ils s'adressent pas l'un à l'autre mais à la cour. « Que dis-tu d'une devinette ? Qui vient de quitter ta cour royale, d'après toi ?

– Je n'ai jamais aimé les devinettes. Pourquoi faire souffrir sa cervelle volontairement ?

– Chicki de Gonyo.

– Je l'ai prise par-devant ou par-derrière ?

– Par-derrière, à mon avis, cher frère, puisque l'Ambassadeur Chicki est un homme. »

Sogolon, elle lève les yeux, s'attendant à voir sur le visage du prince une mine furieuse, et c'est bien le cas. Mais elle remarque aussi le marcheur de plafond qui la fixe. D'abord assis, il s'accroupit et prend appui sur le mur, prêt à grimper, se dit-elle. Prêt à remonter au plafond avant de se laisser tomber droit sur elle.

« L'Ambassadeur Chiki. Bien sûr.

– C'est lui qui t'a offert le cheval roux pour ton anniversaire.

– Oui, bien sûr.

– L'ambassadeur de Wakadishu.

– Bien, bien.

– Non, pas bien. Wakadishu insiste pour que nous signions un traité garantissant que nous ne les envahirons pas. Que nous ne riposterons pas. Sans quoi ils obtiendront le soutien du Sud.

– Père disait toujours que Wakadishu, c'est le Nord. Les dieux le lui ont dit.

– Père disait aussi que tout ce qui se trouvait au sud de la rivière Kegere, c'était le Sud.

– Pour Père, Le sud, c'étaient tous des arriérés. Ils ont des coutumes barbares. Leurs femmes mettent les engins de leurs hommes dans leurs bouches. »

Sogolon lève les yeux, s'attendant à entendre des murmures et petits rires dans l'assemblée, et c'est ce qui se produit.

« Ils veulent savoir pourquoi nous levons des armées près du Marais de Sang. Je lui ai dit que personne ne levait rien du tout. Qu'il s'agissait de simples exercices de routine. Que nous protégeons la côte Est contre les pirates, tout au plus.

– C'est ce qu'on fait ?

– Non, nous levons des armées.

– C'est tordu, ma sœur. Quelle va-t-en-guerre tu fais.

– Que tout le monde sorte !

– Quoi ? Mais je n'ai pas vu des vieux amis comme ça depuis… hier », réplique-t-il. Puis il soupire et ajoute : « C'est vrai, vous m'assommez, tous. Sortez. »

Seul reste l'Aesi, tandis que Sogolon écoute derrière la porte. Les courtisans et leur bavardage s'éloignent dans les couloirs et, dans le silence, les voix qui proviennent de la salle arrivent jusqu'à elle. C'est la première fois qu'elle fait ça. En général, quand le vent en a envie, il souffle les discussions jusqu'à elle. Cette fois, Sogolon ferme les yeux et pense au vent qui porte les voix jusqu'à elle. Bien vite, une brise fraîche souffle contre son oreille.

« Mon frère, arrête d'en faire des tonnes. Le spectacle est fini.

– Quand il y aura une princesse héritière et que ça sera moi qui me taperai un prince sans titre, tu pourras me donner des ordres. Mais il y a eu des rumeurs, ma sœur. Des rumeurs d'insatisfaction. De frustra…

– Nos espions disent que le Roi du Sud a l'intention d'envahir Kalindar par voie de mer. Soit Wakadishu lui prête main-forte, soit ils laissent le passage à ses armées. »

Ces mots semblent le sidérer. Il met si longtemps à répondre que Sogolon entrouvre la porte et jette un coup d'œil à l'intérieur, afin de voir pourquoi.

« Tu as des preuves ? demande Likud.

– Je viens de te le dire, nous avons des espions. Au Nord, et encore plus dans le Sud, des tambours annoncent à tout le monde que le Roi s'occupe de ses affaires.

– Et alors, c'est vrai, le Roi s'occupe de ses affaires.

– Le Roi est alité depuis dix et deux lunes. Tout le monde sait ce qu'occupé veut dire, mon frère.

– Alors fortifions Kalindar et écrasons Wakadishu pour nous avoir trahis. Ainsi, on adressera un message clair à tout l'empire.

– Personne ne nous a trahis pour l'instant, dit l'Aesi.

– Il faut qu'on envoie un message, non ? Un message doit être envoyé. Écrasons Wakadishu.

– Pas de raison d'écraser…

– Afin de faire un exemple, ma sœur. D'après ce que j'entends, le Roi du Sud est en train de devenir fou. Ce sont des choses qui arrivent quand votre mère est votre sœur.

– De toute évidence, tu as un don pour la diplomatie, mon frère.

– Mais toi, tu n'as aucun don pour le sarcasme. À chaque fois qu'on dit que le Roi s'occupe de ses affaires, ce qu'ils entendent, c'est que le Roi est faible. Et ensuite, quand l'ambassadeur vient à la cour et découvre qu'il doit traiter avec une femme, bien sûr qu'il fait de l'intimidation.

– Je ne fais que remplir le siège que tu es censé occuper, mais vas-y donc. Tu es sur le trône, alors dirige. Dirige, mon frère.

– Non, ma sœur. C'est encore ton moment, j'en ai peur. Pas pour longtemps, mais quand même.

– Le Roi est encore occupé. Et avant qu'on envoie des épées et des lances, tu dois savoir que la guerre ne se finance pas toute seule.

– La condescendance, ça ne te va pas très bien non plus. Fais payer des impôts au peuple. Ha, fais payer des impôts à Kalindar. Ils devraient payer leur protection.

– On devrait consulter les anciens et les…

– La seule chose qu'ils ont, les anciens, c'est la vieillesse. Et… »

Sogolon ne saisit pas ce que le prince dit ensuite. Elle s'avance un peu, à la limite de l'embrasure, quand une main noire l'empoigne par la nuque et la tire jusqu'au plafond. Elle hurle. Le marcheur de plafond. L'enfant-sombre. Il glousse et pousse des petits cris, tout à la fois, tandis que Sogolon continue de hurler. Il la balance comme une poupée et ils bondissent de voûte en voûte, jusqu'au trône. Sogolon sent qu'elle glisse de sa robe. L'enfant-sombre rampe et, dans les yeux de Sogolon, toute la salle se brouille.

« Arrête, dit l'Aesi.

– Chancelier. Vous ai-je jamais dit à quel point j'apprécie ces cadeaux que vous m'avez faits ?

– Ils sont pour votre père, Altesse.

– Et je suis le prince héritier. Ce que je veux dire, Chancelier, c'est qu'une fois que vous avez offert un cadeau, il ne vous appartient plus. C'est à moi de lui dire quand s'arrêter, pas à vous. Tiens, on dirait qu'il a trouvé un nouveau jouet.

– Dis-lui d'arrêter », intervient la princesse. Le prince rit tandis que l'enfant-sombre laisse Sogolon tomber un peu, puis la rattrape. Le sol se précipite vers elle puis recule dans une secousse alors qu'elle hurle, encore et encore.

« Likud ! »

Le prince hoche la tête, et l'enfant sombre la fait descendre un peu, puis lâche. Elle tombe par terre et il dit : « Qui est-ce ? Une espionne du Sud ? Tuez-la.

– C'est un cadeau.

– Lève-toi, fille. Un cadeau ? On dirait plutôt des restes. Tuez-la quand même.

– J'ai dit qu'il s'agissait d'un cadeau, mon frère.

– Pour qui ? Pour moi ?

– Pour la cuisine. Elle apporte des talents rares des cuisines de Malakal.

– Alors comment se fait-il qu'elle ne soit pas dans mon palais ? Je vois, tu voulais l'essayer en premier. Ma sœur qui se livre encore une fois à ses petites ruses. Aesi, elle n'est pas rusée, ma sœur ?

– Si vous le dites, seigneur.

– Nique les dieux, pour vous avoir faits si assommants, tous les deux. »

Le vent se lève au-dehors et se met à souffler violemment à l'intérieur.

« D'où vient cette bourrasque ? » demande le Prince Likud. L'Aesi a l'air de se poser la question également. Deux serviteurs entrent au pas de course pour fermer les fenêtres et sont chahutés par la force du vent. Le prince regarde presque Sogolon lorsqu'il dit : « Aesi, est-ce que je dois inspecter les gardes aujourd'hui ?

– Il en va de votre responsabilité, Prince.

– Ma sœur adore les responsabilités. Qu'elle le fasse. »

Il s'apprête à sortir mais s'arrête devant Sogolon, qui incline la tête.

« Et quelle maigreur. Comment puis-je faire confiance à une cuisinière qui ne mange pas ? »

La fille à la tête rouge part la dernière, goûtant l'air de sa langue fourchue. Sogolon est toujours par terre, ne sachant pas si elle doit se lever, s'asseoir ou se mettre à genoux, ne désirant rien tant que se faire toute petite.

« Je n'ai jamais vu un homme qui désirait autant être Roi mais détestait autant gouverner, commente la Princesse Emini.

– Altesse, les Sangomin sont en train de se transformer en distraction, dit l'Aesi.

– C'est vous qui les avez amenés ici, et vous n'arrivez même pas à les maîtriser. Et vous qui disiez qu'ils allaient sauver le Roi.

– Protéger le Roi, Altesse. Je n'ai jamais parlé de le sauver.

– Alors vous pensez que son cas est désespéré.

– Ce n'est pas ce que j'ai répondu.

– Je n'ai pas posé de question. Vous servez à quoi, ici, Aesi, à part à me dire des choses que je sais déjà ? Me conseiller sur des sujets qui nécessitent seulement un peu de bon sens ? Me dispenser de la sagesse alors que nous avons déjà les anciens pour ça ? Vous et mon père, vous avez fait renvoyer tous les anciens, mais vos conseils ne sont pas plus sages. Tous les guérisseurs ont été renvoyés, mais mon père ne va pas mieux.

– Votre père est à l'abri de…

– Des sorcières, oui, c'est ça, il est à l'abri. Et chaque jour apporte son nouveau type de sorcière. Pourtant mon père est en train de mourir et mon frère se retrouve avec neuf animaux de compagnie. Vous ne pouvez pas les maîtriser, et lui refuse de le faire.

– Ma Princesse, Wakadishu…

– Vous pouvez prendre congé, Aesi. »

Il reste là un moment avant de sortir. Le vent retombe aussitôt qu'il se met à marcher, et le sifflement par les fenêtres s'interrompt. Sogolon remarque qu'il le remarque. La princesse s'est rassise sur le trône.

« Lève-toi, jeune fille. Viens là. »

Sogolon vient se poster juste devant les marches du trône, sans lever les yeux. La princesse descend et lui administre une puissante gifle. Sogolon chancelle mais ne crie pas. Elle sent venir les larmes et se mord les lèvres pour les retenir, sans succès.

« La prochaine fois que je te surprends en train de m'espionner, je te fais brûler. Pourquoi tu pleures ? Tu devrais être contente que le prince héritier t'ait trouvée laide. Tu veux voir où on les a mises, celles qu'il trouvait jolies ? »

Sogolon attend encore un quart de lune pour retourner chez Olu. Tôt le matin, et le lion l'accompagne pour la protéger. Le commandant ne se rappelle pas son nom, mais il se rappelle qu'il est censé se souvenir d'elle. Elle, elle se rappelle qu'il a dit qu'un jour il oublierait qu'il oublie. Quelque chose de lourd passe entre eux, dit-il quand il la voit, quelque chose qui le met de mauvaise humeur, mais qui s'est perdu, et il ne sait plus. Sogolon le regarde et dit : J'ai chassé tes putains, c'est pour ça. Il hoche la tête et acquiesce. Elle lui demande de lui apprendre des mots. Il ne sait pas pourquoi il a envie de lui faire confiance, puisqu'il ne fait confiance à personne de la cour. Il désigne des marques sur le mur, le fauteuil, le lit et le sol, et elle ne dit rien quand il saute celles qui sont inscrites en rouge.

Sogolon a la tête lourde. Trop de choses pour une simple fille. Trop de mots, trop d'informations. L'enfant-sombre, qui n'a pas visité sa chambre depuis, mais hante son esprit si bien qu'elle a peur de regarder en l'air. Puis il y a l'Aesi de la cour du palais, et l'Aesi du mur du Commandant Olu, et les deux l'effraient. La Sœur du Roi, qui était autrefois, mais n'a jamais été, même si son nom a laissé une marque sur ce mur. Peut-être que c'est tout cela qu'elle retient de son apprentissage – il ne laisse pas seulement des mots dans son esprit, mais un poids attaché à chacun d'entre eux. Pourtant elle continue d'y aller, même après que le vent charrie une rumeur comme quoi le commandant a remis son gros commandant en action, avec une fillette toute maigrichonne qui a l'air trop étroite pour supporter la queue d'une puce, encore moins le Berserker de Bornu. Et c'est pas tout. La princesse, qui la garde dans son entourage car elle est intriguée par cette fille qui ne sert à rien de précis. Peut-être que tu sers à manger toutes mes victuailles, dit-elle. Mais Sogolon, elle observe la princesse dans sa gaîté et sa mélancolie, et elle s'aperçoit que les deux ont la même source. Trop souvent, elle dit en plaisantant que Sogolon elle sert à rien en tant qu'esclave, mais qu'elle, elle est très utile en tant que Reine, et pourtant regarde-nous, toutes les deux, dans le mauvais palais. Elle se confie à Sogolon, du moins c'est l'impression qu'elle donne, jusqu'à ce que ses mots fassent comprendre à cette dernière qu'elle aussi est un animal de compagnie. La princesse lui adresse des paroles profondes car elle pense qu'elles vont lui passer au-dessus de la tête, comme si elle parlait à un chien.

Trop de choses tourbillonnent dans l'esprit de Sogolon. Trop de choses. Alors elle se débarrasse de la Sœur du Roi, l'épouse d'Olu. Personne ne se souvient d'elle sauf deux êtres, qui ne font qu'un en réalité, puisqu'Olu, il sait pas que c'est son nom qu'il prononce, et Sogolon, elle ne l'a jamais vue, elle ne sait pas à quoi elle ressemble et elle n'a jamais entendu sa voix. Et elle se débarrasse de Keme. Des jours entiers s'écoulent sans qu'elle le voie, ou presque. Et la dernière fois qu'elle l'a vu, il ne parlait que de son désir d'entrer dans la garde d'élite du palais au lieu d'être un simple garde cérémonial, comme les lions métamorphes. Il n'avait rien d'autre à la bouche, et elle était déjà passablement agacée quand il a daigné changer de sujet. Et encore, il a enchaîné sur la salle du trône, le grenier du château, la nécessité de sécuriser telle partie, de protéger telle autre, si bien qu'au bout d'un moment, elle ne voyait plus qu'une armure parlante.

« Peut-être qu'elle peut vous éventer, Altesse, suggère la première des suivantes de la princesse.

– Je ne vais pas faire d'elle une esclave si elle n'en était pas une, dit la princesse.

– Eh bien, Altesse, elle a été donnée au Roi en cadeau. Elle devrait être au château de Kwash Kagar depuis longtemps.

– Tu n'es pas au courant ? Tous les présents du Roi sont confisqués par le prince héritier. Quelle arrogance. Le Roi est encore vi…

– Occupé ?

– Oui, occupé.

– Vous n'avez aucune dette envers cette fille, Altesse. Vous êtes de sang royal, de la couronne de Fasisi. Elle n'est personne.

– Même quelqu'un qui n'est personne ne mérite pas ce prince. »

Une nuit chaude, humide. On envoie Sogolon au palais où réside le Prince Likud en attendant que le sien soit achevé. Deux serviteurs l'escortent à la salle d'accueil de derrière. Elle n'a presque rien emporté, car elle n'a presque rien, à part ce que la maîtresse lui a laissé. Pas de lampe, deux torches. Tout ce que Sogolon peut voir de la pièce, c'est que les murs et les colonnes sont hauts et voûtés dans la pénombre. Les serviteurs entrent sur la pointe des pieds, sursautant au moindre bruit. Sogolon ne saurait dire s'ils en font trop, s'ils sont têtes en l'air ou juste effrayés. Un cri leur parvient d'une autre pièce et ils poussent tous deux un petit vagissement, laissent échapper le petit sac qui contient ses affaires et s'enfuient. Sogolon regarde autour d'elle, mais il y a rien à voir. Puis, à une distance qu'elle ne peut estimer dans la pénombre, des lueurs tremblotantes qui tournoient ici et là comme des guêpes qu'on chasse. Tandis qu'elles s'approchent, Sogolon aperçoit des ailes et se demande si ce sont des guêpes ou des genres de lucioles géantes. Ces fées bleu et vert, pareilles à des libellules, produisent un bourdonnement sourd. Bien vite elles volent au-dessus d'elle, une espèce dont elle a entendu parler mais qu'elle n'a jamais vue. Des yumboes, gros comme sa tête peut-être, dix et deux, ou davantage, possiblement vingt, voire encore plus que ça. Quelques-uns ralentissent et s'attardent au-dessus d'elle, traçant des cercles, aussi curieuses d'elle qu'elle l'est d'eux, des mâles, des femelles, et d'autres indéterminés. Et les lueurs, des pots contenant des multitudes de lucioles. *Ils vont tous mourir d'ici demain matin*, entend-elle, un chuchotement minuscule. Ils volent jusqu'au plafond, éclairant les murs, et pendant un instant il y a des gens, une foule de gens au plafond, jusqu'à ce qu'elle reconnaisse les fresques de rois et de chevaliers et de bêtes qui chargent, qui boivent, qui festoient et qui se battent dans les voûtes.

D'autres bruits se rapprochent, cette fois les cris, hourras et rires de jeunes gens. Encore une lueur, cette fois un jeune garçon fait de rien que de lumière. Il marche devant les autres, mais une chaîne à son cou le ralentit. Avec, à l'autre bout, le Sangomin à la peau d'argile blanche, qui ne semble avoir d'autre don que d'être le plus vieux, ou le plus gros. Laisse-moi tenir l'animal, dit un garçon, et il s'empare de la laisse. Aussi sec il tire si fort sur la chaîne que le garçon-lumière tombe en arrière. Doucement, Prince Abeke, tous les soleils contiennent de la chaleur en plus de la lumière, dit le Sangomin au garçon, qui l'ignore. Derrière ces trois-là, beaucoup d'autres, dont la fille rouge et bleu, des garçons plus vieux, des plus jeunes, deux filles, peut-être trois, et leurs gardiennes qui ont perdu tout contrôle sur eux. Ils courent, sautent, boivent, narguent les femmes, inventent des jeux, ils cherchent les ennuis.

C'est l'une des filles qui remarque Sogolon en premier. « Mon prince », dit-elle, et deux garçons acquiescent. Des jumeaux.

Le Prince Abeke, celui qui tient le garçon lumière, s'approche d'elle. La lumière durcit les traits du gamin, tout en menton, pommettes et front. Sogolon jette un coup d'œil en l'air, espérant qu'une main ne va pas descendre sur elle du plafond. L'autre jumeau rattrape le premier et tous deux considèrent le nouvel animal étrange.

« D'où viens-tu ? demande l'un.

– Une sorcière l'a invoquée, Aduke. Ou peut-être un diable.

– Les diables, ils viennent pas la nuit, seulement le jour, putain d'imbécile », dit Aduke. Le visage de la fille se décompose lorsqu'il dit *putain*.

« Qui t'a autorisée à venir avec nous ? demande l'autre frère. Et qui t'a dit que tu avais le droit d'appeler mon frère par son prénom ? Je suis prince et lui aussi. Et toi, qui es-tu ? » La fille baisse la tête comme un mouton et retourne vers le groupe en traînant les pieds.

« Peut-être que c'est un diable, dit Abeke en se retournant vers Sogolon, tripotant la laisse. Qui es-tu ? Je suis un prince.

– C'est ton père, le prince, dit Aduke.

– Le fils d'un prince est prince aussi, putain d'imbécile.

– C'est toi le putain d'imbécile, putain d'imbécile. »

Un jumeau attaque l'autre et ils tombent au sol. L'un roule sur l'autre et tente de donner des coups de poing. L'autre lui saisit la main et tente de se dégager à coups de pied. Une fille leur hurle d'arrêter et ils arrêtent. Quand je deviendrai roi, la première chose que je ferai, ça sera de t'achever, crie l'un des deux, Sogolon ne sait pas lequel. On est né à la même heure, proteste l'autre.

« Mais je suis sorti avant toi.

– Ça nous dit toujours pas qui elle est », intervient argile blanche. C'est la première fois qu'elle entend sa voix, qui ressemble à un murmure et à un grognement.

« Je viens de la maison de la princesse.

– Mais t'es pas la princesse.

– Je m'appelle Sogolon.

– Elle s'appelle Sogolon, reprend une fille avec un petit rire.

– Sogolon, dit Abeke à la laisse, comme pour réfléchir. Sogolon, tu viens avec nous ?

– Vous allez où ? »

Presque tout le monde rit.

« Imbécile, la question est pour nous, pas pour toi. Toi, tu fais ce qu'on te dit, lance l'autre jumeau. On est les ibeji, les jumeaux divins qui viennent toutes les dix et deux générations – c'est bien ce qu'a dit mon père, nourrice ? »

Une femme humble, cachée dans le fond, répond : « Oui, Altesse. »

Sogolon a fréquenté suffisamment de maîtresses, de nobles et de courtisans pour savoir que ce qui va sortir ensuite de la bouche de cette femme pourrait être ce qui lui vaudra de se faire couper la tête.

« Son Altesse dit exactement ce qu'elle a besoin de dire, Prince, pas un mot de moins et pas un mot de plus.

– Quel ennui. Elle nous assomme. Qu'on me rappelle de la faire fouetter au matin. »

Certains des enfants – ce sont tous des enfants – se mettent à scander doucement *fouet*. Les princes se tournent vers eux. Pas beaucoup plus grands que Sogolon, et peut-être dix et cinq ans d'âge. Demain, ce seront peut-être des hommes, mais à chaque fois qu'ils ouvrent la bouche et que ce couinement en sort, ils ont l'air plus jeunes que des nourrissons.

« Elle est barbante. Et toi, Sogola, tu es barbante ?

– C'est Sogolon.

– Personne t'a posé la question. Alors, Sogoli ? Tu es barbante ?

– Non, Altesse.

– Comment tu le sais ? Tu viens de nulle part et tu n'as rien. On s'ennuie rien qu'à te parler.

– Elle possède ça, là, dit argile blanche en désignant son sac.

– Les affaires d'une fille de la rivière, je crois bien », dit Abeke. L'autre prince saisit le sac et rit.

« En fait, ce n'est qu'une fille du bush, dit argile blanche.

– Tu sais te battre ? demande Abeke.

– Je sais gagner », et elle sait qu'elle a dit ce qu'il ne fallait pas.

« Sogolon, hein ? Peut-être que tu n'es pas si barbante, après tout, dit-il en lâchant la laisse. Allons nous amuser avec celle-ci, mon frère. Les bâtons ! »

Les deux filles passent deux bâtons au Prince Abeke, dont un presque aussi long que la moitié de lui. Aduke écume mais ne dit rien. Sogolon ne comprend pas ce qui se passe, pas même quand tout le monde fait cercle autour d'eux.

« Une bagarre ? Ça c'est barbant, dit Aduke.

– Pas du tout, mon frère. Pas quand je vais la tuer », crie Abeke avec un rire.

Sogolon sursaute.

« Je plaisante, fillette. Je vais juste te casser un petit peu pour te faire encore plus mal. Mon frère, regarde, je vais y aller mollo avec elle, comme avec toi. Cette bagarre va peut-être même durer plus d'une seconde.

– Vous ne lui donnez pas d'arme ? » demande quelqu'un, mais personne ne répond. La fille tente de ravaler sa peur, mais celle-ci est trop grande.

Tout à coup, l'homme en argile blanche est à côté d'elle et il lui murmure à l'oreille : Rappelle-toi que c'est un membre de la famille royale. Seuls les dieux doivent le toucher. Sogolon ne comprend toujours pas ce qui se passe jusqu'au moment où ils se mettent tous à entonner des encouragements ; Abeke se précipite sur elle.

Trois jours après, la Princesse Emini rit encore lorsqu'elle pose les yeux sur elle, disant : Hélas, la petite fille a trouvé son utilité. Deux jours avant, la princesse en personne est venue la sauver de ce que l'Aesi appelle une cellule de détention, expliquant au prince héritier qu'elle est un cadeau destiné à la cuisine, pas à lui, et qu'il sait parfaitement que c'est la faute de ses garçons – alors soit tu en fais de meilleurs lutteurs, soit tu en fais de meilleurs fils. Pour ce qui est d'avoir touché le prince, mon frère, tu as forcément vu, même toi, que c'est le bâton qui l'a touché. Elle n'a pas posé un doigt sur Son Excellence, appelée à devenir tête divine. Rien de tout cela n'aide Sogolon à se sentir plus heureuse ou plus en sécurité. Deux nuits en cellule, où elle entend encore une femme gémir, rire et hurler. Deux nuits après que l'Aesi a dit qu'elle serait fouettée, pas tuée – et considère ça comme une grande preuve de clémence.

Mais elle refusait de raconter ce qui s'était passé, pas même après un ordre, si bien que l'un des gardes de la princesse a pris l'un des yumboes dans un filet et l'a ramené à la cour. Il n'est pas plus grand que son bras, le bourdonnement de ses ailes noie sa voix enjouée, mais elle comprend :

Il est arrivé comme un taureau, mon Prince Abeke, il a couru et foncé, foncé sur elle et nul dieu ni démon n'a jamais vu fille se déplacer si vite, elle l'a évité et il s'est précipité dans le mur comme un rhinocéros. Là il s'est mis en rage, oui en rage, ce petit taureau brun, il écume, fonce sur elle et brandit un bâton par-ci, un bâton par-là, il l'abat, il l'abat et elle évite, esquive. Il frappe si fort qu'il manque se frapper lui-même. Mais la fille, elle ne fait qu'esquiver les coups, elle n'en donne aucun. Ça rend le prince encore plus furieux, vous voyez, comme une femme dans la nuit qui tente d'écraser un moustique. Elle baisse la tête, fait un pas chassé, esquive et bondit comme si le vent la soulevait. Là-dessus entre le Prince Likud. Lui et bien des courtisans, y compris certains qui persécutent les yumboe. Oui. Ils entrent tous et le prince héritier leur dit de ne pas s'arrêter pour un prince – aucun héritier du trône ne fuira devant un combat. Il ajoute même que toute la cour devrait parier, lui sur son fils, bien sûr. C'est ce qu'il dit, je vous l'assure. Il dit même encore ceci, je l'ai entendu – nous l'avons entendu –, que s'il parie, ils devraient se battre jusqu'à ce que mort s'ensuive. Écoute-moi, Fils, tu dois la tuer, mais elle peut te tuer aussi. Père ? lâche le fils, mais personne ne l'entend. Et une femme dit : Excellence, ce n'est pas un combat, c'est une exécution, puisqu'aucune âme ne peut toucher un membre de la famille royale, et Son Excellence rétorque : Ne suis-je pas le prince héritier ? Je suspends cette obligation, et Abeke regarde son père d'une drôle de façon, car il compte sur le fait qu'elle ne puisse le toucher, quand lui le peut. Père ? Qu'est-ce que vous faites ? Mais elle n'a pas d'arme, réplique le prince héritier ; et je le jure par les dieux, il lance son propre sceptre à la fille. Nous en sommes tous témoins : il lui lance le totem royal de son propre pouvoir. L'assemblée pousse un petit cri au moment où elle le ramasse. Bats-toi, crie le Prince Likud, et il regarde avec intérêt. Son garçon n'a que rage et puissance, pas de technique, et il cogne et frappe comme un poulet sans tête. Et cette fille, par les dieux, cette fille elle flotte comme un oiseau et comme une guêpe elle pique, esquive par là et frappe, bondit par là et claque, saute par là et fouette, roule par terre quand le sceptre cogne boum boum boum boum boum boum boum boum et le fait tourner entre les jambes du prince, qui tombe sur le dos. Elle s'écarte de lui mais il se relève et fonce sur elle, de nouveau, tel un rhinocéros. Mais cette fille, elle se laisse tomber et le laisse foncer droit dans son sceptre, et une dent lui tombe. Elle cogne si fort qu'elle manque tomber, écoutez ce que je vous raconte. Le Prince Likud se moque de son fils, il se moque, je vous le dis, puis il se demande comment cette fille a appris la lutte au bâton, quel homme a pu oser enseigner cela à une fille, oui, c'est ce qu'il dit. Puis il déclare : Qu'elle soit envoyée au donjon pour avoir touché le jeune prince. Ainsi ça s'est passé, ainsi que je l'ai dit.

« La vérité c'est que j'ai crié quand les gardes se sont emparés de moi, et que j'ai braillé quand ils m'ont emmenée dans une pièce aux portes d'acier. Mais ce n'était pas un donjon, juste une cellule. Je voyais même les étoiles par la fenêtre. Il est venu me voir, l'Aesi », dit Sogolon, puis elle baisse la tête, car elle a parlé avant son tour.

« Ah, il est venu ? » demande la princesse, tandis que l'une des femmes tente de retenir la soie de Maîtresse Komwono, qui essaie encore de s'échapper. « Si je fais une robe avec ce tissu, elle va s'envoler et je vais me retrouver toute nue, non ? »

La princesse se tourne de nouveau vers Sogolon, qui se tient à présent à côté d'elle. Ma nouvelle garde du corps, c'est comme ça que l'a appelée la princesse quand elle l'a libérée de sa cellule. Sogolon, elle sait que c'est pour se moquer, mais elle sourit pourtant de toutes ses dents en l'entendant.

« Quand l'Aesi est venu te voir, il a fait quoi ?

– Regardé », dit-elle, et elle se fait pincer par la première suivante. « Il a regardé, Votre Altesse.

– C'est tout ? Il n'a rien fait d'autre ? Il ne t'a rien dit ?

– Non, Altesse. Il m'a seulement regardée. »

La princesse l'examine de la tête aux pieds. « Tu n'as pas l'air d'une fille de ce genre, alors…

– Chère Altesse, de quel genre s'agit-il ? demande la suivante.

– Personne n'a jamais vu ce genre. »

Si Sogolon ne se présente en audience devant la princesse que maintenant, c'est parce qu'auparavant sa tête explosait. Une douleur comme un tourment à l'avant du crâne, qui a éclaté à l'instant où elle s'est retrouvée seule dans la cellule. Un supplice si violent qu'elle s'est cogné la tête contre le mur dans le noir. Mais la princesse l'a libérée et lui a ordonné de se mettre au lit.

« Attends-toi à une visite de sa part bientôt.

– Une visite de qui, ma Princesse ?

– Likud. Ça ne va pas manquer. Ces jumeaux, ils vont pas tarder à lui rappeler qu'il a promis de te tuer. Et il obtiendra quelque chose, ma fille, ta tête ou ton cœur, et il les jettera à ses chiens – ses garçons, je veux dire. Ces deux garçons. On dit que leur mère n'a pas accouché, elle a juste chié deux fois.

– Vous l'avez entendu dire dans votre entourage, Altesse ? demande la suivante.

– Ça doit être le vent. Et le vent promet aussi d'exécuter toutes celles qui répètent ce que j'ai dit hors de cette pièce.

– Mort à celles et ceux qui répètent les secrets, Princesse », dit la suivante. Sogolon ne connaît pas son nom.

« Laissez les meurtres à Likud », rétorque la princesse.

Dans le dos de la Princesse Emini, le Prince Likud parle à plusieurs anciens d'écraser Wakadishu. Ce ne sont que des paroles, et les paroles, c'est du vent, mais le prince héritier joue au roi pour se prouver qu'il en a une grosse, pour rire et pour le plaisir de se draper dans la cape royale. Toutes choses assommantes pour la princesse, car elle passe trop de jours à assurer les anciens que la couronne n'a pas perdu sa tête.

Vois la fille, qui se trouve à nouveau dans les appartements du Commandant Olu, car elle est encombrée de questions auxquelles il ne peut répondre, mais peut-être que son mur, si, ou bien son drap, ou son rideau. Il n'est pas là quand elle arrive mais il ne sursaute pas quand il la voit en rentrant.

« Je ne me rappelle pas ton nom, mais apparemment, tu connais la maison.

– Tu m'apprends à lire.

– Et tu sais lire ?

– Mieux qu'il y a une lune.

– Donc je suis enseignant.

– Non.

– Prêtre ?

– Tu es commandant.

– C'est ce que me disent les gens.

– Je cherche des mots au sujet d'un truc. »

Car il a des mots pour tout, si on sait où chercher, continue-t-elle dans sa tête. À chaque fois qu'elle entre chez lui, elle entre dans son esprit tel qu'il était autre fois. Un homme qui voyait et notait tout. Il le sait, que c'est lui qui a tout écrit, mais parfois il oublie pourquoi. Quand elle le lui répète, il sourit, ce qui la surprend. « Tu commences à oublier que tu oublies, dit-elle, effrayée que ça se produise si vite. Pourquoi ils se chamaillent comme ça, la princesse et le prince ?

– C'est ce que font les frères et sœurs. Tu n'as pas de frère ?

– Non.

– Ta mère doit maudire sa déveine.

– Un garçon, c'est pas une veine. »

Il poursuit en expliquant que c'est la princesse qui doit faire le travail du Roi, mais le frère qui récupérera la gloire, ça doit être pour ça qu'elle le hait. Pourquoi toute la charge revient à la princesse ? demande-t-elle, mais il répond pas. La maison du Commandant Olu est devenue une meilleure version de lui. À l'écrit, il ne se cache ni sous la diplomatie, un mot qu'elle vient d'apprendre, ni sous la mémoire, et il n'a pas de code pour prince ou princesse. Puis elle se rappelle ce qu'il y a sous le tapis, la note sur ce qui est arrivé aux herboristes. Sogolon cherche. Elle compare un mot sur le mur à un mot sur le sol, à un mot sur le rebord de la fenêtre, jusqu'à ce que les idées commencent à venir. Certaines si claires qu'elles viennent avec le son de la voix d'Olu.

Certains ont déjà jeté dix et six noix de palme sacrées dans le bol Ifa afin de prédire la volonté des dieux. Le temps à venir, qui prend trop longtemps, mais vient trop vite. La princesse, quand elle deviendra la Sœur du Roi, restaurera.

« Restaurera quoi ? demande-t-elle.

– Hein ?

– Elle restaurera quoi, la princesse, quand elle deviendra la Sœur du Roi ?

– Qu'est-ce que tu me demandes là, toi ?

– C'est toi qui as écrit ça. Jette un œil à tes marques, voir si ça réveille un souvenir.

– Je suis trop vieux pour que quelque chose me réveille.

– Commandant. »

Quelque chose change en lui quand elle dit ça. Il se tient plus droit, déjà, mais ce n'est pas tout.

« Ah, ça. Tu n'as pas besoin de mémoire pour ça. C'est juste la tradition royale. N'importe quel griot réciterait ça. » Il marque une pause, comme s'il attendait une question, mais elle se contente de le fixer.

« Le Prince Likud n'est pas censé être Roi, dit-il.

– Quoi ?

– Il est le fils du Roi.

– Oui, il est le fils du Roi. Et alors ?

– Tu obéis à la loi de qui ? Tu ne sais rien de ton Roi et dirigeant ? Kwash Kagar n'a pas eu de sœur. »

À ce moment-là, elle comprend. Que le Roi de Fasisi n'est pas comme le Chef de Kongor. Quand le Chef de Kongor meurt, son fils aîné lui succède, quel que soit son rang dans la fratrie, à condition que le chef ait reconnu la mère. Le Roi de Fasisi n'est jamais le fils du souverain, mais le premier-né de la Sœur du Roi. Ça s'est toujours passé comme ça, et c'est encore la règle. Sauf qu'il n'y a pas de sœur dans la famille du Roi. Alors c'est son fils aîné qui monte sur le trône. Les anciens et les prêtres prient pour qu'il soit un souverain sage et juste, lui qui n'est pas censé l'être, mais même s'il ne l'est pas, la restauration se produira dès que la Sœur du Roi aura un héritier de sexe masculin.

« Pas de sœur ? » dit-elle, presque dans un murmure, mais elle laisse sa phrase en suspens. Le collier de mariage au mur d'Olu, le même motif que celui qu'il porte. *Jeleza, Jeleza* dans son sommeil. Peut-être que tous les autres ont raison et qu'elle a tort. Elle tente de repousser l'idée mais celle-ci refuse de partir. Refuse de partir avec lui qui se tient là, les yeux égarés comme les hommes atteints de cécité des rivières, le sentiment d'avoir perdu une chose dont il ignore la disparition. Le mot *disparition* s'efface dans la tête de Sogolon. *Enlèvement* se glisse à sa place et monte de plus en plus haut dans son esprit, refusant de céder. Elle cherche Jeleza sur le mur. Son nom est dans toute la maison mais pas elle, ce qui fait que Sogolon se demande s'il ne l'a pas oubliée avant de la perdre.

Pendant ce temps, le Roi est toujours occupé. Une autre femme, qui s'est longtemps chargée de ses soins mais que l'Aesi a congédiée il y a quatre lunes, est envoyée au donjon, car l'un des Sangomin a visité sa maison et les vapeurs de la sorcellerie ont failli le tuer, à l'en croire. Comme les dieux voient et entendent toutes choses, là-dedans ça sent comme quand les sorcières ont fait cuire mon frère, a-t-il dit. Et pendant que la sœur dirige de toutes les manières que le royaume l'exige d'elle, c'est le prince qui prend sur lui de rendre jugement. Il a demandé à l'Aesi, qui a dit que si, effectivement, l'odeur de chair brûlée se dégage du jardin d'une femme, c'est qu'elle doit faire rôtir un bébé démembré pour sa sorcellerie. Mais comment ce Sangomin, un garçon avec une bosse dans le dos qui plus est, sait-il que c'est de la nécromancie, sa cuisine ? L'Aesi ignore le prince. Quand les gens cuisinent une créature vivante, ils l'assaisonnent et la préparent, dit l'Aesi. Quand ils brûlent de la chair pour un sacrifice, ils se moquent de brûler des ongles, de la merde dans les boyaux, ou des cheveux, et rien ne sent plus mauvais que les cheveux d'un bébé qui brûlent. La femme hurle qu'elle fait cuire de la chèvre, et qu'en début de cuisson, la chair de chèvre sent toujours mauvais. L'Aesi déclare qu'elle aussi fait partie de ces femmes qui ont jeté un sort au Roi. Le prince la condamne à mourir de la même façon qu'elle tue les bébés, mais plus lentement, plus longuement et, pendant trois nuits, tout Fasisi est envahi par l'odeur de la femme qui brûle, qui hurle. L'odeur vient aux narines de toutes les femmes qui soignent le Roi, et même de celles qui le lavent ou nettoient ses draps, et elles s'enfuient, sachant qu'elles ne sont pas en sécurité. La plupart ne vont pas bien loin. Un midi, Sogolon entre dans la cuisine et tombe sur la première suivante, qui pleure. Elle ne dit pas pourquoi, car pourquoi s'abaisserait-elle au niveau de Sogolon, même dans sa détresse, mais une cuisinière lui explique que presque toutes ses amies ont été enfermées ou exécutées pour avoir jeté un sort au Roi, et si elle n'a jamais été accusée de quoi que ce soit, c'est parce qu'elle n'a jamais servi à la maison du Roi.

« Et pas parce que c'est pas une sorcière ? demande une femme qui pèle une patate douce.

– La seule différence entre une sorcière et une femme qui ne l'est pas, c'est la bouche d'un seul homme », dit la cuisinière.

Désormais, la princesse emmène Sogolon partout où elle va, si bien qu'elle commence à se dire qu'on la considère vraiment comme une garde du corps. Et elle se met à demander où va Sogolon quand elle disparaît le matin, et parfois le soir, à quoi elle répond qu'elle va à la bibliothèque. Mais quand la princesse lui demande pourquoi, puisqu'elle ne sait pas lire, Sogolon répond qu'elle va renifler le papier, car il sent l'intelligence. Il sent la vieillesse, corrige la princesse. Sogolon sait que la princesse ne la surveille pas elle-même, donc elle se tient informée par le biais des gardes ou de quelqu'un d'autre au palais. Le vent tourne, vous ne le sentez pas ? dit-elle un jour à la cour, sans s'adresser à personne. Sogolon, qui sent toutes sortes de vents, ne sait pas ce qu'elle entend par là.

Donc, ceci. La première suivante entre dans sa chambre sans frapper. L'obscurité rafraîchit l'atmosphère, et la nuit est déjà avancée. Elle jette un poignard sur le lit et dit : Suis-moi. Comment vous saviez que je dormais pas ? demande Sogolon, mais l'autre ne répond pas. Alors elle suit la femme hors du château, sur un long chemin, loin des lumières qui vacillent encore, jusqu'aux ruines de Kwash Abili, en contrebas. Dans la pénombre, on dirait une rangée de dents cassées géantes, mais au fond il y a une porte ; la suivante entre et lui fait signe de la suivre. Elles empruntent un long couloir glacial, si sombre que Sogolon ne voit pas ses mains devant elle. Elles s'arrêtent à un croisement éclairé par deux torches.

« Prends-en une et continue. Une fois arrivée à la porte, attends qu'on frappe quatre coups et fais-le entrer. Ramène-le au croisement. » Sogolon garde ses questions pour plus tard, car son cœur bat suffisamment fort d'être dans l'instant. On frappe quatre coups très espacés. Elle ouvre la porte.

Un garde en armure se tient là. Il regarde autour de lui, sans trop savoir s'il se trouve au bon endroit. La lueur de la torche ne laisse voir de son visage que ses pommettes et son front, mais l'armure semble verte, pas rouge comme celle de la garde royale. Elle n'ose pas lui parler. Sogolon revient sur ses pas, le crissement de ses pas derrière elle. Elle voudrait se retourner pour le regarder de nouveau, mais s'abstient. Au croisement, la première suivante attend. Elle prend la torche de Sogolon et lui en donne une autre, avec deux flammes. « Laisse ça derrière la porte verte et entre, n'attends pas. Ramène-la au croisement et va vers où tu me vois aller. » La première suivante et le garde tournent à droite et s'en vont.

À la porte verte, elle marque une pause lorsqu'elle entend les bruits que les hommes font quand ils rêvent. Ou quand ils font l'autre chose, qui est ce qu'elle voit en entrant. Le lit large comme une pièce et garni de tant d'oreillers et coussins que les deux ont l'air comme perdus dedans. Le prince consort se tient debout sur le sol, entre les jambes de la princesse. C'est lui qui fait le bruit, le grognement, l'ahanement. La jambe gauche de la princesse est aussi immobile que celle de droite, et elle les a nues comme une esclave. Le prince, il pousse, il besogne, les fesses en sueur à la lueur de la torche et de la lampe. Elle aussi marmonne, comme si elle voulait empêcher quelqu'un d'autre d'entendre sa voix. Chez Miss Azora, la femme criait et beuglait que *cet homme la déchire en deux, j'ai dit en deux, détruis pas mon petit koo, mon gros maître.* Un grognement la ramène dans la chambre. Elle se décale et heurte une bassine en argent, et le bruit la fait sursauter.

Ni l'un ni l'autre ne se retourne. Le prince consort continue de grogner et de besogner et, dans la lueur tamisée, Sogolon remarque que la princesse tapote le lit du bout des doigts. Le grognement du prince se transforme en cri et il tente de se retirer, mais la princesse enroule ses jambes autour de lui et il manque l'entraîner par terre. La princesse éclate de rire et le prince laisse tomber sa robe de chambre et grimpe sur le lit. Il se jette sur les oreillers et ils restent là. Le prince, la tête sur un oreiller et la princesse, plus bas que lui, avec ses jambes qui pendent toujours sur le rebord. Et ils restent ainsi le temps de nombreux tours de sablier. La princesse se résume à deux jambes encore largement écartées. Le prince consort reste un moment allongé sans bouger, puis il se redresse, retire sa chemise de nuit, regarde Sogolon et se rallonge.

Dès qu'il se met à ronfler, la princesse se lève, remet de l'ordre dans la robe qu'elle n'a pas retirée et sort par la porte verte. Elle marche si vite que Sogolon doit passer au petit trot pour ne pas se faire distancer, mais au croisement, la princesse s'arrête et laisse Sogolon passer devant. Elle pense encore au rat sur lequel elle est sûre d'avoir marché lorsqu'elles sont arrivées devant une autre porte verte. La princesse n'attend pas. À l'intérieur, le garde se dépêche de retirer son plastron.

« Même la nuit prend son temps, officier », dit la princesse.

Debout dans un coin sombre, la première suivante regarde Sogolon et secoue la tête en la voyant s'avancer. Le garde ôte son armure et ses sous-vêtements. La princesse est déjà prête quand il grimpe sur le lit. Il n'est pas sûr de lui, c'est clair. Une princesse, ce n'est pas une femme, doit-il penser. La princesse l'attire vers elle, le pousse sur le dos, et le chevauche comme une mule. Sogolon la regarde contrôler la vitesse des caresses de l'homme, ce qu'il peut toucher et ce qu'il ne peut pas, la profondeur à laquelle elle le laisse la pénétrer, et qui crie le premier. Les mots d'Olu lui reviennent à cet instant : la restauration ne saurait tarder.

Ça faisait longtemps que ce n'était pas arrivé, mais Sogolon se surprend à se regarder. Ça se produit quand, près de la fenêtre de la chambre de la princesse, elle découvre le verre. En vérité, elle n'a jamais vu pareille chose avant le jour où elle tente de passer la main par la fenêtre pour sentir la pluie et manque se casser un doigt. Du verre, comme l'ambre qui capture la mouche, mais de la même couleur que l'air. Elle le tapote, suit d'une main le cadre d'acier qui l'encadre, et à un moment, elle le lèche. Le jour, elle regarde dehors pendant que les caméristes préparent la princesse. La nuit, quand les lampes produisent davantage de lumière au-dedans qu'au-dehors, elle voit son reflet. Sogolon recule, car ce qu'elle voit, c'est un garçon. La tunique avec une sangle à la taille, le petit couteau, les cheveux qui poussent bien droit mais ne retombent jamais. Elle hésite à demander à la princesse si elle l'élève comme un garçon, mais sait qu'elle répondra qu'elle ne l'élève pas. Pour l'instant, les caméristes lavent la princesse dans une autre pièce. *Tu es quoi, son animal de compagnie ?* demande une voix qu'elle ne reconnaît pas. La voix le redemande, le redemande encore et encore jusqu'à ce qu'elle se rende compte que c'est celle du frère cadet. Cette pensée la fait sursauter. Elle promène ses yeux dans la pièce, à gauche et à droite, en haut et en bas, pour le chercher. Mais jamais un homme comme lui ne pourrait jamais se retrouver dans une chambre royale. Cette certitude l'amène aussitôt à considérer sa propre vie : c'est que rien n'y fait sens. Mais peut-être que son parcours jusqu'ici a ouvert une piste pour ses frères, peut-être feue Miss Azora, peut-être les esprits des morts intranquilles. Des garçons qui peuvent fendre une peau avec leurs doigts, des garçons avec des bras en guise de jambes, et des filles qui se changent en poussière. Un garçon noir comme une araignée de nuit, et qui en a aussi les pattes. Mais elle, c'est juste une fille, une fille qui ne demande ni ne désire qu'on la remarque. À présent qu'elle est à la cour, elle se sent en sécurité dans les yeux de la princesse, mais en danger partout ailleurs. Le prince va exiger qu'on la lui amène. Elle en est sûre. Et les jumeaux vont redemander sa tête, ou bien, avec l'aide des Sangomin, ils vont la prendre.

« Là, on attend le jour où cesse le sang-de-lune, explique la première suivante à Sogolon.

– Vous savez ce que je veux dire.

– Mais tu n'entends pas ce que je veux dire, moi. Elle a ses propres raisons, n'empêche qu'elle t'a laissée entrer dans sa chambre intérieure, et je ne parle pas du lieu. Ça veut dire que maintenant tu vois davantage, et tu parles moins.

– Pourquoi moi ?

– Tu demandes au sang royal d'expliquer ses actes ? Si ça ne tenait qu'à moi, je ne t'aurais pas choisie.

– Je suis pas un problème pour toi.

– Tu n'es rien pour personne. Paraît que tu es une enfant trouvée. Tout le monde ici a quelque chose à perdre, mais toi ?

– Je me serais pas choisie non plus.

– Son Altesse possède la sagesse des dieux. La sagesse divine ressemble à la folie, pour beaucoup. Mais laisse-moi répéter, de peur que tu laisses ta tête t'entraîner je sais pas où. Tu fais partie des caméristes, maintenant. Ça veut dire qu'on est celles qui voient plus et parlent moins. Si la graine prend pas, on recommence. Ce que ça signifie, tout ça, c'est pas à toi d'y réfléchir, encore moins d'en parler. »

Mais parler, c'est tout ce que la princesse exige d'elle. La princesse lui demande son opinion sur les autres dames de la cour, si Mitu est un pays de gens de la rivière ou de gens du lac, et de quoi ont l'air certains gardes tous leurs habits ôtés. Elle rit de l'expression choquée de Sogolon quand elle lui demande comment, à son avis, le général untel ou le commandant untel baise. D'autres fois, la princesse pose une question qui requiert une réponse plus longue, comme « pourquoi crois-tu que tu es née femme à cette période plutôt qu'une autre ? », pas pour écouter la réponse, car Sogolon met trop longtemps et la fait bâiller deux fois, mais pour entendre sa voix de fille du bush de Mitu et ses petits rires. « Tu es une énigme, Sogolon. Sur ton visage, on lit qu'il n'y a rien que tu n'as pas vu, et rien que tu as vu. Apprends-moi, petite. Apprends-moi à avoir à la fois un an et cent ans d'âge », dit Emini. Une autre fois, au milieu d'une audience avec le peuple, elle prend Sogolon par le bras et lui murmure : « Personne ne t'a élevée. Ça veut dire que personne ne peut te duper. »

Un quart de lune plus tard, le Roi meurt soudainement. Retourne aux ancêtres en silence, comme par acquit de conscience.

Huit

Sogolon a si bien fait l'effort d'oublier Keme qu'elle ne le reconnaît pas dans la procession funèbre. Une centaine de soldats sont déjà passés lorsqu'elle l'aperçoit. À ce moment-là il est trop loin, et elle adresse un signe de tête à un homme qui ne le lui rend pas. Kwash Kagar devient quand il meurt un ancêtre, car un roi mort n'existe pas. Pas même sous le nom qui était le sien avant la royauté, car celui-ci est oublié de tous, sauf des griots, or à l'heure actuelle, la plupart des griots se cachent, car on les dit de mèche avec les sorcières. Seul Alaya, du quartier flottant, ose montrer son visage dans les rues, il chante la vérité jusqu'au moment où quelqu'un lui lance une pierre en pleine tempe pour le faire taire, et d'autres l'attaquent au bâton pour le chasser de la voie publique. Personne n'aime les chansons qu'il chante, qui parlent d'âge, de maladie, de faiblesse et de mort. Mais personne ne veut dire ce que tout le monde pense néanmoins. Que quelle que soit la cause de la mort du Roi, même si c'est la maladie, ou l'appel des ancêtres, le mal est en route. Alors tous l'appellent Ancêtre Kagar et espèrent que lorsqu'il atteindra sa demeure ultime, ceux qui sont depuis longtemps partis reconnaîtront son nom.

Les rites funéraires en l'honneur de l'Ancêtre Kagar devraient prendre sept quarts de lune, mais le Prince Likud réduit cette durée à trois. Cette décision déplaît à bien des gens, selon lesquels Kwash Kagar, qui a réuni les dix et un royaumes, le grand et redoutable lion, le maître de la guerre et la paix, et le dominateur du Sud, mériterait sept ans de larmes et de gémissements, mais ici, la cour ne lui accorde même pas sept quarts de lune. Les gens expriment leur désaccord dans les chambres, ils le chuchotent sous les faibles lampes des tavernes, ou le partagent avec leur reflet dans l'eau et l'argent poli, vu que ces temps-ci les bruits courent vite sous le vent, et les secrets ne le restent pas, même si on ne les confie qu'à soi-même. Cela, elle l'apprend par la princesse la veille des funérailles de son père. Lorsqu'elle demande à son frère en vertu de quelle autorité il réduit le temps de deuil du Roi, le prince rit et réplique qu'il n'y a pas de Roi, juste un esprit qui attend d'être appelé ancêtre, et d'ici là Kagar n'est ni homme ni esprit. Il n'est rien. La princesse le laisse là, car ce blasphème éhonté la révulse. Elle laisse Likud, déjà installé sur le trône de son père, crier que les funérailles, comme les guerres, coûtent très cher. Ça doit être le chagrin qui le rend fou, dit-elle à Sogolon et aux femmes.

La princesse, quand elle ne pleure pas, elle gémit, et quand elle ne gémit pas, elle maudit quiconque se trouve sur son chemin, et quand elle en a assez de tout cela, elle se plante à la fenêtre et fixe le ciel jusqu'à ce qu'il commence à luire d'étoiles. L'une des caméristes chuchote à Sogolon que si elle pleure, c'est qu'elle ne va plus pouvoir faire comme si elle était Roi. Sogolon retient bien son visage et son nom. Le Roi est toujours le fils premier-né de la Sœur du Roi et ce n'est pas pour rien, car tout ce qui est vraiment royal, pas le siège du pouvoir, mais la force et la sagesse d'assumer le fardeau de la responsabilité, vient de la sœur. Mais Kwash Kagar a perdu son unique sœur, Lokji, de la malaria, quand elle avait neuf ans, et il n'en a pas eu d'autre. C'est la version officielle, admise par tout le monde, sauf une. Sogolon.

Elle tente de se défaire de cette Jeleza, qui n'est rien de plus qu'un nom qu'Olu murmure dans son sommeil. Mais deux nuits avant les funérailles, Sogolon se retrouve dans la jungle des rêves, et le bush l'amène sur les terres du château de la maison d'Akum. Ou un endroit qui y ressemble. Elle le suppose avant de pouvoir s'en assurer, car elle n'a pas vu d'autre château. Elle suit une vapeur blanche qui se mue en une piste de son, un marmonnement qui s'efface en ne laissant qu'un murmure, qui s'efface en ne laissant qu'un faible bruit, et ce n'est qu'une fois qu'elle a dépassé le palais, la bibliothèque, les archives, la salle des banquets, un palais et les ruines d'un autre pour atteindre les cages aux lions qu'elle réalise qu'il s'agit du reniflement silencieux du chagrin. Une lionne, seule. Non, pas seule, à côté gît un lion, les pattes trop molles et trop écartées pour qu'il soit vivant. Plus fort que ses sanglots, le bourdonnement des mouches. Mais la lionne ne voit même pas son congénère, car elle regarde son propre ventre, où devrait être sa matrice, et au lieu de son ventre il n'y a rien, pas de peau, pas de chair, pas d'entrailles, pas même d'air. Un rien comme un trou mais trou n'est pas ce que dirait Sogolon pour le décrire. Elle se creuse la cervelle mais ne trouve pas de mot. La lionne au trou dans le ventre, elle sait qu'il y a quelque chose, là, mais elle ne sait pas quoi. Un battement d'énormes ailes et une giclée rouge aveuglante la réveillent. Sogolon tire le drap sur son visage avant de regarder, puis le descend lentement, sans bruit, et cherche des yeux qui bougent au plafond.

C'est un travail de femmes. Reine, princesse, née libre ou esclave, ça n'a pas d'importance. C'est la réponse qu'elle obtient les trois fois qu'elle pose la question. La question lui reste sur la langue bien qu'elle soit à court de personnes prêtes à lui répondre ; elle ne va sûrement pas demander ça à la princesse. La question la consume tout le long des corridors et passages, après les ruines de Kwash Abili et le château immense de Kwash Kong. La question lui occupe l'esprit et l'empêche de voir tout ce qui est différent dans le palais de Kwash Kagar, la guérite aussi large qu'une salle du trône, l'entrée majestueuse, les piliers d'or, et les lions qui montent la garde, métamorphes et bêtes nées, devant ses appartements, où toutes les peintures murales, les fresques et les tapisseries sont couvertes de tissu mauve et où on ne laisse entrer aucune lumière. Et lorsque la première suivante, ouvrant la lente marche du deuil, entre, suivie de deux doulas de la mort, puis de la princesse, puis de six autres caméristes et de Sogolon, la question est juste là, sur le lit. Alors elle se la pose, sachant que nulle réponse ne viendra. Pourquoi faut-il que ce soient elles qui lavent son corps ? Sogolon ne veut pas lâcher cette question, et à présent, maintenant qu'elle se trouve dans la chambre de ce grand lion qui requiert le silence, elle la murmure de nouveau à une caméristе qui paraît plus jeune qu'elle. La femme la murmure à une autre femme, qui la murmure à une autre, et ainsi de suite jusqu'à ce qu'elle parvienne à la princesse.

« Sogolon, viens là », lui intime celle-ci sans la regarder ni se retourner. Puis elle lui administre une gifle si forte qu'elle recule en titubant. Elle ne peut pas les retenir, les larmes qui coulent sur ses joues.

« Alors comme ça tu es trop bonne pour laver ton Roi ? Qu'est-ce qu'il y a ? Son sang n'est pas aussi noble que le tien ? Ou peut-être que tu t'es transformé en Roi la nuit dernière, et c'est le Roi qui s'est transformé en fille sans nom qui baise un commandant fou à la lueur des lampes ? Hein ? Allez, dis-moi puisque c'est moi qui dois l'apprendre de ta bouche, pas l'inverse, vas-y dis-moi. Dis-moi ! »

Sogolon baisse la tête.

« Tu as le privilège de nettoyer la merde du Roi, tu tombes à genoux et tu demandes aux dieux ce que te vaut une telle bénédiction. Chaque femme dans cette chambre est née, a été élevée et formée pour ce jour, y compris ta princesse. Tu es la seule à être là parce que j'étais de bonne humeur la première fois que je t'ai vue. Et tout ce que tu fais, c'est prouver que j'ai accordé ma bienveillance à une imbécile. Mets-toi là-bas. Je ne veux pas que tu touches mon père. »

Elle se poste dans le coin le plus sombre de la chambre. Sogolon a envie de pleurer à chaque fois qu'elle pense à elle-même et à sa langue trop bien pendue, alors elle regarde à l'extérieur d'elle-même ces femmes qui travaillent. Deux d'entre elles, à la tête du lit, commencent à chanter un chant de louange, à peine un murmure. *Nous rendons grâce aux Dieux pour le ntoro, car grâce à lui ce Roi est de son peuple et son peuple de son Roi.* Deux autres, à gauche et à droite du matelas, retirent un drap en le roulant, tandis que la princesse et les autres femmes se tiennent au pied du lit. Toutes fredonnent, quand elles ne chantent pas. *Nous rendons grâce aux dieux pour le mogya, le sang des rois qui ne vient que de la femme, car c'est par la sœur que vient le Roi.* Les deux femmes retirent le deuxième drap. *Nous rendons grâce aux dieux pour le sunsum, qui est tout ce qu'est notre Roi et ce qu'il sera quand il sera appelé à l'arbre des ancêtres.* Les deux femmes retirent le troisième drap. *Nous saluons l'okra, l'âme donnée par les dieux, qui revient aux dieux car elle ne peut mourir, mais montera à l'arbre des ancêtres et décidera de notre destinée.* Sur ce, la princesse pousse un gémissement et deux femmes la rattrapent tandis qu'elle chancelle. *S'il y a malice, s'il y a diablerie, si ce n'est pas son heure, guidez-le à l'arbre des ancêtres, afin que son esprit n'erre pas furieux dans ce monde pour perturber les vivants.*

Puis une femme s'avance, que Sogolon n'avait jamais vue auparavant. Une cousine du Roi du côté de son père. Une femme d'une ancienne et noble famille qui a aidé à fonder l'empire mais s'est brouillée avec le Roi. Elle se tient à la gauche du corps, avec la famille paternelle. Sur la droite devrait se trouver la famille du côté maternel, mais les cousins de Kwash Kagar sont trop vieux, et il n'a pas de sœur, donc le devoir revient à sa fille. Sogolon tente de s'imaginer la scène, bien qu'elle soit sur le point d'y assister, la princesse lavant le corps de son père. Les femmes se rassemblent toutes pour le soulever. Elles portent le corps au centre de la pièce et le posent sur un drap, au sol. Les femmes retirent son masque mortuaire, sa tunique, ses sous-vêtements et pantoufles. La voltige des robes lui bloque la vue mais les femmes s'écartent tels les pétales d'une fleur qui s'ouvre. Le Roi, pâle et d'une maigreur mortelle, les os dépassant sous la peau. La tête qui tombe comme celle d'un ivrogne plutôt que comme celle d'un mort. La princesse gémit de nouveau et la première suivante lui touche l'épaule, seule femme à en avoir le droit. Les autres femmes trempent des chiffons dans un saladier et les tendent à la cousine, côté gauche, et à la princesse, côté droit. La cousine essuie le flanc gauche de Kwash Kagar et la Princesse Emini essuie le flanc droit. Elles descendent tandis que les femmes chantent : *Nous sommes ta famille et te lavons de la mort, bannis toute maladie et volonté de nuire, apporte-nous la santé et envoie-nous des enfants.* La princesse lave le mamelon droit tandis que la cousine lave le gauche. Les autres ne cessent de chanter pour que son okra leur apporte la santé et leur envoie des enfants, et les deux femmes poursuivent leur besogne plus bas. La Princesse Emini est la première à atteindre son sexe et laisse échapper le chiffon. Comme vous feriez avec un enfant, Altesse, dit la première suivante, mais la princesse refuse de ramasser le chiffon. C'est la cousine qui plonge les mains dans sa queue et ses bourses et entre les deux comme si elle nettoyait un bébé. Elles posent une fourrure pour cacher sa virilité et la princesse passe aux jambes. Quand elle arrive à ses pieds, autant de larmes que d'eau le baignent. Elles finissent par laver ses mains avec du rhum et versent le reste de la bouteille dans la bouche du Roi. Comme ça tu seras heureux, Kagar, dit la princesse avant de se remettre à pleurer que maintenant qu'il est mort, il n'est plus Kagar.

« Il a perdu son nom », dit-elle.

L'autre femme l'habille de robes noires et blanches striées d'or et d'une couronne de crocodiles et de tortues. Elles placent le linceul sur le lit, puis tournent le corps sur le côté, comme celui d'un amant qui se penche pour vous parler, au lit. Un oreiller maintient sa tête, et sa main gauche est ouverte pour recevoir ce dont il aura besoin pour son voyage vers les ancêtres. Puis elles le laissent, toutes, sans rien dire à Sogolon, qui se tient immobile dans son coin, à tel point qu'aucune des femmes ne remarque qu'elles la laissent seule dans la chambre. Pourquoi elle n'a pas parlé, chuchoté ou crié quelque chose, ça la taraudera toute la nuit. Quelque chose dans le ton de la princesse lui a fait supposer que sa voix est la dernière chose que veulent entendre toutes ces femmes. Le jour se poursuit sans elle, mais Sogolon ne sait que faire. Elle pourrait tout bonnement sortir, mais elle est au coin sur ordre de la princesse. Si elle sort maintenant, quelqu'un pourrait la voir et l'accuser de vol, ou d'autre chose que serait susceptible de faire quiconque se fait coincer avec un roi mort. Et la princesse sera rentrée à son château, sans plus se soucier des affaires de cette maison-ci. Ou pire. Ils pourraient l'accuser de pire, d'actes de trahisons ou de crimes indécents, car elle est une fille sans nom, et les seules personnes à l'extérieur de la cour de la princesse qui la connaissent sont les jumeaux, qui veulent sa mort, et le prince, qui pourrait bien la leur accorder. Ou le Commandant Olu. Ou Keme. Et tout cela ne pèse rien comparé à l'incongruité de sa présence dans la chambre mortuaire du Roi.

Alors elle y passe la nuit. Elle est d'abord frappée de perplexité, puis d'amertume : elle n'essaie même pas de se cacher, et pourtant personne ne la voit. Elle est plantée là, dans son coin, sans bouger. En fin d'après-midi, deux hommes vêtus de mauve entrent avec des plateaux de nourriture qu'ils placent à portée de la main gauche du Roi. Ils sortent, à reculons. Sogolon reste dans son coin, combien de temps, elle l'ignore. Le soleil baisse de plus en plus jusqu'à ce que ses rayons, passant par la fenêtre, tombent sur le visage du Roi. Il a les yeux fermés mais fait la grimace à cause de sa présence dans la chambre, elle le sent. Couché là sur le flanc avec son plateau de victuailles, c'est un homme dérangé dans son festin. Dehors, les tambours retentissent comme le tonnerre et la font sursauter si fort qu'elle perd l'équilibre et trébuche dans une flaque d'eau laissée par les femmes. Violemment elle heurte le sol, surtout ses épaules et l'arrière de sa tête. Sogolon s'est à peine redressée sur ses coudes que des pas bruyants se rapprochent de la porte. Elle se précipite vers le lit mais en dessous il n'y a pas de vide où se glisser, donc elle tente de se cacher sous la peau de léopard, sur le sol.

Elle sent un courant d'air sur ses pieds quand la porte s'ouvre. Nombreux sont les entrants, vu le brouhaha, mais une seule paire de jambes se rend jusqu'au lit.

« Vous avez aussi l'intention de me tenir la queue quand j'irai pisser ? » demande le Prince Likud. Les pas se rapprochant du lit s'arrêtent.

« Sortez. Tous.

– Votre Altesse, la tradition veut qu'aucun homme ne voie le Roi av…

– Il n'y a pas de Roi.

– Bien sûr. Mais avec tout le respect que je…

– Le respect ? Vous avez autant de respect pour moi que j'ai d'affection pour vous. Ou que vous en avez pour la couronne, tous autant que vous êtes. »

Elle l'entend avant de le voir, l'enfant-sombre avec ses yeux jaunes brillant même en plein jour, qui cavale au plafond, l'araignée de l'ombre. En tirant la peau de léopard sur son visage, elle sent encore de l'air sur ses pieds nus.

« Vous saurez trouver la porte, mes seigneurs, ou vous voulez que je l'envoie vous la montrer ? »

Encore des bruits de pattes qui détalent. Par terre cette fois, et tous les hommes sortent de la pièce. Tout est silencieux. L'enfant-sombre traverse le plafond d'un bout à l'autre à deux reprises, puis s'installe quelque part derrière les pieds de Sogolon. Le silence se fait de nouveau dans la chambre, mais elle réalise soudain que le prince est assis sur le lit et, après avoir craché un noyau par terre, il mange les victuailles.

« Viens », dit-il. Et bien vite, elle l'entend, le bruit de pattes qui détalent, du plafond au mur, du mur au sol. Puis un rire comme un cri strident, et vite il remonte au plafond. Elle écarte la peau de léopard d'un de ses yeux juste pour le voir, les pieds au plafond, les mains libres, en train de dévorer une volaille rôtie en quatre bouchées.

« Quel vagin malchanceux t'a craché », dit le prince en riant, mais son rire s'achève en soupir. Elle le sent qui répartit mieux son poids sur le lit.

« Kagar d'Akum. Regarde-toi maintenant, dit-il. Regarde-toi. Regarde-toi un peu. »

Encore un soupir. Un silence.

« Goûte la chèvre. Crue, comme tu l'aimes. » Il rit. « T'aimes pas ça, la chèvre. T'aimes pas un seul mets présent sur ce plateau. Que doit-on servir à votre père ? m'ont-ils demandé, comme si je savais ce qu'aime mon père. Puis je me suis rappelé la première fois que tu en as recraché. Qui m'a donc confondu avec un homme des montagnes ? t'es-tu écrié. Toi, un Roi civilisé. Tellement civilisé que tu ne savais pas conjuguer tes verbes. Alors, tiens, Père. Moi servir toi de la chèvre crue.

« Personne veut le croire, que j'ai pas voulu de ça, à part toi. Je me suis enfui jusqu'à Omoro pour pas être toi. Ma mémoire me revient comme un rêve, Père. C'est la seule fois où tu m'as cherché. Je sais pas ce que tu cherches à chasser de toi, mais mon général va te le faire rentrer à coups de trique, à coups de trique… »

Il rit de nouveau, si longtemps et si fort qu'il se met à tousser.

« Tu es couché dans le lit où j'ai pris tes neuf dernières concubines. Les deux dernières, elles m'ont pas pris, à vrai dire. La vérité, Père ? Ce lit il est aussi mouillé de toi que de moi. Réfléchis un peu à cette horreur, vieillard. Dis-moi ce qui te dérange le plus, que je manque de respect à toi ou à ton lit ? Dilapider la lignée de la maison d'Akum sur des draps lavés par des esclaves. Je parie que t'as jamais vu ton propre sperme. Je me trompe, Père ? Pas une goutte de semence gâchée avec Kwash Kagar. En me réveillant ce matin, je me suis posé la question : Est-ce qu'un homme a jamais eu autant de frères bâtards que moi ? »

Il jette un morceau de viande à l'enfant-sombre, qui l'attrape avec les dents. Le gamin renifle, remarquant une odeur. Sogolon frissonne sous la fourrure.

« Les anciens disent que ça porte malheur de s'adresser directement aux morts. Ça les perturbe. Ils croient qu'ils sont encore vivants et se mettent à intervenir dans les affaires des vivants. Intervenir ? Ça serait une première, pas vrai, Père ? Intervenir, ça évoque des pères qui parlent à leur fils, qui se soucient de leurs affaires. Mais une chose pareille a-t-elle existé entre nous ?

« Pendant ce temps tout le monde parle de la lignée du Roi. Elle se transmet par la sœur, tu savais ça, Père ? Ta fille, si brillante. La femme qui va cracher le prochain Roi d'entre ses cuisses. Tu devrais entendre ce qui se dit dans les rues : Likud l'incorrect. Likud le Roi de substitution. Oh, Sœur du Roi, fais un garçon, restaure la lignée. Ils l'appellent la Sœur du Roi avant même de m'avoir couronné. Oh, Sœur du Roi, fais un garçon et restaure la lignée, même les enfants chantent ça comme des comptines. Si elle avait un premier-né. Si ton père avait fait plus attention à qui il niquait, je ne serais pas forcé d'assumer ton foutu trône. Tu crois que j'en veux ? J'ai entendu ce que tu as raconté aux anciens. Tu crois encore savoir ce que je veux. Je veux beaucoup de choses, Père. Je voulais être celui que, quand tu le vois, tu te dis que tu vois le soleil, mais c'est fini. Ce Likud, cet imbécile, si seulement il aimait le devoir autant qu'il aime le pouvoir. C'est ce que tu as dit aux anciens trois jours avant ta mort. Tu as raconté un tas de choses à un tas de gens, pensant que ça ne reviendrait pas à mes oreilles. Mais j'ai une chose à te dire, moi aussi, Père.

« Tu sais, je les élève pas pour en faire des rois, mes fils. Mes jumeaux, mes ibeji. Je te les ai présentés une fois et c'est déjà trop. Mes fils, ils regardent les lions et ils te regardent, ils font pas la différence. Non, c'est pas un compliment.

« Père. C'est pas ça que j'ai à te dire. Ce que je te dirai, c'est la chose suivante. Ta fille. La Noble Emini, ma chère sœur. Elle complote contre moi, voilà ce qu'elle fait. Tu le savais pas, hein, et t'aurais beau avoir adoré qu'elle puisse diriger, même toi, tu ne voulais pas rompre la tradition. Écoute, vieillard, et ne le dis à personne. Je t'ai dit qu'elle complote. En ce moment même, elle s'entretient avec plusieurs anciens, elle leur promet un petit garçon avant la saison des pluies. Et quand cet enfant sera né, on le couronnera Roi et elle sera régente jusqu'à ce qu'il atteigne ses dix et cinq ans. Oh oui. Mais sache-le, Père : ça me choque pas, ça. Je vais détruire son plan et pulvériser son ambition, même si je l'admire. Mais Père, c'est pas ça que je suis venu te dire.

« Je suis venu te parler du prince. Ton beau-fils, de Kalindar, tu sais, ce prince sans principauté. Emini, c'est sa troisième épouse, et pour ce qui est des concubines, il en a encore plus que toi. Mais écoute ça, Père. Après tout ce temps, toutes ces saisons, toutes ces années, pas un seul enfant. Pas même une fille. Pas une. Mais ta fille, elle est rusée, Père, elle tient de toi, après tout. Mais même toi t'aurais pas pensé à te faire niquer par ton mari, plusieurs nuits par mois, avant de te rendre dans une chambre secrète pour te remplir de la semence d'un quelconque soldat. Ta fille, elle est rusée, Père. Elle aura un enfant, et personne ne se doutera qu'un bâtard s'apprête à monter sur le trône d'Akum. Elle le fait à chaque nouvelle lune. Elle va le faire ce soir. Envoie ton esprit, je sais qu'il marche encore. Va voir par toi-même, comment cette putain va mettre fin à la maison d'Akum, y mettre fin sans que personne ne sache même qu'elle l'a fait, juste pour s'emparer d'un trône dont je ne veux même pas. Parce que je ne le veux pas, Père, mais contrairement à elle, contrairement à toi, je suis capable de faire abstraction de moi-même. Alors peut-être que tu ne m'as jamais aimé, et c'est de bonne guerre, car je t'abhorre. Mais je te verrai pourrir sur ce lit, et des rats dévorer tes lèvres, avant de faire d'un bâtard le prochain Roi. Je prends ton silence pour de la gratitude. Qui aurait cru que le jour viendrait où ton fils indigne sauverait ton foutu trône ? Le chevalier qu'elle va se faire ce soir ? C'est moi qui l'envoie. Testé sur une de tes concubines, qui l'a trouvé tout à fait satisfaisant. Tu sais quoi, Père ? Même la Sœur du Roi mérite une sorte de plaisir, au moins une fois. »

Sogolon sent le lit rebondir lorsqu'il se lève. Une fois à la porte, Likud ajoute : « Oh, et les généraux par qui tu m'as fait rosser ? Ils seront décapités demain. Je m'organiserai pour que leurs têtes soient enterrées avec toi. Tu devrais vraiment goûter la chèvre. »

Il sort. Elle manque se lever mais elle entend de nouveau les pattes qui détalent au plafond. Sous la peau de léopard, elle y reste jusqu'à la nuit. Dans la chambre, jusqu'à l'aube.

Elle a beau craindre terriblement l'enfant-sombre, c'est en s'imaginant à sa place qu'elle parvient à s'échapper du palais du Roi. Glissant d'un mur à l'autre, le dos râpé par la pierre, elle rampe le long des ombres, glisse dans des coins obscurs, derrière des tapisseries décollées, elle attend que des gens quittent une pièce, prend la forme de statues et de meubles, il se cache à des endroits où les personnes de haut rang ne penseraient jamais à regarder. Elle n'est plus très loin de la sortie quand elle tombe sur la première équipe de gardes, postés devant une porte. Il n'y a plus qu'à marcher, désormais. Elle attrape la plus petite urne devant la tapisserie et la prend avec elle, pour se donner une contenance. Le troisième garde l'arrête.

« Aucune servante n'est censée être dans le palais. » Sogolon n'a rien à dire, alors elle ne dit rien. Elle lève l'urne vers lui, espérant que ça suffira.

En entendant « Cette urne ne sert à rien », elle manque la laisser tomber quand elle entend un rugissement. Les gardes se raidissent. Son lion. Au petit trot, il vient se placer à côté d'elle et ils sortent côte à côte.

Au palais de la princesse, elle traverse la cuisine sur la pointe des pieds. Quand parler à Emini ? Doit-elle dire ce qu'elle sait à la première suivante ? La première question que vont poser les deux : Comment le sais-tu ? Où as-tu entendu ça ? Peut-être leur dira-t-elle qu'elle s'est endormie. Elle se demande pourquoi il n'y a personne dans la cuisine, jusqu'au moment où un pied se glisse pile sur son chemin, la faisant trébucher.

« Où vas-tu, petite pute ? dit la première suivante en sortant de son coin. Attrapez-la. »

Sogolon se retourne pour crier, mais un garde la fait taire d'une claque. Ils n'attendent pas qu'elle se relève, on lui prend les mains, la traîne sur le sol et en haut des marches de pierre, une à une. Elle se débat jusqu'à la cinquième, puis abandonne, tête baissée, elle ne dit rien. La première suivante dit quelque chose sur la nuit dernière, mais Sogolon ne saisit pas vraiment. Dans sa chambre, dans son lit, la princesse, l'air acerbe.

« Je leur ai dit de me réveiller dès que tu te glisserais par le trou où les misérables comme toi se glissent, dit-elle en se redressant. D'où viens-tu, toi ?

– Votre Altesse, je...

– Qu'est-ce que tu as pris ?

– Altesse, je...

– J'ai dit : Qu'est-ce que tu as pris ? »

Sogolon baisse la tête. Les gardes la relèvent, mais sans la lâcher.

« Quelque part, j'ai toujours soupçonné ça de toi. Surveillez cette fille, je disais. Elle mijote quelque chose.

– Votre Altesse, j'ai jamais rien fait.

– Imagine. Toutes les femmes sont entrées dans cette pièce avec dévotion. Pour faire le travail des dieux.

– Je...

– Tais-toi ! Comment oses-tu parler quand je parle ? Les femmes présentes dans la chambre l'habillaient pour les ancêtres, mais toi, qu'est-ce que tu faisais là ? Tu ne connais aucun art féminin.

– Altesse, c'est vous...

– Tu étais là pour voler. Un Roi. La chambre d'un homme mort ? Quel genre de chienne t'a enfantée ? »

La princesse fait un signe de la tête au garde, et celui de droite, rapide comme l'éclair, lui donne un coup de poing dans le ventre.

Sogolon chancelle. Ses jambes cèdent et ses genoux heurtent le sol. Elle tousse et tousse tandis que les hommes la relèvent.

« Voleuse, qu'est-ce que tu as volé ? Tu as passé toute la nuit dans la chambre de mon père, ou tu t'es introduite dans une autre pièce ? Allez voleuse, avoue ! Me force pas à cogner chaque partie de toi jusqu'à ce qu'elle tombe. Quelle honte.

– J'ai rien pris, Altesse.

– Voler les morts ? Tu es une sorcière ? Il n'y a que les sorcières pour voler les morts.

– J'ai rien pris. »

La princesse fait un nouveau signe de tête, et en deux temps trois mouvements, les gardes lui arrachent ses vêtements. Ils les secouent mais rien ne tombe.

« Qu'est-ce que tu as pris, fille ? Un bibelot ? Une amulette ? Une de ses bagues ? Quelle diablerie t'est passée par la tête pour que tu me glisses entre les doigts afin d'aller fouiller la chambre de mon père ? Quel culot. Franchement, quel culot. Tout ce que je te donne, et toi tout ce que tu penses à faire c'est prendre, prendre, prendre.

– J'ai rien pris.

– Comment ça, t'as rien pris ? fait la première suivante.

– Je lui ai rien pris du tout », répète-t-elle, d'une voix calme et froide. La princesse la regarde, atterrée.

« Vous avez pas fini la fouille, dit-elle aux gardes. La petite sorcière a trois trous, imbéciles. Enlevez-la de ma vue. »

Sogolon est à bout de force, alors ils la traînent par terre. Quand les gardes rapportent qu'ils n'ont rien trouvé en elle, la princesse rétorque que soit elle est paresseuse, soit elle fait de la provocation, soit elle a fait quelque chose avec le cadavre de son père, toutes possibilités qui l'emplissent de nouveau de rage. Elle ordonne aux gardes de la fouetter, puis de la laisser aux écuries, car c'est là qu'elle vivra jusqu'à ce que ça se tasse et que le cœur de la princesse se réchauffe. Sogolon ne dit rien quand ils l'emmènent. Le garde est sur le point de faire claquer le fouet quand la première suivante crie, depuis la porte de l'écurie, que la princesse a changé d'avis. La fille ne sera pas fouettée, elle doit seulement être laissée là sur la paille. Les gardes s'apprêtent à sortir quand la première suivante reprend : J'ai dit de pas la fouetter. J'ai pas dit de ne pas la toucher. Avant que Sogolon puisse hurler, un garde la renverse d'un coup de poing et l'autre lui donne un coup de pied sous les regards de la première suivante. Ses lèvres s'entrouvrent. Elle sourit presque.

Dans les écuries, Sogolon se demande pourquoi le vent ne vient jamais. Il vient quand il veut, mais même quand c'est le cas, il semble émaner d'une partie de son désir, à elle. Rien de tout cela n'a de sens à présent. Le vent, s'il souffle, est mince et nerveux, et à peu près aussi fiable que la foudre. Ou peut-être est-elle pareille à ces stupides devins chenus qui cherchent tout le temps des signes et des miracles, alors que le seul miracle ici, c'est un jeune dieu paresseux qui s'est amusé avec elle par deux fois. Ou trois, elle ne veut pas se souvenir. Et elle ne veut pas y penser, car n'est-ce pas stupide, à présent, de dire que le vent est son gardien, son protecteur, en quoi est-ce différent des hommes qui racontent qu'ils entendent la colère de dieu dans le tonnerre ? Absurde de croire en ça, absurde de ne croire en rien. Le monde est ce qu'il est. Dès qu'on s'en aperçoit, on peut vivre avec la douleur, la solitude et la trahison. Les deux choses qu'on ne voit jamais venir chez les gens, c'est la surprise et la déception. Sogolon regarde les chevaux et médite là-dessus toute la nuit. Surprise et déception viennent du même endroit d'où viennent aussi une bosse soudaine sur la joue, ou un éclair dans le ciel. Pendant que son ventre la fait souffrir et que ses épaules tuméfiées la brûlent, elle se dit qu'elle regarde tout ça à l'envers. C'est à la surprise qu'elle peut s'attendre, et sur la déception qu'elle peut compter. Le reste, la bonté, la bienveillance, l'équité, la loyauté, l'honnêteté, voilà ce qui vient de nulle part.

Elle a la sensation qu'une dimension nouvelle a pénétré son esprit, ou qu'elle y a trouvé un lieu qu'elle n'avait pas remarqué auparavant. Un lieu qui la fait réfléchir à ses années, combien, elle ne saura jamais, mais ça n'a pas d'importance car elle a désormais le seul âge qui comptera toujours et ne changera jamais : l'âge suffisant. Hier encore, elle croyait qu'elle aurait des nouvelles de la princesse. Mais une fille du bush de Mitu ne peut rien posséder que puisse désirer une femme de sang royal. La princesse l'a dit elle-même. Le monde est ce qu'il est. Et cette écurie est ce qu'elle est. Sogolon pense à la nuit : il y a seulement une nuit, elle préparait déjà ce qu'il lui fallait faire pour se retrouver en présence de la princesse, dont elle a été cruellement séparée. Une nuit plus tard elle se rappelle qui est derrière cette cruauté. Et puis il fait chaud dans les écuries, ça ne sent pas trop la merde, et les chevaux ne font pas grand-chose à part se tenir là, magnifiques.

Une nuit se change en deux, deux en trois, et trois en un nombre qu'elle cesse de compter. Les écuries sont longues comme un palais et les chevaux sont plus d'une centaine. C'est la nuit où elle part les compter qu'au dernier box elle découvre des marches qui mènent à l'intérieur du toit. Et dans le toit, un plancher, un tas de tapis et de coussins, un broc et un bol pour l'eau, et dans un coin sombre, sous la paille, plusieurs petits fétiches. Personne ne vient dans les écuries à part les palefreniers, et quand ils viennent, ils ne lui parlent pas. Depuis qu'elle dort dans le toit personne n'est venu s'y reposer et personne ne s'en est servi. Alors elle le fait. Deux fois par jour, quelqu'un décide d'être bon avec elle, et lui envoie des restes des tables royales, et deux fois par jour, ça lui fait honte de les dévorer de cette façon. Elle ne veut plus jamais avoir besoin de quelque chose de la princesse. Plus jamais. Là. C'est décidé. Elle n'aura plus jamais de besoins. Saison d'abondance, saison de famine, même visage. Gens bienveillants, gens cruels, même visage. Alors quand Keme passe devant elle pendant la procession funéraire, elle ne le voit pas, car c'est avec le même visage qu'elle regarde tous les soldats. Qu'elle regarde tout le monde.

Le matin des funérailles, les maîtres de l'écurie viennent draper les chevaux bruns de rouge et noir. Personne ne lui dit de venir aux funérailles, donc elle n'y va pas, ce qui fait peut-être d'elle la seule personne n'étant ni malade, ni vieille, ni morte à ne pas sortir dans les rues pour pleurer et célébrer le passage de Kwash Kagar vers les ancêtres. Quand Sogolon pense au Roi mort, tout ce qui lui vient, c'est l'image de la viande de chèvre. À présent, elle est sur son lit de tapis et de paille, pensant à ce jour et à Keme passant devant l'écurie. C'était le matin, le soleil déjà haut mais pas encore chaud. Les tambours depuis l'aube envoyaient des messages de grand deuil d'une montagne à l'autre. Ils l'ont attirée à la grande entrée des écuries, où la procession partant du palais du Roi allait passer l'écurie, tous les palais, puis la guérite et l'entrée monumentales, descendre la rue principale de Fasisi et faire trois fois le tour de la capitale en sillonnant tous les quartiers, tous les districts, avant finalement de descendre la colline jusqu'à l'autre colline, celle de Sigray, la montagne de l'arbre des ancêtres, où le corps et le corps seul sera attaché à une corde et soulevé par des porteurs choisis par les dieux, qui vivent dans la montagne toute leur vie durant. En haut de la pente raide ils tireront, assez haut pour traverser les nuages. Les porteurs, ils vont monter le corps jusqu'au trou dans la montagne, celui creusé par les dieux, juste au-dessous de l'arbre des ancêtres, qui est vieux de plus de douze âges. Les porteurs, ils parleront dans une langue que seuls eux et les dieux connaissent, implorant les divinités d'accueillir Kwash Kagar en la terre des ancêtres. *Je vais prendre des dispositions pour que leurs têtes soient enterrées avec toi.* Les mots lui viennent d'un coup et au début elle tente de les repousser mais non. Que les mots atterrissent où ils veulent atterrir, se dit-elle. Des funérailles, elle ne voit rien. Le déroulé de la cérémonie, elle s'en souvient par une conversation entre une vieille cuisinière et une jeune laitière sur les funérailles des rois.

Les rites commencent à l'aube, naissance du jour, et se terminent par l'enterrement du Roi au crépuscule, la mort. Ni la princesse ni le prince ne passent devant les écuries, bien qu'elle repère beaucoup de courtisans dans la procession. Depuis les écuries, elle entend les tambours de plus en plus forts, et un autre son, plus fort encore, la terre qui gronde sous les piétinements. Elle sait que c'est la mascarade de la mort, bien qu'elle ne les voie pas – cent danseurs masqués, peut-être davantage. Pendant un instant qui lui semble aussi long qu'une saison, c'est là qu'elle emmène son esprit, au sol, où les pieds chatouillent la poussière. Clochettes aux chevilles, psalmodies qui s'élèvent avec le vent. D'abord le groupe des porteurs be biriki avec des masques hauts comme des girafes pour combler la distance entre terre et ciel, la demeure originelle des dieux. Puis passent les porteurs wanaga, avec des masques moins hauts, qui conduisent l'âme dans l'au-delà tandis que le corps va ailleurs. Deux barres en haut du masque, une pour la terre, une pour l'autre monde. Des groupes de danseurs par six ou dix qui sautent, tapent du pied, tournent sur eux-mêmes, se courbent jusqu'à ce que leurs masques touchent le sol, puis promènent la tête par terre afin que le wanaga touche les quatre points de l'univers. Après sept sauts, ils recommencent. Et ainsi de suite. Cela ne change rien pour Sogolon, car le matin est le matin et la nuit est la nuit, et personne ne pourrait rien faire pour contrecarrer leur avancée.

Viennent la nuit et la pluie.

Sogolon est allongée juste en dessous du plafond. Le crépitement de la pluie sur le toit l'apaise, même quand il s'intensifie, se muant en martèlement contre le chaume. Le bourdonnement l'inonde telle une vague, elle s'enfonce davantage dans les tapis et la paille, et se sent de plus en plus légère, comme si on lui avait fait boire du vin. Mais un cri strident l'arrache à cette douce ivresse. Elle se redresse d'un bond et voit la porte de l'écurie s'ouvrir et la pluie battante s'engouffrer à l'intérieur. Ainsi qu'un homme.

« Sogolon. Hé, oh. »

Keme. Elle roule jusqu'au bord de sa couchette et saute en bas, sans prendre le temps de réfléchir qu'elle se hâte trop pour répondre à un homme. Il remarque qu'elle atterrit sur ses pieds.

« Comme un chat, dit-il.

– M'appelle pas comme ça.

– Mais tu trouves pas ça curieux ?

– Quoi ?

– Sauter de tout là-haut. Dix et un, dix et six... sept... dix et huit barreaux à cette échelle. Et tu atterris comme une plume.

– Tu trouves tout curieux.

– Pas tout, juste toi.

– Je sais que tu crois que ça me plaît de t'entendre dire tout le temps que tu me trouves bizarre. Mais non.

– Par les dieux, Sogolon. »

Keme lève une main comme s'il attendait une gifle. Il se retourne avant qu'elle puisse étudier son visage.

« Je sais que je t'ai appelée roi cavalier un jour, mais Sogolon.

– Oui, je choisis de vivre dans le crottin. Comme tout le monde ici, je suis libre de mes choix.

– J'ai entendu parler de tes mésaventures récentes. Je suis vraiment navré, Sogolon.

– Mes mésaventures ? Tu crois que j'ai perdu à un jeu, ou quoi ? Oui, le coup de pied dans le front, c'était exactement comme de reculer de trois cases sur un échiquier.

– Je suis vraiment...

– J'ai pas besoin de ta pitié.

– Bien sûr. Sogolon n'a jamais besoin de rien.

– J'ai besoin d'une chose. Que tu prennes ton esprit si fin et que tu foutes le camp.

– Nique les dieux, quelle mauvaise humeur !

– Les dieux, ils peuvent aller se faire niquer aussi !

– Sogolon !
– Qu'est-ce que tu veux ?
– Je... Je... Maintenant tu m'as décontenancé. J'ai oublié pourquoi je suis venu.
– Alors fous le camp.
– Qu'est-ce qui te prend, pourquoi t'es si bizarre ?
– Je sais pas. C'est pas la même bizarrerie que la dernière fois ? On dirait que la bizarrerie, c'est tout ce que tu cherches en moi. En quoi Sogolon est-elle un phénomène de foire cette semaine ? Quelle nouvelle malédiction vas-tu trouver à raconter à tes potes du bar flottant ?
– Par les dieux, tu te méprends complètement sur moi.
– Je pense que je vous comprends très bien, toi et les autres, bien au contraire. Pour la première fois.
– À la cour de Sogolon, où tout le monde est jugé coupable. Comment comptes-tu nous punir ? dit-il en souriant.
– Va te faire voir.
– Me parle pas comme ça.
– Sinon quoi ? Tu veux me donner un coup de poing sur quelle joue ? À moins que tu préfères un coup de pied ? Mon ventre, ça t'irait ? Sinon tu me mets l'œil gauche au beurre noir, pour qu'il soit assorti au droit ?
– Par les dieux, non, Sogolon.
– Qu'est-ce que tu veux, garde ?
– Alaya a disparu.
– Quoi ?
– Il y a deux jours, à la taverne, des gens l'ont traité de sorcier sous prétexte qu'il écrivait des mots. Nous, on lui a dit que c'était plus sûr qu'il s'en aille, et il nous a regardés comme si c'était nous qui l'avions traité de sorcier. Maintenant, sa porte est fermée depuis deux jours, personne n'ouvre.
– Il a dû s'enfuir.
– Il n'est pas comme ça.
– Il n'y a pas de "comme ça". Pour rien ni personne.
– Personne n'agit avec sincérité.
– C'est pas ce que j'ai dit. Peut-être que tout le monde agit avec sincérité, pour une fois.
– Qui t'a fait ça ? La princesse ? Pourquoi ?
– Ça n'a pas d'importance. »
Il la fixe un long moment avant qu'elle détourne les yeux.

« Beremu me dit qu'ils congédient les lions. Le nouveau Roi veut sa propre garde impériale.

– Les Sangomin ?

– Non. Moi. Et quelques autres, choisis par l'Aesi.

– Au moins tu obtiens ce que tu as toujours voulu. Rends grâce aux dieux.

– Nique les dieux, Sogolon. Je comprends pas cette époque. » Il s'assoit sur un tas de foin comme si toute force venait de le quitter.

« T'imagines encore que tu te bats pour quelque chose qui en vaut la peine ?

– Tu crois que tu m'as assez cassé pour une soirée ? »

Elle baisse la tête, mais aucun mot ne lui vient. Elle sent la pluie l'attirer, donc elle se rend à la porte de l'écurie. L'air est vif, froid et lourd d'humidité. Elle ferme les yeux et laisse les gouttelettes lui nettoyer le visage. Keme respire un grand coup.

« Les dieux sont sages, et les dieux sont stupides, dit-elle.

– On dirait un proverbe de vieille femme.

– Je sais ce que savent les vieilles femmes.

– Ça t'apporte pas le bonheur ? »

Elle rit.

« J'ai jamais eu un seul jour de bonheur.

– C'est la chose la plus déplorable que j'aie jamais entendue.

– Ça ne me rend pas triste.

– C'est ce que tu dis.

– Écoute, on est tous là par la grâce du prince. De la princesse aussi.

– Attention. Le prince va être Roi et la princesse, Sœur du Roi. On dit que le Roi a déjà pris un nouveau nom. »

J'ai deux trois idées de noms qui lui iraient bien, se dit-elle, mais elle les garde pour elle.

« Peut-être que ce sont les mêmes gens qui provoquent ton ascension et la chute d'Alaya.

– Parle de ce que tu connais, femme. »

Quelque chose lui vient sur le bout de la langue mais elle le ravale. Elle refuse de lui demander une nouvelle fois ce qu'il veut. Même si sa voix ressemble encore au chant d'une rivière. La bruine mouille ses habits mais elle reste là, profitant de ce havre de paix.

« Tu es mouillée.

– C'est ce que fait la pluie. Elle mouille les gens.

– Sogolon. »

Elle sursaute. Il est juste à côté d'elle. Elle ne l'a pas entendu se lever. Il tient son casque à la main et ses cheveux sont hirsutes. L'armure lui donne l'air plus grand.

« Ils ont rassemblé les sorcières, toutes ces femmes qui complotaient pour que le Roi meure prématurément. La rumeur disait que…

– Qui disait que ? S'il y a une rumeur, c'est que quelqu'un la répand.

– Les gens. Les gens pensent que les jours du Roi ont été écourtés car la sorcellerie a envahi le royaume. Hier, ils en ont trouvé vingt.

– Si un homme regarde n'importe qui et décrète que c'est une sorcière, alors c'est une sorcière. Regarde cette pierre et déclare que c'est une sorcière, comme ça tu pourras la jeter dans un donjon.

– Je pense que…

– Te fatigue pas la cervelle, penser, c'est pas ton truc. Tu es garde maintenant. Ton truc, c'est d'agir, et c'est tout.

– Va te faire foutre, Sogolon.

– Tu répètes ce que tu vas dire à Alaya quand ils vont l'attraper ? "Mon ami, je t'aime beaucoup, mais j'aime encore plus mon ambition."

– Je pourrais vraiment te cogner.

– Pour la dernière fois, garde, pourquoi tu es venu ?

– Parce qu'il n'y a que toi pour me donner l'impression d'être une puce.

– Les épouses, c'est pas fait pour ça ?

– Tu ferais mieux d'interroger mon père à ce sujet. Mon épouse, c'est lui qui l'a choisie.

– Toi, tu l'engrosses, c'est tout.

– Parle pas de ce que tu ne connais pas, ma grande. Tu n'aimes pas ça quand c'est moi qui te fais le coup. »

Elle ne peut se résoudre à s'excuser. Alors elle garde le silence.

« Personne ne se soucie de mon ambition, ici. Je suis juste un paysan qui s'est glissé par une fissure qu'ils ont oublié de colmater. Toi, tu la détestes. Au moins, c'est quelque chose. »

Elle sourit.

« Au moins, j'aurai réussi à t'arracher un rire, dit Keme.

– C'est pas un rire.

– C'est déjà quelque chose. Tu vas bientôt retrouver ta place au palais de la princesse. Et là, elle sera Sœur du Roi et te hurlera dessus. Et toi, tu ne diras rien.

– Rien à dire. C'est ce qu'ils veulent, pas vrai ? »

Il lui touche l'épaule. Elle sursaute et écarte sa main aussi vite.

« Il y a de la puissance en toi, Sogolon.

– Maudits soient les dieux si cet homme me dit encore bizarre.

– J'ai pas parlé de bizarrerie. J'ai dit puissance. Un jour, tu la verras.

– Tu es prophète, maintenant ?

– Peut-être. Écoute, traite-moi d'imbécile. Mais des gens qui font semblant d'avoir de la puissance, j'en vois tous les jours. Je sais ce que ça donne quand les gens n'en ont pas.

– Le monde est ce qu'il est. »

Il hoche la tête et ils contemplent tous les deux la foudre dans le lointain.

Peut-être que personne ne regarde, avec toute l'agitation engendrée par la mort et les funérailles du Roi, par la chasse aux sorcières. Ou peut-être que personne ne regarde le point où la nuit est une vieille femme et le jour un simple bébé, le point où les dieux du ciel et les dieux des enfers montrent leur faveur divine et posent une pierre après l'autre, des pierres trop lourdes pour être soulevées par cent esclaves. C'est ce que la première suivante dit du palais du Prince Likud lorsqu'elle vient apporter des restes à Sogolon et voir comment elle s'en sort. Que les dieux et les artisans divins ont terminé la construction du palais du prince dans la nuit, comme il en est de chaque palais royal, car aucun homme vivant ne pourrait jamais placer des pierres si énormes dans des murs si hauts. Peut-être les dieux montrent-ils beaucoup de grâce envers ce nouveau Roi, comme elle le dit aussi, mais Sogolon se demande à qui elle parle, par la merde vive. Je ne sais pas à qui tu parles, par la merde vive, dit-elle à la première suivante, qui lève la main pour la frapper.

« Pose cette main sur moi, et je te promets, tu ne la récupéreras pas. » La première suivante est prise au dépourvu.

« Qu… qu'est-ce que tu as dit ?

– Tes oreilles sont sourdes ou ton esprit est lent ?

– Quelle impertinence ! Tu crois que je m'abaisserais à venir t'apporter de la nourriture dont les chiens ne veulent pas ? Tu as de la chance que cette première suivante vienne t'apporter des nouvelles heureuses.

– Des nouvelles de quoi ?

– De Son Altesse, bientôt Son Excellence, qui a décidé de te pardonner, et de t'accorder une grâce. J'étais censée t'apprendre que tu reviens dans la maison royale, mais je devrais peut-être les prévenir que tu n'as changé en rien.

– Fais-toi plaisir, première suivante.

– Tu t'en fiches ?

– Je m'en fiche si en rentrant tu trébuches, t'éclates la tête sur une pierre et te vides de tout ton sang. »

La mâchoire de la première suivante s'ouvre grand sous le choc et elle se couvre la bouche. Puis elle part d'un petit rire, bien que ses yeux s'emplissent d'une telle détresse que les larmes lui montent. Elle se mord les lèvres mais le rire la dépasse si bien qu'elle ne peut le faire cesser. La première suivante tousse et s'étrangle, mais ne peut cesser de pouffer. Elle s'enfuit.

Le matin du sacre, les maîtres de l'écurie viennent chercher les chevaux et les drapent de tissu blanc et or. C'est le sacre, plus que les funérailles, qui provoque cette agitation. Pour éviter de gêner, Sogolon reste sur son perchoir. Car ils entrent, des chevaux lents et gracieux avec deux bosses, comme elle n'en a jamais vu, avec des cavaliers qui ressemblent à des nomades. Des animaux plus hauts que des arbres, avec des crinières qui tombent au sol, et des poils qui recouvrent les sabots. Des chars avec deux, trois et quatre chevaux, dont un d'or et deux d'ivoire. Une charrette transportant des musiciens et une autre des cornes plus longues que la charrette, également en ivoire, si bien qu'il faut deux hommes pour les soulever. Cinq éléphants, un prophète qui voyage sur un bœuf, des guerriers de Juba sur des rhinocéros, et d'autres de Dolingo dans un énorme chariot qui frotte le plafond de l'écurie, tiré par des hommes.

Les escortes, gardes, cavaliers et serviteurs laissent tous leurs bêtes près de la guérite, car ce n'est pas un lieu pour des courtisans. Mais à plusieurs reprises, certains débarquent dans les écuries. Des hommes et des femmes qui n'ont pas obtenu la grâce d'être admis dans l'éclat du futur Roi. Sogolon observe, depuis sa cachette en hauteur, et elle écoute leurs grommellements, leurs protestations et leurs blasphèmes. Deux cousins vêtus en moines, qui ne sont pas du tout contents de cet affreux bannissement, mais ont déjà repéré à la cour une nouvelle vierge pour enfoncer leur queue.

Un frère du cousin d'un oncle qui, neuf générations auparavant, a tenté de confisquer le trône à la maison d'Akum et vit désormais en exil, dans le déshonneur, dans la Cité mauve. Un prince sur un char, un homme magnifique puisqu'il se dit magnifique et va récupérer son titre maintenant qu'un nouveau Roi sensé va prendre place sur le trône. Un autre cousin qui croit que cette invitation signifie un retour en grâce jusqu'à ce qu'il apprenne que ses chevaux doivent l'emmener à l'écurie, et non dans la salle du trône. Quatre hommes et trois femmes qui maugréent et râlent, disant que la famille de l'épouse de Kwash Kagar devrait se trouver à la droite du trône, pas ici, avec les rats des champs. Un forgeron qui plaisante avec les palefreniers ; il ne sait pas ce qu'il fait là, mais il a entendu dire que le premier dirigeant issu de la maison d'Akum se faisait appeler le Roi Forgeron.

Vers midi, Sogolon entend un battement d'ailes et un vent froid et vif. Elle flatte l'encolure d'un cheval noir lorsqu'il entre, seul. L'Aesi. Elle éprouve à la fois le besoin de s'éclipser et celui de lui tenir tête. Il s'arrête net en la voyant, surpris de la trouver dans l'écurie. Ah, tu es tombée si bas ? semble-t-il demander, mais il s'abstient.

« Celui-ci fera l'affaire », dit-il. Elle s'écarte de son chemin. « Les dieux ne méprisent pas un travail honnête, jeune Sogolon. »

Ce n'est pas mon travail. Les mots montent à ses lèvres, elle les sent dans sa bouche, prêts à sortir, mais non.

« Une selle, petite. »

Ce n'est pas son travail. La selle est dans ses mains avant qu'elle ait le temps de se raviser, et il la regarde seller son cheval. Avant de monter, l'Aesi saisit Sogolon par la joue, pas fort, mais fermement. Elle lui prend les mains et se débat, mais elle fait face à un roc. Il la fixe et elle lui rend son regard, alors même que son esprit lui dicte de ne pas. L'Aesi est déjà parti quand elle se rend compte qu'il l'a lâchée. Et il s'écoule encore un moment avant qu'elle cesse de sentir ses doigts sur son visage. Peu après, une migraine la prend, si violente qu'elle se laisse tomber dans un tas de foin. Elle se masse les tempes mais la douleur palpite sous son front comme si un démon essayait de s'échapper. Elle rampe jusqu'au premier poteau en bois et se cogne le front jusqu'à ce que son esprit s'embrume.

Sogolon se dit que personne ne va l'autoriser à assister à la cérémonie, donc elle ne devrait être ni fâchée ni triste. Et quand effectivement personne ne la remarque, elle se répète encore et encore de ne pas céder à ces émotions. Et encore et encore elle se le répète, jusqu'à ce que les idées se changent en mots, des mots qui deviennent féroces, si féroces que quand elle ramasse un bol d'eau et le jette contre le mur, quand il éclate avec un fracas qui excite les chevaux, deux garçons d'écurie accourent en hurlant : où est le feu ? En fin de compte, ils lui lancent des regards noirs, car ils savent qu'elle est venue sur ordre royal, mais aussi qu'elle n'a rien à faire là, cette fille.

Au moins, elle sait monter à cheval, c'est ce qu'elle a envie de dire. D'ailleurs, elle ferait bien de prendre n'importe quelle monture et de mettre de la distance entre elle et Fasisi, car elle n'est pas venue par choix, et ne souhaite pas rester. Et la princesse le dit plus souvent qu'elle, elle n'est pas une esclave. Mais si elle ne peut pas se déplacer à sa guise et qu'elle n'est pas une esclave, c'est une prisonnière qu'elle doit être. Mais ma fille, toute ta vie tu as été attachée à quelque chose ou par quelqu'un. Tu portes des chaînes depuis si longtemps que tu t'imagines que les fers font partie de ton cou. *Peut-être que Keme est venu pour te libérer*, souffle une voix qui ressemble à la sienne. À vrai dire, elle préférerait le voir nu. Le regarder, plutôt que de vouloir quelque chose de lui. Lui, marchant vers elle nu, à pas lents. Son grand sourire, ses épaules couvertes de sueur, son casque encore sur la tête. Ou pas. Cachant sa queue avec son bouclier puis ne la cachant plus, son torse réfléchissant le soleil, ses jambes nues sur le point de sauter dans la rivière depuis la berge. Sogolon pense qu'il faudrait qu'elle s'interrompe, mais *s'interrompre* n'est qu'un mot dans sa bouche, ou une marque sur le sol chez Olu, pas une action. Il se promène dans son esprit.

Non, il est à cheval et passe devant sa porte. Le cheval et lui font presque un, puisqu'ils portent les mêmes robes. Le cheval drapé de blanc et or. Une bande court de la bouche à l'oreille et il porte une coiffe d'or, et le reste du tissu enveloppe son encolure, et le couvre jusqu'à la queue, jusqu'aux chevilles. À la cheville, des bandes or et blanc avec des diamants qui brillent. Keme, pareillement en rayures blanc et or sous une cotte de mailles, son casque en argent blanc si large et haut qu'il tient sur ses épaules et descend sur son torse. Elle regarde la procession l'avaler.

Sogolon court. Le long de la piste où vole encore la poussière soulevée par les soldats qui défilaient tout à l'heure. Elle entend le grondement lointain de la procession passée depuis longtemps et, lorsqu'elle arrive à la grande porte, à la guérite, elle remarque qu'il n'y a personne à part les sentinelles stationnées là et sur les remparts. Elle est devant la meurtrière et s'apprête à sortir quand les gardes commencent à ouvrir la grande porte. Quatre hommes approchent, portant un palanquin couvert et, arrivés devant Sogolon, ils s'arrêtent. Elle écarte les rideaux et passe la tête dehors. Elle, la Reine Wutu, dernière épouse de Kwash Kagar. Sogolon remarque qu'elle n'a pas l'air tellement plus vieille qu'elle – une fillette, sous le fardeau de tous ces bijoux en or. Elle a encore le visage rond et les joues pleines, mais ses yeux sont fatigués.

« Je ne te connais pas, dit-elle.

– Votre Excellence, répond Sogolon, qui se met à genoux aussi sec.

– Non. Plus maintenant. Dès la fin de ce jour, je ne serai plus qu'une femme. »

La Reine Wutu tapote la barre, et les hommes abaissent le palanquin et le posent au sol. La Reine désigne la large banquette.

« Entre femmes, restons ensemble, dit-elle, et elle invite Sogolon à monter.

– Je sens le cheval, Votre Excellence.

– Le seul animal que je supporte dans cette enceinte. »

Les hommes prennent des routes peu empruntées et atteignent le cœur de la ville avant la procession. Sogolon pense que la Reine va laisser le palanquin, mais elle reste à l'intérieur, tirant un rideau pour regarder dehors tout en restant invisible, dans l'ombre. De là, elles voient l'estrade, couverte de velours rouges, de peaux de léopard et de zèbre, où sept anciens psalmodient des chants en brûlant des herbes sacrées. L'un d'eux passe son grand balai de plume sur le tabouret au centre de l'estrade, et un autre le drape de peau tannée.

« La cérémonie de la peau de léopard se tient ici, explique la Reine. Ensuite, il y a la cérémonie du tissu d'écorce, dans le quartier de Baganda, la cérémonie du vélin dans la rue du forgeron, et le sacre sur le trône de son père avant qu'ils le brûlent. »

Les tambours et cornes se rapprochent, suivis de la kora et du luth. Puis viennent les danseurs, sans masques, mais portant des talismans sur les bras, les coudes, le cou et la taille ; ils tournoient dans leurs culottes bouffantes qui se gonflent d'air et les soulèvent du sol avant de les y reposer lentement. Les danseurs bondissent plus haut et tournent plus vite, écartant la poussière et les esprits de la voie. Derrière eux, les soldats en armures de cérémonie, mailles rouges pour la troupe de gauche, vertes pour celle de droite. Ils se séparent et avancent de chaque côté de l'estrade. Prennent place également la princesse et consort, et les jumeaux du Prince Likud. Et d'autres proches par le sang de la maison d'Akum. Les tambours cessent leur raffut, mais les cornes continuent de sonner.

Deux féticheurs, tous deux peints de bleu, ouvrent la marche, chantent des mélopées funèbres et répandent de la fumée, puis c'est lui, le Prince Likud, dans une marche silencieuse, avec pour tout habit de l'huile de palme sur le corps. Il se plante au pied des marches, bien droit, regardant devant lui, sa peau sombre comme du bois brûlé, luisante. Le prince est un homme grand et fort, mais il est mince et les femmes de la cour qui cherchent à devenir concubines se promettent tout haut, sans s'adresser à personne, de l'engraisser sans tarder. À côté des jumeaux se tient une femme que Sogolon n'a jamais vue, mais qui, se dit-elle, doit être son épouse, la future Reine. Deux des anciens, coiffe de plumes et d'or sur la tête, prennent le prince par les mains et crient qu'il n'est pas prince, pas père, pas fils, personne. Pas prince, pas père, pas fils, personne, jusqu'à ce qu'il arrive juste devant le tabouret recouvert de peau de léopard. Là, ils parlent longuement dans une langue que Sogolon ne comprend pas.

« La langue des prêtres, des rois et des dieux, chuchote la Reine Wutu. Seuls eux la connaissent. Aucun d'eux ne me l'a jamais apprise. »

Sogolon n'envisage pas de lui répondre, car tant qu'il n'est pas couronné, ce prince, elle est assise à côté d'une Reine. Assise si près que leurs bras se touchent, et la Reine en question ne semble pas le remarquer. Soyons femmes ensemble, a-t-elle dit, mais Sogolon ne voit pas le sens que peuvent avoir ces mots.

« Porteurs d'épée, soldats, gardes, laveurs d'âmes, tambours, joueurs de corne, porteurs d'ombrelle, prêtres, chefs, rois des terres du Sud, aucun d'entre eux n'est venu pour mon mariage avec le Roi », dit la Reine.

Les deux anciens, qui tiennent encore les bras du Prince Likud, lui font faire demi-tour afin qu'il s'assoie sur le tabouret. Les tambours, par centaines, cognent plus fort, plus vite, faisant trembler le sol et réveillant les dieux de l'enfer et les esprits de la terre, tandis que les joueurs de corne soufflent assez puissamment pour atteindre les dieux du ciel.

« Ils disent qu'il est incomplet tant qu'il ne s'est pas assis sur le tabouret », explique la Reine Wutu, bien qu'elle ait dit auparavant qu'elle ne comprenait pas leur langue.

Les danseurs en culottes bouffantes ne cessent de tournoyer jusqu'à quitter de nouveau le sol. Le Prince Likud ferme les yeux et les anciens le guident jusqu'au tabouret. L'un d'entre eux se tient derrière le siège. Il retire la peau de léopard et la brandit. Les anciens lâchent le prince, car il doit s'asseoir par lui-même, avec le détachement mystique que chaque roi sage et fort doit posséder. Il ne doit pas hésiter ou faillir, et il doit résister à l'impulsion de mettre la main derrière lui pour vérifier la présence du siège. Le Prince Likud s'assoit d'un seul mouvement. Les tambours et cornes s'arrêtent. Les gens applaudissent, scandent et chantent, et les tambours et cornes reprennent. L'ancien qui tient la peau de léopard en drape les épaules du roi. Détachement mystique. Le visage du prince ne trahit aucune émotion.

« Pas un roi, pas encore.

– Oui, Votre Excellence.

– Si tu veux suivre la procession jusqu'au quartier de Baganda, ne te gêne pas pour moi. Mais je retourne au palais jusqu'au moment où je ne serai plus Reine. Tu veux y aller ?

– Non, Votre Excellence.

– Comme moi, tu en as vu assez. »

Elles attendent que le prince, revêtu de sa peau de léopard, descende de l'estrade avec les anciens. Dès que la famille est partie, la Reine Wutu donne un petit coup sur la barre de son palanquin.

Le prince revient dans l'enceinte royale en Roi, sous le nouveau nom de Kwash Moki, ce qui signifie Celui-qui-fera-cesser-le-vent. La princesse Emini revient en Sœur du Roi, mais pour ça, il n'y a pas de couronne. Sogolon retourne à son lit de tapis et de paille. Dans un demi-sommeil, son esprit dérive vers les jumeaux ; ils sont désormais princes héritiers, et tout ce qu'elle peut espérer, c'est qu'ils l'aient oubliée depuis longtemps, ou qu'ils se soient lassés de la perspective de se venger d'une fille du bush. Les célébrations en l'honneur du nouveau Roi durent trois quarts de lune. L'écurie se remplit, puis se vide, puis grouille à nouveau de personnes et de bêtes. Parfois les festivités débordent jusque dans les boxes, avec des hommes saouls et des femmes bruyantes qui mangent et boivent dans l'enclos, jetant de la viande, du pain et du vin partout. Bien souvent, Sogolon est réveillée par des bruits de baise venus d'un petit coin sombre ; des hommes, des femmes, qui baisent va savoir qui dans le noir. Sang royal pénétrant des roturiers. Prêtre chevauchant sorcière. Ami chevauchant ennemi. Chef et fille qui ne veut pas de sa queue. Puis le festin reprend, ou vient le départ de quelqu'un que ce nouveau Roi et royaume ont rendu bien amer. Les palefreniers, une fois habitués à Sogolon, commencent à lui donner de quoi manger. Avant la fin des festivités, elle se met à s'occuper des chevaux pour légitimer son séjour.

Aucun envoyé du Palais ne viendra jamais la chercher.

Neuf

Bobo, le tout blanc. C'est à lui qu'elle parle quand les palefreniers s'en vont et que les écuries sont vides, sauf que les écuries ne sont jamais vides. La plupart des nuits, elles se remplissent des plus charmantes bêtes de tout le royaume, plus charmantes que tous les hommes qu'elle a jamais rencontrés. *Qu'elle rencontrera jamais*, dit une voix qui ressemble à la sienne. Elle ne sait plus depuis combien de quarts de lune elle a compris que c'est le lieu le plus plaisant où elle ait jamais vécu. Et les chevaux, la plus agréable des compagnies. S'ils pouvaient se métamorphoser, comme les lions, peut-être la personne en question serait-elle l'ami idéal, ou peut-être que tout ce qui est homme ruinerait tout ce qui est cheval. Elle parle à tous les chevaux en les nourrissant et les brossant. Mais Bobo, cheval blanc avec un bandeau noir sur l'œil gauche, est celui qui écoute. Parfois il répond. Quand on parle de gens qu'il ne trouve pas à son goût, ça le met sur les nerfs, en particulier Keme, peut-être parce que Bobo est un mâle aussi, et il ne veut pas entendre parler d'un autre quand elle le brosse. Mais quand elle lui pose des questions comme : Dois-je me présenter à la Sœur du Roi bien qu'elle ne m'ait pas convoquée ?, il secoue énergiquement la tête. Un non ferme.

« Parce qu'elle ne veut pas que je vienne, ou que tu ne veux pas que je parte ? »

Il hennit et remue la queue pour toute réponse. Elle le nourrit de foin et, quand les palefreniers s'en vont, de sucre. Ça suffit à rendre Sidiki, le cheval du box voisin, jaloux. Il donne des coups de sabot dans la paroi du fond, menaçant de détruire les écuries si elle ne lui donne pas du sucre, à lui aussi. Exigeants, ces chevaux. Mais leurs exigences paraissent simples, et la simplicité, c'est parfait pour une fille qui se fait plus petite qu'elle ne l'est. La fille en question, elle était dans la termitière avant, mais la fille, elle a cherché une porte de sortie. Une route plus haute que la boue dans laquelle ses frères l'enfonçaient avec leurs bottes. À présent regarde-la, qui se réveille pour les chevaux, qui marque la succession des jours selon quels chevaux sortent, quels chevaux rentrent, la fille qui mange deux fois par jour, qui se lave une fois par quart de lune si elle en a envie, qui ne remarque personne, et même quand c'est le cas, elle n'écoute pas, et même quand elle entend, elle s'en fiche, qui en fin de journée s'endort dans le foin frais avant de se réveiller pour recommencer. Et si elle se rend dans la jungle des rêves, elle oublie aussitôt le soleil levé. Les rêves dont elle se souvient, elle les raconte à Bobo, qui siffle, hennit, ou se contente de hocher la tête et de frotter sa tête contre elle quand il sent qu'elle est triste.

« Non, la lionne sans ventre, elle est pas revenue. D'autres rêves cette fois, différents. Presque tout disparu, Bobo. Mon esprit il veut pas s'en souvenir. Peut-être que j'ai rêvé que j'étais morte. Ou peut-être que j'ai fait un rêve blasphème. »

Le cheval remue la queue.

Le temps est un cobra qui s'enroule, s'enroule. Elle le sent dans l'écurie, même quand l'écurie lui apporte la paix. Ça fait une lune et demie que Kwash Moki a été couronné Roi. C'est la nuit, maintenant, et la première fois qu'elle quitte l'écurie depuis un moment, alors elle prend une petite lampe à huile et sort. Sogolon sait où elle va mais elle ne sait pas pourquoi. *Si, tu le sais*, dit la voix qui ressemble à la sienne. Dehors, la nuit est d'un bleu sombre et gris, mais les pierres blanches dans l'allée luisent. Le château haut et mince est comme un bâton dans les ténèbres. Elle passe devant la porte de derrière et va se poster devant une fenêtre.

« Commandant ? Commandant ? Olu ? »

En général sa porte est ouverte, mais elle entre par la fenêtre. Elle s'est presque battue avec les rideaux la dernière fois, c'est pourquoi elle remarque tout de suite qu'ils ont tous disparu. Les murs et les portes ne sont pas comme d'habitude. Sogolon place la lampe tout près de la surface et voit pourquoi. Les écritures et marques ont disparu. Toutes les tapisseries ont disparu, ainsi que tous les tapis. Elle s'accroupit pour examiner le sol mais tout est récuré, même sous les fauteuils et tabourets, et le seul tapis qui reste dans la pièce. C'est pareil dans la chambre d'Olu : pas de lit, pas de tapis, quelques draps, et le seul bol qu'il n'a pas couvert d'écriture. Pas d'Olu. Elle regarde dans une dernière pièce mais il a disparu. Ou a été enlevé. Ou s'est évanoui dans l'air. Ou autre chose. Ça la rend… furieuse n'est pas le mot, car en même temps elle est triste et elle a peur. Et elle se sent seule, une émotion qui reste derrière elle dans l'écurie mais l'enveloppe à présent. Partir, c'est ce qu'elle doit faire, partir tout de suite. Partir comme elle est venue. Elle essaie de grimper sur la fenêtre mais les planches fixées contre le mur bringuebalent. Elle tâte le bord du bois jusqu'à ce qu'il se détache. Des mots frénétiques mais nets sur le dessous. Sogolon se prépare à grimper à la fenêtre lorsque des voix faibles lui parviennent. Des gardes. Elle souffle sa lampe et attend qu'ils soient passés.

De retour à l'écurie, et sous une lumière plus franche, l'écriture sur la planche lui en dit trop et pas assez.

Le Roi vient… tout seul…
et l'Aesi… les Dieux savent pourquoi
Jeleza, Jeleza, Jeleza

Elle les lit cinq fois avant de s'apercevoir qu'il a écrit ces mots avec son sang.

Tout ce qu'elle voudrait savoir sur ce qui se passe à la cour, Sogolon l'apprend par le mouvement des chevaux. Un cheval blanc pour la Reine Mère Wutu, paré de bleu et d'or pour une cérémonie de mariage expéditive, et bien sûr il n'y a qu'un cheval, et vu qu'il est seul, il est calme. Trois chevaux de Wakadishu qui partent la même nuit avec leurs cavaliers qui crachent et poussent des jurons. Une lune plus tard, deux chevaux de Wakadishu et deux cavaliers qui ne reviennent pas. Un cheval en retard une nuit pour un chevalier que la première suivante chasse avec des murmures sévères. Deux jeunes chevaux morts d'entailles et de coups de couteau de haut en bas et en travers, des chevaux volés au matin par trois des compagnons des princes jumeaux. Un cheval parti à Kalindar depuis bien des lunes qui revient comme ça. Et un cheval noir qu'elle repose et prépare en vue d'un trajet de deux nuits, pour l'Aesi, seul. *Un cheval pour escalader des montagnes*, c'est la seule requête qu'il a envoyée, et au sommet de la seule montagne à deux nuits d'ici il y a Mantha. Beaucoup de chevaux partent et ne reviennent pas. Un cheval sort couvert de parures, et quelqu'un le ramène le lendemain après-midi pour lui demander de retirer tout l'or qui le couvre avant qu'il puisse repartir. Une mule qui sort ployant sous le sel, une autre qui arrive, ployant sous l'or. Des chars pour les princes.

Le problème d'une vie simple, c'est que la répétition est infinie. À faire la même chose chaque jour, Sogolon s'ennuie. L'ennui n'est pas toujours le même, mais quelle est cette vie où elle apprend à distinguer les différents types d'ennui ? Elle se rappelle le temps d'avant, quand elle a rencontré Olu sur le chemin de la bibliothèque bien qu'elle ne sache lire aucune langue. Mais à présent elle lit un peu. La bibliothèque est plus loin des écuries, à pied. Olu lisait un livre en un jour et l'oubliait avant le crépuscule suivant. Elle ne connaît pas assez de mots pour lire un livre en une journée, mais elle aime l'idée d'oublier. Et de recommencer. Peut-être que si elle entre avec l'air sévère, le maître des livres la laissera prendre un rouleau, ou une reliure en cuir.

Sogolon avance dans une allée couverte quand un bruit au plafond commence à la suivre. Elle laisse échapper un petit cri et presse le pas. Elle ne court pas, car courir signifierait que ce qui est après elle existe. Mais le bruit au plafond s'approche, et la glace tant qu'elle frissonne. Et le cri strident, soudain, il précède le bruit de pattes. Sogolon court jusqu'à la porte de la bibliothèque, levant une fois les yeux pour voir l'enfant-sombre qui la rattrape, puis fait un bond en avant. Si seulement elle pouvait arriver à la porte. Absolument rien ne dit que la bibliothèque soit un endroit sûr, mais si seulement elle pouvait arriver à la porte. Le garçon à la peau ocre-rouge arrive dans l'allée en sautillant, et écarte les doigts, chacun muni d'une griffe aussi longue que la main entière.

Puis ils s'arrêtent. Ils ne cessent pas seulement de remuer, mais cessent tout mouvement. Le garçon ocre-rouge, qui a levé son pied droit pour courir, a toujours le pied droit en l'air, le pied gauche sur les orteils, il est prêt à bondir, sourire vicieux, large et raide. L'enfant-sombre est accroupi, mais il ne bouge pas non plus. Des pas se font entendre derrière elle.

« Si tu n'étais pas déjà terrifiée, ça n'a pas de sens de l'être maintenant. » L'Aesi. « Où vas-tu ?

– À la bibliothèque.

– Pourquoi ?

– Prendre un livre.

– Tu sais lire ?

– Non. »

Il la dépasse de quelques mètres avant de s'arrêter.

« J'espère que tu es meilleure lectrice que menteuse. Viens donc. Viens chercher ton livre. »

En passant devant le garçon ocre-rouge, elle tressaille de nouveau. Il ne bouge pas, pas du tout.

« Vous leur avez fait quoi ? demande-t-elle.

– Pourquoi crois-tu que c'est moi ?

– Je ne crois pas ça. »

L'Aesi rit en s'arrêtant devant la porte.

« Les rouleaux bleus vont t'ennuyer. Ça ne parle que de politique et d'argent.

– Et les rouges, ils parlent de quoi ? S'accroupir pour pondre un bébé ? »

Il rit de nouveau. Ils entrent. Elle se tourne une dernière fois pour les voir tous les deux encore figés sur place. En y regardant à deux fois, elle constate que le maître des livres ne bouge pas non plus.

« Tu sais d'où ça vient, Kwash ? Le titre, pas le…

– Je sais que vous voulez parler du titre.

– Bien sûr. Et alors ?

– Non.

– Ça vient de la fondatrice de la lignée des rois. Pas un homme, une femme. Quand le monde était jeune, c'était la coutume pour un homme de mettre le nom de sa mère avant le sien. Kwash était la mère du sang de tous les rois, alors nous avons mis le nom de la mère avant tous les autres noms. Bien sûr, cette information ne vit que sur parchemin et papier, pas même sur les lèvres des griots. Tous les grands royaumes viennent de la grande mère.

– C'était une reine ?

– Personne ne le sait.

– C'est bien commode.

– Écoute-toi, on dirait déjà que tu es revenue de tout.

– Les gens parlent beaucoup, à Fasisi.

– Pour ne rien dire ?

– C'est vous qui le dites.

– Tu es spéciale, toi, tu le sais certainement.

– Je sais que les hommes n'arrêtent pas de me dire que je suis bizarre. Je suis pas bizarre. Bizarre c'est… bizarre c'est… la princesse. Le prochain roi n'est pas censé être son fils ?

– Si, bien sûr. C'est la tradition.

– Alors comment se fait-il qu'elle ne soit pas régente jusqu'à ce qu'elle engendre un roi ? Quand elle aura un fils, le Roi actuel devra s'en aller ?

– Donc tu as lu les rouleaux bleus, dit-il en riant. Que sais-tu sur la régence ?

– J'ai écouté.

– Qui ça ?

– Et pourquoi vous l'appelez la Sœur du Roi alors qu'elle est la Reine Mère ? Ça, c'est ce qu'elle est et pas ce qu'elle fait. En principe, on se fait appeler par sa fonction, même si elle consiste seulement à être le premier. Mais le Roi n'est pas arrivé le premier, même pas par sa naissance. »

Il s'approche d'elle, suffisamment pour qu'elle voie des yeux qu'elle n'a jamais vus sur un homme ou une femme. Presque verts, on dirait. Il la fixe longtemps puis détourne le regard.

« Son esprit refuse de bouger », annonce-t-il, mais tout bas, pour lui-même. Il se le marmonne encore deux fois avant de s'apercevoir qu'elle l'a entendu.

« Il est pas censé aller quelque part, dit-elle.

– Certes. Certes.

– Les enfants monstres, ils arrêtent pas de me suivre.

– Les Sangomin ? Ils ont une raison pour ça ?

– Demandez-leur. Mais dites-leur d'arrêter de me suivre. »

Il fait mine de s'en aller, puis s'arrête : « Cherche un livre relié de cuir.

– Qui est Jeleza ? »

Rapide, plus rapide qu'un clin d'œil mais elle le voit : il se fige devant les marches aussitôt qu'elle a prononcé le nom de Jeleza. Puis il repart aussitôt.

« Jeleza ? Un nom de putain. Tellement courant dans le quartier d'Ibiku que c'est presque un nom commun.

– Ah.

– Une des catins du Commandant Olu, pour que tu…

– Il est parti où, le Commandant Olu ?

– Qu'est-ce que ça peut te faire ? »

Elle ne répond pas.

« Le temps est un cobra. Il s'enroule et s'enroule », dit-il.

Sitôt qu'il passe devant eux, le garçon ocre-rouge se met à courir, s'immobilise, puis repart en courant. Ce qu'il advient de l'enfant-sombre, elle ne le voit pas. Son appétit de livres l'a quittée et elle s'apprête à s'en aller lorsque sa tête s'enflamme de nouveau. C'est douloureux, mais pas aussi lourd qu'avant. Elle s'accroche à un poteau pour retrouver l'équilibre, mais la douleur disparaît en quelques instants. L'Aesi. Ça doit être lui. Il exerce sa magie sur elle, mais l'esprit de Sogolon refuse de bouger.

Quand ils viennent chercher des chevaux pour la nuit, elle contemple les étoiles sur le toit. D'abord, le raffut lui évoque un incendie, mais en se rendant à la porte principale elle croit entendre des voleurs. Mais qui oserait voler le Roi et comment les brigands auraient-ils passé les gardes de l'enceinte royale, dont le nombre a doublé depuis le couronnement ?

« Vous devez prendre les rênes, Excellence ! dit la première suivante.

– Conduire ce fichu cheval moi-même ? Où est la caravane ? Où est mon char ? Non, proteste Emini.

– C'est plus rapide qu'un char, Sœur du Roi.

– À cause de ce Roi, je dois aller comme un chien ? C'est à ça que je m'abaisse ?

– Vous avez des amis, Sœur du Roi. Certains savent encore que la Sœur du Roi règne…

– Attention à ce que tu dis. C'est un blasphème.

– Excellence, nous devons partir. »

Emini la Sœur du Roi se tient debout dans sa longue cape noire tandis que ses suivantes s'affairent autour d'elle.

« Pas de robe, pas de pantoufles, pas de nourriture, rien ?

– Tout est préparé, Excellence, nous avons…

– Non. Ce salopard saura qu'il y a quelqu'un à Fasisi qui n'est pas lâche.

– Vous devez partir ! » crie la première suivante.

Même Sogolon sursaute. Les femmes restent silencieuses.

« Je vous en prie, Votre Excellence. Je vous en prie. »

Un cri et un vacarme, le frottement d'épées qu'on tire et le claquement de flèches qui atteignent des corps et le bruit sourd des corps qui tombent au sol. Ses deux gardes n'ont pas sorti leur épée que tant de flèches atteignent leur visage qu'il n'y a plus de visage. Ses femmes hurlent, puis elles tombent toutes au sol. La Sœur du Roi se raidit. Elle tente de se tenir droite mais ses genoux flanchent un peu et elle s'agrippe au cheval pour ne pas tomber.

« Tu les as tuées !

– Toutes ces femmes seront accompagnées à leur lit et se lèveront demain, dit l'Aesi.

– Tout le monde a peur de la sorcellerie, mais c'est de toi qu'ils devraient avoir peur.

– Ils vont vous ramener à vos appartements, Excellence. Escortez-la », ordonne-t-il.

Sogolon entend la Sœur du Roi pousser un long soupir et voit ses épaules s'affaisser. Les soldats dégagent un passage et aucun d'eux ne bouge jusqu'à ce qu'elle parte. La cape rouge de l'Aesi est aussi large et fluide que celle de la Sœur du Roi. Comment se fait-il que personne ne brûle dans cette chaleur ? se demande-t-elle, mais à ce moment-là, il lève les yeux. Elle se baisse rapidement pour éviter son regard.

Dans deux aubes les gens de la cour ne parleront que de ça, en chuchotant quand ils craindront d'être entendus, et dans le cas contraire, ils en plaisanteront. Les palefreniers raconteront ce qu'ils ont entendu dans les rues. L'un d'entre eux se mettra à chanter sur le nombre d'hommes qui se sont fait piéger dans son koo royal, mais s'arrêtera en voyant Sogolon en train de brosser un cheval blanc en silence. Le prince consort, il ne montre pas son visage, dit l'un d'eux.

« Alors tu montrerais le tien ?

– Qu'est-ce que tu veux dire ?

– Comment ça, qu'est-ce que je veux dire, c'est très clair, pauvre abruti.

– Explique-lui, mon frère.

– Peut-être que la Sœur du Roi est née catin, peut-être qu'elle est devenue putain. Ou peut-être que ce prince ici présent n'est pas si prince dans le lit royal.

– La lance royale, c'est même pas un poignard. Même pas un cure-dent.

– Pas ce que j'ai entendu dire. Le poignard il est de bonne taille, mais il peut rien poignarder.

– C'est pas ça. Il peut poignarder sans problème, mais son sperme, c'est pas mieux que de la pisse. »

Rires.

« Peut-être que la Sœur du Roi est stérile ?

– Dans ce cas ce serait lui qui niquerait toute la caserne, pas elle, idiot. En plus le prince en question il a un tas de concubines, mais pas un fils. Pas un. Pas même une fille.

– Ils ont arrêté le Général Asafa, hier.

– Pourquoi ? Il est stationné dans le Marais de Sang. À près de deux lunes d'ici.

– Parce que c'est le Général Troisième Jambe, voilà pourquoi.

– Et quoi, elle est si grosse qu'elle s'allonge jusqu'au Nord pour gifler sa zézette ?

– C'est ce qu'on dit à Baganda. Ils l'ont arrêté dans le Marais de Sang.

– Quel monde. L'homme il va brûler parce que sa queue est trop longue. Quel monde. »

Trois matins plus tard, ils viennent la chercher. Personne ne l'empoigne, personne ne dit son nom. Ils viennent se planter au bas de l'échelle et attendent. Ça lui fait encore plus peur. Elle ne peut pas s'habiller, alors elle s'enroule dans la couverture. En descendant, elle manque glisser. Des gardes en armure rouge. Le matin est froid et ses dents claquent. Elle pense aux femmes qui ont différents habits selon les occasions, et elle essaie de ne pas baisser les yeux sur sa couverture. La gêne fait glisser sa langue, et ses dents claquent plus fort, parce qu'il fait froid ce matin, se dit-elle. J'ai rien à me reprocher, se promet-elle. « Où sont les lions ? » demande-t-elle, mais personne ne lui répond. Tant mieux, car par les temps qui courent, elle n'aimerait peut-être pas la réponse. Quatre gardes, deux devant et deux derrière. Elle tente de tenir la cadence, mais doit trottiner à plusieurs reprises. La plupart du temps, elle ne regarde que le dos des gardes de devant, mais par moments, elle promène les yeux sur les côtés et voit des gens de la cour qui l'observent. Hommes et femmes, dont certains qu'elle a déjà vus. Certains la fixent, certains la toisent méchamment, d'autres détournent les yeux. Tous ces regards la font se sentir coupable de quelque chose que tout le monde lui cache. Certaines des femmes, elle se les rappelle de la salle du trône de la princesse. Ou Sœur du Roi. Va savoir comment on l'appelle en ce moment.

La rumeur se répand par la voix, les pigeons et les corbeaux. Pas par les tambours, car les tambours rendraient la nouvelle officielle. Et à ce qu'on dit, ils parlent d'une enquête, pas d'un procès. Ils, le conseil. Le Commandant Olu est le premier nom qu'ils convoquent en plus de la Sœur du Roi, mais ils l'appellent victime, et non perpétrateur, car elle a profité de sa mémoire défaillante. Et de son amour des putes, dit une voix de femme. La rumeur est information et l'information est rumeur. Comment va-t-on faire la guerre si le Roi exécute toutes les queues qui l'ont niquée ? Ça représente tous les guerriers les plus puissants du royaume. Un général de l'Armée verte. Trois guerriers de la rouge. Trois berserkers qui ne portent jamais d'habits, donc tout Fasisi sait pourquoi elle les a choisis. Certains voient même une certaine sagesse dans le fait de concevoir avec un guerrier plutôt qu'un prince. Point de sagesse chez un chef de l'ouest de la Cité mauve, ni chez deux hommes des appartements du Roi, dont un qui le connaît depuis l'enfance. Ni chez cet apprenti d'un féticheur, ni chez cet apprenti griot. Peut-être que celui-là, il l'a niquée en vers, dit une autre voix que le vent continue de porter à ses oreilles. Même Olu est le Boucher de Bornu. Sauf que personne sait de quoi on l'accuse, comme c'est une enquête et non un procès. Le koo ensorcelant. Beaucoup de femmes et quelques hommes voient déjà la lame du bourreau s'abattre sur elle pour sorcellerie contre l'Ancêtre Kagar et d'autres. Beaucoup de maris se sont débarrassés d'épouses, les épouses de maîtresses, les mères de filles, et les Sangomin de toutes celles qu'ils devinent être nées sorcières ou l'être devenues. La peur infecte le peuple. La peur infecte la cour. Et le Commandant Olu est toujours introuvable.

Les gardes l'emmènent par-delà l'arcade située devant le château de Kwash Moki. Plus haut que tout autre château, plus haut qu'elle peut le deviner, peut-être plus haut que dix et cinq hommes se tenant sur les épaules les uns des autres. Une route passe au travers qui mène droit à son château. Des Gardes rouges de chaque côté, jusqu'au perron. Ils la conduisent aux archives, la première fois qu'elle les voit. De la poussière rance flotte sur les rayons de soleil. Un espace large plein de livres, de rouleaux et de papiers empilés du sol au plafond, comme une bibliothèque que personne n'utilise. Pas seulement des livres, mais aussi des masques de naissance, de mort et de mascarade, des bracelets en or, des lances et des pointes de flèches. Des pots de verre sur de hautes étagères, pleins de liquides rouges, verts et bleus, des cartes sur un mur au fond, et dans un coin, des robes, des capes, des tuniques et des cottes de mailles d'anciens rois. Ils dépassent une étagère pleine de pierres, de bustes, et de bols, tous flottant au-dessus de leur planche. Ils passent entre des piliers couverts de motifs, de glyphes et de mots, dont elle reconnaît certains. Le crissement du métal et du cuir des soldats sur le sol en mortier. Devant l'escalier, un lion endormi. Un porche voûté, et une porte déjà ouverte. Des devins, des prêtres, des nobles, des chefs et des anciens qui l'attendent.

Dix et deux hommes en tout. Certains sur des tabourets, d'autres sur des coussins, aucun ne l'invite à s'asseoir. La plupart vieux, deux aussi jeunes que le Roi, mais aucun plus jeune. Un sur un tabouret, avec une tignasse blanche et une barbe aussi longue, un autre chauve et bossu, avec de la fumée qui lui sort de la bouche, un autre grand et mince, les bras telles des branches.

« C'est toi qu'on appelle Sogolon ? Comment t'appelles-tu ? demande un noble.

– Vous venez de le dire », répond-elle.

L'un des hommes, un devin, s'avance vers elle avec un plateau en acier couvert de cendres, de brindilles et d'une coquille d'œuf qui brûle. Il lui tourne autour deux fois, puis lui souffle au visage la fumée nauséabonde. Elle tente de repousser la toux, mais n'y parvient pas.

« Cette salle a le pouvoir de défier un roi, petite fille, alors rends-toi service, et crains-nous, dit l'homme.

– La peur fournit un témoignage aussi fiable que la torture, homme de Malakal », ajoute l'homme aux cheveux blancs, même si personne n'acquiesce. « Combien de temps as-tu passé auprès de la Sœur du Roi, Sogolon ? »

Ces hommes, ils lui font peur. Après quoi elle est furieuse d'avoir peur. Après quoi elle a peur de ce qu'elle pourrait dire à cause du trop-plein de colère. Elle ne veut pas trembler, ne veut pas que sa voix chevrote, car ils sauront que c'est à cause d'eux.

« Six lunes.

– Comment se fait-il que tu aies vécu avec elle ?

– Maîtresse Komwono m'a offerte en cadeau.

– Maîtresse Komwono ? »

Les hommes se regardent et échangent quelques mots à voix basse.

L'homme de Malakal la fixe. « Parle vrai, fillette. Tu n'as pas été offerte à la Sœur du Roi. Cette maîtresse t'a offerte au trône, mais la Sœur du Roi t'a confisquée pour son usage personnel.

– Eh bien, elle a plus l'air d'une laitière que d'une garde du trône, mon frère, dit celui aux cheveux blancs.

– Je ne suis pas ton frère. Et toi, fillette, pourquoi toi ? Tu joues d'un instrument ? Tu sais chanter ? Tu connais des poèmes, fillette ? Tu t'y connais en maïeutique, ou est-ce que tu sais même nettoyer l'argent ? Manier les armes, pour la protéger ?

– N...

– Non. La réponse à toutes ces questions est non. Donc ce qu'on a là, c'est une fille de rien. Une fille que, si la princesse faisait d'elle quelque chose, elle pourrait lui être reconnaissante, effectivement.

– Tu jacasses, tu jacasses, peut-être que c'est toi le témoin et elle l'inquisiteur, mon frère.

– Après toutes ces années à faire son travail d'ancien, celui-là n'a pas acquis beaucoup de sagesse. Je sais où je veux en venir, l'ami.

– Je ne sais pas où tu t'envoles, mais pose-toi bientôt, mon frère. »

Il s'approche d'elle.

« N'as-tu pas blessé le Prince Abeke ?

– Le Prince qui ?

– Seulement le second dans l'ordre d'accès au trône, fillette. Tu l'as blessé avec un bâton et tu aurais rencontré la justice si la Sœur du Roi ne t'avait pas recueillie. Tu contestes quelque chose ?

– J'ai blessé personne. Son père...

– N'y pense même pas ! » crie-t-il.

Sogolon sursaute.

« Ne va pas croire que tu peux appeler Son Excellence autrement que Roi. »

L'homme aux cheveux blancs soupire, se demandant combien de temps encore il doit endurer ça.

« J'ai dit pose-toi, mon frère.

– Tu es redevable à la Sœur du Roi. Candidate idéale pour garder ses secrets.

– Elle m'a rien confié du tout.

– Attends que je te pose une question pour parler. »

Le bossu chauve se lève, sa canne peu stable. Il marche non pas vers elle, mais vers la fenêtre. Ce n'est que quand il y arrive que Sogolon s'aperçoit qu'elle voit à travers lui.

« Une femme n'a pas besoin de te parler pour te dire quelque chose, petite Sogolon. Tu étais cameriste. Comment se fait-il qu'on ait dû aller te récupérer aux écuries ? demande-t-il.

– Je… je… la princesse, la Sœur du Roi s'est lassée de moi.

– Ah bon ?

– Oui.

– Ce n'est pas ce que disent les autres femmes, mais tout le monde sait que les femmes mentent, pas vrai ? »

Sogolon ne sait que répondre.

« Elle t'a bannie pour vol, petite fille. Ne nous fais pas perdre notre temps. On parle d'avant.

– Je sais rien du tout.

– Tu ne…

– Scala. Tout le monde apprécie que tu sois si dévoué aux anciens que même la mort ne te tient pas à l'écart du devoir. Mais les affaires des vivants ne te concernent pas. Maintenant, petite, nous te demandons ce que tu as vu, pas ce que tu sais, dit l'homme de Malakal.

– J'ai rien vu…

– T'es pas aveugle. Idiote, peut-être, mais tes yeux, ils fonctionnent.

– Ou peut-être qu'elle a peur, dit l'homme aux cheveux blancs. Tu n'as rien à craindre. Dame Emini va se voir retirer son titre de Sœur du Roi. Ce n'est ni trahison ni blasphème de parler contre elle. »

Et le fantôme bossu reprend : « Kantu le berserker ? Le Général Diamante ? Le Commandant Olu ? Tant de vierges qu'on déflore. De mon temps il y avait compétition entre…

– Scala ! La ferme !

– Je ne connais pas ces hommes, dit Sogolon.

– Mais tu en as vu d'autres. Écoute, petite, encore une fois, ce n'est pas une trahison de parler contre la Sœur du Roi, mais être fausse c'est trahir tout ce qui est bon, et tout ce qui est bon vient du Roi. Tu comprends ? Personne ici ne se soucie de l'adultère, que l'offenseuse et l'offensé s'arrangent entre eux. Mais nous ne pouvons pas mettre un bâtard sur le trône rien que pour maintenir au pouvoir la maison d'Akum.

– Si c'est la fin de la lignée, c'est la fin de la lignée, dit l'homme de Malakal avec un sourire mauvais.

– Ce n'est pas ce qui se passe, mon ami. Nous avons déjà Kwash Moki comme Roi, et il n'est pas le fils d'une sœur. La loi est la loi. S'il n'y a pas de sœur, et l'Ancêtre Kagar n'en avait pas, l'héritier est le fils du Roi. Si sa sœur engendre un fils, il est le Roi suivant. Si elle a un bâtard, alors elle viole la loi des dieux afin de maintenir le trône, non dans la maison d'Akum, mais sous son propre toit. On peut cocufier un homme, mais on ne peut pas cocufier le royaume. Une machination pour s'emparer de la couronne est une trahison contre la couronne. Si tu mens ou que nous découvrons que tu es de mèche avec elle, tu commets également une trahison. D'ailleurs, les femmes qui font commerce des secrets, ce sont toutes des sorcières. Alors une fois de plus, petite fille, qu'est-ce que tu as vu ? »

Dans son esprit, elle a un nom pour ces seaux de merde à la bite ratatinée qui n'arrêtent pas de la traiter de fillette.

« Rien, messieurs.

– Envoyez-la à l'Aesi. Qu'il obtienne ce qu'il veut d'elle », dit l'homme de Malakal. Le bossu acquiesce d'un hochement de tête.

Ils la laissent dans un temple à l'extérieur de l'enceinte royale. Une salle embuée et blanche, mais verte aussi, une forêt avec des plantes qui s'élèvent, s'étalent, serpentent, s'enroulent, font éclore des fleurs jaunes et se tiennent immobiles. Pas de fenêtre mais à l'intérieur on y voit comme en plein jour. Un plafond en verre posé sur un cadre en bois, Sogolon n'en a jamais vu de pareil, pas comme les perles de toutes les couleurs que les gens portent, mais comme les fenêtres qu'elle ne cessait de tapoter, pensant qu'il n'y avait rien là. Elle entend un battement d'ailes et le voilà dans la pièce, sans qu'elle l'ait vu entrer. Il montre deux tabourets dans la clairière et l'invite à s'asseoir.

« Tu penses qu'il va pleuvoir ce soir ?

– Je…

– Exprime-toi, enfant.

– Je… Je sais pas.

– Non ? Même les femmes du marché, elles lisent les nuages avant de sortir.

– Jamais eu de raison de regarder le ciel.

– Petite fille, nous savons tous deux que c'est faux. Tu n'es pas une fille de ferme ? Comment distingue-t-on le début de la fin du jour, sinon ? »

Elle ne répond rien.

« Quelle impolitesse, c'est rafraîchissant, dit-il. Tu es ignorante, mais rafraîchissante. »

En entrant, Sogolon s'attendait à tout. Des questions qui lui entament la chair. Ou bien un couteau. Elle ne sait pas ce qu'il lui fait là, mais on dirait qu'il la coince. *Transforme-le en autre chose dans ta tête, réduis sa taille, demande-toi pourquoi il ne porte que du rouge et du noir et s'il a l'air d'un imbécile en rose*, dit la voix qui lui ressemble. J'ai rien dit, se répète-t-elle. C'est ça qu'elle va dire. Pas qu'elle est loyale à la Sœur du Roi, il doit bien le savoir, qu'elle l'a mal traitée. Puis elle pense à ce qu'elle sait en réalité, ça revient à pas grand-chose, au fond, rien qu'on puisse exiger qu'une fille de basse extraction comprenne, et ce qu'elle veut vraiment, c'est la paix. Non, c'est pas ça qu'elle veut.

« Reste ici, enfant », dit-il, et il hausse un sourcil parce qu'il sait que Sogolon a une réponse au bord des lèvres.

Il lui prend les mains dans l'une des siennes, et elle sursaute. L'autre main sur sa mâchoire, il la force à lui faire face et la fixe intensément. Elle ne peut pas détourner le regard avec cette main sur le visage. Elle essaie de ne pas battre des paupières, mais ses yeux la brûlent. Elle ne sait pas ce qu'il fait, mais elle sait qu'il le fait. Ton esprit refuse de bouger. Elle se rappelle qu'il a dit ça. Sogolon tente de lui rendre son regard mais le marron de ses yeux a disparu, ne laissant que du blanc. Réponds-moi, fillette, tu crois qu'il va pleuvoir ce soir ? Elle l'entend poser la question – elle sait qu'il l'a posée, mais ses lèvres n'ont pas remué. Il fixe plus intensément, se penche davantage sur elle et elle tente de le fixer elle aussi, mais les plantes se mettent à se transformer – les fleurs jaunes deviennent mauves, puis grises, les plantes rampantes se tordent et s'enroulent et se tendent pour la saisir, mais il a ses mains et son cou. Il serre à présent, lui fait mal. Elle tente de se dégager mais sa prise est trop ferme. Elle ne va pas se plaindre, elle ne veut pas pleurer, elle ne va pas hurler. Elle sent une chaleur à l'arrière de sa tête qui se déplace sur le côté et lui brûle l'oreille gauche. Les plantes redeviennent vertes, mais il lui donne une claque sur le front, une deux trois quatre claques. Non, une main retient encore les siennes et l'autre est toujours à son cou. Tout d'un coup se déclenche une douleur atroce dans son front qui se déplace vivement à l'arrière de son crâne. Les larmes montent pour de bon cette fois, mais il ne dit rien. Au fond d'elle la voix hurle. *Fascinant, vraiment fascinant*, dit l'Aesi, mais bien vite, il frémit à son tour. Le voilà, front ridé, plissant les yeux, grinçant des dents avec de la bave qui s'accumule aux coins des lèvres. *M'empêcher d'entrer, ça ne fait qu'empirer les choses pour toi*, crie-t-il sans que sa bouche remue. À le voir, c'est pour lui que les choses empirent, mais il la pousse du tabouret et elle tombe par terre.

« Lève-toi ! Lève-toi immédiatement ! » hurle-t-il. Sogolon se raccroche à une plante, s'écarte de lui, mais il lui agrippe le cou et la plaque contre le mur. Pourtant c'est lui qui tremble et tout se met à trembler. Les tabourets, ils se mettent à tressauter jusqu'à se soulever du sol. Sa grimace crispe tant son visage, qu'une larme jaillit de l'œil droit de l'Aesi. Les deux oreilles de Sogolon sont en feu mais son front est froid, engourdi. Alors ils décollent ; elle a la sensation qu'ils tournoient. Il crie maintenant, il tonne, ou bien il brait comme une bête. Sogolon envisage de retirer sa main de son cou, de le repousser, mais c'est son visage qu'elle dégage en premier. Elle ne sait pas pourquoi elle fait ça, pourquoi la meilleure façon de lutter, elle en a la sensation, consiste à ne pas lutter, toujours est-il qu'elle libère sa mâchoire, ses sourcils, ses yeux et son menton. Les yeux de l'Aesi roulent à l'arrière de sa tête et il hurle si fort qu'ils s'écrasent tous deux au sol, renversant plusieurs plantes.

Sogolon se relève, hors d'haleine. L'Aesi s'accroupit, mais ne se met pas debout.

« Sors, ordonne-t-il.

– Il n'y a pas de porte.

– Sors ! » Derrière elle, il y a une porte grande ouverte.

La Sœur du Roi n'avoue rien. Kwash Moki dit que sa propre sœur a tant fait pâlir le nom d'Akum qu'il n'en reste que du blanc. Elle a récuré tout honneur, toute dignité, tout ce qui était pour ainsi dire divin rien que pour pouvoir étrangler la couronne de ses mains. Oh, je ne suis pas censé être ton Roi, dit-il. Je ne suis pas celui que veulent les dieux, mais je ferai de mon mieux jusqu'à ce que ces mêmes dieux aient fait don à une génération d'une sœur vertueuse, pure de cœur et d'esprit, afin qu'elle produise l'indispensable héritier, et pas un vulgaire bâtard qu'elle puisse contrôler. Oh, comme elle l'a violé, l'espace sacré de la Sœur du Roi, plus haut de tous les titres, car de ses entrailles vient le

Roi. Peut-être engendrerai-je une première fille, et que de cette première fille naîtra un vrai fils. Je n'ai pas été élevé pour ça, mes fils non plus, mais l'époque m'a appelé à servir, et servir je ferai. Pour Fasisi et pour le Nord. Ces paroles il ne les prononce pas officiellement, car la Sœur du Roi n'a été accusée de rien. Donc ce discours circule par la bouche des messagers, rumeur de ce qu'il pourrait avoir dit, à ce qui pourrait être la cour, lors de ce qui pourrait avoir été une annonce officielle. Mais lorsque le Roi sera prêt à faire une annonce officielle, par les dieux, il la fera.

Deux portes s'ouvrent sur un silence éclatant. Ni nobles, ni serviteurs, ni lions, ni oiseaux magnifiques, ni cour. Sogolon, d'abord, elle entend des bavardages, des rires, des commérages à mi-voix, des rumeurs chuchotées, mais elle s'aperçoit vite qu'elle en traverse le souvenir. L'air afflue, n'apportant à son oreille que la brise. Les murs de pierre paraissent froids et nus, car les tapisseries de Kwash Kalifa ont été retirées. Sogolon s'attend au moins à ce qu'un lion surgisse derrière elle, mais aucun ne vient. Elle arrive aux dernières portes, les découvre disparues, les gonds aussi, et se rappelle qu'elles étaient mauves. À ce souvenir, elle se retourne, et maintenant elle les voit, les fauteuils mauves, eux aussi disparus. Disparus également, tous les rideaux et broderies de fleurs où se voyait ne serait-ce qu'une touche de violet, tous les tissus à motifs mauves, aussi petits soient-ils. Ainsi que tous les tapis, les guirlandes, les soieries enveloppant les piliers d'or pour marquer la royauté. Décapés. Disparus.

Personne dans la salle du trône, et entre la guérite et ici, pas de gardes. Personne pour l'escorter ou lui indiquer par où aller. C'est pourtant là qu'ils l'envoient attendre le bon plaisir du Roi. Les hommes du conseil. Attendre d'autres instructions du souverain ou de son bras droit, l'Aesi. Sogolon choisit une pièce à côté de la cuisine, l'ancienne réserve à grains, et y étend la seule autre robe qu'elle possède. Pas de serviteurs, elle ne voit pas de serviteurs, c'est donc qu'ils l'ont envoyée ici pour servir. Et peut-être pour contrarier la Sœur du Roi qui l'a bannie. Comme il n'y a personne pour lui dire où aller, elle monte à l'étage.

« Tu nous étudies encore ? » demande Emini quand Sogolon entre. Assise sur le rebord de la fenêtre, elle regarde, par la porte ouverte, la pièce voisine où Sogolon se rappelle qu'il y avait autrefois un lit. Des draps en désordre par terre lui laissent penser que c'est désormais là que vit la Sœur du Roi, pas là où elle reçoit.

« C'est là qu'une des putains de mon père t'a insulté, petite teigne. À moins que ce soit une nourrice de ma mère. Il faisait pas la différence », dit-elle en riant à part elle.

Sogolon est à peine entrée qu'Emini saute de son perchoir et se dirige vers elle comme une ivrogne. La jeune fille veut lui demander si elle a besoin d'aide quand la Sœur du Roi l'empoigne à la gorge.

« Qui t'a envoyée ? Qui complote contre moi, chienne ? Qui ? Personne ne viendrait ici par choix. »

Sogolon a peur, même si la Sœur du Roi ne serre pas fort. Elle a les yeux lourds, croûtés aux coins, et une haleine fétide.

« Le conseil, Altesse. Le conseil m'a envoyée.

– Pour faire quoi ? Vous vous êtes mis d'accord pour me damner, c'est ça ? Ils t'ont envoyée espionner ?

– Je ne sais pas, Altesse.

– Tu ne sais pas. Je te demande si tu es espionne et tu ne sais pas ? Qui a déjà parlé de la sorte à une princesse ?

– Ils m'ont juste envoyée ici, Alt…

– Bien sûr. Comme c'est commode. Je t'envoie aux écuries, ils t'envoient à la cour. Tu dois être ravie.

– Je préférerais être avec les chevaux qu'avec vous, là ! »

Ses propres paroles épouvantent Sogolon.

« Eh bien, regardez-moi ça. Tous ces mots qui sortent de la bouche de la petite Sogolon. Même la fille d'écurie, elle pense qu'elle peut prendre ces libertés avec une princesse.

– Mes excuses, Altesse.

– Ne t'excuse pas. C'est la première parole franche que j'entends en plus d'un quart de lune. D'ailleurs, je ne suis pas princesse, je ne suis pas Sœur du Roi. Je ne suis même pas Emini. Même pas rien du tout.

– Altesse.

– Tu sais ce que c'est quand tu n'es rien ? Tu es nue, mais tu n'es pas propre. Une feuille, un parchemin avec rien que des intentions. Un blanc. »

La couverture autour de ses épaules n'est qu'un tapis, qu'elle laisse tomber pour révéler sa fine robe blanche, aussi vaporeuse que le souffle sur du verre. Sogolon voit sa peau et son ventre plat.

« Ma première suivante. Je ne connais même pas son nom. À partir du moment où ils me l'ont envoyée, elle a toujours été Première Suivante. Pas même Dame Première Suivante, juste Première Suivante. C'est peut-être pour ça.

– Pour ça quoi, Altesse ?

– Pour ça qu'elle a informé le Roi. Au sujet du tunnel. Après m'avoir aidée à faire exactement ce qu'elle a rapporté. »

Elle ne t'a pas aidée. Tu donnes des ordres et elle obéit, pense Sogolon, mais elle ne le dit pas. Elle est choquée mais seulement l'espace d'un instant, car elle réalise que tout ce qui vient par surprise, quand on y regarde bien, vient de loin. De plus, la Sœur du Roi se comporte comme si elle était gentille, alors qu'elle est juste pas méchante. Cependant, la trahison choque Sogolon. Certains de ceux qui servent prennent ce rôle comme une bénédiction des dieux, et croient dans le trône encore plus fort que la personne qui est assise dessus. Cela semblait être le cas de la première suivante, même quand elle lui apportait de la nourriture en douce aux écuries. Tout d'un coup, Sogolon a de la peine pour la Sœur du Roi et la pitié lui laisse la bouche amère.

« Moi, je ne sais pas si j'en ai marre des dieux au point d'en être malade ou si j'ai des nausées matinales », dit Emini en se frottant le ventre, riant de nouveau, un long rire sonore, étranglé ; quand il se transforme en sanglot, Sogolon le remarque à peine. Quand elle chancelle comme si elle s'apprêtait à tomber, la jeune fille se précipite pour la prendre par l'épaule.

« Ne me touche pas ! Je suis de sang royal ! Je suis toujours… toujours… »

Les jambes de la Sœur du Roi cèdent mais le tabouret devant la fenêtre se trouve juste derrière elle.

« Un morceau d'étoffe mauve était coincé dans le parquet de la salle du trône. Ils ont découpé les planches rien que pour retirer ce petit bout de tissu. Tu comprends ? Un tout petit bout. D'abord ils ont raconté que j'avais essayé d'empoisonner la couronne. Moi. Je suis la seule à essayer de la sauver. Quel choix me laissaient-ils, hein ? Je te le demande, quel choix me laissaient-ils ?

– Altesse, vous devriez vous reposer.

– Montre-la-moi, la princesse qui choisit son mari. Montre-la-moi, cette femme. Ce fichu prince sans principauté, ce fichu prince sans semence. C'est Kagar qui l'a choisi, pas moi. Ce type, il a trois fois dix concubines, aucune n'a jamais eu d'enfant, mais c'est forcément la princesse Emini qui est stérile. Pour ce qui est de comploter, le seul qui complote, c'est Likud. Il se donne tant de mal pour faire monter ses jumeaux attardés sur le trône que la seule joie qui me reste va être de les regarder s'entre-tuer. »

Vous complotez tous les deux, se dit Sogolon. *Vous ourdissez tous les deux des manigances pour obtenir le trône, pensant chacun avoir la faveur des dieux.*

« Regarde-toi, hein ? Comme toi je suis une femme sans nom maintenant, dit la Sœur du Roi.

– J'ai un nom », réplique Sogolon.

La princesse lui adresse un grand sourire amer. « Ils t'ont dit que je ne suis plus rien. C'est pour ça que tu peux me manquer de respect sans peur. Je n'excuse pas mon écart. Mais mon fils aurait été un guerrier, élevé par une Reine. Au lieu de ça on va être dirigés par le serpent. Il n'a jamais vu le combat, n'est jamais allé à la guerre, n'a jamais même vu le sang, mais veut déclarer la guerre à Wakadishu parce que mon frère aime gagner et il faut qu'il gagne quelque chose. N'importe quoi.

– Le Commandant Olu.

– Lui, il ne fait plus la différence entre sa main droite et sa jambe gauche, et ils s'imaginent que j'ai couché avec lui aussi.

– Il a disparu.

– Ce n'est pas ici que tu vas le trouver. »

Un jour plus tard, le Général Asafa et Kantu le berserker sont exécutés. Pour commettre un tel crime à Fasisi, n'aurait-il pas fallu que je sois à Fasisi ? plaide le général jusqu'à ses derniers instants. Les gardes leur retirent tous leurs vêtements, et Sogolon voit par la fenêtre les femmes de la cour qui examinent la raison pour laquelle on l'appelle Général Troisième Jambe. Et cette exécution, elle a lieu juste devant la fenêtre de la Sœur du Roi. Des esclaves érigent deux poteaux faits de troncs d'arbre dans la cour et les gardes y attachent les deux condamnés. Le général se soumet, car il a le sens de la dignité et de l'honneur, mais le berserker se voûte et titube. Plus loin, Sogolon voit Kwash Moki et ses hommes, à cheval, ils se dirigent vers la porte. L'Aesi assiste à l'exécution. Il dit qu'il s'agit d'un nouveau chemin vers la justice, comme on n'en a jamais vu jusque-là. Les gens de la cour, au moins deux cents, estime-t-elle, se mettent à regarder autour d'eux. Ils se regardent, regardent le ciel et le sol, cherchant le nouveau chemin jusqu'à ce qu'un garçon se détache de l'assemblée et s'avance vers les deux hommes. Le Général Asafa ferme les yeux, en prière, mais le berserker les garde grands ouverts. Trop grands, et le garçon est trop près. Kantu libère l'une de ses mains et empoigne le cou du garçon. Les hommes crient et les femmes hurlent. Même l'Aesi sursaute. Kantu éclate de rire et serre, forçant le garçon à s'agripper à sa main. Mais le garçon reste calme, il laisse Kantu le soulever, et tandis que la foule panique, personne sauf Sogolon ne remarque que le garçon ne résiste pas. Au lieu de ça, il se transforme, lentement d'abord, si lentement qu'on pourrait croire qu'il est luisant de sueur, jusqu'à ce qu'il apparaisse clairement qu'il ne réfléchit pas la lumière, mais la brûle. Le même garçon rempli de lumière que cette nuit-là, celui que les deux princes tenaient en laisse. Sa peau brune vire à l'orange, puis au jaune, puis devient presque blanche, et la main du berserker se met à fumer. Il hurle et tente de repousser le garçon d'une chiquenaude, mais le garçon ne se détache pas. Le guerrier agite le bras frénétiquement, mais le garçon maintient sa prise jusqu'à ce que la main du berserker prenne feu, puis sa poitrine, son ventre, sa tête et ses jambes. Le berserker hurle à la mort jusqu'à ce que le feu l'ait entièrement consumé : il ne reste de lui qu'une coquille noire, qui se délite comme de la cendre. L'Aesi lève les yeux vers une autre fenêtre où, suppose Sogolon, la Sœur du Roi observe la scène. Puis il adresse un hochement de tête au garçon qui, lumineux comme le soleil, se rend ensuite vers le Général Asafa. Le Garde vert, qui n'arrête pas de hurler qu'il suivait les ordres du Roi en se rendant à la chambre de la princesse, est exécuté pour trahison et calomnie.

Les jours passent, longs et chauds, et la nuit s'enfuit aussi vite qu'elle est venue. Et une servante assignée au château mais qui n'en est pas ravie raconte que tout Fasisi pue la chair morte. Traîtres à la couronne, traîtres au Roi, seigneurs lubriques ayant fait profiter de leur queue la putain royale. Encore une sorcière, ou un homme, une femme, un enfant de mèche avec les sorcières. Quand Sogolon lui demande quand Kwash Moki a proclamé le décret exigeant qu'on débarrasse le pays des sorcières et sorciers, la femme la regarde comme si elle parlait une langue de la rivière. Tout le monde sait que la mystérieuse maladie de Kwash Kagar – c'était auparavant un homme puissant, en première ligne dans toutes les guerres – a été causée par les sorcières. Et quant aux autres maux et fléaux qui frappent Fasisi, de la maison d'Akum à la maison du bout de la rue la plus pauvre ? Sorcellerie. Bébés sortant du ventre de leur mère pieds devant et déjà morts. Récolte de sorgo succombant à la rouille. Épouses qui se permettent de répondre aux époux. La vérité, c'est qu'ils n'ont pas vu l'œuvre de sorcellerie jusqu'au moment où l'Aesi l'a révélée et a puni les premiers responsables. Une fois qu'on l'a proclamé sur les marchés, dans les champs et dans les appartements des nobles, il n'y a pas eu besoin d'allumer la mèche contre les sorcières ou celles que la rumeur dit telles. La haine des gens était prête, déjà, trop longtemps restée en boule, attendant son heure pour frapper, même si ça devait prendre des lunes, des années, voire des générations. Alors quand l'Aesi a fait venir les Sangomin à Fasisi, il a dit les voilà, les enfants prodiges du nord de la rivière, apprentis des grandes Sangomas, ennemis jurés de toutes les sorcières. Et à présent, ce sont les Sangomin qui découpent les corps et allument les feux, qui s'élèvent contre tout ce qui est sorcellerie.

Mais ce que voit Sogolon, ce sont des enfants. Et personne ne semble les surveiller. Ni le Roi ni l'Aesi, qui soit leur laissent la bride sur le cou, soit ne peuvent les arrêter, et ils accusent n'importe quelle femme d'être une sorcière. L'Aesi leur a donné le pouvoir de juger, ils prennent ça pour le pouvoir de persécuter, d'exécuter. Sogolon n'a rien contre les sorcières, mais il faut dire qu'elle n'en a jamais rencontré.

« Elles sentent les cheveux brûlés », explique la servante en vidant un poisson pour le dîner de la Sœur du Roi, répondant à une question que Sogolon n'a pas posée.

« Si on brûle une femme, ses cheveux vont brûler aussi.

– Pas seulement quand on les brûle. Elles sentent comme ça presque tout le temps. »

Sogolon se tait, espérant que la servante va en faire de même, mais non. Elle arrête d'écouter, mais elle entend le ton et le reconnaît, celui d'une langue qui se lâche maintenant que ce qu'elle dit n'est ni trahison ni blasphème. Mais sa voix lui fait penser à la Sœur du Roi ; cela fait des jours qu'elle ne l'a pas vue. Elle n'a pas de raison d'aller la trouver, et la Sœur du Roi n'a pas de raison de la convoquer, donc il s'écoule des jours entiers sans que les deux femmes vivant dans la même maison ne se croisent. L'inquiétude monte en elle, l'affection, même, et par les dieux, elle n'aime pas ça. Se soucier de qui ne se soucierait jamais de vous est un exercice stupide. D'ailleurs, Sogolon regarde son reflet dans une surface d'argent et la pensée l'envahit que personne ne se soucie d'elle ; autrement dit, personne ne la voit, et si personne ne la voit, elle peut s'en aller. Si je suis une femme sans nom, alors soit, je serai une femme sans nom. Si personne n'en a rien à faire de ma présence, alors par les dieux, personne ne devrait en avoir rien à faire de mon départ. Elle retourne dans la chambre de Kwash Kagar et n'essaie même pas de se cacher jusqu'au moment où surgit l'enfant-sombre. Elle est la fille que personne ne voit, où qu'elle soit, car sa vue ne représente ni plaisir ni avantage. Loin de la rendre triste, cette idée l'amuse, la fait presque rire. Pour s'enfuir, tout ce qu'elle a à faire, c'est passer la porte.

Là. C'est décidé. La lune suivante, Sogolon trouve un sac dans le débarras à côté de la cuisine et chaque matin, avant l'aube, elle cherche un petit quelque chose à voler. Des noix. Une outre à vin. Des os de chèvres. Un rideau arraché au mur et abandonné par terre. Des bagues en or. Lâchée dans un palais sans gardes – mais ceux qui sont stationnés dehors sont prêts à faire feu avec leurs arbalètes. Les tunnels ne quittent jamais son esprit, et si des hommes venaient de loin pour baiser la princesse, les passages doivent aller jusqu'à l'extérieur de l'enceinte royale, plus loin même que Fasisi. Elle n'en sait rien. Mais elle sait qu'ils vont quelque part, et ça suffit.

« Elle veut te voir », annonce la servante, et Sogolon sursaute. Elle pousse le sac derrière elle, mais la servante ne regarde pas dans sa chambre. Sogolon attend qu'elle s'éloigne, puis le cache. Dès qu'elle entre dans la chambre de la Sœur du Roi, celle-ci la gifle. La jeune fille recule, chancelante, non parce qu'elle a perdu l'équilibre, mais parce qu'elle a dû se retenir de lui rendre sa gifle.

« Tu en as envie, n'est-ce pas ? Tu crois que tu peux. Non, que tu vas le faire.

– Vous m'avez appelée, Maîtresse ?

– Tu peux si tu le veux. N'importe qui peut faire ce qui lui chante dans ce nouveau monde.

– Si vous êtes prête pour le déjeuner je vais aller le chercher.

– Tu peux être cruelle, aussi. Me dire d'aller me chercher mon assiette moi-même.

– Je peux fermer la fenêtre si le courant d'air est froid. C'est la saison.

– Tu peux me dire : Tu ne portes pas de mauve. Aucune preuve de ton sang royal.

– Comment puis-je aider la maîtresse ?

– Maîtresse ? Maîtresse ? Je devrais être la Sœur du Roi. Laisse-moi te dire une chose. Ces derniers jours, c'est la première fois que j'ai vu ma propre merde. Tu imagines ? Sacrée annonce à faire à une autre femme. Hein ? De toutes les choses qui me disent “sang royal”, de toutes les choses qui me disent ce qu'est la royauté, le pire, ce ne sont pas les rideaux, pas la couronne, pas le foutu mauve. C'est que maintenant que je n'ai personne pour retirer ma merde avant que je me relève, je le vois à présent. C'est ça que ça signifie, royal, je le comprends maintenant. Elle, qui ne voit jamais sa propre merde.

– Je ne comprends pas ce que vous voulez, Altesse. »

La Sœur du Roi s'approche de Sogolon et la gifle à nouveau.

« Je veux que tu te battes contre moi. Je veux de l'insolence. Je veux quelqu'un pour me dire que je ne suis plus rien, de façon à pouvoir me réveiller, juste une fois, et le croire.

– Non, Altesse.

– Ne me dis pas ce que je veux. Je veux que tu te battes contre moi.

– Non. »

Elle gifle de nouveau Sogolon.

« Bats-toi !

– Non.

– Bats-toi, espèce de chiennasse aux ongles sales et au koo coupé, qui pue la route !

– Non.

– Pourquoi non ?

– Parce que si je me bats contre vous je vais vous tuer. Je vais attraper ce sceptre que vous cachez sous votre lit et vous fracasser le crâne jusqu'à ce qu'il fuie de partout. Et même quand vous serez morte, j'arrêterai pas. Je casserai tous les os de votre corps, et j'enfoncerai ce sceptre dans votre trou à merde. Et même là, j'arrêterai pas. Je vous piétinerai jusqu'à ce que vos os craquent plus vite que des coquilles d'œufs, et je prendrai cette huile précieuse, dans la cuisine, je vous en aspergerai et vous foutrai le feu. Et l'odeur de votre cadavre qui brûle sera le plus doux des parfums.

– Sogolon, arrête.

– Pas question. J'arrêterai pas avant d'avoir cramé cette maison et…

– Sogolon !

– Quoi !

– Tu as dépassé les bornes. Si tu ajoutes quelque chose, c'est de la trahison. Arrête. »

Sogolon est hors d'haleine, surprise que son laïus lui ait demandé tant d'énergie.

« Et c'est quoi, gifler quelqu'un ? Ça doit être un genre de trahison aussi. »

La Sœur du Roi s'apprête à dire quelque chose mais s'interrompt et sourit à la place. « Attention, tu commences à parler comme moi. Comme si tu n'étais pas née pour cette époque. Et…

– Où est-elle ? Où est la grande catin du Nord ? »

Il entre dans la pièce en criant encore où est-elle, alors qu'elle est juste devant lui. Le prince qui est son mari, Majozi. La Sœur du Roi le regarde et soupire, un ongle de pied coupé qu'elle avait oublié.

« Grande catin du Nord ? Tu peux faire mieux que ça, dit-elle.

– Saloperie d'ordure de Fasisi.

– Au temps pour moi. Que veux-tu ?

– Seulement te donner des nouvelles. D'après ce que j'ai compris, tu n'as personne pour te donner quoi que ce soit. À part elle.

– Sogolon ? Fais-moi confiance, mari, je ne sais pas ce qu'elle donne, mais ce n'est pas à moi.

– Je ne suis pas ton mari. Écoute bien. Je ne suis plus ton mari. Le mariage est annulé. Comme j'ai dit, j'ai pensé que je t'annoncerais la nouvelle, puisque tu n'as personne pour te la dire.

– Non, tu as pensé que tu m'annoncerais la nouvelle parce que ça te ferait plaisir. La vengeance te va bien. Ça t'amincit.

– Tu m'aurais fait élever un bâtard ?

– Élever ? Toi ? Oh non, mari.

– Je ne suis pas ton mari.

– Non, tu ne l'es pas. Ce que tu es, c'est un imbécile et un cocu.

– Ce que tu es, c'est une pute.

– J'aimerais bien être une pute. Car comme ça je saurais que le sexe, c'est pas seulement toi en train de faire la limace sur moi jusqu'à ce que ça soit fini. Si j'étais une pute, je saurais que mon trou est aussi un endroit auquel on n'accède pas gratuitement. Je voudrais bien être une putain. Au lieu de ça j'ai été assez stupide pour essayer de sauver ce royaume.

– Et comment va-t-il, le royaume ? Il est sauvé ? »

La Sœur du Roi ne répond pas. Sogolon scrute le visage du prince. Trop de rage et de mépris. Il y en a trop, ça lui fait des cernes noirs sous les yeux, ses traits sont distendus, et ça le ronge intérieurement. Il a envie de la frapper. Elle voit ça à ses poings serrés.

« Il est sauvé, épouse ? »

Un coup de vent fait trembler la fenêtre. Il se dirige vers la porte, prêt à partir.

« Annulation sur quel motif ? demande la Sœur du Roi, mais il ne s'arrête pas. C'est une idée de toi, ou du Roi, cette annulation ? »

Là-dessus, il s'immobilise et se retourne.

« Nique les dieux si ça change quelque chose. Nous ne sommes pas mariés, ça suffit.

– J'espère que ça suffit pour toi. Parce que tu aurais mieux fait de divorcer. Car un divorce, mon prince, te vaut une province à l'ouest de Luala Luala, au choix, et le poids de toute ta famille en or. Annuler le mariage, ça revient à dire qu'il n'a jamais eu lieu. Tu n'auras rien, idiot. Vraiment, Prince, tu es l'idée qu'un idiot se fait d'un idiot. L'idée qu'un imbécile se fait d'un imbécile. L'idée qu'un abruti se fait d'un… »

Le prince pousse un juron et lui fonce dessus. La Sœur du Roi se redresse, car ce sont les choses qui doivent lui arriver. Un vent puissant, presque une tempête, souffle à sa droite et vient le renverser, le projeter en l'air et le précipiter si fort contre la fenêtre qu'il passe au travers. Sogolon hurle. La pièce est au rez-de-chaussée, donc il ne tombe pas de haut. Mais pendant un long moment, les deux femmes le regardent gisant là, immobile. Bien vite, il tressaille, se met à trembler, se redresse vivement et fond en larmes. Du sang coule de ses bras. Il se met debout tant bien que mal, tente de courir, mais tombe par deux fois.

« Ce n'est pas la bonne saison pour les sorcières, dit la Sœur du Roi.

– Je suis pas une sorcière.

– Tu es quelque chose, en tout cas. Peut-être que tu devrais rejoindre les rangs des Sangomin.

– Je préfère encore rentrer à Mitu.

– Il y a quoi, à Mitu ?
– La mort. »
Le prince Majozi s'en est allé. La fenêtre ne sera pas remplacée. Ni l'une ni l'autre ne le disent, mais elles le savent.
« Le Commandant Olu n'a toujours pas reparu, dit Sogolon.
– Qui ?
– Le Commandant Olu.
– Qui ?
– Peu importe. »

Dix

Regarde-la, la fille, alors que se produisent certaines choses. Personne ne la regarde et elle ne regarde personne. Sogolon, elle commence à penser que ça ressemble à la liberté jusqu'à ce qu'elle se rappelle que toutes les personnes libres de naissance sont ici par caprice du Roi. Personne ne l'observe, mais tous observent cette maison, celle de la Sœur du Roi, à laquelle plus personne ne prend la peine de rendre visite. Toute disgrâce qui visite Emini la visite également, et Sogolon passe devant les rassemblements de courtisans sans que personne ne la salue et tout le monde se met à chuchoter en la voyant. La servante arrête de venir et une nouvelle la remplace. Elle sourit trop, se dit Sogolon, car il n'y a rien ici qui prête à sourire. Elle pense que c'est par moquerie que cette femme n'arrête pas de l'appeler Altesse, mais c'est que la servante n'y voit pas bien, en tout cas pas plus loin que trois bras devant elle, et la nuit elle est totalement aveugle. Mais elle cuisine, fait le ménage et le service avec tant d'amabilité que Sogolon commence à se demander si elle n'est pas aussi un peu sourde. Comment peut-elle n'avoir rien entendu au sujet de la maison de cette femme déchue ? Qui est cette femme qui n'a que bienveillance au cœur ? Sogolon est sur le point de croire qu'il peut encore exister de la bonté en ce monde à cause de cette seule femme, mais elle se souvient alors de l'Aesi. L'œuvre de l'Aesi – elle la renifle partout sur elle.

Sogolon en parlerait bien à la Sœur du Roi, mais Emini ne se souvient plus du Commandant Olu. L'oubli s'est répandu dans cette enceinte telle une maladie et elle sait qui en est la cause. Et il sait qu'elle le sait. Et elle sait qu'il sait qu'elle sait. Tout savoir supplémentaire serait une sorte de folie, donc Sogolon fait taire son esprit. D'ailleurs, ce n'est pas de l'oubli, car oublier signifierait avoir le sentiment qu'il y a quelque chose à se rappeler. C'est comme si le Commandant Olu était parti là où est partie Jeleza, là où sont les jamais nés. Comme de ne pas connaître la vue, plutôt que de devenir aveugle.

Pendant ce temps, Sogolon se prépare, aux aguets. Emini reste dans sa chambre, sortant un jour sur deux pour se rendre sur les remparts, observer les faucons. Toute la cour attend le jugement de Kwash Moki mais il tarde tant, à ce stade, que l'excitation retombe. Peut-être que c'est ça, la punition, que sa chambre est une prison. Mais Sogolon, en douce, met de côté des aliments secs, un couteau émoussé, qu'elle aiguise, une peau de vache dans laquelle elle a découpé des trous afin de la porter sur la tête et voir sans être vue, et un petit fétiche en bois en forme d'homme qu'elle a trouvé dans la chambre de l'ancienne cuisinière. Dedans, elle a planté deux clous pour se faire son propre nkisi nkondi. Et d'autres affaires, comme une potion dans un flacon vert qu'elle a trouvé sous le lit de la cuisinière qui prétendait qu'elle guérirait une plaie en une nuit, un aimant en forme d'œuf, et des sandales trop grandes pour elle mais avec des lanières aussi longues que la taille d'un enfant. Elle se demande ce que les gardes ont raconté à la cuisinière pour qu'elle ait dû quitter le palais dans une telle hâte, sans ses trésors.

Doit-elle informer Keme ? Mieux vaut éviter, puisqu'il est le soldat du Roi qui a oublié son ami griot aussitôt qu'il a disparu. Non, autant partir en secret. Personne ne se souciera de son absence, mais on la punirait si on la surprend en train de s'enfuir. On, c'est-à-dire le Roi. Mais elle voit déjà où elle va, et ce n'est pas un lieu, pas une ville, pas des terres ni une mer, juste un endroit qui n'est pas ici. Ni Mitu. Ni une maison de putains, ni une maîtresse mariée à un maître coureur de putains. Par une nuit sans lune, c'est là qu'elle devrait s'en aller. Avec une couverture blanche sous la lumière argentée, elle évitera les reflets. Un jour avant, elle suit les eaux usées qui vont s'écouler à l'arrière du château, jusqu'à un aqueduc qui coupe à travers des champs en friche et conduit par-dessus une porte. Voilà ce qu'elle va faire. Nouer ensemble ses draps et toutes les cordes qu'elle trouvera. Descendre le mur arrière du château et suivre les eaux usées.

Elle se réinstalle dans son ancienne chambre, sachant que personne ne va le remarquer. Il ne reste qu'à choisir la nuit du départ. Son seul critère, c'est de se sentir prête. Ça peut donc être demain, mais aussi dans deux jours, deux lunes, deux ans. Pas des années, pas même une. Non. Il lui faut un meilleur plan que ça. La nuit parfaite n'existe pas, elle ne se sentira jamais prête, et chaque jour davantage de gardes sont postés autour de l'enceinte.

Un matin, elle est réveillée par une puanteur monstrueuse qui afflue à ses narines et lui fait ouvrir les yeux. Elle défait ses draps et se précipite vers chaque récipient présent dans la chambre pour le renifler, puis déroule le tissu qui contient ses aliments secs pour voir si quelque chose a pourri. Mais la pourriture d'une poignée d'aliments ne suffirait jamais à produire une infection pareille. À l'extérieur de sa chambre, c'est pire, une odeur infernale, avec une touche presque sucrée. De la chair, peut-être. La pestilence l'attire au bas des marches, à l'autre bout du grand couloir, puis d'un autre, et d'un troisième, qui lui fait peur quand elle se rappelle qu'autrefois, les lions dormaient là. L'odeur lui parvient par bouffées, mais c'est le son qui la fait continuer à avancer. Un bourdonnement de mouches. Le pourri. C'est ce que ça sent, le pourri. Et les mouches qui forment un essaim tapageur. De l'autre côté de la pièce, les rideaux claquent, cachant la fenêtre ouverte. Sogolon se retient de respirer, mais sent la puanteur sur sa langue. Elle écarte les rideaux.

Quelqu'un a planté le pieu devant la fenêtre ouverte et laissé le reste au vent. Le visage aux yeux ouverts la regarde, elle a les cheveux collés, hirsutes, les joues émaciées, la peau craquée, et les lèvres retroussées comme dans un sourire, les dents rouges de sang séché. Les mains ballantes, les jambes dans le vide. Le pieu enfoncé dans un trou, Sogolon n'a pas le cran de regarder lequel, délogeant sa colonne vertébrale et ressortant sur le côté de son cou. Le sang comme de l'encre recouvre son buste, ses seins, son ventre. Ils l'ont empalée comme ils empalent les sorcières. Elle, la première suivante.

Sogolon vomit. À chaque fois qu'elle tente de tousser, elle a un haut-le-cœur. Elle court jusqu'à une urne et vomit de nouveau, puis lève les yeux et voit la Sœur du Roi sur un fauteuil, qui regarde par la fenêtre.

« Parfois, quand le chagrin et la colère se disputent un espace dans ta tête, ni l'un ni l'autre ne l'emporte. Je me dis : Emini, tu devrais avoir du chagrin, mais je ne trouve que de la pitié. Je me dis : Emini, la rage ne monte-t-elle pas en toi ? Et la fureur, alors ? Mais ce qui sort de ma bouche, c'est du dégoût. Tant de dégoût que j'ai envie de vomir. Au moins, c'est quelque chose. La plupart du temps il ne me vient rien du tout. Quelle pauvre vache, quelle idiote, comment croyait-elle que ça allait finir ? Elle a rendu un grand service au Roi en me trahissant, mais en faisant une chose pareille, elle s'est distinguée comme une femme qui trahit. Et si la princesse a eu tort de lui faire confiance, pourquoi un roi le ferait-il ? Retiens cette leçon, ma fille, surtout si tu ne penses que par toi-même.

– Elle a quelque chose dans la main, dit Sogolon.

– Ça doit être son bracelet.

– Pas au poignet. Dans ses doigts, elle tient quelque chose, on dirait. C'est rouge, il me semble.

– Du sang, alors.

– Le sang aurait déjà noirci.

– Qu'est-ce qu'on en a à faire, de ce que cette salope morte a dans les mains ? »

Mais il se trouve que Sogolon en a quelque chose à faire. Une voix qui lui ressemble demande *Tu fais quoi, là ?* quand elle s'approche de la fenêtre. Puis la Sœur du Roi le dit tout haut. Sogolon fait comme si elle n'avait pas entendu. Le vent écarte les rideaux, et dévoile la femme, qui semble accroupie et comme prête à se lever. Ils ont incliné le pieu de telle sorte qu'elle passe presque par la fenêtre, comme si elle allait l'escalader et s'introduire dans la maison. Sogolon aurait autant aimé ne pas savoir, mais en arrivant à la fenêtre, elle voit par quel trou il est entré, le pieu. Elle s'immobilise, retient son ventre de se vider par sa bouche. Le truc rouge ne brille pas, ne luit pas, c'est juste rouge, comme un tissu de couleur vive, comme de la soie vivante, contrairement au reste de sa tenue.

« Va le chercher », dit Emini. Sogolon se retourne et la Sœur du Roi regarde ses pieds. Les choses ont changé dans cette maison et toutes deux le savent.

« Allez, va le chercher », répète Emini, aussi près de supplier qu'elle s'y autorise.

Ça émeut Sogolon, non par pitié, mais par stupéfaction. La Sœur du Roi a mobilisé autant de volonté pour prononcer ces quatre mots que d'autres en emploieraient pour faire avancer un bateau à la rame. Sogolon manque glisser dehors en tentant de se pencher pour attraper l'objet rouge. L'odeur s'élève de nouveau et lui brûle les yeux. La première suivante lui sourit de toutes ses dents rouges. Sogolon se penche de nouveau et constate que non, elle ne sourit pas : ses lèvres sont mangées. Le truc rouge est trop loin, à moins qu'elle ne se penche davantage pour l'arracher de la main de la première suivante. Sogolon soupire.

« C'est une clef. Un ruban rouge attaché à une clef. »

Emini gémit : Une quoi ?, et bondit de son siège. Elle se précipite à la fenêtre juste au moment où Sogolon remonte. Elle fixe la clef et ses lèvres tressautent. La peur envahit son visage et elle se met à reculer lentement, comme si une bête s'apprêtait à l'attaquer. Elle manque trébucher, tant elle tremble. C'est juste une clef, se dit Sogolon. Peut-être qu'elle ne voit pas que c'est une clef et un ruban rouge. Rien d'autre. Sogolon fait un pas vers la Sœur du Roi, qui pousse un cri et s'enfuit.

Il n'y a qu'un certain genre de femmes qui reçoit une clef avec un ruban rouge. Cette clef ouvre une porte à laquelle peu viennent par choix, un choix qu'aucune femme ne fait jamais. Sogolon se rappelle encore le cri de la Sœur du Roi, sa fuite si précipitée qu'elle a failli tomber. Ça la rend perplexe, car toutes les violences qu'on lui a infligées jusque-là, cette femme les a reçues en se moquant de son agresseur. Sa bouche puissante et sa langue sauvage, capables de ratatiner les anciens, les sages, les prêtres, et même son propre frère, se décomposent devant une simple clef. Un modèle en cuivre qui ne brille même pas, voilà ce qu'elle se dit en la regardant. Et lourde. Sogolon n'en a jamais vu auparavant et n'en connaît pas le sens jusqu'au moment où la servante, celle qui sourit tout le temps, arrive dans la cuisine. Son expression joviale exaspère tant Sogolon qu'elle a envie de la gifler pour la faire disparaître.

« Tu vois pas ce qu'il y a dehors ? crie-t-elle presque.

– Y a quoi ? »

Lui hurler dessus, peut-être. Ou la traîner à la fenêtre. Ou demander à cette attardée si elle ne sent rien non plus, putain. Sogolon pense à ces trois solutions, qui vont et viennent dans sa tête jusqu'à ce qu'elle se rappelle que cette femme n'a aucune raison de voir l'arrière ou même le fond de ce palais. Quant à l'odeur, elle ne saurait dire si elle est partie ou si elle s'y est habituée. À moins que la femme souriante ne l'ignore, tout simplement. En vérité, à certains moments, la servante a l'air de forcer son sourire, les lèvres écartées mais les yeux sans joie, montrant les dents trop longtemps. Elle roule de la pâte pour faire du pain qu'elle cuira sur la pierre quand Sogolon pose la clef sur la table. Lorsque la servante se retourne, son sourire s'efface aussitôt.

« D'où… d'où ça vient, ça ? » Sogolon remarque le bégaiement, et la manière dont elle s'écarte lentement de la table. « Comment tu as trouvé ça ?

– Elle est venue au palais.

– Les dieux, murmure-t-elle. Elle est venue pour toi.

– Non.

– Fais confiance aux dieux. Fais-leur confiance. Tu dois faire confiance aux dieux.

– J'ai dit qu'elle était pas venue pour moi, oh.

– Alors pour qui ?

– Elle s'est enfuie en la voyant.

– Tu devrais t'enfuir aussi !

– Que signifie cette clef ?

– T'es vraiment une fille des marais.

– Tu trouves que c'est le moment de m'insulter ? Je t'ai posé une question.

– Ma fille, si quelqu'un reçoit une clef, c'est que ce quelqu'un va mourir. »

La femme se rend à la fenêtre sans cesser de parler, mais pas à Sogolon.

« Alors c'est comme ça. Elle est la sœur du Roi et le Roi est à une mort de devenir un dieu. Qui tuera la sœur d'un dieu, hein ? Qui ?

– Femme, sois plus claire.

– Quand une femme est condamnée à mort mais qu'aucune main ne peut la tuer. Quand un homme en a assez de sa vieille épouse mais qu'elle ne veut pas céder sa place à une nouvelle, ou quand un riche cache une fille bâtarde, ou une qui est née avec l'esprit lent, ou le corps difforme, ou avec une face de lune. On les envoie là-bas, ma fille. La clef avec le ruban rouge ouvre la porte. D'après ce que je sais, la clef, elle peut te faire entrer, mais aucune clef ne peut te faire sortir.

– Plus tu expliques, moins on comprend.

– Les gardes vont bientôt venir vous chercher. Par les dieux, j'espère qu'ils ne m'emmèneront pas aussi.
– Mais j'ai rien fait.
– Tu es avec elle.
– Toi aussi.
– Fais confiance aux dieux, fais-leur confiance.
– L'emmener où ?
– À Mantha », dit la femme, regardant Sogolon avec une pitié monstrueuse.

C'est encore la nuit. Le grand crocodile a mangé la moitié de la lune. Sogolon sort de son lit d'un bond, car la voix qui lui ressemble lui a dit que cette nuit était la bonne. Elle fourre ses vivres dans le sac, glisse le couteau dans sa ceinture et prend la peau de vache pour glisser sur sa tête quand ils enfoncent la porte. Elle ne saurait dire qui ils sont, hommes ou femmes, entièrement vêtus de blanc excepté une fente au niveau des yeux. Sogolon recule vers la fenêtre tandis qu'ils se déploient autour d'elle. Elle brandit son couteau mais un bâton s'abat sur sa main, elle pousse un cri et le laisse échapper. Elle recule encore, presse son derrière contre le rebord de la fenêtre. Ils approchent, sans rien dire. Ils préfèrent ça, quand tu te défends, a dit la servante. Deux s'avancent et Sogolon en gifle un au visage et donne un coup de pied au deuxième avant que deux autres les rejoignent, lui saisissant les mains tandis qu'un troisième lui donne deux coups de poing dans le ventre. Ils la lâchent, et elle tombe par terre. Des mains attrapent la peau de vache et la passent sur sa tête, tirent sur sa tunique jusqu'à ce qu'elle se déchire, lui attachent les mains avec de la corde et l'entraînent dans le couloir en pierre. À ses hurlements, à la façon dont ils les ignorent, Sogolon se dit qu'ils doivent être sourds, mais l'un d'entre eux se baisse pour la gifler sur la bouche. Un puissant, en blanc, la prend par la taille et la jette sur son épaule droite, et c'est parti.

Les robes blanches les emmènent, elle et Emini, hors du palais, tandis que quelques-uns restent en arrière. Elle et la Sœur du Roi, ligotées, se débattent, cognant contre le dos de leurs porteurs et cherchant à leur flanquer des coups de pied à l'avant, mais rien ne les ralentit. Emini jure et râle jusqu'à ce qu'une robe surgisse derrière elle pour lui fourrer une boule de tissu dans la bouche.

Une autre approche Sogolon, munie elle aussi d'un bâillon, mais renonce en constatant qu'elle se tait.

Ils les amènent à une piscine en forme de lune attendant d'être remplie par la pluie, leur attachent les mains à des cordes plus longues et les jettent à l'eau. Sogolon entend Emini hurler à travers le bâillon. C'est la seule chose qui la retient de hurler aussi. Deux robes entrent dans l'eau, les prennent par la tête et les poussent dessous, faisant suffoquer Sogolon. Une grosse main qui prend toute sa tête et la serre tant que toute lutte est vaine. Mais elle lutte quand même. La main la tient fermement et l'enfonce plus profond sous l'eau. Juste au moment où elle va s'abandonner à la noyade, la main la ressort. Sur le bord de la piscine, trois robes se présentent, tenant une chose que Sogolon ne connaît pas. Ils les poussent sur le bord, l'un maintenant leurs bras et deux autres une jambe chacun. Puis ils les frottent si fort que Sogolon a l'impression de saigner dans le noir. Comme un bloc de sable c'était, cette chose avec quoi ils ont frotté sa peau. Ils la frottent jusqu'à ce que sa peau brûle, son cou, son dos, écartant ses fesses pour frotter bien au fond, puis ses seins, ses coudes et ses genoux. L'un écarte grand son koo de deux doigts, l'asperge d'eau, mais le fixe des yeux, l'inspecte, le cherche des doigts et ne se retire qu'une fois qu'il l'a trouvé. Sogolon sait pourquoi. La plupart des femmes des tribus de la boue et des tribus des huttes se le font couper avant d'atteindre leur dix et troisième été. Retirer l'homme né dans la femme, ils disent. Mais personne de là où elle vient ne s'est soucié de ce que deviendrait Sogolon en grandissant. Et toutes les tribus de la boue et des huttes ne coupent pas les filles, a-t-elle envie de hurler aux robes. Après le décapage, ils les massent avec des huiles et des herbes puis les décapent de nouveau. Satisfaits, ils les tirent une fois de plus dans la piscine, et une fois de plus, les noient presque.

Ils les ramènent au palais, dégoulinantes et nues. Sogolon voit une rare bienveillance dans le fait que Kwash Moki n'a pas convoqué la cour pour assister au spectacle. La Sœur du Roi se tait, mais Sogolon a envie de hurler, contre elle, contre eux, contre qui aura décidé de la punir sous prétexte qu'elle est dans les parages, et contre Maîtresse Komwono pour l'avoir amenée ici en cadeau. Elle a envie de hurler contre le vent, qui ne l'aide que quand il voit le moyen d'empirer les choses. Nique les dieux. Dans la grande salle du palais d'Emini on leur fait mettre des robes blanches et, pour la première fois l'un d'eux parle. Une voix de femme on dirait, mais ça pourrait aussi être un eunuque. Ou un jeune homme. La voix dit que maintenant qu'elles ont été lavées de tout, elles ne sont rien et ne devraient rien porter. Mais la nudité n'est pas rien, car c'est ainsi que nous sommes nés, et ainsi que nous sommes quand nous créons la vie, et il n'y a pas deux nudités identiques. Mais le néant est invariable, et puisque vous deux n'êtes rien, vous devez porter la couleur du néant. Le blanc.

Ils prennent tout, même les lits, même la bouteille de vin qu'Emini avait cachée. C'est l'humiliation de trop. Pour la première fois elle hurle qu'elle est une princesse, et la Sœur du Roi, et qu'on va tous leur couper la tête pour ce qu'ils lui font ce soir. À elle et à Sogolon. La robe à la voix d'eunuque se dirige droit sur Emini et lui met deux claques.

« Soumission ! dit-elle.

– Qui t'a raconté que tu pouvais me donner des ordres ? Tu crois que parce que je vais dans votre foutu couvent ça fait de moi une nonne ? Ils m'envoient là-bas parce que le Roi ne veut pas m'avoir dans ses pattes, pas pour que je devienne une d'entre vous.

– On ne vous le répétera pas.

– Sinon quoi, vous allez me tuer ? Écoutez-moi cette andouille qui croit que sous prétexte qu'elle a lavé ma peau, elle a lavé mon sang. Je suis de la maison d'Akum. Mes ancêtres régnaient sur les tiens. »

La robe fait un signe de tête à deux autres qui empoignent Emini. Elle se moque d'elles, criant encore que les dieux vont s'abattre comme un océan sur elles pour avoir souillé le sang royal.

« Soumission. Si tu ne peux pas voir la soumission, nous t'ôterons les yeux. Si tu ne peux pas montrer la soumission, nous te couperons les mains. Si tu ne peux pas entendre la soumission, nous te couperons les oreilles. »

Une robe tire la main d'Emini derrière son dos pendant que l'autre enfonce ses doigts dans sa bouche et lui écarte les mâchoires. Une autre l'approche avec une pince. Emini essaie de hurler. Sogolon bondit et ils la saisissent également. Ils lui pincent la langue et tirent.

« Si tu ne peux pas dire la soumission… »

Une robe l'approche avec un poignard. Emini se débat. Même dans le noir, Sogolon voit ses yeux et elle pleure, à présent. La robe fait passer le poignard en travers des lèvres d'Emini, prête à lui trancher la langue, mais s'arrête et le remet dans son fourreau. Elles la lâchent et elle s'écroule. Emini ne peut se retenir, elle crie et gémit. Sogolon ne peut se retenir, elle se précipite pour la prendre dans ses bras.

« Faites la paix avec votre défunte vie, dit la robe. Nous partons demain. »

Kwash Moki, souverain de grande puissance et d'encore plus grand amour, se retire dans ses appartements plutôt que de regarder partir sa sœur. Car bien qu'elle aille servir les dieux, c'est sans honte qu'il avoue que la perdre pour le couvent lui fait le même effet que si elle perdait la vie. Et quelle chance que lui, qui deviendra un jour un dieu, partage les mêmes sentiments que la femme et l'homme de ce monde. C'est ce que l'Okyama annonce au peuple sur la place, sur les toits et dans les rues. Voilà la vérité. Kwash Moki n'a pas voulu rendre visite à sa sœur, alors il a envoyé les jumeaux.

« Maintenant que tu es nonne, tante, est-ce que tu es pauvre ? demande l'un d'eux.

– Nous sommes tous pauvres aux yeux des dieux, même ton père.

– Mon père, il a des lions et un chariot d'or.

– On dirait bien.

– Donc il est riche.

– Il est quelque chose. »

Ils ressemblent à des princes. Avant, ils portaient ce qu'ils voulaient, à savoir rien qu'une coupe de cheveux, ou un vêtement porté par un autre à qui ils ordonnaient de l'ôter. Mais à présent, ils enfilent les robes noires amples et fluides que mettait leur père avant de devenir Roi. Selon la tradition, ils se laissent pousser les cheveux.

« Tu vas être chaste, maintenant que tu es nonne ? demande l'autre.

– Quoi ? Qui vous a appris ces mots, les garçons ?

– Les femmes parlent, à la cour. Et elles rient. Elles s'en fichent, de qui les entend. Elles disent que tu n'es plus là pour leur faire tenir leur langue.

– Donc le nid de serpents a recommencé à siffler. Je vais vous manquer ?

– Non. »

Sogolon entre dans la pièce, et ils la rappellent avant qu'elle puisse tourner les talons. Elle ne les distingue toujours pas l'un de l'autre.

« Est-ce qu'une nonne aura une esclave, ma tante ? » demande l'un. Emini fait une pause avant de répondre.

« Elle n'est pas esclave », dit-elle.

Ils n'ont pas changé, mais Sogolon se sent plus vieille. Dans ce chemisier blanc à manches longues et cette longue jupe qui se gonfle comme un poisson au moindre coup de vent. Et le tissu blanc autour de sa tête, tant de blanc qu'elle a l'impression que sa peau s'est éclaircie bien qu'elle puisse en voir la couleur. Mais peut-être le blanc la cache-t-il aussi de ces garçons qui voulaient la faire fouetter ou tuer.

« Tu as l'air d'une fille qu'on oublie vite », dit l'autre jumeau.

Sogolon s'incline deux fois, trop longuement puis trop vite, puis se détourne pour partir.

« Personne ne t'a donné congé », dit-il en s'approchant. Sogolon s'efforce de ne pas trembler et fixe le sol. Elle ne sait pas trop lequel c'est. Ils sont tous les deux plus grands qu'elle, et minces, mais sans qu'on voie leurs yeux, et beaux, avec les sourcils toujours bien arqués et des sourires cruels perpétuellement collés aux lèvres. Il y a toujours une séance de coups de fouet qui t'attend, toi, lui murmure-t-il. Sogolon tente de s'en aller mais ses jambes refusent de bouger. Le jumeau la toise, puis retourne vers son frère. Sogolon se met en marche pour retourner là d'où elle vient.

« On ne t'a toujours pas donné congé.

– Vas-y, Sogolon, fait Emini.

– Mon père, il dit que tu as perdu tout privilège royal. Tu n'as plus le droit de donner des ordres. »

La Sœur du Roi baisse la tête. « Bien sûr. »

Sogolon pense à son sac, rêve de son nkisi nkondi et d'un clou à y enfoncer. Un clou pour chaque femme en blanc, avec une malédiction qui les fasse flétrir de l'intérieur jusqu'à ce qu'il n'en reste qu'une coquille. Ou bien qu'elles meurent par la foudre, ou le tonnerre, ou leur propre stupidité. Sogolon doit rester là, debout, jusqu'à ce qu'ils partent. Elle reste là jusqu'à ce qu'Emini arrive derrière elle et lui pose une main sur l'épaule. Ces deux-là vont détruire ce royaume avant même de se détruire entre eux, dit-elle.

Une femme qui n'est qu'air aux yeux de tous peut faire tout ce que fait l'air, se glisser dans n'importe quoi, se faufiler dans n'importe quelle pièce, et se tenir n'importe où, sans que quiconque s'en soucie. Mais une femme en blanc, elle peut se cacher de personne. Les hommes, ils croient voir passer une femme qui demande qu'à être souillée, ce qui signifie sans doute qu'elle l'est déjà. Les femmes, elles croient qu'elle a perdu toute utilité en tant que femme et s'est exilée sur la terre des femmes qui malaxent leur koo de leurs propres mains et produisent des enfants démoniaques. Les enfants croient qu'elle est un fantôme, et les fils du Roi qu'elle est une cible pour leurs flèches. Deux flèches la rasent au moment où elle arrive à la porte de la bibliothèque. Elle se met à courir tandis que deux autres se plantent dans la porte, et une bande de garçons la poursuit en riant. L'un d'entre eux crie : Quel dommage que Leurs Excellences aient choisi d'être rabat-joie aujourd'hui car la chasse était maigre jusqu'à maintenant. Sogolon retourne sous l'aqueduc, ses poursuivants sur les talons. Une autre flèche et une lance avec des plumes volent tout près d'elle et atterrissent dans l'herbe. Elle se retourne et les voit qui la poursuivent encore, puis, devant elle, Keme qui la dépasse à toute vitesse. Ils approchent, mais Keme ne flanche pas, il bande son arc, et tire. La flèche atterrit juste aux pieds du plus grand, qui baisse les yeux et pousse un gloussement. Puis un feu éclate, prenant ses habits et créant un cercle autour du groupe. Certains crient et beuglent. Deux garçons qui tentaient de s'enfuir s'embrasent brusquement. Keme prend la main de Sogolon et ils s'en vont en vitesse.

Dans le jardin qui mène à l'escalier montant à la maison d'Olu, ils s'arrêtent.

« Tu aurais dû les laisser me tuer.

– Tu ne veux pas mourir.

– Tu ne sais pas ce que je veux.

– Je connais des gens qui veulent, et ils ne te ressemblent pas. »

Cet homme est la dernière personne qu'elle a envie de voir. Sogolon s'éloigne.

« Les gens comme ça, ils ressemblent à Alaya. Les magistrats l'ont empalé.

– C'était un griot, pas un sorcier.

– Un sorcier, c'est juste quelqu'un qu'une Sangoma ou un des Sangomin a décrété être un sorcier. » Tout en parlant, Keme la dépasse, comptant qu'elle le suive.

« Je n'ai pas besoin d'escorte », dit-elle, mais il ne relève pas.

« Il faut un certain soin pour le faire, une certaine connaissance d'un pan bien tordu de la science blanche pour empaler un homme de telle sorte qu'il ne meure pas avant plusieurs jours. La deuxième nuit, tout le monde l'a entendu gémir et pleurer. La troisième nuit, j'ai supplié le garde de détourner les yeux et je lui ai donné un coup de couteau dans le cœur. Il m'a souri. Ce foutu, foutu salaud, il m'a souri.

– Alaya n'était pas un sorcier.

– Il a blasphémé le Roi.

– Avant, tu affirmais qu'il disait la vérité.

– J'ai jamais dit ça.

– Alors c'est un menteur, ou bien c'est moi, la menteuse ?

– J'ai jamais dit ça non plus.

– C'est à se demander à quoi te sert ta bouche.

– Pourquoi faut-il que ta putain de langue passe son temps à s'enrouler autour de moi comme un serpent ? L'un ou l'autre, ça n'a pas d'importance, ce que je crois.

– Pour une fois, on est bien d'accord.

– Je l'ai sauvé de ses souffrances.

– Pourquoi tu ne l'as pas sauvé tout court ? »

Il la regarde comme si elle avait dit le truc le plus dingue et idiot que quiconque ait jamais dit. Et malgré tout, il détourne les yeux.

« La Sœur du Roi, elle dit que je devrais toujours garder foi en mes ennemis, car ce sont les seuls qui me décevront jamais, dit Sogolon.

– Je peux…

– Je sais où je vais. »

Quand elle passe devant, il s'arrête une seconde, puis la suit.

« Ils vont répéter ce qui s'est passé aux princes. Ils vont s'en prendre à toi et à moi, dit Sogolon.

– Pour que les princes le répètent à leur père, qui les fera tous fouetter pour avoir chassé ? Personne ne dira rien. Comment te portes-tu, toi ?

– Tu es sérieux ? Tu crois que c'est une question à poser à une femme ? Je me porte bien, garde. Je ne me suis jamais portée mieux. Je me porte tellement bien que je vais être exilée sur une colline que personne ne peut trouver à cause d'un crime que je n'ai pas commis. Et toi, comment te portes-tu ? Aussi bien que moi ?

– Je t'en prie, crois-moi, ça me fait beaucoup de peine.

– J'ai l'air d'avoir besoin de ta peine ? Qu'est-ce que tu veux que j'en fasse, au juste ?

– Sogolon.

– Aide-moi à m'enfuir.

– Quoi ?

– Tu m'as entendue. Aide-moi à m'enfuir. Je ne peux pas aller dans ce couvent, Keme. On me reproche rien, alors pourquoi je devrais y aller ?

– Je… Je… c'est notre lot, à nous qui ne sommes pas rois.

– Tu veux parler des lâches ?

– Je suis pas lâche !

– Tout le monde l'est dans cet empire, y compris ton Roi.

– Tu sais même pas ce que ça veut dire.

– Je connais des gens qui ne sont pas lâches, et ils ne te ressemblent pas. Ils ressemblent à Alaya. »

Ça l'ébranle, même s'il ne bouge pas. Ça l'ébranle.

« Si tu t'enfuis, tout ce que tu vas faire c'est déclencher une battue. Le Roi s'en fichera, s'ils ne rapportent que ton œil, il se joindra peut-être même à la chasse en personne. Ne fais pas en sorte de devenir leur sport préféré, Sogolon, ne fais pas ça. »

Elle le regarde dans les yeux, suppliante.

« Tu peux m'aider à m'enfuir.

– Tu écoutes ce que je te dis ? Ce ne sont pas les hommes de Kwash Kagar, là. Les esclaves en fuite, c'est exactement ce qu'ils cherchent.

– Oh, je suis pas esclave ! »

Il sursaute. Puis jette des coups d'œil à droite et à gauche, pour voir qui pourrait les entendre. L'après-midi est calme car tout le monde est à la cour du Roi.

« Mais tu as les mains liées. Tout comme moi.

– Mon gars, tu as quelque chose à me montrer, à part la capitulation ? Non. » Un rire amer, c'est ce qu'elle lui donne.

« Tu es une sœur divine, maintenant. Plus aucun homme ne peut te toucher.

– Tu avais une raison de venir me voir, à part faire en sorte que je me sente encore plus mal ?

– Hé, je ne cherche pas à te faire souffrir. »

Il sort de sa tunique un objet emballé dans du tissu, jette un coup d'œil par-dessus son épaule, puis le lui tend.

« Prends ça.

– Qu'est-ce que tu me donnes ?

– Ne l'ouvre pas. Pas ici.

– Je ne veux rien de toi.

– C'est un poignard.

– Quoi ? Tu sais quelque chose ?

– Je ne sais rien du tout. Les routes sont traîtresses, Sogolon. Les gens aussi.

– Elles nous fouillent tous les matins. Où crois-tu que je vais cacher ça ?

– Tu ne peux pas aller à Mantha sans protection, Sogolon. Trouve une solution.

– T'es sourd ? Elles nous fouillent tous les jours, je t'ai dit.

– Alors cache-le où elles ne vont pas regarder.

– Elles regardent là aussi.

– J'ai dit cache-le où elles vont pas regarder, Sogolon.

– J'en ai rien à faire, de ton fichu couteau. Si tu veux m'aider, dis-leur que tu veux me prendre pour deuxième épouse.

– Quoi ? Non, c'est trop tard.

– Trop tard pour qui ?

– Sogolon, qu'est-ce que tu veux dire ?

– J'ai dit prends-moi pour deuxième épouse, ou troisième, je sais pas.

– Je ne peux pas… »

Elle s'avance vers lui, il recule.

« Tout ce qui compte avec toi, c'est ce que tu ne peux pas. Une journée entière à attendre quand tu pourras.

– Sogolon.

– Je peux très bien assurer les fonctions d'épouse. Je suis pas une petite fille.

– Qu'est-ce que c'est que ça ? Qui es-tu ?

– Tu crois que je vois pas comment tu me regardes ? Chaque fois que je me tourne pour te regarder, tu me regardes déjà. Dis-leur que tu me trouves séduisante et que tu veux me prendre pour femme. Dis-leur.

– Ça ne va rien… »

Elle fait un pas vers lui. Il ne recule pas.

« Dis-leur, oh. Tu crois que je sais pas faire l'épouse, c'est ça ? Tu as déjà une chienne pour faire la cuisine et le ménage ? Moi je peux te donner autre chose. Arrête de chercher une petite fille, elle est plus là. La femme que tu attends, elle est juste devant toi. »

Elle s'avance encore, se pressant presque contre son torse.

« On m'a appris à faire la femme. Des choses pour quoi on n'a pas besoin d'avoir de gros seins. »

Elle le fait. Elle glisse la main dans son armure et empoigne son entrejambe, trop fort, puis le presse, trop fort, puis le caresse, trop lentement.

« Je peux pas partir avec elle, Keme. J'irai pas. J'irai pas. Me force pas à y aller.

– Ce n'est pas par ma main que…

– Je n'irai pas, tu m'entends ? Emmène-moi, prends-moi, cache-moi, peu importe, tu peux même me vendre si tu veux. Vends-moi à un homme bon, donne-moi à ton père, ton frère, ou n'importe qui. Je peux pas aller là-bas, je peux pas je peux pas je peux pas. »

Keme retire sa main de son entrejambe.

« C'est vrai que ta maîtresse disait que tu sortais d'un bordel. »

Sogolon arrête tout, même de penser.

« Elle m'a dit ça un matin, quand elle a cru que je commençais à en pincer pour toi. Alors reprends-toi et retrouve la fillette qui vient de disparaître. Elle doit être par là quelque… »

Un vent hurlant jaillit derrière elle, renversant un jeune arbre, fendillant les fleurs et déchirant leurs pétales ; il heurte violemment Keme, le soulève et le renverse, cul par-dessus tête, avant de le précipiter dans les airs.

« Sogolon ! » crie-t-il.

Mais il ne tombe pas. Il est toujours en l'air, tournoyant dans le ciel, lui criant de l'aider. Elle le fait, elle ne sait comment, mais elle sait qu'elle le fait. Pendant plus que le temps d'un éclair elle ne fait que l'observer, sentant ses propres pensées qui s'emballent et lui qui tournoie, son esprit à elle calme et lui lent. Il braille encore, et s'il fait encore du bruit quelqu'un va accourir. Elle pense à un vent léger pour le ramener doucement au sol, et c'est ça qui le ramène. Quand il atterrit, il trébuche, tombe presque, tousse deux fois. Sogolon avance la main vers son épaule.

« Me touche pas, sorcière », gronde-t-il, et elle s'écarte. « Laisse un espace entre toi et moi. »

Sogolon s'enfuit.

Plus tard, dans la nuit, elle découvre son cadeau sur le rebord de sa fenêtre, toujours enveloppé dans son linge. Le couteau n'est pas un couteau, juste un morceau de bois, comme un bâton. Elle s'apprête à maudire Keme et prend l'objet pour le jeter quand une lame pointue et luisante jaillit du bout. Elle laisse échapper l'arme et tressaille en l'entendant tomber. Elle la ramasse et contemple la lame, si luisante qu'elle s'y voit. Le manche ferme, comme de l'ivoire, mais le côté s'enfonce quand elle l'empoigne, comme si elle tenait un poignet. Elle examine le manche, le roule dans sa main, et tâte le pommeau. La lame disparaît de nouveau à l'intérieur, si vite qu'elle laisse de nouveau échapper le poignard. Elle porte le pommeau à ses cheveux, son coude, son cou. Rien. Elle le touche du doigt et la chose, luisante comme un miroir, jaillit dans la pénombre.

Les deux femmes se réveillent surprises que leur sommeil n'ait pas été perturbé cette nuit-là. Emini dit qu'elle y voit le signe qu'une paix éternelle est descendue sur elle. Sogolon prend ça pour un avertissement, à quel sujet, elle n'en sait rien. Elle déchire un morceau de drap et fixe le poignard à son bras avec. La caravane part à l'aube. Emini renâcle en voyant de quoi elle est constituée : deux chars avec une cabine en bois construite dessus, celle-ci étant équipée d'une porte avec lucarne et d'un toit en tissu. Toutes les autres voyagent à dos d'âne, de mule ou de cheval. Elle réclame deux chevaux, un pour elle et un pour Sogolon. Tu es déjà montée à cheval ? lui demande-t-elle, mais avant que cette dernière puisse répondre, la femme qui les a appelées à la soumission à grands cris – elle reconnaît sa voix – leur gueule de monter dans le premier chariot. Sogolon s'apprête à obéir mais Emini se rebelle, hurlant qu'il n'est pas question qu'elle s'allonge dans un lieu où dorment des hommes avec leurs poux, leurs puces et leurs tiques. Cette femme, qui s'apprête à monter sur son cheval, les approche. Elle prend un élan considérable, mais Sogolon se glisse entre elles pour recevoir la gifle destinée à la Sœur du Roi. Elle ne sait pas pourquoi elle a fait ça. La femme la regarde avec perplexité puis leur crie de nouveau de monter toutes deux dans le chariot.

« Pourquoi tu as pris ma gifle ? demande Emini.

– Je sais pas. »

À l'intérieur du chariot, tout est blanc, même les runes tracées sur la toile. Le plafond est trop bas pour se tenir debout sans se pencher, même pour une femme. Des fourrures, deux coussins et une carafe nauséabonde, c'est tout ce qu'il y a dans le chariot. Pour un voyage qui va prendre un quart de lune, à ce rythme, a-t-elle entendu dire. Sogolon écarte un rideau à l'avant et voit sept cavalières devant elles. Ce sont les premières sœurs divines qu'elle voit avec des armes, épée, poignard et lance. Le char passe sur une bosse qui les fait toutes les deux basculer en avant, puis tomber par terre. Elles descendent une pente. Sogolon n'a besoin que d'un regard à Emini pour savoir qu'elles ont dépassé la dernière porte.

Mais là, de nouveau une puanteur monstrueuse tout autour d'elle. Et pas un éclair fétide, comme si elles passaient devant sa source, mais une odeur qui reste, si interminable que Sogolon se retourne pour soulever la paroi de tissu.

« Sogolon, non ! »

Le chariot passe si près qu'elle pourrait en toucher un. Elle abaisse l'étoffe, tremblante, mais se précipite aussitôt de l'autre côté, où elle la remonte. Emini secoue lentement la tête et garde les yeux baissés sur le plancher. De ce côté aussi, rien que des femmes et des hommes morts, à perte de vue, en arrière et en avant. Des femmes nues habillées de leur propre sang, des femmes laissant leur chair aux vers, et aux mouches, et aux corbeaux, des hommes et des femmes fondant au soleil, et le murmure de la putréfaction dans le vent. Alaya ? Chez certains, le pieu est ressorti par la poitrine, chez d'autres par le côté du cou, ou dans un ou deux cas, par le sommet de la tête, mais le plus souvent par la bouche, et on dirait qu'ils vomissent une chose immense et dégoûtante. Des pieux saccageant des koo, des anus, et des zones sans trou où le pieu en ménage un. Plusieurs corps et elle est sûre que c'est lui, Alaya. Et tous se balancent comme s'ils volaient, ou bien sont accroupis comme si on les avait surpris en train de s'asseoir, d'autres s'agitent au vent. Certains ont les yeux fermés, d'autres les yeux effrayés, d'autres encore le regard fixe, infiniment fixe.

« Des sorcières, chuchote Emini.

– Des gens qu'ils ont accusés de l'être, corrige Sogolon.

– Qui ça, “ils” ?

– Vous tous. Ils, c'est vous tous. Tout ce que vous comprenez pas, vous l'appelez sorcellerie, et tous les gens que vous comprenez pas, vous les décrétez sorcières ou sorciers. Si vous voyez un poisson nager contre le courant, vous allez dire que c'est la faute d'une sorcière.

– Regarde-toi, tu t'imagines que tu vaux mieux que nous, maintenant.

– Tu es la seule dans toute cette foutue caravane à encore penser ça.

– Donc deux hommes me volent mon droit de naissance et je dois m'incliner de bonne grâce. Jamais, tu m'entends ? Jamais.

– Regarde-toi, tu t'imagines rebelle, maintenant. »

Emini rit.

« Qu'est-ce qui te fait rire ?

– Toi. Je viens de bondir dans ta peau pour entendre comment ça te fait, de prendre toutes ces libertés avec moi. Ça doit être le pied, de parler comme ça à un membre de la famille royale.

– Je vois pas de membre de la famille royale.

– Alors t'es exactement comme eux.

– Non, c'est toi qui es comme eux. Il n'y a que les gens comme toi qui font des choses pareilles aux gens comme toi.

– Après tout ça, tu ne vois toujours pas de différence entre moi et mon frère. »

Sogolon tourne la tête vers la fenêtre, mais sans regarder dehors. Sans voir où les emmène cette piste.

Et c'est reparti pour Mantha, sept jours à l'ouest de Fasisi. Pour tous ceux qui ne sont pas du royaume, ou n'en ont jamais entendu parler, Mantha n'est qu'une montagne. Elle s'élève haut comme une montagne, a des rochers comme une montagne, et il y pousse des arbustes épars comme sur une montagne. Il faut s'en approcher suffisamment pour voir les marches, et les fenêtres, et les remparts, et les meurtrières, et si vous êtes si près il est déjà trop tard. Couloirs, salles, chambres et bains sculptés dans la roche de la montagne. Mais taillés avec la montagne afin d'avoir l'air d'être l'œuvre des dieux. La plus haute tour, le grand poste de guet au sommet de la montagne, on ne peut y accéder par un chemin, des marches ou une échelle. On raconte que longtemps avant la maison d'Akum, Mantha était une forteresse d'où l'armée pouvait voir l'ennemi avancer sans que celui-ci se sache observé. Mais c'était il y a plus de sept cents ans et personne ne sait où s'arrête la rumeur et où commence l'histoire. C'est ce que raconte la Sœur du Roi, qui explique aussi que tous les rois de la maison de Nehu, la famille royale ayant précédé la sienne, envoyaient leur ancienne épouse à la forteresse aussitôt qu'ils en épousaient une nouvelle.

« Mais maintenant on dirait que la colline a été colonisée par cette sororité.

– Sororité ? Ce sont toutes des femmes ? demande Sogolon.

– Toutes, à part le guide et le cocher.

– Tu n'es pas la première femme de la maison d'Akum à être envoyée là.

– Je ne sais pas », dit-elle. Mais ce n'était pas une question. Pas moyen qu'une maison si marquée par la tromperie et la cruauté n'ait envoyé qu'une seule femme à son destin durant toutes ces années. Elle se frotte la main gauche, remonte jusqu'au coude, puis au bras, au morceau de tissu qui cache le poignard de Keme.

Chaque jour, juste avant le crépuscule, l'une des femmes en blanc s'approche d'une glissière à l'avant et introduit une gourde de jollof chaud. La chaleur surprend toujours Sogolon, car pas une personne ne s'arrête, tandis que la fadeur de la nourriture – le sel doit être un grand péché –, elle, est continue.

« Mets une pincée d'épices dans la nourriture de ces femmes et un par un leurs koos vont exploser sur le dos de leur âne », dit Emini. Sogolon rit, même si l'expression d'Emini montre qu'elle ne plaisantait pas. Elle continue de rire jusqu'à ce que la Sœur du Roi rie à son tour, comprenant enfin la drôlerie de ses propres paroles. Riz le matin, riz le soir, une gourde le lendemain matin pour qu'elles puissent chier tout ce riz. Ni l'une ni l'autre n'a le cœur à manger, donc ni l'une ni l'autre n'a besoin de s'accroupir. Elles chient si peu qu'on arrête finalement la caravane, un soir, pour voir ce qui se passe entre ces deux femmes. Une femme a-t-elle déjà entendu des mots pareils ? demande Emini à Sogolon quand la femme blanche demande comment ça se fait que ni l'une ni l'autre ne laisse de serpent nauséabond dans le pot. Elles les emmènent dans un buisson avec des roseaux hauts comme un homme, et les font s'accroupir jusqu'à ce qu'elles estiment que suffisamment de temps s'est écoulé, après quoi elles les font remonter dans le chariot.

« On raconte que le Commandant Olu a été l'un de tes amants, dit Sogolon une fois qu'elles sont rentrées.

– On raconte que j'ai ouvert mon koo pour gober quinze membres de l'Armée rouge à la fois, alors un mensonge de plus ou de moins…

– Sauf qu'il existait vraiment.

– Peu importe ce que veut penser la cour, je connais le nom de chaque homme qui aurait pu engendrer mon fils, et aucun d'entre eux ne s'appelait Commandant Olu.

– Je sais.

– Tu sais quoi ?

– Je sais que tu ne l'as pas pris. Et je sais aussi pourquoi tu l'as oublié.

– Oublier, c'est ce que je fais du nom du père de ma mère. Personne ne connaît de Commandant Olu.

– Il l'a effacé de ta mémoire.

– Il ?

– L'Aesi.

– Ah. Alors l'Aesi s'est introduit dans ma tête pour extraire le souvenir au couteau ? Où est la cicatrice ? Où est le sang ? Pourquoi ce souvenir et pas un autre ?

– Il en a pris d'autres.

– Ce ne sont pas ses méthodes.

– Mais tu es d'accord pour dire qu'il a des méthodes.

– Je suis d'accord pour dire que je ne l'ai jamais aimé, et je sais qu'il est derrière tout ça. Mais il fait de la politique, pas de la magie.

– Basa Ballo, le dix et quatrième jour, il y a huit lunes. Il est venu voir ma maîtresse, lui a posé des questions. C'est la dernière fois qu'elle s'est souvenue de Jeleza, celle qui l'avait bannie à l'origine.

– Qui ?

– Ta tante.

– Je… à voir ta tête, je te croirais presque.

– Je m'en fiche, de ce que tu crois.

– Alors pourquoi tu continues à parler ?

– Ce jour-là, c'est la première fois que j'ai rencontré l'Aesi. Raconte-moi ta première rencontre avec lui, toi.

– Quoi ? L'Aesi est là depuis mon enfance.

– Mais quand ?

– Quand j'étais petite.

– Tu te rappelles quand tu étais petite ? Le premier cadeau que t'a fait ton père ? La mort de ta grand-mère ? Comment tu t'es fait cette cicatrice sous le menton ? Hmm ? Alors raconte-moi ton premier souvenir de l'Aesi. »

Elle regarde Sogolon, pressée de s'extraire d'une conversation si assommante. Elle regarde le ciel, se frotte la lèvre, se gratte la tête et plisse le front.

« Il a toujours été à la cour.

– Mais la première fois. Ou bien la deuxième fois ? Et il y a cinq ans, mettons ? N'importe quel souvenir, même insignifiant. Tu ne te rappelles rien du tout, car il t'a tout enlevé. Il efface la mémoire de tout le monde.

– C'est de la folie.

– Seulement parce que je ne suis qu'une fille, et lui, il connaît les mathématiques, la science, et il s'assoit à la droite du Roi. Tu es encore en train de fouiller dans tes souvenirs. Et tu ne vas rien trouver.

– Je ne comprends pas.

– Toute chose a un début et une fin. Sauf lui. Maintenant tout le monde a oublié la sœur de ton père, et l'homme qui l'a épousée.

– Qu'est-ce qui leur est arrivé ?

– Il les a enlevés.

– Comment ?

– Je ne sais pas.

– Et comment se fait-il que tu sois la seule à le savoir ?

– Je suis sûre que je suis pas la seule.

– Des tantes qui disparaissent, avec leur…

– Qui a gagné la bataille de Bornu ?

– Nous, ma belle. Tous les enfants chantent cette chanson dès qu'ils apprennent à chanter.

– Mais qui commandait l'armée ? Qui a gagné les faveurs du Roi grâce à cette victoire ?

– C'est le Roi qui a remporté cette bataille pour Fasisi. J'y étais, tu l'oublies. J'ai vu les routes se parer d'argent et d'or. J'ai vu tous les hommes recevoir une cape et toutes les femmes recevoir de l'or et du sel.

– Et tu ne peux toujours pas me dire qui était le commandant…

– Je te dis que c'est mon père qui a gagné cette foutue guerre !

– Je parle pas de la guerre. Je parle d'une bataille.

– Espèce d'imbécile, comment tu le saurais, au nom des dieux ?

– Par toi. Tu parles de ton père tout le temps, pour que tout le monde sache que Kwash Moki ne lui ressemble en rien. Ton père, il a gagné la guerre parce qu'où qu'il soit, il pouvait faire confiance à ses commandants dans tout le royaume. Une bonne armée d'hommes, et une armée de pigeons encore meilleure, c'est tout ce qu'il faut pour gagner une guerre, c'est lui qui le disait, à t'entendre. C'est pour ça qu'il pouvait combattre à Mitu et gagner une guerre à Omororo en même temps. C'est ce que tu racontais à ces femmes que tu prenais pour tes amies, à l'époque où, à tes yeux, je n'étais qu'une mouche sur une merde étrangère. Sauf que je m'en souviens.

– Je ne me souviens pas de ce maudit Olu.

– Ce n'est pas seulement que tu ne te souviens pas d'un commandant. C'est que tu t'en fiches. »

Emini rit. « Et ça aussi, c'est la faute de l'Aesi ? Je devrais peut-être lui reprocher le fait que j'aime pas le jollof. J'en ai marre de cette discussion.

– J'en avais marre bien avant toi. »

Elles dépassent une petite colline, coupant à travers un épais bosquet qui ne voit pas passer grand monde, avant de descendre dans une vallée dont personne ne leur donne le nom. Il tombe une pluie fine qui l'apaise, même si l'eau traverse le drap. Dehors, pas loin, des gorilles gardent leurs distances, mais font la grimace, comme s'ils s'attendaient à se faire duper. Sogolon s'écarte de la fenêtre. Cette partie de la forêt est si dense, avec ses feuillages sombres et sa brume grise, qu'elle est envahie par une humeur vespérale, bien qu'il soit midi.

Le chariot s'arrête. Elles se regardent, cherchant une réponse qui ne viendra d'aucun des deux visages. Une porte qu'aucune des deux n'avait remarquée auparavant s'ouvre à l'arrière, et les rideaux qui la masquaient s'écartent dans un courant d'air. Une sœur divine entre, la tête si bien enturbannée que Sogolon a peine à distinguer son visage, bien qu'elle ne cache ni son nez ni sa bouche.

« Aujourd'hui vous vous lavez », annonce-t-elle.

Sogolon refuse de se laver de nouveau. Elles n'ont qu'à la tuer d'abord. *Quand elles vont trouver ce poignard à ton bras, elles vont te tuer, c'est certain*, dit cette voix qui lui ressemble. Elle ne bouge pas. Emini non plus.

« Aujourd'hui vous vous lavez », répète la femme, plus fort, et elle cogne le plancher avec son bâton. Ni l'une ni l'autre ne bouge. La sœur se met à agiter son bâton comme si elle comptait s'en servir. Ces femmes aiment la violence. Elles en ont soif, Sogolon le sait. Alors elle commence à frotter la bande de tissu à son bras pour dégager le poignard caché sous sa robe.

« Me forcez pas à le dire une troisième fois », dit la sœur. Sogolon frotte le tissu et le presse. Emini se lève en soupirant.

« Je croyais que les sœurs étaient pures, proteste-t-elle.

– Personne n'est pur, mais oui, nous travaillons en vue de la pureté divine, comme la déesse qui n'a jamais été touchée. Propre à l'extérieur comme nous aspirons à l'être à l'intérieur.

– Ah. Alors le sang de la femme c'est propre, maintenant ? »

Le visage de la sœur se décompose, comme si elle venait de goûter un aliment pourri.

« Je suis en plein sang-de-lune, ce qui me rend impure. Et si vous me touchez, vous serez impures aussi. Si ça se trouve, tu t'es souillée rien qu'en entrant dans ce chariot. Combien de temps ça va prendre de te purifier après avoir été souillée ? Trois lunes ? Cinq ? »

La sœur ne répond rien. On dirait qu'elle est sur le point de se frapper au visage avec son propre bâton. Elle se détourne et s'en va sans rien dire, claquant la porte pour tout dernier mot.

« Sur le point de devenir nonne, et je mens encore. Quel genre de sœur je vais être ? » demande Emini. Sogolon, debout, tient toujours le poignard entre ses doigts.

Le chemin à travers la forêt, dans la vallée, s'étale de l'aube au crépuscule. Emini ne regarde jamais par la fenêtre, pas une seule fois. Sogolon s'en étonne, intérieurement. Comment peut-on se diriger vers une destination sans rien vouloir savoir du trajet ? La Sœur du Roi ne veut pas voir tout ce qu'elle va devoir abandonner. Mais voir tout ce qu'elle va abandonner, c'est tout ce que veut faire Sogolon, car elle n'a pas choisi d'abandonner quoi que ce soit. Elle regarde la forêt au-dehors, sachant que ces gens vont également lui demander d'abandonner toute amertume. Elle ne le fera pas, même si elle doit feindre. L'amertume lui brûle le fond de la gorge et se répand parfois dans sa tête comme de la poudre. L'amertume lui fait savoir qu'elle est là où elle est, et que quelqu'un en est responsable. Sa mère, ses frères, Miss Azora, l'homme qu'elle n'a pu droguer, qui l'a violée, Maîtresse Komwono, Maître Komwono, la bite de Maître Komwono, ce qui la conduit à la princesse, cette putain royale, à ces femmes en blanc avec leurs mains cruelles, avides de purification, les esprits du sol, les esprits de la rivière, les dieux de la terre, les dieux de la mer, même les dieux du ciel et de l'outre-monde. Tous. Envoyez la foudre et le tonnerre, car elle blasphème et elle s'en fout. L'amertume est sang nouveau, vert peut-être, qui court dans ses jambes et lui redresse le dos. L'amertume fait qu'elle s'accroche à elle-même, même quand les femmes blanches tentent de lui retirer aussi ça. Qu'elles retirent ça à la Sœur du Roi. Plus elles approchent de Mantha, plus elle semble désirer que tout cela disparaisse.

« Qui est-ce que tu as tué, dans tes rêves ? » demande Emini. Sogolon sursaute à ces mots, alors qu'elle aurait juré que le sommeil ne lui était jamais venu.

« Qu… quoi ?

– Cette expression sur ton visage, comme si tu voulais enfermer quelqu'un dans une hutte et mettre le feu.

– Je dormais pas.

– Qui a dit que tu dormais ? »

Le chariot se met en branle. Sogolon ne se rappelle pas qu'elles se soient arrêtées, alors maintenant elle se demande si effectivement elle n'était pas plongée dans un genre de sommeil, et si son visage montre tant que ça ce que formule Emini. La Sœur du Roi se gratte de nouveau sous les côtes, un geste que Sogolon ne se rappelle que quand elle le fait. D'abord elle pense que ça doit être parce qu'elle ne se lave jamais, car il n'y a personne pour lui faire sa toilette, et comme ça doit être étrange de n'avoir jamais à se laver soi-même. Cette idée s'amenuise lorsqu'il lui revient qu'elle non plus ne s'était pas lavée depuis un moment et qu'en remédiant à cela, les femmes en blanc ont mis entre elle et l'eau une certaine rancœur. Emini se gratte une deuxième fois.

« On n'a pas l'impression d'être à la montagne. Il ne fait pas plus frais, dit-elle.

– On est encore dans le bush, répond Sogolon en tirant le rideau. Elles ne vont pas s'arrêter avant qu'on arrive à Mantha.

– Bien. Prête-moi tes yeux. » Emini regarde à gauche et à droite, bien que personne ne puisse la voir, et retire sa robe. Puis sa robe de dessous. Puis un long tissu en coton sauvage enroulé autour de sa poitrine et de son ventre, qui descend sur ses hanches, rouleau après rouleau, puis sur le bas de son corps. Sogolon n'est pas prête à ce que cette femme se propose de lui montrer. La Sœur du Roi se redresse, les épaules et les seins nus, mais ce qui est enroulé autour d'elle ressemble à du papyrus. Elle tire quelque chose dans son dos et le manuscrit se déroule avant de tomber sur le sol en un tas qui ressemble maintenant à du tissu. Sogolon a manipulé bien des papiers et des rouleaux quand elle étudiait avec le Commandant Olu, mais elle n'en a jamais vu de cette sorte. Il a dû être fabriqué spécialement pour la famille royale d'Akum. Emini jette un nouveau coup d'œil par la fenêtre. Viens voir, dit-elle en étalant le manuscrit sur le plancher.

Maths et sciences, c'est tout ce qui vient à Sogolon, même si elle ne connaît rien ni à l'une ni à l'autre. Au début du rouleau, des chiffres et des marques, des glyphes et des mots, certains en noir, d'autres en rouge, parfois guère plus qu'un griffonnage hâtif. Emini guide son doigt sur la longueur du rouleau.

« Qu'est-ce que c'est que ça ? demande Sogolon.

– Le futur. Un futur. Un rêve. Je ne sais pas.

– Le futur d'où ?

– Où on veut. »

Mais Fasisi l'a bel et bien abandonné, ce futur, voilà ce qu'elle ne dit pas. De quel intérêt sont les idées d'une femme exilée ? Ou de n'importe quelle femme ? Emini ne le dit pas non plus, mais Sogolon le sait. Et cette ville qu'elle garde autour de la taille. Sur un des dessins, des arbres assez grands pour toucher la lune, aussi grands que le monde même, une ville ou une citadelle qui monte encore plus haut. Sur un autre, les maisons, salles et palais sont tous dessinés avec les mêmes courbes gracieuses, comme des hanches de femmes étendues côte à côte. Sur un autre encore, des routes qui ont l'air longues comme le jour, mais montent vers le ciel. Une ville dans l'arbre, et une autre plus loin, et des cordes qui relient les deux, des cordes qui portent des cargaisons, des chars et des bêtes en cage. Un autre dessin représente seulement des cordes avec des nœuds, des cordes attachées à du bois, des cordes enroulées autour de grosses roues reliées à des petites roues puis à d'autres grosses roues. À chaque rouleau, il ressort quelque chose de neuf. Les maisons s'empilent sur les maisons qui s'empilent sur les maisons et ainsi de suite jusque bien plus haut que les nuages dans le ciel.

« Si haut qu'elles feraient peur aux dieux, fait observer Sogolon.

– Maintenant tu sais pourquoi c'est à une femme qu'ils ont fait don d'une telle sagesse. Pour que plus personne ne les regarde. Et même s'ils regardaient, jamais ils ne verraient. Je les ai montrés à mon père et ils ne lui ont apporté que du chagrin.

– Pourquoi ?

– "Likud n'aura jamais une vision aussi audacieuse", a dit mon père. "Likud dort toutes les nuits, mais il ne rêve jamais."

– Je suis sûre qu'il…

– Tu m'as très bien comprise. »

Sogolon reprend le rouleau.

« La corde et la roue. Elles travaillent ensemble mais cette sagesse m'échappe encore, dit Emini.

– Parle simple, parle vrai.

– Qui d'autre va me montrer ces rêves, à part les dieux ? Qui d'autre me montrerait une terre nouvelle jaillissant de la terre, qui me donnerait les mains pour la dessiner ? Ensuite, ils ont murmuré un secret au sujet de la corde, expliquant qu'elle permettra de déplacer des engins énormes, de construire des tours pour toucher les dieux, et de faire apparaître une rivière plus large que les chutes d'Utumbi. Tu n'ouvriras plus jamais une porte, car la corde l'ouvrira pour toi. Et un chariot, même s'il contient dix bœufs, la corde le fera passer d'étage en étage. Elle apportera même de l'eau dans la ville. Qui d'autre, à part les dieux, me donnerait tant de réponses, tout cela pour me maudire avec une unique question ? Si la corde tire tout, qu'est-ce qui tire la corde ?

– Si les dieux te montrent ça, tu n'auras plus besoin des dieux.

– Exact. Exact. Écoutez donc Sogolon, la blasphématrice, dit Emini en riant. Peut-être vont-ils m'envoyer des bœufs divins. C'est trop de travail pour cent esclaves, même pour une multitude d'esclaves après l'autre. Peut-être qu'on va attraper le feu, peut-être l'eau, peut-être ce qui tire la mer loin de la plage durant la nuit pour la relâcher le jour. Ça t'arrive de penser à un pouvoir pareil ? Ça serait comme de faire rentrer tout un ouragan dans un bol.

– Ça paraît insensé, ce que tu racontes.

– Certaines personnes pensent que le monde est plat comme du pain, pas rond comme une matrice. Ça, c'est insensé. Ça, là, c'est seulement une vision de ce qui adviendra.

– Donc tu es devin, maintenant.

– La magie du troisième œil ? Il n'y a que les hommes qui en aient besoin, du troisième œil. Les femmes se contentent très bien de deux, voire d'un seul. Regarde ça. Nous nourrissons l'arbre jusqu'à ce qu'il soit plus large qu'un lac et plus haut que le château du dieu du ciel, ou bien nous lui donnons la magie.

– C'est Fasisi, là ?

– Non. Pas après tout ce qui s'est passé. Je le vois à présent. Ils ont décidé de ne pas prendre, alors j'ai décidé de ne pas donner.

– C'est ton affaire, tout ça. Pendant ce temps le soleil brûle et la pluie tombe. Ça change rien.

– C'est moi qui ai perdu mon trône, et c'est toi qui es amère. Ça ne change rien pour qui ?

– Pour moi. Rien du tout. Ça change rien pour une femme qui vient d'une termitière. Bien sûr que tu bâtis des cités dans les arbres. Bien sûr que tu veux vivre plus haut – pour que le reste d'entre nous puissent vivre encore plus bas.

– Ma belle, si c'était comme ça que je pensais, j'aurais pas été exilée.

– Tu as été exilée parce que tu as donné à d'autres le koo appartenant à ton mari et que tu conspirais pour mettre un bâtard sur le trône.

– Tu ne comprends vraiment pas l'Aesi. Tu crois encore qu'il s'agit juste de vol de mémoire par sorcellerie ? Le chancelier, il a une vision pour l'empire, pour le monde, et cette vision, elle n'a rien à voir avec ce que les dieux nous disent, à toi ou moi. On pourrait mettre un type qui serait mi-homme mi-âne sur le trône, ils s'en ficheraient. Comme si ça avait dû être le premier bâtard couronné. Quant à toi, Sogolon, qui, issue d'une termitière, parviens au pied du trône de l'empire du Nord. Où ne pourrais-tu donc aller ? » Emini sourit car elle sait que Sogolon n'a pas de réponse. « Mon livre, il est écrit et fermé, mais le tien ? Le tien n'est même pas un livre », ajoute-t-elle.

La route de Mantha est faite de collines et de vallées et cette nouvelle vallée est humide et fraîche, portant le poids de la pluie. Sogolon le sait sans même regarder par la fenêtre, car la précédente dégageait l'odeur d'une mine de sel épuisée avec des trous partout. Celle-ci sent la pluie, c'est-à-dire l'eau, et par conséquent la caravane s'arrête. Le tien n'est même pas un livre, lui a dit la Sœur du Roi, mais à présent elle se demande si elle a seulement dit ça parce qu'elle croit que Soglon ne sait pas lire. Mieux vaut garder le secret. Mieux vaut le protéger. Mieux vaut s'enfuir en l'emportant.

Et cette idée ne la quitte pas, pendant longtemps. S'enfuir. Il y a des choses que dit la Sœur du Roi, et parfois juste sa manière de les dire, qui lui laissent à penser qu'il y a une place à son côté. Ou pas loin. Qu'en tant que femmes, elles sont soudées. Et pourtant il y a d'autres fois où Emini laisse échapper quelque chose, une cuillère, un sous-vêtement, une épingle à cheveux, et s'attend à ce que Sogolon le ramasse. Les femmes sont peut-être égales, ici, mais ce n'est pas à elle que cette princesse est égale.

Et donc la caravane fait une halte dans la vallée humide. Elle attend le léger ronflement d'Emini, et le bruyant caquètement nasal du conducteur du chariot, qui dort. La porte cachée derrière des draperies au fond est fermée de l'extérieur, mais un imbécile y a ménagé une petite fenêtre pile au niveau de ses yeux, assez large pour qu'elle y passe la main. La voilà en bas de la petite échelle, perdue dans les fougères qui l'engloutissent jusqu'au genou. Une obscurité bleue et brumeuse l'enveloppe de toutes parts. De hauts troncs d'arbres s'élèvent dans la pénombre où pendent des colliers de lierre. Deux feux, faibles du fait de l'humidité, mais brûlant encore, les chevaux et mules attachés aux arbres et les femmes dormant sous des fourrures sauf deux qui montent la garde, munies d'une torche. Plus loin. Son chariot est tellement loin dans le fond que, même si elles se tournaient, elles ne la verraient pas et celles derrière elle, réparties dans le bush comme des points blancs, elles dorment toutes. *La nuit est venue, ma grande*, dit une voix qui lui ressemble. La nuit est venue de mettre de la distance entre toi et toute femme blanche. La nuit est venue de t'enfuir.

Mais s'enfuir où ? demande une autre voix qui lui ressemble. Sogolon, elle l'a déjà entendue, cette voix, une qui lui paraît plus proche d'elle, une voix qui ralentit son pas et calme son cœur. Non. Le calmer, ce n'est pas ce qu'elle fait à son cœur. La voix ne le ralentit pas par la paix, mais par le doute et la peur. Ici, c'est le mal qu'elle connaît ; ailleurs, c'est le bien qu'elle ne connaît pas, qui pourrait être pire que le mal. Pire que tout. C'est ce que lui dit la voix. Mais Sogolon en a assez de cette voix, assez de ce sifflement de moustique dans son oreille. Aucun mal qu'elle connaisse ne lui semble préférable à celui qu'elle ne connaît pas, quand ce mal, c'est ses frères qui lui mettaient une chaîne au cou et la forçaient à vivre dans une termitière. Le mal qu'elle connaît, c'est Miss Azora, la formant au métier de putain, puis cédant son koo au premier violeur venu. Le mal qu'elle connaît, c'est la maîtresse l'offrant telle une babiole, et le maître, avec sa queue cruelle, la pointe acérée de sa rage. Le mal qu'elle connaît peut aller écarter les jambes et se faire déchirer par la bite d'un buffle. Elle préférerait sauter d'une falaise, patauger dans une rivière profonde, courir sur une route sans panneau, ou un terrain sans route. Ce n'est pas où l'on s'enfuit, qui compte, répond-elle à la voix faible, qui s'affaiblit encore. C'est la fuite elle-même. Le fait de pas savoir où aller, ça en retient trop d'y aller, ça en fait rester trop, et ça en laisse trop ignorants de ce que ça n'a pas d'importance, où on s'enfuit, du moment qu'on s'enfuit. Pas voir ce qu'il y a devant soi n'a jamais empêché personne de courir dans le noir. Ma grande, ici personne n'en a rien à foutre, d'où tu vas, même pas toi, alors mets de la distance entre toi et elles. Tu peux pas rester ici.

Regarde-la, la fille, elle court, mais la course est difficile. Tout se transforme en rien dans le noir, et il n'y a pas de feu qui brûle pour éclairer ces arbres. Et le sol est traître, mou et boueux, aspirant ses pieds au premier pas, rocailleux et coupant, éraflant ses chevilles au suivant. Sogolon ne sait pas où aller si ce n'est ailleurs, mais il n'y a pas de soleil pour lui faire distinguer l'est de l'ouest et elle n'a jamais appris à lire les étoiles qu'elle ne peut voir. De plus, c'est la nouvelle lune, donc il n'y a pas dans le ciel de lumière majestueuse. Elle essaie de courir mais la boue lui colle aux pieds trop longtemps, ne la lâchant pas à moins qu'elle tire. Les fougères mouillent ses mollets, et les feuilles rêches commencent à l'égratigner. Puis son orteil bute dans quelque chose et elle trébuche. Le cri éclate dans sa gorge avant même qu'elle l'ait pensé et elle casse quelques branches en tombant. Sogolon ferme les yeux de toutes ses forces, espérant aussitôt de la boue, mais elle ne touche pas terre. Elle n'est pas tombée lentement – personne ne tombe si lentement quand le sol a faim de le prendre. Peut-être est-elle déjà tombée et qu'il était si dur qu'elle a perdu toute sensation. Ou peut-être que la chute l'a assommée et qu'elle gît à plat ventre dans la jungle des rêves. Sogolon se rend compte qu'elle fait encore la grimace et que ses yeux sont toujours clos.

Elle les ouvre sur la même obscurité, avec des fougères humides qui lui frôlent le visage. Elle voit les feuilles, au moins, et entend les insectes nocturnes. Elle perçoit même l'odeur de la terre détrempée. Mais elle ne comprend pas comment elle n'en sent pas la texture, ni la douleur de la chute, ni la boue sur son visage ou dans sa bouche, ni la fermeté de la terre. Elle ferme bien les yeux, puis les rouvre, mais elle est toujours là, presque à plat ventre, à un souffle du sol, mais sans le toucher. Elle retient un petit cri, pas de peur mais d'émerveillement en voyant ses vêtements qui pendent sous elle. Sogolon remue les orteils et se rend compte aussitôt qu'elle les remue dans le vide. Elle écarte les doigts et les fougères les chatouillent. Elle s'élève, plus haut que les arbustes, plus haut que les fougères, plus haut que les plantes, elle s'élève dans une brise plus fraîche, plus haut à présent qu'Emini debout. Mais si elle s'élève jusqu'à la hauteur des dieux du ciel ? Il se pourrait que le vent joue, qu'il s'amuse avec elle. Elle heurte le sol. De la boue dans la bouche, cette fois. De la boue et des fougères, volumineuses et amères ; elle envisage d'avaler rien que pour se rappeler où elle se trouve. L'important n'est pas vers où tu t'enfuis, du moment que tu t'enfuis, mais s'il n'y avait nulle part où s'enfuir ? Elle l'envahit, une tristesse qui ressemble à une fatigue, qui la coule. Tout ce qu'elle voit autour d'elle, c'est la nuit qui tombe ; tout ce qu'elle entend, c'est les insectes. Elle n'entend pas les autres créatures qui s'agitent dans la nuit, serpents et hyènes, les bêtes qui lui planteraient leurs crocs dans le cou jusqu'à ce que la peau éclate, que les os se brisent. Pas de gros animal qui se déplace dans le bush, mais si quelque chose remue ou s'avance, Sogolon sait qu'elle va hurler. *Ce n'est pas parce que tu as trop peur qu'il n'y a pas quelque chose qui va s'en prendre à toi*, dit une voix qui lui ressemble. Peut-être que ceux qui y voient dans l'obscurité l'ont déjà vue, déjà repérée, peut-être qu'ils ont déjà pensé : elle fera l'affaire, maintenant qu'elle n'est plus dans la sécurité du nombre, des armes et du feu. Une voix identique à la sienne dit : *Ma grande, tu n'as pas de souvenir de ce bush.* Elle fait volte-face pour retourner à la caravane mais se rend compte qu'elle ne voit pas le chemin du retour. Sogolon serre ses bras autour d'elle et se dit que ce tremblement, c'est la terre, pas ses os. Rien à faire à présent si ce n'est d'attendre les premières lueurs du jour en espérant que rien, dans cette jungle, ne l'attend.

Emini la convainc de porter le rouleau avec les villes sous ses vêtements. Elles vont visiter sur moi des zones qu'elles ne fouilleront pas chez toi, explique-t-elle. Sogolon se dit que c'est énorme de garder quelque chose pour la princesse, plus important que l'embarras mineur de vivre avec la démangeaison, qui perce dans la jungle des rêves. Et avec elle, la chaleur, d'abord légère, puis comme dix étés d'un coup, et le son, crépitement, grondement, puis rugissement. Et l'odeur, une odeur forte, nauséabonde, une odeur de brûlé qui la fait grimacer, et de la fumée qui la fait suffoquer. Sogolon se réveille en toussant et constate qu'elle ne dormait pas.

Ne dormait pas, ne rêvait pas mais brûlait. Le feu se propage sur le flanc du chariot, grinçant des dents et mangeant le toit pour ne laisser qu'une cage thoracique, engloutissant le plancher pour ne laisser que des os, balayant tout autour d'elle, au-dessous et au-dessus. Sogolon se lève d'un bond, juste au moment où un morceau du toit se détache et tombe juste sur sa couchette. La fumée l'aveugle tandis qu'elle tente de courir à l'avant du chariot. Elle lui brûle les yeux, lui râpe la gorge et masque les flammes qui se jettent sur elle et se retirent tour à tour comme des chiens sauvages. Elle fonce mais trébuche sur quelque chose, et tombe violemment sur du bois qui brûle, mais sent le bois, pas le feu. Ce feu va se propager dans ses cheveux, atteindre les huiles qu'elle y met, le parfum qu'elle vole à Emini pour se le frotter sous le nez. Les flammes crépitent et Sogolon hurle mais son cri se transforme en quinte de toux. Puis elle voit sur quoi elle a trébuché.

Une jambe accolée à une autre, une jambe en feu attachée à des hanches en feu, à un ventre noir comme charbon, qui éclate de jus de femme et fait gicler la peau et la graisse. Comme une torche tombée. Emini. Le feu l'a fait exploser et il est là, le petit qui grossit déjà dans son ventre, une boule de flammes et une coquille noire. Sogolon crie son nom, et le cri déclenche un rire à l'avant du chariot. Elle lève les yeux et voit le garçon qui tenait les rênes, un tas de cendres qui ne bouge plus. Des mains lumineuses, jaunes comme le soleil, le lâchent, des mains appartenant aux jeunes épaules de ce garçon du palais qui est tout de lumière, celui que le prince jumeau traînait autrefois en laisse. Non, pas de lumière, mais d'un feu qui roule à l'intérieur de son corps comme des nuages d'orage. Une tête jaune et chauve, des yeux jaunes, des dents jaunes qui passent du sourire au ricanement quand il la voit. Enfuis-toi, ma grande, vas-y. Saute dehors et atterris sur le sol, ou le sable, ou la pierre, ou un nid de fourmis, tout plutôt que le feu. Le garçon-feu lâche le conducteur du chariot, qui tombe en miettes. Il saute de nouveau à l'intérieur au moment où les essieux cèdent ; toute la structure dégringole par terre dans un fracas. Sogolon tombe et le chariot tombe sur elle, mais rien ne touche sa peau, ni même ses cheveux, et ce garçon est à un souffle de son visage. Il avance les mains vers son cou et Sogolon sent la chaleur autour, mais lorsqu'il tente de lui empoigner la gorge, ses mains glissent. Plus il s'escrime à l'attraper, plus elles glissent, mais sur l'air, car il ne la touche pas. L'air glisse entre elle et lui, mais ça ne ressemble pas à du vent. Le garçon siffle et crépite. Sogolon rassemble sa fureur dans un seul regard mauvais, sans même y réfléchir, quand le vent (qui n'est pas vent) le cogne à la poitrine et le soulève dans le ciel, le renverse cul par-dessus tête après quoi le vent (pas vent) le relâche et il s'écrase dans les décombres. Il ne reste rien que des cendres de la Sœur du Roi et Sogolon voit rouge. Le garçon-feu bondit sur elle comme un léopard mais heurte un bouclier de rien et tous deux entendent un craquement. Le vent (pas vent) se saisit de nouveau de lui, le projette dans les airs et le précipite une fois de plus par terre, encore et encore et encore, le battant comme les lavandières battent les vêtements, à lui couper le souffle. Il expulse le feu de lui, la lumière de lui, le souffle de lui, le sang de lui, et la chair, ne laissant rien. Il, c'est-à-dire elle. C'est elle qui fait ça. Elle qui est au-delà des mots. Elle, Sogolon.

Deux voix hurlent après le garçon-feu. Un flou brun comme une main surgissant en travers de son visage file au-dessus du chariot en flammes, s'arrête un bref instant, puis redevient flou. Sogolon pourrait jurer qu'elle a vu yeux, bouche et mains. Le flou se précipite vers le corps du garçon-feu et gronde jusqu'à former deux têtes sur un seul corps. Elles hurlent sur lui, puis se retournent et grognent contre Sogolon. Elle se dépêche, tente de s'enfuir, mais le garçon à deux têtes se brouille en un néant. Puis le flou fonce droit sur elle, et la renverse. Le garçon à deux têtes est sur elle, fort comme un bœuf, l'une d'elles à l'haleine plus fétide que l'autre, il parle une langue qu'elle ne connaît pas, mais quand une tête parle, l'autre tête acquiesce en silence. Puis toutes deux lui jettent un regard noir. Sogolon invoque le vent dans son esprit, disant : Vent, je t'invoque, puis disant : Vent, je t'appelle, puis : Vent, je te supplie, mais le vent ne vient pas. Elle maudirait son inconséquence, mais leurs mains sont sur sa gorge, deux mains fortes comme quatre, et elle n'arrive pas à respirer. À tousser. Elle cherche à tâtons le poignard attaché à son bras, mais s'évanouit déjà. Elle agite le bras tandis qu'ils la poussent dans les décombres. Le poignard finit par jaillir dans sa paume et elle le presse contre son cou. « Un bout de bois, elle nous attaque avec un bout de bois », raillent les garçons. Ils rient encore lorsqu'elle touche le pommeau et que la pointe du couteau ressort de l'autre côté du cou de celui de gauche. Celui de droite regarde en hurlant son corps mourir sous lui.

Les mots fuient Sogolon. Elle regarde autour d'elle et ne voit que feu et destruction. Personne ne surveille la femme sans nom, proie facile pour le garçon-feu. Le chariot de devant brûle aussi, les chevaux, mules et ânes sont tombés, certains sont en flammes. La plupart des femmes blanches sont mortes et les quelques survivantes tentent de se défendre contre les Sangomins à coups d'épée, mais elles se comptent parmi les nonnes, pas les guerrières. Elle n'est qu'une fille. Elle devrait fuir. La terreur bat dans son cœur, cogne contre ses tempes, et fait trembler ses mains et ses jambes. *Fuis, ma grande*, se dit Sogolon. *Ce n'est pas ton combat, ces femmes ne sont pas tes amies, et si quelqu'un les attaque, c'est une fleur qu'on te fait.* Mais la Sœur du Roi brûle. Ils ont tué Emini et le bébé en elle.

Entre les côtes de l'autre chariot qui brûle, deux femmes blanches brandissent leur lame contre l'un des Sangomin ; l'une vise le cou, l'autre la jambe, et toutes les deux manquent leur cible car il bondit en l'air, se met au niveau du sol puis abat deux épées pour découper ses adversaires. Le garçon ocre-rouge avec des rasoirs à la place des doigts se tranche, se coupe, se hache, se grave un chemin à travers quatre femmes qui explosent de sang et laissent échapper leurs armes avant de se rendre compte qu'elles sont mortes. C'est vers Sogolon qu'il trace sa voie sanglante, mais il prend son temps, savourant chaque mise à mort. Un gros garçon sans jambes, mais avec des mains comme des troncs d'arbre, qu'il emploie pour courir partout, en renverser certaines et en écraser d'autres dans le sol comme des insectes. Et les femmes en blanc continuent de se battre. L'une d'elles, puissante, court avec une lance à la main, qu'elle enfonce en plein dans le dos de l'homme de haute taille, blanc comme un linge. Il titube, s'étouffe, se raidit et s'écroule. Le feu bondit sur les arbres voisins et l'herbe verte devient rouge, et plus rouge encore. Trois femmes blanches se replient derrière un arbre, se défendant avec poignard et épée contre le garçon ocre-rouge, à qui il repousse un doigt lame aussitôt qu'elles en coupent un. Mais de la cime de l'arbre descend l'enfant-sombre, fils-araignée, qui prend deux d'entre elles par le cou et les soulève. La troisième lève la tête et voit des morceaux de l'une lui pleuvoir dessus. Puis un doigt lame, un doigt rouge, lui éclate la gorge.

Vois la fille s'enfuir. Vois la fille regarder par ses yeux aveuglés de larmes. Se cacher derrière des arbres trop minces, sous des fougères trop basses. Où se cacher en terrain découvert ? Ici, ce n'est pas la forêt humide, mais le flanc de colline rocailleux qui mène à l'extérieur de la vallée. Nulle part où s'enfuir, si ce n'est vers le bas, en sautillant entre les rochers qui dépassent pour vous assommer, qui sortent du sol pour vous couper les pieds et vous faire trébucher. Elle tente de couper par le flanc de la colline en s'écartant du sentier étroit, tâche de ne pas se briser l'orteil, de ne pas se casser les jambes, de ne pas rouler jusqu'en bas en tonneau. Mais elle descend trop vite et ne peut s'arrêter, son orteil heurte un rocher, le choc la précipite en l'air, elle y reste un quart de seconde avant de tomber, de rouler, de cogner, et de claquer contre un rocher, puis elle roule de nouveau, jusqu'à se retrouver étalée dans un champ d'herbes hautes. Du sang lui coule dans les yeux, d'une plaie à la tête. À travers, elle voit une silhouette noire qui fait des bonds dans les feuillages, l'enfant-sombre qui s'approche, de plus en plus. Sogolon essaie d'abord de ramper, puis tente de se mettre debout, mais son pied gauche l'en empêche. Elle essaie de se faire toute petite et de s'éloigner en boitillant, mais au troisième pas une main noire lui saisit la cheville et bondit en l'air en l'entraînant. Il la laisse heurter le sol deux fois, pour lui arracher le poignard de la main et l'air des poumons.

Ils se penchent tous pour la regarder, tandis qu'elle sent le sol sous son dos. Elle se sent vaseuse et son œil droit n'y voit que du rouge, car quand l'enfant-sombre la traîne vers le haut de la colline, il se moque que son dos se déchire, que sa tête se cogne. L'un d'entre eux dit saigne-la, un autre que la brûler vivante permettrait d'envoyer aux dieux un doux fumet de peur. Un autre dit, nique tes dieux, c'est nous les dieux de cette colline et de cette vallée, désormais. D'un œil elle voit le gros garçon-boule qui se précipite en gueulant vers le tout mince, première fois qu'elle le voit, et le gros abat son poing sur le tout mince, qui se mue en brume, puis de nouveau en chair, et là il flanque à l'autre un coup si brutal que le gros roule sans pouvoir s'arrêter. Ils rient tous, les Sangomin. Rient si fort entre eux que Sogolon se relève en titubant et s'en va chancelant. L'un hurle de l'attraper, mais un autre dit non, l'air de se régaler.

Vois-les chasser, les Sangomin. Regarde comment ils la traquent. Le long de cette piste étroite avec de chaque côté le vide, on ne peut aller nulle part sans passer à travers le feu, par les décombres et les corps morts, et les morceaux de corps dispersés un peu partout. Elle esquive une roue de chariot qui roule vers elle, mais ne voit pas la fille derrière, la fille dont la peau refuse de se décider. Le blanc qui roule sur son buste et ses seins et ses jambes et qui s'impose par endroits sur le brun. Cette fille, elle a un poignard dans chaque main quand elle avance sur Sogolon, qui recule, pas à pas. Pendant que la fille avance, le blanc en elle se concentre en une moitié complète et se met à pousser contre la peau jusqu'à ce qu'une autre fille, blanche comme une albinos, jaillisse de la fille à la peau brune, qui maintenant attaque Sogolon avec quatre couteaux. La blanche lui bondit dessus et se heurte à ce rien entre elles qui lui casse les os. Le rien, le vent (pas vent) la frappe au visage, et la tord, la tord fort jusqu'à ce que son cou se brise. La blanche tombe par terre et la brune pousse un petit cri. Avant même qu'elle ait le temps de brailler, le vent (pas vent), la soulève et la cogne contre les rochers jusqu'à ce qu'il n'y ait plus rien à cogner. Cinq mains de pierre blanche la saisissent au cou et la jettent par terre. L'homme de haute taille qui tombe en miettes. Une fille en pierre blanche dans la ville flottante lui passe par la tête. Un être sans forme, empruntant sa forme à la pierre, la silhouette d'un homme long. Sogolon roule, et roule, et roule jusqu'à ce que quelque chose arrête sa chute. Le pied du garçon rouge aux doigts rasoir. Vous êtes censés être sept, marmonne-t-elle. Un sourire mauvais fend le visage du garçon tandis que son doigt s'allonge de plus en plus. Derrière lui, le gros qui cogne ses mains par terre, le mince fait d'air, et l'enfant-sombre qui saute de rocher en rocher. Plus loin la fille rouge et bleu avec la langue de lézard jette un cadavre de femme sur un tas blanc. Le gros garçon glousse, demande s'ils ont vu ce dont elle est capable, celle-là. Elle est spéciale, celle-là. Elle est presque comme nous.

« Personne n'est comme nous, protesteste le tout mince.
– Ça suffit », dit doigt rasoir, qui fait mine de trancher.

Ça se passe trop vite, la colère de Sogolon expulse toute peur tandis qu'elle les regarde par son œil rouge. Le vent traverse sa peau, qu'il fait onduler – elle le sent à présent – puis ses deux yeux deviennent rouges.

« Qu'est-ce qu'elle fait ? Qu'est-ce qu'elle… »

Onze

Vois les ténébreux s'agglutiner et lui écraser le visage. Les ténébreux pressent ses jambes, s'accroupissent sur le creux de son ventre et poussent ses bras, qu'elle a croisés sur sa poitrine comme pour un enterrement. Comme si elle était morte. Personne ne lui a dit que la mort n'est que ténèbres, pression et attente, mais tous les trois, ils poussent sa tête, tirent sa jambe droite, et pas dans l'axe. Elle ne se rappelle pas l'alors d'avant les ténèbres, seulement le maintenant, et le maintenant est ténèbres, rien que ténèbres. Les ténèbres ont une odeur, une odeur de feu, de bush, de vers, de boue et de merde. Elles ont un goût, qui se répand dans sa bouche, roche, ver, boue, merde. Ses yeux ne peuvent pas s'ouvrir. Refusent de s'ouvrir. Sa bouche ne peut se fermer. Refuse de se fermer. Ses bras ne peuvent frapper, refusent de frapper. Ses jambes, où est sa jambe gauche. La droite lui fait mal car elle est toute tordue. *Tire-toi, ma grande, tire-toi, quel que soit ton nom, pars, pars, pars.*

Elle se tord les mains et arrache des mottes de terre, gratte, gratte jusqu'à ce que les bras s'étendent et que la terre tombe dans l'espace laissé vide. Elle gratte et donne des coups de pied, elle crache de la terre, elle gratte et cogne et crache jusqu'à ce que son corps bouge, vers le haut, qu'il grimpe, parfois roulant vers le haut, parfois glissant de biais. De la boue s'étale sur sa poitrine et des rochers râpent et coupent sa hanche. Et toujours elle gratte et gratte et gratte, plus haut, encore plus haut, de la terre glisse tout autour d'elle jusqu'à ce que sa main droite attrape une motte de vent. Ensuite, c'est la gauche, puis les deux l'arrachent du sol et sa tête jaillit à l'air libre, qui s'engouffre si fort en elle qu'il manque la faire retomber dans le trou dont elle s'est extirpée. De la terre coincée dans le fond de sa gorge la fait tousser, et la terreur la fait tressaillir. Sogolon pleure quand elle s'arrache à la terre, mais le soleil pâle ouvre ses yeux chassieux et ce qu'elle voit la fait cesser.

C'est la terre sur le bord qu'elle voit d'abord, tout autour, inégale comme si on venait de creuser une tombe. La lumière change, ou bien ses yeux, et on dirait une chaîne de montagnes dans le lointain. Il lui faut quelques instants pour s'apercevoir qu'elle tournoie doucement, elle tourne en rond, en rond pour voir des tas de terre au bord d'un cercle impeccable. Le bord bien au-dessus d'elle, une hauteur qu'elle ne saurait mesurer, donc elle suit la terre vers le bas jusqu'à ce que ses yeux atteignent ses pieds. Ça doit être des dieux qui ont fait ça, se dit-elle. Des dieux ont dû l'entendre crier et envoyer la lune pour broyer le combat et écraser le sol puis, avec des doigts divins, la ressortir de terre et la réinstaller dans le ciel. Car il n'y a pas d'autre moyen d'expliquer ce qu'elle voit. Ce au milieu de quoi elle est, ce cratère plus large qu'un lac, ce bol lisse dont elle va devoir escalader les parois, pour en sortir.

Glissants, la terre et les rochers ne cessent de rouler vers le bas, l'entraînant avec eux. Sogolon agrippe des amas de pierres mais ils se détachent et roulent dans le fond, et elle avec. La deuxième fois elle cogne un rocher avec son genou et saigne. Ce trou si large que le soleil le délaisse alors que le ciel est encore bleu clair. Sogolon parvient finalement au bord du cratère et manque retomber lorsqu'elle les voit flotter, d'abord la moitié supérieure du garçon au doigt rasoir, avec ses entrailles qui pendouillent, ses yeux qui regardent dans le vide, et ses jambes manquantes. Blocs de roche blanche, descellés, et de pierre taillée – le gros homme, éclaté en mille morceaux. Elle s'extrait du cratère et passe devant la fille rouge et bleu à la langue de lézard, ses mains et ses jambes s'agitant comme si elle était sous l'eau, le visage endormi, l'arrière de la tête explosé et les entrailles qui débordent. C'est déroutant, ces trois-là qui flottent en l'air comme s'ils étaient sous l'eau, mais tout est figé comme si ce qui s'était passé n'avait pas été mené à terme. L'intérieur de la fille lézard sort par l'arrière de sa tête, mais reste là, ne va pas plus loin, ne tombe pas par terre. Juste là. Comme les morceaux du garçon à deux têtes. Et les rochers, et les arbres, et deux roues de chariot mais pas de chariot, et les corps en robe blanche, et la nourriture, et les chevaux morts, les ânes morts, les mules mortes, même les oiseaux morts. Et les jambes du garçon rasoir qui dépassent d'un tronc comme si c'étaient des branches. Rien ne s'élève, rien ne tombe, et Sogolon court vers l'avant de la caravane, puis vers l'arrière, et constate que tout ce qui prouvait qui elles étaient et ce qui s'est passé flotte dans le ciel, en mille morceaux. Même les flammes. Même une partie des rochers qui mènent à la montagne semble avoir disparu. Elle ne pourrait en jurer, ne pourrait jurer de rien si ce n'est qu'elle a mal à la tête et que ses jambes vont céder. Elles cèdent.

Des croassements la réveillent. Elle ne sait pas combien de temps elle a dormi, mais quand elle se réveille, tout ce qui flottait en l'air est tombé par terre. Les croassements se font vacarme. Des corbeaux. Ils s'amassent comme des abeilles, sur toute la piste, picorant les restes de la caravane, les corps morts, et aussi, ils donnent des coups de bec aux cadavres et carcasses pour s'assurer qu'ils sont bien morts. Plus loin ses jambes dépassent. Sogolon panique, puis se reprend. Près d'elle gît le corps d'une sœur dont les jambes manquent. *Ça sert à rien de pleurer, ma grande*, dit la voix qui lui ressemble. Pleurer ne fera que les attirer. Les faire venir. Ils sautillent à leur rythme, les corbeaux. Passent doucement à côté de sa tête et du cadavre à ses pieds. Ses yeux s'entrouvrent juste au moment où l'un des charognards donne un coup de bec à la poitrine de la sœur. Un autre lui saute sur la tête. Sogolon ferme bien les yeux et retient sa respiration. Un petit coup d'abord, la pointe d'un clou sur son front. Sogolon enfonce ses ongles dans sa peau mais ne bouge pas. Un autre petit coup. Puis un autre. Et un autre. Un de plus et les larmes vont avoir raison d'elle. Puis, comme ils étaient venus, les corbeaux s'envolent dans un monstrueux bruissement d'ailes. Tous, disparus, en un clin d'œil. Elle n'ose pas ouvrir les yeux avant d'entendre le vent agiter les herbes sauvages.

Sogolon se réveille de nouveau. Elle trouve le poignard logé entre des rochers. Le soir vient, doux et frais, et elle se réveille sous deux roues de chariot appuyées l'une contre l'autre. Mantha ne doit plus être qu'à une journée, elle l'espère. Un jour à cheval, un peu plus à pied. Mais si ce n'était qu'à un jour, une émissaire de Mantha serait venue à la recherche de leurs sœurs disparues.

Quelqu'un doit être attendu. Quelqu'un doit manquer à l'appel. Quelqu'un doit avoir besoin qu'on les trouve. Ceci, de la fille qui va s'enfuir, de la fille qui se répète peu importe où tu t'enfuis du moment que tu t'enfuis. Maintenant voilà que tu n'as plus rien à fuir, et le dois.

De l'air froid descend sur la piste et elle se met à trembler. Plus le jour baisse, plus il fait froid, sur quoi un vent se lève qui la fait grelotter si fort qu'elle entend ses dents claquer. Un air si mordant qu'elle a la sensation que sa peau brûle. Elle file de roue en roue, de décombres en décombres, jusqu'à tomber sur les corps vêtus de blanc de deux sœurs divines. Leurs manteaux aussi déchiquetés que leurs dépouilles, mais c'est tout de même de la fourrure. Sogolon essaie d'en tirer une d'un demi-corps, mais le cadavre semble résister, refuse de lâcher. Elle hurle lorsqu'elle parvient à arracher le demi-manteau, à présent blanc et marron avec des giclées de sang séché. Ne réfléchis pas, enveloppe-t'en, emmitoufle-toi dedans, mets-toi en boule, se dit-elle. Elle est cocon jusqu'au matin. Étoiles et lune s'éclipsent avec l'aube, mais Sogolon ne dort pas, elle ne fait que marcher, devant des silhouettes et des formes et des morceaux qui pourraient être d'origine humaine, animale, ou autre chose qu'elle ne peut imaginer. La piste a le même air qu'elle aurait après une guerre, pense-t-elle, un lieu sans paix même dans le calme. Le seul calme qu'elle trouve, c'est au fond du cratère, et c'est au fond du cratère que lui vient cette réflexion : c'est elle qui a fait tout cela. Ou peut-être les dieux, ou la lune, ou ce vent, qui refuse d'être son serviteur ou son maître. Son esprit passe en revue ces hypothèses, mais une seule lui donne l'impression d'une clef qui ouvre une porte – que c'est elle qui est l'auteure. Mais quand il est sorti de ses mains, la dernière chose dont elle se souvienne, il n'était pas comme du vent quittant sa peau, mais comme un liquide en ébullition. Une puissance qui renverse tout sur son passage, brutalement, pas un vent qui fait tout tomber. De même que si on retourne deux morceaux d'acier aimantés qui s'attirent, ils se dispersent. Son esprit en prend la mesure, de ça, pas des métaux, mais de la dispersion.

Cette chose, ce ça, qui pousse tout avec la force de cent béliers, cette chose qui a percé dans le sol un trou grand comme un champ, fait gicler la tête d'un homme vers le nord, son cœur au sud, et d'autres parties de son corps simplement dans les airs. Cette grande puissance qu'elle sent depuis toujours, qu'elle a confondue avec une brise, une bourrasque, cette chose qui l'empêche de se fracasser par terre quand elle tombe, qui empêche autrui de la frapper. Sorcellerie ? Diablerie ? Elle ne pratique pas la première et n'est pas au service du second. Son esprit lui joue des tours, voilà ce que c'est. Son esprit lui joue des tours. De tout temps, les hommes et les femmes ont pensé que tout phénomène étrange était dû à la magie, quand ce n'est que le ciel, ou la mer, ou l'air, ou l'eau qui opèrent ; quand seule notre infortune nous pousse à nous en imaginer responsables, nous, ou encore les dieux ou les diables. De même, nous souhaitons si fort des bonnes nouvelles que, lorsqu'elles arrivent, nous pensons que c'est par notre volonté, et non pas simplement que nous avons de la chance. Pensées lourdes qui la repoussent dans le sol ce soir-là. Le ciel ne lui dit rien.

Les jours ne sont pas chauds, les nuits d'un froid de chien. Elle trottine alentour de la piste en quête de quoi manger, de quelque chose qui puisse servir. Dans un bosquet d'arbustes elle trouve une outre pleine d'eau avec un arrière-goût de vin qui lui donne envie de la vider d'une gorgée. Dans ce même bosquet, des morceaux de pain sec et des tas de miettes, quelques dattes, des os séchés et une main à trois doigts. Il y a encore deux nuits, cette vision l'aurait fait vomir. Maintenant elle passe devant sans haut-le-cœur ni soupir. Avant le coucher du soleil, elle trouve l'une des têtes du garçon bicéphale parmi les rochers, et l'éclaboussure de jaune séché à l'endroit où elle l'a tué. L'éclaboussure se met à briller dans la lumière qui s'amenuise. À l'un des arbres tombés, elle arrache une fine branche droite, aussi grande qu'elle, avant d'en retirer les feuilles et l'écorce. Par deux fois elle est réveillée par les bruits de bêtes qui détalent, qui fouillent et s'empiffrent dans la nuit. Elle agrippe son bâton tout neuf, mais aucune ne s'approche. Au matin elle rassemble tout ce qu'elle peut trouver, gratte un peu de liquide jaune séché dans un tissu, et se met en route.

Mais où aller ? Une voix qui lui ressemble dit : *Fais confiance aux dieux.* Mais d'après ce qu'elle a vu depuis la termitière, la confiance est bien une chose qu'on ne devrait jamais accorder aux dieux. Mieux vaut encore venir à eux dans la peur, tremblant. Mieux vaut encore ne pas venir à eux du tout. Quant à l'espoir, c'est sans doute une bonne chose pour ceux qui en ont besoin, mais pour sa part, le seul espoir dont elle a besoin, vis-à-vis des dieux, c'est qu'ils ne la trouvent jamais pour se jouer d'elle. Sogolon regarde ce qu'elle laisse derrière elle et se demande si cet espoir ne s'est pas perdu depuis bien des lunes.

Voilà la vérité. Sogolon ne sait pas distinguer l'ouest de l'est ou le nord du sud, malgré le soleil. Elle distingue le haut du bas, et seulement parce que ses cuisses lui font mal à force de grimper. Un matin lui amène des flancs de montagne si escarpés qu'elle monte avec les mains plus qu'avec les pieds, et se tient par un seul doigt tandis que rochers et falaises roulent par-dessus sa tête. Sentant la pente se stabiliser, elle lève la tête et esquive in extremis un rocher qui lui arrive en plein visage. Comment un chariot est-il censé grimper ça ? Elle met trop longtemps à se rendre compte qu'elle a quitté la piste et doit la retrouver. Le même jour, elle se glisse par un passage si étroit qu'il déchire l'arrière de sa fourrure. Pire, le passage mène à un autre, encore plus étroit. Sogolon pousse un juron quand elle se retrouve coincée. Un juron si sonore qu'un grondement le noie, le son du passage qui s'écarte, s'ouvrant plus large comme si les deux parois rocheuses prenaient peur à l'idée de la toucher. Le mouvement fait se détacher des rochers qui rebondissent et s'explosent juste au-dessus de sa tête. Par les dieux, cette chose à l'intérieur et à l'extérieur d'elle qu'elle ne comprend pas et ne peut contrôler. Ça vient un jour quand elle en a besoin, mais l'abandonne le suivant. On dirait des mouvements d'humeurs, mais parfois, tout ce qu'elle a, c'est une rage vide, et son cri n'est qu'un cri. Peut-être que ce n'est pas un don des dieux, mais un dieu proprement dit, qui fait ce que font les dieux, avant toute chose, à savoir se foutre de la gueule des gens.

Pour une fois, Sogolon s'autorise à aller au bout de son idée. Elle se trouve dans une étendue sauvage de montagnes et de nuages, à perte de vue. Que les dieux, comme c'est leur nature, se foutent de notre gueule, à nous les mortels, car ils nous envient. Oui, ces mêmes dieux, parfaits dans leurs façons, sauf qu'ils ne sont pas parfaits. Ils sont mesquins. Et irritables. Et inconstants. Imprudents. Puérils. Rancuniers sans vrais griefs à part leur propre agacement. Mais l'envie, c'est le moteur, elle le sait à présent. L'envie, c'est ce qu'ils ressentent envers nous car nous avons un pouvoir qu'aucun dieu ne peut avoir, et c'est le pouvoir de se surprendre soi-même. Cette certitude l'ébranle. Elle se demande d'où elle vient. On dirait que quelqu'un le lui a chuchoté de la cime de la montagne. Ou peut-être est-ce le jour de sa naissance, à son insu. Elle ne peut plus s'imaginer ce qui bouillonne sous sa peau comme l'œuvre d'un dieu. *C'est toi*, dit une voix dans sa tête qui ressemble à la sienne.

Elle veut sortir de cette montagne qui se transforme en montagnes. Ou atteindre Mantha, même si elle n'a rien à y faire, et n'y pense donc pas souvent. Elle est perdue, elle est seule et elle a faim, et ces trois choses ne vont pas tarder à la tuer. Les sœurs divines donnaient l'impression que ce n'était qu'une route étroite qui montait perpétuellement en lacets, mais elle a déjà traversé deux petites vallées, dont la deuxième lui a montré quelque pitié en lui accordant un torrent pour remplir son outre. Et ce qui ressemble au sommet de la montagne devient un sommet parmi bien d'autres, sans rien pour lui indiquer lequel est Mantha. Les arbres se raréfient et de plus en plus de rochers, encastrés ou pas dans le sol, se dressent sur sa route. Il ne lui faut qu'un jour pour que la peur laisse la place à l'émerveillement. Étrange, même son esprit le remarque, qu'elle ne se soucie plus de trouver ou d'être trouvée. Et cette chose en elle qui en vient à la comprendre. Ou peut-être que c'est elle qui en vient à comprendre cette chose. Ça ne veut pas dire qu'elle l'a apprivoisée. Sogolon croira marcher dans les airs et se maudira car elle sentira toujours la pression sous ses pieds. Mais alors elle baissera les yeux et constatera qu'elle se trouve à hauteur de cheval au-dessus du sol. Pas un vent qui souffle mais quelque chose qui la pousse – peut-être devrait-elle appeler ça la poussée. Elle fixera le sol sans réfléchir, quelque chose au-delà de la pensée, et la poussée la heurtera en pleine poitrine et la précipitera dans le ciel. Elle criera en tombant, mais elle ne cognera pas le sol, flottera juste au-dessus. Elle touchera un rocher et se demandera si la poussée peut venir de l'intérieur d'une chose et faire exploser le rocher. Elle arrivera à une piste bloquée par des éboulis et en verra une nouvelle dont les voyageurs ont dû se contenter, et sans qu'elle y pense, les rochers s'éparpilleront d'eux-mêmes.

Grimper de nuit. Une voix dans sa tête qui lui ressemble dit : *Maintenant ça y est, tu t'es débarrassée de toute sagesse.* Toutes sortes de bêtes rôdent la nuit, cherchant de la chair et du sang, même dans les montagnes. Sogolon se débarrasse d'autre chose – la peur ou le fait de s'en soucier, elle ne sait pas trop. C'est comme ça qu'elle arrive à ce lieu sans s'en rendre compte. La terre est terre, la pierre est pierre, la roche est roche, toutes identiques dans la nuit, si bien que ça ne change rien, où elle se couche. Sogolon se réveille avant le soleil et constate que sa fourrure, son visage et le sol sont couverts de poussière blanche, froide au toucher. Elle en prélève un peu et la met dans sa bouche. De la poussière d'eau, blanche. Elle en cueille des poignées et des poignées qu'elle dévore. Il faut attendre que le soleil commence à poindre pour qu'elle voie les rochers tout autour d'elle, debout ou couchés, dans une disposition trop précise pour être seulement des rochers. Dans la nuit une fille plus jeune en elle a pensé qu'ils ressemblaient à la main d'un géant tombé. Mais c'est de la maçonnerie, tout en ruines, tout éboulée. Pas comme les ruines d'un château, car ça, elle connaît, mais des piliers, certains quatre ou cinq fois plus grands qu'elle, d'autres plus petits, la plupart penchés comme s'ils étaient en train de couler dans le sol ou d'en jaillir. Tous ravagés par les intempéries, certains couverts de mousse. Trois restent encore à peu près droits, comme si le constructeur de ce lieu avait su qu'ils résisteraient, témoignant de l'existence de qui vivait ici. Des colonnes, il y en a trois, l'une contre l'autre. La plus courte est la plus large, mais elle penche à droite et le sommet est ravagé, si bien qu'il ne reste qu'un monticule. Celle du milieu, la plus haute, plus haute qu'une maison de trois étages, avec les restes d'une torsade tout du long, un ancien escalier, sans doute. La troisième est la plus fine, mais avec une tête large qui se rétrécit au sommet. C'est aux alentours de midi qu'elle voit le gros œil rond et la mâchoire en longueur d'un serpent. Mais toutes les colonnes sont gravées de dessins, de traits qui ressemblent à des runes, ou à de la science, de mots et de glyphes dont le sens plane dans sa tête sans jamais s'éclaircir. Elle arrive presque à les lire, mais le sens s'ouvre et se referme aussitôt. Sur le premier elle trouve Maison des Seigneurs, sur le deuxième, Maison des Rois, et sur le troisième, juste Maison. Elle passe les doigts sur les formes, comme pour chercher la signification, se demandant si c'est un temple, un palais, un fort, ou un autre édifice de glorieux usage. Aussi, sur ce monticule, quatre arbres, éparpillés sans soin sur la colline, avec des fruits amers qu'elle mange néanmoins, et des feuilles qui ont meilleur goût. C'est là qu'elle pose le peu qu'elle a et se repose.

Que faire d'une bénédiction qui est aussi malédiction ? Courir partout en riant comme une folle et jeter son gloussement au vent, ou au pas vent, pour qu'il le lui renvoie ? Courir jusqu'à une falaise et sauter, et tomber, tandis que le vent ou pas vent souffle si fort qu'elle le sent dans chaque mèche de ses cheveux, atterrir à un doigt du sol et soulever un nuage de poussière ? Sauter d'un rocher et atterrir le cul sur un autre pour ensuite hurler de douleur de s'être bousillé les fesses et maudire la poussée qui la sauve de la mort mais de pas grand-chose d'autre ? Peu importe. Sogolon court dans le ciel et dort au frais sous la terre, et elle se demande, assise au fond d'un torrent à sec, tandis que la poussée fait un cocon autour d'elle, si ça lui vient de sa mère. Le seul talent que son père ait jamais montré, c'était de se contorsionner pour se pisser dans la bouche. Folie que ses frères ont mise sur son compte à elle. Peu importe, elle allait oublier leurs noms. Mais la voilà, une autre nuit, tentant de se rappeler le nom d'au moins un de ses frères, jusqu'à se rendre compte qu'elle ne l'a jamais su. Le feu crépite et on dirait un rire. Puis un autre bruit, comme un craquement de branche ou d'écorce. Sogolon regarde autour d'elle les trois doigts géants, puis fait taire son esprit pour écouter. Le feu crépite, grésille. Rien.

Elle se réveille en pleine nuit, le feu crépite encore. Elle envisage de jeter de la poussière dessus pour que le bruit cesse de la réveiller, mais n'a pas envie de bouger. Le sommeil la reprend vite, mais un nouveau crépitement la réveille bientôt. Elle écarte la fourrure et pousse de la poussière sur le feu pour qu'il se consume lentement. Elle émet un bâillement sonore, mais quand elle se penche, un craquement fend le silence. Pas le feu derrière elle. Elle se retourne pour regarder entre deux arbres chétifs, et entre ces deux arbres quelque chose lui rend son regard. Des yeux jaune pisse, qui clignent. Elle se redresse d'un bond pour s'enfuir mais la grosse chose noire la renverse brutalement dans la terre. Une patte bloque sa main droite, l'autre écrase sa gorge, un ventre enfonce le sien. La créature gronde et secoue la tête, et ses longues défenses éraflent la poitrine de Sogolon. Le monstre rugit de nouveau. Sogolon hurle. Il ouvre grand la gueule et de la salive éclabousse son visage et sa poitrine, et son haleine lui brûle les narines. L'obscurité est trop dense. Sogolon voit des oreilles pointer vers le haut, comme une chauve-souris, elle voit de la peau, de la fourrure. Elle sent la sueur, l'eau croupie des rivières, la boue, la chair pourrie à chaque fois qu'il rugit. Il y a des mouvements dans le noir. Des yeux si jaunes, qu'ils brillent, cruels. Sogolon tressaille. Des yeux si jaunes, un museau qui crache de la vapeur, une gueule grande comme la lune. Un autre rugit sur la gauche et s'approche. Celui qui la bloque par terre répond d'un grognement. Elle ne sent plus sa main droite, qui gifle la bête sans effet. Les autres s'approchent, il doit achever sa prise. Il ouvre grand la gueule, yeux sur son cou. Sogolon repousse son ventre.

Les autres bêtes sont parties, remportant leurs cris stridents là d'où elles étaient venues. Pas question de dormir à présent, pas avec tout ce flanc de montagne couvert de chairs explosées. Elle en a sur la poitrine et sur le visage, une matière chaude et visqueuse qui laisse un goût d'acier dans sa bouche. Sogolon reste étendue là, elle regarde le ciel tandis que la nuit s'enfuit. Le lendemain matin, elle fait cuire les plus gros morceaux de viande qu'elle trouve.

Deux aubes plus tard, comme elle dort l'oreille au sol, un autre grondement la réveille. Des cavaliers. Elle ramasse toutes ses affaires en vitesse, mais le terrain est trop découvert. Ils sont presque à son niveau lorsqu'elle se cache entre trois piliers, se jetant dans l'ombre.

Sogolon les regarde par une ouverture dans la pierre. Elle compte dix cavaliers, mais d'autres arrivent, trois, cinq, deux, et encore deux. Avant même qu'ils mettent pied à terre, leur armure trahit leur identité. Armée rouge, de Fasisi. Des archers, des lanciers, des porteurs d'épée en cotte de mailles et casque d'or, lisse et près de la tête, avec un arrondi aux oreilles, comme des ailes. Trois chars suivent, puis deux. De l'un des derniers saute un chien grand comme un demi-guerrier, qui renifle le sol et part en courant dans la direction opposée. Sogolon laisse échapper un soupir, trop fort. Les guerriers sont parmi les ruines, à présent, et elle ne peut rien faire si ce n'est se calmer, être comme la terre, et espérer que son cuir marron et sa peau sale, ils vont les confondre avec la poussière même. Sogolon se demande ce qu'ils cherchent, puisque personne n'a de raison de la chercher. Mais ils sont de Fasisi, au service du Roi, et l'ordre de tuer toutes les sœurs divines n'a pu venir que du trône. Non, ce n'est pas ça. La mission, c'était de tuer la Sœur de Roi et de s'assurer qu'il n'y avait pas de témoin. Même si rechercher les témoins prenait des jours. Les survivantes, s'il y en avait, s'assurer qu'il n'y en avait plus. Mais il y a assez de soldats ici pour mener un petit siège, bien trop s'il s'agit seulement de trier les ossements. L'un d'entre eux s'accroupit et fouille la terre avec son poignard. Certains hommes se dispersent, mais la plupart restent immobiles, contemplant le ciel et les montagnes comme s'ils n'en avaient jamais vu.

Et le chien, le chien est derrière elle. Devant elle, quand elle se retourne. Gris, avec la poitrine et le museau blanc, hirsute, comme s'il était enroulé dans un tapis. En vérité, le chien paraît aussi gros que les lions de la cour. Immobile, il la regarde, la tête un peu penchée comme s'il avait entendu ses réflexions, et tellement silencieux que Sogolon se dit qu'il lui veut peut-être du bien. Mais il se met alors à gronder, un grondement sourd et mauvais qui se fait de plus en plus fort, et il découvre ses crocs, comme s'il avait déjà décidé ce qu'il allait mordre en premier. Sogolon reste raide comme un piquet, de peur que le moindre geste le pousse à bondir. Il gronde de nouveau, puis se met à aboyer en continu et s'approche. Il serait sur elle si un soldat ne le tirait pas en arrière.

« Tu ressembles pourtant pas à un chat », dit-il, et il prend le bras de Sogolon avant qu'elle ait le temps de détaler. Le soldat l'attire à lui et elle va pour lui mettre une gifle sur la joue mais atteint seulement le côté de son casque. Elle hurle de douleur et le soldat secoue la tête. Il lui explique qu'à l'intérieur de ces nouveaux casques, ça fait un son de cloche, et ajoute : Toi, jeune fille, on dirait que tu t'es foulé le doigt. Il l'entraîne avec lui, et Sogolon continue de crier, de jurer et de lancer des coups de pied.

« Je peux soit te couper la gorge, soit te casser le bras, soit te laisser indemne. Qu'est-ce que tu préfères, ma grande ? Choisis vite. »

Sogolon se calme et détend le bras qu'il tient encore. Ils passent devant les soldats déployés, devant quatre autres qui montent le camp, et descendent jusqu'aux derniers, trois hommes à cheval qui regardent le lever de soleil. Casques d'or plus gros, ce sont donc des maréchaux, ou en tout cas des hommes d'autorité. Deux d'entre eux se retournent, dont un qu'elle voit pour la première fois en armure rouge.

« Ke… »

Cette syllabe quitte sa bouche, mais elle ravale la fin de son nom. Elle ne sait pas pourquoi. Peut-être parce que malgré tout, les manières de la cour ont déteint sur elle, et elle rechigne à s'adresser à un soldat avec familiarité. Mais ce n'est pas la vraie raison. Keme se racle la gorge.

« Soldat, ce n'est ni un lion ni un cobra. Qu'est-ce que tu m'amènes là ? demande-t-il.

– Je l'ai trouvée derrière l'obélisque, Seigneur.

– Des obélisques, il n'y a que ça ici.

– Derrière les trois là-bas, Seigneur.

– Seule ?

– Jusque-là, oui.

– Capitaine, dit Keme à son voisin. Il n'y a pas des tribus de la rivière qui vivent près de Mantha ?

– Il faudrait une rivière pour ça.

– Alors d'où vient cette fille ?

– Elle était peut-être…

– Tout le monde est mort là-bas, et elles sont toutes habillées en blanc. Cette fille, elle porte ce qu'elle trouve, on dirait. »

Sogolon serait bien intervenue, mais il ne lui a toujours pas adressé la parole. Et ne l'a pas regardée plus longtemps qu'on regarderait une mouche. Ils ne se sont pas quittés en bons termes, mais il l'a laissée avec un cadeau. Pourquoi faire semblant de ne pas la connaître ? Il se joue là un jeu curieux.

« Capitaine, on dirait qu'elle ne sait pas d'où va venir son prochain repas, dit un des hommes à côté de Keme.

– Capitaine, dit ce dernier, nous sommes frères par le rang et la pensée. Et nous n'avons même pas assez à manger comme ça. Soldat ! Tue-la.

– Quoi ? Non ! Keme ! »

Le soldat lui prend de nouveau le bras, mais Sogolon se débat. Keme est sur le point de se détourner, mais il s'arrête.

« Qu'est-ce que tu as dit ?

– Rien.

– Tu ne viens pas de dire Keme ?

– Non, je…

– C'est mon oreille qui délire, ou ta bouche ? » Il met pied à terre, se dirige droit vers elle et lui prend le menton. « Comment connais-tu mon nom ?

– Je… je… je ne le connais pas.

– Tu viens de le dire.

– J'ai…

– Les dieux du hasard te l'ont juste soufflé à l'oreille ?
– Je ne sais pas.
– Tu vas connaître cette lame bien assez tôt.
– C'est l'un de tes hommes qui parlait.
– Aucun de mes hommes ne s'adresserait à moi comme ça, même pas lui, dit-il en montrant l'autre capitaine.
– Capitaine, tous les fils de pute entre ici et Kalindar s'appellent Keme. Arrête de te croire unique », dit l'autre en riant. Il est un des trois hommes qui se promènent nus, à part leur casque, et il est le seul à cheval. Les deux autres, qui se sont éloignés de la troupe, descendent une pente rocailleuse.

« En plus, quand un homme est dans les bonnes grâces de Kwash Moki, tout le royaume est au courant. Ton nom te précède, ce n'est pas une mauvaise chose », ajoute-t-il.

Keme lâche son menton, mais ses sourcils restent froncés. « Du pain pour celle-ci. À voir ce pauvre arbre, là-bas, elle s'est nourrie d'aliments de famine », dit-il tandis que quelques autres rient.

Le nom lui vient comme un juron, donc elle se félicite de ne l'avoir dit qu'à voix basse : l'Aesi. Mais ce nom a toujours du poids, et rien que le prononcer la fait chanceler. Elle tombe, et deux soldats se précipitent pour la ramasser. Elle ne lutte pas. Un autre coupe un morceau de galette, qu'il garnit d'une louche de lentilles, et le lui tend. Elle voudrait ne pas avoir besoin de manger. Elle ne veut rien de ces hommes. Mais elle l'avale en trois bouchées, si bien qu'un soldat crie qu'un crocodile qui mange ses petits le fait au moins en quatre. Le rire gras lui fait honte, mais elle reste assise dans la poussière en rêvant d'une autre bouchée. Le crépitement du feu la ramène à toutes les cuisines qu'elle a connues. Elle s'assoupit à ce bruit, combien de temps elle ne le sait pas, mais elle sursaute en se réveillant, car Keme l'observe.

« C'est ça que tu cherches ? » demande-t-il en agitant le poignard de Sogolon. Son poignard à lui, qui ressemble à un simple bout de bois. « Ingénieux. Qu'est-ce qui se passerait si je le collais contre ta gorge ? »

Sogolon ne répond rien. Keme lui jette le poignard et remarque son habileté quand elle l'attrape.

« Tu as même pas regardé ? dit-il. C'est peut-être un tour que me joue la lumière ? J'aurais juré que c'était le couteau qui avait trouvé ta main, plutôt que l'inverse.

– La nuit manque pas de tours à jouer.
– C'est un proverbe de là d'où tu viens ?
– Non.
– D'où viens-tu ? Qu'est-ce que tu fais ici ?
– Tu me demandes où je vais ?
– Je t'ai demandé plusieurs choses.
– Nous vivons sur la rivière Ubangta.
– Aucune tribu ne vit sur la rivière Ubangta.
– J'ai jamais dit qu'on était une tribu. Juste une famille.
– L'Ubangta est à l'est de cette piste, mais tu arrives par l'ouest ?
– J'ai jamais dit que j'arrivais de là.
– Tu n'as jamais rien dit. »

Sogolon espère, elle se l'avoue en douce, que cette joute verbale ravivera la mémoire de Keme.

« Parle, petite.
– Je… j'espérais qu'elles voudraient bien de moi. Les nonnes de Mantha.
– La sororité divine ? Toi ?
– Y a pas de problème avec moi », dit-elle plus fort qu'elle n'en avait l'intention, et il se rembrunit.

« C'était pour qui, ça, mère ou père ?
– Oui. »

Il rit.

« On ne va pas à Mantha comme ça, ma grande. On n'est même jamais invité.
– Alors on y va comment ?
– C'est pas à moi qu'il faut poser la question. Je ne suis pas nonne. »

C'est décidé. Ce Keme-là aussi, elle le déteste. Le même sourire, cependant. Le même foutu sourire lumineux dans la même foutue barbe, qui encadre le même menton ferme sur ce même foutu visage.

« Ton père te battait fort ? Ta mère, peut-être ? »

Une chose que Sogolon a apprise auprès des gens de la cour : donne-leur juste assez de renseignements sur toi, et ils échafauderont leur propre histoire. Aussi, à ses mots, elle se contente de hocher la tête.

« Peut-être que tu es le genre de fille rebelle qui a besoin d'une éducation stricte. »

Elle sent la chose bouillonner sous sa peau et se calme en prenant une grande respiration.

« Et maintenant tu t'enfuis vers un lieu où les femmes sont encore plus friandes de fouets que ton père. Ou ta mère. Donc tu t'es enfuie pour te débarrasser de lui ?

– Je me suis enfuie pour me débarrasser de l'homme qu'il veut que j'épouse.

– Tu es encore plus indocile que j'avais cru. Pourquoi une jeune fille fuirait-elle le mariage ? Quelle douleur tu dois causer à tes parents ! Une fille qui porte des peaux et des fourrures ne sait-elle pas quelle est sa fonction ? C'est un problème de dot ? Ils n'arrivaient pas à la réunir ?

– Tu poses beaucoup de questions.

– Vaut mieux que je sache. Parce que les inconnus, je les tue.

– Même une fille en fuite ? » demande-t-elle, mais il se contente de sourire. « Tu leur as déjà dit de me tuer.

– C'est vrai. C'est vrai. Un éclaireur a vu de la fumée en direction de Mantha, donc nous avons chevauché pendant quatre jours. Il y a plusieurs jours, nous avons trouvé la source probable de la fumée. Tu sais de quoi je veux parler ?

– Non.

– Comment tu t'appelles ?

– Chibundu.

– Chibundu, la prochaine fois réfléchis mieux aux vérités que tu dis, et aux mensonges que tu dis. Si tu tiens à ton cou. Il ne reste rien de cette caravane, les hyènes n'ont rien laissé, en tout cas. Et voilà que tu apparais, la première âme que nous croisons en bien des jours, et tu t'en éloignes.

– J'ai rien vu.

– Il n'y a qu'une seule route, ma grande, même si tu en as dévié, à en juger par tes égratignures. Et toutes les pistes ramènent à la route. C'était pour s'assurer que les femmes qui partaient se faire nonnes ne se perdaient pas, ce qui leur aurait été fatal.

– J'ai rien vu.

– On voit du sang sur ta petite moitié de cape.

– J'ai rien provoqué.

– J'ai pas dit que tu avais provoqué. J'ai dit que j'avais vu. Je n'avais même pas besoin de poser la question. Dis-moi des nouvelles qui en soient vraiment. Comme pourquoi étais-tu là-bas, et qu'est-ce qui vous est arrivé ?

– Des marchands. C'est ça qu'ils font.
– Qu'ils faisaient. Pas toi ?
– Je suis l'esclave d'un marchand, pas un marchand.
– Pourquoi tu n'as pas dit ça avant ?
– Pas question que je redevienne esclave.
– Je comprends maintenant. Les mauvaises nouvelles qui les ont frappées étaient bonnes pour toi. Et quelles nouvelles, hein ? On a trouvé des roues de chariot mais pas de chariot, des rênes mais pas de cheval, des doigts de femme mais pas de femme. Mon éclaireur dit qu'il prend cette route deux fois par an, parfois trois. Et il ne se rappelle pas avoir vu le lit d'un lac sans lac. Un lit parfait, comme si un dieu s'était assis sur une fesse parfaite. Ça ne te dit rien, ça ?
– Je… Je… Ça m'a assommée. Je sais pas ce que c'était. Je me rappelle rien à part des gens qui hurlaient, puis je me suis réveillée.
– Et tu es la seule survivante. Quel sommeil béni. Je sais ce que c'est.
– Tu sais ?
– Un dieu miséricordieux t'a effacé la mémoire. Comment pourrais-tu ne pas te rappeler ? Et qui voudrait se souvenir d'une chose pareille ? Tout ce que tu te rappelles, c'est d'avoir été l'esclave de quelqu'un. Ne t'en fais pas, ma grande. Selon la loi de Fasisi, personne ne peut être réduit en esclavage par deux fois.
– Les Sangomin.
– Quoi ?
– Je me rappelle que mon maître a crié "les Sangomin".
– Pourquoi les Sangomin auraient-ils attaqué des commerçants ?
– Parce qu'ils sont cruels et tuent pour le plaisir ? »
Keme éclate de rire, mettant en rage Sogolon, qui ferme les yeux pour le cacher.
« Les Sangomas, ils nous donnent le muti, ma grande. Celui des champs pour nous lier à l'esprit, celui de la bête pour nous donner le courage des lions. C'est grâce à ça qu'aucun d'entre nous n'a de défaut ou de maladie, qu'aucun d'entre nous n'a perdu l'esprit. Chaque guerrier parmi nous porte du muti sur le visage, la poitrine ou le bras. Entre nous, certains s'en frottent sur la queue. Ce que tu dis est presque blasphème – à moins que quelqu'un t'ait ensorcelée.
– Les sorcières, elles ont rien à voir là-dedans.

– Tu tiens compte de toutes les sortes de sorcières ? Que dis-tu de celles qui sont mi-femme, mi-vipère ? De celles qui se lavent dans le sang des morts ? De celles qui vivent sous terre ? Il y a autant de sorcières que de galets dans un étang, ma grande.

– J'ai pas vu de sorcière.

– Elles t'ont pas vue non plus, sans quoi tu ne serais plus qu'un tas d'os. Où il allait, ton maître ?

– Tu dis que cette route ne va qu'à un endroit.

– Mantha ? Les nonnes font du commerce, maintenant ?

– Demandez au marchand. Les esclaves, elles connaissent pas les affaires du maître.

– Quand elles sont aussi intelligentes que toi ? Une chose est sûre, tu ne parles pas du tout comme une esclave. Nous partons demain. Certains de ces hommes éprouvent un malaise à s'allonger avec des rois morts trop longtemps.

– Des rois morts ?

– Depuis combien de temps tu dors ici ?

– Quelques jours.

– Toute seule ? Tu es vierge ? Intacte ? »

Quelle question à poser à une femme, pense-t-elle, mais elle ne le dit pas. « Oui, répond-elle. » Elle ne parle pas de la bête nocturne.

« Insolite pour un endroit pareil. C'est la nécropole des rois, ma grande. Des rois et des princes morts de bien avant la dynastie d'Akum sont enterrés ici. Les Rois géants remontent à mille étés, à l'époque où les léopards avaient des défenses, et les éléphants des taches. Quand l'homme était plus grand que l'arbre. Regarde derrière toi, dit-il en montrant les trois poteaux derrière lesquels elle se cachait plus tôt. Celui du milieu, c'est Kamal le Cruel, celui de droite, Barka le Bon.

– Le troisième ?

– Même les vieux ne savent pas.

– Capitaine, arrête de te chercher une deuxième épouse », dit-il en approchant. Lui, le capitaine nu. Il pense sans doute avoir cloué le bec à Keme, mais celle qui est vraiment silencieuse, c'est Sogolon, qui s'apprête à lui demander comment ça parle, une esclave, pas parce que sa réponse l'intéresse, parce que nique les dieux et lui avec, mais pour le maudire de penser que les esclaves sont esclaves parce qu'ils sont stupides ou ignorants, et non parce qu'ils sont infortunés, ou conquis, ou sous le joug cruel de gens comme son Roi. Ou peut-être même de Keme, dès lors qu'il aura l'argent.

« Même toi, tu peux te trouver mieux que quelqu'un qui sent la peau de bête », dit-il. Sogolon regarde autour d'elle pour chercher de qui il parle et revient à elle-même. Lui aussi, elle le connaît, mais aucun nom ne lui revient.

« Capitaine, tous les hommes portent des morceaux de peaux de bête quelque part. La lanière de ton casque, par exemple.

– Pas comme elle, réplique-t-il en s'éloignant.

– Il faut pardonner le capitaine, dit Keme à Sogolon. Comment te sentirais-tu s'il portait la peau de ta mère ? »

Le sens échappe à Sogolon jusqu'à ce que le capitaine revienne dans son champ de vision : debout devant le feu, il se laisse tomber à genoux, puis à plat ventre, et se relève en lion. Son cœur fait un petit bond, car ça pourrait être Beremu ou l'autre lion qui était devenu son ami, mais elle ne reconnaît pas l'homme, et l'autre lion n'était pas un métamorphe, elle en est sûre. Les deux ravivent la même image dans sa mémoire. Des lions dans l'Armée rouge. C'est donc que Kwash Moki a trouvé à les employer, après tout. Mais ce sont les affaires de la cour, et maintenant elle s'agace elle-même de se préoccuper de choses royales, comme si c'était sa place. Un changement de politique, quelle drôle d'expression, le genre d'expression qu'elle n'imagine pas prononcer de nouveau un jour. Et à quelle fin, il n'y a personne à qui la dire. *Réveille-toi tôt, ma grande, applique-toi bien*, dit une voix dans sa tête qui lui ressemble. *Réveille-toi et pars avant eux. Tu ne manqueras à personne ici si tu t'en vas. Réveille-toi aux aurores.*

De l'eau froide éclabousse son visage et Sogolon se réveille. Choquée et désorientée, elle n'a pas vu qui a jeté l'eau. Mais les hommes versent de l'eau sur le feu et se rassemblent pour prendre la route. À l'avant, Keme et le capitaine sont déjà à cheval, prêts à partir.

« Toi, tu es sur celui attaché à celui du capitaine, annonce Keme.

– Je vais à Mantha.

– Non, tu vas à Fasisi.

– Non, je ret… j'irai pas…

– Tu n'iras pas où ? Ils nous ont envoyés en mission à la recherche de faits, et tu es le fait qu'on a trouvé. Il va vouloir une déposition, notre commandant. Et en tant que témoin, c'est toi qui vas la faire.

– Je suis pas témoin.
– Tu mettras ça dans ta déposition si tu veux, mais on y va.
– Et si je veux pas ?
– Je m'en fiche, de ce que tu veux, tu viens avec nous. De gré ou de force, sur ça tu as le choix. Alors choisis. »

2

LES FILLES SONT DES ANIMAUX TRAQUÉS

Bingoyi yi kase nan

Douze

Faisons bref. Kwash Moki, pressé de prouver qu'il est lui aussi le Lion du Nord et pas son Cobra, envahit l'État indépendant de Wakadishu. Ils ont conspiré avec le Sud, préparant iniquité et destruction, dit l'Okyeame. Des forces d'Omororo et de Weme Witu ont conspiré avec Wakadishu pour traverser la rivière Kegere et envahir le Nord. Kalindar. Le Roi du Sud ne déclare pas la guerre et ne vient pas en aide à Wakadishu. Il ne s'embarrassait pas d'histoires de guerre, car des lis poussaient de ses orteils, sa propre merde réclamait de n'être pas remuée, et sa grand-mère devait être enterrée vivante, car elle n'était pas un grand-parent, mais un gremlin tokoloshe. « On se demande bien si personne dans le Sud pense jamais à couronner une nouvelle dynastie, vu que celle-ci sombre dans la folie depuis des centaines d'années », disent les gens de Fasisi en riant. Wakadishu est désormais un territoire occupé. Mais les flammes de Bornu, le pays que Kwash Kagar a effacé de la mémoire, se mettent de nouveau à danser, avec des attaques isolées sans attaquants, des incendies sans feu, des portes défoncées sans bélier et des assassinats sans flèche ni poison. La rumeur danse aussi, qui dit que c'étaient des sorcières.

Keme et l'Armée rouge retournent à Fasisi, qui est le dernier endroit où j'aurais souhaité aller, mais j'y vais. Et je ne proteste pas, me promettant de mettre de la distance entre cet homme et moi dès que mes pieds touchent le sol de Fasisi, et de ne jamais revoir son visage. Au lieu de ça, je me retrouve avec cet homme pendant plus de cinq ans. Regarde-moi maintenant, qui secoue la poussière de mes sandales à chaque fois que je m'apprête à entrer dans sa maison, une maison à laquelle je reviens à chaque fois que je m'en vais. Regarde mes mains, affamées d'arc, bâton, poignard ou épée, qui empoignent le balai pour retirer la poussière laissée par les enfants qui courent, qui hurlent et rient, sortis de mon ventre. De sa semence. Mes mains, brûlant d'attraper un poignard et de le plonger dans l'œil d'un homme juste pour voir son sang me gicler au visage, au lieu de ça elles lissent l'argile des murs extérieurs après la saison des pluies, écossent des pois, broient du grain et écrabouillent une araignée qui s'est introduite dans la cuisine et fait peur aux enfants sortis de mon ventre. De sa semence. Des mains qui brûlent tant de saisir un couteau et de trancher une gorge, ou de toucher une tête et la faire exploser, au lieu de ça elles frottent les ventres malades, ou essuient le nez des enfants sortis de mon ventre. Chaque nuit, quand le grand crocodile a presque fini de dévorer la lune, je me regarde dans l'eau et me demande comment ma vie a pu aboutir à ça, sans crier gare.

Comme j'ai dit. L'Armée rouge à cheval avance plus vite qu'une caravane de femmes lentes, donc elle atteint Fasisi en deux jours seulement. Lorsque nous sommes arrivés à la grande porte, la nuit nous précédait, mais je ne me sentais toujours pas en sécurité. Une voix qui me ressemble dit : *Regarde-toi, une fille sans nom, et pourtant tout ce que tu connais de Fasisi, c'est la cour royale. Comme si tu étais au-dessus d'une servante, comme si tu étais au-dessus d'une esclave, ou de quiconque.* Je repousse cette idée et la remplace ainsi : comment échapper à cette armée et à cet homme qui m'a oubliée ? Lorsqu'ils arrivent à l'enceinte royale, tous, je me laisse glisser de mon cheval, qui suivait les leurs, et tente de disparaître dans la foule, mais tout ce que je croise c'est un lion qui gronde. Ne nous force pas à t'enchaîner de nouveau, dit Keme en s'emparant de moi. Et voilà comment se passent les choses. Keme et les capitaines m'emmènent à la maison d'un garde et me laissent là, car les commandants qui les ont envoyés enquêter sur la fumée dans la montagne vont certainement vouloir le témoignage de qui ils y ont trouvé, en particulier la fille qui, de toute évidence, n'a pas encore tout dit, explique Keme. Puis il me laisse avec trois policiers rongés d'ennui qui me désignent la cellule où je suis censée dormir. Vous pouvez pas m'enfermer avec des hommes, je proteste, et ils rient. Les deux hommes dans la cellule, ils rient aussi. Le lendemain matin, les gardes sont choqués car un des hommes est mort, le cou brisé, et l'autre presque mort, les deux bras cassés. Ils ont passé la nuit à se battre pour savoir lequel des deux me prendraient en premier, c'est tout ce que je dis.

Deux nuits s'écoulent avant que les policiers m'expliquent qu'il n'y a personne pour mener l'enquête. Tous les hauts gradés se trouvent soit à Wakadishu soit sur un boutre qui s'y rend. Le Roi, parti à la frontière sud pour célébrer sa victoire, ce qui signifie que son chancelier, ses commandants, ses conseillers, ses viticulteurs, ses Gardes blancs et quelques concubines sont partis également. Il n'y a personne pour m'interroger et je ne suis accusée de rien, donc ils me relâchent. L'un des policiers demande : Et les capitaines ? À quoi celui qui est en train d'ouvrir ma cellule répond : S'ils tiennent tant que ça à avoir des réponses, ils n'avaient qu'à l'interroger eux-mêmes. Me revoilà donc à Fasisi. Mais ce n'est pas le même lieu quand on ne parcourt pas ses rues en tant que membre de la maison royale. Retirez la protection du statut, ainsi que celle des gardes, et s'étale devant vous une ville qui montre au grand jour qu'elle veut votre peau. Une ville qui vous aveugle en vous agitant au visage un tissu afin de cacher le poignard qui vient vous cueillir par-dessous. À l'extérieur de Fasisi, les gens s'imaginent que le Roi tient son territoire avec une telle main de fer qu'il ne se produit aucun crime qu'il n'ait pas ordonné. Les gens de l'extérieur, ils ne comprennent jamais rien.

Soir. Mères, épouses et jeunes filles de bonnes familles, toutes se hâtent de rentrer. L'Armée verte patrouille, si bien que je cherche la première ruelle venue pour m'y cacher. Sitôt que j'en vois une bloquée par un char et sans conducteur, je la prends. Le jour n'est pas encore fini, mais la nuit atteint cette ruelle tôt, et la lueur des bougies et des lampes filtre par l'arrière des tavernes, auberges, ainsi que d'un bordel dont les portes s'ouvrent. Deux personnes sortent en titubant, aussi proches que des jumeaux siamois, car c'est bien collés qu'ils étaient, avant même de sortir de là, l'homme avec sa robe remontée jusqu'au torse, et la femme qu'il était en train de baiser par-derrière. Dos contre le mur d'en face, je passe devant eux en silence, mais la femme me voit. Je reconnais son visage. Pas son visage, son expression, une expression que je voyais en moi-même il y a des années. À l'intérieur de la maison de Miss Azora, en entendant une femme gémir et brailler pour rappeler à l'homme qu'elle est là, avec lui, alors qu'en réalité il y a longtemps que l'esprit de la femme est ailleurs. L'expression qui dit soit : viens avec moi, soit : dis-moi comment me rendre là où tu vas. Mais je ne m'arrête pas.

Trois nuits plus tard je cesse de m'étonner d'avoir cherché un endroit sûr pour dormir dans une ruelle, une rue, ou un arbre. J'essaie de ne pas penser à un lit, une couchette, ou même un sol froid, mais propre. La deuxième nuit j'essaie de dormir dans un grand arbre et me réveille bien avant l'aube quand un singe me pisse dessus. Il pousse un cri strident et s'enfuit, mais mon vent s'empare de lui, se resserre comme un serpent et je le vois, médusé, qui flotte dans les airs. Sur quoi mon vent le précipite contre l'arbre. La quatrième nuit, je marche jusqu'à la limite ouest de la ville, ou du moins j'en ai l'impression, puisqu'il y a un mur bas et derrière, les montagnes. Il y a déjà des gens par terre, roulés en boule sous des couvertures de fortune, ou juste recroquevillés sur eux-mêmes. Je m'enveloppe dans ma fourrure et m'endors en tenant mon bâton et mon poignard.

Le contact brusque sur mon épaule vient en premier, mais je prends ça pour un rêve. Puis l'haleine hérisse ma nuque, et je me rappelle que je rêve rarement. Quelqu'un essaie de se blottir contre moi, quelqu'un de gros, mouillé, à l'odeur nauséabonde. Lorsqu'une main touche ma cuisse, je me concentre pour envoyer ma force, qu'elle le repousse, mais rien ne se passe. Je m'applique davantage, plissant le front et grinçant des dents, mais la main se met à me caresser les fesses. Pas de force, pas de vent, rien. Je pousse un juron à haute voix, me retourne et dirige mon poignard contre le cou de l'homme. Il fait un bond en arrière et une lueur dévoile deux seins. Une femme. Je lui hurle de foutre le camp mais elle reste immobile, se penche même à nouveau sur moi comme si j'allais la laisser faire. Je presse les deux côtés du manche et la lame jaillit. D'abord elle sursaute, puis rit, des chicots noirs à la place des dents. Elle va pour attraper ma fourrure mais je lui plante le couteau dans la main. La femme recule d'un bond, avec un cri strident, puis pleure, puis rit. Elle revient à la charge et je lui assène un coup de bâton en plein front. Elle tombe en arrière, puis s'enfuit.

Le blanc ne veut rien dire, mais il veut dire quelque chose quand un homme en revêt. L'après-midi, un jour, je ne sais plus lequel. Je cours dans une autre ruelle car des garçons de celle-ci se sont mis en tête de me pourchasser même si, après une seule nuit à dormir dehors, je n'ai plus l'air d'une fille. Tuez le mendiant, saignez le voleur, crient-ils en me poursuivant. Et je cours, ce qui leur fait croire que j'ai peur, alors que la réalité, c'est que je n'ai pas envie d'être obligée de tuer un pauvre idiot aujourd'hui. Ils me poursuivent dans tout le quartier d'Ibiku, où je me suis rendue la veille au soir, sans savoir que c'était là que j'allais me trouver un coin pour dormir. Au moins le sol était plus frais, et de toute la nuit, ni chien, ni mendiant, ni violeur ne m'ont cherché des noises. Quelqu'un a dit un jour, pas à moi, qu'Ibiku grouillait de putains, mais en parcourant ces rues je n'en vois aucune. Ni personne d'ailleurs, pas de charrette à éviter, pas de chèvre à enjamber, pas de cheval entre les pattes duquel se glisser, personne si ce n'est ces garçons. Je presse mon poignard dans ma main et j'envisage de m'arrêter, car s'ils cherchent la bagarre, je vais peut-être la leur donner. Mais là, deux portes s'ouvrent et il en sort une marée blanche. Un temple. Des pèlerins et fidèles. Le dieu ou la déesse qui exigent des robes blanches, et du silence, je ne sais pas qui sont ces hommes et femmes mais je me joins à leur procession, même si ma fourrure blanche est sale comme de la rouille désormais. Je suis trois femmes aux longs cheveux bouclés comme des rayons de miel, et lorsqu'elles se séparent du groupe pour entrer dans une maison, je dépasse quelques autres personnes, toujours dans le silence, et m'arrête derrière quatre hommes. Ils murmurent, mais le vent porte leurs secrets jusqu'à mes oreilles. Quartier flottant. Mise avant le retournement du sablier. Mise sur les rouges. Donga.

Les trois premières nuits arrivent à la fin de jours de marché, donc la nourriture n'est pas difficile à trouver une fois la honte oubliée, une fois repoussés les mendiants, les fous et les chiens. Le quatrième soir je chasse des rats mais m'aperçois qu'ils étaient en train de dévorer l'un d'entre eux. La nourriture se met à dévorer la nourriture, mon ventre me poignarde, me renverse. Le tissu dont j'ai fait un sac me montre à quel point il est vide, même si je ne cesse de regarder. Je rends la liasse de feuilles amères que j'ai mangées, et j'ai encore plus faim. Trop faim pour marcher jusqu'au quartier flottant et me nourrir grâce au combat. De plus, pour me faire accepter dans la compétition, le bâton que j'ai ne suffirait pas. Le cinquième matin je passe devant un marchand de pommes et tente de mendier avec mes yeux, car ma bouche refuse de s'ouvrir.

Il me menace de me rosser et d'appeler la police, puis il me fait poursuivre par son garçon de courses dans la rue jusqu'au vendeur de patates douces, qui m'engueule et me fait poursuivre par ses deux gorilles apprivoisés, sur plusieurs rues, jusqu'à l'autre bout de la ville, jusqu'à ce que je tombe sur le marchand de mangues et goyaves, qui hurle qu'il ne tient pas un hospice, et me lance des poignards tandis que je cours, cours, jusqu'à l'intérieur du bazar d'un marchand d'épices qui ne me remarque pas jusqu'au moment où mon ventre gronde bruyamment, sur quoi il lâche sur moi un chien blanc qui me court après dans la rue, sautant par-dessus les charrettes, passant par-dessous les chevaux, il ne s'arrête pas avant d'avoir arraché mon manteau de fourrure, qu'il a pris pour une bête et taille en pièces. Je continue de courir jusqu'à arriver au niveau du vendeur de chèvres rôties, non loin de la porte qui mène à l'enceinte royale. Il ne me voit pas. Une voix dans ma tête qui me ressemble demande : *Pourquoi être une vile mendiante quand tu peux être une sale voleuse ?*

Gros homme, il jette trois morceaux de viande sur une plaque d'acier qui ressemble au plastron d'une armure. Je me demande comment ça se fait qu'il ne me soit jamais venu à l'idée de voler. Fasisi regorge d'or et de sel, et si quelqu'un vole trois dattes, personne ne le saura. J'essaie de ne pas me laisser emporter par cette réflexion : comment dans cette ville qui m'a tout pris, je n'ai pas encore pensé à lui prendre quelque chose ? Il saupoudre la viande de sel, de poivre et d'irú, puis tourne le dos pour en couper d'autres. Je le regarde prendre son temps, surveillant la cuisson de la viande à l'oreille, sans regarder. Dix personnes passent devant l'échoppe avant qu'il se retourne pour retourner les morceaux de chèvre. Le côté cru réveille la graisse, qui produit un bruit d'applaudissement et un fumet goûteux. En entendant ce grésillement, une douleur foudroyante me fend le ventre et un gémissement m'échappe malgré moi. Il me tourne le dos, le marchand. Si je m'en empare maintenant, la viande va être à moitié cuite, sans doute, et l'huile me brûler les doigts. Mais si j'attends, il va tout récupérer, poser les morceaux sur ce panier à sa droite, et mon ventre va me tuer. Pas le temps de réfléchir, je me dis, et je cours jusqu'à l'étal, saisis un morceau de viande à deux doigts, le laisse échapper car il est trop chaud, le ramasse bien qu'il me brûle les doigts, le laisse de nouveau échapper, puis le reprend juste au moment où le marchand se retourne et me voit en train d'essayer de tenir un morceau de chèvre couvert de poussière.

« Petite salope de voleuse ! »

Je lâche la viande et m'enfuis. Le gros marchand me poursuit et tout ce que j'arrive à penser, pendant que je saute sur une charrette, fais une roulade, tombe par terre, et repars en courant, c'est : Qui surveille le feu pendant qu'il me pourchasse ? Je dérape sous un cheval, contourne un âne, écarte des pigeons à coups de pied et file dans une ruelle étroite qui mène à une autre, plus étroite, puis à une autre, encore plus étroite. Le commerçant me suit toujours. Il est si près que je l'entends hurler que je serai la dernière. Il cogne un mur avec son couteau de boucher, et au bruit, je me retourne et trébuche. Le marchand renverse un vieil homme et pousse deux femmes de son chemin. Je détale, tournant dans la première ruelle que je vois, et à présent c'est moi qui renverse des vieux et pousse des femmes de mon chemin. Des étals de fruits, de légumes et de viande, je passe devant sans les voir quand ils se renversent tous un à un, inondant la rue de rouge, vert et jaune. Mon vent, enfin, je me dis. Les gens bondissent, les mendiants ramassent, deux marchands sortent des couteaux, un autre un fouet. Et je continue de courir, et le marchand, sautant par-dessus les fruits et faisant voler les légumes, est toujours à mes trousses. Je me retourne à un moment, et deux garçons se sont joints à lui. Je les entends hurler pour appeler des policiers. Sur quoi je fonce dans une rangée de draps qui dégringole, je me relève à grand-peine quand la marchande de tissu sort une badine et commence à me donner des coups. Je me contente de la regarder et mon vent la jette par terre. Je le maudis pour son inconstance. Les trois hommes sont juste derrière moi, je les entends. Et un cheval galope au-dessus, ça aussi, je l'entends. Je n'ose pas regarder, car les chevaux ne peuvent pas galoper dans le ciel. Puis l'arrière de ma tête explose de douleur et je tombe. Le sol est dur, mais il bouge, comme des vagues. Les trois sont sur moi, mais leurs visages s'étirent, se rétrécissent, tournoient et je n'entends pas ce qu'ils disent. Puis tout d'un coup, ils s'écartent et déguerpissent, plus vite que des cafards à la lumière. J'ai toujours la sensation que le sol tourne, et se penche tant que j'écarte les bras pour m'empêcher de rouler. Sous mon cou, c'est chaud et humide, et je sais ce que j'aurai au bout des doigts si je touche. Je reste couchée là, pensant qu'il n'y a rien à faire que contempler le ciel en attendant que le liquide chaud se soit écoulé de moi, ou qu'il n'y ait plus pour moi de ciel à voir. Ils descendent de cheval, je l'entends au cliquètement de leur armure quand ils posent le pied par terre. Je reste allongée, sentant mes épaules qui deviennent chaudes, et contemplant le ciel, quand les cavaliers se penchent tous trois sur moi et me bloquent la vue. Je ne distingue pas leurs visages, mais je sais qu'ils font partie de l'Armée rouge.

« Je croyais que tu étais originaire de Fasisi, fait-il.

– J'ai jamais dit d'où je venais. »

Lui et ses hommes, ils gloussent comme des petits garçons en me regardant. La vérité, j'ai jamais vu un lion, une hyène ou un géant dévorer toute une miche de pain et un quart de volaille comme celle-là, dit un soldat, mais pas à moi. Toute l'assemblée glousse, encore une fois, et ça m'exaspère tant que je me retiens à grand-peine de crier qu'ils devraient au moins rire comme des hommes, pas comme des foutues hyènes. Mais je réfléchis alors qu'il se peut tout à fait qu'un ou deux d'entre eux soient, de fait, des hyènes, donc je me remplis la bouche d'un autre morceau de volaille pour me faire taire. L'arrière de ma tête m'élance quand j'y pense, mais un des hommes a dit que c'était juste une bosse. Nous sommes assis à une table géante, dans une salle d'un fort en pierres. Pas de portes, seulement des porches voûtés. Des pierres taillées, chacune plus grosse qu'une roue de chariot, et du mortier encore frais. C'est étonnant qu'il ne fasse pas froid, je le dirais bien tout haut, mais tous autant qu'ils sont, ils n'inspirent guère au bavardage.

« Alors pourquoi rester dans une ville que tu ne connais pas ? Tu n'as personne ici, ou quoi ?

– Non.

– Personne ?

– Pourquoi une esclave aurait-elle quelqu'un ? »

Deux des officiers remarquent mon ton.

« Bien sûr. Comment tu t'appelles, déjà ?

– Sogolon.

– Eh bien, Sogolon, ces murs ont beau être chauds, tu ne peux pas rester ici non plus. Nos… locaux ne sont pas équipés pour recevoir tes semblables.

– Les hommes ne me font pas peur.

– Les hommes qu'on a ici se moquent que tu n'aies peur de rien. »

C'est là que je déglutis. Il remarque. Que faire d'elle ? demande-t-il aux autres, mais le lion l'ignore, un homme dit qu'il ne tient pas un hospice, un autre que son épouse ne le croirait pas même s'il racontait qu'elle est une nouvelle esclave, les autres se contentent de hocher la tête et s'en vont. Il est sur le point de partir aussi quand un soldat de l'Armée verte entre et s'immobilise. Je reconnais la bordure en fourrure noire de sa cape. Garde royale.

« Oui, soldat », dit Keme, ce qui surprend le garde, qu'apparemment peu de gens ont coutume d'appeler soldat.

« Du palais, capitaine. Ordre d'escorter la Reine Mère...

– La Reine.

– Euh... oui, la Reine. Une escorte personnelle jusqu'aux temples lacustres pour qu'elle puisse rendre hommage à ses dieux. Vous y allez en bateau.

– C'est l'Armée verte qui se charge des escortes, je suis bien placé pour le savoir. Pourquoi venir ici ?

– La Reine sort de l'enceinte, capitaine. Ça vient directement de l'Aesi, monsieur.

– L'Aesi demande à des officiers de jouer les gardes du corps, maintenant ?

– Ce n'est pas une demande, capitaine », dit le garde. Il ajoute autre chose, et je vois ses lèvres, puis celles de Keme remuer, et ainsi de suite, mais je n'entends rien de ce qu'ils disent. L'Aesi. La première fois que j'entends son nom dans la bouche de quelqu'un d'autre depuis que nous sommes parties pour Mantha. Je regarde ces deux hommes, espérant qu'ils ne vont pas se tourner vers moi et me voir tenter de reprendre mes esprits avant qu'ils m'échappent complètement. Je les regarde, mais je vois le visage d'Emini, souriant, puis hurlant, éclatant dans les flammes.

Plus tard dans la soirée, tandis que nous rentrons chez lui, lui sur un cheval et moi sur un autre, derrière, il me dit : « Sogolon, hein ? Tu te faisais appeler Chibundu il y a seulement quatre jours.

– Je...

– Tu ferais bien de te décider pour un nom avant que je te présente à ma femme. »

Ils habitent dans le quartier d'Ibiku, au nord d'Ugloko et à l'est de Taha. Il n'y a pas de verrou à la porte. Keme met pied à terre et entre, me laissant les chevaux à attacher, ce qui me fait pester en silence.

Des voix à l'intérieur, que je ne connais pas. Une voix de femme. Je me retourne et ne vois qu'une porte ouverte, et à l'intérieur, une étagère garnie de lampes, des tissus au mur, et un nkisi nkondi plus grand qu'un petit enfant. « Bienvenue. »

Elle est plus petite que sa voix le laisserait croire, avec sur la tête une coiffe à motifs bleus presque aussi haute que le nkisi nkondi, et le même tissu entouré autour de son corps et noué au niveau des seins. Les bras forts et nus.

« Tu as l'air mal nourrie », remarque-t-elle.

Je pourrais dire qu'un homme comme Keme vous laisse avec une image de ce que doit être son épouse, une image qui prend de l'espace dans votre tête aussitôt qu'il parle, aussitôt qu'il marche, aussitôt qu'il émerge de la rivière tout nu, aussitôt qu'il mange. Ce n'est pas la femme que j'avais vue dans ma tête, mais maintenant je ne me rappelle plus qui je voyais. Dans le fond de la maison, des enfants poussent des petits cris. De joie. La femme laisse échapper un soupir, pas de mépris, car ce n'est pas du tout son expression. Elle est fatiguée, je le devinais, et elle confirme qu'elle est trop fatiguée pour l'animation ce soir avec lui et eux. Ils vont vouloir jouer avec toi aussi, ajoute-t-elle. J'essaie toujours de la dévisager en douce. Chez les peuples de la rivière certaines femmes ont des plateaux incrustés dans la lèvre inférieure, plus gros qu'une assiette. Elle en a deux gros comme la paume de ma main dans les oreilles, ses lobes écartés autour. La peau plus sombre que le café moulu le plus torréfié, avec un motif décoratif scarifié sur le front, la seule chose que je voie à la lueur des lampes. Elle rentre dans la maison, me faisant signe de la suivre. Je passe devant une pièce où Keme, à quatre pattes comme un fauve, donne des coups de patte à ses enfants qui lui sautent dessus et grondent eux aussi. La femme pousse un sifflement consterné. J'ai envie de dire que moi non plus je n'aime pas ça, voir un homme adulte en train de jouer, mais je me retiens, car cette femme a l'air de n'avoir qu'une hâte : m'annoncer qu'elle et moi, on ne sera jamais amies.

« J'ai nulle part où aller, je dis. C'est la seule raison pour laquelle je suis venue avec lui. Donnez-moi à manger et je m'en irai.

– Absurde. Tu viens de dire que t'as nulle part où aller », réplique-t-elle, et elle se rend à la cuisine, s'attendant toujours à ce que je la suive.

« Comment es-tu arrivée à cet âge sans savoir rien faire d'utile ? » dit-elle, la femme de Keme, qui répond au nom de Yétúnde. Elle se décrit comme une femme qu'il a volée à Wakadishu, et là, dans la cuisine, accroupie devant une marmite fumante d'ewa aganyin, elle m'explique que toutes les femmes de Wakadishu savent faire la cuisine avant l'âge de neuf ans, sans quoi comment trouveraient-elles un mari à dix ? Elle voit la tête que je fais.

« C'était une plaisanterie, ma grande. Aucun père n'envoie sa fille se faire écraser par un gros homme qui pue avant qu'elle ait au moins dix et deux ans. »

Son rire fait trembler la pièce, et pour couronner le tout, elle se donne une claque sur la cuisse. Juste avant, nous toussions toutes les deux, car elle m'a dit de surveiller les patates douces et j'ai regardé ailleurs une seule fois, mais quand j'ai retourné la tête, ça brûlait et la fumée emplissait la moitié de la pièce. Mais je tarde trop à répondre à sa question.

« Les femmes, elles font pas la cuisine à Mitu ?

– J'ai pas vécu assez longtemps à Mitu pour devenir une femme. »

À ce moment-là, ça faisait deux lunes que je dormais sous ce toit. Six lunes plus tard, j'arrête de dire dormir et je commence à dire habiter quand j'entends l'épouse annoncer à Keme : Ça fait longtemps que tu as tranché, elle habite ici maintenant. Elle répondait à une question que je n'ai pas entendue. Je ne suis pas très utile en cuisine, suis incapable de nettoyer le sol sans laisser la moitié de la crasse, et ne sais pas ce que je suis censée faire avec des vêtements sales et de l'eau pour les rendre propres, mais je sais broyer le grain, et si je reste immobile, les enfants, les trois, me roulent, me rampent, me sautent et me marchent dessus. Partout où je vais, ils réclament à grands cris de me suivre, même si je ne fais que marcher, et eux ne font que me suivre, en file indienne comme des canetons. Regarde-moi ça, ils se sont entichés de toi, dit Yétúnde quand nous rentrons. Regarde-moi ça, tu es faite pour élever des enfants, répète-t-elle tout le temps. Mais quand je lui demande en quoi elle trouve que je les élève, parce que je ne vois pas du tout, elle se contente de rire. À chaque fois que les enfants me demandent d'où je viens, je leur réponds que j'ai poussé dans une fleur de clivia.

Parfois, quatre nuits s'écoulent avant que je voie Keme, puis il apparaît dans ma chambre au crépuscule. Ou dans la pièce où je joue avec les enfants, ou dans le petit champ derrière la maison, la raison pour laquelle nous habitons à Ibuku, alors que la plupart des membres de l'Armée rouge vivent à Ugliko pour être plus près du Roi.

« Chibundu, dit-il.

– C'est pas mon nom.

– C'est toi qui l'as choisi.

– Pendant deux lunes, ton nom c'était le Capitaine, et je t'ai pas cherché des noises.

– Ta bouche est pleine de gaîté même quand tu ne cherches pas à être drôle », dit-il pour me décontenancer, je ne vois pas d'autre raison. Il retire son armure rouge et la pose, dévoilant sa tunique, également rouge, et je lui demande presque de garder son casque car j'aime bien les ailes. Il s'assoit dans l'herbe pendant que j'écrase du maïs. Je n'ai pas besoin de lever les yeux pour savoir qu'il m'observe.

« Chi… Sogolon. Ce nouveau féticheur nous a tous renvoyés chez nous avec des totems. Dit qu'il faut qu'on les prie, qu'on demande l'abondance aux dieux. J'ai demandé à mon général : Qu'est-ce que ça peut lui faire, ce qu'on mange, ou le nombre d'enfants qu'on a ? D'après Beremu, le général veut que je prie pour une abondance de soldats afin qu'on puisse entrer en guerre. Alors je serai le premier à reconnaître que la paix, ça marche entre le Nord et le Sud. Mais la guerre ? Encore ?

– Une démonstration des armées, ça veut pas forcément dire qu'on se prépare à la guerre.

– Ah bon ? Ça veut dire quoi, sinon ?

– Les hommes, ils aiment montrer leurs armes pour le plaisir.

– Ha, je prendrais ces mots d'une certaine façon, si ton expression ne me disait pas autre chose.

– Qu'est-ce que tu veux dire ? » je demande, mais je le sais, ce qu'il veut dire. Keme ne répond pas.

« Alors tu veux un fétiche ? reprend-il.

– Non.

– Pourquoi pas ?

– J'ai pas d'opinion sur les dieux.

– Tu leur fais pas confiance ?
– Les dieux ne font pas confiance aux dieux.
– Ah bon ? Lequel d'entre eux t'a murmuré ça à l'oreille ?
– Si j'étais un dieu, sachant comment se comportent les autres dieux, pourquoi je leur ferais confiance ?
– Dis donc, on dirait que tu y as longuement réfléchi.
– Qu'est-ce que c'est qu'un dieu auquel il faudrait réfléchir longuement ? »

Il lève les yeux au ciel.

« Sango, quand tu enverras la foudre, épargne ma maison, je t'en prie, et ne frappe que cette fille-là, dit-il en riant. Qu'est-ce que tu as contre les dieux ?
– Qu'est-ce que tu as pour eux ?
– Ne réponds pas à une question par une question, toi. »

Keme s'étale plus à son aise sur l'herbe, sans cacher qu'il s'amuse bien. Il me fait signe de m'asseoir, mais dans son jardin, il n'est pas comme d'habitude, on dirait un maître, et je ne sais pas encore ce que je suis.

« Je n'ai aucune raison de prier les dieux, je dis.
– Aucune raison ? Écoute-moi, toi. Nourriture ? Toit ? Belles robes ? Succès à la guerre ? Pluie ? Et ça, c'est juste pour ce que tu veux. Il faut aussi remercier les dieux pour tout le bien, et pour leur bonté.
– Aucun dieu n'est bon. »

Il fronce les sourcils, puis sourit et dit : « Pose ton mortier et parle, sage petite demoiselle », et je m'efforce de ne pas laisser ses mots m'exaspérer.

« J'entendais autre fois Maîtresse Komwono…
– Qui ?
– Personne. Elle disait souvent : Fais confiance aux dieux, car les dieux sont bons. Et pourtant elle a quand même été bannie. À ce qu'il me semble, les dieux ne disent qu'ils sont bons que parce qu'ils sont des dieux et que personne ne peut les contredire, même si en fait ils sont méchants. Ou le bien est bien et le mal est mal, que ce soit un dieu ou pas, et si c'est comme ça, dire qu'un dieu est bon est vain aussi. »

Keme me regarde comme si j'avais dit un truc épouvantable, et je détourne les yeux comme si j'avais trop parlé.

« Désolée.

– Sois pas désolée parce que trop de paroles t'échappent. Sois-le seulement si ça s'arrête. »

J'apporte le grain moulu dans la cuisine et il me suit.

« Tu me rappelles quelqu'un ou quelque chose. Quelque chose que je ne connais pas... »

Avant je pensais qu'il y avait une manière précise de faire les choses. Même si je ne connaissais pas la coutume, il devait bien y avoir quelqu'un, une femme mûre, qui, elle, la connaissait. Mais que faire d'une femme qui est née dans une hutte avec des garçons, et qui n'a rencontré que des femmes qui ont tenté de se servir d'elle ? Et que faire quand la seule femme mûre qu'elle pourrait interroger sur ce qui se passe est l'épouse de l'homme avec lequel elle s'apprête à baiser ? Nous restons muets car je n'ai pas les mots et il n'en choisit aucun. Je croyais que je penserais que ce sont les choses qui doivent arriver, mais je ne pense pas du tout. Il s'avance vers moi comme s'il s'apprêtait à quitter la pièce, mais il me frôle, et ce bien qu'il y ait un espace conséquent entre la porte et moi. Je sens sur lui une odeur d'acier, la cotte de mailles qui a laissé des marques sur la tunique rouge, et il me renifle comme s'il avait faim. Mon nez suit une piste autour de son cou, mes mains sont plus audacieuses que les siennes, je les glisse sous sa tunique, baisse le tissu, j'attrape sa queue et la tâte sur toute sa longueur jusqu'à la peau qui dépasse, je la serre et elle frémit. Je le pousse contre un côté de la porte et lui me pousse contre l'autre, et je tends l'oreille à l'affût des cris des enfants mais seulement une seconde, car ses mains m'encerclent et s'insinuent entre mes jambes, puis me pénètrent, puis m'encerclent à nouveau et ma robe est retirée si vite que je ne me rappelle plus que je la portais. Puis il suce mon mamelon droit si fort qu'il m'arrache un petit cri et je tire sur la tunique rouge pour le dévêtir mais elle reste coincée à son cou, et à travers le tissu il cherche de nouveau mon téton et je regarde un linceul rouge et avide me sucer. Je veux le découvrir, puisque je n'ai pas encore découvert d'homme, je veux passer ma main sur la planche à laver entre son torse et sa bite mais ne peux pas laisser sa bite car elle grossit dans ma main. Elle grossit. Grosse et plus grosse encore elle grossit, et si j'étais une femme qui pense je le dirais, qu'elle grossit, n'arrête pas de grossir. Pas grosse au sens où je pense à ce qu'elle va me faire si je l'y autorise, mais grosse au sens où ça donne envie de la faire remarquer en douce à une autre femme au marché, que vous puissiez glousser ensemble, et qu'elle puisse vous glisser des saletés délicieuses comme : quand il va éclater il va exploser ta matrice, gicler jusqu'à ton cou et ressortir par tes narines. Un bruit me ramène à l'instant, une espèce de grognement, comme un animal, mais déjà enfui, et je dis, sors de ta tête, femme sans nom, et il me soulève et j'enroule mes jambes autour de lui, et je sens le dîner dans son haleine, un dîner que pour une fois j'ai aidé à préparer, et à cause de ça je sens que je suis prête pour cette nuit, et il me tient d'une main et de l'autre guide sa flèche pour qu'elle entre droit en moi.

La maison n'est pas grande, mais dedans nous trouvons toujours des espaces où être tranquilles. Par moments j'ai la sensation que nous sommes dans une autre maison, ou une pièce séparée des autres, car je crie quand il me baise, désormais, et rien ne se renverse, et personne n'accourt. Il prend ça pour un sport, je commence à me dire, car il ne travaille pas mon corps avant que j'aie d'abord travaillé son esprit, si bien que certains après-midi, avant même la tombée du jour, je me triture l'esprit à me demander quelle bagatelle je peux rendre profonde, quelle idiotie intelligente. C'est assez pour que je me demande pourquoi il vient vraiment me trouver. Tout cela, je l'oublie quand je m'accroupis à califourchon sur lui ou quand il plonge en moi. Deux lunes plus tard, quand je lui dis de me serrer plus fort et de me baiser plus vigoureusement, il ne prend pas ça pour une invitation à faire la guerre ou à prendre le dessus sur moi, juste pour un appel à une main plus douce et à dessiner sur moi des runes avec sa langue, à me pilonner avec ses hanches. Je tiens ses fesses et joue entre elles et le fais gémir pour moi comme je gémis aussi. Le gémissement me fait lever les yeux vers un bouclier en cuivre dans le coin, si luisant que j'y surprends souvent mon image. Mais cette fois, ce n'est pas moi, la femme que je vois.

« Par les dieux ! »

Je me lève d'un bond pour attraper le premier truc qui ressemble à un habit, une peau de zèbre qui colle au sol. Je tente de me cacher derrière, supposant que dans un instant je vais me prendre une gifle, ou un hurlement, ou un couteau dans le cou. Ou voir un poignard trancher celui de Keme, mais il reste allongé et place ses mains sur sa nuque, sans rien regarder, sa queue dressée dans la pénombre. Son regard me dit qu'il aimerait que je lui grimpe dessus, mais que si je ne le fais pas, c'est acceptable aussi. Quand je regarde de nouveau le bouclier, l'image s'en est allée. Il s'écoule encore quatre lunes de nos parties de baise à la dérobée avant qu'elle vienne me trouver dans la réserve à grain. On le fait depuis si longtemps maintenant que j'ai oublié de penser à elle, donc je m'attends à ce qu'elle m'engueule à cause de la quantité de sorgho qui se perd quand je convaincs les enfants que moudre du grain est un jeu formidable.

« Bientôt et très bientôt tu vas te sentir malade. Tout ce qui entre par ta bouche ressortira par ta bouche, plus que par ton trou de derrière, tu comprends ?

– Non, je ne comprends pas.

– Être un peu barbouillée, ça arrive. Mais si tes nausées empirent, il faudra qu'on voie le maître des potions, tu comprends ?

– Je vois pas de quoi tu...

– Si tu es plus malade que d'habitude, il va être content. Ça veut dire que c'est une fille, ma fille. »

Yétúnde est rentrée dans la maison avant que je comprenne où elle veut en venir.

On pourrait croire qu'avec tout ça, tu renoncerais à de telles idées, dit une voix dans ma tête qui me ressemble. *Regarde comme tu as les mains pleines avec trois enfants qui ne sont pas à toi mais sont maintenant à toi, et avec tes tâches dans la maison, qui s'arrêtent toujours où commence une autre, et avec une espèce de but, et avec un homme qui te fait décoller quatre ou cinq fois par nuit avant de quitter ta chambre, ou sa chambre, ou la cuisine, ou le coin derrière le grand arbre, et avec une première épouse qui n'a pas fait d'histoires quand tu as commencé à agir comme une deuxième épouse ou première concubine. Regarde comme tu as les mains pleines, mais tu te vides la tête chaque matin afin de faire de l'espace pour lui. Lui que tu ne veux pas rencontrer dans un rêve car il aura le dessus sur toi, mais qui prend possession de ton esprit bien des fois en plein jour, si bien que quand tu brûles la nourriture ou gaspilles l'eau, c'est parce que tu le laisses prendre de l'espace dans ta tête. Et tu ne le laisses pas s'en aller tant que tu n'as pas trouvé une autre façon de le tuer.*

L'Aesi.

Je marmonne son nom à part moi comme si j'essayais de le reprendre. Je regarde Yétúnde et me dis que c'est sûr, je ne suis pas la première femme à devoir apprendre à renoncer à quelque chose, mais je ne peux pas renoncer. Il y a des plaies qui guérissent et d'autres qui s'infectent. Plus d'une nuit je le vois se faire prendre au piège de mon vent et je le précipite contre un arbre après l'autre jusqu'à l'aplatir comme une feuille. Ou bien je kidnappe la déesse des rivières et des sources et l'attache à la grande porte de l'enceinte royale et la fouette jusqu'à ce qu'elle libère un déluge qui noie tout le monde entre ces murs, en particulier les enfants, afin que le mal ne puisse se reproduire. Je m'assois dans la petite chambre où je dors et me demande que faire de cette rage brûlante avant qu'elle se mette à me dévorer le cœur, les humeurs, les entrailles. Certaines nuits, je grimpe sur Keme et je deviens pilon et c'est lui qui me supplie d'arrêter car sa queue risque de se briser si elle sort au moment où je m'écrase sur elle. Une lune plus tard, l'un des garçons renverse un cruchon de lait que je suis allée chercher moi-même car il n'y a pas assez de place pour une vache ici. Il le renverse car j'ai dit que je n'ai pas le temps de jouer et lui fait : Tu vas trouver le temps parce que je veux jouer et je m'en fiche, de ce que tu veux, puis il renverse le cruchon, et quand je me retourne pour le frapper, il fait un bond en arrière, et tombe, et détale en hurlant. Et Yétúnde accourt en criant qu'est-ce que t'as fait à mon fils et je lui hurle que je ne lui ai rien fait du tout, putain, t'as qu'à l'inspecter toi-même, ce petit con. Elle l'inspecte, malgré ce que je dis, et elle ne trouve pas de marque de coup, mais à partir de ce jour le garçon reste avec elle et ne vient plus dans ma chambre.

Pendant ce temps la rage se transforme en amie qui vient la nuit veiller avec moi. Elle vient comme une fièvre, et d'autres fois elle vient de nulle part, comme une chose dont j'espérais qu'elle allait passer. D'autres fois elle vient comme un mémento, un messager que je n'ai pas payé pour me rappeler pourquoi les dieux m'ont ramenée à Fasisi, et ce n'était pas pour devenir deuxième épouse et élever des enfants qui n'étaient pas les miens. *Ma grande, tu dérapes*, dit la voix. *Tu crois que tu peux oublier le but de ta vie.*

Un oiseau baissant les yeux sur Ibiku penserait que le quartier glisse vers le bas la montagne. Autrement dit je n'ai pas à aller loin pour atteindre les bois, et une forêt dense, peuplée de grands arbres, mais encore froide et sèche. Le vent envoie des nouvelles d'arbre en arbre, peut-être, ou peut-être que la brise n'est que ça, une brise. Je m'approche d'un arbre fin avec presque aucune feuille et casse une longue branche. Je la pèle, dénude, frotte et rase jusqu'à ce qu'il n'en reste qu'un mince bâton. Un bâton de combat. Après avoir volé une branche à l'arbre, je me bats contre lui. Dans la pénombre, grâce à la lune trompeuse je le conjure de me rendre mes coups avec ses feuilles piquantes et épines aveuglantes, et je saute, dérape, esquive, feinte, roule et frappe. Et je recommence, encore et encore, jusqu'à ce que j'aie épuisé mes forces dans mon haleine. La nuit suivante je viens à l'arbre sans rage, mais avec technique. Comme quelqu'un qui maîtrise le bâton au lieu de s'y raccrocher. Comme les garçons du donga qui bondissaient en l'air sans vent secret et frappaient comme des scorpions.

Donc bien sûr elle arrive, la nuit où j'attends que tout le monde dorme. Keme ne vient pas dans ma chambre, les enfants non plus. Sur la pointe des pieds je passe devant leur chambre et constate que même du lit conjugal il a roulé par terre sans se réveiller une seule fois. Je me rends à la lisière de la ville à cheval en traversant le quartier de Taha et une route surélevée, longue et sombre, jusqu'à la falaise. Pas de nuage pour cacher le quartier flottant, cette fois, la lueur des lampes teinte les fenêtres d'orange et des motifs se découpent en ombre sur tous les murs. Sur le palier, je me stabilise comme si je venais de la mer, et contemple la vue qui me stupéfie toujours, maisons, cabanes, tavernes, ponts, abris, tous entassés comme dans n'importe quel quartier de Fasisi, et tous flottants. Des portes donnent sur des chemins, qui donnent sur des portes, qui donnent sur des chemins et tout du long, de l'agitation. Cette fois je sais où je vais.

Deux pièces en argent me permettent d'obtenir confirmation que se déroule dans le quartier flottant quelque divertissement nocturne. Deux autres d'apprendre qu'il s'agit d'un donga tardif. Trois autres de parvenir à une porte, et cinq autres me valent une voix dans la fente, qui me grogne d'aller niquer un tokoloshe. Trois pièces d'argent supplémentaires et une d'or m'ouvrent la porte, et un couteau sur la gorge du garde m'achète un itinéraire et un rire. Voici pourquoi il rit. Je n'avais pas vu que derrière la porte il n'y avait pas de sol, seulement des planches et carreaux flottants, jusqu'au moment où j'ai glissé entre deux d'entre elles et me suis enfoncée jusqu'à la taille. Personne dans le noir pour y voir signifie personne alentour pour m'entendre ou m'aider, alors je pousse un juron. Je regarde le sol tandis que mes oreilles me guident vers les cris, les jurons et les hourras.

Deux estrades qui se font face, comme les tribunes de l'amphithéâtre du Roi, avec les hommes qui crient, encouragent et jurent, les deux côtés si bondés qu'on croirait que les barrières vont s'effondrer d'une minute à l'autre. Au centre, une estrade en bois aussi longue que large, et des carreaux, des rochers et des portes gisant à plat, des galets qui flottent. Il ne me faut pas longtemps pour me rendre compte que tous ces cris, c'étaient des gens qui scandent le nom d'un lutteur pour l'acclamer d'un côté, l'insulter de l'autre. Je me glisse derrière un rocher où sont assis six spectateurs. Les deux lutteurs apparaissent enfin. Des torches éclairent l'estrade mais je ne distingue pas leur visage dans la pénombre, seulement les casques, protège-coudes et genoux rouge, jaune et bleu. Il fait si sombre que je ne vois même pas l'arbitre lancer le combat.

La nuit suivante me voilà à la porte, avec mon bâton, les seins bandés, poitrine plate. J'ai remonté mon pagne entre mes jambes et l'ai attaché sur mes hanches. J'ai envisagé d'y fourrer un fruit au cas où quelqu'un doute que je sois un garçon, mais je me suis contentée d'ajouter du tissu. Une bande blanche autour de mes bras, poignets, cuisses et chevilles, une écharpe autour de la tête en guise de capuche, couvrant tout sauf mes yeux. Encore une nuit où j'ai laissé la maison dormant à poings fermés, Keme et Yétúnde nus sur le sol.

La foule encore une fois se lève d'un bond, rugit. L'homme à la porte affirme que tous les combats sont déjà programmés. Je repense à plus tôt dans la journée, quand ce petit garçon a pissé dans mon broc d'eau, après avoir pourtant dit à Yétúnde qu'il ne voulait pas jouer avec moi – je me suis mise dans une rage telle que j'ai su immédiatement que j'étais capable de tuer un enfant. Mon vent n'a ni tête ni esprit, alors une petite tempête s'est levée, l'a poussé hors de ma chambre, claquant la porte derrière lui. Dans la soirée je suis allée dans les bois pour me battre contre les arbres mais ils se sont tous reculés, du moins à ce qu'il semblait. La rage sortait de moi que ça me plaise ou non, et même si je savais à qui je la destinais, bien vite elle s'en foutait. Je dis à l'homme que je prends le gagnant, et que j'ai de l'or sur moi si je dois payer.

« Tu me paies pour te battre ? T'es dingue ? » dit-il en riant. Mais il ouvre la porte. « Paie-moi maintenant. » Je me rends compte qu'il tente de m'extorquer de l'argent, mais je le paie quand même. Le donga hurle et rugit déjà, un combat est commencé. J'arrive juste au moment où l'un des lutteurs tombe sur l'estrade, et la foule se met à scander quelque chose. Leurs cris se font de plus en plus forts, dans une langue que je ne connais pas. Je demande à un homme à côté de moi : « Ils chantent quoi ?

– T'es nouveau ?

– Je viens de l'Est.

– Ikipizu. Ça n'appartient à aucune langue. Ça veut dire tue-le. »

Voilà donc la foule. Qui regarde en contrebas un homme debout, l'autre sur le dos, et qui crie : Ikipizu ! Ikipizu ! Ikipizu ! Le lutteur lève le poing face à la foule. Puis il se retourne et pousse l'homme dans le vide du bout du pied. Je rentre à la maison en courant.

Une lune entière s'écoule avant que je quitte de nouveau la maison. Au midi de ce jour-là, la maison est des plus paresseuses, et ceux qui ne dorment pas sont allongés ; ivres de chaleur, ils s'éventent. Je trie un paquet de vêtements, car j'en ai assez pour faire un paquet à présent, et tombe sur quelque chose que j'avais oublié. Le papier de lin qu'Emini dissimulait en s'en entourant la taille, ce tissu dont elle m'avait enveloppée car aucune des nonnes ne voyait la nécessité d'inspecter le corps d'une fille sans nom. Ses rêves, ses plans. Des arbres assez hauts pour toucher la lune, une ville ou citadelle montant encore plus haut. Des maisons, des salles et des palais courbes, comme des femmes allongées, des routes longues d'un jour, montant vers le ciel. Une ville dans les arbres, et des ponts de corde. Bâtisses s'empilant jusqu'au-dessus des nuages. Dessins de rêves que je ne comprends toujours pas, mais ce que je comprends c'est qu'il y a quelque part un être si mauvais qu'il assassine les rêves, même le rêve d'un bébé encore dans le ventre de sa mère.

Je retourne au donga la nuit même.

Ils m'inscrivent au troisième combat. Quand on me demande mon nom je dis : Appelez-moi le Garçon Sans Nom. « Celui-là, il se fait appeler Garçon Sans Nom », crie le présentateur à la foule, frottant son ventre gras sous son agbada blanc. Le public se met à scander Garçon Sans Nom ! Garçon Sans Nom ! Jusqu'à ce que mon adversaire jaillisse d'un bond des ténèbres et atterrisse si lourdement que mon côté de l'estrade se relève tout d'un coup, manquant me propulser dans les airs. Elle l'aime, ce type, cette foule, car elle rugit si fort que je n'entends pas son nom, Cochon Destructeur, jusqu'à ce que le présentateur le prononce. Puis je n'entends plus que Cochon Destructeur. Sa peau est rouge comme de l'ocre, peut-être à cause de la lueur des torches, mais on dirait qu'il veut que les gens croient que c'est du sang. Le vent rabat son odeur sur moi et me confirme que c'en est bien. Cochon Destructeur ! Cochon Destructeur ! C'est ça que crient les gens et debout il est plus grand que moi d'au moins quatre têtes. Avant que j'aie le temps de me demander où est son bâton, il tend la main et quelqu'un, depuis l'obscurité, lui passe un marteau.

« Hé, c'est pas un bâton ! » je crie, mais dans ce brouhaha ma voix est un murmure. La foule rugit de nouveau et lui me charge comme un buffle. Je m'écarte en vitesse, mais il est rapide, lui aussi, et j'esquive in extremis son marteau qui s'écrase sur l'estrade. Il cogne, il cogne, et je roule, je roule si vite que tout devient flou et je glisse dans le vide. Je hurle. Je me rattrape à un rocher flottant et pour la première fois je regarde les ténèbres en contrebas, traversées par des nuages. Je tente de me hisser dessus, mais il n'y a pas de prise pour mes pieds. Alors je balance les jambes, tentant de saisir une petite estrade, une porte, en fait. Cochon Destructeur me tourne le dos, se gargarisant des encouragements de la foule. De la porte, je saute sur un plus gros rocher. Cette fois, c'est un bond calculé. Je le laisse plonger un peu, et quand il remonte, je me sers de l'élan pour me propulser de nouveau sur l'estrade centrale. Cochon Destructeur, toujours baigné de cris, de sifflets et de chants, ne me voit pas prendre de l'élan et cogner l'arrière de sa cuisse avec une force énorme. Il hurle, se retourne et me court après, hors de lui, abattant encore et encore sa masse. C'est là que je me rends compte que bien qu'il ait une masse au lieu d'un bâton, il lutte quand même dans le style du Nord, où l'on s'acharne simplement sur son adversaire jusqu'à ce que l'un des deux combattants reçoive un coup si fort qu'il ne puisse plus que parer les assauts. Je fais un bond de côté, car il n'y a pas moyen de bloquer cette masse. Et ça se produit. Je saute en l'air, mais je ne retombe pas. Je bondis bien au-dessus de sa tête et la foule s'emballe – *wouhbouuu.* Sa tête, mon bâton… je bourre de coups sa joue gauche, puis la droite, puis la gauche, puis la droite, et ensuite le cou et je lui fends la lèvre et je vire, vire, virevolte comme une toupie, et déchire sa poitrine. Le vent, mon vent a décidé de m'aider, je le sais. *Ton poignard il est pour les rues, pas pour ce donga*, dit une voix qui me ressemble, mais je la fais taire. Il protège son ventre, mais ce n'est pas ça que je visais. Au lieu de faire couler le sang, ma lame sur son entrejambe provoque une étincelle. Une armure en acier. La foule se moque de lui et me hue car j'ai frappé un endroit interdit. Cette réflexion me distrait et il revient à la charge, en bon lutteur du Nord, comme si tout n'était que fourmi, et chaque coup un marteau. Il met tout son poids dans ses bras, tentant de me faire tomber du ciel, mais le vent me décale sur le côté et je l'entaille entre le front et le nez. Cochon Destructeur hurle comme un cochon, c'est le cas de le dire, il s'empoigne le visage, tombe à genoux. Il rugit quelque chose mais tout ce que je l'entends brailler c'est que son visage plaît aux femmes. Il m'attaque et j'esquive, mais cette fois il est prêt et en reculant je viens me heurter à son marteau en plein mouvement de balancier, qui me cueille en plein ventre.

Je tombe et roule, au bord de vomir. Il arrive sur moi et je dois m'écarter. Je dois réfléchir. Trop tard, il empoigne ma cheville, qui lui glisse de la main. Il m'agrippe de nouveau, coince son doigt dans ma ceinture et me jette dans le vide. J'atterris sur des rochers flottants, crache du sang. C'est là que je prends conscience que si je rentre avec des marques de coups, Keme ou Yétúnde vont me demander des comptes. Une voix dans ma tête qui me ressemble dit : *Imbécile, tu auras de la chance si tu rentres vivante, alors les plaies…* Les gens crient Cochon Destructeur, Garçon Sans Nom, vas-y Cochon, détruis le Garçon Sans Nom. Cochon Destructeur s'accroupit et bondit dans la pénombre et je ne vois rien, n'entends rien jusqu'à ce que tout à coup deux pieds gigantesques jaillissent, visant ma tête, et je fais une roulade pour esquiver. Je glisse du rocher.

La foule se tait. J'entends la foule se taire avant même de me rendre compte que je tombe. Je manque un rocher, puis deux, puis trois, et je me mets à hurler. Une branche freine ma chute, je l'empoigne et elle chute avec moi, vite, trop vite, puis elle s'arrête et remonte dans un rebond violent. Arrête de penser au ciel, arrête de penser à la chute, arrête de penser au dessous, tout est sol, tout simplement. L'obscurité, le noir épais me fait oublier le ciel et je saute de rocher en rocher, en grimpe dix empilés comme des marches et bondit de nouveau sur l'estrade. Cochon Destructeur constate qu'il ne m'a pas tuée et pousse un juron. Il tente de sauter de rocher en rocher mais glisse et tombe, et la foule éclate d'une vague de *ooohhhh* quand il en saisit un, se hisse dessus, bondit sur la planche en bois et fait un nouveau bond, mais cette fois je suis prête. Il saute sur l'estrade, espérant me faire chavirer, mais je suis dans les airs avant qu'il atterrisse, et le vent (pas vent) me pousse plus haut, et il heurte l'estrade, qui s'incline fortement, et c'est lui qui chavire. Je suis un chat, atterrissant sur un carreau. Voilà le mastodonte qui s'accroche à l'estrade d'une main, mais l'estrade penche encore et sa main est en train de glisser. Je saute sur le rebord le plus haut, me laisse glisser vers le bas, fais lâcher ses doigts à coups de pied, puis enfonce mon poignard dans le bois pour retenir ma chute. Cochon Destructeur hurle jusqu'à ce que le vent absorbe le son. La foule est tellement silencieuse que pour la première fois j'entends un drapeau claquer sur un toit voisin.

Puis ils entonnent : Garçon Sans Nom ! Garçon Sans Nom ! Garçon Sans Nom !

L'arbitre vient me trouver et m'explique qu'il était persuadé de m'envoyer au pays des ancêtres parce que j'avais choisi les rouges. Tu veux dire le donga, je souffle, hors d'haleine, mais il dit non : Les rouges, c'est le nom du combat. Il y a des combats à bande rouge et d'autres à bande blanche, et ceux à bande blanche, c'est jusqu'à ce que l'un tombe par terre ou abandonne. Les combats à bande rouge, c'est à la vie à la mort, enfin jusqu'à ce que l'un tombe de l'estrade, et il n'y a pas de coussin pour amortir la chute. Je rentre à la maison en boitillant.

Plus tard dans le quart de lune, Keme vient frapper, bite à la main et sourire aux lèvres, mais je lui ferme la porte au nez. Sang-de-lune, je prétexte. Regarde, mon ventre cruel ne cesse de me couper. Le sang-de-lune dégoûte bien des hommes et celui-là ne fait pas exception. Chaque morceau de mon corps où j'ai des bleus, des débuts de bleus ou des craintes de bleus, je le recouvre de mousseline. Personne ne me voit d'une demi-lune, sur quoi je retourne au donga où la foule scande : Garçon Sans Nom ! Je perds deux combats, un blanc et un rouge, mais j'échappe à la mort car mon adversaire est trop faible pour me porter le coup de grâce. Je fais deux fois match nul, la première parce que nous nous battons longuement mais sans prendre le dessus, la deuxième parce que le public saute et crie si fort qu'une partie de l'estrade se détache, une partie qui n'est pas en bois de Go. Les combats se poursuivent. Je gagne tous les autres, neuf en tout, dont cinq rouges. Keme commence à remarquer que ce sang-de-lune vient bien souvent, parfois plus souvent que la lune.

« Le corps d'une femme fait ce qui lui chante, je dis.

– Mais je commence à oublier à quoi il ressemble, ton corps.

– Rien de mémorable. »

Du sang. Le plus souvent, quand je quitte le donga j'en suis couverte, et je commence à me demander si je ne devrais pas faire savoir que je suis une femme, pas un garçon, mais quand j'examine la foule je vois toutes ces femmes et comprends qu'il n'y en a pas une qui est là par choix. Garçon Sans Nom est un champion, mais pas le seul champion, et j'évite les hommes qui font deux fois ma taille. L'organisateur me promet plus d'argent, mais y renonce quand ça commence à se voir que je ne m'en soucie guère, puisque j'oublie trois fois de prendre mon écot. Une voix dans ma tête qui me ressemble dit : *Regarde-toi, comme tu aimes le sang.* Le dernier était comme Cochon Destructeur, il se tenait à un rocher par deux doigts, que j'ai tranchés. *Je ne tue personne, ils se tuent eux-mêmes*, je dis. *Une forme de meurtre ne peut pas remplir le vide que doit remplir l'autre*, dit la voix, ce à quoi je réplique : *Tu ne sais pas de quoi tu parles.*

« Mais j'ai rien dit », fait le petit garçon de Keme.

Je me couvre la bouche. Deux enfants sont juste devant moi, en train de jouer.

Le soir même Keme vient dans ma chambre : « Écoute, femme, ça suffit, les histoires de sang-de-lune. Ça fait que douze jours depuis la dernière fois, j'ai compté les nuits. » Nous gardons le silence, je m'allonge par terre et remonte la mousseline jusqu'à la taille. Keme fait mine de rire et me demande de me retourner, et bien que je n'en aie pas envie, je ne veux pas qu'il me demande pourquoi. Pas question que je retire la mousseline, je me promets. Keme dit : « Fais la nonne, si c'est que tu veux », et il me pénètre si rapidement que je sursaute. Rien à arrêter, il est sur moi. Pas de temps pour réfléchir, je n'ai plus qu'à empoigner son derrière, main sur ses fesses, espérant ralentir ses va-et-vient, mais il me pilonne fort, avec avidité. Mon tressaillement, mon gémissement, mon petit cri, ma respiration précipitée, tout, il prend tout pour du plaisir, mais tout n'est que douleur, tandis que mes foulures, mes ecchymoses se réveillent. Si je vais encore pouvoir supporter ça longtemps, je ne sais pas, mais il va falloir que je me lève. *Baise-moi n'importe où ailleurs, même par la bouche*, me suggère de lui dire une voix dans ma tête, mais si je dis ça, il va demander pourquoi, et ce qui m'arrive, et peut-être même exiger que je retire la mousseline. *Réponds à ses poussées, alors, presse-toi contre ses flancs qui te pressent, enroule tes jambes autour de ses hanches et prends le dessus. L'homme aime se rendre quand personne n'est là pour le regarder s'incliner.* Je me frotte contre lui, me baise moi-même et il gémit : Prends ce que tu veux de moi. Il presse les draps, presse mon épaule, Keme n'en peut plus, mais moi j'essaie juste de retenir ma bouche de hurler comme ma poitrine, mes hanches, mes bras et mon ventre en éprouvent le besoin. Rien à faire si ce n'est attendre que ça passe, se raccrocher à la douceur du fait que nous sommes en train de nous baiser à fond. Il dort dans mon lit cette nuit-là, mais je vais m'allonger par terre, puis remonte dans le lit à l'aube, juste avant son réveil.

Les lunes viennent, le temps passe, bientôt un an s'est écoulé et l'Aesi est encore en vie. Et ce Roi, et ses fils, et les bonnes gens de la cour. Certaines rues commencent à sentir meilleur maintenant que les corps des sorcières empalées ont fini de pourrir. Le Nord a fait la paix avec Wakadishu sans s'enliser dans une longue guerre, même si leur territoire dit n'être ni du Nord ni du Sud. Un jour je passe devant l'étal de la marchande de tissu du quartier de Baganda, un jour chaud, même si ce n'est pas la saison et qu'il est plus de midi.

« Du mauve ? C'est réservé à la famille royale, je dis.

– Aux femmes seulement, et la Reine Mère déteste le mauve. La Reine, je veux dire. Belle-mère un jour, épouse le lendemain, qui sait ce qu'elle sera demain ? Pourquoi il a besoin de deux femmes, ce Roi, c'est ça que devraient demander les gens.

– La Sœur du Roi adorait le mauve.

– La Sœur de quel Roi ? » demande-t-elle, et ne sachant que répondre, je me tais, espérant que la conversation va se tarir d'elle-même.

« Ma grande, quelle Sœur du Roi, j'ai dit. Ma grande ? Ma grande ? »

Je marche sans m'arrêter jusqu'à Ibiku.

Voilà la vérité. J'essaie d'oublier, et vivre dans la maison de Keme rend la chose facile tant que personne ne pose de questions auxquelles personne n'a de réponse. Les enfants de Yétúnde demandent encore quel est mon rôle dans cette maison puisque je ne fais pas la discipline comme une mère, ne participe pas à leurs espiègleries comme une sœur, mais ils ne me le demandent pas à moi. Un jour, ça fait plus d'un an à présent, je suis dans la réserve en train de piler du grain comme j'ai l'habitude de faire, et deux d'entre eux courent trouver leur mère dans la cuisine. Ils ont fait un pari sur l'identité de Sogolon. Alors c'est qui ? ils demandent. Elle répond : Demandez à votre père. Il y a des choses au sujet du père que je me demande, moi aussi. Pas à lui, mais à moi-même. Une voix dans ma tête qui me ressemble dit : *Regarde-toi, tes questions venaient autrefois avec une réponse claire comme la nuit ou le jour, mais à présent tu ne sais pas faire la différence entre l'aube et le crépuscule.* Je me maudis intérieurement parce que je ne sais pas ce que ça signifie, bien que ça vienne de moi. Je me maudis jusqu'à ce que je me comprenne. L'idée, c'est qu'il n'y a pas si longtemps, toutes les questions dans ma tête étaient simples, des questions avec des réponses en oui ou non, aller ou venir, chaud ou froid, bien ou mal. À présent viennent des questions qui n'ont pas de réponses en un mot, quand elles ont une réponse. Quel est le oui ou non qui répond à la question du papier de lin qu'il m'arrive de porter autour de ma taille pour me souvenir d'Emini ? Qu'est-ce que ça signifie que je doive faire ça pour me souvenir désormais ? Que ma mémoire s'efface plus vite que l'encre sur ce parchemin royal ? Ma première pensée a été de cesser de me rendre au donga car j'y brûle trop de ma rage dans un lieu qui n'est pas fait pour ça. Ma deuxième, c'est que ce n'est pas la rage qui me dérange, mais d'autres choses que je ne peux nommer. Ne veux pas nommer. Keme. Moi et Keme. Il n'y a pas de moi et Keme. Il y a Keme et son épouse, Yétúnde, c'est son nom, que je prononce encore et encore. J'habite avec un homme et son épouse, et pourtant je sais exactement quel champignon me fait penser au bout de sa queue quand j'en retrousse la peau. *Vilaine*, me dit cette voix, mais la voix calme me dit : *Tant qu'il est queue, il n'est pas homme, et tant qu'il n'est pas homme, il n'est pas… quoi ?* Il n'apporte pas de promesse de mariage et je n'apporte pas de dot. Je ne ressemble pas à une concubine, et moi et l'épouse, on n'est pas sœurs. Même pas amies. On n'est pas non plus ennemies, mais c'est pas clair, comme trop de choses dans cette maison. Et Keme, il a toujours faim de mon esprit, même si je ne vois pas ce qu'il lui trouve. Ça lui donne l'impression d'être mon frère, sauf que je ne baise pas mon frère. Quant à baiser, est-ce que c'est baiser quand ça remue si lentement, lentement parce qu'il le pense, lentement parce qu'il tient à moi, lentement parce que ça doit être comme ça que baisent les gens qui ont la chance de rencontrer l'amour ? Un jour, il me fait crier rien qu'avec son doigt, et ensuite, tout ce à quoi je peux penser, c'est qu'il ne m'avait jamais touchée avec si peu de lui et que pourtant je n'avais jamais reçu tant de lui. Cet homme me brouille les idées. C'est ça qu'il fait, et je vais avoir besoin que ça s'arrête. Sauf que non, en fait.

La nuit vient et je me demande qui m'a mis dans la tête que j'étais censée être l'instrument de cette chose nommée vengeance. Si l'esprit des sœurs divines réclame justice, c'est à l'oreille des diables qu'elles le crient. J'ai jamais regretté d'en voir une tomber. Et Emini, elle m'a jamais regardée comme une sœur, mais comment l'aurait-elle pu, étant princesse ? Peut-être qu'elle a essayé, dans les limites de ses forces, sauf que ça n'a jamais suffi. J'enroule son papier de lin autour de moi sans y penser, puis j'y pense. Parfois, je le mets avant un combat, mais à ça non plus je ne veux pas penser. Parfois, j'ai même été frappée, tailladée, juste au niveau où les papiers sont enroulés autour de mon corps, mais pas une fois ils ne se sont déchirés ou salis. Que suis-je censée en penser ? Penser vient tout de même. À ce trajet vers Mantha dans le chariot, quand je me réveillais à chaque bosse, et Emini ne dormait pas. Je la voyais me regarder à chaque fois que j'ouvrais les yeux. Avant même qu'elle ouvre la bouche, j'avais cette sensation qu'elle essayait de me connaître et c'était nouveau pour elle et pour moi aussi. Car la seule façon dont je pouvais savoir ça, c'était parce que je savais le contraire, qu'elle ne me montrait pas le moindre intérêt. Ni elle ni personne.

« C'est comment d'être seule ? »

Je ne réponds pas. Être seule la rend encore perplexe. Pour elle ça signifie être seule avec ses serviteurs, ou les lions, ou quiconque est là depuis si longtemps qu'il ou elle fait corps avec les draperies. Je le vois, que depuis sa naissance Emini a des gens qui l'observent, la suivent, s'occupent d'elle sous peine de perdre la vie. Ces mêmes femmes qui la suivent dans ses appartements, la déshabillent et tentent de l'amuser tiennent le seau sous elle quand elle lâche sa merde, elles l'essuient, aussi, et elles font disparaître le tout. Elles lui cachent sa propre puanteur, mais elles sont toujours en sa compagnie. Même après qu'on lui avait tout enlevé, j'étais seule avec elle. L'idée de se retrouver toute seule dans une chambre à elle lui trouble l'esprit, si bien qu'elle doit le dire tout haut : Bon débarras. Elle mourra seule. Au moment où j'en ai été témoin, elle était déjà morte. Une aube, elle reviendra me dire qu'elle erre sur les terres entre la mort et la vie car personne n'est venu la guider en bateau jusqu'à l'outre-monde. La tranquillité, elle ne la trouvera jamais, et son bébé non plus.

Nique les dieux, qu'ils la noient dans un torrent de pisse, car je ne lui dois rien. Dans ma vie, depuis le jour où Miss Azora m'a trouvée, je n'ai rien choisi, et si j'avais eu le choix il ne m'aurait jamais menée dans une maison royale, et aucune maison royale n'aurait soupçonné mon existence. Voilà ce qui s'est passé : la princesse, les sœurs divines ont une chose en commun, à savoir qu'elles m'ont emmenée contre mon gré, et le fait que toutes soient mortes et m'aient laissée en vie ; ça prouve que les dieux, ils aiment les plaisanteries. Alors pourquoi par certaines nuits, certains matins, un murmure m'est-il venu disant : *Femme, tu traînes. Et le calme immortel ne descendra jamais sur ta tête avant que tu te hâtes. Tu crois que ce que tu as maintenant, quand Keme vient dans ton lit et que tu l'écoutes dormir, c'est la paix, mais ce n'est pas ça, c'est le confort. Le confort est un mensonge et fait honte aux dieux. Le confort, c'est comme ça que tu te dupes toi-même. Le confort, comme le bonheur, ne peut pas durer.*

Cette nuit-là, je perds mais c'est un combat à bande blanche. Je perds parce que j'entends dans la foule des nouvelles qui me détournent l'esprit de tout le reste.

Le quartier d'Ugliko. Disons que c'est le crépuscule. Deux hommes parmi le public du donga ont dit un mot, et un troisième a acquiescé : Ils font une parodie de justice, une parodie d'honnêteté, et attention, ils vont bientôt faire une parodie de parodie si personne ne fait rien. Z'avez vu ces deux-là, le quart de lune dernier ? Non, mais on a entendu dire qu'ils avaient tué une femme parce qu'ils ont trouvé ça drôle de la jeter dans le ciel, plus haut que le vol des oiseaux, et sans la rattraper. Bats des ailes bats des ailes, qu'ils ont dit. Et rire, voilà ce qu'ils ont fait quand elle est retombée et s'est éclatée dans la rue. La prochaine fois, sois comme un chat, a dit le vert, on l'a entendu. Son mari et ses trois enfants sont allés trouver un magistrat mais le magistrat il a demandé : Où sont les témoins ? Écoutez-moi bien, ils prennent ce qu'ils veulent prendre, mangent ce qu'ils veulent manger, la lune dernière ils ont violé un garçon avec un couteau, alors inutile de préciser comment il s'en est sorti. On aurait cru que les choses s'arrangeraient après la purge des sorcières, mais la situation a largement empiré. Et ce Roi, ça, vaut mieux pas en parler, car j'en connais un de leur engeance qui entend tout à plus de mille pas.

Leur engeance, aux Sangomin.

Donc, Ugliko. C'est un quartier, disent les habitants du quartier. Une préfecture, disent-ils, pour vous faire comprendre qu'à Fasisi ce n'est pas un endroit comme un autre. En fait, c'est la zone où l'on sent les pets du roi. Pas de maison plus somptueuse qu'à Baganda, pas de jardin aussi beau que dans les collines d'Ibiku, mais il s'agit de l'arrière de l'enceinte royale, résidence de tous ceux qui sont au service et en faveur du Roi. Mais c'est le soir, et je suis là, dans une rue que je ne connais pas. Mes pieds m'amènent au centre, et un jardin qui me fait me sentir trop démasquée pour y rester. Personne ici ne me connaîtrait davantage qu'ils ne connaissent Emini, mais la peur monte tout de même et je me rabats dans une ruelle. Ce n'est pas comme si les hommes du donga m'avaient promis quoi que ce soit, puisqu'aucun ne m'adresse la parole, mais je tiens malgré tout leur parole pour une promesse. Le tambour dans ma poitrine cogne jusqu'à ce qu'il ne reste plus rien, puis recommence à cogner. L'Ugliko est un autre lieu à la nuit tombée, a dit un jour Keme à Maîtresse Komwono. En cet instant, je compte là-dessus. Cette ruelle est trop calme pour que je m'y tienne immobile, alors j'en prends une autre, tourne dans la suivante, en traverse trois, en suis deux, puis recommence. J'attends que le vent m'envoie quelque détresse, n'importe qui, sans doute une femme suppliciée aux mains de l'un d'entre eux. Ou deux, j'ajoute, et cette idée me fait presque sourire.

Le temps que l'idée me traverse l'esprit, le vent apporte un cri, au bout d'un passage, pas même une ruelle. Ils commettent leurs méfaits dans le noir alors qu'ils n'ont aucune raison de se cacher, ces enfants. Depuis que j'ai commencé à aller au donga j'ai cessé de compter les nuits, puis les quarts de lunes, puis les lunes depuis qu'ils ont assassiné la caravane pour Mantha. Bientôt je vais commencer à compter les étés, *et le cri d'Emini va se transformer en gémissement, puis en murmure, puis se taire*, dit la voix dans ma tête. Mais elle ne sait pas que ça n'a même pas vraiment de rapport avec Emini. Elle n'a jamais été mon amie, et même si elle a essayé de me connaître, c'était seulement parce qu'elle voyait grandir le fruit d'événements qu'elle ne comprenait pas.

Dans le temps qui s'est écoulé depuis que j'ai arrêté de compter les nuits, je suis retournée aux bois d'Ibiku et j'ai coupé la branche la plus droite qu'un arbre veuille me donner. Puis je l'ai émondée, peinte avec de l'ocre volé, j'en ai taillé un bout en pointe de flèche et j'ai murmuré aux dieux que c'était une lance à présent, une lance que je ne comptais lancer qu'une fois. Le cri revient, trois rues plus loin, peut-être quatre, ainsi qu'un gros rire et un petit rire. Je cours. Une longue rue sombre avec des charrettes mais pas de chevaux, des étals mais pas de marchands, des portes mais toutes fermées, et pas de lumière si ce n'est la fumée verte qui sort de l'une d'entre elles. Ils se tiennent au-dessus de deux personnes, un garçon qui pleure et une autre personne, plus grande, qui gît au sol sans bouger. D'abord, la seule pensée qui me vient, c'est : Regarde ça, qui se passe, car ce n'est pas ce que tu veux. Ce que tu veux, c'est qu'ils te mènent à l'enceinte royale. À lui. Mais là, le garçon a hurlé.

N'importe quel homme dirait que cette lance a le bon poids, même si elle se plie et se tord un peu. Entre les deux s'élève une fumée verte qui éclaire la ruelle. Je recule de cinq pas, puis cours plus vite que jamais, puis, après environ soixante foulées, je bloque mes talons, et de tout mon corps, pas seulement mon bras, je jette la lance, qui traverse le cou du plus grand et tue son rire. Je ne vois pas son visage. J'ai envie de voir son visage en cet instant plus que j'ai envie de vivre, et l'obscurité qui m'ôte la vue me met si en colère que je ne vois même pas l'autre avant qu'il me saute dessus. Petit, mais il court sur le mur comme si c'était la rue. Je me retourne pour m'enfuir mais il me charge plus fort qu'un bélier et me fait tomber à la renverse. Un masque couvre son nez et sa bouche. J'essaie de me relever, sentant de l'humidité sur ma poitrine sans savoir ce que c'est, mais ce n'est pas chaud, ce n'est pas du sang. Puis il retire son masque et une vapeur verte souffle de ce qui n'est ni nez ni bouche, de ce qui est néant. Une vapeur verte lumineuse comme la foudre. Il ne cesse de souffler, les buissons sauvages autour de moi se ratatinent et disparaissent, et un hibou qui volait bas tombe du ciel. Ses yeux deviennent fous. Ce n'est pas censé se produire. À nouveau, des plantes meurent, des oiseaux et insectes chutent et la peau de mes bras commence à se dessécher, mais autour de mon visage le vent (pas vent) bloque la fumée. Je lève un bras et l'empoigne, comme il n'est toujours qu'un enfant. Je pousse le poignard contre son torse et appuie sur les côtés. Il se convulse et tombe, de la fumée sortant toujours de la partie inférieure de son visage, mais à présent il tousse du sang. Il dit quelque chose, qu'il n'a jamais pu arrêter la fumée, mais elle s'arrête bien, et il n'en sort plus qu'un mince filet par un trou qui n'est pas une bouche et deux trous qui ne sont pas des narines. Puis il meurt. Sans façon, et une révélation m'écrase comme un poids énorme : je n'éprouve rien. Je sais pas ce que c'est, le quelque chose que je cherchais, mais c'est pas ça. C'est pire que le donga, car au moins là-bas j'emporte la victoire. Je voulais un combat. Je voulais des coups, des éraflures, un poignard, des piétinements, une force qui m'oblige à me battre pour ma vie et me fasse passer à un cheveu de la perdre. Mais les Sangomin, quand on leur retire leurs dons et leur cruauté, c'est rien que des enfants. Les tuer, ça ne comble pas la faim. Faim de quoi, je ne sais pas, mais c'est ça qui me semble comblé quand je tue au donga. Sauf que la satiété ne dure jamais, et la faim refuse de s'en aller. Elle vient quand les enfants disent une bêtise ou une méchanceté, et je leur crie dessus si fort qu'ils s'enfuient en couinant comme des cochons, ce qui me donne l'impression d'être une méchante femme impardonnable. Parfois la faim s'éclipse pendant de longues lunes et je bascule dans l'oubli, mais elle revient toujours, comme si une telle chose pouvait jamais quitter une femme. Ce qui m'a conduite à Ugliko, car un Sangomin, quel qu'il soit, est un Sangomin responsable, mais la faim me dit : Si tu crois qu'un bras, c'est la même chose qu'un doigt, ou une tête la même chose qu'un nez, tu es une imbécile. Si les chiens sont lâchés, c'est que quelqu'un a laissé échapper la laisse. Maintenant tu te comportes comme si c'était cette rage qui causait ta faim alors que cette colère tu l'avais bien avant. Cette faim-ci n'est venue qu'une fois que tu as pris le goût du sang.

Je n'ai même pas jeté un regard au petit garçon ou à sa mère.

Treize

Trois ans ça m'a pris, et la première chose que je me suis demandé, c'est pourquoi il m'avait fallu trois ans pour découvrir que Keme baisait avec d'autres femmes. Je m'engueule presque d'appeler ça un choc, alors que je suis pas du tout surprise, au fond. Bien sûr qu'il pénètre la maison d'autres femmes – j'étais cette autre femme il y a trois ans. C'est même pas exprès que je le suivais quand je l'ai vu, mais j'ai cru que lui me suivait. Après tout, pourquoi prendre la route qui fait le tour d'Ibiki pour se rendre à Taha alors que bien des rues y vont directement. Je m'attendais à des putes ou aux concubines d'un autre homme, mais pas à une maison possédée par une veuve avec des enfants, des ânes et l'un des rares chameaux de Fasisi. Cela me fait me demander si dans l'esprit d'un homme, les différentes sortes de femmes couchent différemment, si c'est pour ça que pour obtenir ce dont il a besoin, il va voir ailleurs. Ce soir-là, je le suis seulement parce que ma curiosité est éveillée. Il sort le sourire aux lèvres et l'idée que ce soit à cause d'une bonne partie de baise m'indiffère, mais celle que cela puisse venir d'une bonne discussion me ronge jusqu'à la fièvre. Le vent s'échappe de moi et le renverse avant que je murmure entre mes dents serrées qu'il s'arrête. Peut-être que Yétúnde est au courant. Il n'a pas le devoir de me dire quoi que ce soit. De plus, c'est pas la seule.

Je ne tiens pas de comptes. Mais la deuxième est plus jeune que moi et vend des racines dans le quartier de Baganda. Je le suis, cette fois, car il va du haut Baganda, où l'on vend tout ce qui est beau, au bas Baganda, où l'on vend tout ce qui est utile. C'est pour ça qu'elle y vend des patates douces, car personne dans le haut Baganda ne veut rien voir qui lui rappelle la terre, surtout pas de la nourriture. Elle a l'air d'une femme qui ne se lave pas. Je me demande ce que Keme voit en elle, et ce qu'il en retire qu'il n'obtient pas chez lui. Peut-être le fait de ne pas l'obtenir dans une maison suffit, car il ne la baise jamais chez elle. Une fois qu'elle a fermé son échoppe, je n'ai pas compté jusqu'à dix que toute la cabane se met à trembler, et elle à glapir comme un petit chien.

Et il n'est pas le seul que je suis. Une voix qui me ressemble dit : *Tu cherches des histoires, voilà ce que tu fais, et c'est parce que tu n'aimes pas la tienne.* Quelle histoire ? je réplique à la voix, qui répond seulement : *Oui.* Mais les enfants, je les suis aussi. Dans la journée, bien sûr, je les vois jouer dans la terre, avec le plus jeune qui crie : Je suis ninki nanka ! Regarde ma queue ! Regarde, je crache de la fumée, et il porte des cendres à sa bouche et souffle dessus. Un enfant hurle, un autre rit et le troisième pousse des jurons qu'il n'est pas censé connaître, mais bien vite tous se taisent et sortent par la porte de derrière. Ce n'est pas ça qui fait que je les suis, car les enfants sont comme ils sont, mais le silence, car ça, ça ne leur ressemble pas du tout. Ils se glissent dans les bois derrière Ibiku, se faufilant entre des arbres qui font cent fois leur taille, passant d'une piste nette à une autre encore cachée dans les fourrés. Pas un silence total, car la plus petite chante quelque chose. Mais ils continuent à marcher comme si une chose invisible les attirait, jusqu'à ce qu'ils arrivent devant cinq monticules – une ancienne clairière envahie par les mauvaises herbes. Ils s'assoient dessus en silence et jouent à des jeux calmes, se parlant à peine. Je n'en fais pas grand cas jusqu'à ce que, une demi-lune plus tard, ils recommencent. La troisième fois je les suis jusqu'à mi-chemin et j'attrape la plus jeune.

« Votre mère, elle est au courant que vous allez dans les bois ? »

Je m'attendais à la trouver comme ensorcelée, mais elle me répond lucidement.

« Mais on va toujours dans les bois. Sinon ils se sentent seuls.

– Qui ça, ils ? »

Mais elle sourit et repousse doucement ma main. Je cesse de penser qu'ils étaient ensorcelés, et conclus que ce n'est qu'un jeu.

Peut-être que je cherchais la petite bête, ou du moins quelque chose de plus sinistre, mais le fait qu'ils soient juste des enfants vaquant à leurs occupations enfantines me laisse une drôle d'impression. La voix dans ma tête serait déçue si je m'y laissais aller. Ou insatisfaite. Elle me filerait ce je ne sais quoi qui me ramène au donga, et ce soir-là je ne me bats même pas. Un homme qui a l'habitude de se couvrir de sang, comme Cochon Destructeur, en bat un autre qui se fait appeler Merde. Il y a un match nul et un autre lutteur est disqualifié lorsqu'il se transforme brusquement en léopard et tranche le cou de son adversaire avec ses crocs. Pas de métamorphose dans le donga, crie l'arbitre, seuls les combats à la loyale sont autorisés dans l'arène, ce qui me fait rire. Je suis installée dans la foule qui crie, et chante, et jure et fait trembler le sol, et là je reconnais l'odeur des hommes assoiffés de sang. Je reste encore trois combats – ça va plus vite quand on regarde au lieu de se battre – jusqu'à ce qu'un type à l'haleine fétide me dise : C'est toi, Garçon Sans Nom ? Chaque fois que tu gagnes, je perds.

Je rentre à la maison en espérant qu'il ne viendra pas dans ma chambre cette nuit. Le matin est encore loin, je me dis, quand je reçois sur le dos un coup si violent que je vais heurter une urne qui se casse. Je roule par terre, craignant que ce soit un voleur, un assassin ou un démon, mais c'est Keme, les lèvres humides de rage, les yeux rouges et furieux.

« C'est ça que tu fais la nuit, hein ? C'est comme ça que tu trahis ma maison ? C'est mon argent que tu paries sur des combats à mort ? »

Avant que je dise quoi que ce soit il s'empare de mon bâton et avance sur moi d'un pas déterminé. Je ne peux pas me demander comment il l'a trouvé, ou comment il sait à quoi il sert. J'essaie d'esquiver d'une roulade mais le coup atteint tout de même ma cuisse, mes fesses et mon dos. Je hurle, je hurle encore, mais il ne se recule que pour me frapper de plus belle.

« Arrête ! » je crie. Et je le crie encore, mais il gronde comme un chien enragé et me bat de nouveau, comme si j'étais l'enfant le plus dissipé qu'il ait jamais vu. Il crie encore et je me demande comment ça se fait qu'il ne réveille pas toute la maison, alors qu'il lève de nouveau le bâton sans regarder où il va l'abattre. Je m'écarte, il m'atteint au dos et je pousse un petit cri. Il dit que si j'aime ça, regarder des combats, eh bien je vais y avoir droit, et il brandit de nouveau le bâton. Mais cette fois je m'en empare.

« Arrête », je dis.

C'est lui le soldat, mais c'est moi qui ai tué des gens. Il ne le sait pas, mais je vais le lui apprendre. Encore cramponné à l'autre extrémité du bâton, il essaie de me gifler mais j'esquive. Il lâche le bâton et pousse un juron que je n'entends pas.

« Je vais te montrer qui est le maître dans cette maison, hurle-t-il.

– T'es pas mon maître », je réponds, ce qui l'enrage encore plus. Il s'avance furieux vers moi, mais le vent (pas vent) le repousse. Il reste sous le choc, car la faim s'empare de moi et je lève le bâton et le frappe à la poitrine, au cou, sur le sommet du crâne et au visage ; il tombe et je le roue de coups sans même remarquer que c'est moi qui crie. Il tente de se défendre mais je suis trop rapide, je le cogne jusqu'à ce que le bâton soit tout rouge. Il empoigne mon pied, alors je lui donne un coup de l'autre mais il l'attrape aussi et tire, et je tombe sur le dos si fort que ça me coupe le souffle. Il gronde quelque chose, comme quoi je le bats dans sa propre maison, le défie dans sa propre maison, et il me gifle la joue gauche, puis la droite, puis la gauche. Il est sur moi, me plaque au sol, mais lorsqu'il se redresse et se met à genoux je vois une ouverture et lui flanque un coup de pied en plein dans les couilles. Il pousse un grand cri, tombe sur le côté et se recroqueville comme un bébé emmailloté. Je me lève d'un bond et lui hurle qu'aucun homme n'a le droit de m'appeler sa propriété, aucun homme, mais là-dessus, un autre coup sur ma tête, de la terre cuite qui se casse. Yétúnde qui m'engueule. Je ne dis rien. Tout ce que je fais c'est me tourner vers elle, et elle se retrouve plaquée en hauteur contre le mur et y reste. Mais ça ne suffit pas. Mon vent (pas vent) l'écarte du mur et l'y projette de nouveau, l'écarte et la projette, encore et encore, jusqu'à ce qu'elle cesse de bouger. Keme se lève mais je hurle et aussi sec le vent s'empare de sa tête, prêt à lui tordre le cou. Les deux s'élèvent devant moi, je suis hors d'haleine. Je les fais monter de plus en plus haut, tordant le cou de Yétúnde et tirant le poignet de Keme dans son dos, pliant les dix doigts jusqu'à ce qu'ils se cassent, puis le poignet, puis le coude, qui va faire un angle contre nature jusqu'à se briser à son tour, puis se détacher, et quant à elle, sa tête penche mais ça réveille ma colère alors je la précipite contre le mur une fois de plus et comme il y a le plafond je vais les précipiter en l'air jusqu'à ce qu'ils jaillissent tous deux de leur propre toit vers le soleil et…

« Sogolon, je t'en prie ! il crie, puis gémit. Sogolon, je t'en prie. »

Ils sont tous les deux au-dessus du sol et je ne les entends pas. Mais là je me retourne et vois deux des enfants, la plus petite perplexe, la plus grande qui regarde simplement. Le vent (pas vent) les laisse tous deux tomber au sol. Je suis hors d'haleine. Les enfants me fixent toujours, me suivent des yeux.

Les oiseaux du matin ne se sont pas encore réveillés quand je rassemble mes affaires. J'ai économisé assez d'argent pour me payer une chambre quelque part dans le quartier de Baganda, l'une de ces rues solitaires qui vont vers le nord, ou n'importe où, pourvu que je ne voie plus jamais Keme.

« Aucune auberge ne va t'accueillir », dit Keme. Je ne sais pas depuis combien de temps il est à la porte, depuis combien de temps il m'observe.

« Qui va m'accueillir, c'est mes affaires, pas les tiennes.

– Je veux dire qu'aucune ne sera ouverte. » Il y a une longue estafilade sur sa joue droite et son œil droit refuse de s'ouvrir. On dirait qu'il boite. Ou que se tenir debout le fait souffrir.

« Dans ce cas, je dormirai dans la rue en attendant.

– Personne n'a dit que tu devais partir, même pas Yétúnde. Tes coups lui ont effacé la mémoire. Elle se demande quelle vache l'a fait tomber hier soir. À mon avis, elle croit que c'était un rêve. » Keme laisse échapper un petit rire, mais on dirait un râle. Une grande pitié m'envahit quand je le regarde, alors je détourne les yeux.

« Si j'étais toi, je me dirais de partir.

– Heureusement que personne dans cette maison n'est toi.

– Je ne parie pas sur le combat. Le combat, c'est moi.

– Je ne comprends pas.

– Au donga. C'est moi qui me bats. Les gens m'appellent Garçon Sans Nom.

– Mais tu es…

– Trop jeune. Ils s'en fichent. Depuis mon premier combat, tout homme qui me porte la main dessus, je le tue. Pas seulement au donga, mais aussi en dehors.

– Je vois.

– Non, tu ne vois pas. Si Yétúnde s'accommode d'un homme qui la bat, ça la regarde. Mais moi, je te tuerai, c'est certain. Soit sur le moment, soit dans ton sommeil, et je m'en fous si ton enfant dort avec toi.

– Tu as l'air sûre de toi.

– J'en ai pas seulement l'air. »

Il sourit de nouveau, comme si j'étais une femme parlant sous le coup de l'émotion, et qu'il devait en rire avec sa patience virile. Ça m'énerve.

« Tu as appris à te battre au donga, ou avant ?

– Qu'est-ce que tu veux savoir, en fait ?

– Comment ça se fait qu'une femme m'a rossé, pour être honnête, répond-il avec un sourire douloureux.

– C'est parce que tu te bats avec orgueil, tu es sûr de gagner.

– Pas toi ?

– Je me dis que soit je quitte le combat en vie soit on le quitte morts tous les deux. Les deux issues me vont.

– Tu as aussi des esprits qui se battent pour toi. Dieu ou démon ? Ou alors je vis avec une sorcière ?

– Les sorcières jettent des sorts, et les dieux, ils se moquent bien d'une fillette.

– Donc tu es comme les Sangomin.

– J'ai rien à voir avec eux ! » je m'écrie, et il sursaute. Puis il lève une main comme pour parer un coup. Ça aussi, c'est énervant.

« Mais c'est vrai. Si une Sangoma t'avait trouvée quand tu étais bébé, tu serais une Sangomin maintenant. Il y a très peu de gens comme toi qui échappent à leur attention.

– Personne ne cherche de dons dans une termitière. Les gens y cherchent juste un lieu pour chier. »

J'avais oublié à quel point c'était exaspérant quand il avait raison.

Là il demande : « Tu ne fais pas des combats à mort, si ?

– Si.

– Sogolon, non. Tu ne peux pas… Tu ne peux pas… Je… Qu'est-ce que je vais dire aux enfants le matin où tu ne rentreras pas à la maison ?

– Je ne perdrai pas.

– Parce que tu te bats avec orgueil, sûre de ta victoire ? Peut-être qu'un jour viendra quelqu'un qui aura encore plus de raisons que toi d'être en colère. Peut-être même une femme. »

Ça, c'est la vérité. Je n'y avais jamais pensé avant.

« Tu essaies de tuer qui, en fait ?

– Une chose n'en signifie pas toujours une autre.

– Une chose en signifie toujours une autre, dans ce monde. T'as beau te croire exceptionnelle, t'es pas si différente.

– J'ai jamais dit que j'étais exceptionnelle.

– J'ai jamais dit que tu avais dit quoi que ce soit.

– Au fond, t'aimes ça, vivre avec une femme capable de te rosser.

– Peut-être. » Il sourit, et le sens de tous ces sourires commence à m'échapper. Il y a des hommes qui semblent aimer ça quand la femme se défend, même si elle place quelques coups, mais c'est seulement s'ils peuvent la maîtriser, prendre le dessus et pénétrer son koo. Keme ne fait pas partie de ces hommes, même dans ce combat-ci.

« Mais pars pas parce qu'un idiot de soldat a essayé de te dominer. Il le fera plus jamais.

– Je continuerai d'aller au donga.

– Je sais. Qui dans cette maison pourrait t'en empêcher ? Il y a une puissance en toi, Sogolon », et pour la première fois de la nuit il me frappe. Je voudrais que ce soit un coup de poing, mais c'est avec ces mots, des mots qu'il a déjà prononcés mais dont il ne se souviendra jamais. Des mots que je ne peux oublier. Ce qu'il voit en moi maintenant, c'est ce qu'il voyait alors, et il regardait toujours plus profondément, et même après avoir regardé deux fois il a trouvé la même chose. Je ne suis pas près de t'oublier, m'a-t-il aussi dit une fois, avant d'oublier ses paroles.

« Qu'est-ce qu'il y a ? Qu'est-ce que j'ai fait ? demande-t-il.

– Rien. C'est rien. Je suis fatiguée, c'est tout.

– Mettre une raclée à un guerrier du Roi, ça vous essouffle une fille. »

Cette fois, je souris.

« Si j'étais toi, je me chasserais.

– Mais je suis pas toi, donc la question est réglée.

– Je retournerai au donga.

– Je sais.

– Ce soir, peut-être.

– Et si je veux venir avec toi ?

– Ce serait pas la première fois que j'en bats deux dans la nuit. »

Et voilà qu'il rit encore, alors que je n'essayais pas d'être drôle. Tandis qu'il s'apprête à partir, je lui dis : « Si tu me frappes, moi, ou Yétúnde ou un des enfants, je te tuerai.

– Regarde-toi, championne », et il referme la porte derrière lui. Il boitait, ça c'est sûr.

Donc il s'est aussi passé ça au cours de la troisième année, l'année où j'ai cessé de compter les années, car une année à avancer signifie aussi une année à laisser des choses derrière soi, et laisser derrière soi donne l'impression d'accepter le destin, l'époque, la lâcheté, ou juste le lent mouvement des jours, de l'aube au crépuscule et à l'aube de nouveau. C'est ce que je me dis à mesure que les années se succèdent. Mais voilà qu'il se passe ceci, près de la fin de Gurrandala, la dix et deuxième lune, et la première chose qui me revient c'est le jour où, quelques années plus tôt, Yétúnde m'a dit : Être un peu barbouillée, ça arrive. Les nausées matinales qui font que je me précipite dehors pour vomir mon petit-déjeuner, et les nausées du soir qui me font rendre mon dîner, et les drôles d'herbes dont seules les vieilles femmes connaissent le nom, que me fait manger Yétúnde. Elle me regarde et dit : Je commençais à croire que tu étais une de ces femmes mal équipées. Mais regarde donc, regarde ce qui te vient enfin.

« Tu attends des enfants, explique-t-elle.

– Des enfants ?

– C'est ce que je te dis. La semence de cet homme n'en engendre jamais juste un. »

La nouvelle me consterne, car comment vais-je me battre contre des hommes avec un ventre rond ? Comment vais-je pouvoir continuer de faire croire à quiconque que je suis bien le Garçon Sans Nom ? Mais ça m'émerveille, aussi. Après tout, comment quelque chose qui grandit en vous, sans se soucier de ce que vous en pensez, ne vous ferait pas éprouver quelque chose ? Je commence à parler comme Yétúnde, à me demander comment ça se fait que ça a mis si longtemps à se produire. Même Keme prend la chose avec un visage qui dit à la fois *Oh ?* et *Enfin*, si bien que je me demande si c'est de cette façon qu'il compte m'emprisonner. Regardez-le dans la salle d'accueil, qui s'étire sur des coussins, me regarde, regarde mon ventre et s'y voit. Voit son travail d'homme.

« Par les dieux, tu dois être la première femme à considérer la maternité comme une prison.

– Tu m'enfermes pendant toute la grossesse, alors je suis censée appeler ça comment ?

– Tu pourrais au moins faire semblant d'en éprouver de la joie. »

C'était pas de la joie, que j'éprouvais, mais du ravissement. Parfois. Comme les fois où je me surprenais à caresser mon ventre en souriant bêtement. Mais j'en éprouvais aussi de la peur, de la peur de presque tout. Peur de ce que cette naissance allait signifier pour moi, et pour cet enfant, ou ces enfants, comme continuait de l'affirmer Yétúnde. J'en faisais des rêves éveillés dans lesquels je courais et parais les coups dans le donga avec deux bébés tout maigres pendus à mes deux seins, se retenant par la bouche. Les enfants prennent mon ventre qui enfle pour une grave maladie ou une énorme bosse maligne sur le point d'éclater, car ils m'évitent dès leur réveil et filent vers les monticules, où ils jouent à longueur de journée.

Je sais que pour les mères il s'écoule en principe neuf lunes, alors ça m'effraie quand le troisième jour de la septième, un liquide coule entre mes jambes. Je suis dehors, j'écosse des pois en me demandant si au donga on s'interroge sur ce qu'est devenu le Garçon Sans Nom, quand un changement se produit en moi. Un changement, c'est tout ce que je peux dire, car tout ce qui m'est arrivé jusque-là, je l'avais éprouvé ou j'en avais entendu parler auparavant. Tout ce qui m'arrive à partir de là est une nouveauté et je déteste ça. Je cours trouver Yétúnde, car c'est la seule personne à qui je puisse le dire.

« Va dehors et fais les cent pas. Le vrai travail n'a pas encore commencé. »

Elle ne me dit pas quand m'arrêter, alors je continue de marcher et les enfants, contents de participer à n'importe quelle activité, m'emboîtent le pas. Plus tard dans la matinée, un cheval me donne un coup de sabot dans le ventre, une piqûre de scorpion m'ankylose la jambe et la main d'un démon s'enfonce dans mon derrière, empoigne mon trou du cul et tire. C'est la sensation que j'ai quand cet enfant sort de moi. Ces enfants, me répète l'épouse, et je lui hurle dessus, puis balbutie que c'est la douleur qui m'y pousse. Une douleur qui m'enverrait me jeter de la falaise serait moins insupportable. Mieux encore serait de m'ouvrir le ventre, de sortir le bébé et de me laisser mourir. Mais cette douleur qui s'abat comme un assaut, suivi d'une retraite, puis d'un nouvel assaut me donne envie de traquer Keme et de le tuer lentement. C'est à ce moment-là que Yétúnde envoie chercher une sage-femme.

« Elle peut pas parler », c'est tout ce qu'elle dit.

Quand on dit que tout ce qui vient avant le bébé on l'oublie ensuite, c'est pas vrai. Je me rappelle encore la douleur semblable à un coup de sabot, mon corps qui hurlait pour pousser et la sage-femme qui agitait les mains pour dire pas encore, pas encore, pas encore, et moi qui lui hurlait dessus : Alors quand, espèce de chienne muette ratatinée ! Et je me rappelle encore chaque fois où Yétúnde et la sage-femme ont regardé le sablier puis se sont regardées, puis de nouveau le sablier. Et je me rappelle encore que lorsque j'ai appelé Keme pour lui donner un coup de pied dans la figure et lui faire sauter au moins deux dents, elles ont refusé qu'il vienne, sous prétexte que ce n'était pas la place d'un homme. Ça fait rire la sage-femme mais aucun son ne sort de sa bouche. C'est l'obscurité totale quand Yétúnde crie que je dois pousser pour de bon maintenant et je hurle : Qu'est-ce que tu crois que je foutais avant ? Mais mon corps se met à pousser sans moi. Et le sommet de mon ventre veut se déchirer aussi, et je veux chier le monde, et mes genoux sont engourdis dans mon accroupissement et tout est mouillé mouillé mouillé tout est rouge rouge rouge. Elle ne m'avait rien dit de tout ça cette salope, pas même parlé de ce moment où ta tête est sur le point de dire au corps de lâcher seulement pour se rendre compte qu'il a lâché depuis longtemps, et tout ce que je peux faire c'est souffler, haleter, pendant qu'une voix qui me ressemble dit : *Ce sont les choses qui doivent t'arriver.* Je me rappelle encore tout ce que j'ai pleuré devant cette épouse, qui me regardait d'un œil vide comme si je lui faisais un cadeau dont elle n'avait pas l'usage. Puis un bébé est sorti et la sage-femme muette s'est approchée avec un couteau et j'ai commencé à m'avachir mais Yétúnde a dit : Encore un, et j'ai pensé : D'accord, s'il y en a encore un, c'est comme ça, et ensuite, sans rien ajouter, elle a placé les mains sous moi pour en attraper deux fois plus.

Et le premier pousse un vagissement puissant qui réveillerait des gens dormant à une journée d'ici, le deuxième pleure aussi, pas aussi fort, mais rien ne sort des deux autres et je crie : Qu'est-ce qu'il y a ? Qu'est-ce qu'il y a ? Dites-moi s'ils sont morts, dites-le moi, salopes muettes. Et là elles se regardent encore une fois puis regardent les langes.

« Alors ? je crie.

– Fais confiance aux dieux, elle me dit.

– Je veux mes enfants. Donnez-les-moi.

– Repose-toi maintenant. Tu…

– Donne-moi mes enfants, sale pute ! »

Yétúnde jette un coup d'œil à la sage-femme, qui hoche la tête. Je suis par terre, tente de me relever. Elles apportent les deux premiers bébés tout emmaillotés, l'un les yeux fermés, et l'autre les yeux ouverts mais qui partent dans tous les sens car tout est neuf. Puis la sage-femme, elle apporte l'autre tas mais elle marche si lentement qu'on dirait qu'elle va s'évanouir. Je lui hurle encore de m'amener les enfants, et elle me tend le linge. J'ai dû écarter le tissu et même ainsi j'ai manqué les laisser échapper.

À l'intérieur, l'un endormi, l'autre éveillé, deux lionceaux.

Dehors, je les entends faire les cent pas et tressaillir, se demandant ce qu'elles vont dire à Keme, quand elles devraient se demander ce que Keme va me dire. Ma tête ne cesse de mouliner, elle s'emplit de cruauté et de mauvaise volonté, mais ensuite elle s'emplit de peur, puis de chagrin, sur quoi tout cela s'évanouit et laisse place à l'émerveillement. Toutes sortes de choses courent dans cette tête perturbée. Que Yétúnde va revenir m'annoncer que c'est une petite blague qu'elle m'a faite, une de ces blagues qu'elle est la seule à trouver drôles. Que c'est de la sorcellerie, ce qui veut dire que je suis victime d'un sort jeté par des sorcières. Que c'est de la sorcellerie, ce qui veut dire que je suis une sorcière. Qu'un ennemi quelconque a lancé une malédiction contre cette maison et que personne n'avait éprouvé le besoin de me prévenir. Que les métamorphes n'ont rien d'exceptionnel à Fasisi, surtout les lions, d'ailleurs mon frère cadet baisait avec un serpent. J'envisage de les empoigner tous les deux et de cogner leur tête contre le mur, mais eux aussi cherchent à tâtons mes mamelons, affamés, et je ne peux rien faire que les laisser téter. Les deux autres, un garçon et une fille, ont tous les deux la peau sombre comme moi, mais le garçon a déjà des poils sur les bras et les jambes, il ouvre les yeux et me regarde, attendant quelque chose, quoi, je ne sais pas. Je sais pas quoi dire, pas quoi faire, et Yétúnde n'est pas là pour m'enseigner le métier de mère, alors je le pousse vers mon sein gauche et il tète à son tour. Je suis par terre, mais je peux aussi me voir d'en haut, par terre, avec le placenta dans un coin qui attire les mouches, tandis qu'un lionceau et un petit garçon se nourrissent à mon sein.

« Il en est jamais sorti de Yétúnde », me dit cet homme. Il entre dans ma chambre comme s'il revenait de la guerre, d'une victoire ou de quelque chose dont je ne veux rien savoir. Il n'a pas son casque, mais porte toujours sa côte de maille et son armure, sa manière de me dire que là d'où il vient, il y retourne bientôt, donc pas la peine de faire tout un cirque.

« Tu entres dans ma chambre et c'est la première chose que tu dis ?

– C'est de toi qu'ils sont sortis.

– C'est toi qui les as mis là. »

Je suis encore par terre, et j'enrage que ce soit ce que l'homme ait à me dire après m'avoir fait accroupir pour accoucher de quatre petits.

« Comment…

– N'y pense même pas.

– J'allais dire : Comment se fait-il que ma propre femme n'ait jamais… mais toi…

– Qu'est-ce que tu entends par là ? Tu t'imagines que je me suis amusée à te faire cocu avec un lion ?

– Non. Quoi ? Bien sûr que non. Je pensais que ça avait sauté », dit-il, mais je n'ai pas l'impression que c'est à moi qu'il s'adresse.

Alors je dis : « On dirait que tu te parles à toi-même.

– T'as raison. »

Keme ramasse un des lionceaux, fourrure blanche comme l'argile, avec des taches sombres, presque comme un léopard, et le petit ronronne dans les bras de son papa. De celui qui doit être son papa. Le lionceau, du museau à la queue, va du coude de Keme à son pouce.

« Tu dois avoir un ennemi qui m'a ensorcelée, je dis.

– Pas du tout. » Il aide le lionceau à grimper sur son épaule, puis le rattrape dans ses bras avant qu'il tombe. Puis il porte le lionceau à sa bouche et lèche sa tête et ses petites pattes. J'attends qu'il parle car tout d'un coup je ne trouve pas mes mots.

« Tu n'es pas un… Tu ne peux pas… Comment… Quoi ?

– J'ai dit que je croyais que ça avait sauté. Sauté une génération, puisqu'aucun des enfants de Yétúnde n'est né comme ça. Mon père n'a jamais rien montré, mais mon grand-père pouvait se métamorphoser et mon grand-oncle était un lion, un vrai.

– Donc quoi ? Tu veux dire qu'ils pourraient se transformer en garçon et fille ?

– Ils sont déjà garçon et fille, réplique-t-il sèchement. Ne nous appelle pas des bêtes.

– Nous ?

– Oui. » Il place le lionceau sur sa tête et sourit lorsqu'il plonge le museau dans ses cheveux. L'enfant, pas la bête. Un enfant ?

« Je t'ai jamais vu te métamorphoser. Jamais entendu rugir, même quand tu joues avec Beremu. T'aimes même pas tellement la viande. » Il rit, espérant m'attendrir. Je le vois dans ses yeux.

« Aucun lion de la cour n'est jamais devenu général. Ils sont les jouets du Roi, tous, même Beremu. Les gens disent qu'ils n'ont rien contre nous, que nous ne sommes pas inférieurs, mais je ne connais pas un métamorphe qui dirige une armée, conseille le Roi ou décide des tactiques de guerre.

– On n'est pas en guerre.

– Tu m'as compris. C'est comme ça depuis qu'une troupe de hyènes s'est retournée contre ses propres hommes il y a près de cent ans. Eh bien, il n'est pas question que je devienne jouet du palais ou berserker dans l'armée.

– Cet homme qui chevauchait avec toi, toutes ces années, il était capitaine.

– Non, éclaireur. Et il était là pour mon bon plaisir, pas celui de l'armée. D'ailleurs, il n'est plus avec nous. Tu n'entends pas ce que je te dis ? Mon objectif, je ne peux pas l'atteindre en étant moi-même.

– Alors changes-en.

– Toi, ton esprit simple et tes réponses simples. » Il m'adresse un sourire pudique, mais il m'insulte et il sait que je le sais. Il m'exaspère tellement que pour la première fois de la journée je tente de me lever, mais mes genoux cèdent. Il se précipite pour me rattraper, oubliant le lionceau sur sa tête, qui saute de lui à moi tandis qu'il me prend par la taille.

« Tu vas où comme ça ? Tu es encore trop faible. » J'ai vraiment envie de mettre de la distance entre lui et moi, mais mes genoux refusent. Il m'aide à me rallonger sur les tapis, tout tendre, ce qui m'étonne encore. Dehors, Yétúnde parle encore avec la sage-femme, toujours aussi muette. Je sais qu'elle parle de moi, qu'elle raconte que j'essaie sans y arriver de devenir la première épouse, alors que c'est une chose que je ne souhaite être en aucun cas. Je sais qu'avant la venue de mes bébés, elle avait peur de perdre les faveurs de son mari, mais à présent que deux de ces enfants sont nés bêtes, elle demeure la femme en titre de la maison. Le nombre de fois où je lui ai dit que je ne veux pas diriger cette maison n'y change rien, elle n'a jamais pu retenir cette idée très longtemps – l'idée qu'une femme puisse désirer, désire autre chose. J'essaie d'être maternelle et de ne pas penser au donga.

« Et tu crois que personne ne sait ?

– Les lions savent. Peut-être. Sans doute. J'ai pas posé la question.

– Ils savent. Comment peux-tu croire qu'ils ne savent pas ? Je reconnaîtrais une femme même dans le noir.

– D'accord. Comme tu le dis, ils savent.

– Ce que je dis n'est pas la question. C'est...

– Arrête de parler comme ça, Sogolon.

– Sinon tu vas faire quoi, rugir ? »

L'espace d'un instant, il se met en colère avant d'éclater de rire. C'est vrai que c'est drôle. Il se penche sur moi.

« C'était il y a longtemps. Kwash Kagar a envoyé des troupes écraser une rébellion dans la Cité mauve. Tous les généraux disaient : Prends le lac Abbar de nuit, en bateau, vogue vers l'est et envahis la ville. Par-derrière, ajoutaient-ils. Beremu était le seul à dire que les courants du lac poussent toujours les bateaux vers l'ouest, et que les gens allaient nous voir alors qu'on serait encore à un jour de la ville. Et qu'est-ce que la Cité mauve, si ce n'est un grand phare ? Il a même parlé au général des grottes qui s'étendaient sous le lac. Tu sais ce qu'il a dit, le général ? *Le seul son dont j'ai besoin de la part d'un berserker, c'est un rugissement.* Cinq cents soldats ont été massacrés avant même d'atteindre la terre, parce que personne ne voulait écouter les conseils d'un foutu chat. Ils l'ont même enfermé pour indiscipline sous prétexte qu'il n'arrêtait pas de gronder, après ça. Tu sais ce que c'est, de n'être jamais écouté ? »

Cent et une choses, je pourrais répondre à ça. Cent et une choses.

« Eh bien, ce destin, il n'est pas pour moi, tu m'entends ? Je le refuse. J'ai du prestige sous cette forme. »

Je ris.

« Quoi ? Quoi encore ?

– Tu appelles ça une forme. Une forme comme une autre. Qui suis-je pour te dire qui tu es ?

– Tu sais le boulot que c'est, d'être moi ? Tu sais, toi tu n'as jamais besoin de penser à respirer, par contre tu dois penser à la façon dont tu t'habilles, ou à ce que tu dis. Eh bien c'est pareil pour moi, de porter la peau d'un homme. Je dois me concentrer tout le temps pour que ma peau reste en place.

– C'est comme ça aussi quand tu es en lion ?

– Non.

– La honte ne tient jamais en place.

– Ce n'est pas de la honte, femme. Je sais...

– Tu sais quoi ?

– Arrête de parler comme ça, maintenant.

– Tu en as trois autres », je dis, et il bondit vers les autres petits, pendant que le lionceau trouve de nouveau mon sein. Keme fait un sourire incroyablement lumineux en ouvrant chaque linge, ses enfants tout juste nés. C'est la première fois que je le vois, mais l'impression me vient que bien des femmes l'ont vu avant moi, ce regard dans ses yeux, ce sourire qui dit : Ils viennent de moi.

« Regarde celui-là, comme il est poilu ! Et ce n'est même pas un lion !

– Pas encore », je réponds à mi-voix. Il tient les trois bébés dans les bras à présent, fait chuttt à la première fille quand elle commence à pleurer – je reconnais déjà sa voix – et il y a sur son visage une expression nouvelle que je n'ai jamais vue, pour laquelle je ne trouve pas de mots. Comme de l'abandon, mais pas vraiment, ou comme l'euphorie douce qui vient après qu'il a joui, mais ce n'est pas ça, ou comme un soulagement, de la satisfaction, peut-être, même si je ne sais pas à quoi ça ressemble, ça. Ou peut-être que c'est un regard qui n'appartient qu'aux pères quand ils voient leur troupe – le mot me vient tout seul, comme si j'acceptais déjà la situation. Il sourit, et sourit, et roucoule, et produit un son que je mets trop longtemps à identifier – un ronronnement. *Qui est cet homme devant toi, l'homme nouveau qui vient à la maison pour la première fois en trois ans ?* dit une voix qui me ressemble. Voilà la vérité. Avec ses autres enfants il est vraiment lion, maintenant que j'y pense. Il joue avec eux selon son bon plaisir, il leur dit quelles rues éviter, à quels hommes ne pas se fier, et bondit devant eux quand un serpent se glisse dans le jardin, mais le plus souvent il ne les voit même pas.

« Montre-le-moi, je demande.

– Lequel ?

– Pas le bébé, toi. Montre-moi celui que tu caches. »

Il lui faut un moment avant de comprendre ce que je veux dire.

« Ici ?

– Écoute-toi, on dirait une vierge qui parle d'un garçon.

– Alors ça, tu n'en sais rien du tout.

– Arrête de tergiverser, laisse tes enfants te voir tel que tu es.

– Je suis tel que je suis, là.

– Ça, c'est comment tu veux que les gens te voient. C'est pas la même chose.

– Hé, je te dis que je ne me transforme pas parce que…

– On n'est pas à l'armée, et je ne suis pas ton commandant. Il faut que les enfants voient leur père, ne serait-ce qu'une fois. »

Il me regarde d'un air vaincu et repose les bébés. Je me redresse, n'attendant rien de précis, mais attendant tout. Il se cramponne l'estomac et se met à avoir des haut-le-cœur si violents que je bondis, pensant qu'il va tomber ou vomir. Il tousse, s'étrangle et tousse, après quoi il trépide, palpite, trépide encore puis titube comme un homme ivre sur le point de s'écrouler et il tombe, violemment, sur un genou, dos à moi. Un nouveau spasme le parcourt, il gémit quelque chose d'une voix basse, d'une lenteur mortelle. J'essaie de me lever, mais il agite sa main derrière lui, intraitable, pour me faire signe de rester en place. Cette chose le prend par vagues, ce qui me fait penser à moi encore ce matin. Il se met à souffler, à souffler, recrachant ce qui le bourre de coups intérieurement. Je regrette de lui avoir demandé ça. Au cours de ces trois dernières années, je n'ai pas vu l'ombre d'une moustache, ce qui veut dire que s'il s'est déjà métamorphosé, c'était avant mon arrivée. *C'est faux*, me dit ma voix. Il se métamorphose chaque jour depuis avant que je fasse sa connaissance. Le Keme que je vois chaque jour, c'est ça la métamorphose, la forme qui ne se stabilise jamais. Il retire sa cotte de mailles et arrache sa tunique si vivement qu'elle se déchire. C'est ses fesses que je vois d'abord, qui s'élargissent, s'allongent, comme si de l'eau coulait sous sa peau, remplissant ses cuisses et ses jambes, y entassant muscle sur muscle, tendon sur tendon. Puis des poils se répandent sur le bas de ses reins et recouvrent son derrière à toute allure pour former une queue pendant qu'il gronde et hurle. Des poils jaillissent sur sa tête, plus légers et raides que ses cheveux, comme un champ de blé gagné par la végétation sauvage. Pas des cheveux, une crinière, c'est comme ça qu'on dit, et les poils descendent en ondulant le long de son dos jusqu'à ses hanches, tandis que le brun de sa peau s'évapore et se teinte d'or, et que son dos s'élargit comme la tête d'un cobra. Quand Keme se tourne vers moi, son cou se mue en tronc d'arbre et ses oreilles s'ouvrent en grand, grosses, rondes et couvertes de fourrure. Le noir de ses yeux disparaît et son front descend sur son visage, repoussant son nez vers le bas. Des moustaches poussent au-dessus de sa bouche et des poils dorés en dessous. Son petit ventre, qui s'est arrondi après trois ans à se faire choyer par deux femmes, se transforme en planche à laver. Il essaie de se lever et titube d'abord, car il n'a pas fini sa métamorphose, mais finit par y arriver tandis qu'un feu de poils dorés jaillit sur sa poitrine, se répand sur son ventre avant de former une petite touffe au-dessus de sa bite. Deux fois la taille de l'homme qu'il était auparavant, et plus beau que toute chose que j'aie vue de ma vie, femme, homme ou bête, sachant que le physique de Keme me mettait le feu même avant qu'il m'oublie pour la première fois.

« Elle est plus grosse », je dis en regardant droit entre ses jambes. Pendant un bref instant je crois qu'il s'agit de Beremu et ne peux prononcer un mot.

« C'est les poils qui donnent cette impression.

– Les femmes ne s'y trompent jamais. »

Il se tient face à moi, l'air intrépide, mais aussi apeuré. Il regarde par deux fois autour de lui, bien que cette chambre n'ait pas de fenêtre. Il se gratte la poitrine mais sa main reste là et je comprends qu'il ne sait pas trop qu'en faire, que faire de lui-même.

« Tu ne te métamorphoses pas en lion complet ?

– Je suis un lion complet.

– Tu m'as comprise.

– Certaines personnes ne sont ni nuit ni jour, Sogolon. Certaines personnes ne sont…

– Point fixe ou destination, certaines personnes sont le voyage.

– Tu sais que des mots pareils ne me viendraient jamais. Ce que tu regardes là, c'est le seul état dans lequel je n'ai pas la sensation que c'est un effort d'être moi, pas besoin de me concentrer pour éviter de me transformer. »

Ses mots me parlent. J'ai envie de dire que je comprends, même si certaines personnes ne peuvent pas s'en tenir à cet état intermédiaire ou se permettre d'y rester, car c'est trop coûteux, mais je repousse cette pensée. De plus, bête ou homme, peut-être que le problème, en réalité, est le *ou*. Les poils, la queue, rendent ses fesses aguichantes. Là, en cet instant, je voudrais être amie avec Yétúnde pour pouvoir lui demander des trucs de femme, par exemple comment ça se fait que j'ai beau être allongée, le ventre déchiré par ce que m'a fait cet homme, je n'ai qu'une seule envie, c'est qu'il s'approche de moi pour recommencer. J'ai envie qu'il me fonce dessus, qu'il me renifle comme une proie et qu'il me lèche le cou, tout le tour. Je suis à ça de lui murmurer qu'une femme n'a pas qu'un trou, et qu'une bite si royale n'a pas qu'un seul usage. L'idée me fait rire tout haut puis grimacer de douleur car je laisse mon imagination s'emballer alors que je sais que rien ne va arriver à ce corps avant au moins six lunes si ce n'est plus. Rien d'autre que dormir, pleurer, éviter la mort et allaiter quatre petits qui ne connaissent rien d'autre que la faim. Lors de cette première lune, la tétée me provoque aussi des douleurs qui me font presque réclamer du lait de chèvre à grands cris. Voilà la vérité, une nuit d'accouchement m'a laissée si épuisée que je remercierais les dieux que ces bébés soient trop jeunes pour se rendre compte que parfois je suis tellement fatiguée que j'hésite à les nourrir. Et les douleurs de mon corps qui tente encore de décider la forme qu'il va prendre à partir de maintenant suffisent à me suggérer que penser à baiser est idiot. Le lion qui se tient sur le seuil me fait presque oublier que c'était un jour puissant et personne n'est plus surpris que moi du fait que j'y ai survécu.

« Tu me fais oublier que cette nuit est la tienne, dit-il.

– Je vais en avoir beaucoup d'autres. Je peux partager celle-ci.

– Aucun habit ne me va quand je suis comme ça.

– Une peau de vache se détendrait. D'ailleurs, tu as déjà vu un lion habillé ? Appelle tes enfants.

– Pourquoi, pour qu'ils me voient comme ça ?

– Ils sont petits, pas attardés. À voir comment ils rampent, griffent et gambadent, on peut parier qu'eux non plus, tu ne les bernais pas. »

Il se tourne vers la porte, encore hésitant. Il résiste encore un peu. Il est toujours le petit garçon qui a un jour décidé que la seule façon dont il pouvait se montrer était de se cacher.

« Keme.

– Par les dieux, femme, attends », dit-il. Même dans sa façon de me couper, il a l'autorité d'un lion. « Les enfants ! crie-t-il.

– Non, pas comme ça. Appelle-les, j'ai dit. »

Il se tourne de nouveau vers moi et je souris, espérant ainsi chasser ses doutes. Puis il lève la tête et rugit.

Quatorze

J'ai vu l'Aesi. Ça fait deux fois maintenant.

La première, c'était le jour des Nanosi, les plus anciens des anciens, le plus vieux peuple du Nord, qui vit toujours dans les plaines sèches entre Fasisi et Luala Luala. Kwash Kagar l'a décrété : ceux qui ont cassé les premières pierres sur lesquelles le Nord s'est construit méritent une journée pour descendre dans la rue et conquérir la ville encore une fois. Avec danses et tambours évidemment. Et même s'ils aiguisaient la lance émoussée, troquaient l'épée de cérémonie contre une vraie, et retiraient les cordes de la kora pour les remettre sur leurs arcs, ils n'auraient que faire de ce royaume, de toute façon. À un moment donné, en des temps reculés, trois ou quatre dynasties avant celle d'Akum, les Nanosi ont abandonné la ville qu'ils avaient bâtie, et sont retournés dans les plaines sèches pour chasser, cueillir et courir avec les oryx.

« À ce jour, personne ne sait pourquoi », dit Keme, sauf que j'entends l'émerveillement dans sa voix et l'envie dans son soupir. C'est sous ses véritables traits qu'il attend avec nous les Nanosi dans la foule, mais il se métamorphose encore en soldat quand il se rend à l'enceinte royale ou quand ses hommes viennent le trouver. Je lui ai interdit de porter d'autre habit que lui-même quand il est avec moi ou les enfants, et ce depuis le premier jour. La dernière fois qu'il les a approchés sous forme humaine, ils ont tous hurlé. Même ses plus grands tirent sur tous les poils qu'ils peuvent attraper, et poussent des cris de ravissement lorsqu'il gronde et fait semblant de les mordiller. Parfois, il les salue comme font les lions entre eux, en frottant son cou contre le leur. Mon fils poilu, que nous avons appelé Lurum, a maintenant les cheveux couleur blé. L'un des lionceaux, que nous avons appelé Ehede, dit parfois un mot, voire deux, mais deux ans plus tard, les lionceaux n'ont changé ni l'un ni l'autre, si ce n'est qu'ils ont grossi, et aucune femme ne pourrait appeler petit un lion de deux ans. L'œil de Lurum, de brun et blanc, est devenu blanc et brun, et il a cessé de cacher qu'au lieu d'ongles, il a des griffes. Les enfants font preuve entre eux d'une attendrissante cécité : ils se moquent de leurs apparences respectives, même si le fait de jouer avec un lion donne bien vite lieu à des griffures à n'en plus finir, à de grands cris poussés à cause d'une queue tirée trop fort, et à des larmes parce que l'animal domestique de l'un est devenu le dîner d'un autre. Je commence à me demander s'il sera possible de les instruire, tous autant qu'ils sont, car quelle maîtresse voudra donner des leçons à un enfant qui pourrait ne faire d'elle qu'une bouchée mortelle. La maison continue comme d'habitude, pour tous sauf une.

« Tu le prends quand il est comme ça ? » me demande un jour Yétúnde, presque un an après la naissance de mes enfants. J'en reviens pas, car à part pour me réclamer du grain ou me demander si je vais tuer une volaille pour le dîner, elle a cessé de m'adresser la parole. Je ne sais pas quoi lui répondre.

« Bon ben, tu sais ce qu'on dit. Qui ne dit mot consent. »

J'ai envie de lui dire que seuls les hommes qui forcent les femmes prononcent ce genre de phrases, mais elle est la première épouse et moi, je ne suis même pas une épouse. Un jour, elle élève la voix contre Lurum, et quand je lui dis : N'élève pas la voix contre mon fils, elle va raconter à Keme que je l'ai traitée de mégère. Deux fois elle hurle aux lionceaux de sortir de sa cuisine, avec leur odieuse puanteur, car ils vont forcément pisser et chier par terre, et elle se demande duquel de leurs deux parents ils tiennent ça. Depuis cette nuit-là, Keme a pris pour habitude de se promener comme l'homme qu'il est, il se rend même à la caserne comme ça et raconte que certains ne lui parlent plus, d'autres lui parlent pour la première fois, et d'autres lui demandent s'il peut encore boire de la bière de masuku. Aucune plainte ne lui parvient, ni par la parole ni par la rumeur. Le seul changement, c'est que mes yeux, mes oreilles et mon nez sont encore plus affûtés, dit-il. Mais sortir se promener en ville en vrai lion, c'est encore une montagne. Je lui fais remarquer qu'il y a des léopards qui se baladent en toute quiétude dans le quartier de Taha, et tout le monde sait qu'ils sont débauchés et sans morale.

« J'arrive pas à me sortir de la tête que je suis tout nu, dit-il.

– Sois comme un lion.

– J'arrête de penser que je suis nu ?

– Arrête de penser tout court. »

Il me regarde avec son air qui dit : T'es vraiment dingo, toi. Mais je le vois qui se redresse et se reprend derrière son bouclier. Ce n'est pas que tu te mets trop à poil, c'est que tu devrais l'être tout le temps, je lui murmure, ce qui, étonnamment, lui fait tendre l'oreille. Il me vient tellement de questions que je me retiens de poser, dont une sur ses couilles, qui me fait rire. *Elles sont plus poilues qu'avant*, dit la voix dans ma tête, et il me jette un regard perplexe lorsque je me mets à rire bêtement.

« Tu attends la permission de qui ? je lui demande.

– La permission ? J'ai pas besoin de permission. Je suis un lion.

– Alors vas-y, sois le lion. »

Lorsqu'il sort enfin sous ses véritables traits, Beremu, de surprise, lui saute dessus. Demi-lion et lion complet se précipitent l'un sur l'autre, pleins d'amour, ils se frottent la tête, le cou, les flancs, et pour finir ils effraient toute la rue en partant en courant. Et la maison continue comme d'habitude, pour tous sauf une.

« Alors va trouver une femme qui aime baiser avec des animaux », j'entends une nuit, pas fort, mais juste assez pour que ses paroles atteignent les oreilles auxquelles elle les destine. Il ne vient pas dans mon lit cette nuit-là, mais plus tard, et je lui confirme que c'est vrai, ce n'est que sous cette forme que je le prendrai. La pauvre Yétúnde pense qu'en lion il la mutilerait, mais en réalité il est encore plus doux. Et il lèche absolument tout. Ainsi, une nuit, il n'a même pas vu qu'en me baisant avec sa langue il m'avait amenée au point où coulent les larmes. C'est la vérité, oui, que je ne me rassasie jamais de lui comme ça, la couronne de poils qui étincelle à la lueur de la lampe, les moustaches dans mon cou, l'haleine chaude qui réveille ma peau dans la nuit froide, le champ de blé de sa poitrine, les montagnes jumelles de son cul et la touffe de queue entre elles que j'empoigne en baissant les yeux dans la pénombre pour voir sa bite faire des va-et-vient en moi. Peut-être est-il trop doux, car j'ai envie qu'il rugisse quand il jouit mais il ne le fait jamais. Et Yétúnde éclate de colère au moindre prétexte. Si vous voulez manger de la viande crue, allez trouver votre mère, crie-t-elle aux lionceaux lorsqu'ils recrachent l'agneau cuit, mais en vérité, aucun des enfants, même les siens, n'aime vraiment la viande cuite, et ce n'est pas parce qu'elle ne sait pas cuisiner. Yétúnde, c'est le genre de femme qui ne dirait jamais rien en face d'une autre, alors elle se lâche sur les enfants en espérant que le message me reviendra. Un jour, Lurum, qui parle à présent, me demande comment il s'appelle. Je dis : Voyons, tu t'appelles Lurum. Lurum de qui ? insiste-t-il, et je lui demande pourquoi.

« Miss Yétúnde dit qu'on peut pas prendre le nom de notre père. Le prendre pour l'emmener où, Mama ?

– Je ne sais pas où elle veut qu'il aille, je lui réponds en souriant. Si quelqu'un te pose la question, tu es Lurum d'Adu, comme ton papa. Et écoute-moi. Si tu veux savoir quelque chose sur toi, n'importe quoi, tu demandes à ta maman. »

Il hoche la tête et s'enfuit. La question lui glisse sur le dos comme de l'eau. Ma fureur me conduit directement à la porte de sa chambre, mais là je me rappelle qu'elle est la première épouse et que je n'en suis pas une. Je la laisse tranquille, mais cette nuit-là je fais exprès de crier si fort quand je baise avec Keme que Matisha, ma petite fille, se met à hurler qu'il y a un chien enragé dans la chambre de Maman.

Tout ça pour dire qu'il était fatal qu'un jour vienne où cette femme se mettrait à puer si fort la malveillance que toute la maisonnée, y compris ses propres enfants, allait décider de s'en débarrasser. D'abord je me dis : Quelle chance des dieux qu'en ce jour plutôt qu'un autre, il y ait une cérémonie dans les rues ? Cependant, juste avant qu'on sorte, je me rends compte que ce n'est pas du tout une chance, mais Yétúnde, captant rire, légèreté et joie dans le ciel, décide d'être tout le contraire, et c'est ce à quoi elle s'emploie à présent. Elle traque les sourires comme des proies et s'en prend à tout le monde. « Venez, les enfants, qui veut voir le grand calao ? » demande Keme. Tous sautent sur place, se bousculent et poussent des cris.

Donc les Nanosi. Ce jour, celui où ils reconquièrent Fasisi, est aussi celui des Doro, les rites d'initiation de leurs garçons et hommes, qui ont lieu tous les sept ans. Quand j'entends ça, mon sourire s'efface aussitôt, car ça fait longtemps que j'en ai marre des cérémonies réservées aux garçons, mais lorsque j'en fais part à Keme, mes mots se perdent dans la foule. De nouveau, il arbore cette expression bien à lui, et je le vois même sur sa tête de lion, dans sa gueule ouverte et ses yeux jaunes grands ouverts. Peut-être que quelque chose dans le mode de vie des Nanosi, ou leur pensée, l'attire. Pendant ce temps, la foule se gonfle de centaines et de centaines d'hommes, femmes, bêtes, métamorphes, ancêtres sous forme de fumée, fantômes sous forme de poussière, et d'autres que certains qualifieraient de monstres. Les spectateurs, ils se massent sur les deux côtés de cette rue d'Ugliko, et qui n'est pas dans la rue est dans un arbre, sur une terrasse ou un toit, ceux-ci accueillant le plus souvent des enfants ou des vieillards tentant d'y voir quelque chose, mais il y en a un jonché de tapis, de parasols somptueux, rouge, or et blanc, avec un grand fauteuil qui attend le Roi. Mais on ne sait jamais avec ce Roi, dit Keme. La rue, qui déborde de bavardages désordonnés, fait soudain silence autour de moi.

« Ce n'est plus une rue. C'est le bois sacré, jadis le lieu le plus saint du royaume avant que ce soit un royaume », murmure Keme.

Lurum est sur ses épaules, Matisha sur les miennes et les deux lionceaux se tiennent entre lui et moi. Les enfants de Yétúnde se sont plantés devant nous après que je les ai menacés d'une rossée s'ils s'éloignaient. Il n'y a qu'une rangée de spectateurs entre nous et la rue, le bois sacré. Et Keme qui me murmure ces choses : « Et descendant par le bois sacré tu vois bientôt les enfants qui vont devenir des garçons, les garçons qui vont devenir des jeunes hommes, et les jeunes hommes qui vont devenir des hommes. Ce faisant, ils redonnent naissance à la voie de l'univers. D'abord tu verras les Nyara, les garçons de sept à douze ans. Ensuite cherche les Nigogo, qui commencent à dix et deux et s'arrêtent à dix et huit, mais tu les reconnaîtras en les voyant. Ensuite viennent les Comoro, la dernière classe d'âge, ceux qui sont enfin prêts à atteindre Iologo.

– Iologo ?

– L'âge d'homme. Chaque garçon passe par trois cérémonies, Iologo étant la dernière. »

Je voudrais que ça signifie la même chose pour moi que pour lui, mais je suis lasse de tous ces royaumes qui prévoient des cérémonies pour les garçons. Aucun d'entre eux ne revient d'une chasse meurtrière ou d'une guerre, alors cette cérémonie ressemble surtout à un simple hommage aux porteurs de bites. Mais Keme regarde la chose avec le même émerveillement que le Commandant Olu devant les étoiles filantes. Le grondement de la musique noie sa voix, donc il cesse de chuchoter, et arrivent alors des musiciens munis de petits tambours pour le bap, et d'autres de gros pour le boum. Juste derrière apparaissent des garçons, certains plus jeunes que le cadet de Yétúnde, la plupart plus âgés et plus grands, mais encore loin de l'âge d'homme. Tous sont nus à l'exception de quelques points blancs et rouges sur la poitrine et de bracelets de cheville à grelots au pied droit. Chaque garçon en a six autres derrière lui et ce n'est qu'une fois qu'ils sont tous passés que je remarque qu'ils avancent par groupes, marchant tous du même pas et regardant dans la même direction, même quand le rythme s'accélère. Je réalise à ce moment-là leur nombre et me rends compte que juste à la sortie de la ville vit un peuple qui a pratiquement renoncé à Fasisi – renoncé non seulement au lieu, mais à la manière de vivre. Tu regardes ? me demande Keme, et j'ai envie de lui coller une gifle.

D'autres tambours remplissent l'espace entre cette procession et la suivante, jusqu'à l'arrivée de garçons plus grands, des garçons qui ont l'âge qu'avaient mes frères quand ils se prenaient pour des hommes, ce qui me met aussitôt en rogne, après quoi j'ai honte de projeter ma rage sur ces enfants que je n'ai jamais vus de ma vie. Keme me donne trois petites tapes sur l'épaule, surexcité. Les garçons flottent dans des tuniques jaunes à rayures verticales noires, mais sur le sommet de leur tête est posé un magnifique oiseau. Trois fois plus gros que le calao, celui-ci est fait de porcelaine, de perles, de bois et d'or, avec un véritable bec devant. La coiffe est garnie d'une queue qui leur descend sous le genou. Keme me murmure que ce grand oiseau était le compagnon de l'homme des origines, mais là, quelque chose m'attire le regard, un reflet, ou un chatoiement, une ombre qui disparaît avant que je puisse la distinguer.

Les garçons qui sont sur le point de devenir des hommes passent ensuite, mais à présent c'est un mouvement dans la foule, pas dans la rue, qui retient mon attention, car à part les applaudissements, jusque-là, personne ne bougeait. Et dans la foule, c'est bien qui je crois, de l'autre côté de la rue, lui qui ne cesse d'avancer tandis que les spectateurs qui applaudissent restent sur place. Mes yeux le suivent et avant que je m'en rende compte, mes jambes aussi. Nous marchons tous au rythme du même tambour, ces garçons avec un calao sur la tête, moi qui me fraie un chemin à travers l'assistance et, de l'autre côté, la délégation royale, que je reconnais à ses couleurs. Les hommes de la cour qui portent leurs tuniques blanches fluides, flanqués des soldats de l'Armée verte, prêts à tirer leur épée. Tous aux couleurs de la cour, à part un, en noir et rouge. Avec eux, au milieu, s'attardant pour parler à quelqu'un, et continuant sa discussion jusqu'à ce que tous les autres aient ralenti le pas et qu'il se retrouve de nouveau en tête de cortège. Le soudain rugissement d'acclamation signifie que le Roi salue depuis son toit, donc ce n'est pas le Roi.

L'Aesi.

C'est la première fois que je le vois, j'en suis certaine, mais la voix qui ressemble à la mienne se remémore le quartier de Taha, la nuit, il y a trois ans, ou peut-être deux, le quartier de Baganda il y a trois quarts de lune, ou peut-être deux, une robe qui claque comme des ailes datant d'une époque que je ne remets pas. Et ça ne cesse de se produire, lui qui entre dans mon champ de vision, mon cœur au bord de jaillir de ma poitrine, et là, la foule me bloque la vue. Je trébuche sur le pied d'un badaud et manque tomber, mais je ne me retourne pas quand l'homme pousse un juron. Nous avons dépassé depuis longtemps le toit du Roi. Il va où ? je murmure malgré moi ; l'Aesi s'arrête aussitôt, comme s'il m'avait entendue. Je cesse d'avancer, baisse la tête et me glisse derrière un homme qui a passé son bras énorme autour des épaules d'une femme. L'Aesi ne laisse pas voir pourquoi il s'est arrêté, et il ne se tourne pas vers moi. Mais je me pose des questions. Car ça m'évite de réfléchir trop à la raison pour laquelle je le suis. Enfin, je veux dire, je la connais. Mais d'un autre côté, non. Je cherche la fureur dans mon cœur et n'en trouve que le souvenir. C'est pareil pour la vengeance, ou même le sang. Je ne parviens pas à trouver la soif de sang, seulement à me souvenir que je l'avais autrefois. Elle a disparu, mais pas comme la mémoire que l'Aesi efface chez certaines personnes. Je fais des efforts pour trouver la fureur, mais au lieu de la fureur, tout ce que je découvre, c'est l'effort. Il se remet à marcher, et eux aussi, donc je les imite et j'entends *honte*, bien que personne ne l'ait dit. Si je n'ai plus de fureur, alors ma honte de ne plus en avoir, qui provoque la fureur d'éprouver de la honte, fera l'affaire. Il me regarde.

À travers la foule, il me regarde droit dans les yeux. Non, il regarde dans ma direction, mais la peur surgit et me fait stopper net. Je garde la tête baissée mais lui jette un coup d'œil et il regarde encore. Les gens devant moi se pressent, applaudissent quand le Roi fait ou dit quelque chose que je ne vois ni n'entends. Mais l'Aesi regarde par ici, il scrute, sachant qu'il est censé voir quelque chose, mais ne le voyant pas. Et je sais ce qui le pousse à chercher. Car je sais qu'il sait lire les gens, voir ce qu'ils ne montrent pas, et c'est un don qu'il tient pour acquis, mais dans une rue où toutes les fenêtres sont ouvertes, vous remarquerez la seule qui est fermée. La voix en moi murmure : *Qu'est-ce que tu fabriques, là, tu n'as pas de couteau, et même si tu en avais un, les enfants te fatiguent depuis des années maintenant, et tes mouvements sont lents.* Je me penche pour l'apercevoir entre les têtes qui se dressent devant moi. Les hommes qui l'accompagnent tiennent leur langue jusqu'à ce qu'il trouve ce qu'il cherche. Un murmure traverse la foule, et je n'en saisis que les derniers mots : taureau éléphant, taureau éléphant, taureau éléphant.

Taureau éléphant. Je ne sais pas ce qui vient et Keme n'est pas là pour me l'expliquer. Je me suis trop éloignée. Les tambours ralentissent le rythme, mais la grosse caisse retentit plus fort. Entre les boums et les piétinements, la route tremble. Le murmure se transforme en psalmodie : *taureau éléphant, taureau éléphant* jusqu'à ce que les femmes et les enfants hurlent, sous les rires des hommes. Ils sont deux, déboulant dans la rue, l'air aussi sauvages que des buffles, tandis qu'on ne cesse de les appeler taureaux éléphants. Deux serviteurs courent à leurs côtés, les guident, leur disent où aller, se couchent par moments sur le sol en les défiant de les piétiner. Les deux costumes de taureaux avec un masque pourvu de cornes de buffles, une gueule de crocodile et des défenses de phacochères qu'ils fixent à l'avant d'un corps de tissu aussi long et large que deux éléphants. Le premier taureau, perles et porcelaines sur un épais manteau gris, avec des cercles rouge et blanc comme des pis, le deuxième avec un motif de carrés noir et jaune, et les deux portant un long pagne pour cacher les jambes des hommes qui courent en dessous. Un autre type de percussion se fait entendre sous le pagne, un tonnerre. Les enfants répondent par des cris assourdissants et je perds de vue l'Aesi. Tout ce que je vois, c'est le bouillonnement des robes blanc et rouge jusqu'à ce qu'ils s'arrêtent de nouveau. L'Aesi se retourne, mais pas pour me chercher.

Taureau éléphant ! rugit la foule. Un serviteur se trouve à présent au milieu de la route et met le buffle au défi de venir. Et il vient, en courant, en piétinant, et le serviteur tente de s'écarter d'un bond mais le buffle le renverse, le piétine, et fonce sur les spectateurs. Les gens croient que ça fait partie de la cérémonie jusqu'au moment où l'animal recule et charge de nouveau la foule, renversant femme, enfant et homme. Les gamins se mettent à hurler. Les gens croient encore que c'est la cérémonie. Le serviteur gît toujours au milieu de la route, et deux tambours viennent le ramasser et l'emmènent. Le second buffle, que tout le monde a oublié, charge la foule à son tour pendant que l'autre serviteur crie : Non ! L'animal prend de l'élan et fonce dans une femme qui tombe sur un homme qui tombe sur un vieillard qui se fend le crâne. Le premier buffle quitte la parade et se met à se déchaîner parmi les tambours, heurtant les spectateurs en titubant comme un ivrogne, avant de retourner dans la rue. Il se dirige vers moi. À présent, les gens fuient. Le second buffle fonce dans la partie du public que je viens de quitter. Je sais ce qu'il fait, l'Aesi. Ce n'est pas ce qu'il peut voir qui le dérange, alors il tente d'attaquer l'angle mort. Le là qui n'est pas là. Je m'en vais.

La deuxième fois s'est produite avant la première, mais je m'en suis souvenu après. Le donga, quand je me battais sous les traits de Garçon Sans Nom. Juste avant mon combat il y avait eu du remue-ménage dans le noir au bout des estrades. Pas un bruit, en fait c'était le silence qui avait surpris les gens. Des hommes se levaient pour s'en aller, la plupart en blanc, mais l'un d'entre eux perdu dans le noir, jusqu'à ce que la cape rouge miroite à la lueur de la torche. À ce moment-là, j'étais occupée à me demander comment j'allais achever cet homme qui menaçait de me tuer depuis trois quarts de lune, se hissant à mon niveau un combat après l'autre. Quelque chose dans ses menaces, comme quoi il allait me transpercer, me pénétrer, me fendre en deux, me cogner jusqu'à la cervelle, faisait que je me demandais s'il savait quelque chose. Keme passait alors la plupart des nuits dans mon lit, il n'était pas question que je me lance dans un combat à mort, pas quand il allait voir mon corps nu la nuit suivante. Mais j'étais si absorbée par la façon dont j'allais l'humilier, ce qui serait pire que le tuer, que tout ce que j'ai remarqué, c'était le son de grandes ailes noires. Et malgré ça il me faudrait près de six ans pour me rendre compte que c'était lui. Il était fatal que la rumeur de l'existence du donga se répande, bien que secrète, et il n'aurait bien sûr pas été le premier à se cacher dans la pénombre. Je me demande ce qui l'avait fait partir en avance. Je me demande s'il m'avait reconnue sous les foulards, avec toutes ces bandes. Ou s'il avait juste été perturbé de constater qu'il ne parvenait à rien lire du tout.

Mais parce que je ne l'ai pas repéré la première fois, je me demande combien de fois je ne l'ai pas vu, remarqué, entendu, reniflé. Dans les deux cas ça me rend folle. Un, d'avoir laissé toutes ces choses m'écarter de la mission que je m'étais donnée en revenant à Fasisi, et deux, de me trouver si loin de l'enceinte royale qu'il n'a même pas à s'inquiéter de ma présence. Les yeux de certaines personnes ne voient jamais le bas de la colline, dit-on, parlant de tous ceux qui vivent au-dessus de Taha. Quant aux choses qui m'ont retenue, j'évite de m'attarder sur le sens de ces mots, mais la voix m'entreprend, disant : *Des choses ? Tu veux dire tes enfants ? Ton amour ? Ton sang ? Tes devoirs d'épouse ?*

Je suis pas son épouse, dit ma propre voix, assez fort pour emplir la pièce.

Et puis cette autre fois, il n'y a même pas six lunes, Kwash Moki a décrété le début des célébrations de son anniversaire bien que la date n'en soit pas avant six lunes. Puisqu'il était Kwash Moki le magnifique, mais aussi le généreux, il ouvrait les portes de l'enceinte royale afin que le peuple puisse venir le fêter avec lui, en cérémonies et danses, profitant d'étals de mets délicieux. Le peuple, enfin, étant des gradés de l'armée, et personne habitant plus bas que le nord de Taha. Je dis à Keme d'y emmener Yétúnde, même si je suis plus présentable. Ça fait déjà longtemps qu'elle ne se sent plus désirée, et c'est une bonne chose qu'un mari montre de l'amour envers sa femme, lui dis-je. Emmène-la seule, car une épouse se lasse de devoir toujours partager son amour avec ses enfants. Traite-la comme une princesse, ne serait-ce qu'une fois. Yétúnde a l'air plus vieille que lui, et elle a encore grossi, mais la nouvelle la fait se redresser, sourire trois fois dans la journée sans raison, et même jeter des morceaux d'agneau cru à Ehede et Ndambi, ma fille, qui rugissent pour la remercier, ce qu'en principe elle n'autorise jamais dans la maison. Elle me remercie même à sa façon, à savoir sans rien dire, même après que je lui ai prêté le tissu dont elle s'enveloppe et que j'ai enroulé l'ighiya autour de sa tête comme j'ai vu faire Maîtresse Komwono. Je suis contente de lui rendre service même si je n'attends pas de remerciements. Je le fais pour moi, pas pour elle. Voilà la vérité : je ne voulais pas voir l'Aesi. Il sait effacer la mémoire des gens si complètement que même le souvenir de l'oubli ne subsiste pas, mais je ne sais pas si ça veut dire que lui aussi oublie. C'était moi qui avais des doléances, mais aussi moi qui ne voulais pas l'affronter, et ce n'était pas à cause de ce dont il était capable, car cet homme ne me faisait pas peur. Oui, il aurait été dangereux qu'il se souvienne, mais cela me semblait préférable à ce qu'il m'ait oubliée complètement. Quelque chose dans cette perspective me paraissait encore pire. Je ravale ces pensées en les regardant partir. Keme, plus audacieux dans sa manière d'être, se promène en général tout nu – car pourquoi un lion aurait-il besoin d'habits ? – mais pour la première fois, il est fidèle à lui-même tout en portant l'uniforme qui convient à ce qu'il est vraiment. La voix me murmure : *Si tu dis qu'il n'est pas plus désirable ainsi que tu l'as jamais vu, femme, tu mens.*

Vois maintenant comme la maternité change un corps. Je perds la faim, je le sens, mais j'ai encore envie de me battre au donga, pas dans n'importe quel combat, dans un combat rouge. L'idée me vient que j'ai désormais des enfants et que je ne peux plus me lancer dans ce genre de bataille, mais elle n'est pas aussi forte que je l'aurais cru et ça m'inquiète. Alors une nuit je me bats, et gagne. Un combat blanc, mais une victoire est une victoire, d'autant que j'ai enroulé tant de vêtements autour de ma taille pour faire disparaître mes hanches que je ne peux pas me pencher de tout le combat, ni en rentrant. J'ai plus de mal à bander mes seins, car maintenant j'ai des seins, mais je n'ai aucun mal à les ignorer. Trop d'années à penser que tout en moi devait être utile. Et même si à présent je commence à voir qu'il est dommageable de voir une personne de la sorte, j'y pense encore. À mon utilité. Qui a le temps pour l'utilité, d'ailleurs, quand je vois mes enfants grandir, les lions déjà gros et pleinement formés ? Personne ne m'a encore dit si ces lions vont vivre aussi longtemps que des lions, ce qui n'est pas aussi longtemps que vivent les métamorphes, lesquels ont une très longue vie. Mais personne n'est là pour m'informer, pas même Keme, qui ne sait rien sur son espèce et refuse d'apprendre. Il dit que Beremu est un vieil ami, de plus de dix ans peut-être, voire plus de vingt, et je m'y raccroche, car dès que me traverse la pensée que je pourrais vivre plus longtemps que mes enfants, je grince des dents et la repousse. Je les imagine héritant du vent (pas vent) et l'idée de lions volants me fait rire.

Il y a ça avec les enfants, les lions bien sûr, mais aussi les autres. Pas de lendemain. Ils n'y font pas attention, ne misent pas du tout dessus. Quand je vivais dans la termitière, je ne pensais qu'au lendemain. Le simple fait que le jour d'après vienne après me laissait croire que quoi qu'il advienne, ce serait mieux que le présent, même si je ne savais pas ce que mieux signifiait. Mais ces enfants-ci, tout ce qu'ils pensent, c'est : où puis-je jouer aujourd'hui, qu'est-ce que je vais apprendre aujourd'hui, qu'est-ce que je vais manger aujourd'hui, qui m'a fait pleurer aujourd'hui, qu'est-ce que Père va rapporter aujourd'hui, Mère a sorti la badine alors je la déteste aujourd'hui, Maman m'a donné un bâton avec une boulette de miel alors je l'aime aujourd'hui. Hier, ils n'ont pas de raison de s'en souvenir, et demain, ils ne peuvent le saisir, le presser ou le lécher. D'abord je pense que c'est simplement la province des enfants, mais j'étais enfant dans la termitière. Peut-être qu'ils n'ont pas de raison de perdre foi dans le jour. C'est peut-être ça. Je sais que vivre au jour le jour les pousse à poser encore et encore les mêmes questions, à essayer encore et encore d'échapper aux corvées, à jouer encore et encore aux mêmes jeux, à s'écorcher encore et encore les mêmes genoux, et à me répéter encore et encore les mêmes mensonges, peu importe s'ils ne les ont pas sauvés de la badine la dernière fois.

Encore et encore ils parcourent les bois derrière Ibiku, plus qu'auparavant, dans mon souvenir. Ehede et Ndambi se tiennent à l'écart, au début, et tous deux tressaillent quand je leur demande où sont les autres. Je ne sais pas ce qui se passe, mais bien vite, ils y vont tous. La vérité, c'est que je voulais juste voir comment ces petits enfants jouent avec ces lions déjà grands, pas savoir s'ils m'écoutent quand je leur dis d'y aller doucement avec leurs frères et sœurs.

Cachée derrière un arbre bas aux larges feuilles, je les observe sur leurs cinq monticules : ils jouent à des jeux, se roulent au soleil et se tiennent tranquilles ; tout cela me laisse perplexe. Moi qui pensais que les petits se cachaient des grands pour pouvoir être petits à leur guise, je m'étonne de constater qu'ils se comportent comme l'idée que Yétúnde se fait d'enfants parfaits. C'est Matisha qui chante un air que je ne connais pas dans une langue étrangère. Rien de tout cela n'évoque la gaieté, surtout pas la gaieté enfantine, et ce spectacle me perturbe. Puis Matisha déclare : « Je ne connais pas ce jeu. » Je croyais qu'elle s'adressait à l'un des autres, mais elle ajoute : « Lurum, tu connais ce jeu ? »

Il secoue la tête et Matisha, triste à présent, tapote le monticule sur lequel elle est assise.

« Personne ne le connaît », dit-elle, et même le visage des lions se décompose. Là, cependant, elle se redresse d'un bond. « Mais vous pouvez nous l'apprendre ! Toi aussi. »

Ehede crie : « Oui », un des seuls mots que je l'aie jamais entendu prononcer, et Ndambi émet un son entre le ronronnement et le grognement. Puis ils se mettent à jouer plus bruyamment, avec plus de vigueur que je ne les ai jamais vus jouer auparavant. Et aussi, de temps à autre, un ou deux d'entre eux partagent un petit rire avec personne, ou murmure un secret à l'espace entre deux arbres, ou crie : Non, c'est moi l'arbre ! à ce qui doit être le vent. De banals enfantillages, mais les enfants de Yétúnde ne sont plus des bébés. Là-dessus, Matisha fond en larmes et crie : Je joue plus avec vous ! Je jaillis des fourrés et lui demande qui l'a embêtée. Aucun d'entre eux ne se dénonce, et à en croire Matisha, aucun d'entre eux n'est coupable. Le pire, c'est que je le savais déjà, puisque j'ai vu toute la scène. Ça ne m'a jamais dérangée qu'il puisse y avoir des esprits dans les bois, même des esprits joueurs, mais c'est la première fois que je me dis qu'ils pourraient bien être méchants. Et même cette pensée ne dure pas, car s'ils ont de mauvaises intentions, ils prennent leur temps, quand même, et les larmes de Matisha ne semblent pas bien graves. Néanmoins, je leur dis de cesser de batifoler et de rentrer à la maison. Celui ou celle qui leur jouait des tours allait devoir me les jouer. Je m'assois sur l'un des monticules, m'attendant… je ne sais pas. À éprouver quelque chose, sans doute, mais tout ce que j'éprouve, c'est la terre dure sous mes fesses. À sentir quelque chose, peut-être, ou à attendre que le vent (pas vent) m'envoie des mots par une langue proche ou lointaine. Rien.

Quelque chose me réveille en pleine nuit. L'heure des ancêtres, dont je n'ai rien à faire. Mes jambes à présent agissent malgré moi et mes mains aussi, et je sais ce que je fais mais j'ai également l'impression de me regarder le faire sans me poser de question. La voix qui me ressemble est silencieuse, quand je voudrais qu'elle me demande ce que je fabrique, et qu'elle m'arrête. Mais ce qui me dit de sortir n'est pas une voix, ce ne sont pas des mots, ce n'est même pas un message. Cependant l'ordre est clair. Un sentiment, alors, ou une pulsion, comme quand nous savons sans le dire ni l'un ni l'autre que Keme sera en moi telle ou telle nuit. Je me lève, prends une couverture, me rends dans la salle d'accueil et me munis d'une torche. Je suis dans les bois avant d'avoir été rattrapée par le bon sens.

Il fait humide et le sol est meuble, les branches me giflent doucement. Au début l'obscurité est totale, mais à mesure que j'avance, elle s'atténue, prenant différentes nuances de gris et de bleu, et je distingue l'herbe de la terre, et les branches des feuilles. Les ancêtres, je ne veux pas les voir, je le murmure à part moi, mais qui parmi eux ferait tout le chemin depuis Mitu ? Débarrasse-toi des questions, débarrasse-toi des pensées, et marche. Tu sais où tu vas. Je sais. Mais Yétúnde n'a jamais planté une chose vivante, donc je n'ai pas d'autre outil que mes mains. Une fois de plus l'idée m'envahit, je reviens à moi et me demande ce que je fabrique ici dans le noir, dans les fourrés, encore sauvages, aussi proches d'Ibiku soient-ils. Mais l'espace entre les arbres, auquel s'adressent Matisha et Lurum, le rien que les enfants tiennent par la main, la plaisanterie qu'ils échangent avec le vide, la façon dont ils tapotent et caressent le monticule comme si celui-ci pouvait leur rendre leur caresse, tout cela provoque en moi un trouble croissant. Un trouble, c'est bien ça, cette chose qui me perturbe l'esprit et me dérange le sommeil, et qui même maintenant ne laisse pas ma cervelle en paix, alors que mes orteils s'enfoncent dans la boue et que ma chemise de nuit s'imprègne de l'odeur du bush. Il me conduit à ce qui pourrait être un monticule, une petite colline, ou une illusion d'optique créée par l'obscurité.

Ce trouble, il me dit de prendre mes deux mains pour creuser. La terre molle me surprend. Je retire une poignée, puis une autre, puis je serre les doigts et creuse. Je creuse jusqu'à ne plus voir mes mains, jusqu'à obtenir un trou presque assez profond pour y tomber entière. Je creuse jusqu'à ce que la terre devienne granuleuse, puis de nouveau lisse, jusqu'à ce que des pierres m'écorchent les jointures. Je creuse jusqu'à ce que ma main agrippe un morceau de tissu rêche, un lange qui se déroule mais contient encore quelque chose.

Je ramène le petit tas dans le jardin et le défais lentement à la lueur de la torche. Les os à l'avant sont si disjoints que ce n'est qu'après les avoir alignés que je comprends que c'étaient des pattes. Ce qui signifie que les deux autres sont aussi des pattes. La longue cage thoracique et l'os plus long, morcelé, qui descend tout le long, le dos et la queue. Le crâne fait une saillie d'où dépassent deux dents. Je ne sais pas ce que c'est, et je me maudis d'avoir déterré un quelconque animal de compagnie, ou un nuisible que ni Keme ni Yétúnde n'ont eu le cœur de brûler. Aucun chien ne s'aventure jamais dans ce jardin, aucun chat errant non plus, bien que la maison soit pleine de gros chats, ou peut-être pour cette raison. Mais le trouble ne me lâche pas, et je le maudis. Une fois de plus, avant que la raison me retienne, je retourne dans les bois, et avant le lever du soleil je creuse trois autres monticules. Des tombes. L'aube chasse la nuit si discrètement que je ne le remarque pas avant de me relever enfin. Chaque fois, les langes se détachent sans presque les toucher.

Fais confiance aux dieux. Je ne sais pas pourquoi ce dicton idiot me passe par la tête, et m'exaspère bien qu'il ne vienne que sous forme de murmure. Je sais que je suis en train de faire une chose que je ne veux pas faire, et où mes jambes me portent je ne veux pas me rendre. Je pourrais me tromper, me dis-je. *Tu pourrais te tromper*, dit la voix qui me ressemble. *Tu devrais aller la trouver afin qu'elle te tranquillise l'esprit.* Sauf que la seule personne dont Yétúnde se soucie de la tranquillité, c'est elle-même. En cet instant, la pensée me traverse que c'est à cause de moi, qu'elle m'a accueillie dans sa maison et n'a même pas protesté quand j'ai accueilli Keme dans mon lit, et quand ses enfants sont sortis de moi. C'est elle qui l'a empêché d'être un lion, et c'est elle qui se plaignait qu'il rôde, qu'il erre, et ne soit pas assez souvent là pour s'occuper de ses enfants. Et pourtant c'est quand il est devenu lion qu'il s'est changé en le père qu'elle voulait qu'il soit. Mais au lieu d'en être reconnaissante, elle me regarde avec aigreur, depuis lors, et passe sa mauvaise humeur sur les enfants.

Mais aucun de ces os n'a quelque chose à voir avec moi, car tout ceci s'est produit avant mon arrivée. Il y a forcément quelqu'un qui sait, quelqu'un qui aura regardé par la fenêtre. Cinq tombes, c'est obligé qu'un voisin s'en soit rendu compte. À présent, ma crainte est de réveiller le lion, car la dernière fois il m'a griffé la cuisse. C'est la seule chose que j'ai interdite aux enfants. Mais regarde-moi un peu, en train de rentrer à la maison pour le faire, me murmurant à moi-même : Fais confiance aux dieux.

Tout le monde dort encore. Les dieux sont miséricordieux, car ce matin il n'est pas avec Yétúnde mais avec Ehede et Ndambi, par terre dans la salle d'accueil. Je me place à bonne distance de lui et pique doucement son cou avec un bâton. D'abord il se contente de rouler sur lui-même. Je pique plus fort, derrière l'oreille, et il se réveille en donnant au bâton un tel coup de patte que je manque tomber avec. Je me précipite vers lui et couvre sa bouche avant qu'il puisse réveiller les enfants.

« Viens », je dis.

Dehors, il les regarde tous les cinq.

« Je ne sais pas s'il y en a d'autres. »

Keme fait de nouveau le tour des petits paquets, se penche pour en effleurer un du bout du doigt. La sangle lâche et son doigt touche un os. Il le retire à la hâte.

« Par les dieux, quand elle s'y met, elle peut être vraiment mauvaise, cette femme. »

Il le dit comme quelque chose qu'il savait depuis longtemps, mais me regarde comme si c'était une nouveauté.

« On doit avoir de la chance, dit-il.

– De la chance ?

– Bien sûr. Qu'aucun homme de cette rue ne soit jamais venu ici chercher son chien, son cochon, ou la bête qui a eu la malchance de croiser le chemin de Yétúnde. »

Je m'efforce de ne pas le dévisager, mais je croise quand même son regard.

« Keme.

– Quoi ?

– Tu as regardé le dernier ? La terre a été moins cruelle avec celui-là.

– Qu'est-ce que tu veux dire, femme ? Pourquoi m'as-tu arraché à mon doux sommeil ?

– Regarde.

– Sogolon.

– Regarde. »

Il s'approche du dernier paquet et se penche. La terre l'a aplati mais la fourrure blanche, tachetée est toujours là. Ainsi qu'une partie de la queue.

« C'est un…

– Je sais ce que je vois », dit-il. Il se tourne de nouveau vers moi, la bouche grimaçante de chagrin, les yeux humides. Il touche de nouveau le paquet, délicatement cette fois, comme s'il contenait un être vivant.

« D'abord j'ai cru que ça avait juste sauté une génération. Mais ça, ça. Toutes les femmes ne sont pas équipées, tu comprends ?... Pas toutes les femmes, pas tout le monde... à dire vrai je suis étonné que nous ayons des enfants, tout court. Puis tu es arrivée.

– Je ne suis pas arrivée.

– Je sais. Tu es là, et tu leur donnes naissance, et la pauvre Yétúnde, la pauvre Yétúnde avec ses quatre lions perdus en couches – cinq. Il faut que tu sois plus gentille avec elle, Sogolon. Toi et les enfants, surtout Ndambi. Promets-le-moi.

– Keme. Oh, Keme. »

Il se lève, le paquet dans les bras.

« Quoi, encore ?

– Tu n'as pas vu ? Tu le tiens, et tu n'as pas vu ? Son cou.

– D'après toi, quel degré de profanation peut supporter un homme ? Tu commences à me mettre en colère, à déterrer sa honte, sa culpabilité. Tu as l'intention de te moquer d'elle à cause de ça, en plus ? Il faut qu'on les remette en terre.

– Arrête de faire l'aveugle. Regarde. »

Au lieu de ça, il me regarde, moi, comme si j'étais folle. Puis il rouvre les sangles et examine scrupuleusement l'intérieur, jusqu'à ce qu'il trouve. Il retient un petit cri. Il laisse échapper le paquet et se raidit, pire qu'un rocher. Je regarde tout son corps trembler de terreur. Il essaie de dire non, mais le mot s'évanouit dans sa bouche. Ses genoux faiblissent mais le sol humide amortit sa chute.

« Non. Non. Non. »

Il le répète encore et encore, et chaque fois ressemble davantage à un sanglot jusqu'à ce qu'il sanglote purement et simplement. Je ramasse le paquet et l'écarte de lui. Je dois regarder de nouveau, le corps du lionceau l'exige. Pour l'amour de Keme, je voudrais avoir tort, bien que je sois certaine, et plus que certaine. Je regarde à nouveau, prête à l'entendre me traiter de mauvaise femme, de femme cruelle, car même ça, ça vaudrait mieux. Mais le squelette ne trompe pas. Au milieu du cou, des os brisés, et la tête qui pend, trop lâche, même à plat. Quiconque a déjà été dans une cuisine, une ferme, ou un enclos à bétail sait ce que nous avons sous les yeux. Yétúnde a tordu le cou de ses propres enfants, elle les a tous tués.

« La sage-femme muette, elle est au courant », je dis. Je ne sais pas pourquoi c'est la première chose qui sort de ma bouche, mais c'est comme ça. Keme ramasse les paquets dans ses bras, enfouit la tête dedans et pleure. Le sanglot se transforme en gémissement, le plus fort que j'aie jamais entendu. Puis il laisse échapper les bébés. D'à genoux qu'il était, il s'accroupit et enfonce les doigts dans la terre. Il grogne, et gronde, et grogne de nouveau.

Je dis son nom mais il n'entend déjà plus. Ça, je ne l'avais jamais vu faire : ses doigts et ses orteils enflent, deviennent des coussinets dont jaillissent des griffes, ses jambes se raccourcissent et s'épaississent, et deux fois plus de poils bruns et or jaillissent de sa tête, son torse et son ventre. Des poils recouvrent son derrière et une queue lui pousse, complète. Il ne reste plus rien de l'homme en lui. J'essaie de répéter son nom, mais rien ne vient, et je ne pense pas qu'il le reconnaîtrait. C'est un lion, un lion pur que j'ai devant moi, aussi haut que moi, et plein de rage.

« Keme, ne... »

Il rugit à mon intention et se précipite dans la maison.

La chambre de Yétúnde n'a plus de porte. Il l'a enfoncée en entrant dans la pièce, qui est à présent pleine de rugissements et de cris. Je me précipite vers eux, pensant qu'il est complètement parti, complètement métamorphosé, et qu'aucun mot ne peut plus l'atteindre. Il rugit de nouveau et fait trembler le sol. Yétúnde est recroquevillée dans un coin, le bras gauche en sang, ballant, tandis que du droit elle agite une torche. Elle appelle Keme au secours jusqu'à ce qu'elle voie mon visage, puis le regarde de nouveau avec une expression vide de tout sauf d'horreur. Elle agite de nouveau la torche dans sa direction, mais le lion ne recule pas. Il se cabre et tente de faire valser la torche d'un coup de patte. Je hurle son nom, et il se tourne aussitôt et bondit dans ma direction. Je ne bouge pas alors que toutes les voix dans ma tête me disent de fuir, et il arrive à un cheveu de mon visage, gronde et recule. Yétúnde agite la torche comme si, aveugle dans le noir, elle attaquait un bruit. Il va le faire, je le sais. Il va bondir sur elle, la renverser et lui mordre le cou jusqu'à ce que mort s'ensuive. Je ferme les yeux et les poings, espérant le vent (pas vent), mais il ne vient pas. Refuse de venir. Je le maudis, car depuis plusieurs lunes il semblait m'obéir. Yétúnde agite la torche trop furieusement, elle va mettre le feu. Keme bondit de nouveau et se retrouve pile face à Ehede et Ndambi, que je n'avais pas vus entrer. Ils le repoussent à coups de patte et il manque frapper Ndambi. Keme essaie de nouveau d'attaquer Yétúnde, mais les deux enfants se tiennent obstinément entre lui et elle. Keme gronde, ils grondent, Keme rugit, ils rugissent, puis Keme crache. Il fait demi-tour et sort au petit trot, manquant me renverser au passage. Je regarde Yétúnde se détacher du mur quand il revient en trombe et court droit vers elle. Ndambi se précipite entre eux et ils échangent des coups de griffes et roulent par terre. Keme bat en retraite, aussitôt calmé, et part, du sang sur la mâchoire.

Yétúnde s'en va à l'aube, avant son retour. « Il connaît ton odeur, il partira quand même à ta recherche si tu ne mets pas une grande distance entre toi et cette maison », je lui dis en la regardant bander son bras dans la cuisine, le tissu déjà rouge alors qu'elle n'a même pas fini. Elle a du mal à l'attacher, mais je ne l'aide pas. Je ne dis rien, espérant qu'elle ne dira rien, mais pour parler, elle parle. Elle ne peut se retenir, elle me crie que je n'ai pas le droit de la juger, car une femme de basse extraction comme moi n'a pas à craindre de tomber plus bas. Mais qu'était-elle censée devenir si elle était la mère d'animaux ? À qui allait-elle apprendre une nouvelle pareille ? Tout le monde autour d'elle dit que les métamorphes méritent une vie meilleure et ne devraient pas être méprisés comme des bêtes ou des sorcières, mais personne n'a jamais vu de roi lion. Ou de chevalier léopard. Ou de chancelier guépard. Quel prétendant viendra demander la patte d'une fille qui en a quatre ? Et comment, elle, une femme, peut-elle mettre un lionceau à son sein pour le regarder téter ? Comment aurait-elle pu faire comme si ce n'était pas une honte, surtout que ce même lion n'avait pas pris la peine de lui dire qui il était avant le mariage ? Qui va me rendre justice pour son crime ? Elle lui a donné trois enfants, trois beaux enfants. Les autres étaient une malédiction. Les autres la rendaient malade, elle aurait préféré porter secours à de la merde. « Regarde-les, regarde tes deux rejetons : ils ne ressemblent même pas à de vrais lions. On dirait juste une mauvaise blague des dieux. » Et il n'arrêtait pas de la mettre enceinte. S'accouplant avec elle comme avec une bête sauvage qui n'était là que pour pondre ses rejetons et préparer sa nourriture. Eh bien non. Il n'était pas question qu'elle accepte ce sort, et encore maintenant, si elle accouchait de l'un d'eux, elle le tuerait immédiatement.

« Et regarde-toi, me dit-elle. Regarde-toi qui le prends au mot et parles de meurtre. C'est de la régulation. C'est exactement pareil que quand je tue la chèvre que vous mangez, vous tous.

– Il ne t'a rien dit du tout.

– Vous n'avez aucune raison de me chasser de ma maison, vous tous. C'est moi qui la rends habitable. Si ça ne tenait qu'à lui, vous ramperiez dans votre merde, et si ça ne tenait qu'à toi…

– Quoi ?

– J'ai rien à te dire.

– Alors tais-toi.

– Il y a des lois, à Fasisi. Des lois contre les gens qui se comportent comme des bêtes sauvages. Et contre les bêtes sauvages qui se prennent pour des humains.

– Je parie qu'une de ces lois interdit le meurtre, mais tu dois le savoir mieux que moi.

– Tu crois que je dirais pas aux gens que c'est lui qui les a tués ? Moi je suis qu'une pauvre mère, une faible femme. Regarde cet animal qui a assassiné mes bébés.

– Tu deviens complètement folle.

– Tu le vois toi-même, il a honte d'être un lion. C'est lui qui les a tués, c'est ça que je dirai.

– Pourquoi un père tuerait ses enfants ?

– Parce que c'est un animal. C'est tout ce que les gens ont besoin de savoir.

– Les animaux ne tuent que pour se défendre et se nourrir.

– Ah vous voyez ça, les dieux ? On est bien d'accord que c'est pas un humain.

– Crois ce que tu veux.

– Je vais revenir avec des gens en colère, tu m'entends ? Je vais revenir avec des renforts. »

Je marche droit sur elle. Toutes les fenêtres et portent s'ouvrent et se referment en claquant. Je continue d'avancer, et elle de reculer.

« Des renforts ? Tu comptes rameuter une foule contre Keme ? Tu te chies dessus parce que tu as peur du lion. Écoute, sèche-toi, sale chienne, tu pues le marais. C'est de moi que tu devrais avoir peur. Si quelqu'un s'en prend à mon homme ou à mes enfants, je m'en prendrai à toi. »

Elle ravale les mots qu'elle s'apprêtait à prononcer.

Je la regarde promener ses yeux dans la pièce, se demandant comment s'y prendre pour faire tenir une vie dans un sac. Mes pensées me quittent, bien que la nécessité de se hâter ou de voir ma vie changer en un clin d'œil ne me soit pas inconnue. Mais je ne parviens pas à me rappeler une seule fois où j'en ai été la cause. L'idée prend possession de moi. Mes pensées filent vers des lunes au-dessus de moi. Je me demande ce que j'emporterais si le jour s'interrompait et que tout ce que je suis en train de faire devait s'interrompre, si tous les projets que j'ai faits pour cet instant, le jour, la semaine tombaient à l'eau d'un coup, si le sol que je considère comme mien me criait de fuir. Tout de suite. Cette nouvelle idée chasse l'ancienne, qu'elle est une tueuse de bébés.

« Pas un mot pour tes enfants ? Les vivants.

– Ce sont les tiens. Ce sont les tiens depuis le jour où tu es entrée dans cette maison et me les a arrachés. Regarde bien. Tout est à toi maintenant. Tu es venue, tu as tout pris. C'est à toi.

– Je ne voulais même pas rester.

– Fais voir un peu la chaîne qu'on t'a mise au cou pour t'empêcher de partir ? »

Je ne dis rien.

« Tu es venue avec tes yeux et ton silence, pensant que tu pouvais te permettre de me juger. N'importe quelle femme ici qui a un bébé hyène a une hyène morte. Toutes les femmes ici qui ont un bébé léopard ont un léopard mort. Qu'est-ce que voient les dieux, d'après toi, quand ils regardent les bois derrière Ibiku ? Derrière la maison de la femme du métamorphe, il y a une carcasse enterrée. Je peux te dire ce que c'est pas, pour eux. Ils appelleront jamais ça un cimetière. Au moins, je leur ai donné à chacun une tombe individuelle.

– D'abord tu dis que les gens vont réclamer justice à grands cris. Maintenant tu me dis que toutes les femmes du coin font pareil.

– Me parle pas comme ça.

– Dis adieu à tes enfants, Yétúnde.

– Tu ferais bien de trouver une cuisinière sans hanches ni dents. Sinon il va lui faire une portée de chats aussi.

– Aucun d'entre eux ne s'est habitué à manger de la viande cuite, même pas ton fils. »

Elle hoche la tête, mais je ne sais pas si c'est pour marquer son accord. « C'est toi qui vas devoir les élever », dit-elle. Elle ramasse son sac, le place en équilibre sur sa tête, et s'en va. Je ne suis pas dans sa peau, je ne vois pas avec ses yeux, mais même ainsi, même sachant que Keme la tuerait à coup sûr s'il la voyait, son départ me semble trop rapide. Comme si ce sac avait déjà été à moitié rempli à l'avance, ses sandales propres et prêtes. Aucun d'entre nous ne la reverra plus jamais. Keme supprime si totalement son souvenir de sa maison que je me demande parfois s'il sait encore que ses plus grands enfants sont d'elle. Personne n'a reparlé d'elle depuis lors, pas même les enfants. Moi qui pensais que l'oubli était une malédiction jetée par quelqu'un sur Fasisi, je découvre que c'est aussi un don que chacun ici semble posséder.

Quoi qu'il en soit, elle est partie. Il ne la retrouve jamais, pourtant je sais que bien des nuits il est parti à sa recherche. En chasse. Nous enterrons les cinq lionceaux dans une tombe collective, un trou que je creuse. Les enfants portent pratiquement leur père, qui manque tomber trois fois, écrasé de chagrin. Aucun des enfants ne va plus jouer dans cette partie des bois.

Quinze

Je suis une femme avec enfants. Écoutez-moi les appeler par leurs prénoms. Ehede, Ndambi, Matisha et Lurum, qui sont sortis de mon ventre, et Keme, Serwa et Aba, les enfants de la femme dont nous ne prononçons plus le nom dans la maison. Keme voulait donner des noms aux enfants morts enterrés dans les bois mais le chagrin a pris sa voix quand nous n'avons pu distinguer les garçons des filles. En vérité, il les pleure comme s'il les avait regardés mourir un par un, et ma propre peur me méduse, la peur de ne jamais montrer une telle peine pour quiconque. La Sœur du Roi était la seule morte pour laquelle j'aurais pu imaginer montrer de la tristesse, et même pour elle aucune tristesse n'est venue. De la colère, oui, et le sentiment que les dieux l'ont traitée avec cruauté ne me quitte pas, encore maintenant. Mais de la peine ? Jamais.

Regardez-moi appeler mes enfants dans le noir quand toute la maison est endormie. Dans mon lit sont couchés Keme et Aba, la plus jeune enfant de cette femme, qui a pris l'habitude de dormir entre nous et refuse de poser sa tête ailleurs. Je dis un jour à Keme que j'ai oublié à quoi ressemble son membre quand il est gros et dur, et il répond : Femme, tu ne peux pas dire ça devant tes enfants, ce qui me secoue, car auparavant c'était lui qui aimait ce qu'il appelle mes mots crus. C'est un mensonge, ou ce n'est pas toute la vérité. Il n'a jamais aimé mes mots crus, il les a juste acceptés : c'était le prix pour m'avoir sans faire de moi la femme numéro un. Maintenant que je suis cette femme, il veut que je me comporte comme une mère, pas seulement comme une femme qui met bas ses enfants. Je ne prends pas la peine de lui dire que j'ai toujours été la seule mère de cette maison. Alors regarde-moi me réveiller alors qu'il fait encore nuit et faire le tour de la maison en appelant mes enfants l'un après l'autre comme pour vérifier qu'ils sont encore là.

Aba, sa plus jeune, mais tout de même la troisième plus grande de tous, s'est mise à se comporter comme un bébé depuis que cette femme est partie. Elle n'a rien d'un lion, sauf la crinière longue et noire, la peau plutôt café, comme sa mère mais pas son père, et deux espaces à l'avant de la bouche, attendant ses dents définitives. Elle se met bientôt à hurler la nuit lorsqu'elle dort seule, et à sucer son pouce gauche lorsqu'elle dort entre nous. Deux gorilles puissants ne pourraient retirer ce pouce de sa bouche, et je le sais parce qu'une nuit sur deux, j'essaie.

Serwa, l'aînée, ressemble elle aussi à sa mère, mais elle a le côté rusé de son père, même si je n'ai jamais rien vu de félin en elle. Elle aide beaucoup ses frères et sœurs, même ses demi-frères et sœurs, c'est la seule qui parvienne à les convaincre de se laver, mais comme sa mère elle ne m'aime pas. Une inimitié qui grandit en même temps qu'elle. Je hausse les épaules et me dis que c'est comme ça. Peut-être que j'aurais été odieuse avec ma mère, moi aussi. Elle ne me provoquerait jamais, me manquerait encore moins de respect, donc elle moud le grain quand je lui demande, et met de côté de la chèvre crue pour ceux qui la préfèrent crue, ne lave jamais le rouge avec le blanc ou le bleu, mais je sais, et elle sait que je sais, que si je tombais dans des sables mouvants, elle ne me tendrait jamais la main, même pas un bâton.

Je fais les cent pas dans la maison car depuis que cette femme s'est enfuie, le sommeil me quitte aussi vite qu'il me vient, et ne m'emmène jamais sans encombre jusqu'au matin. C'est une bénédiction que je ne réveille jamais personne, mais une malédiction que je ne puisse me rendormir avant de voir un rai de lumière sous la porte. Parfois, à cause de ça, je me traîne toute la journée, mais même quand je me force à rester éveillée, pour me fatiguer le plus possible, je ne m'endors que pour me réveiller aussi sec. Alors je me lève et fais les cent pas. Et quand j'en ai assez de la maison, je sors, et si la lune est là je m'allonge dans l'herbe et la regarde jouer à cache-cache avec les nuages. Je murmure les prénoms de mes enfants comme si je soufflais un secret.

Keme, qui porte le prénom de Keme, qui portait le prénom de Keme, qui portait le prénom de Keme. En l'espace de ces quelques années, six ans à présent, il est devenu presque aussi grand que moi, aussi grand et mince qu'un garçon peut l'être avant que le visitent les changements. Ce qui veut dire qu'il est l'un des rares rejetons de Keme qui n'aura pas de poils sur le corps avant d'atteindre un certain âge. Dans cette maison, ils sont presque tous nés avec des poils, même les filles. Il fait ce qu'on lui dit, me suit partout, porte mes paquets. Calme, maître de lui, il est l'Itutu incarné, même si les humeurs de son père se font un peu sentir à chaque fois que je lui rappelle qu'il devrait être à l'école depuis longtemps. Même les lions de la cour, ils savent lire, je lui dis, mais quand il me demande comment je le sais, je ne trouve pas de réponse.

Un jour du mois Gardaduma, quand le soleil se met à cuire la chambre bien trop tôt, je me précipite dehors pour me rafraîchir le visage ; je tombe sur un petit garçon nu, accroupi dans la terre, avec un animal mort, peut-être un singe, entre les dents. Le hurlement sort de moi avant que deux choses m'assaillent simultanément : le fait que je n'ai jamais vu ce garçon auparavant, mais que je l'ai toujours connu. Je hurle, il sursaute, et quand le singe tombe de sa bouche, il le rattrape et s'y cramponne comme si j'allais le lui arracher. Juste avant que les yeux jaunes me rendent mon regard, juste avant qu'il gronde, juste avant qu'il arrache la tête du singe avec ses dents, je sais que c'est Ehede. Mais sa façon de ramper, de grogner et de rouler dans la poussière m'apprend qu'il ne savait pas qu'il s'était transformé en petit garçon. Un garçon magnifique avec des cheveux d'or, comme son père. Je crie à Keme de venir voir, mais le temps qu'il se réveille, Ehede a de nouveau changé d'apparence, et ses cheveux d'or ne poussent plus qu'au sommet de son crâne.

Ndambi, ma petite lionne, qui m'arrive à la taille avant ses trois ans. C'était pour elle que je m'inquiétais, car les années des lions ne sont pas pareilles que les nôtres, et une année pour moi peut correspondre à dix pour un félin. Peut-être même plus. Je dis à Keme : Puisque tu es autant homme que lion, est-ce qu'une année est une année pour toi, ou davantage ? Mais il ne peut répondre que pour lui-même. Je dois me rassurer à l'idée qu'il vieillit au même rythme que les hommes, et espérer que dans dix et trois ans je ne serai pas en train d'enterrer mes enfants. Contrairement à Ehede, elle ne parle jamais en langue humaine.

Matisha, ma petite femme tapageuse – c'est à elle que les esprits de ses frères et sœurs manquent le plus. Il lui arrive encore de s'enfuir dans les bois même s'ils ne viennent jamais l'accueillir. Je lui dis qu'ils sont partis dans l'outre-monde pour de bon, mais que peut-être une nuit elle les verra dans un arbre. Elle me dit : « Alors je ne les verrai jamais, parce que la nuit, je dors. » Contrairement à son frère, qui marche sur deux jambes, Matisha éprouve une grande détresse lorsque la part du lion se montre en elle. Elle a peur d'être forcée de se marier avec un fauve, en tant que demi-féline, et elle en a déjà assez comme ça. Elle me le cache, mais je sais déjà qu'à la place des ongles, elle a des griffes, et parfois elle ne peut pas les empêcher de jaillir.

Lurum ne peut s'enorgueillir que d'être le premier sorti de mon ventre, mais ce garçon se comporte comme si c'était l'aîné de toute la maison. Les cheveux courts et près du crâne, contrairement à tous les autres, un sourire si large qu'il lui mange le visage. S'il vient de pousser un petit cri c'est parce que sa nuque vient de recevoir de moi une claque. Malin, trop malin. Intelligent, trop intelligent. C'est lui que je vois bien vite construire une nouvelle chambre par-dessus cette maison, ou retirer la pièce qui fera s'écrouler l'édifice. Futé, trop futé, si futé que je lui pose les mêmes questions que je poserais aux plus vieux, et grâce à lui je ne suis jamais forcée de sortir pour savoir ce qui se passe dans la rue. Mais ce n'est pas l'aîné des garçons, et trop souvent désormais des bagarres éclatent chez nous car le jeune Keme tente de lui rappeler que c'est lui, l'aîné. *L'aîné des garçons*, lui rétorque toujours Lurum avec mépris, ce qui envenime la bagarre.

Je suis une femme avec enfants. Ce qui veut dire que désormais l'une de mes grandes joies est de leur échapper, ne serait-ce que pour deux ou trois tours de sablier. Mais c'est à cause de Keme que je les laisse pour le quartier de Taha, à cheval parce que personne ne toise une femme quand elle est en hauteur comme ça. Ce garçon avait besoin d'apprendre, plus que ce que pouvait lui enseigner son père, d'autant que même là-dessus celui-ci freinait des quatre fers, marmonnant que le petit n'avait pas besoin d'éducation. Le père commençait à parler comme son fils.

« Un guerrier n'a besoin que d'une épée et d'une lance pour conquérir, disait Keme.

– Comment tu sais ce que tu dois conquérir, si tu sais pas lire un plan ? » j'ai rétorqué.

Et me voilà donc à Taha. Le quartier de Fasisi abritant le plus de gens ayant le moins de différences entre eux. Ils diffèrent par leurs activités, certes, car les métiers pullulent. Mais pas dans leur manière d'être, car ce ne sont pas les nobles d'Ugliko, pas les marchands de Baganda ou les soldats d'Ibiku, et ils n'ont rien à voir avec ceux du quartier flottant, quel que soit le nom qu'on leur donne. C'est à Taha qu'habitent le plus de gens qui travaillent ailleurs. En effet, c'est le quartier des services, des artisans, bâtisseurs, gardes, enseignants, sage-femmes, apprentis et poètes. Et ils appartiennent tous à la même classe, façon de dire qu'ils gagnent tous pareil, dit Keme.

Je m'y rends afin de chercher un enseignant pour mon fils. Un maître, comme ceux que je voyais à la cour, qui harcelaient les princes avec des connaissances qu'ils n'avaient nul besoin d'acquérir. Il devait y avoir là quelqu'un pour instruire les fils des guerriers, et j'allais trouver cette personne. Sept rues, je traverse avant de réaliser que c'est de la folie. Personne qui habite là ne travaille là, vous vous souvenez ? Je m'arrête devant un poteau et j'attache le cheval, car la rue est trop étroite. Au milieu de la ruelle qui mène chez un homme médecine, j'entends dire que les seules personnes qui se trouvent en ce moment à Taha sont les jeunes mères, les nourrices, les mendiants sans personne à qui mendier, les vieux et les sorcières. Je ne dis pas ça par hasard. C'est que j'entends le murmure d'une petite foule au milieu de la rue dans laquelle je m'engage. C'est une sorcière, voilà une sorcière, attrapez la sorcière. Cela fait si longtemps que la grande purge a eu lieu que j'avais oublié qu'elle se poursuivait.

Quelqu'un a appelé un chasseur de sorcières. Le même homme d'argile blanche vu avec les Sangomin. Je le regarde à présent, plus bas qu'à l'époque où les fils de Kwash Moki se cherchaient des compagnons de jeu. Peut-être à un moment donné l'Aesi s'est-il lassé de cet être, ni garçon ni homme, qui s'était insinué dans les petits papiers du Roi, tentant de se placer à la gauche de sa droite, alors qu'il n'avait pour seul don que celui de renifler les sorcières. L'araignée a déjà huit pattes, elle n'en a pas besoin de quatre supplémentaires. Je l'imagine dire ça en le reléguant aux basses besognes, et ça me fait rire tout haut, si fort que les gens me jettent des regards noirs, car ils sont réunis pour une affaire sérieuse. Il est là, près de la voûte, à l'entrée de cette ruelle. Au moins, l'Aesi lui a permis de porter du blanc, comme à ses garçons d'honneur. Une mince tunique, comme l'habit d'intérieur d'une femme, si fine qu'on peut voir ses fesses maigres et ses coudes à travers le tissu. Le genre d'homme qui ne se fait pas très bien voir des autres hommes. Sauf la nuit, et seulement dans le quartier flottant. Je m'enferme dans le silence.

Un fracas, un hurlement, et deux Gardes verts sortent épée dégainée, suivis de deux autres qui tiennent par les bras une femme qui se débat. Elle est nue. Pourquoi sont-elles toujours nues ? je me demande alors qu'elle donne des coups de pied, des coups de pied puis fait l'inverse, amollit totalement ses jambes tandis qu'ils la traînent dehors. Aucune femme de Fasisi ne vaque à ses affaires sans s'habiller, pas même les putes. Mais à chaque fois que viennent les soldats, les Sangomin, les gardes ou autres hommes cherchant à mater une épouse ou une fille rebelle, ils lui arrachent ses vêtements avant de l'exhiber aux yeux de tous. Ce n'est pas comme si les gens de Fasisi se laissaient impressionner par la nudité, mais cette vue m'agace plus que tout au monde. Tellement que je ne me rends pas compte que le vent se met à tourbillonner, soulevant assez de poussière pour les cacher, vient de moi. Une partie de la foule se disperse, le reste se campe sur ses talons pour jeter des pierres, cracher et hurler des injures à la sorcière qui a volé trop d'hommes, fait un ragoût avec le cœur de cette fille disparue, et s'est penchée cul en l'air les nuits sans lune afin que les chiens des rues puissent la niquer par-derrière. D'ailleurs qui sait ce qu'elle fabriquait ce matin avec son sang-de-lune. Une femme jette une pierre qui atteint un garde, lequel la cogne aussitôt au visage avec le côté non tranchant de son épée. Ce qui fait reculer la foule, dont la clameur se réduit à une sourde protestation. Un autre jour, ils garderaient leur indignation pour ce chasseur de sorcières, qui se moque que les gens voient à travers sa mince tunique de coton et remarquent qu'il porte des bijoux sur des parties du corps que personne n'a jamais vues ornées de bijoux jusque-là. Et la femme, âgée comme c'est presque toujours leur cas et, à en juger par leurs murmures et grommellements, seule. Un coup de poing ou de pied dans la poitrine des quatre Gardes verts et ils trébuchent tous, entraînant la femme dans leur chute ; elle se remet sur pieds la première. Certains spectateurs disent : Vous avez vu la sorcellerie ? Comme si elle s'était relevée trop vite, comme si elle avait fui. Ce qu'elle fait, et un Garde vert se lève d'un bond et brandit sa lance, mais trébuche avant le jet, ce qui fait que l'arme part en l'air. La foule hurle et se disperse en la voyant retomber dans sa direction et venir se ficher dans le mollet d'un Garde vert. Les autres essaient de courir après la femme, mais de la boue et de la terre jaillissent du sol et les aveuglent. Je m'éloigne avant que quiconque me voie transpirer à cause de tous ces efforts, quand il apparaît devant moi.

Maintenant je pense à la nécromancie, à ce que les gens de Kongor appellent science blanche. Car tout ce que je vois c'est son dos, et pourtant ce dos me renvoie si loin dans ma mémoire que même son odeur me revient. La vision du passé m'aveugle, et je manque heurter un chariot qui file à toute vitesse, et son conducteur pousse un juron. Il est encore devant, un peu plus loin dans l'allée, mais il accélère. J'accélère à mon tour, et il passe au petit trot, puis se met à courir doucement. Je ne sais pas si c'est moi qu'il fuit, mais à présent, je cours aussi, et chariots, mulets, ânes, vieillards ne cessent de me bloquer la voie. Si je reste sur cet axe je vais le perdre. Il tourne brusquement à gauche et je pousse un juron, sachant que je vais le perdre, jusqu'au moment où, arrivant à l'entrée de cette ruelle, je découvre un cul-de-sac, plongé dans la pénombre.

Rien que des poubelles, des rats, des étals en bois brisés, et l'arrière de boutiques, entrepôts et tavernes. Aucune trace de lui. Je suis presque au niveau du mur quand une brindille se casse derrière moi. Il tient un épais morceau de bois hérissé de clous.

« Qui es-tu ? Tourne-toi… lentement ! Une femme ? Pourquoi tu me suis ?

– Regardez qui voilà. Je voulais pas le croire, mais si, c'est bien toi. Où étais-tu passé, Olu ? »

Il me jette un regard noir, et même quand son visage se détend, son front reste plissé.

« Olu, on dirait que c'est un homme que tu connais, dit-il.

– Tu te souviens pas de moi ?

– Tu n'as pas l'air d'un visage qu'on oublie.

– Qu'est-ce que tu racontes ?

– Je dis que je sais que tout le monde se met à voler les vieux, ces temps-ci, même les femmes. Mais ma faiblesse n'est qu'une apparence. La seule chose que tu obtiendras de moi, c'est cette planche dans ta figure.

– Bientôt, quand je vais te redemander ton nom, ne te formalise pas. Tu m'as dit ça un jour. De pas me vexer quand tu m'oublierais.

– Je connais pas. Ni toi ni cet Olu.

– Alors comment t'appelles-tu ?

– En quoi ça te regarde ? Je vais mettre de la distance entre toi et moi. Ne me suis pas.

– Attends. Tout a vraiment disparu ? Moi je pensais que tu étais mort, qu'ils avaient fini par t'effacer de cette ville, et tout ce temps, tu étais là. Les dieux ont finalement emporté ta mémoire, hein ? Tu as atteint le stade où tu oublies que tu oublies.

– Oublier. Je sais quel jour on est, et hier, et le jour d'avant. Je sais que l'anniversaire du Roi est passé et que celui de la Reine arrive. Et je connais mon adresse, et sais que je ne dois pas te la révéler, voleuse. Je te préviens, si tu m'expédies chez les dieux, je t'emmène avec moi.

– Nique les dieux. Il t'a eu. Il n'a pas pu t'effacer la première fois, mais personne ne croyait un mot de ta bouche, même pas toi. Tu te traitais de fou quand c'était lui qui avait retiré toute logique à tes pensées.

– Toi, tu parles comme une folle furieuse, là. »

Il fait demi-tour et s'apprête à partir. Je lui cours après.

« Tu te souviens vraiment de rien ? Rien du tout ? »

Je lui prends le coude. Peut-être voit-il que je le touche comme si je le connaissais. En tout cas, il ne tente pas de me frapper.

« Femme, je te souhaite bon vent.

– Comment le Boucher de Bornu est-il tombé si bas ? »

Il s'écarte. En désespoir de cause, je lui prends la main.

« Tu as encore du charbon sous les ongles.

– Lâche-moi, femme.

– Tu as trois cicatrices sur le dos, même longueur, et en biais.

– Qu… quoi ? Comment le sais-tu ? »

Il se tâte le dos, cherchant un trou dans sa tunique. Je sens à la fois qu'il s'évapore et qu'il a déjà disparu.

« Tu m'as dit que c'était un guerrier avec un poignard à trois lames qui t'avait fait ça. Tu l'as achevé avec la partie pointue de ton bouclier.

– Maintenant je sais que tu es folle. Tuer ? Un poignard ? Je m'évanouis à la simple vue du sang de poulet. Prends tes distances, femme, sans quoi je vais crier que tu attaques un vieillard faible.

– Tu n'es pas faible ! Tu es Olu.
– Et tu te trompes. Ou tu es folle. Dans les deux cas, ça ne te regarde pas.
– Jeleza.
– C'est ton démon ? Loués soient les dieux, pourquoi ont-ils envoyé cette femme me tourmenter ?
– T'as pas de passé ? Tu te demandes jamais comment tu as hérité des cicatrices d'un soldat et du corps d'un guerrier ? »
Il rit si fort que le son retentit dans la ruelle.
« Ce corps ? Je ne sais pas qui m'a attaqué, mais c'est clair qu'il a gagné. Va-t'en, femme. Ou mieux encore, c'est moi qui vais partir. »
Il me tourne le dos et s'en va, ses yeux faisant quatre avec les miens. De retour dans la rue il part en courant. Je ne le suis pas.
Deux lunes ont passé depuis que j'ai vu Olu, mais mon esprit ne peut rester tranquille. Il prend tellement d'espace que j'oublie ce que je faisais dans le quartier de Taha. Quand il ne me perturbe pas, Olu me rend perplexe, et je mets deux lunes à comprendre pourquoi. Au départ je pensais que c'était parce ce qu'il est encore beau, parce que le fardeau qu'il portait a cessé de lui peser. Avant, dans l'enceinte royale, la présence d'Olu me rappelait de me souvenir – étrange, vu qu'il avait oublié sa propre femme. Et pourtant celle-ci ne l'avait pas oublié. Ne pouvait pas le quitter. Elle m'a fait comprendre que la mémoire pouvait être un fantôme offrant un cadeau dont on ne veut pas, plutôt qu'une possession dont on dispose. Je ne savais pas pourquoi une situation aussi triste me donnait de la joie, jusqu'à ce que je prenne conscience que ce n'était pas de la joie, mais du soulagement. Que, quelque part, le fantôme du non-oubli triomphe même si personne ne voit ou ne comprend la victoire. Le fantôme gagne dans les rêves, c'est pour ça qu'il scandait autrefois *Jeleza, Jeleza* dans son sommeil et ne savait plus au réveil ce qu'il entendait par là. On pourrait peut-être parler d'espoir. Juste un petit grain, quand le désespoir est un océan, mais peut-être que ce petit grain est suffisant. Guère plus qu'un petit caillou dans la chaussure, mais qui se rappelle à vous à chaque pas. Quelqu'un a retiré ce petit caillou du commandant et lui a pris non seulement sa femme et son propre nom, mais même le souvenir de l'oubli. L'Aesi.
Sogolon, s'il y a un truc pour lequel tu n'as pas le temps, c'est un regain de haine. Je le pense jusqu'à ce que la pensée échoue,

puis je le scande jusqu'à ce que la scansion échoue, puis je le chante jusqu'à ce que mes enfants me prennent pour une folle, alors je le fredonne. Il doit y avoir en moi un espace que cette haine remplit ; je m'occupe en redoublant d'efforts sur le ménage. Avant, le sol d'argile ne brillait jamais, mais maintenant si. Les boucliers d'acier n'avaient reflété personne depuis des années, mais les voilà maintenant comme neufs. Les enfants demandent de la chèvre, alors je la tue et débite moi-même la viande, petit morceau par petit morceau. Les vieux lits ont besoin de nouveaux draps, alors je selle le cheval et me rends dans le quartier de Baganda avant même l'ouverture des boutiques. Une bande de yumboes affamés rampent parmi les fleurs dans le jardin, à la recherche de nectar : j'ouvre la fenêtre de la cuisine et dépose un bol de miel mélangé à de l'eau et à des fruits miracles. Je les regarde boire jusqu'à s'enivrer, s'enivrer trop pour voler droit, et lorsqu'ils versent, roulent et heurtent le rebord de la fenêtre, le rire qui s'échappe de ma bouche me paraît si étrange que je ne le reconnais même pas.

Tout ça pour dire que je cherchais n'importe quoi pour combler l'espace que creusait en moi la haine. Je me demande si ça me ferait cet effet-là si mes frères me trouvaient. C'était comme une maladie qu'on croit disparue, sauf qu'on découvre qu'elle est juste tapie dans le noir, à attendre. Certes l'Aesi n'avait jamais disparu, mais mes années étaient bien remplies – sont bien remplies, et avec tout ce temps passé, de nouveaux amours, de nouvelles haines ont pris le dessus sur les anciennes, et tout ce que l'on peut faire d'un mauvais souvenir, c'est l'oublier. Comme le nom de l'épouse qui habitait ici auparavant. Comme Olu. Que vous choisissiez l'oubli ou que l'oubli vous choisisse, il vous emmène au même endroit, un lieu de paix. Une voix qui ressemble à la mienne dit : *Tu trahis ton but. Tu es revenue à Fasisi pour une seule raison, mais tu as tout pris et ça, tu l'as laissé.* J'entends un rire venu de la rue et je ne saurais dire si ce sont des passants, les ancêtres ou les dieux qui se moquent.

Je cherche d'autres choses qui me mettent en colère. Matisha murmure un soir, même pas exprès, qu'elle ne sait plus si les cheveux de son père sont bruns ou dorés, car le peu de temps qu'il passe à la maison, il le passe avec les lions. Deux choses me rendent furieuse, que Keme ne fasse pas attention à sa fille, et qu'elle appelle ses frères et sœurs les lions, comme s'ils ne vivaient pas sous le même toit. Il se métamorphose complètement quand il est avec eux, et la nuit ils sortent chasser l'antilope ou la chèvre sauvage qui s'est aventurée trop près du flanc de la montagne. Puis ils dévorent l'animal dans les fourrés, sur place, sans se soucier une seconde du fait que les autres enfants aiment aussi la viande crue. Sauf Matisha.

Salban Dura, vingt et quatrième nuit de la lune Bakklacha. Voilà ce que je lui dis quand je vais à leur recherche dans le noir : Hé, oh, tu as cinq autres enfants, tu les as oubliés, peut-être ? Je lui dis en criant, en plus. Il ne peut pas me parler quand il est en lion, ou refuse, alors je dois attendre qu'il se souvienne qu'il peut se métamorphoser, et regarder les enfants l'observer effectuer sa demi-métamorphose, avant de dire : Je connais le prénom de tous mes enfants.

« Je t'ai pas demandé de faire l'appel. Je te demande de te montrer. Matisha commence à se demander si elle a seulement un père.

– D'accord, femme, j'ai entendu. Pas la peine de gronder.

– Tu crois que je gronde, là ?

– Sogolon ?

– Quoi ? Tu trouves que je parle comme un animal ? »

Son visage se transforme, mais ce n'est pas une métamorphose.

« Quel mal y a-t-il à parler comme un animal ?

– Aucun.

– Bien, parce que tu parles comme ma première…

– Je ne suis pas ta deuxième.

– Nique les dieux, femme, tu cherches vraiment la bagarre, ce soir. »

Ndambi est rentrée au galop depuis longtemps.

« Où est Ehede ? » je demande. Ni lui ni moi ne l'avons vu partir.

« Il est parti dans le bush. Les lions, ils ont pas d'ennemis, là-bas.

– C'est ton fils. Il a pas besoin d'ennemi pour déclencher une bagarre.

– Quelle mouche t'a piquée, femme ? »

Il s'approche et frotte sa main couverte de duvet sur mon visage. J'ai envie de l'écarter, mais me dis aussi que si Ehede est déjà rentré, nous pouvons peut-être prendre notre temps.

« Ehede ! T'es où ? » crie Keme, ruinant cette idée. Je lui dis que je retourne à la maison pour vérifier.

« Je parie qu'il est en train de voler de la viande dans l'assiette de Ndambi, tel que je le connais, dit-il.

– Je l'ai pas vu.

– Je l'ai vu passer juste devant toi en courant.

– Quand ?

– Je parie qu'il est en train de foutre le bordel à la maison comme d'habitude. J'en suis sûr.

– Je sais pas. Je…

– Femme, combien de fois dois-je te le répéter ? » dit-il avec un grand sourire, et ce sourire me fait ouvrir plus grand les yeux. Moitié lion, moitié homme, entièrement nu, bite dressée.

« Elle me souhaite même bonsoir, je dis.

– Elle ne te souhaite rien de si chaste. »

Je m'avance, il s'avance, et nous nous rencontrons à mi-chemin. La notion du temps m'échappe quand finalement j'empoigne cette partie de lui et me ravis de la sentir grossir de plus en plus dans ma main. Non, voilà la vérité : je ne perds pas la notion du temps – c'est la maternité qui me l'a prise. Moitié homme et moitié lion, il émet un bruit entre le gémissement et le ronronnement. Cette femme dont nous ne prononçons pas le nom poussait des cris de dégoût quand il l'approchait ainsi, disant qu'il sentait même le fauve. Mais l'odeur est une route pour le cartographier, et je la suis jusqu'à ses lèvres, derrière ses oreilles, sous son bras, jusqu'à la forêt d'or située juste au-dessus de sa bite. Mon nez, mon front, même mon oreille, je les presse contre ce buisson pour entendre le bruissement des poils.

« Les femmes d'Omororo, elles la prennent entre les lèvres et baisent l'homme.

– Ça doit être pour ça qu'on les appelle des femmes du Sud », je réponds. Nous allons nous planquer derrière la maison comme un jeune garçon et une jeune fille trop pleins de sexe pour attendre les rites du mariage, et je sens son désir grossir dans ma main. Ma robe remonte au-dessus de mes hanches, mes seins, mon cou, et avant que j'aie relâché ma respiration, il est en moi. Grâce à la maternité, mes seins sont plus gros, fait-il remarquer. J'attrape ses fesses, et je le tire vers moi pour accompagner sa poussée. Tenter de garder le silence produit un bruit en soi et notre baise est si fiévreuse que le silence est tout ce que j'entends.

« Keme. Keme. »

Il grogne.

« Keme.
– Je suis occupé là… à te baiser.
– T'entends pas ?
– Je n'entends rien à part toi. Femme, les enfants vont sortir d'une minute à l'autre, et ensuite seuls les dieux savent quand…
– C'est de ça que je parle. On entend rien, Keme. C'est trop silencieux. »

Il s'arrête. Nous nous écartons l'un de l'autre. Je me retourne et le vois regarder vers la maison sourcils froncés. J'avais oublié comme il était rapide. Il est à la porte avant même que j'arrive en bas de la pente. Mais rien ne bouge dans la maison, et ça lui fait peur.

« Matisha ! » crie-t-il, et elle passe la tête de dessous le tabouret.

« Chut, on est cachés.
– Cachés de qui ?
– Chut, ils arrivent.
– Matisha, sors de là tout de suite. Et où est… »

Je ne sais pas ce qui se produit d'abord, Keme qui bondit plus vite que l'éclair, nous renversant tous les deux au sol, ou les trois flèches qui jaillissent par la fenêtre, *zip-zip-zip*, et lui percent le bras, l'épaule, et la peau épaisse de la nuque. Matisha, elle hurle si fort que j'entends pas mon propre cri. Dans l'autre pièce les enfants se mettent à pleurer, mais je n'ai pas le temps de penser à leur jeune âge. Matisha, c'est elle qui leur a dit de se cacher avant même l'arrivée des tueurs. Mon esprit veut y réfléchir, mais ma bouche continue de hurler. Encore au sol, Keme retire les flèches de sa chair, et rampe jusqu'à la porte. Une ombre entre, que Keme mord à la jambe. Il fait tomber l'homme, puis le mord au cou, lui arrachant la gorge. Je ramasse Matisha et la jette dans la pièce avec les autres enfants juste au moment où une flèche me siffle sous le nez et va se planter dans le mur. Keme attaque deux assaillants, et le second roule avec lui dehors. Deux ombres escaladent la fenêtre près de la cuisine. Pas des ombres. L'Armée rouge. Les anciens camarades de Keme. Ils se déplacent vite, sans bruit, et tirent leurs épées. Le vent (pas vent) n'est ni maître ni serviteur, mais je crie pour l'appeler. Ils m'attaquent tous les deux, et je ne peux qu'esquiver, filer sous la table quand ils la cognent jusqu'à la faire craquer, et jeter vase, urne et saladiers sur eux car ils continuent d'approcher. Je cours à la chambre de mes enfants, trébuche et atterris sur le menton. Mon corps entier est parcouru d'une secousse. Je ne peux plus bouger. L'un d'eux me saisit par la cheville et je ne lis rien sur son visage. Tout est là, mais rien du tout. Je lui donne un coup de pied, puis deux, puis trois, et il recrache une dent avec la même expression vide. Un coup supplémentaire fait glisser sa main et je parviens à lui échapper. Nulle part où aller sauf la chambre des enfants. Alors je crie et le cri prend le soldat et le précipite au plafond si vite que j'entends à peine son cou se briser. Le vent (pas vent), enfin. À côté de la porte de la chambre est posé un bâton que Keme a taillé pour passer le temps, un après-midi. Je l'empoigne et le donga me revient. Puis il repart, le souvenir, il se moque de moi, qui tente de me faire Garçon Sans Nom, disparu depuis longtemps. Mais lorsque le second brandit son couteau dans ma direction, je n'ai même pas besoin de le regarder pour le bloquer. C'est un soldat, et il est rapide comme l'éclair. Keme rugit dehors et le poignard me fend la poitrine avant que je m'en rende compte. De nouveau, je crie et le cri le cogne en pleine poitrine et le fait voler par la porte. Je l'entends s'écraser contre un arbre. Je regarde les deux portes, les enfants derrière moi et Keme dehors, et je cours vers la porte. L'obscurité cache presque tout sauf le son, alors je rentre en courant pour voir mes enfants blottis l'un contre l'autre, qui tremblent. Puis deux béliers éclatent le volet en bois et quatre hommes entrent d'un bond par la fenêtre. Ça y est, me dit mon cœur. Rien à faire que de les couvrir en espérant qu'une épée ou une lance ne les tuera pas après m'avoir transpercée. Je ferme les yeux et j'entends une explosion et les murs qui s'effondrent. Une fenêtre où il y en avait deux, et des membres des soldats qui flottent dans les airs avant de nous retomber dessus.

« Fuyez ! »

Ils passent la porte en courant mais s'arrêtent, et je manque renverser Lurum en lui rentrant dedans.

« Toi, dit-il. De tous les gens à qui le commandant fou aurait pu me mener, je n'aurais jamais pensé que ce serait toi. »

L'Aesi.

Ses robes noires s'écartent comme des ailes pour révéler leur doublure rouge. Je jette un regard vers la table, et ce regard fait ce que mon cri a fait auparavant, il la soulève et la jette sur l'Aesi, qui l'écarte d'une main, la brisant en mille morceaux. Mon vent (pas vent) fait voler des tabourets, des cruches, des poignards de cérémonie sur lui, et il les détourne tous, parfois même sans les mains.

« Tu es l'une de ceux dont l'esprit est fermé à moi », dit-il. Les mots jaillissent sur ma langue, des mots qui lui hurlent de sortir, mais aucun son ne quitte ma bouche. J'attrape ceux que je peux attraper, mais Ehede et Ndambi hurlent trop fort.

« Mère de métamorphes ? Pour une fille si banale, il semble qu'il t'arrive des choses très hors du commun, dit-il.

– Qu'est-ce que tu veux ?

– C'est toi qui me nargues. Qu'est-ce que tu veux, toi ? Personne ici ne t'a dérangé.

– Pourtant vos dérangements m'atteignent. Tu sais qui je suis.

– Tout le monde le sait.

– Tu en sais davantage. C'est comme une maladie, ce que je fais aux gens. Je les infecte avec l'oubli. Je peux même le diffuser dans l'air nocturne. Et il se transmet à tous, même au Roi. Mais pas à toi. Jamais à toi.

– Je suis pas une menace pour toi.

– Si tout le monde oublie pour le bien commun, celle qui se souvient est toujours une menace. Tu étais dans la caravane avec la Sœur du Roi.

– Le Roi n'a pas de sœur.

– C'est ce que tout le monde croit à Fasisi, sauf toi.

– Je ne crois rien.

– Tu n'en as pas besoin. Tu sais.

– Ne tue pas mes enfants.

– S'ils oublient cette nuit, je n'y serai pas contraint. Olu, quand même. Dommage que tu l'aies suivi.

– Tout ce qu'a jamais fait cet homme, c'est servir le Roi.

– Et il va continuer. Il était comme toi, avec le souvenir, tu comprends ? Ça devait être une épouse magnifique. Je n'ai jamais pris d'épouse.

– Tu n'as jamais pris de femme adulte non plus, à ce que j'ai entendu dire.

– Ah oui, et j'arrache le cœur des gens et bois leur sang, aussi ? »

Il sourit et je me fais la réflexion que cet homme s'attend vraiment à ce que je rie avec lui.

« Je suis allé le trouver en rêve, tu comprends ? Je ne peux pas voir ton esprit, donc je suppute que je ne peux pas te visiter en rêve. Mais Olu ? Le rêve conserve le peu de mémoire qui lui reste. Écoute-moi, maintenant, un petit truc que je n'ai même pas appris aux Sangomin. Si tu entres dans la tête d'un homme pendant son sommeil, tu verras par ses yeux à son réveil. Et qui devais-je voir, sinon toi qui lui courais après, prouvant que tu n'es pas morte. Tu m'as fait peur, tu imagines ? Tu m'as fait peur. Si elle, de si basse extraction, est encore en vie, se peut-il que la princesse soit également en vie ? Mais c'était seulement toi. Toi et l'esprit qui t'a aidée à décimer ce flanc de montagne. Qui es-tu ?

– Une femme sans nom de Mitu. Laisse-nous tranquilles. Je me suis pas approchée de toi une seule fois.

– Nous savons l'un comme l'autre que ce n'est pas vrai. »

Keme accourt. Je le vois devant la porte qui se métamorphose pleinement en lion, mais le sol se met à trembler sous lui, faisant vibrer la maison. Il perd l'équilibre et trébuche, mais au moment où il roule sur lui-même pour se relever, la terre s'ouvre, l'aspire et l'engloutit entièrement. Keme parvient à sortir une patte, mais la terre l'entraîne, le tire vers le bas et se referme.

« Keme !

– Pas la peine de crier, il restera bien des raisons de crier. D'ailleurs, il va peut-être s'en sortir à coups de griffes. »

Je veux courir vers mon homme et le déterrer avec ce que je pourrai trouver, à mains nues s'il le faut, mais je ne peux pas laisser les enfants. Ehede et Ndambi ne cessent de gronder, mais les autres enfants gardent le silence. Le sol dehors est parfaitement plat, comme s'il n'avait pas le souvenir de ce qui vient de se passer.

« J'aimerais pouvoir t'étudier », dit-il.

La science blanche. Dehors, deux membres de l'Armée verte se retrouvent. Ou plus, je ne saurais dire dans la pénombre. Puis l'Aesi fait quelque chose. Je ne sais pas ce qu'il fait, il danse, sautille, fait monter de la chaleur entre ses mains et tente de me la jeter dessus, en tout cas cela le frustre tant qu'il crie aux hommes de m'attaquer. C'est la goutte d'eau, et les deux lions leur sautent dessus. Ndambi arrache la tête d'un soldat en le prenant en tenaille entre ses pattes. Mais Ehede, mon lion, mon garçon, il bondit droit sur la lance que l'autre dresse in extremis. La pointe traverse sa poitrine, puis son dos. Mon fils s'effondre et je hurle de nouveau. Tout ce que je vois à cet instant, je le vois en rouge. L'Aesi qui raconte que le regret l'envahit, qu'il est navré que ça doive se terminer ainsi, mais le monde avance, et quelqu'un qui peut nous ramener au passé est un danger de la pire espèce. Mais tout ce que je vois, je le vois en rouge. Ma fille déchiquette, elle déchiquette le soldat jusqu'à ce que je voie ses côtes saillir, l'Aesi s'est avancé dans la maison, et toujours il agite les mains, danse, invoque quelque chose, et quelque chose vient chez moi. Un battement d'ailes tonitruant.

Mais mon garçon.

Mon lion ne bouge plus.

Quelque chose en moi, qui n'a pas de nom mais que je sens éclater sous ma peau. Je gémis mon enfant et mon gémissement me soulève et me précipite contre l'Aesi. J'ai le couteau du soldat à la main et je vise sa gorge, mais le sol se casse en pierres qui me jaillissent au visage et à la poitrine, et me font retomber. J'ai la tête qui tourne et les sons me parviennent par vagues, et avant que je distingue son visage, il me saisit le cou et serre. Lurum accourt armé d'un bâton mais il l'écarte d'un revers. Le vent (pas vent) ne vient pas et je ne peux même pas le maudire. Au lieu de ça, je pense à mon fils en train de respirer, d'inspirer et d'expirer, de faire exploser un ventre de chèvre en soufflant dedans, et je regarde le visage de l'Aesi, empreint de détermination, mais pas de malveillance, et je sais.

Il serre plus fort et je le saisis. L'Aesi sourit des yeux, profitant de ma faiblesse, il s'ennuie déjà. Mais je n'essaie pas de retirer sa main de mon cou. Je veux qu'il me touche. Ma peau sur sa peau même s'il est plus froid qu'un matin à Waxabajjii. Étrangler quelqu'un, c'est long, donc il tente de me relâcher, mais moi, je ne le relâche pas. Je me cramponne à son poignet et il a beau tirer, impossible de se libérer. Le sol se met à gronder et à cet instant des oiseaux noirs entrent dans la pièce et donnent des coups de bec à mes enfants. Mais je ne lâche pas. Au début, l'Aesi ne ressent rien. Mais il déglutit, puis il rote, et rote de nouveau. Il baisse les yeux sur lui-même, puis me regarde en s'étouffant. Il n'en revient pas de son état, car ça a commencé, son ventre enfle, et pousse, et roule et gronde, comme si un poisson gras nageait sous sa peau. L'Aesi fait des gargouillis. Ses yeux s'écarquillent. Je le relâche et il tente alors de se lever mais retombe à genoux. Un puissant bruit de crécelle sort de sa bouche et il s'attrape les fesses effrayé par le son qui en sort également. Puis il me regarde et sait que c'est mon œuvre. Il essaie de nouveau de m'attraper, mais le vent (pas vent) est avec moi, se pliant à ma volonté pour une fois. L'Aesi se tient le ventre mais ne peut l'empêcher d'enfler de plus en plus, de plus en plus, son cou aussi, comme ses fesses et ses couilles. Parce que j'ai compris ça pendant que mon garçon se déchirait la peau, compris que si le vent (pas vent) peut naître de l'extérieur, il peut aussi naître de l'intérieur.

L'Aesi perd le contrôle de lui-même et se met à flotter. Sa peau se met à se déchirer et ses os à craquer. Les oiseaux, qu'il ne contrôle plus, se cognent dans les murs et se rentrent dedans. Puis une petite main me touche doucement l'épaule. Matisha. Elle ne prononce pas un mot mais ses yeux en disent long. Ce que je pense, elle le pense aussi. Ensemble, nous nous tournons vers l'Aesi et de ses yeux et son nez jaillit du sang tandis que sa langue se met à pendre. Puis il enfle, et enfle, et enfle, après quoi il explose. Une énorme détonation qui fait trembler la maison, une énorme déflagration si puissante qu'il ne reste de lui qu'une écume rouge.

Une nouvelle brise souffle dans la maison et emporte ce brouillard. Le jeune Keme, qui se cachait pendant tout ce temps, sort de sous le lit et nous trouve, Matisha et moi, debout dans les airs – on est encore en l'air mais on descend lentement vers le sol. Matisha court vers la porte. Seuls les dieux savent pourquoi tandis qu'elle pleure de plus en plus fort, je leur tourne le dos et tente de me couvrir ses oreilles. Crier n'y change rien. Hurler n'y change rien. Tous ces sanglots ne changent rien pour leur mère. Tant que je me retourne pas, mon lion, il est pas mort. Là. Décidé. J'allais rester tournée vers le mur toute la nuit, et le matin aussi. Et le matin d'après, et le suivant aussi. Maman, crie Matisha. Maman, regarde. Mais je regarde pas. Je veux pas regarder. Je peux fixer le mur, ou regarder par la fenêtre, voir une nuit dans laquelle Ehede et son père sont juste sortis chasser. Ils chassent, c'est tout. Ils vont chasser toute la nuit, tout le quart de lune s'il le faut.

J'entends un grondement, un choc et la toux d'un homme. Keme est sorti de son trou. Je le sens qui se tient sur le seuil de la porte.

« Sogolon, dit-il. Mon amour. »

M'appelle pas comme ça. Me dis pas des mots que tu me disais pas à midi, ou hier matin, ou il y a une lune.

« Sogolon. »

Je fixe le mur et me rappelle une femme qui racontait que je les léchais. Une main me touche l'épaule, une grande main cette fois.

« Sogolon.
– Non ! Me touche pas !
– Il est…
– Tais-toi tais-toi tais-toi tais-toi tais-toi. Laisse-moi tranquille.
– Femme, non.
– Je m'en fiche de tes mots. Tu m'entends ? Je m'en fiche. »

Il me prend par l'épaule et ma seule envie est d'ôter ses pattes couvertes de fourrure de moi. Mais quand je me retourne pour le gifler, là, à la porte, apparaît mon garçon dans les bras de sa sœur, avec une longue lance qui dépasse de sa poitrine. Mon lion, à nouveau sous la forme d'un garçon. Un garçon si petit que je laisse mon esprit dériver, me demandant comment il se fait qu'un si gros lion soit aussi un si jeune enfant. Comme tous mes enfants, petits et magnifiques. Je veux lui hurler de se lever, d'arrêter de faire pleurer sa sœur. Lève-toi, assez d'enfantillages, ça suffit, tu m'entends ?

« Sogolon. »

Et je ne sais toujours pas que je hurle tout ça, je ne me contente pas de le penser.

« Ehede, fini de jouer. Lève-toi et arrête de faire peur à ta sœur. »

Matisha me regarde, les yeux les plus perplexes que j'ai jamais vus, une perplexité telle qu'elle interrompt ses larmes un bref instant, puis la fait pleurer plus fort. Les enfants se rassemblent autour d'Ehede, et tout ce que je peux dire, c'est : « Laissez-le respirer, ce pauvre garçon. Vous allez l'écraser. Allez, bougez de là ! »

Maintenant je suis furieuse. Ces enfants, ils ne m'écoutent pas, ils ne laissent pas à mon garçon la place de tousser ou de se lever. J'écarte Keme et marche vers eux, sachant quelle punition je réserve à chacun. Les enfants sentent ma colère et s'écartent, laissant Ehede retomber par terre.

Mon garçon avec la lance que personne ne retire de sa poitrine.

Mon lion.

Il gît par terre et ne se lève pas.

Lève-toi, je dis cinq fois dans ma tête avant de décider de laisser les mots sortir de ma bouche. Mais au lieu de mots, ce qui sort de moi est un hurlement.

Seize

Bezila nathi. Ils pleurent avec nous. Mais il n'y a pas de ils, que nous. C'est ce qui vient d'abord, une voix qui dit : *Au moins tu n'as de comptes à rendre à personne.* Personne n'est là pour te souhaiter du bien ou du mal. Personne pour répartir les richesses, et pas de richesses à répartir. Pas de femme pour observer quelle malédiction c'est, quelle misère, à vous faire chanceler, à vous arrêter le cœur, d'enterrer qui vient après toi, c'est contre l'ordre des choses, même si quelle mère, sur ces terres, ne connaît pas la mort d'un enfant. Personne pour dire ce qu'il pense, c'est un baume mais en réalité c'est un rasoir. Car la famille du lion est dispersée, et la famille de la mère n'est pas. Et pourtant, je me le dis la nuit, même ça je le choisirais plutôt que rien. Des mots qu'aucune femme ne penserait dire un jour, jusqu'au jour où vient le temps de les dire. Car les gens affluent à ta maison, en deuil, des gens liés par le sang ou par la loi, ça ne fait rien, quel sentiment tu as pour eux, si tu en as. Car le deuil est un fardeau qui se moque de tout, à condition qu'on le porte. On n'a pas besoin d'amour pour résister, on a besoin d'épaules. Je ne m'en suis pas aperçue avant ce jour, que le deuil est un travail de groupe, et que nous n'avons que nous.

Et ce faisant à chaque temps mort, quelle que soit l'heure, Keme vient me trouver, son membre dur pointé vers moi. Chacun supporte à sa façon ce qu'il a à supporter, c'est ce que je me dis, car ça me semble raisonnable. D'abord, je le crois, car il semble le croire. Que peu importe ce qui vous soulage, il est bon de se soulager. Alors nous baisons. Nous chassons les esprits chagrins, qui sont choqués que des gens baisent quand ils devraient pleurer.

Nous mettons les enfants dehors, ou les envoyons dans le bush, ou tirons juste un rideau, ou fermons une porte, ou bien nous attendons qu'ils sortent, pour pouvoir baiser. Nous n'y réfléchissons pas, nous n'y pensons pas par avance, nous n'y pensons pas ensuite. Si je sors jeter les eaux usées, il surgit derrière moi et lève ma robe. Il s'apprête à partir et je le pousse par terre, dans l'entrée, et je me fiche de qui passe dans la rue. Un jour, je faisais la cuisine pour les enfants parce que j'ai oublié qu'ils préfèrent tous la viande crue et il me pénètre avec ses doigts et se met à caresser le petit moi en moi et j'enroule mes mains autour de son bâton et nous titubons comme des ivrognes en nous baisant avec les doigts et la nourriture brûle jusqu'à ce que la fumée envahisse la pièce. Trop souvent les enfants doivent se faire à manger eux-mêmes car je n'arrive pas à sortir du lit et lui non plus. Tout ce temps nous baisons en silence, mais le silence s'installe entre nous même quand nous ne baisons pas. Il s'insinue autour de nous comme un ennemi qui chuchote, alors nous nous mettons à baiser en faisant du bruit, tant de bruit que par deux fois les filles croient qu'un esprit malin s'est introduit dans la chambre pour m'assassiner. Elles n'ont encore jamais eu de raisons de se demander pourquoi leur père était nu, car tous les lions sont nus, mais ça fait plus de quatre fois, plus de cinq, qu'elles le voient, le membre raidi, énorme, et je commence à me demander si elles commencent à se demander ce que ça veut dire. Ces enfants commencent à nous voir comme aucun enfant ne le devrait, mais le peu de réconfort apporté par une journée entière de sexe me semble valoir la peine de perdre ce que nous perdons avec eux. *Honte, femme. La honte, c'est ça que tu perds*, dit une voix qui ressemble à la mienne. La honte.

La honte, elle me tombe dessus comme une fièvre. Elle m'infecte si fort que je suis persuadée qu'elle va prendre Keme aussi. Mais la honte n'arrête pas la baise, et je me surprends à en avoir envie jusqu'à ce que je n'en aie plus envie. Son désir est mon désir, je me dis, et c'est tout ce qu'il désire, même si c'est au fond d'une ruelle, ou derrière les étals du quartier de Baganda, ou dans la salle de bain d'un général de l'Armée rouge. Je me dis qu'il s'arrêterait si je lui disais d'arrêter, mais je ne lui dis pas d'arrêter. Puis une nuit il m'arrache à un demi-sommeil en frottant son membre contre mon derrière, insistant. Je tourne mon corps mais laisse mon visage où il était dans les draps, à l'opposé du sien. Keme grogne et ahane mais ce sont ses gémissements qui me perturbent, jusqu'à ce que je regarde derrière lui. Aba pleure à la porte.

« Keme. Aba. Keme, c'est ta fille. Ta fille. »

Il continue de baiser. Je finis par le repousser brusquement.

« Ta fille est juste là, j'ai dit.

– Et alors ?

– Comment ça, et alors ?

– Cette fille du bush en a quelque chose à faire de la pudeur, maintenant ?

– Cette fille du bush, elle essaie de veiller aux besoins de ta fille, puisque tu…

– Je lui donne ce dont elle a besoin. Il faut qu'elle sache comment je vais lui faire d'autres frères. Autant qu'elle apprenne maintenant. Fille, tu vois, elle est toujours dure. C'est ça que l'homme va introduire…

– Aba, retourne te coucher. Je vais venir te voir.

– Non. Reste.

– Aba, va dans ta chambre. »

Aba promène les yeux de moi à lui, puis de lui à moi, puis son visage se plisse et elle se met à pleurer.

« Ma fille…

– Ne l'appelle pas comme ça. Tu ne l'as jamais appelée comme ça avant.

– Aba, va dans ta chambre.

– Ma fille va rester regarder, si je lui dis de rester regarder. »

Le vent (pas vent) claque la porte.

« Regarder quoi ? Tu crois que je vais faire ça avec toi ? Les diables se sont emparés de ta tête ?

– On n'a pas fini », dit-il, et il se précipite sur moi comme si j'étais une proie.

« T'approche pas de moi.

– On n'a pas fini.

– Et j'ai dit t'approche pas. »

Il me prend par les épaules et me plaque sur les draps. Je le sens qui s'empoigne et se donne des petites claques pour la redresser. Je peux y arriver. Je peux le précipiter à travers le plafond. Je ne dis rien, mais il entend quelque chose, car il me jette un regard effrayé. Il roule sur le dos à côté de moi. Pendant un long moment, nous ne parlons pas.

« Si… si on avait juste un autre, ça serait…

– Tu ne peux pas remplacer ton fils.
– C'était un lion.
– Keme.
– Je suis un lion. »

Il n'ajoute rien pendant un moment, mais je l'entends pleurer aussi doucement qu'Aba. J'ai envie de lui dire que ce n'est pas une troupe, c'est une famille. J'ai envie de lui dire ce pour quoi je n'ai pas de mots, que c'est comme si on essayait de remplir une cruche vide avec des esprits qui ne sont pas les bons parce que nous sommes si tristes de voir cette chose vide que nous sommes prêts à la remplir avec n'importe quoi, mais ces mots me semblent creux et faux.

Je suis la femme qui hurle pendant trois jours dans les draps et dans les fourrures parce que je ne voudrais pas que les voisins envoient un policier chez moi. Ma bouche arrête de hurler au bout de trois jours, mais ma tête hurle pendant encore deux lunes. Je suis la femme qui échange un fardeau contre un autre chaque jour. La voix dans ma tête dit : *Quelle pute cruelle tu dois être, si tu ne pleures pas parce que tu n'as pas le temps.* Je suis la mère aux mains trop pleines pour verser des larmes. Je suis la femme qui demande à son homme d'enterrer l'assassin de son fils avec lui.

Et je veux que quelqu'un me dise que c'est le deuil, tout ça. Je veux une nouvelle déesse rien que pour la maudire parce qu'elle ne m'a pas dit qu'on a besoin d'une sage-femme pour la mort aussi. On n'arrive jamais à cette sagesse par soi-même, alors c'est ainsi, donc, c'est comme ça que les dieux me punissent de n'avoir pas d'amie, personne à qui je puisse dire : Nous sommes femmes ensemble.

Mon garçon. Mon garçon avec ce dernier regard sur son visage qui disait : Non, c'est trop neuf, ça ressemble à rien de ce que je connais et j'aime pas ça. J'aime pas ça. Mama, fais disparaître ça. J'aime pas ça et je peux pas l'arrêter, ça me monte par les pieds, les genoux, c'est dans mon ventre, et ça monte, fais que ça s'arrête, fais que ça s'arrête, fais que ça s'arrête Maman s'il te plaît. Je vois tout ça dans son visage mort, et même ce visage mort demeure têtu, qui me dit : Regarde ce que t'as fait. Regarde ce que t'as pas sauvé. Je le regarde, transformé en ce garçon qu'il ne deviendra jamais, le plus beau garçon que j'aie jamais vu, avec sa peau comme du café préparé par une grand-mère, le nez si large qu'il est presque plat, et des cheveux noirs emmêlés d'or.

Je le regarde jusqu'à ce que je réalise qu'il me regarde, et quand j'essaie de lui fermer les yeux, les paupières résistent, refusent de se fermer. Non, je vais te regarder, toi qui tentes de m'achever, et je me fermerai pas, dit-il avec ses lèvres silencieuses. Et je pousse et pousse et pousse si fort que j'ai l'impression de faire violence à un garçon qui a déjà trop souffert de la violence, et pousser me fait hurler, ferme je t'en prie, car je ne peux pas supporter de voir que tu me vois.

Personne n'a été assassiné. Personne n'est mort. Il n'y a pas d'empreintes de pas de soldats qui mènent à ma maison, pas de traces de sang qui en sort. Quelle femme a déjà souffert un tel supplice, je demande à cet homme, de devoir dire à ses enfants qu'au lieu de pleurer leur frère, ils doivent faire comme s'il n'était jamais né ? Quelle mère a déjà vécu pour dire une chose pareille à ses enfants ? Quel enfant peut obéir à ça ? Quelle mère ? Mais Keme me supplie de garder la tête froide, sachant que ça me mettrait en rage d'entendre que je dois mettre un voile sur mon deuil.

« Itutu, mon amour. S'il te plaît. Itutu. »

J'ai envie de lui demander en hurlant ce qu'il veut dire, comment ça, garder la tête froide, alors que tout est déjà si atrocement glacé comme le corps de mon garçon, mais je laisse mes yeux faire passer le message et il se détourne. Ne me mets pas en colère, car j'échangerais la colère contre ce que j'ai maintenant plus vite que tu l'imagines. Juste la tête un peu plus froide, je t'en supplie, reprend-il. Pense à ce qui nous attend, Sogolon. Nous n'en avons pas enterré un, mais dix et deux. Dix et un et… il ne peut pas prononcer son nom. Il ne demande pas s'ils étaient venus pour me tuer. Bien vite, les veuves de l'Armée rouge vont pleurer leurs maris disparus. Bientôt, quelque inquisiteur apprendra qu'ils ont été vus pour la dernière fois se dirigeant vers le quartier d'Ibiku. Bien vite quelqu'un va se demander qui ils cherchaient. J'ai besoin d'exploser ma tristesse. Il ne demande pas s'ils étaient venus pour me tuer. Pendant deux jours, même, ça marche, retirer le chagrin de tous les trous dans lesquels il s'est logé pour les remplir de rage. Contre lui, contre les enfants, contre le sol sec qui refuse de s'ouvrir pour creuser des tombes, contre mon fils au trou dans la poitrine pour avoir attaqué alors que tous ses frères et sœurs restaient tranquilles. Ndambi leur a bondi dessus également mais je ne me rappelle pas si c'est lui qui s'est élancé le premier et qu'elle l'a suivi, ou l'inverse. J'aimerais le savoir, car ça me donnerait quelque chose à faire de ma langue. Je pourrais dire : Idiote, c'est toi qui l'as entraîné, alors pourquoi est-ce qu'il est mort, et pas toi ? Puis ma tête me dit que je ne pourrais jamais dire une chose pareille à mon enfant, qui essayait seulement de nous protéger après que le sol a englouti son père. Protège-moi. Il ne me demande pas s'ils étaient venus pour me tuer.

Mais je voudrais qu'il pose la question, parce que je voudrais lui donner une raison de me battre. Me gifler, me donner un coup de poing dans la figure, ou me cogner avec un bâton afin que je puisse me défendre et lui montrer qui porte les griffes dans la maison, en réalité. Une voix qui ressemble à la mienne dit : *Ça ne peut pas être le deuil, car tout ce que tu veux faire, c'est casser tout ce qui peut l'être.* Je m'emplis à ras bord de quelque chose, et Keme sait qu'il ne tolérera pas ce qui va déborder, alors il se retire sur le flanc de la colline pour rugir, et gémir, et donner des coups de poing dans les troncs d'arbre jusqu'à ce que ses phalanges saignent et une rivière dégouline le long de ses joues quand il remue. Je sais qu'il le fait et je le hais pour ça, parce qu'il se donne en spectacle, parce qu'il laisse sortir toute la laideur du deuil quand je dois tout garder. Parce qu'il y a nous et il y a eux, et ils ne peuvent jamais savoir.

« C'est pas bien, je dis, une demi-lune plus tard. Je connais pas les règles pour les morts. Je connais pas de cérémonie. Mais les dieux doivent avoir leur coutume.

– Tu sais qu'on ne peut pas.

– On fait quelque chose de mal. Je te le dis. On le condamne à un sort pire que la mort.

– Tu n'en sais rien.

– Je sais qu'on ne lui donne pas la paix. Une mère sait ces choses.

– Sogolon.

– Non. C'est mal et on a tort de faire ça. On a tort.

– Qu'est-ce que tu veux qu'on fasse, Sogolon ? Courir dans la rue et crier : Oyez, on a dix et un hommes morts et un enfant, mais on n'y est pour rien ? Pense à tes autres enfants, Sogolon. On peut pas risquer leur vie. »

Ça devrait m'apporter un certain réconfort, c'est sans doute ce qu'il se dit. Ça devrait me rassurer. Mais ça ne marche absolument pas. Je me sens sale. Si sale que par moments la sensation d'être sale prend le pas sur celle d'être vide. Ou pleine de saletés dont je ne veux pas.

C'est trop. Il doit y avoir des femmes qui pourraient me dire que c'est trop. Tellement trop que par moments ça me fait rire comme une folle. Personne n'est là pour me le dire, alors je ne sais pas si une mère a le droit de brailler, de hurler, de cracher, de siffler, de s'en prendre à des innocents, de ne pas faire le ménage, ou toutes ces choses, ou aucune. Deux lunes après que nous l'avons enterré, je m'avance vers Keme et le gifle. Il se transforme un peu, fait sortir ses moustaches et serre les dents. Mais il ne me rend pas ma gifle.

« Nous avons enterré notre fils sans mettre un nom sur sa tombe. Pas de gloire, pas d'hommage aux ancêtres, rien, comme si c'était un mendiant que tu as trouvé mort dans la rue. Non, on est pire que ça. Au moins, tout le monde au village sait où le mendiant est enterré. On l'a enterré avec son assassin. Aucun ancêtre ne va trouver sa tombe. Tu m'entends, l'outre-monde ne l'accueillera jamais.

– Tais-toi, femme.

– C'est pas moi qui proteste, c'est lui. Ses os vont s'entrechoquer si fort qu'ils vont faire tomber la maison. Nous sommes si cruels, nous méritons que tous nos enfants meurent.

– Tu cherches vraiment à me provoquer, femme.

– Te provoquer à quoi ? À me faire ce que tu fais aux arbres ?

– J'ai jamais levé la main sur toi.

– Tu as oublié.

– Tais-toi, Sogolon. »

Mais je ne peux pas me taire. Beaucoup de choses doivent rester privées, et il y a beaucoup de choses que je préfèrerais être seule à savoir. Mais enterrer quelqu'un n'en fait pas partie et personne n'ira cacher un mort, à part un assassin. La cinquième fois que je dis ça à cet homme, il me dit : « Prends ce dont tu as besoin.

– Nique les dieux, de quoi tu parles maintenant ?

– Tu sais que tu as des enfants encore en vie.

– J'ai dit de quoi tu parles ?

– Mon torse est assez large ?

– J'en ai fini avec toi.

– Tu veux cogner dessus maintenant ou plus tard ?

– J'ai dit j'en ai fini.

– Sauf que c'est pas vrai ! T'as rien fini du tout. Et demain tu vas recommencer au début. Tu vas crier contre qui ? Serwa, cette fois ? Ou Matisha ? Ou bien tu vas gifler Keme, ou dire à Matisha que si elle a aussi faim que ça, elle n'a qu'à faire la cuisine elle-même ou sinon crever ? Toute cette rage dont tu remplis ton corps. Ça ne va pas…

– Tu crois que c'est moi ? Espèce de débile. Tu crois que je puise ma rage dans une source et bois jusqu'à ce que je sois rassasiée ? C'est la colère qui me trouve tout le temps. C'est la colère qui me lâche pas.

– Pourquoi elle te lâcherait ? Quand vient le chagrin, tu l'expulses.

– Écoute cet homme qui explique à une femme comment supporter le chagrin.

– Supporter ? Tu n'as pas de chagrin à supporter. Tu ne le montres jamais. Tout ce que tu fais, c'est blesser tes enfants et toi-même, parce que tu n'en veux pas.

– J'en veux pas, non. Qu'est-ce que tu veux de moi, des larmes ? Tu veux que je me donne en spectacle, vu que toi tu fais que ça ? Très bien, je vais me chercher un arbre à engueuler.

– Tu veux que quelqu'un bouffe tes accusations.

– Je ne veux rien que tu puisses me donner.

– Tu as raison. Je ne peux pas te rendre ton fils. Mais au cas où tu serais devenue aveugle ces deux lunes, sache que tu as encore six enfants vivants, Sogolon. Et tu les traites comme si c'était à cause d'eux qu'il était mort.

– Me dis pas comment traiter mes enfants.

– Tu en as encore six.

– Non, j'en ai trois. »

Et c'est la goutte d'eau. Il me jette un regard que je ne lui ai pas vu depuis qu'il a enterré les ossements de ses enfants, où ses yeux débordent de larmes si pleines qu'il détourne la tête pour les chasser d'un battement de cils. Il respire profondément. Il s'immobilise. Il se frotte les pattes l'une contre l'autre, car tout ceci l'a fait se transformer à moitié.

« Tu en perds un. J'en ai perdu cinq et un.

– Nique les dieux. C'est pas un concours. »

Lorsqu'il se retourne vers moi, ses yeux sont plus froids que je ne les ai jamais vus.

« L'Aesi n'a aucune raison de s'en prendre à moi, et encore moins de s'en prendre à tes enfants. »

Je m'étrangle. Je n'ai pas l'impression de suffoquer, mais que mon propre vent (pas vent) me renverse.

« Je ne t'ai jamais demandé pourquoi. Pourquoi même avec des enfants tu continues de participer à des combats à mort. Toutes les nuits, je ne peux pas m'empêcher de me dire que c'est peut-être celle où tu ne vas pas revenir. Et je ne l'ai quand même pas interdit. Je n'ai jamais demandé d'où tu venais, ou ce que tu faisais en haut de cette montagne, ou quel secret descendait de cette montagne avec toi. Ou qui tu essaies vraiment de tuer chaque nuit quand tu sors d'ici avec ton bâton. Parce que je ne sais pas ce que tu sors découvrir, mais tu ne le ramènes jamais à la maison. Maintenant, tu es là à chercher quelqu'un pour bouffer ta culpabilité. Je ne connais pas la vérité, Sogolon. Je ne connais pas les faits. Je n'ai rien à dire à un juge s'il me pose la question. Mais je sais que sans toi, mon garçon passerait cette porte en ce moment même. Sans toi, mon garçon, il serait en pleine forme, il aurait faim. Tu crois que tu es en colère ? Tu crois que tu connais quelque chose à la colère ? Presque toutes les nuits depuis deux lunes je jure à tous les dieux que je vais te tuer, parce que je sais que c'est ta faute. Mais ensuite, je pense aux enfants auxquels toi tu ne penses plus. Je me dis qu'ils ont besoin de leur mère, même comme elle est. Même s'il y en a trois qu'elle ne considère pas comme les siens. Alors tu sais ce que tu peux faire, Sogolon ? Tu peux prendre ta putain de culpabilité et la bouffer toi-même. »

Il n'a pas besoin de vent.

J'entends de tout petits pas – certains des enfants regardent, peut-être tous. J'essaie de parler mais il ne sort qu'un gémissement.

« Je veux mourir, je dis. Je préfère mourir que vivre comme ça. Je veux mourir, Keme. Je veux mourir. Je veux mourir. Je veux mourir. Je veux mourir. Je veux mourir. Je veux… »

Il se penche et m'attire contre lui, écrasant mes mots contre sa poitrine. J'ai encore envie de mettre des coups de poing dedans, d'arracher les poils. Mais ma main est faible et je ne peux rien faire. Cette nuit-là, il vient dans mon lit, pour la première fois depuis une demi-lune. Je lui tourne le dos, mais tout ce dont il a besoin, il peut le prendre sans que je le regarde. Je lève ma robe mais il arrête ma main et m'en empêche. Au lieu de ça, il passe les doigts dans mes cheveux et lisse ma nuque.

« Je t'ai caché des choses. Des choses que tu préférerais sans doute ignorer, dit Keme.

– Si tu crois…

– Je ne crois rien. J'ai pas la prétention de penser que je te connais. Je l'ai jamais eue. »

Par moments, je crois qu'il ne sait pas que ses mots peuvent avoir le tranchant d'un poignard. Mais je ne peux pas voir son visage, donc je ne sais pas s'il coupait pour de bon. Ça fait trop longtemps que je tiens les fenêtres fermées, car l'obscurité n'est jamais simplement noire. Le noir va se transformer devant vous, prendre des jambes, des bras, une épée, il va bondir pour vous assassiner. Mais cette nuit j'ai ouvert toutes les fenêtres, et l'air nocturne rafraîchit la pièce. J'étais sous une fourrure quand il est monté dans le lit avec moi.

« La cour a perdu la tête », dit-il.

Il y a près de deux lunes, Keme a entendu ça de quelqu'un, qui l'a entendu de quelqu'un qui sert le Roi. C'était la coutume, dit-il, qu'aussitôt que le Roi se réveille, surtout s'il se réveille dans un lit où il n'était pas censé s'endormir, l'Aesi soit là pour lui souhaiter le bonjour, lui rappeler la date – car le vin embrumait encore son cerveau – et lui faire laver la figure, adoucir l'haleine, brosser les cheveux à l'huile chaude, choisir sa robe de chambre, tenir son pot de chambre pour l'expulsion royale et essuyer le postérieur royal par des serviteurs. Toujours dans cet ordre. Mais ce matin-là, l'Aesi n'est pas venu. Kwash Moki s'est réveillé dans une chambre qu'il n'a pas reconnue, donnant sur un couloir qu'il ne connaissait pas, et la fenêtre d'un château qu'il ne se rappelle pas. La parole est vent, mais la parole est vraie que la terreur s'est emparée du Roi car il a d'abord cru qu'on l'avait enlevé. Dans la chambre dormaient encore les femmes et hommes qui, eux non plus, ne s'attendaient pas du tout à se réveiller en présence du Roi. Au moins l'un d'entre eux, un homme, sait qu'à un moment donné, au plus noir de la nuit, l'Aesi était censé apparaître comme s'il avait toujours été là et faire sortir tout le monde afin que le Roi puisse se réveiller en pensant sortir d'un sommeil pur. Donc quand ce même Roi se réveille nu sous des bras et des cuisses qui ne lui appartiennent pas, des visages qu'il ne connaît pas, des corps sur d'autres corps, entre des corps et à l'intérieur d'autres corps, la panique s'empare de lui. Il s'arrache à l'entrelacs de peau qui le touche, se rend en titubant à la première porte qu'il ait jamais eue à ouvrir lui-même et s'enfuit dans un couloir qui l'amène à une fenêtre, avec le soleil qui attend dehors. Ce sont ses cris qui réveillent le château : le Roi hurle pour exiger qu'on le libère immédiatement. C'est une jeune servante qui l'aperçoit en premier. Puis un garde. Ils doivent tous les deux cacher leurs yeux car personne n'ose regarder le Roi nu. Votre Majesté, vous vous trouvez dans le Château rouge, juste en face du vôtre, explique le garde, mais Kwash Moki n'a pas l'habitude de parler directement avec des inconnus, alors il n'entend pas. Ils le regardent parler assez longtemps pour réaliser qu'il s'adresse à l'Aesi et qu'il commet une erreur impardonnable. Le garde part en courant, sans doute au château de Kwash Moki, présume-t-on, puisque presque aussitôt, les cinq Gardes blancs de l'Aesi en service se précipitent auprès du Roi dans un tourbillon de robes blanches, s'escrimant sans grand succès à se comporter comme le ferait l'Aesi. Ils tentent de faire sortir tous les hommes et femmes emmêlés de la pièce jusqu'au moment où le Roi hurle qu'il veut sa propre chambre, tout de suite. Là, les gardes s'efforcent de retrouver ses robes, sous les cris du souverain qui promet une série de violents coups de fouet à chaque personne en sa présence, un coup pour chaque chiffre qu'il aura compté pendant qu'ils cherchent. Tant bien que mal ils parviennent à le ramener au château, mais placent la bassine sous ses fesses, et le pot de chambre près de son visage. Le Roi gueule encore un coup, demandant comment ça se fait que personne ne sache quel serviteur appeler afin qu'il ne soit pas forcé de commencer sa journée comme un imbécile négligé, plein de merde, à l'haleine fétide. Avant le soir, trois Gardes blancs sont fouettés pour avoir mal traité le Roi tandis que deux autres reçoivent la badine sous prétexte qu'ils ignorent où se trouve l'Aesi.

Cela se poursuit une demi-lune. Le Roi se réveille terrifié, les Gardes blancs ne savent rien faire, si ce n'est de travers, les gens de la cour ne sachant pas où et quand se réunir, les nobles adressent au Roi des requêtes, sans savoir comment faire appel ni auprès de qui, la guérite se remplit de gens attendant une audience avec l'Aesi, préliminaire à toute audience avec le Roi. Commandant en cinquième, coincé dans toutes ses habitudes et attendant des ordres du commandant en quatrième, qui en attend du commandant en troisième, qui attend les instructions du commandant en second, qui attend un signe de l'Aesi. Ce qui veut dire que personne ne sait s'il faut faire cuire de l'agneau ou de la chèvre, ou s'il faut augmenter le prix minimum ou maximum des esclaves qui viennent de la rivière. Personne ne sait s'il faut parler d'abord à l'ambassadeur de Wakadishu ou à celui d'Omororo. Personne ne sait comment maîtriser les Sangomin dissipés, puisqu'il n'y a personne qui ne les craigne.

La première chose que font les soldats, c'est fouiller la maison de toutes les vierges. L'Armée verte et la rouge, car personne n'était là pour séparer les hommes par rang ou aptitude. C'est comme ça que le dit Keme, car ce sont les termes du décret royal. Pas d'explication pour accompagner cet ordre, car pourquoi un Roi aurait-il besoin de s'expliquer ? Mais tout Fasisi est au courant, et si tout le monde ne l'était pas, c'est chose faite : l'Aesi avait de l'appétit pour les très jeunes filles. Il se peut qu'une vierge ait décidé de ne pas lui donner ce qu'il essayait de prendre, résolu de lui prendre quelque chose à la place. Keme a fait trois descentes, trois dont il me parle, alors peut-être plus. La première, c'était chez une fille de même pas six ans, mais elle savait qu'il faut bien fermer ses fenêtres la nuit. La deuxième s'est entraînée à dire *Je ne suis pas vierge*, mais avoue qu'elle a rompu son propre hymen avec ses doigts et que sa mère s'est coupé l'index pour faire couler du sang sur les draps il y a bien des lunes de sorte que l'homme y croie. La troisième ne dit rien, mais le père s'en charge, il hurle qu'il n'oserait jamais prendre une autre fille après avoir tant abîmé la première que même les nonnes de Mantha n'en voudraient pas. Je ne dis pas à Keme que je me suis promenée dans la province de Taha dans l'espoir que le vent (pas vent) soufflerait vers mes oreilles ce que disent les gens, et voilà ce qu'ils disent : que l'Aesi se rend de nuit dans les maisons des fillettes et qu'on voit la différence. Avant, la fille est toute gentille, elle s'occupe de ses jeunes frères, elle est bonne à marier. Mais après, elle devient distante, les yeux toujours ouverts, mais sans rien regarder, la bouche toujours ouverte, mais sans rien dire. Ou bien elle devient folle, et le rouge à côté du noir la fait hurler. Quand les soldats apprennent ça, ils changent de tactique, laissant les filles encore intactes à qui raconte des absurdités, à qui se blesse. Toujours pas d'Aesi en vue.

« Peut-être vous aura-t-il tout simplement quitté, Votre Majesté, dit l'un des Gardes blancs.

– Comme on fait d'une prostituée dont on s'est lassé ? crie le Roi.
– Non, mon Seigneur.
– Tu en as marre de moi ?
– Non, mon Roi.
– Oh dis-le-moi… quel que soit ton nom, si ton Roi t'endort. »
Un sablier ne s'est pas écoulé que Kwash Moki ordonne aux gardes de couper la langue de l'homme. C'est à ce moment-là que quelqu'un répète qu'il vaut peut-être mieux éviter de signaler au Roi que dix et un membres de l'Armée verte manquent également à l'appel. Tout le monde sait que l'idée vient des généraux, de conserve avec les anciens, mais personne ne se l'attribue. Et tout le monde garde bien le secret, jusqu'au jour où l'un des Gardes blancs doté d'un peu plus d'ambition que les autres, un qui croit qu'Aesi est une position, pas un homme, dit au Roi : « Puissant Kwash Moki, on raconte que dix et un de nos soldats ont disparu. De l'Armée verte, Votre Magnificence.
– Mon chancelier et mes soldats. Tu me dis qu'il y a toute une délégation qui manque ? Que disent leurs épouses ?
– Les épouses de qui, Excellence ?
– Des soldats.
– Je… je n'ai pas posé la question, Majesté.
– Donc, au lieu de faits, tu viens me trouver comme un petit eunuque, à répéter des ragots. Ah, tu dois être un eunuque.
– Non, mon seigneur.
– Dans ce cas, toutes mes félicitations. Car avant la fin de ce quart de lune, tu vas en devenir un. »
Sur quoi il appelle ses généraux, qui confirment les propos du garde. Aucune de leurs épouses n'a pu dire où ils se trouvaient, ni leurs maîtresses. On a traité l'affaire comme une désertion, sans plus. Après tout, un homme d'un tel prestige et d'un tel rang que l'Aesi n'aurait jamais frayé avec l'Armée verte.
Là, le Roi convoque tous les féticheurs de la région et fait passer le mot jusqu'à Juba, Kongor et au-delà. La Reine-Mère-Devenue-Reine lui demande s'il était avisé de faire savoir que l'Aesi a disparu, car beaucoup risquent d'en conclure que le Roi est en position de vulnérabilité.
« Vulnérabilité ? Vulnérabilité ? C'est lui, le Roi, ou moi ? » s'emporte-t-il, et même s'il n'ordonne pas qu'on lui coupe la langue, il lui apprend qu'il y a pensé en lui collant une gifle vigoureuse.

Et donc, le Roi est aux abois, prêt à tout pour retrouver l'Aesi, mais prêt à tout aussi pour ne pas le laisser voir.

« Vous croyez que je n'ai pas entendu ? » dit-il à toute l'assemblée dans la salle du trône. Homme, femme, animal, métamorphe, personne ne sait se comporter en l'absence du chancelier pour donner des instructions. Personne ne répond à la question du Roi, même pas le Roi, mais ils savent tous à quoi se réfèrent ses cris. Bien sûr qu'il en a entendu parler depuis le temps, car qui est là pour l'en protéger quand le bouclier manque ? Le Roi-Araignée, il a perdu quatre de ses pattes, c'est ça qu'on dit. On le murmure à Ugliko mais on le crie dans les rues de Taha, et on en fait une chanson, sur l'air de laquelle on danse, dans le quartier flottant. Les paroles se propagent jusqu'à la cour, et quelqu'un entend deux coiffeuses les fredonner dans ce qu'elles croient être une salle de bain hermétique. Le soir même Kwash Moki les convoque à la salle du trône. J'ai entendu dire que vous aviez une nouvelle chanson, alors je vous en prie, régalez-nous de vos couplets, dit-il. Les filles, elles savent pas quoi faire, et on les voit trembler jusqu'au fond de la salle. Elles se mettent à sangloter, mais Kwash Moki insiste : Qu'est-ce que c'est que cette affreuse chanson ? On dirait des chiens qui viennent de se prendre un coup de pied. Chantez la chanson. Alors elles chantent la chanson, d'abord la plus grande, une chanson d'enfants sur un fruit magique qui fait que quand on mord dedans, tout ce qu'on goûte par la suite paraît plus doux que miel, même les mets amers, même les plats salés. Les filles tentent de chasser leurs larmes par le chant mais ne font que trembler et bégayer. Sous les yeux médusés de l'assistance Kwash Moki se lève de son trône, prend la machette d'un des gardes, avance vers les filles au petit trot, la plus grande d'abord, et lui coupe le cou. À son expression, on voit qu'il aurait voulu lui trancher complètement la tête. Il retire sa machette et cogne encore et encore jusqu'à ce qu'elle se détache. Puis il pointe la lame pleine de sang vers l'autre, aveuglée par ses propres larmes. Elle se met à chanter.

Ô Roi-Araignée, Roi-Araignée, qu'as-tu fait de tes pattes ?

Brûle du bois d'oud, oh, appelle Assaye Yaa, il le sait peut-être.

Peut-être qu'il…

Kwash Moko pointe la machette vers elle qui n'est pas la seule femme à sursauter.

« Quelle voix d'or », dit-il. Puis il crie au garde de l'emmener. Plus tard dans la nuit, dans sa cellule, les Gardes verts lui versent de l'or fondu dans la gorge.

Ce n'est pas comme si les gens ne savaient pas que Kwash Moki est cruel. Mais sans la présence de l'Aesi, il dépasse tant les bornes que les gens se mettent à dire *sans son contrôle.* Un contrôle, au moins, sur les humeurs du Roi. Pendant ce temps les féticheurs ne trouvent rien. Beaucoup viennent avec des bols Ifa, beaucoup viennent avec des sacs pleins d'outils de divination élaborés au fil d'années de pratique. Deux viennent de l'extrême occident, la Cité mauve au milieu du lac Abbar. Tous sauf un disent que l'Aesi est mort, et les six premiers à le dire se font fouetter, presque jusqu'à en périr. « Je ne les aime pas, cette bande de devins puants, mais au moins, ils ont le mérite de ne pas dire au Roi ce qu'il veut entendre », dit Keme. Un prêtre de Kongor affirme que désormais il rôde dans une rue du quartier de Taha sous les traits d'un petit animal. Un rat, peut-être, ou un chat presque sauvage.

« Pourquoi le deuxième homme le plus important de l'empire laisserait-il son esprit dans un animal aussi insignifiant ? » demande un autre prêtre avant que le Roi ne pose la même question avec la lance qu'il prend désormais sur lui de jeter, même si pas une fois il n'atteint sa cible. Tous sauf un s'accordent à dire que l'Aesi est mort. Aucun ne peut affirmer que la mort est définitive, même si ce n'était qu'un homme avec peut-être quelques pouvoirs magiques.

« On devrait demander à un homme qui parle aux ancêtres, Très Magnifique.

– Je pensais que c'était toi, cet homme. Je pensais que cette salle grouillait d'hommes de cette sorte », objecte Kwash Moki.

Tous sauf deux disent que l'Aesi est mort. Tous sauf deux finissent aux donjons. Deux choses que les gens savent. La première, c'est qu'il y a de nombreuses cellules, des trous, des prisons et des geôles, mais personne n'a jamais vu un homme revenir des donjons. La seconde c'est que, malgré les troubles qu'ils causent, sans les féticheurs, bien des lieux saints tombent en désuétude, envahis par les mendiants et les singes, car il n'y a personne pour deviner la sagesse des dieux et guider ceux qui sont perdus. Il arrive donc que les villes, les villages, les quartiers et les maisons se déchirent. Mais les deux qui affirment que l'Aesi est vivant n'ont pas dit qu'il était vivant mais qu'ils sentent fortement sa présence. Et cette présence se trouve à Ibiku.

Étant donné qu'ils n'ont pu trouver d'Aesi mort, Kwash Moki n'a pas confiance en sa garde pour le retrouver vivant. Il envoie donc les Sangomin.

Je me souviens de ce jour.

Ibiku n'est pas comme Taha, ou la ville flottante. Beaucoup de gens vivent ensemble, mais les maisons sont séparées et comme éparpillées, et c'est pourquoi je n'entends jamais les voisins, qui ne nous entendent pas non plus. Du moins, j'en ai l'impression. Mais si une famille ignore ce qu'il se passe chez celle d'à côté, c'est que les nouvelles circulent lentement, si elles circulent. Pourtant ce jour je le vois clairement, même si c'était il y a une lune. Regarde-moi là, dans la maison, marchant d'une pièce à l'autre, bien que j'aie l'impression de fuir d'une pièce à l'autre, avec les murs qui ne cessent de me hurler dessus. Je trébuche sur le petit Keme, qui est couché par terre, fixant le plafond, et je manque donner un coup de pied à Aba, qui se tient à la porte, disant qu'elle joue avec Ehede mais qu'il refuse de sortir. Mes mains l'écartent de mon chemin et mes pieds m'emmènent dehors, vers le ciel qui, bizarrement, semble neuf. Un ciel qui me dit de le suivre. Alors je le suis, dans la seule rue trop large pour vous endormir avec un virage ou un coude. Il y a du passage. Un homme que je n'ai jamais vu avant dit à la cantonade qu'ils ont défoncé sa porte et se sont emparés de sa femme en lui demandant où il se trouvait. Il est sorti en courant pendant que ses enfants couraient derrière lui. Puis le sol a tremblé et une maison au bout de la rue a grondé. Un fracas et un hurlement se sont fait entendre en même temps, venant de cette même maison. L'homme s'est enfui et plusieurs voisins l'ont suivi. D'autres sont restés sur place à observer, mais une seule imbécile s'est approchée. Moi.

Les rues d'Ibiku ne sont pas faites de brique. Je trébuche sur des pierres mais ne m'arrête pas, et la voix qui me ressemble dit : *Tout ce chagrin t'a volé ton bon sens.* Mais mon esprit a pris feu à l'instant où j'ai entendu les Sangomin. La maison de devant continue de trembler. Une femme en sort en courant, son bébé dans les bras, mais n'atteint pas la rue : une corde rose jaillit derrière elle, s'enroule autour de son mollet, la fait tomber et le bébé emmailloté vole de ses bras. La femme hurle et je cours en direction du bébé, qui gît par terre dans ses langes tout sourire. La corde rose la tire en arrière dans le jardin jusqu'à ce que celui qui la manie se montre à la porte. Pas une corde, mais une langue qui s'enroule dans un visage jaune virant au vert tandis que les yeux mauves s'exorbitent. Une fois la femme à ses pieds, il la lâche. Je ne l'ai jamais vu auparavant, ni le garçon à côté de lui, noir comme le charbon, toute sa tête une bouche énorme avec des dents pointues. À côté de lui, une fille aussi fluide et transparente que l'eau, et arrivant derrière, le chasseur de sorcières Sangomin.

« Imbécile, où cours-tu ? dit-il. Tu t'enfuis comme un crabe alors que je t'ai dit qu'on te croit. »

Le garçon caméléon émet un rire sifflant. Le garçon tout en bouche devient sourire.

« Regarde-toi. Une chèvre aux seins pendants comme toi, comment veux-tu servir mon maître ? »

En quittant la maison de la femme, ils me passent devant. Je tiens toujours son bébé. Mon cœur cogne à tout rompre dans ma poitrine, même si je sais qu'ils ne sont pas censés me connaître. Quand l'Aesi a effacé la Sœur du Roi de la mémoire des gens, il a aussi effacé toutes celles qui se trouvaient sur cette montagne. Ils ne sont pas censés me connaître. Et pourtant quand le chasseur de sorcière me passe devant, je me mets à frémir, à trembler comme la maison.

La maison qui gronde encore comme si elle s'efforçait de cracher quelque chose. Et quelque chose jaillit par l'avant, trop gros pour la porte, et je manque laisser tomber le bébé dans mon effort pour retenir mon cri. Deux pattes d'abord, anguleuses, brunes et noires, couvertes de fourrures, et deux derrière qui avancent en crabe. Les pattes toutes plus grandes que moi, et elles s'allongent encore quand il s'étire en sortant. Lui, l'enfant-sombre, désormais une araignée pleinement formée, plus large que quatre buffles et plus haut qu'une girafe. La dernière fois que je l'ai vu, il avait deux bras et deux jambes, mais maintenant il en a quatre de chaque, en comptant deux petits bras qui dépassent de ses flancs. La tête, le cou et la poitrine d'un jeune homme, il a assez du petit garçon pour vous duper jusqu'au moment où vous voyez son ventre : il se termine en bulbe gras, comme celui d'un insecte.

Il peut pas se souvenir de moi, je me répète à voix basse. *Il peut pas se souvenir de moi, non, il peut pas se souvenir de moi.*

L'enfant-sombre file devant moi et le bébé, mais une odeur attire son attention, car il abaisse vers le sol son abdomen frémissant tandis que ses pattes continuent de pointer tels des pilotis vers le ciel. Il s'arrête et renifle. Il se tourne vers moi et renifle à nouveau. Je le déconcerte, je le sais. Je serre le bébé plus fort. Je m'efforce de ne pas regarder ses yeux rouges mais essaie de masquer mes efforts. L'odeur lui joue des tours. Peut-être que si je reste là ça va le rendre fou car il ne peut pas se souvenir. Mais Olu ne se rappelle pas non plus et ça ne l'empêche pas d'être hanté par ce dont il ne se souvient pas. Et l'Aesi croit peut-être que son oubli magique marche sur tout le monde, mais il ne parvient pas à effacer entièrement toutes les mémoires. Et celles des gens comme moi, il ne les efface pas du tout. Le chasseur de sorcières crie quelque chose, peut-être son nom, et l'enfant-sombre s'en va d'un bond. Ils envahissent une autre maison trois portes plus loin, qu'ils font trembler.

À Ibiku ils ne trouvent l'Aesi sous aucune forme, pas même après avoir torturé bien des femmes et hommes, en avoir tué trois. Puisque tous ceux qui déçoivent le Roi finissent morts, mutilés ou jetés en prison, tout le monde se demande ce que va être le sort des Sangomin. Mais rien ne se passe. La quête de l'Aesi aiguise leur appétit de terreur, et avec ce Roi, ils font ce qui leur chante à qui ils ont envie. Les habitants d'Ugliko prenaient ça pour une plaisanterie jusqu'au moment où ils se sont mis à y chercher leurs proies. Les courtisans prenaient ça pour une plaisanterie jusqu'à la lune où sans crier gare ils ont été changés en proies. Les bougonneries deviennent indignations qui deviennent supplications au Roi. Mais Kwash Moki ne fait rien.

Se raconter des histoires apporte dans la chambre plus de lumière qu'il n'y en a eu depuis des lunes. Je ne suis jamais à l'aise quand je le regarde et vois le visage d'un homme. Je sais que c'est le premier que je lui ai vu, mais que c'était un visage faux. Non, pas faux, juste un voile. Il se détend et reprend sa forme en s'enfonçant dans les draps, ses poils dorés repoussent doucement, son nez puissant grossit sous ses yeux, les moustaches blanches au-dessus de ses lèvres, la barbe jaune sous son menton, la forêt ondulée sur sa poitrine, les deux crocs acérés qui pointent dans son sourire.

Kwash Moki ne souhaite plus garder des lions près de lui. Keme ne parle pas de rétrogradation ni de transfert, il dit juste que maintenant il a la liberté d'être avec tous ses enfants – nous avons cessé de les compter.

Kwash Moki prend conseil auprès de la Garde blanche de l'Aesi, dont même les stupides dames d'honneur de la cour savent qu'ils sont fort limités, quand ils ne s'attellent pas à adopter passionnément l'appétit de fillettes de l'Aesi. C'est une saison de viols qui descend sur Fasisi, et tout cela parce que le Roi s'en moque. Nous interdisons à Matisha de se promener seule dans les rues la nuit, mais bien vite, nous lui interdisons aussi de jour. Matisha souffle de colère et son souffle fait valser un tabouret à l'autre bout de la pièce. À partir de là, je cesse de m'en faire pour elle.

Le compte de mes années s'élevait à vingt-deux quand l'Aesi a tenté de me prendre mais a pris mon fils. Mais ça fait plus longtemps que ça que je vis en femme. La femme sans nom, la femme à un nom, la femme avec enfants qui vit avec un lion. Nous continuons comme ça encore quatre ans, puis un matin, après que chaque marmite, poêle, urne et cruche se sont soulevées dans les airs et fracassées, je dis à Keme que la question n'est pas réglée. Notre fils ne dort toujours pas paisiblement, il ne peut toujours pas se réveiller avec les ancêtres. Et il ne dormira pas tant qu'on ne l'aura pas enterré proprement. Il n'est pas le seul à ne pas avoir dormi en quatre ans, car Ndambi erre dans les couloirs et le jardin comme hantée. Donc une nuit Keme rentre avec une femme que je n'ai jamais vue. Vieille ou jeune, je ne saurais dire, car au clair de lune, rides et cicatrices sur un visage de femme ont la même apparence. En noir, elle porte du noir pour pouvoir se fondre dans la nuit, et nous dit d'en faire de même. Ça y est, me dis-je, il nous suffit d'un seul témoin extérieur à la famille pour rendre un rite public. Qui pleure *Bezila nathi*, avec nous. Enfin. Nous ne déterrons pas mon lion, mais nous ratissons la poussière et versons des libations. Elle psalmodie un cantique dans une langue que je ne connais pas et trace dans l'air des runes qui brûlent un bref instant avant d'être emportées par le vent. Je pleure fort, et longtemps, comme si c'était la nuit de sa mort, mais ce n'est pas le même cri, c'est comme le cri après que le bébé est sorti du ventre, un cri de soulagement car le fardeau s'en va et l'on s'en réjouit, mais un cri plein de chagrin aussi, car il n'y a plus rien à porter. Je regarde Ndambi qui sanglote sans s'arrêter, et je sais qu'elle va dormir cette nuit. Je regarde mes enfants et souffle à voix basse leurs noms, l'un après l'autre, car je sais que ce souffle apportera du bien dans leurs vies et que ce que nous avons – appelons ça une famille – va tenir. Même si tout l'Empire du Nord doit s'écrouler.

3

SORCIÈRE DE LUNE

Ban zop an tyok kanu rao kut

Dix-sept

Queue d'un scorpion. Sang de la femme dans sa troisième lune. Autant commencer dans la Cité engloutie. Dans les terres du Sud, au nord de Marabanga et du lac Noir mais à l'ouest de Masi et au sud de Go. Aucun griot ne chante son histoire, personne ne connaît le vrai nom de cette ville, ou qui y vivait autrefois, et il ne subsiste à son sujet aucun couplet connu.

L'histoire est la suivante : pendant des siècles et des siècles, la Cité engloutie se dressait haut dans le ciel jusqu'au jour où, de fait, elle l'a été, engloutie, sous la terre et au-delà de la mémoire. Le temps a couru, il est passé, passé, il a couru, les époques se sont empilées sur les époques, et la terre a repris ce que la ville lui avait pris, si bien que c'est une forêt humide à présent, sous contrôle d'un bush trompeur, d'arbres distants, de félins nocturnes et de la tribu éreintante des gorilles. Attention, personne n'est censé s'y promener, car certaines zones sont plus sombres que les Terres sombres, mais regarde : c'est là que je marche, sur les fougères et sous les arbres, fendant la brume, je me faufile sous des branches qui ressemblent aux pattes anguleuses d'un scorpion géant. Plus avant dans le vert je saute par-dessus le dos de l'hippopotame pygmée, écarte les mains voleuses des singes et esquive la gifle d'une feuille d'arbre qui allait déposer sur ma joue une armée de fourmis.

Je vis ici même, dans ce bush, depuis plus longtemps que l'éléphant ne peut compter, mais je ne dis pas que c'est chez moi. Je ne peux toujours pas dire si ce lieu m'a trouvée ou si c'est moi qui l'ai trouvé. Tout ce que je sais, c'est que je devais me tirer d'Omororo, même si je ne pouvais le faire qu'à pied. Je ne veux pas parler d'Omororo. Il se trouve juste qu'un jour, je me suis réveillée sous le monument haut comme cent hommes que tout le monde appelle la bite dressée, juste à l'orée de la ville, sans savoir comment j'étais arrivée là. La mémoire a tranché un gros morceau de moi et m'a transformée en idiote. Comment quelqu'un peut poser sa tête dans une ville tout au nord et se réveiller à une distance d'une demi-année au sud est un mystère qui rendrait fou n'importe qui. Je crois encore que la folie m'a attaquée. Et quand je suis partie d'Omororo et qu'au bout de six mois je suis rentrée en ce lieu que j'appelais mon chez-moi, mon chez-moi avait disparu. Pas d'autre choix que de rentrer dans cette satanée ville d'Omororo. Il n'y avait pas de retour en arrière possible mais ça ne m'a pas empêchée d'y retourner.

Mais le passé n'en fait qu'à sa tête, refusant de me dire pourquoi il m'a laissée ainsi. La vie juste avant que je me réveille dans cette ville il y a toutes ces années était parfaitement claire à mes yeux. Il en allait de même des gens. Mais je ne savais pas pourquoi j'étais partie en territoire ennemi, et le fait de ne pas savoir, c'est ce qui m'a poussée à me changer, de femme qui réfléchissait en femme qui arrache ses habits, gratte sa peau jusqu'au sang et braille. Le pourquoi. Je n'avais pas de pourquoi. Je ne savais pas pourquoi j'étais là, je ne savais pas pourquoi j'avais tout abandonné, et pourquoi tout m'avait abandonnée.

Assez. C'est pas de ça que je veux parler.

Je connais des femmes, aucune que j'appelle mon amie, mais il y a des femmes, leur homme tient tout d'elles, dot, chèvres, maison, terre. L'homme, il fouette, bat, menace, il engloutit tout l'espace mais elle ne fuit toujours pas, car il l'a laissée sans rien que son besoin de lui. Omororo m'a tout pris et ne m'a rien laissé que mon besoin d'y retourner. Le Nord a resserré les rangs et m'a exilée à nouveau vers le Sud, et pour ça je serais prête à assassiner le monde entier. Va-t'en, ont-ils crié, tous jusqu'au dernier, et ceux qui ne pouvaient pas crier, ils ont rugi. Pars. Personne ne fera d'espace pour toi. Arrête de supplier, personne ne comprend tes larmes. Arrête de mentir, personne n'entend ta voix. Et ce lit n'est pas à toi, pas plus que ces tapis. Sorcière. Voleuse. Imposture. Maintenant tu l'as presque tué, monstre. Fous le camp.

Pourtant, aussitôt que mes sandales arrivent à un cheveu d'Omororo, je dévie et prends vers l'ouest, vers les montagnes si vertes qu'elles ont l'air bleues. C'est là que je trouve la maison qui me trouve. Voilà la vérité : tout ce que je cherchais c'était un lieu pour m'allonger et ne jamais me relever. Enfin, lorsque la marche au milieu de la forêt m'a épuisée, je me suis écroulée sur les feuilles mortes, j'ai fermé les yeux et rêvé qu'un gorille me brise le dos, qu'un léopard me déchiquette la gorge avec ses crocs, qu'un serpent s'enroulant autour de moi m'étrangle, pour de bon. Mourir n'était pas suffisant, ce corps avait soif de souffrance, aussi. Ce soir-là je me laisse couler sous des feuilles pourrissantes, et j'attends que ça se produise.

Rien ne se produit. Le matin se réveille et il se meut si vite que je le maudis tout haut pour m'avoir laissée en plan. Ce sentiment venait, quelque chose couvait, bouillait, prêt à déborder, quelque chose au fond de ma gorge attendant de dire aux dieux ce que je pensais d'eux et de leur jugement. Mais pas ce jour. C'était le jour où je me suis roulée dans la terre, où j'ai écarté les feuilles mortes de mes yeux et vu une maison qui me rendait mon regard.

Peut-être une maison. Dans la forêt humide, même le matin on dirait que c'est le soir, et rien n'est ce dont il a l'air. L'éveil n'est pas très différent du sommeil, alors c'était un visage avec quatre ou cinq bouches la première fois que j'ai regardé. La deuxième, sous le soleil qui pointait avec ses petites lames, on aurait dit un palais, un étage posé sur l'autre. La troisième fois que j'ouvre les yeux, tout l'édifice vient à moi. Flanc de colline, c'est certain, mais quelqu'un a creusé dedans une maison majestueuse, ce qui donne l'impression que la colline est en train de l'engloutir. Des arbres et des arbustes poussent où ça leur chante, il était donc impossible de voir toute la maison d'un seul regard. Juste en dessous de la crête se trouvaient le plafond, le mur et quatre énormes colonnes qui tenaient la maison. Entre les colonnes, trois fenêtres plongées dans l'ombre, avec une petite à droite et à gauche, et une au milieu, aussi haute qu'une porte. En dessous, un porche voûté lui aussi plongé dans l'ombre. La maison, on aurait dit un visage à la fois triste et apeuré. Malgré la mousse, la terre, la boue et la merde, la maison était couleur os. Une partie du mortier était tombé depuis longtemps, laissant voir les briques, les muscles sous la peau. Pas de porte, c'est sûr, mais quel besoin de porte avec un intérieur si sombre ? La personne qui a construit ce bâtiment n'a pas dépensé beaucoup dans l'entrée, mais dans l'allée qui y mène oui, car des briques longent le sol comme sur une route de Fasisi : je me demande du coup si c'était une sorcière de luxe qui vivait là. Mais personne n'y habitait. À l'intérieur plus noir que la nuit, et comme les aveugles, je me repérais au toucher. Des poteaux avec des stries laissées par le dernier animal qui s'y est fait les griffes. Des paravents de chaume à travers lesquels on peut passer la main. Une odeur, aussi, car partout une senteur flottait. Un tapis qui sentait la terre et la merde, une cruche avec un vieux relent de vin, un tabouret qui puait le dernier fauve à s'être assis dessus. Je n'aurais su dire si le sol était poussière ou juste poussiéreux. Rien pour allumer un feu.

S'installer a été facile. Il n'a pas fallu longtemps aux créatures de la forêt pour remarquer qu'une nouvelle occupante avait pris possession des lieux, et que ce n'était ni une bête, ni un oiseau, ni un arbre. Survivre à une journée était plus dur, car j'avais beau en écraser une de toutes mes forces, il en venait toujours une autre. C'est en regardant la petite grenouille venimeuse attaquer la sienne que j'ai appris à y survivre. D'abord, déchire le jour en deux, un temps pour dormir, un temps pour marcher. Ensuite déchire-le davantage, puis davantage, et davantage encore. Déchire chaque jour en petits morceaux que tu puisses avaler et bien vite tout entier il passe. Sache une chose, sur le sommeil. Dans le fin fond du bush, quand j'ai commencé à savoir distinguer une plante d'une plante, j'en ai trouvé une avec laquelle préparer une tisane qui m'endormait, et comme ce sommeil ne venait pas de moi, il n'y avait pas de rêve. Je fais l'opposé de ce qui se fait dans une journée. D'un sommeil d'à peine une seconde à une demi-journée, deux jours, un quart de lune, jusqu'à un temps si long qu'un jour je me réveille avec des champignons dans les cheveux, des herbes entre mes doigts, une femelle colobe avec son petit sur le ventre. Le sommeil me retient une demi-année – je le sais parce que l'été est venu et reparti – et entre-temps une tribu de ces singes s'est installée dans ma maison. Je m'en fichais. Si je n'allais pas oublier, alors nique les dieux, je ferais en sorte de n'avoir jamais l'occasion de me souvenir. Les singes m'observent de leurs yeux tristes : je fais infuser d'autres feuilles de cette plante et me recouche.

À mon réveil suivant, tout un an est passé. Je le sais parce que l'été est revenu. Ce qui n'était qu'un arbuste la dernière fois est devenu un arbre dont les racines ont depuis longtemps éclaté le pot. L'idée me terrasse, mais je me dis que je suis faible parce que je suis restée immobile pendant tout un tour autour du soleil. Il s'écoule encore deux jours avant que je puisse le supporter, le poids de ce que j'ai fait. Ce poids si léger qu'il menace de s'envoler. Être partie depuis longtemps n'a d'importance que si quelqu'un compte vos jours. Mais même les singes ne s'alarment pas de me voir me réveiller ; ils attendent de voir ce que je vais faire. La faim ne m'a pas gênée, ni la soif. Mais j'espérais la tranquillité d'esprit et au lieu de ça la terreur s'attardait en moi comme quelqu'un qui refuse de partir. Quand on se réveille après avoir dormi un an sans rêver, on a l'impression de s'arracher non au sommeil, mais à la mort.

La maison n'avait toujours pas de lumière, mais il n'y a pas que l'obscurité, dans le noir. Dans la pièce je compte trois singes, tous mâles. Dès que je me redresse, l'un s'approche de moi dans une espèce de danse tandis qu'une bagarre éclate entre les deux autres. *C'est toi qu'ils se disputent*, dit la voix qui me ressemble. *C'est toi.* À peine y ai-je pensé qu'un vent puissant s'engouffre dans la pièce et les en chasse. Le vent (pas vent). Ils n'ont pas arrêté de venir les jours suivants, mais ils ont apporté de la nourriture, et j'ai même pu en manger un peu. Mais c'est de la folie, je me dis. Le sommeil n'était pas le cousin de la mort, et il n'allait pas me tuer, mais j'en voulais encore. J'étais une de ces femmes qu'on dit hantées, mais tous ces tourments étaient derrière moi. *Pense à la grenouille venimeuse*, me dit la voix. Personne ne peut reculer et avancer en même temps. Et les trois singes qui supplient, qui implorent, qui se battent dans l'espoir de me baiser me font rire.

À part les singes qui tentent de faire de moi leur femme, la plupart des animaux me laissent tranquille. Les oiseaux pépient et gazouillent mais aucun ne s'approche, pas même hibou ou faucon. À la rivière l'hippopotame ne charge pas, ni le rhinocéros. Une fois, le cochon des forêts géant me poursuit mais le vent (pas vent) le précipite contre un arbre et depuis il me fiche la paix. La mère éléphant, je l'indiffère, même quand je passe entre elle et son petit. Les colobes ne veulent pas de moi comme épouse ni comme sœur, mais ils voudraient que j'arrête de manger leurs fruits. Surtout les femelles. Elles pissent et chient tout autour de la maison et même à l'intérieur, jusqu'au jour où, un midi, ma flèche tue dans le ciel un faucon prêt à s'emparer de l'une d'elles. Même histoire avec les gorilles. Je me tiens à l'écart de leurs cachettes, m'abstiens de manger où ils mangent, ou de chier où ils chient, évite le nord de la forêt où ils abondent, mais je suis quand même tombée sur une bande qui m'a aussitôt prise pour une ennemie. Je grimpe aux arbres, me balançant de branche en liane, mais ils arrivent à l'entrée avant moi. Je bande mon arc. Le chef de la troupe se dandine de gauche à droite, puis se dresse sur ses deux pattes arrière et se bourre le torse de coups de poing. Deux jours après, il fonce sur moi, mais je reste immobile et ne bouge pas quand il le fait encore deux fois. Cette même nuit, les trois singes me donnent deux caméléons, puis soufflent bruyamment et se cognent la poitrine jusqu'à ce que j'entende ce qu'ils essaient de me dire. Tu devrais voir comme il hurle, le gorille je veux dire, quand il surgit du bush et me trouve agitant un caméléon. Le gorille, il recule si vite qu'on pourrait croire que c'est moi qui le poursuis maintenant. Pourtant, même après un an à le pourchasser, la poche pleine de caméléons, il continue jusqu'à cet après-midi humide où un autre gorille, pas le roi, se met en tête de me traquer également. Un jeune garçon qui veut prouver qu'il est un homme aussi, et moi, comme une imbécile, je me réfugie dans un arbre. Mais quand le chef gorille se contentait de charger, celui-ci a l'air déterminé à en faire plus. Il bondit pour m'attraper, mais il gigote tellement que la branche se casse et on tombe tous les deux dans la rivière. La seule chose que les gorilles redoutent plus que les caméléons, c'est cette partie du cours d'eau, plus profonde. Je le regarde se débattre, hurler en s'étouffant. Puis couler. Je le laisse à sa noyade, pensant que ça donnera une leçon aux autres. Mais la voix qui me ressemble décide de me harceler sans relâche. Je m'élance de nouveau à la nage dans l'eau, attends que ses gesticulations l'épuisent, puis prends son bras et l'entraîne assez près de la rive pour qu'il puisse se hisser à l'abri. Ils se sont répété cette histoire par la suite car à partir de là ils m'ont laissée tranquille. Mieux, ils gardent le sentier qui mène à ma maison. Je leur apprends à laisser les femmes tranquilles. Je m'en fiche de ce qu'ils font aux hommes.

Ces premières années, je n'ai guère quitté le bush. En vérité, ce n'est que lors d'une expédition à Marabanga, au sud, que j'ai appris que cinq ans s'étaient écoulés. Cinq étés depuis que j'ai vu quelqu'un qui ne soit ni singe ni gorille. Cinq étés que j'ai vu le Nord pour la dernière fois et *cinq années que je n'y ai pas pensé*, je me murmure, même si c'est un mensonge. *Cet homme. Ces enfants.* Marabanga. Donc j'étais à Marabanga, le siège du Roi du Sud.

Votre ville au milieu du lac Noir, à laquelle on ne peut accéder qu'en bateau. Marabanga parle une langue que je ne connais pas, un peu comme à Dolingo, à l'époque où il n'y avait là-bas que des vachers. Mais Marabanga ne ressemble à rien, ni au Sud ni au Nord. Masi est toute en hauteur, ainsi que Nigiki, et Go se dresse si haut que la ville flotte au-dessus du sol. Marabanga s'enfonce profond. Quand les autres territoires ont construit sur des plaines herbeuses, ce lieu était un rocher au milieu du lac Noir. Les jeunes hommes diront que c'était la science et l'esclavage, mais les vieux diront que c'est la main des dieux qui l'a érigée. Dans tous les cas ces mains ont taillé des roches dures pour y sculpter une ville entière. Des tours rectangulaires, des obélisques en forme d'œufs, des temples, des maisons, des palais et des routes. Weme Witu se fait de plus en plus haute, mais Marabanga plonge de plus en plus profond, taillant la pierre vivante jusqu'à atteindre l'eau. De loin, l'œil s'y trompe, car l'île semble sauvage, mais à deux cents pas de la rive par les sentiers et escaliers, tu descends en un lieu pareil à nul autre. Chaque fois que je suis sur le point de me dire : Dis donc c'est haut, la voix me corrige : *Non, c'est bas.* Et au loin, à la limite de Marabanga, il y a l'autel, presque aussi large que la ville elle-même, et seule structure à s'élever au-dessus du niveau des rochers. Bâti par les dieux, c'est ce que racontent les prêtres quand ils veulent dire par la mort de dizaines de centaines de milliers d'esclaves. Quant à l'autel, il ressemble à un géant, avec une tête géante appuyée contre un mur, s'efforçant de garder l'équilibre tandis qu'il empoigne son énorme queue. Deux marchands me voient qui regarde et me crient que je suis soit trop en avance, soit trop en retard.

« Pourquoi ?

– Les femmes stériles, elles ne viennent qu'au plus noir de la nuit.

– Ah ?

– Tu dois venir de loin, tu es la seule femme à ne pas être au courant. Les femmes, elles viennent en douce frotter leur koo contre la queue dressée, dit l'un des marchands. On raconte que le préfet en chef a failli tuer sa femme jusqu'à ce qu'elle vienne s'y frotter, une nuit. Maintenant elle pond des enfants à la chaîne. »

Marabanga et la queue dressée m'en disent plus sur le Sud que ne le pourrait un archiviste. Ici, les villes se ressemblent tant qu'on pourrait les confondre, même si, bien sûr, les habitants ne voient pas les choses ainsi. Mais malgré les rois fous, les territoires du Sud sont tous frères, unis par leur propre volonté. La plupart des villes du Nord ont été reliées par la force et résistent à toute tentative des Rois du Nord de les unifier. Mais je ne sais pas pourquoi je me trouve à Marabanga, car je n'ai rien à y faire. La forêt a depuis longtemps étouffé tout l'intérêt que je pourrais porter aux gens, c'est ce que je me dis, même si ça fait dix et six rues que je suis un groupe d'enfants espiègles. *Ce que tu cherches, tu le trouveras pas ici*, dit la voix qui me ressemble. *Je cherche rien du tout !* je réplique d'une voix forte, et les enfants m'entendent. D'abord ils ralentissent jusqu'à l'entrée d'une ruelle, puis ils s'enfuient en courant. Je jette un coup d'œil derrière le mur et je vois deux hommes qui les regardent, puis me dévisagent.

Devant l'autel de la queue dressée, je fais le vœu de ne plus jamais revenir ici. Ça fait deux fois que je cherche refuge dans une ville et que la ville me repousse. Nique les dieux et leurs peuples, je me dis. Je retourne dans le bush, pour chasser des poissons dans la rivière et cueillir des fruits et des noix, et personne ne m'embêtera à part les singes qui se cherchent une amante. Le temps n'a pas été un ami et je décide donc d'être une ennemie du temps. Pas même une ennemie. Je choisis de l'oublier complètement. Le bannir. Alors quand je remarque que les singes qui viennent à ma maison ne sont plus les mêmes mais leurs fils, puis leurs petits-fils, je vois ça comme une autre verrait le coucher du soleil. Le serpent remplace le serpent et le cochon est remplacé par l'animal qui le mange. Le grand gorille devenu mon ami et gardien meurt. C'est moi qui ai porté son corps à la rivière et l'y ai déposé pour qu'il dérive vers les chutes. Après lui est venu un autre chef qui ne m'aimait pas et me l'a fait savoir en me chassant de leur nid. Ensuite en vient un autre, qui a assassiné tous les enfants de ce chef-là, mais me traitait comme sa mère. Les bêtes vont et viennent, les oiseaux cessent de voler, et même les éléphants qui étaient là depuis si longtemps cèdent la place à l'enfant puis au petit-enfant de l'éléphant. Les bons jours, j'étais une amie, sans quoi je faisais simplement partie du bush.

Il s'écoule encore des jours, des lunes, des étés. Je ne me regarde pas souvent dans la rivière, mais un matin en m'y voyant j'ai un sursaut. Je viens de passer devant la dernière demeure d'un éléphant où ne restaient qu'os et défenses. Je ne me lavais même pas, je cherchais juste à traverser pour atteindre un fruit sucré salé, sans nom. Mais dans l'eau me regardait quelqu'un que je croyais parti depuis longtemps. Pas de gris, pas de rides, pas de verrues, pas de bosse, pas même un masque sur le brun de mes yeux. Une femme adulte, mais n'ayant pas vieilli d'un jour. Forcément cette rivière me mentait. J'en étais sûre. Maudire le temps, ça, je l'avais fait, mais ce n'est pas avant la rivière que j'ai compris que je l'effrayais, aussi. C'est pas complètement vrai. Le temps je le mesure encore quand je me penche pour ramasser quelque chose et que mon corps entier proteste. Je le mesure quand quelque chose que je voyais nettement devient flou. Je le mesure quand la même côte se met à m'essouffler. Je mesure qu'à présent, les choses qui m'exaspéraient il y a bien des étés m'indiffèrent. Et les singes, je les laisse me coiffer même si je leur mets des baffes quand ils me touchent les seins. Mais le temps il courait, il passait, et il ne s'approchait pas de moi.

Et d'autres lunes passent, emportant d'autres années. La Cité engloutie est un mystère mais personne se rappelle pourquoi. Parfois on en voit un éclat qui dépasse du sol, bloquant une piste praticable il y a encore un quart de lune. Ce qui ressemblait à une colline, on découvre que c'est un toit, vert et tapissé de mousse, et ce qui ressemblait à un entonnoir se révèle être un donjon. Un étang à la forme trop parfaite cachant ce qui était une piscine somptueuse, avec sept autres derrière. L'alignement de troncs d'arbres morts quand la crasse en est lavée par la pluie révèle des statues de guerriers, en ruines. Les nuits les plus froides, trois ou quatre voyageurs apparaissent sur la piste la plus large, ils se disputent au sujet de la route à prendre. C'est seulement quand ils te passent au travers que tu comprends que ce sont des fantômes, encore attachés à la ville tombée morte sans prévenir, si vite ce jour-là que même la mort n'est pas venue chercher les siens. Des murmures à l'intérieur et l'extérieur de la forêt prétendent que je suis un fantôme, moi aussi, un être que la mort a oublié de prendre, car aucune bête, à part les éléphants, ne pourrait être encore en vie après tout ce temps écoulé depuis le premier jour où l'on m'a vue, où l'on a entendu parler de moi. C'est ce qu'on dit à Masi, à Marabanga et même à Omororo : elle a dû sacrifier dix et six bébés ou baiser avec une maisonnée de diables pour encore rôder sur ces terres. Elle.

Moi. Je cherche pas de nom. Je cherche personne, pas de compagnie, et personne à appeler ami. Car si c'est la vérité qu'on dit là, alors j'en voulais aux gorilles de pas tuer les casse-pieds avant qu'ils me les cassent. Me réveiller, c'était le crime suprême. Rien que la nuit d'avant, les femmes colobes ont arrêté de me regarder comme une ennemie et m'ont invitée à dormir dans l'arbre avec elles. Non, toutes, elles cherchaient pas d'amie, elles voulaient seulement que je me serve de mon arc et de mes flèches pour tuer l'aigle qui s'emparait d'elles quand elles grimpaient trop haut. Alors je dormais entre deux branches quand les sanglots de la petite fille m'ont réveillée. Les hommes, ils émettaient que des grognements, et ils poussaient des jurons dans la langue marabangaise, que je parlais toujours pas. La fille, elle avait pas l'air d'avoir plus de dix ans et ses couinements m'ont rendue aussi furieuse que de voir l'homme qui la saisissait. *Tu peux hurler, pauvre imbécile*, j'ai failli m'écrier. Les oiseaux observent. Les singes observent mais ils disent rien. Où sont les gorilles, je me le demande. Deux des hommes portaient le rose et vert des nobles tandis que le troisième était vêtu de cuir comme un forgeron. À une autre époque, je me serais inquiétée de ce qui pouvait bien réunir ces hommes, alors que la raison était sous mes yeux, traînée dans le bush, à l'abri des regards. Peut-être s'étaient-ils tous retrouvés dans une taverne, et après avoir abusé du vin de palme, ils avaient décidé que le noble et l'homme du peuple ne sont qu'un seul et même homme, que tous veulent la même chose, en fin de compte. Et peut-être qu'à eux six, enlever cette fillette leur avait pas pris longtemps. À une autre époque, car à présent, je m'en moquais. Je me souciais pas non plus de savoir quelle femme négligente avait perdu son enfant. Deux des hommes lui disent quelque chose comme pour la consoler, deux autres soulèvent leurs robes pour pisser, deux encore baissent leurs pantalons, mais pas pour pisser. Ils me tournent le dos, ces deux-là, mais je sais ce qui palpite entre leurs paumes. Je bande mon arc et j'essaie de pas penser à celui qui m'a appris à tirer. La première flèche traverse le cou d'un homme si vite, avec si peu de bruit que les autres, ils remarquent rien. L'un des hommes était en train de retirer la robe de la petite fille, si bien que quand l'homme à la flèche dans le cou tombe à genoux, ils remarquent toujours pas. Le premier à sursauter quand celui-ci tombe au sol juste après, quand la flèche que j'ai tirée droit dans son œil lui ressort par la nuque. Là, ils paniquent.

L'homme rentre dans l'homme, la robe dans la robe, ils poussent, cognent, crient, cherchent un abri derrière un arbre. Je saute de branche en branche, trois flèches entre les doigts. *Zip-zip*, deux dans la poitrine du noble, et il tombe. *Zip-zip-zip*, une dans le cou du forgeron, une dans le mollet d'un autre et une autre lui éclate le ventre. Les deux derniers repartent en courant d'où ils viennent, droit dans les bras du chef gorille et de son fils. Le fils gifle le premier homme et sa tête vole. Le plus gros prend la tête de l'autre dans ses mains comme s'il allait l'embrasser et l'écrase entre ses paumes comme une citrouille.

Debout, immobile, la fille reste hébétée, comme si elle se remettait d'un coup à la tête. Je ne connais pas les mots marabangais pour dire : *va-t'en*, ou *fuis*, alors je la traîne jusqu'à l'orée de la forêt et la pousse en direction de la ville. Au milieu du quart de lune suivant, la fille revient, traînant les pieds, entraînée par sa mère. J'étais au sommet d'un arbre depuis que les oiseaux s'étaient agités à cause de ce bruit insolite. *Te fatigue pas à essayer de te souvenir*, dit la voix. Pas la peine de chercher le souvenir ou l'origine, car tu vas pas te rappeler le jour où tu as commencé à observer les mères. Même les mères gorilles, les mères singes. Celle-ci, elle fait une tête que j'ai déjà vue, une tête qui dit : ma fille m'a raconté une histoire mais j'y crois pas. Une tête qui dit : ma fille est revenue violée, et pourtant intacte, et ce bush a quelque chose à y voir. Au moins, elle croit sa fille pour ce qui est de la forêt, sans quoi elle l'aurait pas ramenée. J'avais pas besoin de parler marabangais pour savoir. La colère l'a poussée jusqu'à la clairière, mais maintenant la peur s'immisce en elle. Je l'entends la chasser de sa voix qui tremblote.

« Uyathakatha ? Ungu umtyholi ? Ulidyakalashe ? Theta ! Theta ! »

La fille, elle gémit quelque chose, si bien que je me demande si elle sait parler que comme ça. Mais je partage pas sa langue et je sais pas si elle partage la mienne, et puis je m'en fiche. La fille regardait en l'air, pointait du doigt la cime des arbres, mais le feuillage dense me cachait à leur vue. La petite fille, elle fait mine de s'en aller mais la mère la retient.

« Theta ! » crie-t-elle de nouveau. Je me glisse sur un arbre auquel les singes ne grimpent pas et tranche une liane à laquelle est attachée la tête d'un des hommes. À plusieurs pas d'elles la tête tombe, mais elle rebondit et la langue pourrissante jaillit de la bouche. Les deux hurlent, mais la fille montre du doigt.

« Le ndoda ngomnye wabo », dit-elle. Elles lèvent les yeux, pile dans ma direction mais sans me voir. Je les observe jusqu'au moment où la mère prend sa fille et s'en va.

Ce sont les choses qui arrivent. Je comptais pas les quarts de lune, donc je sais pas quand c'est que je suis repartie dans le Sud, mais pas à Marabanga. Même si le souvenir avait disparu, il me restait des choses à oublier, et la taverne dans le village de pêcheurs bordant les rives du lac était l'endroit idéal pour le faire. Je ne me préoccupais de rien, seulement de la bière devant moi. Même si l'idée qu'une partie de jambes en l'air me ferait autant de bien qu'un verre m'avait traversée, il n'y avait aucun candidat potable dans la salle. Puis quelqu'un derrière moi a reniflé, comme s'il allait éternuer, puis reniflé de nouveau.

« Un imbécile a ramené une chienne mouillée ici, a-t-il dit.

– Ou une femme qui couche avec les chiens », a dit un autre, et ils ont ri tous deux.

« Mais parlons sérieusement. Aubergiste, la salle, elle pue déjà assez comme ça. C'est quoi l'histoire, tu tiens une porcherie derrière ?

– Non, mon ami, la puanteur vient bien d'ici. Regarde ça. Plus tu t'approches du comptoir, plus, waouh, qu'est-ce que ça fouette.

– Ça peut pas être un… non… aucune femme pourrait… non. »

Puis la voix est juste derrière moi.

« Ça serait moins terrible si elle sentait le poisson », dit-il. Je me retourne pas.

« Hé, c'est à toi que je parle », fait l'homme.

Comme je me retourne toujours pas, il vient se poster à côté de moi.

« L'ami, je veux pas croire que c'est une femme. Écoute, c'est pas que tu sens la merde, c'est que tu sens… elle sent quoi, au juste, l'ami ?

– Comme si quelqu'un l'avait enduite de boue des marais ? dit l'autre.

– Non c'est pas ça.

– Je sais pas ce que tu sens, mais je te suggère d'y retourner direct, dit l'autre.

– Je finis juste ma bière, je réponds.

– De la bière ? Les femmes de nos jours, l'ami. Elles veulent pas boire des boissons de dame, elles veulent pas sentir comme des dames.

– Y a bien un truc que je fais comme une dame, je dis.

– Voyez-vous ça. Et c'est quoi ?

– Je me tape les conneries d'un homme dont la queue est si petite qu'il se pisse sur les couilles. »

Le Sud regorge de villes riches. Même ce village de pêcheurs en périphérie fait plus d'argent qu'un ponte de Weme Mitu. Je le sais parce que l'aubergiste m'apporte ma bière dans une bouteille en verre, et que le verre est encore une chose rare dans le Nord, un matériau qu'on ne gâche pas. Donc c'est de la peine que je ressens, pour la bouteille, l'aubergiste et le précieux verre, quand cet homme lève la main pour me frapper et que je me retourne plus prestement pour lui écraser la bouteille en plein visage. L'homme tombe en poussant un cri aigu, des éclats de verre fichés dans sa joue comme des écailles. Je le pousse vers un tabouret et il s'effondre. L'autre homme était à côté d'une femme, visiblement son épouse. Elle se met à glousser et il lui colle une gifle.

« Une autre bière, je demande.

– T'as assez bu ce soir, chienne du bush », dit l'ami.

Je l'entends se lever de son tabouret et s'approcher. Le vent (pas vent) le précipite vers le comptoir tandis que je fais volte-face, bouteille cassée en main, visant son front. Je la laisse fichée dans son visage et lui recommande de remercier les dieux que j'aie évité l'œil, pour cette fois. La rage contamine trois autres hommes, car ils s'avancent tous, menaçants. Voilà la vérité. Je pourrais dire que je cherchais pas la bagarre. Mais j'ai pas regretté que la bagarre m'ait trouvée. Le tabouret, c'était pas un bâton mais il a très bien fait l'affaire quand je l'ai éclaté sur le torse du premier. Le deuxième a esquivé en rigolant, mais le vent (pas vent) lui a fait perdre l'équilibre et ce sont ses couilles que j'ai écrasées. Le troisième m'a flanqué un coup de pied par-derrière et m'a fait tomber. J'ai tenté de me redresser sur un coude mais il s'est penché pour me coller un coup de poing dans la joue.

« Ça te fait sourire, chienne ? T'es quoi, une de ces filles du Nord ? »

Le vent (pas vent) l'a emporté loin de moi. Je sais que les gens regardent, le voient flotter, savent que j'en suis la cause. Je laisse le vent l'emporter jusqu'au coin du bar et le laisser tomber si bien que sa tête atterrit dessus. L'aubergiste a laissé un couteau dans une assiette de fruits à côté de moi. Je m'en empare en vitesse et le jette sur l'homme qui croyait que je ne l'avais pas vu venir. Je vise en plein dans l'œil et la lame s'arrête à un cheveu de celui-ci et reste suspendue en l'air. Un rocher, qu'il devient, aussi immobile qu'un rocher. Je le laisse figé là et je commande une autre bière, la bois, paie ma note et m'en vais. Ce n'est qu'en refermant la porte derrière moi que je vois le couteau tomber. Deux jours plus tard, des femmes se mettent à venir dans la forêt à la recherche de la femme qui sait faire voler les couteaux. Ça nous est égal que tu sois une sorcière, je les entends dire.

De mon arbre, je baisse les yeux et les regarde. Parfois je les suis jusqu'à la clairière mais je reste dans le bush. Une ou deux fois, je laisse les gorilles les chasser. Mais tout change le soir où une vieille femme vient dans la forêt avec une autre, sauf que cette autre parle sosoli, la langue de Wakadishu et Kalindar.

« Puissante femme de la forêt, nous savons que c'est ici que tu vis », commence-t-elle. Ces mots me secouent, même si elle a encore rien dit. Ça doit faire près de dix ans, si ce n'est plus, que j'ai pas entendu une langue que je connais. Elles m'ont pas entendue arriver derrière elle avant que je sois assez près pour entendre respirer la plus petite. Elle se retourne et sursaute.

« Igqwirha ! Igqwirha ! » crie-t-elle.

« Imbécile, akukho gqwirha, dit la plus vieille. Je te l'ai dit que c'est pas une sorcière.

– Même le Sud il a pas beaucoup de mots pour décrire les femmes, je fais.

– Mais si t'es pas une sorcière, on t'appelle comment ?

– Une princesse, je dis.

– Très drôle.

– Non. Pas du tout. Qu'est-ce que vous voulez ?

– Tu fais beaucoup parler de toi, parmi les femmes. Les hommes, ils savent pas. C'est de toi qu'elle parle, cette petite fille, celle dont la mère pense qu'un homme a tenté de la souiller. Elles disent que tu as tranché la tête des hommes et mis leur keke en saumure.

– Si les femmes sont si frivoles, c'est peut-être les hommes que je devrais aider », je dis, rien que pour la voir trembler, mais la vieille en a trop vu pour se laisser impressionner. Il y a deux lunes, ils l'ont emmenée, elle dit. La sœur de la femme, un homme l'a enlevée. Un membre de la Compagnie du Guépard, des mercenaires du Bush du Feu, la partie la plus au sud des terres du Sud. Sauve ma sœur, ou tue-la si elle souillée, dit-elle.

Je ne dis rien mais je n'en pense pas moins : les femmes, je les tue pas, ma grosse, et ta sœur je te dirai pas si elle est souillée ou pas vu que les femmes, ça se souille pas. La vieille me regarde comme si elle lisait dans mes pensées.

« Ramène la fille, c'est tout », dit-elle.

La vieille m'explique que la Compagnie du Guépard a emmené cette fille au nord de Marabanga, mais attend que j'aie accepté la moitié du salaire pour préciser que c'est à Masi, la ville des voleurs. Là, aucune maison avec étage, car aucun homme y ayant vécu n'a jamais rien voulu fonder, que ce soit un foyer, un commerce ou une famille. Aucun homme n'a construit, et aucune femme non plus, car qui pouvait dire si l'homme serait encore en vie le lendemain, ou si la femme n'allait pas passer de pute à voleuse ou l'inverse. Tout le monde est de passage, mais il y a toujours des gens qui arrivent, donc c'était tout de même une ville peuplée, bien que Masi ne soit même pas une ville. Si les hommes de la Compagnie du Guépard l'ont emmenée là-bas plutôt que dans le sud, c'est qu'ils n'ont pas l'intention de la garder.

« Sa mère est une pauvre femme. Elle a vendu quatre cents de ses journées pour gagner cet argent.

– Parle simplement, femme.

– Elle a vendu sa liberté. Ici tu peux te vendre comme esclave et racheter ta liberté. Les gens respectent le contrat.

– Qui achète des esclaves n'a pas d'honneur. Dis-lui de rendre son argent à l'esclavagiste.

– Il compte récupérer des intérêts.

– Dis-lui que la Sorcière de la Pleine Lune d'Argent va bientôt venir les lui régler, ses intérêts. »

Je les localise dans un tunnel qui mène au lac Vert. Ce n'est pas comme s'ils cherchaient à se cacher. L'odeur te dit tout de suite pourquoi personne ne nage ou ne pêche ici. Aucun métamorphe parmi ces hommes, et la peau de guépard n'est pas la seule peau animale qu'ils portent, même si le fait de tuer un fauve métamorphe est considéré dans le Sud comme un meurtre. Trop nombreux : j'en comptais au moins dix et trois, et le vent (pas vent) choisissait encore les moments les plus imprévisibles pour me montrer que je n'en étais pas maîtresse. Du mortier et de la boue, ce tunnel, et l'entrée, au cœur de la ville, était bloquée par une telle quantité d'ordures qu'un seul homme pouvait s'y glisser à la fois. La terre molle et humide pour vous embourber si vous avez le pas trop lourd, et avec la terre, de la merde de toutes sortes de bêtes. L'entrée étroite donnait sur un boyau spacieux, et au milieu le passage était large comme deux hommes allongés. La brise venue du lac rabattait de l'air glacé. Parfois ce n'est pas la situation qui change tout, mais la façon dont on choisit de l'interpréter. Moi, dans un tunnel avec tous ces hommes. Eux, dans un tunnel avec moi. Seules deux directions s'ouvraient à moi. Seules deux issues s'ouvraient à eux. Ils ont des matraques surmontées de silex coupants comme des poignards. J'ai un poignard, et une de leurs matraques est par terre. Ils ont sept torches pour s'éclairer. J'ai pas besoin de lampe pour y voir dans le noir. Le vent (pas vent) m'entend. Une petite brise souffle toutes les torches.

Je l'ai ramenée, la fille. Quand j'en ai eu fini avec la Compagnie du Guépard, ceux qui vivaient encore rampaient dans le noir sur leurs os brisés, cherchant à tâtons des membres qu'aucune science ne leur recoudrait. Les morts gisaient dans la boue, mais leur sang ruisselait vers le lac, si bien qu'on aurait dit que l'orée du tunnel saignait. Leurs pieds poilus je les ai écartés en cognant dedans, leurs têtes hirsutes le vent (pas vent) les a balayées et fendues. Un poignard tombe d'une main quand je brise un coude d'un coup de pied. Je file jusqu'au bout du tunnel, distribuant coups de couteau, coups de pied, ouvrant plaies et blessures, écrasant tous les membres à ma portée. Le vent (pas vent) a fait le reste. Quand j'arrive auprès de la fille, elle ne voit pas qui lui prend la main. Son haleine sentait encore l'oiseau qu'ils lui avaient donné à manger, et son bras n'était pas celui d'une jeune fille.

« Ça fait bien plus de deux lunes qu'ils t'ont enlevée, je dis.

– Tu as appris leur langue.

– Les clics, ça enjolive toutes les langues.

– Qui a dit qu'ils m'avaient enlevée ? » réplique-t-elle, et j'entends l'air siffler juste à temps pour esquiver sa lame. Elle a de la fureur, et de la force aussi, sans quoi aucun guépard l'ayant enlevée ne l'aurait gardée. La technique lui fait défaut, car aucun homme n'a voulu lui apprendre comment le vaincre. Elle a passé trop de temps avec eux. Souillée, oui, mais pas au sens où le pensait sa sœur.

« Ta sœur veut que tu rentres.

– J'ai nulle part où rentrer. » Elle me saute dessus. La nuit s'approfondit et il y a de la bière, du vin ou de l'alcool qui m'attend quelque part. Ou au moins une bagarre plus difficile à gagner. L'idée me distrait et elle me coupe au bras. Et un peu qu'elle est fière ; trop fière – elle reste à se rengorger un peu trop longtemps. Un coup de matraque dans le ventre et elle se plie en deux, un autre sur sa nuque l'assomme.

Ensuite, la vieille me ramène souvent des femmes, qu'elle ne connaît pas la plupart du temps. Je les avertis : je suis sans pitié, et si vous m'envoyez quelque part, je suis la seule à en sortir vivante, avec les femmes et les enfants. Ça en refroidit quelques-unes mais d'autres sont galvanisées.

« Je peux savoir ton nom ? demande-t-elle un soir.

– Non.

– Tu veux pas connaître le mien ?

– Non.

– Les femmes, elles ajoutent des noms là où les noms manquent. La Sorcière de la Pleine Lune d'Argent, c'est comme ça qu'elles t'appellent.

– Ça me pose pas de problème. »

Elle rit. « C'est trop chichiteux. Sorcière de la Pleine Lune d'Argent, qui a le temps de dire tout ça ? À Sosoli, on t'appellerait juste la Sorcière de Lune. » Un jour cette vieille femme cesse de venir. Morte, j'ai supposé, mais je n'ai pas posé la question. Ça n'a pas arrêté les femmes, qui soit viennent avec quelqu'un qui parle une langue du Nord, soit laissent un mot – sur un parchemin si elles ont de l'argent, sur une feuille d'arbre dans le cas contraire. Parfois ce ne sont même pas des mots, mais des glyphes, des plans, des runes. L'une d'elles laisse un dessin d'un homme avec la tête qui explose, formant un nuage, et ça me fait rire. C'est la gloire, on dirait.

Il n'y a pas de femme qui s'appelle Sogolon. Personne dans cette région n'a besoin de ce nom, alors personne ne l'emploie. La Sorcière de Lune a trompé la mort plus d'une fois, plus de deux, plus de dix, donc elle ne peut pas mourir. La Sorcière de Lune est la mort en personne. Quand elle a commencé d'errer dans les terres du Sud, Kwash Moki, qui était encore en vie, avait régné pendant vingt et cinq ans. Et elle a continué d'errer quand le fils du Roi, sous le nom de Liongo, a régné à son tour pendant soixante-dix et un an, puis est mort. Alors oui, une sorcière et pourtant elle ne s'est jamais mêlée de sorcellerie. Alors oui, un fantôme, et pourtant elle ne hante pas les vivants. Car pour quelle raison est-ce qu'une femme vit si longtemps ? demandent les femmes et les hommes. Elles qui l'appellent à l'aide pour régler leurs problèmes épineux, et eux qui tremblent jusqu'à la moelle quand ils découvrent que le problème, c'est eux.

C'est ce que disent les femmes, qu'elle n'aide que les femmes (malgré les hommes qui implorent, supplient, ordonnent ou soudoient). Chacune vient en trouver une, qui le répète à une autre, qui affirme la connaître, ou au moins savoir où, dans la Cité engloutie, laisser un message qui lui parviendra. Celles qui ne peuvent laisser un mot murmurent leur souhait et laissent une avance en pièces d'argent. Elle n'accepte ni l'or ni la porcelaine. Tu vas te sentir bête, disent-elles, à dire tes affaires à mi-voix en pleine nature, comme si tu avouais un crime. Mais les perroquets gris t'entendront et lui rapporteront tes mots comme tu les as dits. Car si tu vas trouver la Sorcière de Lune, c'est que tu n'as plus nulle part où aller, plus personne pour t'aider. C'est que toute autre issue serait préférable à ce que tu vis, et ton besoin de délivrance est si pressant que même si ça n'aboutit à rien, le changement, c'est déjà quelque chose. Alors oui, les femmes viennent la trouver avec des montagnes de problèmes, et neuf fois sur dix, le problème, c'est un homme.

Voilà ce qu'ils disent, les hommes. Que je boive de la bière de wahaba dans une taverne à Masi ou que je les regarde se perdre pendant que je sirote du vin dans une fumerie d'opium de l'ouest d'Omororo, ils parlent pareil. La première lune, rien. Six lunes plus tard, un ou deux hommes évoquent une série de meurtres à Masi et Marabanga, ajoutant que pour cette police secrète, aucun assassin n'a de secret. Un an plus tard deux ivrognes se demandent si les dieux ont décidé de se venger de tous ces hommes, mais pas de femmes ? L'homme perd le sommeil et maintenant il a peur de marcher dans certaines rues, contrairement aux femmes. À présent ce sont elles qui marchent seules ou parmi leurs semblables la nuit. Deux ans après, ils apprennent que leurs femmes leur cachent des choses, comme si c'était une nouveauté. Cinq ans ou six, sept hommes de Weme Witu forment une milice de recherche, pour trouver qui est le tueur de la nouvelle lune, dont aucun policier ne croit à l'existence. Il est parmi nous, qu'ils disent. Il. Huit ans et ça se transforme en chanson et en plaisanterie, un esprit malin ou une bête monstrueuse erre dans les rues, dans la campagne et les collines, c'est un tokoloshe devenu trop gros, un Eloko qui a appris la ruse. Je suis tentée de voler des parties de leurs corps rien que pour leur laisser matière à cogiter, se demander quelle créature prendrait un tel trophée. Il faut dix et un ans aux hommes pour remarquer que les femmes savent. Quand un homme me le dit enfin, je lui demande si ça signifie qu'il lui a fallu dix ans pour enfin écouter sa femme ?

« Oh, à moi, elle dit jamais rien », répond-il.

Tel homme commence à voir que les femmes savent quelque chose. Ou qu'elles n'en savent pas assez. Pas ça, qu'elles ne se soucient pas assez car le souhait premier d'une femme doit être la sécurité de son homme. Certaines des femmes se mettent à employer ça comme une menace, disant : Frappe-moi, coupe-moi, ou même trompe-moi et je vais prier pour faire venir cette Sorcière de Lune. Alors je cesse d'être femme, cesse d'être instrument de vengeance, pour devenir folklore. Les jours vont et viennent, les rois vivent et meurent, mais les femmes, elles font en sorte que ça reste une affaire de femmes. Pas un secret, simplement un truc que les hommes n'ont pas à savoir. Toutes sauf deux, qui se font extorquer le secret par la violence d'un mari et d'un père. Le mari se rend à la Cité engloutie, mais les gorilles lui font un sort avant même que je l'aie vu. Le père vient à la forêt habillé en femme, et va jusqu'à murmurer une requête aux perroquets. Mais il insiste pour me voir, or les femmes ne demandent jamais ça. Celui-là, je le laisse vivre. La vue des gorilles puissants, dont l'un tient la tête pourrie d'un mari volage, le fait se pisser et se chier dessus.

Voilà ce que disent les femmes : cette Sorcière de Lune hante la Cité engloutie depuis plus d'un siècle, alors peut-être qu'auparavant c'était une vraie femme, mais maintenant elle est autre chose. Sogolon rirait d'un pareil discours, car rien dans ce monde ne vaut qu'on y vive si longtemps, mais je ne me fais plus appeler Sogolon. Tous les autres habitants de cette forêt se passent de nom. Une femme sans nom, c'est ce que j'étais avant que tout ça se produise, et c'est à ça que je reviens, même si la voix qui me ressemble dit : *Regarde, les gens te trouvent quand même un nom, Sorcière de Lune. Écoute ce qu'ils disent de toi : elle court sur la cime des arbres, dort au fond du lac, et un jour elle a endormi toute une tribu pour sucer le sang de son troupeau de vaches. On raconte d'autres choses, elle mange les yumboes tout crus, il y a deux trous là où étaient jadis ses seins, et elle a tué tous ses enfants. Elle se sert de la boue et de la magie pour faire sortir du sol une bite qui la baise, car son koo des marais tuerait n'importe quel homme. Et ce vent dans le bush qu'entendent les gens, il souffle pour les prévenir d'y réfléchir à deux fois avant de s'approcher trop.*

Mais venir, elles continuent de le faire. Bientôt arrivent des messages venus de tout le Sud, de Nigiki, de Lish et même du Nord. On se retrouve dans une situation où on a besoin de toi. Une affaire extrêmement délicate exige ton intervention. Un homme qui a battu sa femme à mort et viole maintenant ses filles. Un homme qui a vendu sa sœur à un marchand d'esclaves qui a peint sa peau en rouge et l'a revendue à un marchand de sel et d'ivoire. Une femme dont le frère l'a aveuglée, puis abandonnée dans une ruelle. Dix et sept hommes ruches, que leurs épouses au réveil ont retrouvés morts dans leur lit, leurs propres bites fourrées dans la bouche. Et un homme qui a jeté sa femme par la fenêtre et s'est retrouvé lui-même jeté d'un toit. L'homme qui a pendu sa fille parce qu'elle était insolente, c'est lui qu'on a retrouvé au marché pendu par un nœud coulant attaché à ses couilles. Un autre qui a tué la famille de sa sœur pour voler leur terre, on l'a retrouvé la tête enterrée dans le sable. Et les têtes explosées, tant d'hommes à la tête et au ventre explosés, et trois qui selon les témoins ont éclaté si bien qu'il n'en restait qu'une brume rouge. Elle vient toujours dans l'obscurité et ne laisse pas de traces, comme la nuit quitte le jour. *On nous a dit de te laisser de l'argent et jamais d'or, et que tu préférais encore une outre à vin. On a entendu dire que tu n'es pas que toi, mais une armée entière, sans quoi comment pourrais-tu être à Weme Witu et aux Récifs de la Tempête la même nuit ?* Toi, c'est-à-dire moi.

Donc, queue de scorpion et sang de femme dans sa troisième lune, que seul un certain genre de marché vendra. Aussi, du venin de la vipère du bush, de la sève de palmier et des graines d'onaye. Et de la tige et des racines de chimonanthes. Retirer tous ses vêtements, mettre un pagne fait de la peau d'un animal tué avec deux couteaux, broyer les ingrédients pour obtenir une pâte, mélanger avec de l'eau, et faire bouillir du lever au coucher du soleil, jusqu'à ce qu'il ne reste dans la marmite qu'une substance noire et collante. Puis j'y trempe les flèches et trois petits poignards et conserve le reste dans un petit flacon. Quelqu'un a laissé de l'argent dans la clairière, accompagné d'un mot au sujet d'un habitant de Go, à une lune et quelques jours à pied. Cet homme prend un morceau de chaque femme qu'il touche, d'abord des putains, puis la fille d'un commerçant, puis une nonne. Et encore une nonne. *Sois sûre qu'on ne sait pas ce que les nonnes cherchaient à gagner mais elles n'avaient pas besoin de perdre chacune un doigt et une oreille*, dit le mot. Je devine, en lisant *pas question de le tuer mais de restaurer la grâce*, que ce sont les nonnes qui commanditent cette exécution. Et que cet homme prend davantage qu'un doigt. Par-dessus le marché, elles ne veulent pas de sang, raison pour laquelle je prends le poison. Les flèches, c'est au cas où il décide de ne pas mourir gentiment – ou au cas où je dise : nique les dieux, nique les nonnes, si vous faites appel à la Sorcière de Lune c'est parce qu'il y a du sang à verser. Je prends la piste qui contourne les montagnes Wagono et une lune plus tard me voilà à l'entrée de Go.

Le soleil prend congé avant que j'arrive à la porte et la ville gronde. C'est la première fois que j'entends ça, le son d'une terre prête à se détacher du sol. Ceux qui ont à y faire sont déjà à l'intérieur, et ceux qui ont à faire ailleurs sont partis depuis longtemps. La ville se détache toujours du sol pour s'élever au niveau d'un homme de haute stature. Je vois déjà dessous, la terre et les pierres qui s'élèvent et celles qui tombent, et le dessous ressemble à un arbre que quelqu'un vient de déterrer pour le planter ailleurs. Déjà trop haut pour sauter, et Go continue de décoller. Je cours, tentant de trouver quelque chose pour m'y suspendre, espérant que le vent (pas vent) me pousse un coup, mais bien sûr rien ne vient. Un homme m'entend jurer.

« Lingqekembe ezimbini zegolide. Unyua ileli, dit-il.

– Je ne parle pas ta langue.

– Quelle langue tu préfères ? Celle du Nord ? On parle pas la langue du Nord, ici.

– Et pourtant c'est ce qu'on fait, là.

– Deux pièces d'or. Tu grimpes à l'échelle.

– J'ai que de l'argent.

– Cinq pièces d'argent alors.

– Va au diable, toi et tes cinq pièces d'argent. Si tu savais ce qui s'est passé entre moi et le dernier voleur.

– Comme il te plaira. C'est pas moi qui ai besoin de toi. »

La ville fait un nouveau bond vers le haut. Je lui jette trois pièces et il descend une corde. Lorsqu'il se tourne vers moi pour me demander le reste, je sors mon épée et mon poignard et réplique : « Viens les chercher. »

Il capitule et court vers un autre voyageur qui réclame une échelle à grands cris.

Voilà la vérité : on ne croit jamais vraiment qu'une ville va voler avant de se trouver dedans et de la sentir s'élever. Par moments, le sol tremble et vous fait perdre l'équilibre. Je regarde autour de moi et personne ne chancelle, personne ne trébuche, personne n'agit comme si le sol sur lequel il ou elle marche était en train de s'élever au-dessus des nuages. Je ne sais pas dans quel quartier je me trouve, mais ici, femmes et hommes portent les vêtements de ceux qui ne pensent jamais à se protéger, des robes qui leur donnent l'air d'avoir passé trop de temps à méditer sur des sujets profonds. *Pourquoi tenter d'atteindre le ciel quand on y flotte déjà*, me dis-je jusqu'au moment où je repère un autel, et me rappelle pourquoi une maison construite par l'homme se dresse toujours vers le haut. L'autel ressemble à un obélisque en train de s'écrouler mais refusant de toucher le sol. J'ai entendu dire qu'on appelle ça la bite penchée. À l'inverse de Marabanga, Go est une ville compacte, avec des rues étroites comme des ruelles, et des ruelles étroites comme des sentiers, et des sentiers où même un chat ne pourrait passer. Elle est à court d'espace, cette ville, malgré ce bout de terre enchantée qui accueille les saletés faites de main d'homme. La dernière fois que je suis venue, c'était pour un homme qui avait volé le titre de propriété de la maison d'une veuve, pas pour un acte de cruauté envers une femme.

Cherche une maison blanche avec un toit rouge, disait le mot, mais il ne précisait pas que dans ce quartier presque toutes les maisons sont blanches, et que dans la pénombre, les motifs noirs qui recouvrent chacun des murs brillent comme des flammes rougeoyantes. J'ai déjà constaté ce phénomène. À présent Go flotte plus haut que les nuages les plus denses et je pousse des jurons car l'atmosphère est humide, comme s'il pleuvait, et je n'aurai nulle part où aller tant que la ville ne sera pas redescendue. Même pas une taverne, car les citoyens de Go ont l'air du genre pieux. Je repousse l'idée que l'autre sorte de citoyens de Go doit être celle qui, il y a des siècles, est partie pour Fasisi, au nord. Je m'aperçois bientôt que, même si chaque bâtiment dans cette rue est blanc, avec des dessins noirs qui paraissent rouges et un toit rouge également, il n'y a qu'une seule maison. Là seulement, une lumière brûle à l'intérieur, et de la fumée sort du toit. Le vent (pas vent) est d'humeur à m'aider ce soir. Il me soulève immédiatement sur le rebord de la fenêtre, qui était ouverte et prête. Trop prête. Trop facile. Car tout ce que j'ai, c'est un mot qui pourrait venir de n'importe qui, y compris un homme rancunier ayant percé mon secret en battant sa femme et décidé à m'attirer dans un piège. Je sors mes trois flèches et charge mon arc. Quelqu'un prépare du thé dans la pièce voisine, d'où vient la lumière. Dans cette pièce, deux tabourets, une volumineuse sculpture représentant un léopard ou une femme-lion, et des coussins partout, afin que les gens s'agenouillent. Un lieu de culte, donc, cette maison, ce qui attise mon soupçon : Go tout entière est une secte. Une femme se met à parler et je suis le son de la voix.

« Cette femme a l'air prête à tuer, oh, dit-elle avant que je la voie.

– Montre-moi celui qui est censé mourir, à moins bien sûr que tu fasses partie de ces hommes sophistiqués », je dis, toujours dans le noir. La femme rit.

« Pas d'homme parmi nous. Enfin, il y en a un, hélas, mais je doute que quiconque l'ait jamais appelé un homme, pas vrai ? Montre-toi, Sorcière de Lune.

– Toi d'abord.

– Très bien », dit la voix, mais je sursaute car maintenant elle vient de derrière.

Du mouvement dans la pénombre. Le noir est agité par un grondement sourd. Je me retourne et tire une flèche qui pénètre l'obscurité comme un bâton dans du miel. Du noir agité jaillissent deux mains et une tête qui émergent de la pénombre épaisse comme on sortirait d'un lac. Une forme noire, qui se contorsionne, se plie et prend la forme d'une femme, un long cou, un sein puis un autre, une hanche qui se balance, un genou qui se dresse, et une jambe qui esquisse un pas en avant, du moins à ce qu'il semble quand le noir se sépare de l'obscurité et reflète le pâle reflet jaune de la lampe.

« Tu es une déesse ? » je demande, comme si c'était chose courante que les dieux se fassent connaître à moi.

« Les dieux ne m'appellent pas déesse, mais certaines personnes m'appellent Popele.

– J'ai pas besoin de t'appeler.
– On t'a déjà dit que t'étais polie, toi ?
– J'ai dû me tromper de maison.
– Tu viens pour tuer et tu te trompes de maison ? Dommage pour l'homme qui se fait tuer par erreur. Mais tes pieds t'ont emmenée à la bonne maison, Sorcière de Lune.
– C'est une maison où on joue à des jeux », je dis, et je me retourne pour partir.
« Sogolon. Oui, je connais ton nom. Je sais aussi que ça doit faire cent trente et six ou sept ans que personne ne t'a appelée comme ça.
– Si c'est un piège, tu mets longtemps à me piéger.
– Pas un piège, juste un appât », dit une voix dans la pièce voisine. Une autre femme. Popele se dirige vers elle en me faisant signe de la suivre. En vérité, cette femme était toute d'ombre, ou de goudron, et au sommet de sa tête, une nageoire qui descendait tout le long de son dos. En plus, quand elle marche, bien que ce soit dans l'air, elle fait le même son que moi quand je marche dans l'eau.
« Alors, à quoi dois-tu ta longévité ? La magie ?
– J'ai arrêté de compter les années.
– Juste comme ça ? Dis-moi quel tour de magie, quel sort.
– Tu pousses cette histoire de Sorcière de Lune bien trop loin.
– Si c'est pas un sort, c'est forcément une malédiction.
– Pourquoi, une longue vie c'est une malédiction pour toi ? »
Elle ne répond pas. Je vois que la question la pique et elle tente de le cacher.
« Comme j'ai dit, les années ont cessé de compter quand j'ai cessé de les compter. Tel jour est exactement comme le jour passé et le jour à venir. La nature de l'homme n'a pas changé en cent ans et ne va pas changer en cinq.
– Tu as arrêté de compter, mais tu attends encore, dit Popele.
– Qui donc ?
– Je n'ai pas dit que c'était quelqu'un. Peut-être que tu as oublié.
– Tu te considères comme quelqu'un qui me connaît ?
– J'en connais assez.
– Bien. Alors tu sais pourquoi je prends la porte », je dis en me dirigeant vers celle-ci. L'air autour de moi s'épaissit, puis devient

humide comme une bruine, puis une pluie, puis une mer qui m'engloutit.

« Je t'ai dit, soit elle vient de son plein gré, soit on la laisse tranquille, lutin », dit l'autre voix. L'eau se transforme en vapeur, puis disparaît. Popele se tapit dans un coin comme une enfant qui vient de se faire gronder. La femme est entrée, suivi d'un vieil homme qui trottine derrière elle. Grande, elle est, et mince avec ses cheveux tressés qui partent dans tous les sens, comme un arbre fou. Sa robe près du corps, avec une fente au milieu qui descend presque jusqu'au koo, et noire. Le vieillard suit, portant une lampe à huile qui éclaire le bas de son visage, recouvert de poussière de cuivre. Un sac sur le dos, dont dépassent huit ou dix rouleaux de parchemin. Une tribu de la rivière, Luala Luala ou Gangatom, je dirais.

« La poussière te connaît ou tu connais la poussière ? » je demande, et le vieillard sourit.

« Tu connais nos coutumes », dit-il, et ce n'est pas une question.

« Je suis venue tuer un homme et récupérer le reste de mon salaire. Je vais faire la première chose même si je ne fais pas la seconde. »

La femme aux cheveux d'arbre fou se met à rire.

« Dis-moi. C'est la vie dans le Sud qui t'a fait perdre ton humour ? Tu es derrière les lignes ennemies.

– Ce sont pas mes ennemis », je dis, et elle rit de nouveau, assez fort pour que je demande où est la plaisanterie.

« C'est un aveu, ce rire », répond-elle, puis elle se tourne vers Popele. « Elle m'a dit que je n'y croirais pas même si je te voyais.

– Moi j'y crois pas, là, d'être encore dans cette pièce. »

La femme sourit de nouveau. Ça m'énerve.

« Désolée, quand on est parties à ta recherche, je ne m'attendais pas à me trouver moi-même.

– Tu m'as cherchée aussi, homme de Luala Luala ?

– C'est lui qui t'a cherchée le premier. Je m'appelle Nsaka Ne Vampi. Et toi ? Tu dois être mon arrière-arrière-grand-mère.

– Quoi ?

– Matisha, celle qui avait les pouvoirs du vent, c'était ta fille. Mon arrière-grand-mère.

– J'ai pas d'enfants.

– Je sais ce qui t'est arrivé.

– Toi ? Une gamine ? Tu sais rien du tout.

– Matisha m'a laissé des mots. Beaucoup de mots.

– Je connais pas de Matisha.

– Elle, elle te connaissait. "J'ai été la seule à me souvenir", disait-elle souvent.

– Fiche le camp.

– Tu es chez nous.

– Alors regarde-moi partir.

– Sogolon.

– Quel homme du Nord a instigué ça ? Vous vous moquez de moi avant de me tuer ?

– Les gens te connaissent de l'époque avant que tu partes pour Omororo.

– Je suis partie avec personne.

– Non. Depuis la première fois que tu es partie. Le voyage, tu ne t'en souviens pas, intervient soudain le vieil homme. Tu crois que les dieux t'ont juste soulevée et posée dans cette ville.

– Putain de dieux. Qui es-tu ?

– On m'appelle Ikede. Je suis un…

– Griot. Le griot à la bouche de cuivre. Des diables, voilà ce que vous devez être, tous. Des diables.

– Moi aussi, je suis au courant de ce premier voyage à Omororo. Tout est là, dans le texte. Le griot qui a fait le voyage en bateau avec toi, c'était mon grand-père. »

Je ris tout haut. Et même quand le rire se tarit je continue de glousser pour écarter l'amertume de ma langue.

« Chacune de mes flèches est imbibée de suffisamment de poison pour tuer un diable.

– Tu t'es réveillée un matin à Omororo, et à partir de ce jour, ta mémoire a refusé de te dire pourquoi. Pas vrai ? demande Popele.

– Et alors ?

– Et ensuite, quand tu as fini par rentrer à Ibiku à pied, à cheval, par air et par bateau, personne ne se souvenait de toi.

– Mais Matisha se souvenait de toi, précise Nsaka Ne Vampi.

– Ferme ta bouche.

– Arrière-grand-mère était la seule qui se rappelait qu'elle était censée te connaître, que vous étiez proches, peut-être même du même sang.

– J'étais du même sang ! C'était moi, le putain de sang ! Tous, ils sont sortis de moi, tout le sang de mon foutu sang ! je crie. Pas un seul. Pas un seul… »

Je maudis les larmes aussitôt que je les sens couler, et les essuie avant qu'elles quittent ma joue. Je les maudis aussi car ils se taisent tous trois pour laisser de l'espace au déluge d'émotion auquel ils s'attendent. Personne n'allait me voir prendre congé de moi-même, surtout pas trois diables qui prétendaient me connaître.

« Tu veux savoir pourquoi, dit Nsaka.

– Je veux m'en aller.

– Mais non. Pas encore, dit le griot.

– J'ai écrasé ce chagrin à pieds joints il y a cent trente et six ans. C'est pas ce que t'as dit, cent trente et six ? J'ai essayé dix fois. Puis j'ai dit adieu à cette maison, et bon débarras. Et maintenant, vous débarquez, tous les trois, lutin, griot et toi qui te prends pour je sais pas qui.

– Tu crois que c'est la première fois qu'on se rencontre ? demande Popele. Voilà la vérité. C'est la dixième fois que je te parle, et la quatrième ville. Quant à son grand-père, Bolom était avec toi jusqu'au jour où tu t'es réveillée sans souvenirs.

– Absolument. Il s'est réveillé juste à côté de toi mais t'a prise pour une mendiante. Il ne se souvenait pas de toi non plus. Personne ne se souvenait de personne, tu comprends ? Mais fais confiance aux dieux. Fais confiance aux dieux, car mon nom est Ikede et je suis un griot du Sud. »

Il le répète encore quatre fois avant que je comprenne ce qu'il veut dire. Les griots du Sud, le seul clan qui écrit l'histoire.

« Le papier n'oublie pas, l'encre non plus. Le papier, c'est là que je t'ai trouvée. Et là que tu vas te retrouver. »

Dix-huit

Donc ce bateau a mis les voiles sur la mer sauvage avec douze hommes, une femme et moi. Regarde-nous maintenant, cinq jours passés depuis que nous avons levé l'ancre par un matin où le soleil se réveillait, un matin frais aussi, c'était un tour des dieux. Car les dieux de la mer ont une compréhension changeante et des humeurs volatiles, et qui navigue autour de la corne du Sud doit se plier à leurs caprices et non aux sages conseils que prodiguent les marins. Mais bien des hommes de mer te diront ceci : ne te laisse pas surprendre au large quand les dieux changent d'avis brusquement et font souffler un vent d'est. Les esprits de l'air vont s'allier avec les esprits de l'eau pour t'attirer dans un courant sans lune qui provoquera une vague aussi haute que cinquante hommes, une vague qui brisera le plus gros des navires. Écoute ça, m'a dit un soir un quartier-maître dans cette auberge. Pas même six lunes se sont écoulées depuis que trois bateaux d'esclaves en partance pour Weme Witu ont suivi les conseils imbéciles d'un observateur d'étoiles et sont partis par ciel déchaîné. Trois bateaux, soixante-dix hommes d'équipage et quatre cents esclaves ont disparu sans un murmure. Disparu dans ce même courant vers lequel nous nous dirigeons.

Nous partons du port de Kwakubioko dans un bateau que les gens du Sud appellent baghla, ceux du Nord une ghanjah, mais la plupart des gens disent simplement un dhow. Le port de Kwakubioko est situé sur le bec sud-ouest de la principauté de Lish. Alors regarde Lish, qui jaillit de la mer, mais plus grosse que deux grands royaumes réunis. Il y a longtemps, des hommes des terres lointaines ont rencontré, fait du commerce et vécu avec, puis fécondé les nombreuses femmes de Lish pour produire leur propre peuple, qui ne ressemble pas du tout ni aux gens du Nord ni à ceux du Sud, avec des lèvres épaisses mais roses, et une peau couleur cosse de tamarin, des cheveux de laine mais doux, et des cils fins. Des gens dont la vie tourne tant autour de la mer que certains respirent comme les poissons. Cinq jours maintenant que nous sommes en mer et leur odeur me suit encore.

Voici comment je suis arrivé à Lish. Du Marais de Sang je viens, et avant ça, une forêt sans nom que la rivière divisait en deux à partir de Wakadishu, et avant ça un lieu que vous n'avez pas besoin de connaître. Mais la plupart du temps, j'ai suivi la branche sud de la rivière Ubangta qui se jette dans le Kegere. Quand j'ai atteint la forêt, je ressemblais au peuple avec lequel je voyageais, les Bintuin, une tribu nomade composée de seigneurs à cheval et à chameau, qui s'installent sur la terre jusqu'à ce qu'ils l'aient dévorée, sur quoi ils passent à une autre et recommencent. Si la mer de Sable était une sorte d'épidémie, ils en seraient les propagateurs. Mais je profite de leur grand nombre pour disparaître parmi eux, ainsi que de leurs robes bleues et mauves qui les recouvrent entièrement, à part les yeux. Avec les Bintuin je n'étais ni homme ni femme, car ça ne fait que deux, et parmi les Bintuin il y a foule. Autrement dit je passe pour l'un d'entre eux sans aide de la magie.

Des forces maléfiques m'ont conduite à me déplacer avec cette tribu, et je ne pouvais pas me cacher parmi leurs multitudes pour toujours. Quand ils dressent le camp à l'orée du Marais de Sang, je me sépare d'eux et me dirige vers le sud. Ce lieu est fier de l'astuce dans son nom, car le Marais de Sang est le seul endroit du royaume du Nord où le mal, la mauvaise volonté ou l'insatisfaction n'ont pas cours. Même les mères de la rivière, grosses et rondes, avec une tête chauve et sans parole, ne s'approchent de vous que pour vous souhaiter la bienvenue avec un baiser, pas pour vous entraîner au fond de la mer. Mais je ne pouvais pas rester là. Je ne pouvais rester nulle part. À travers le bush dense et la rivière profonde je file, saute, escalade et cours jusqu'à atteindre le bord du marais, qui est aussi la lisière des terres du Nord. Là, un homme est assis dans un canoë, comme s'il m'avait attendue toute la nuit. L'homme dit un prix si élevé que j'invoque le vent illico et le fais tomber de son propre bateau d'un souffle. Je rame moi-même, et je suis le littoral des terres du Sud jusqu'à la voir apparaître au large.

Lish.

Mais j'y arrive trop tard, car il ne restait qu'un bateau à quai, aucun à l'horizon. Quant à ce navire, c'est un bateau d'esclaves comme le prouve l'énorme pont inférieur. À la lueur de la torche, on dirait qu'il va couler d'une minute à l'autre. Celui ou celle qui me talonnait allait me rattraper pendant que j'attendais là. Car encore une fois quelqu'un me traquait, quelqu'un de plus doué que les précédents.

À l'auberge je trouve non le capitaine mais le cuisinier, qui s'étire dans un coin sombre de la salle. Si la somme est correcte, il s'en fiche de qui ou quoi navigue sur son bateau, ce capitaine.

« Je cherche un passage vers le Sud. Ma raison ne regarde que moi. J'ai entendu dire que ce bateau partait vers le sud dans deux jours.

– On est déjà dans le Sud.

– Le sud de l'autre côté de la corne, puis l'ouest. Vers Omororo.

– Un voyage illicite, comme ça ? Tu veux qu'on entre en territoire ennemi ? Il n'y a pas de drapeau du Sud sur ce bateau.

– J'ai un masque-passeport avec les marques, qui dit Omororo », je rétorque, et je sors le masque, petit comme ma paume, avec des lignes blanches autour des yeux et du nez, et une croix gravée sur la bouche. Le masque qui offre à son propriétaire un passage gratuit vers la terre dont il vient – à condition qu'il y ait quatre points dorés à l'intérieur.

« D'ailleurs vous naviguez avec les couleurs de Lish. Les navires neutres n'ont pas besoin de couleurs.

– On ne repart pas avant trois jours », répond-il, m'ajoutant un jour.

Il me dit aussi ceci, que le capitaine dort dans la chambre juste au-dessus de cette taverne, et je sais pas ce que tu as comme problème à la voix, mais on croirait entendre un hibou avec un rat coincé dans la gorge : guéris-moi ça. Cet abruti me prenait pour un homme atteint d'une maladie de la gorge, mais il valait mieux qu'il pense que j'étais un homme malade qu'une femme, car une femme non accompagnée d'un homme n'aurait jamais pu obtenir un passage à Omororo.

Au cœur de la nuit, l'air dans ma chambre devient frais et lourd, avec une nouvelle odeur qui couvre presque celle du tabac et des vieux draps, l'odeur de la pluie sur le point de tomber. Elle était dans ma chambre. Ce n'est pas pour ça que j'aiguise mon poignard, mais pour ça que je ne dors pas. Une matière épaisse comme de l'huile de baleine bouillonne sur le rebord de la fenêtre et dégouline par terre. Popele.

Méfie-toi de ces choses qui peuvent être surprenantes et prédestinées en même temps. Popele est une nymphe de la rivière et comme un poisson des rivières elle ne peut pas nager dans l'eau de mer. Alors comment est-elle parvenue sur cette île ? je lui demande. Une rivière coule en souterrain plus grosse et plus large et longue que toutes celles au-dessus, dit-elle.

« Tu me suis.

– Beaucoup d'hommes en mission se laissent distraire par des broutilles.

– C'est une bonne chose que tu n'aies pas confié cette mission à un homme, alors. C'est toi qui es venue me trouver, rappelle-toi. Je ne suis pas un guerrier ni un espion.

– Juste la femme qui a fait ce qu'aucun homme n'aurait pu faire.

– Là, on dirait que tu essaies de te convaincre toi-même, pas moi. »

Popele, lutin des eaux. Elle est la raison pour laquelle j'ai une mission dans mes rêves et un poignard sous mon oreiller. Pas la seule, mais c'est elle qui ne cesse d'apparaître, comme une idée qu'on croit tout le temps avoir oubliée. Il y a dix et une lunes, c'est elle qui m'a fait écrire mon nom avec du sang et m'a liée à la promesse de le trouver. Mais à présent, elle tremble comme si c'était moi qui lui avais fait verser son sang et que c'était elle qui tentait de se libérer de ce vœu.

« Laisse-moi dormir, je dis.

– Il y a peut-être un autre moyen.

– C'est toi qui as choisi ce moyen-ci, esprit de l'eau. Tu n'as plus assez de cran ?

– Ne me dis pas pour quoi j'ai du cran. Je suis…

– De naissance divine. » Plus comme un dieu, mais moins qu'une enfant, je n'ajoute pas. Je sais que ça la mettrait en colère. Elle n'hésiterait pas à emplir l'air autour de moi de vapeur jusqu'à ce qu'il se change en boule d'eau me couvrant la tête, s'infiltrant dans mes narines et tentant de me noyer. Je le vois sur son visage, elle y pensait. Déjà trois fois elle est venue me voir à Ibiku ; la première, elle a effrayé les enfants. Mais, c'était elle la plus terrifiée, toute en nerfs, qui sursautait à l'idée de se trouver dans une maison de lions. Mais ce qui lui fait peur lui faisait peur bien avant qu'elle apporte de la poussière sur le seuil de chez moi. Je

l'ai chassée de ma maison deux fois, jusqu'à ce qu'elle me dise des mots que je ne m'attendais pas du tout à entendre. Des mots qui m'arracheraient à mon homme et mes enfants sans jamais un mot de pourquoi.

« La mission est commencée, Popele. Tu ne peux plus rien faire pour l'arrêter.

– Je n'essaie pas.

– Alors tu fais quoi ? D'abord tu es en feu, maintenant tu te glisses par ma fenêtre, hésitante comme une vierge le soir de ses noces. Tu veux que je te dise ce que tu me dis ? En quoi cet acte juste est-il si juste qu'il défera cent actes injustes, ou mille ? Comment se fait-il que ce soit le genre de chose pour laquelle aucun homme n'a la force, et que seule la femme peut accomplir ? J'en perds le sommeil, oh.

– Je suis venue te dire quelque chose.

– Arrête de venir, et dis.

– Il sera sur le bateau.

– Il ? Et comment sais-tu quel bateau ? Qu'est-ce qu'on vient de dire sur les hommes, Popele ?

– Il n'est pas là pour aider. C'est un griot.

– J'ai l'air de quelqu'un qui a besoin de se faire caresser les couilles ? Que veux-tu que je fasse d'un griot ?

– C'est un griot du Sud. Il couche les mots sur le papier. »

Le griot du Sud, comme tous les griots, est le fils d'un griot, dont le fils sera aussi un griot. Ils se cachent des yeux et des espions du Roi du Nord. Ils n'abandonnent pas l'histoire à la langue parlée, mais l'inscrivent sur des parchemins et du papier. Et bien que n'importe quel imbécile puisse acheter une histoire, aucune somme d'argent n'achètera un griot du Sud, et c'est pour cela qu'ils se cachent des yeux et des espions du Roi du Nord.

« Bien sûr. Maintenant que je te connais, c'est parfaitement logique. Tout le long de la route pour Lish, je me suis répété : Sogolon, tu sais ce qui te manque ? Un abruti qui pleurniche et chante en jouant de la kora pendant que tu taillades, tues et brûles. Mais je te vois, esprit. Pas de chants pour toi, tu veux un document qui ne s'efface pas avec la mémoire de l'homme. Parce que tu veux que toutes tes œuvres soient reconnues. Louange. Gloire. Tu ressembles plus à un dieu que tu ne le crois. »

Malgré sa peau noire dans la nuit noire j'ai vu son visage se crisper.

« Tu ne m'avais pas dit que je devais me guider moi-même, et je ne suis pas une voyageuse. Je ne crois pas t'avoir vue depuis deux lunes. Mais tu sais qui j'ai vu ? Trois fois, si tu peux le croire.

– Aucune idée.

– Les Sangomin. Oui. Après que tu m'as dit de me diriger vers le sud, sans guide, sans itinéraire, je me suis juste orientée vers la troisième étoile. Le premier a repéré mon odeur aussitôt que j'ai traversé la rivière des Deux Sœurs. Le deuxième a essayé de me faire cuire dans ma propre peau. C'est lui qui se trouve au fond du lac Blanc. Le troisième m'a attaquée juste au moment où je quittais Kalindar. Son corps sans tête court peut-être encore comme un fou, pour ce que j'en sais. Trois Sangomin m'ont prise en embuscade, en deux lunes.

– Où est-ce que tu veux en venir ?

– Cette mission secrète n'est pas secrète. »

Une illusion d'optique, peut-être, car elle est noire sur noir. Mais on dirait qu'elle recule, dans l'ombre.

« Je ne savais pas que tu étais si portée sur le meurtre », dit-elle.

Popele esquive le sujet dès qu'il vient sur la table, et je la laisse faire pour l'instant.

« Dit celle qui m'a envoyée pour tuer.

– Tu ne tues pas.

– Tu te caches encore derrière les mots, oh. Je mets juste fin à une vie.

– Tu mets pas fin…

– Qu'est-ce que tu veux, Popele ?

– Je… je suis venue voir ce dont tu avais besoin.

– De sommeil, lutin. J'ai besoin de sommeil. »

Avant que je tombe sur cette Sangomin à Kalindar, elle a lâché un pigeon. Quel message cet oiseau a emporté, je n'en sais rien, et même le mouvement lent de mon couteau sur sa gorge ne l'a pas fait parler. Je savais que le corps allait horrifier Popele, tout comme je savais qu'elle me suivrait et le verrait. Elle, qui demande une mort mais n'a pas le courage de tuer. Mais écoute-la raisonner au sujet de la pointe d'un couteau, parlant depuis une croyance dont je sais qu'elle n'est pas la sienne. Disant si tu le tues au milieu de la bonne saison alors c'est pas un meurtre, car c'est pas un lui qu'on puisse tuer. Elle pense même qu'un tel raisonnement a du sens. De la folie, avec un zeste de sagesse. Je lui dis de faire ce qu'elle a à faire pour laver le sang de ses mains, puisque sa vue la perturbe, même si celui qui l'a perdu n'a eu que ce qu'il méritait. Mais oui, c'est un pigeon qui me conduit à la Sangoma. Après avoir refusé de suivre l'odeur de la magie maléfique, la direction des flèches et les fausses prédictions du féticheur, je me mets à observer les oiseaux. Presque tous les pigeons dans le ciel étaient au service de quelqu'un, souvent des Sangomin.

Je laisse le vent (pas vent) me pousser, je fais de grands bonds, ou d'autres fois je monte un cheval volé. Surtout je laisse le vent me montrer la trace des oiseaux, qui me mène jusqu'à Kalindar. Les Sangomin, ils n'ont pas de hiérarchie du savoir. Si bien que même le moins puissant en sait autant que le plus puissant. Mais ils ont une hiérarchie de la sagesse. C'est une chose de donner de l'instruction aux jeunes, une autre de leur apprendre à la conserver. Au moment où elle m'a dit où, exactement, le trouver – nous savions déjà qu'il vivait dans le Sud –, aucune des deux mains n'était plus de la moindre utilité. Après, j'ai mis le feu à sa robe et incendié sa maison.

Popele quitte ma chambre en pensant : elle est allée trop loin, cette femme. La pauvre, avec sa naissance divine, elle n'a toujours pas compris que je ne vais pas tarder à aller bien plus loin.

La nuit avant que le bateau lève l'ancre, je dors les deux yeux ouverts, autrement dit je ne dors pas. Pour embarquer, je devais oublier toute féminité. Je prends le tissu que j'ai acheté au bazar et l'enroule étroitement autour de moi. Je remplis ma taille et compresse mes seins pour dissimuler leur nature. J'ai volé des sandales à l'homme qui m'a vendu ce manteau en cuir marron, et je fais le vœu de revenir ici, une fois la mission terminée, histoire de lui faire payer la cicatrice qu'il a faite sous l'œil gauche de son épouse. Sur moi, une ceinture où est suspendue une bourse remplie d'argent, de porcelaine et de lingots. Fixé à ma cuisse, un couteau. Dans mes deux lobes d'oreille, deux nouveaux plateaux aussi gros que mes paumes, et pendant de ma tête jusqu'à mes épaules, une coiffe faite de corde, quelques spires d'acier et deux défenses qui dépassent pour me donner l'air d'un sanglier. Quand j'ai fait brûler cette Sangoma, elle n'a pas crié. Elle a ri. Quand ils vont sentir que je suis morte, ils vont savoir que tu arrives, elle a dit.

Lish est une ville où nombreux sont les fidèles, nombreux les effrayés. Je passe devant bien des logements où l'on a baissé le feu, et bien des fenêtres aussi hermétiquement closes que les portes, puis quand je tourne dans la rue du bazar, tout est fermé, étals, charrettes, échoppes, et rien ne bouge, si ce n'est les souris. Je continue. Juste à ce moment-là, quelque chose perturbe l'atmosphère et je sors mon nouveau poignard. Quand je passe devant un marchand de parfums, le jasmin et la myrrhe me suivent sur dix pas. Un choc me fait sursauter, un seau en bois tombe, un chat poursuit une souris, qu'il attrape. Il mordille son trophée et me regarde en passant. Je m'en éloigne, et m'approche de la porte d'un vendeur de tissu. La porte, chaude sous ma main, me paraît étrange, et là, la porte me sourit.

Deux yeux jaunes s'ouvrent et je fais un bond en arrière pile au moment où une lame luisante tranche dans le vide et manque ma main droite. Je chancelle et me retrouve dans la ruelle tandis qu'un garçon de la même couleur que la porte me saute dessus. Vraiment, il était de la couleur du bois, jusqu'au grain, fissures et fibres. Je m'écarte d'une roulade tandis qu'il bondit et cogne la rue, faisant jaillir des étincelles. Il ne peut pas avoir plus de dix et quatre ans. Il ne dit rien mais lève le bras pour abattre son arme sur mon pied gauche. J'esquive in extremis, et vif comme la lumière il vise le droit. Tandis que sa lame est baissée je lui assène un violent coup de pied en pleine tête et il trébuche, roule, se cogne dans le mur jaune d'une boutique et y disparaît.

Je me lève d'un bond. Ramasse mon poignard et mon sac. Cours. Donc je retourne en courant d'où je viens, et entends des pas sur le toit juste au-dessus de moi, bien que je ne voie rien que la lumière qui me joue des tours. Un courant d'air, un mur d'où jaillit un garçon couleur mortier. Un autre mur d'où jaillit un garçon couleur bleu nordique. Cette ruelle est plus longue que dans mon souvenir. Je continue de courir, d'entendre courir au-dessus de moi, puis je me précipite dans une allée sur la droite, plus peuplée celle-ci. Je l'entends atterrir sur un tas d'ordures. Je tourne à gauche mais un coup à la poitrine me fait tomber en arrière. Il m'a coupé le souffle. Je roule et roule et roule sur la chaussée de pierre, écartant les bras pour m'arrêter. Je me relève tant bien que mal, mais je suis hors d'haleine, la toux m'a essoufflée. Une partie de la route se dresse, de la forme du garçon, et me court après. Jamais je ne vais le semer. Il court droit dans le mur à côté de lui et s'y enfonce comme si c'était de la crème. Il est à mon niveau à présent. Le mur ressemble à une feuille de soie avec un corps qui court juste en dessous. Ce garçon est trop rapide. Plus rapide. Il me rattrape. Nous nous éloignons du bateau. Pas le choix, à présent, je dois courir jusqu'à atteindre l'eau, puis tourner à gauche et longer le bord de mer jusqu'à atteindre le port. Mais je me trompe de chemin et me retrouve dans une impasse. Je suis cernée de murs, pas de porte, pas de fenêtre. Les pas me suivent avant que je voie les pieds. Il marche dans la boue et s'arrête. Je le regarde prendre la couleur de la boue, le vois de nouveau prendre la forme d'un garçon. Un garçon de haute taille, tout en muscles, peau et os avec une ceinture de perles noires autour de la taille. Visage, bras, jambes, ventre luisant comme s'il venait de s'enduire d'argile et de graisse. Il sort de nouveau sa lame et cette fois je vois de quoi il s'agit. Une épée Ida, badigeonnée de piment poison qui fait qu'à la moindre estafilade, vous cessez de remuer. Le garçon arbore un sourire espiègle, comme si c'était son jeu préféré. Et il se précipite sur moi, et sa peau devient sèche comme de la poussière, puis lorsqu'il fait un bond en l'air, elle s'évapore, comme le ciel. Mais je connais le ciel. Il atterrit pile au moment où je soulève le vent (pas vent) pour le repousser loin de moi et il se cogne contre un mur. Le garçon se contente de secouer la tête avec un nouveau sourire. Le vent (pas vent) me porte sur un toit et je me mets à courir, à bondir de toit en toit. Il est sur mes talons. Garçon vert quand il court sur toit vert, gris sur toit gris, rouille sur rouille. L'épée empoisonnée reflète chaque couleur. Jeune diable. Enfant Sangomin assassin.

Je me cogne le pied contre une tuile descellée et tombe. Aussitôt, le garçon est sur moi. Il abat son épée, je m'écarte mais sens une odeur de piment juste en dessous de mon nez. Il recule d'un bond puis cogne du pied droit – quelqu'un lui a appris à se battre. Mais moi aussi. Voilà comment il espère que ça va se passer. Il tape fort du pied par terre pour attirer mon regard, puis m'embrocher pendant que j'ai les yeux baissés. Mais je reste vigilante et bloque son épée avec mon poignard. Je dégage sa main armée et lui donne un coup de poignard dans le flanc. Le garçon siffle, recule et se tient la hanche. Il ressemble à du vieux bois à présent. Il sourit de nouveau, le garçon, et me charge de nouveau comme un lutteur au donga, effectuant un arc avec sa lame. Le vent (pas vent) se lève, mais la lame le tranche. Il tourne de plus en plus vite sur lui-même comme un derviche, et tout ce que je peux faire, c'est m'aplatir comme une araignée. Il lui suffit de m'égratigner. Il s'approche, s'approche encore et son épée trace un arc toujours plus grand. L'odeur du piment empoisonné se répand. Il marche sur une tuile descellée. J'agite les mains et le courant d'air fait remuer la tuile, qui bien vite décolle et lui cogne l'arrière de la tête. Le garçon chancelle et laisse échapper son arme. Mon vent s'en va cueillir l'épée et la précipite vers le cou du garçon. Il frappe dans ses mains juste à temps, rattrapant la lame entre ses paumes. S'il relâche sa prise, il meurt. Mais si je reste ici, je vais manquer le bateau. Et là, j'aperçois ça le temps d'un éclair, à peine un clin d'œil : l'œil écarquillé et la lèvre pendante d'un garçon effrayé. Les mêmes yeux qu'on voit sur un enfant agonisant qui vient de s'apercevoir qu'il va mourir bientôt. Cette pensée me distrait à peine une seconde, mais il ne lui en faut pas plus. Il fait un pas de côté, l'épée tombe, il la rattrape et s'apprête à la lancer, mais le vent (pas vent) souffle fort, par-dessous, le jette dans le ciel et le projette au loin. Il finit par tomber comme un sac mouillé, dix toits plus loin.

Le bateau est déjà en train de quitter le port. Un des marins m'a dit plus tard que, soit il louchait, soit Dieu faisait l'imbécile, car il n'avait jamais vu un homme sauter si loin. Mon retard va me coûter ma place sur le pont inférieur, et je vais donc devoir dormir entre les deux mâts.

« Ton vieux shoga est déjà en bas », dit le marin.

Tu crois que l'objet de cette histoire est la vengeance. Son objet, c'est l'ordre divin du bien et de l'abondant, et comment nous perdons notre voie parce qu'une canaille cruelle a décidé que ces choses ne devraient pas exister dans le monde, mais seulement en lui-même. Son objet, c'est l'insatisfaction croissante sur terre et sur mer, comme une bosse qui enfle dans le sein d'une femme, tel un corail. Son objet, ce sont les terres baignées du sang des guerres car nombreux sont-ils encore à devoir souffrir à l'avenir. Je n'en suis pas l'objet. Je n'en suis pas l'objet, oh. Il y a un garçon à Omororo qui a dix et un ans d'âge, bientôt dix et deux.

Et je vais le tuer.

« Tuer qui ? » je demande.

Ils me regardent tous les trois comme si j'étais censée le savoir. Pire, comme si j'étais censée le leur apprendre.

« Répondez-moi. Ce griot me raconte la queue comme si je connaissais la tête, et quel genre de barde est-ce là, qui ne chante même pas, ni ne parle en vers ? »

Le vieil homme et l'esprit des eaux se serrent l'un contre l'autre. Nsaka Ne Vampi me regarde droit dans les yeux un instant avant de s'approcher de moi.

« Ils ont tous disparu, tu sais. Tous ceux qui vivaient dans cette maison à Ibiku. Ta fille, c'est elle qui a vécu le plus longtemps, par purs dédain et amertume selon certains. Maman disait toujours que même la mort avait peur de l'approcher. Elle disait aussi qu'elle savait voler dans les airs, mais je l'ai jamais vue faire. Tu voles, toi ? Matisha, c'est elle qui a vécu le plus longtemps, oh. Arrière-Grand-Mère, elle avait toujours les yeux fixés sur un lieu que personne d'autre ne voyait. Si on passait devant une route qui allait vers le sud, il fallait la retenir sans quoi elle s'y engageait. À chaque fois que le soleil se couchait à l'ouest, elle regardait le sud. Maman disait qu'elle avait atteint un âge où son esprit était déjà parti séjourner avec les ancêtres, même si sa tête était encore avec nous. Mais je n'étais pas de cet avis. Je pense qu'elle regardait vers le sud parce qu'elle savait que quelqu'un allait venir. Revenir, peut-être.

– Et quand est-ce que Keme… ?

– Avant ma naissance. Tu sais, Maman, elle s'est agrippée à nous même quand on est devenus trop grands pour ses mains. Il a fallu que j'aie dix et un ans pour me rendre compte qu'elle me faisait suivre par des pigeons. Imagine le bordel. Ils se posaient, picoraient un truc, une graine, un bout de tissu ou encore une boucle d'oreille, et le ramenaient à ma mère. Même les voisins m'ont entendue gueuler quand j'ai découvert ça. Relâche ta surveillance, femme, ou mieux, lâche-nous complètement, je lui ai dit. Mais elle ne pouvait pas faire ça, ma mère. Elle ne voulait pas se transformer en Matisha. Pauvre Arrière-Grand-Mère, qui n'a jamais cessé d'attendre la mère qui l'avait abandonnée.

– C'est comme ça qu'ils racontent l'histoire, dans le Nord ?

– Ta version est différente ?

– Je ne te dois pas d'explication.

– Tu ne me dois rien. C'est Matisha que tu as rendue amère, pas moi. J'admire qu'une femme puisse se comporter comme un homme. Un jour, tu te lèves et tu t'en vas. Pas de tambours, pas de pigeons, pas de lettre, pas de mot, rien du tout.

– Et tu ne t'es jamais demandé pourquoi Matisha était la seule à qui je manquais.

– Je ne pouvais pas demander à tes autres enfants, ils étaient tous morts. Ils… »

Je ne sais pas ce que je lui montre ou ce qu'elle voit sur mon visage, mais elle laisse sa phrase en suspens. Peut-être qu'elle me voit la chercher, cette partie de moi qui a entendu que mes enfants sont morts, morts depuis longtemps, et aussitôt que je la trouve, je la cache de nouveau. Tant mieux. Car aucune partie de moi n'est prête pour cette brutalité, cette même injustice que quand on voit un homme sur le point de prendre pour épouse une enfant de neuf ans, ou un homme qui tue lentement sa femme sous les yeux de leur petit garçon. L'injustice d'enterrer mes propres enfants, que je n'ai même pas pu enterrer. Pour la première fois, je me surprends à penser à ma longue vie et à me demander si ce n'est pas une malédiction, plutôt qu'une bénédiction. Peu importe l'âge qu'on atteint, mère ou enfant, aucun enfant n'est censé être enterré par sa mère. D'ailleurs je n'ai eu le loisir d'enterrer personne. Le chagrin point à l'arrière de ma tête, mais c'est un son, peut-être même une marque sur un parchemin, pas une chose qui vit en moi et menace de sortir et d'envahir mon visage. Je ne le permettrai pas. Je ne le permettrai jamais.

« Comment se fait-il que tu sois toujours en vie ?

– Je sais pas.

– Matisha aussi, à un moment elle avait l'air aussi jeune que Maman, même. Les gens les prenaient tout le temps pour des sœurs. Mais ni l'une ni l'autre n'avaient l'air aussi jeunes que toi maintenant. Tu as à peine l'air d'une mère, encore moins d'une arrière-arrière-grand-mère. Si je ne savais pas, je dirais que tu viens d'avoir soixante ans. Sorcellerie ?

– Et c'est reparti avec la sorcellerie.

– Et pourtant on t'appelle la Sorcière de Lune.

– Qu'est-ce que tu fais de ta peau, arrière-arrière-petite-fille ?

– Je m'occupe de l'affaire familiale, disons.

– Vous vous êtes mis d'accord sur quoi me dire ensuite, tous les deux ? » dis-je aux deux autres qui chuchotent entre eux.

« Je..., bafouille Popele. Je ne savais pas qu'il avait tant pris, sans quoi je serais venue plus tôt. Cet Aesi, il viole tout ce qui est normal et bon. Il interrompt la lignée des rois. Il transforme la nécromancie en science et la science en nécromancie. Et rien n'en revient jamais ?

– De quoi ?

– Ta mémoire.

– Ma mémoire fonctionne très bien. C'est mon propre sang qui a oublié. Même Matisha, elle ne se souvenait pas de moi, elle savait seulement qu'elle m'avait oubliée et que ce n'était pas normal.

– C'est plus que ça, dit Nsaka Ne Vampi.
– Tu étais là ? » je réplique, et ça lui cloue le bec.
« Ni lui ni moi, on ne pensait qu'il y aurait tant à te dire. Grâce aux dieux, la plus grande partie avait été couchée sur papier. Le reste, je n'ai pas oublié. Nous qui vivons dans les arbres ou dans l'eau, nous n'oublions jamais.
– C'est toi qui m'as envoyée à Omororo.
– Oui.
– Tu n'as pas l'air de quelqu'un aux ordres de qui j'obéirais.
– Tu as choisi de t'y rendre quand je t'ai dit à la chasse de qui tu partirais.
– La chasse. Tes mots m'en apprennent davantage sur toi que ton visage ou ton odeur.
– Tu as entendu parler de l'Aesi ?
– Qui ?
– Le bras droit du Roi du Nord. Il était la raison de ton voyage à Omororo. Nous t'avons envoyée le tuer.
– Quoi ? Qui êtes-vous, pour m'envoyer tuer quelqu'un ? Vous m'avez donné mon poids en or ?
– Tu l'as fait gratuitement.
– Et je l'ai tué ?
– Le griot chante ton histoire.
– C'est oui ou non. Et… mais attends, tu dis que cet Aesi est assis à la droite du Roi. Le même Aesi ? Alors je l'ai tué ou pas ? »
Le vieillard et l'esprit des eaux se jettent un regard, évitant de remuer la tête, dans l'espoir que je ne remarque rien.
« Raconte ton histoire, je dis.
– Tu veux qu'on remonte jusqu'où ?
– Plus loin que ce qu'ils t'ont dit.
– Pardonne le griot, il ne t'a connue qu'à partir du bateau d'esclaves. Il n'a écrit que ce que tu lui as dit d'écrire, exactement comme tu lui as raconté.
– Mais pourquoi vous l'avez envoyé ?
– Parce que si tu réussissais, tu allais changer le monde. Mais si tu échouais, le monde en serait changé aussi. Dans les deux cas, quelqu'un de plus intelligent que moi l'a fait remarquer, autant prendre des notes, car peut-être qu'on en aura besoin un jour. Et regarde, maintenant, c'est le cas.

– Vous feriez bien de me raconter cette histoire avant que je tue vraiment quelqu'un ce soir. »

Voilà ce que m'a dit le lutin des eaux.

C'était au temps de Kwash Liongo, devenu Roi après la mort subite de Kwash Moki dans la vingt et cinquième année de son règne. Liongo le Bon, on l'a appelé pendant trois ans, car son père et son frère jumeau étaient le mal incarné, et ils ont rencontré tous deux la fin qu'ils méritaient, mais ce n'est pas à moi de raconter cette histoire. Moi je te raconte celle-ci, elle est vraie : ce n'est pas la première fois que nous nous rencontrons, ni la deuxième, ni la dixième non plus. La première fois, tu te trouvais à la rivière qui coule derrière le quartier d'Ibiku à Fasisi. Tu lavais des vêtements pour une maison dont peu d'occupants en portaient, quand j'ai jailli des flots. Voilà la vérité, je t'observais depuis des jours, assez longtemps pour que les nymphes bisimbi m'aient signifié sèchement que ce n'étaient pas mes eaux, et quand la faim les prend, elles deviennent aussi voraces que des crocodiles. Mais je t'ai contemplée pendant des jours, toi, ta silhouette, ton attitude, et pendant des jours je me suis posé la question : est-ce vraiment elle qui a tué l'Aesi ? Il était difficile d'y croire, et encore plus de croire qu'il ne soit parvenu à tuer qu'un seul d'entre vous. Durant quatre jours, je t'ai observée, toi, ta maison et ta famille. Tes lions et ta fille Matisha, qui avait les mêmes dons que toi. J'ai vu comment tes plus grands enfants allaient et venaient, certains partis pour de bon, car tous avaient vingt ans passés, et ceux du mariage de ton lion étaient plus vieux. Et les plus jeunes, tous les dix, ils commençaient aussi à t'échapper, car tu ne leur laissais pas assez de mou, même toi tu le savais.

Jour vingt de la lune Sadasaa. Je t'observe pendant que les bisimbi m'observent et je me demande si tu sais quelque chose de ta lignée, si tu es consciente de ne pas être la première de ton sang à pouvoir mobiliser l'air, le ciel, le sol et le feu. Comme j'ai dit, tu faisais ta lessive quand je me suis dressée derrière toi. Je croyais que tu ne m'avais pas entendue, car j'étais aussi silencieuse qu'une idée, mais tu as fait volte-face avec un couteau et tenté de me planter. Tu frappes d'abord et tu poses des questions ensuite ? j'ai demandé, mais tu n'as pas répondu. Tu as plongé ta lame en moi et je t'ai laissée faire, car tu aurais pu aussi bien rentrer ton couteau dans du beurre. Puis je me suis faite pareille à la rivière, liquide comme l'eau, et je me suis jetée sur toi. J'ai grimpé à tes jambes, recouvert ta taille et foncé dans ta bouche avant que tu cries et te couvres la tête. Je m'apprêtais à t'emmener car je n'avais pas de temps à perdre quand une lance a traversé mon épaule. Je me suis retournée, et tu étais là.

« Mon vent va te pulvériser si tu me rends pas ma fille. »

Tu vas pulvériser ta fille aussi, j'ai dit, mais j'avais honte de n'avoir pas différencié la fille de la mère. Je me suis servie de mon propre doigt pour m'ouvrir le ventre et la fille, Matisha, en est sortie. Un mur d'eau s'est élevé, rapide, immense et violent, et j'ai su que c'était leur œuvre.

Et ce que tu as, c'est pas du vent, j'ai fait observer.

Mais c'est que tu crois que tu me connais. Alors c'est quoi ?

La force.

C'est quoi, la force ?

Ce que tu as. Quand tu précipites un homme contre un mur, tu le pousses, tu ne le soulèves pas.

Femme ou homme, ça ne change rien, car tu es tout aussi étrange à mes yeux, même après t'avoir observée pendant des lustres. J'ai transformé mes mains en lames plus acérées que le meilleur poignard et tu n'as pas cillé, mais quand j'ai dit que je voyais que tu allais te tuer plutôt que d'en laisser un autre mourir, tu es tombée à genoux comme si tu allais pleurer. Mais tu ne l'as pas fait. Dix années écoulées et c'est comme si c'était hier, tu as dit. Le pire, c'est que ça me fait l'impression d'être à la fois un événement passé depuis longtemps, et un événement imminent. Comme si quelque chose allait se produire demain, mais que je ne pouvais l'empêcher. Tu as déjà ressenti ça ? tu m'as demandé, et je voulais répondre non, mais tu as poursuivi, disant que chaque matin, c'était comme s'il n'était pas mort mais sur le point de mourir, et tu ne pouvais l'empêcher. Voici la vérité, tu me rendais perplexe, car j'ai vu que tu avais attendu des années pour poser cette question à quelqu'un et pourtant ce n'était pas moi qui allais y répondre. Quand j'ai dit que j'étais venue te parler d'une autre affaire, tu as eu l'air soulagée, je ne mens pas.

Tu as demandé ce que je voulais et j'ai répliqué qu'il n'y avait pas de temps à perdre. Il y a un homme dont les pas suivaient de si près ceux du Roi qu'on le comparait à une araignée. Ne gâche pas un temps précieux à me dire que tu ne vois pas de quoi je parle, car dix et un hommes, ainsi que l'Aesi, sont entrés dans ta maison et n'en sont jamais ressortis. C'était il y a des années, et c'étaient seulement des cambrioleurs, as-tu dit. Écoute, on n'a pas le temps de jouer à ça, j'ai dit, plus fort, et je suis sortie de la rivière. Tu es faite de bitume ou de goudron ? as-tu demandé, mais je n'ai pas répondu. Où peut-on aller, car j'ai des nouvelles qui vont t'ébranler, j'ai dit, et nous sommes allées à ta réserve à grain. Les gens au-dessus du ciel et sous la terre t'ont tous vue tuer l'Aesi, et ça n'a pas plu à certains d'entre eux, je te l'ai rapporté, et tu as répondu que tu le tuerais de nouveau s'il s'en prenait à un autre de tes enfants. Quand je t'ai dit que c'était tant mieux, tu as été à la fois perplexe et outrée.

Je ne voulais pas dire tant mieux qu'il soit arrivé malheur à tes enfants, mais tu as exprimé la raison de ma venue. Nous devons nous hâter, car le sablier a déjà été retourné et il est presque entièrement écoulé.

Arrête de parler par énigmes, qui que tu sois, et dis-moi pourquoi tu es venue. Tu as lâché ça avec une rudesse qui m'a fait presque rire. Tu l'as déjà dit toi-même pourquoi je suis venue. L'Aesi que tu as tué ? C'est bien vrai que tu lui as apporté la mort, mais tel est le monde, telle est l'époque, et les dieux sont ce qu'ils sont.

Et celui que tu as tué est rené.

« Attends. Je l'ai déjà tué, cet Aesi ?

– Oui. Tu te rappelles comment il est mort, ton fils Ehede ?

– Des bandits, des cambrioleurs, quelqu'un qui l'a pris pour un lion sauvage.

– Tu ne sais vraiment pas ?

– Je commence à en avoir marre que tu me parles comme à une imbécile qui ne comprend rien à rien.

– L'Aesi et ses hommes vous ont pris en embuscade dans ta propre maison. Ils ont tué Ehede, et tu l'as tué, lui. C'était seulement la deuxième fois que l'Aesi ne mourait pas par sa propre main.

– Des braconniers ont tué mon fils. Je le sais parce que leurs cadavres étaient enterrés dans le jardin.

– C'étaient des soldats, pas des braconniers.

– Et cet Aesi ? Son corps, il est dans mon jardin aussi ?

– Non. Tu as mis ton don en lui et il a explosé, il n'en est resté qu'une bruine.

– Continue ton histoire. »

Popele s'exécute.

J'ai su que je devais m'arrêter parce que la nouvelle est tombée comme un arbre ; l'arbre ne fait pas de bruit d'abord, on entend seulement le froissement des feuilles qui se détachent et les brindilles qui se brisent, mais ensuite, quand le tronc s'abat, s'écrase sur le sol, il fait trembler la terre comme un coup de tonnerre. Tu m'as regardée, interdite, comme si quelqu'un te mettait une gifle sans que tu t'en rendes compte. Mais nous n'avions pas de temps à perdre, alors j'ai dit : Tu dois le tuer de nouveau. Comment ça, il est rené ? tu as demandé, et je n'ai pas voulu répondre car l'explication était longue, et je pourrais te raconter la chose en route. Alors j'ai dit : Pour l'instant, il n'est pas à la cour, il n'est même pas un homme. Mais tu insistes, d'une voix aussi faible qu'une enfant blessée : Comment ça il est encore en vie ? Il est vraiment revenu d'entre les morts ? Tu voulais savoir si j'en étais sûre. Et même quand j'ai dit oui, tu reposes la question. Je pensais que tu allais pleurer. Ton visage a cru qu'il allait pleurer jusqu'à ce que tu l'arrêtes par ta volonté. Qui a choisi la colère à la place. Quel sale tour est-ce là, et si ce n'est pas toi, alors quel dieu se lance dans des saloperies pareilles ? C'est pour ça que plus personne n'adore les dieux, à part les féticheurs. Comment est-ce possible qu'il vive encore ? Il va venir se venger de moi ? Comment c'est possible ? Tu le demandes, et le redemandes, jusqu'à ce que je te précise que je me suis mal exprimée. Ce n'est pas que tu vas le tuer. Il vit, c'est certain, mais tu ne vas pas le tuer, tu vas faire en sorte qu'il ne soit jamais né.

Écoute ça maintenant. Quelle que soit la façon dont il meurt, l'Aesi retourne à l'outre-monde avec tous ceux dont l'esprit est sans repos, puis huit étés plus tard, il renaît. La plupart de ces esprits naissent de la même femme et meurent jeunes, puis ils renaissent pour mourir de nouveau, abandonnant cette femme à son chagrin perpétuel. Mais l'Aesi naît d'une femme différente à chaque fois, et les dieux n'ont pas de préférence entre le Nord et le Sud, même si pour toutes les fois dont j'ai connaissance, il n'a servi que le Nord. C'est pourquoi nous faisons appel à toi maintenant, car celui qui naît toujours d'une mère différente est difficile à trouver. Mais cette histoire, elle va trop vite et te fait tourner la tête. Je te le répète. Huit ans après que tu l'as tué, alors que Moki était encore Roi, il est rené. Quand tu avais vingt et neuf ans. L'Aesi n'est même pas son nom, car personne ne lui connaît d'autre nom que celui que lui donne sa mère. Alors huit ans après sa mort, l'Aesi est rené à Omororo, d'une femme de la tribu Asakin, dans le bush, entre la ville et la mer. Kwash Moki est mort l'année de ses huit ans. Il nous a fallu près de dix ans pour le localiser, et cinq lunes pour te trouver, et maintenant nous n'avons presque plus le temps.

Comment tu sais tout ça ? as-tu demandé.

Un jour, on a fini par avoir la présence d'esprit de suivre ceux qui le suivent.

Les Sangomin ?

Les Sangomin. Une Sangoma et ses sales enfants tueurs, ils surveillaient le garçon de loin, et il n'avait pas l'air de s'en rendre compte. Lui, il n'était au courant de rien, car à ses propres yeux, il n'était qu'un garçon avec des envies et des désirs de garçon. Tu me demandes comment je sais de quelle femme, et je te réponds que je ne le sais pas. Seulement que s'il est né, c'est forcément d'une femme, et ça aussi, le pigeon gris et jaune, l'œil des Sangomin, vole bas au-dessus de cette tribu depuis déjà des années. Pas moyen de s'approcher sans qu'ils se rendent comptent qu'ils sont espionnés. Quelle femme est la mère et quel garçon le fils ? Nous ne le savons pas, car la tribu Asakin a des coutumes particulières. Un garçon ne naît jamais seul mais quand sept, huit, ou même dix naissent pendant la même lune, ça compte comme une seule naissance. Aucun d'entre eux ne se distingue des autres, car ils appellent toutes les femmes Mère et tous les hommes Père. Ils naissent en groupe, sont élevés en groupe et apprennent en groupe. Si l'un d'entre eux fait preuve de courage, ils sont tous récompensés, et si l'un commet un péché, ils sont tous punis.

Et de cette manière, ils avancent en années jusqu'à ce que vienne le jour de se changer en hommes. Les Asakin ne considèrent pas l'âge comme quelque chose de linéaire : selon eux, le garçon et son groupe grandissent jusqu'à atteindre les limites de la jeunesse, le moment où ils ne peuvent plus grandir. À dix et deux, comme la chenille, il doit se refermer pour que puisse sortir l'homme. Et comme la chenille et le papillon, le garçon n'a pas de lien avec l'homme, si ce n'est la coquille dont ce dernier sort adulte. Il fête de nouveau son premier anniversaire. Mais bien qu'il passe le rite d'initiation avec les autres garçons, l'Aesi n'est pas comme les autres garçons.

Je ne tuerai pas un garçon, tu as dit. Je ne tuerai pas un enfant.

Comme je l'ai dit, ce n'est pas un garçon. Tu le verras à sa posture, tu le verras dans ses yeux.

Tu as déjà vu un enfant mort ?

Et si ce garçon en grandissant devient celui qui va tuer le monde ? Et si tu vis assez longtemps pour voir ça ? Hein ? Ce n'est pas un jeune garçon, mais un petit autre chose, même s'il ressemble aux autres garçons. Je te l'ai dit.

Écoute-moi maintenant, car ça vient de la seule fois où un griot l'a écrit, et c'est la seule raison pour laquelle je suis au courant. J'ai vu le manuscrit moi-même. Le griot l'a écrit il y a sept cents ans, et même à l'époque il n'a pas pu terminer. En vérité, la phrase inachevée se transforme en énigme jusqu'au jour où quelqu'un l'achève. Tous les autres garçons, la nuit où ils atteignent dix et deux ans, ils passent le rituel et deviennent des hommes aux yeux des autres. Mais quand l'Aesi atteint dix et deux, il remet le monde à zéro. Le griot a écrit ça, que le temps allait venir, le temps était venu, c'était maintenant. La foudre a zébré le ciel et pourtant la pluie ne menaçait pas. Il se transforme, quelque part dans le monde, et le monde est déjà en feu. Peut-être que si je continue à écrire, alors par mes mots je m'ouvrirai un passage vers l'autre côté, car à présent, je connais ses œuvres. Je sais qu'il va re… u… Puis l'encre a bavé, et la plume, la main et le doigt ont maculé le papyrus d'encre noire. Ce n'est qu'au bas du manuscrit que le texte reprend son cours, et bien que ce soit la même main, le griot dénigre ces mots qu'il décrit comme ceux d'un fou. Nous avons dû éplucher tous les écrits de cette branche de griots en quête d'autres indications, au fil du temps. Au sujet du garçon maléfique qui ne cesse de renaître. Un griot a écrit qu'un ancien lui avait dit de chercher dans le ciel une volée de pigeons gris. Un autre, il y a cinq cents ans, a recommandé de faire attention à ces années où le Roi serait seul, et de continuer d'écrire, car lorsque l'Aesi reviendrait, quelqu'un allait remarquer le changement du récit, si ce n'est du monde. Puis il n'y a que les rouleaux qui se veulent simples documents, des rouleaux qui mentionnent le même Aesi encore et encore et encore, d'une époque d'avant même la maison d'Akum. Sept cents ans, et ce n'est que maintenant que nous apprenons que quand l'Aesi atteint dix et deux ans, non seulement il se transforme, mais tous ceux qui l'ont jamais vu, entendu, touché, tous ceux qui ont respiré le même air que lui se transforment également. Ils l'oublient, tu m'entends, comme s'il n'était jamais né, et quant à lui, il devient un homme, et pas comme ces garçons qui ne deviennent des hommes que symboliquement. Il devient un homme grand et mince. La peau si noire qu'elle est bleue et les cheveux rouges, et toujours il se tient à côté du Roi, mais personne ne peut dire quand il est arrivé aux côtés du Roi, qui l'a engendré, ou comment il est parvenu à la droite du trône. L'Aesi, il n'a pas de début ni de fin, il est, voilà tout.

Mais attention, le fait que tu l'oublies ne veut pas dire qu'il t'ait oubliée. Une Sœur du Roi, un féticheur et dix sorcières avaient concocté un stratagème qui l'a tué, deux cents ans avant la maison d'Akum. Il a préparé sa propre vendetta contre les princesses, et il s'en prend à elles depuis. Note bien qu'il se souviendra de la femme qui l'a tué et viendra se venger de toi. Et des tiens. Et que les dieux te viennent en aide, car tu ne sauras même pas pourquoi, c'est pour ça que je te dis que pour le tuer, tu ne peux pas le tuer. Si tu l'attaques en garçon, ou en homme, c'est un meurtre. Mais si tu le surprends après qu'il a cessé d'être un garçon et avant qu'il soit devenu un homme, ce ne sera pas un meurtre, car il ne sera pas né. Un homme non né ne peut mourir et ne peut pas renaître. Nous devons donc le trouver le soir de ses dix et deux. C'est le seul moyen.

Tu as jeté un regard à tes plus jeunes enfants et décidé aussitôt de le faire. Ton lion, il n'a pas du tout apprécié. C'est pour t'en prémunir, ou par vengeance, que tu comptes le tuer ? t'a-t-il demandé. Tu dis que tu le fais pour eux, mais tu le fais pour toi. Puis il a ajouté que quand l'Aesi était venu tuer, c'était toi qui l'avais attiré parmi vous.

« Il a continué de parler, mais visiblement tu ne voulais pas entendre la suite.

– Raconte-moi.

– Tu as demandé aux plus grands de prendre soin des plus jeunes, et quand tu as quitté la maison, le ressentiment et les mauvaises paroles planaient entre toi et le lion.

– Raconte-moi.

– Très bien. Il a dit : Quelle mère abandonne ainsi ses enfants, dont l'un est mort à cause de toi ? C'est parce que je ne veux pas d'autre mort, c'est pour ça que je dois y aller, tu as répliqué. Il a dit : C'est juste parce que le goût du sang ne t'a jamais quittée, vu que maintenant encore, il t'arrive certaines nuits de sortir en douce pour aller te battre au donga ; ce qui t'ébranle, car tu croyais que personne n'était au courant. Tu lui réponds que ce n'est pas toi qui es allée trouver l'Aesi à sa porte pour le défier, que tu n'es même pas venue dans cette ville de merde par toi-même, c'est lui qui t'a ramenée. Puis tu ajoutes que s'il était un vrai homme, plutôt qu'un demi, il aurait protégé ses enfants, au lieu d'accuser sa femme. Alors il a dit : Tu as raison, le vrai jour maudit, c'est celui où je t'ai ramenée de cette montagne, chassant une vraie mère au lieu d'une qui se contente de pondre ses petits et de les laisser tomber, alors qui est la vraie bête ici ? Et tu as dit…

– Ça suffit.

– Il a essayé de te frapper.

– Ça suffit, j'ai compris.

– Comme j'ai dit. Quand tu as quitté la maison, le ressentiment et les mauvaises paroles planaient entre toi et le lion.

Popele continue.

Ça aurait pris trop longtemps de rejoindre le Sud par voie de terre, même à cheval, mais faire tout le trajet par la mer était trop risqué, ne serait-ce qu'à cause des vents capricieux. Le plus rapide, le plus sûr, c'était de voyager sur la rivière, vers Juba, au sud-ouest, de payer un passage vers le sud sur la partie inférieure de la rivière Ubangta jusqu'à Dolingo, puis remettre pied à terre et traverser la forêt sans nom et le Marais de Sang, jusqu'au littoral où tu prendrais un bateau pour Lish, et de Lish, un navire voguant vers le sud, jusqu'à Omororo en passant par Weme Witu. En tout, un voyage de quatre lunes. Avant les dix et deux ans de l'Aesi.

« Son anniversaire tombait pendant quelle lune ?

– Nous avons utilisé les renseignements les plus fiables dont nous disposions.

– Donc tu ne savais pas. Et tu étais où, pendant que je voyageais vers le sud ?

– J'étais avec toi tout du long, sous l'eau. Ma forme est trop étrange, même pour des gens qui ont l'expérience de l'étrangeté.

– Avec moi tout du long. Le vieillard, il a raconté que les Sangomin m'ont attaquée deux fois. Et apparemment, tu n'as rien fait. Tu sais ce que je ne sais toujours pas ? Si c'est que tu ne peux pas te salir les mains avec les petites gens parce que tu es de naissance divine, ou si c'est juste que tu prends ton pied à regarder.

– Je… je… ça ne m'est pas possible de rester hors de l'eau très longtemps. De l'eau sur le sol, le sol m'absorbe et… Non, je ne peux pas. Vraiment, je…

– Popele, poursuis ton récit, intervient Ne Vampi.

Je ne pouvais pas en dire plus. Au lieu de ça, je t'ai fait observer que même si tu n'avais pas pris beaucoup d'affaires, ton fardeau était lourd. Deux fois tu as quitté la rivière, d'abord pour aller à Mitu, vers un village trop petit pour figurer sur les plans du Roi. Tu as refusé de t'arrêter avant d'atteindre trois petites huttes, d'où a surgi une ribambelle d'enfants, dont quatre ne remarquant pas qu'ils marchaient dans les airs. Un homme les a appelés, et tu as tressailli en le voyant, comme si tu le connaissais. Tu as refusé de partir avant d'avoir vu leur champ, et un tas de terre rouge qui ne signifiait rien pour eux. Tu as refusé de partir tant que tu n'aurais pas intercepté trois fillettes pour les regarder, et elles ont regimbé et se sont éloignées. Et mon nom est Popele et je sens le courant de toutes les rivières, même les canaux rouges qui coulent sous la peau, alors j'ai su que vous étiez parentes, elles et toi.

Le premier bateau est parti sans toi, donc tu en as pris un autre jusqu'à Dolingo. De là, tu devais te rendre droit au Marais de Sang à cheval, mais tu t'es arrêtée de nouveau. Oui, je t'ai suivie, n'importe qui se serait demandé ce que tu allais fabriquer dans ce territoire de bergers arriérés. Je ne crois pas que tu l'aies choisi, peut-être que c'était juste le dernier arrêt avant le bush. Mais tu l'as parcouru jusqu'à trouver un homme dont la maison se constituait de quatre huttes, où il accumulait les livres et les parchemins qu'il reliait de peau de chèvre et de cuir. J'ai tout vu. La pudeur, très peu pour toi. Tu as soulevé ta robe et défait un long rouleau de lin ou de parchemin, couvert de signes, qui ceignait ta taille. Tu as tourné, tourné sur toi-même, et déroulé, déroulé jusqu'à ce que l'intégralité repose sur le sol. Cache-le bien, et conserve-le précieusement, lui as-tu recommandé, car tu portais ces mots sur toi en rappel de ta détermination, mais tu t'étais rendu compte que c'était le combat d'une autre femme, or tu devais accomplir ta propre vengeance. Le relieur ne savait pas de quoi tu parlais, mais il a promis de conserver précieusement tes rouleaux, parmi ses tours penchées d'ouvrages et de manuscrits, quand tu lui as laissé une coquette somme d'argent.

« Dis-moi ce qui s'est passé quand je suis arrivée à Omororo.
– Ikede ? dit Popele, se tournant vers le griot, qui déroule un parchemin, puis un autre, puis cinq autres.
– Il faut tout ça pour raconter ma vie ? » je demande. Un bref instant, je m'impressionne moi-même.
Et il continue le récit.

Jour trois. Le vent était bon, mais le ciel guère prometteur. Nous étions au large, dans un navire pourri voguant vers le plus vaste territoire du royaume du Sud. Un domaine sous la juridiction du Roi pas encore fou, mais destiné à le devenir, aussi sûrement qu'un oiseau mort en vol est destiné à tomber. Deux nuits passées, encore sept à venir. Et ceci. Les gens sur le bateau me prennent pour un homme, visiblement, donc je suis un homme. C'est ce qu'a dit le quartier-maître à l'équipage quand je suis arrivée en retard ; il nous manque un homme qui a déjà payé la traversée, un homme qui a des affaires à régler à Omororo.

Je me lève chaque matin trempée soit de rosée soit d'écume, et je vais prendre mon petit-déjeuner avant que le plus gros homme de l'équipage se lève, de mauvais poil, à l'avant du mât de misaine, et écarte tout le monde de son passage sans ménagement. Au dernier souper, un matelot m'a poussée par terre pour se rendre à la cambuse, et quand je lui ai dit que la prochaine fois il n'aurait plus de main pour pousser, il a ricané comme une hyène. Le cuistot nous donne des repas au lever et au coucher du soleil, mais en vérité, il n'y a pas de différence entre les deux. Chaque fois, ça a le même goût que s'il avait prélevé de la bouillie dans la coque pourrie elle-même.

Le capitaine, quand je me suis rendue à ses quartiers pour payer ma traversée, m'a toisée avant de compter les pièces et de marmonner quelque chose à part lui. Le vent m'a apporté le murmure secret de ses lèvres : j'étais trop maigre pour faire un bon esclave, donc autant me garder sur le pont, car quel bénéfice espérer en vendant des crevettes comme lui ? En plus, vu mon apparence, je pouvais être un magicien ou sorcier, capable de jeter un sort à son navire. Lui, il avait tout du capitaine des contes maritimes. Je me suis forcée à lui rendre son regard. N'importe quel autre homme aurait déjà détourné les yeux, en vertu de l'accord tacite que passent deux personnes en dialogue. Tu me regardes quand tu parles, mais tu détournes le regard avant de terminer, pour que je puisse te regarder sans gêne. Rien de tout cela avec cet homme, car il fixait les yeux sur vous comme un faucon et ne cillait pas. En vérité, son œil était un incendie, rouge dans un visage sombre. Une barbe teinte en roux, comme les moines du Nord. Les cheveux bouclés et hirsutes, comme les hommes du nord de la mer de Sable, dont il portait aussi la tunique. Un tissu à rayures jaune et rouge, couvrant le torse et descendant au-dessous du genou. Les jambes nues, pas de pantalon : il n'avait pas vu la nécessité de s'habiller pour me recevoir.

« Le voyage prend dix jours, neuf si les dieux sont cléments, dit-il, bien que je n'aie rien demandé. Trois cent soixante et cinq miles autour de la corne. Puis six cents avant d'arriver à Omororo. Tu comprends ?

– Tu crois que je suis née dans le bush ?

– À l'odeur, oui. Personnellement, ça me dérange pas. Tu ne pues pas plus que tout ce qui se trouve au-dessous du pont. Pas de honte à être né où que ce soit, ou de quoi que ce soit. Je voyage souvent dans l'Est donc je respecte leurs coutumes.

– Ça fait bien longtemps que je n'ai pas vu l'Est.

– Bien longtemps ? Trente ans n'ont pas pu s'écouler, à en juger par ton visage. Tu es moine ?

– Bintuin. »

Il hoche la tête, comme s'il venait de trouver la solution d'un problème. Je me demande aussitôt ce qu'ils racontent sur moi, lui, le quart-maître et aussi le jeune cuistot. Ces quatre jours, je suis restée dans mon coin, me disant que moins je me faisais voir, moins je me faisais remarquer. Je me suis trompée. Mon silence leur a donné envie d'en savoir plus, et parce que je n'ai rien demandé à personne, voilà qu'ils brûlent de me questionner.

« Les Bintuin. Un peuple qui vit sur le sable, mais ne voit jamais la mer ? Tu es bien étrange. Qu'y a-t-il à Omororo pour un homme tel que toi ?

– Le commerce.

– Non mais c'est toi qui me prends pour un gars né dans le bush, maintenant, ou quoi ? Les Bintuin, ils ont que dalle à offrir aux habitants d'Omororo. Tout ce que tu as sur toi, c'est un sac.

– Soit je te dis un mensonge, soit je te dis rien. »

Le capitaine rit. « Certains membres de mon équipage, ils pensent que tu…

– Que je quoi ?

– Soit je dis un mensonge, soit je te dis rien », réplique-t-il, puis il me congédie d'un geste comme un vulgaire domestique. Je hoche la tête et sors à reculons, sans le quitter des yeux.

Jour cinq. Je suis un homme comme tous les autres à bord, sauf celui qui a une épouse, épouse que je ne vois qu'une seule fois, cachant sa petite tête sous un énorme gele qu'elle doit tenir à deux mains pour l'empêcher de s'envoler. Peu après, le mari, un chef trop gros pour une si jeune fille, l'enferme dans sa cabine, comme un objet à mettre en lieu sûr. Mais je fais comme les marins, je dors à l'abri de la poupe, repoussant à coups de pied les rats, à coups de pied le quart-maître ivre qui cherche le cuistot adolescent pour le violer, et je fixe la bôme quand le capitaine crie de le faire, je vide le seau de merde quand le capitaine crie de le faire, et je passe la serpillère sur le pont ; je gagne mon gîte et couvert quand le capitaine crie que nous devons les mériter, alors que j'ai payé la traversée avec une bourse pleine de pièces d'argent.

Pour être un homme tu fais comme font les hommes. À partir du moment où tu maîtrises une chose, tu peux rater tout le reste, car être un homme c'est rater tout le reste. Voilà l'essentiel, en toutes choses. L'essentiel, pour un homme, qu'il soit prêtre, roi, mendiant ou chasseur, c'est de prendre de l'espace. Qu'il soit vivant ou mort. Plus d'espace qu'il n'en a besoin, et plus d'espace qu'il n'en utilisera.

« On peut sauter ça, dit Ikede.

– Non, ça m'intéresse. »

Un homme assis sur un petit tabouret, mais les jambes écartées si bien qu'il prend autant de place qu'un buffle. Regarde comme il se tient quand il s'étale dans la terre, se lave dans la rivière et s'appuie contre un arbre. Regarde-le qui pisse debout, chie accroupi. Regarde ses bras qui se balancent quand il marche. Il t'appellera d'une voix qui porterait jusqu'en haut d'une colline alors que tu te tiens à un souffle de lui. Regarde-le qui se cure le nez, s'empoigne les couilles, se gratte le cul, puis trempe le même doigt dans la soupe, sans réfléchir, car réfléchir, c'est comme la peur ; réfléchir, c'est pour les femmes. Donc j'étais un homme, jambes écartées que je sois assise ou accroupie, comme si ma jambe gauche détestait ma jambe droite, et à chaque pas quand je marchais, je cognais lourdement le sol. Et j'empoignais le bastingage comme si j'allais le chevaucher, je saisissais la bôme comme si j'allais m'y suspendre, tel un chimpanzé, et je ne sourcillais pas quand un membre de l'équipage pétait, jetait le seau de merde à côté, ou plaisantait que la femme du pont inférieur ressemblait à ces femmes du proche-orient qui se font sectionner le koo avant d'atteindre dix et deux ans. Trop dur et trop facile, d'être un homme. Trop facile de cracher, de ronfler, de péter, mais trop difficile de se souvenir. Et trop idiot de garder une posture qui appelle les coups de pied.

Et ce navire. Plus gros que la plupart des dhows car c'était un vaisseau commerçant, mais aussi à cause de la cargaison qu'il transportait d'habitude.

Et cet équipage. Après le capitaine, le quart-maître, qui s'habille plus oriental que le capitaine et a le physique correspondant. Plus jeune, plus grand, la peau plus claire, avec des pommettes plus hautes et le nez plus droit, il porte un turban qu'il ne retire jamais, et un boubou bleu un jour, noir le suivant, toujours avec un pantalon yata noir. Et un sabre en bandoulière, qu'il tapote à chaque fois que je le surprends à me regarder. Le gros cuistot, qui cache son gros ventre sous son ample agbada, et son apprenti adolescent, qui cache sa silhouette juvénile sous un fourreau qu'il attache à la taille avec une cordelette. Le jeune garçon aux cheveux courts et crépus, la bouche pleine de dents et un air perpétuellement effrayé, comme s'il était tout le temps sur le point de s'enfuir, ce qu'il devait faire toutes les nuits où le quart-maître n'était pas trop saoul pour le violer. Un homme médecine qui ressemblait au cuisinier, sauf qu'il avait deux plumes dans les cheveux, s'enveloppait de quatre peaux de guépard et se promenait avec une épée dont un guérisseur n'est pas censé avoir besoin. Il est sorti deux fois prendre l'air, puis il a décidé qu'il faisait meilleur sous le pont, car il n'est jamais remonté. Quant au reste de l'équipage, dix hommes, même si parfois je n'en compte que neuf, car ils se ressemblent tous, certains pieds nus avec des pantalons blancs qu'ils roulent pour marcher, d'autres pieds nus en jupes blanches qu'ils ne portent pas toujours, tous torse nu. Les jours chauds, les pantalons tombent aussi.

Et enfin il y avait le navigateur, dernier homme que je vois avant de m'endormir, et premier que je vois au réveil, tenant son poste à la proue toute la nuit, et à la poupe toute la journée. Un homme de Malakal, à en croire sa langue, même si la chéchia sur sa tête évoquait plutôt le nord de la mer de Sable. Pas vieux, vu qu'il avait le visage lisse comme un enfant, presque imberbe, très peu de sourcils, même. Mais pas jeune, car il avait le regard grave de celui qui en a trop vu. À part le capitaine, c'était le seul homme que j'étais curieuse d'entendre, donc je l'ai suivi à sa cabine, sur le pont inférieur. Il a ouvert la porte au moment où je m'apprêtais à frapper.

« Magie, ou destin ? » a-t-il demandé en souriant.

Éclairage à la bougie, mais aussi deux lanternes où brûlait de l'huile de poisson. La pièce faisait toute la largeur de la coque, ce devait être la plus grande de tout le navire. Que ce soit lui qui l'occupe, et non le capitaine, m'a confirmé tous mes soupçons sur la rare sagesse de ce navigateur. Mais il y avait tant de papiers, cartes, manuscrits et livres entassés sur le point de s'écrouler qu'on aurait dit en fait que c'était la plus petite. Je ne les ai remarquées que lorsqu'elles ont commencé à voleter autour de moi, examinant mon visage et mes yeux. Il y en a même une qui s'est posée sur mon épaule avant de s'envoler de nouveau. Celle qui me regardait avait la peau et les ailes bleues, avec des marques qui ressemblaient à des runes. Celle qui s'est envolée de mon épaule avait la peau couleur perle mais les ailes vertes. Toutes les deux étaient grandes comme mon avant-bras.

« Comment tu nourris des yumboes en mer ?

– Allons bon. En l'absence de larves, de grillons, de sauterelles, les asticots font l'affaire. Et ce n'est pas ce qui manque dans la cambuse d'un navire. »

Les yumboes, deux femelles, le regardent comme si elles s'apprêtaient à vomir. Elles battent des ailes si vite qu'on dirait des boules de lumière qui dansent jusqu'à la fenêtre.

« En vérité ? Elles volent mes poissons, c'est tout. Des poissons plus gros qu'elles deux. On ne m'avait pas dit qu'elles avaient un appétit extraordinaire.

– Tes esclaves ? »

Le navigateur éclate de rire. Les yumboes poussent un petit sifflement mécontent.

« Mes épouses. »

Il sait que j'aurais des centaines de questions. Il me regarde comme s'il s'apprêtait à y répondre.

« À quoi ça sert, un quart d'astrolabe ? » je demande, et je constate qu'il me regarde maintenant comme si c'était lui qui se posait des questions sur moi.

« Bien vu, dit-il en ramassant l'objet. Bien vu. On appelle ça un quadrant, d'ailleurs. Plus utile. Dans ces mers, il n'y a pas d'Étoile du Nord qu'on puisse suivre la nuit, donc nous devons nous orienter avec le soleil, dans la journée. Je suis surpris que tu saches à quoi ça ressemble.

– Parce que je suis Bintuin ? »

Son rire me dit : Me prends pas pour un imbécile.

« Tu as de la chance que ce quart-maître n'aime les trous que quand il y a un garçon au bout. »

Il me passe devant et attrape un plan. Les yumboes le prennent par chaque extrémité et le tiennent devant le seul espace libre sur le mur. Il le fixe avec des clous et se met à voyager de terre en terre du bout du doigt.

« Écoute bien. Je suis mieux payé que tous les hommes sur ce bateau, à part le capitaine. Tu sais pourquoi ? N'importe quel navigateur peut atteindre l'est ou l'ouest. Il suffit d'un morceau de bois et d'un bout de ficelle. Mais du nord au sud ? Nous sommes rares, très rares. La plupart des marins, même les plus chevronnés, ils se contentent de suivre le soleil, ou de lui tourner le dos, et ils devinent le reste. Mauvais pour un navire, mauvais pour un équipage. Un voyage de neuf jours, au bout de neuf semaines, aboutit à une mutinerie.

– Tu me dis ça parce que… ?

– Me prends pas pour un idiot. Comment ça se fait que les autres ne voient pas, j'aimerais le savoir.

– C'est pas bien compliqué d'être un homme.

– Ils le savent, ça, les hommes ? »

Il me regarde comme si c'était un jeu auquel il ne jouait pas, mais dont il voulait connaître le gagnant. Pour la première fois sur ce navire, je retire le keffieh qui me dissimule le visage. Il hausse les sourcils et sourit, l'air de dire : Tu es plus belle que j'avais cru. Ça faisait longtemps que je ne m'étais pas souciée de l'opinion d'un homme sur mon physique.

« Dans combien de temps dois-tu être à Omororo ?

– Le capitaine a dit que la traversée prenait neuf jours.

– Il est navigateur, maintenant, le capitaine ?

– Combien de temps, alors ?

– Ça dépend de quand ce même capitaine va daigner m'écouter à nouveau. Pour l'instant ce n'est pas le cas. Mais toi. Je t'ai déjà dit, je lis les choses. Je vois ce que le ciel ne veut pas montrer.

Pour l'instant, la seule chose que tu portes, ce sont des armes. Tu sais que la poudre de khôl a une odeur, tu espères seulement que personne ici ne la connaît. Je commence à avoir pitié de la personne que tu cherches. »

Il s'assoit. Il est content de son petit discours.

Le navigateur fait beaucoup de choses, mais avant tout, il observe. Quoi qu'il arrive ensuite pendant la traversée, que ce soit par l'œuvre du ciel et de la mer ou par l'action des hommes, il ne fera rien d'autre.

Jour neuf. C'est le jour où nous étions censés jeter l'ancre à Omororo. Personne ne semble remarquer que nous avons dévié. Mais l'eau de mer n'est pas son élément, maintenant que j'y pense, donc elle ne s'en rend pas compte. Le capitaine et le navigateur n'arrêtent pas de s'engueuler, et le reste de l'équipage continue de me jeter des regards meurtriers. À ce stade, je me fiche que les Sangomin sachent où je me trouve. Une nuit je reste sans dormir et la suivante je m'installe de telle sorte que, si je pique du nez je puisse rouler sur des coquillages avant qu'un homme m'attaque. Mais c'est insoutenable, et je le dis sans mentir. Il ne restera rien de moi le matin où j'arriverai à Omororo. Si j'arrive à Omororo.

Jour dix. Quand je me réveille, je roule sur moi-même. J'écarte les bras pour me retenir. J'ai la tête qui tourne de folie mais je prends conscience que c'est le navire. Mon visage est froid et humide, de plus en plus mouillé. Mais je ne vois rien que l'obscurité jusqu'au moment où la foudre illumine tout d'un éclair blanc. Puis de nouveau le noir et j'entends un grand fracas. Mer noire, ciel noir, et soudain, à la faveur d'un éclair blanc qui fend les nuages, je vois la mer démontée, déchaînée, les vagues qui s'écrasent sur les vagues et forment une masse d'eau cinquante fois plus haute que le bateau. Et ce bateau, au lieu de s'élever, il s'enfonce si bas qu'on dirait qu'il tombe dans le vide. Nous touchons le creux de la vague et remontons, mais le vent cogne le flanc de la coque et manque nous faire chavirer. La pluie me cingle. Les esprits de la mer et les esprits du ciel rivalisent de cruauté. La foudre fend, le tonnerre tonitrue puis roule comme s'il allait quitter le ciel pour s'abattre sur nous. Une autre vague se dresse comme une montagne et avance sur nous mais nous la chevauchons, puis retombons comme si nous dévalions une colline sans pouvoir nous arrêter. Le ciel gémit et se déchire. Une autre vague s'écrase à tribord et nous renverse. Nous roulons, nous rampons. La proue s'enfonce sous l'eau qui afflue sur le pont et remonte jusqu'à moi. Je m'agrippe au mât. J'essaie de me redresser, mais une vague qui s'écrase à bâbord me propulse dans les airs. Je fais deux pirouettes puis j'attrape une corde et j'y reste accrochée jusqu'à ce que le vent cesse de l'agiter comme un ruban. Le vent. J'entends son murmure rauque qui cherche à faire tomber tout le monde du bateau. La proue s'enfonce de nouveau, l'eau déferle sur le pont, et me voilà trempée. Accrochée au mât, ce n'est qu'à ce moment-là que je vois les hommes autour de moi, qui tentent de baisser les voiles, de fixer la bôme. Ils rejoignent le pont inférieur en titubant, remontent en courant, crient dans le vent qui engloutit leur parole. Le vent murmure, hurle, crie, ricane. Et cela, bien qu'il fasse noir, bien que je n'arrête pas de glisser et de tomber, bien que l'équipage s'affaire tout autour de moi, bien que la pluie ne cesse de m'aveugler. L'apprenti cuistot court sur le pont, nu et sans expression, puis se met marcher, presque paisible, tandis que tout le bateau s'agite comme un poisson pris à l'hameçon. Personne ne le voit à part moi, il marche jusqu'au beaupré, et lorsque la proue plonge sous le niveau de l'eau et remonte, il n'est plus là. Le navire passe le sommet d'une vague et redescend, et ainsi de suite, sombrant plus bas chaque fois, et chaque fois on croirait que nous n'allons pas remonter. La mer est déchaînée, dans le noir ce sont des falaises d'eau qui se dressent, s'écroulent et s'empilent les unes sur les autres, et l'écume blanche nous asperge encore et encore. Un membre de l'équipage passe devant moi d'un pas chancelant, tentant de fixer la seconde bôme, qui s'est détachée et se balance si violemment qu'elle risque de casser. Il me regarde, me fait un signe de tête, part en courant ; les embruns blancs le fauchent et le précipitent par-dessus bord. Les nuages noirs s'écartent et le tonnerre nous tombe dessus une fois de plus. À la lumière de la foudre, j'aperçois quelqu'un à la proue, mais ce n'est pas le jeune cuistot. Le bateau s'enfonce de nouveau, s'écrase dans le noir comme si quelqu'un l'avait laissé échapper sur un sol dur. Je croyais qu'il allait se briser, mais une autre vague l'emporte de nouveau vers le haut. C'est la première fois que je me suis demandé si j'avais un différend oublié avec les dieux de l'air ou de la mer. Puis une vague s'est dressée sous la coque et nous a précipités dans les airs. Un autre membre de l'équipage a trébuché et basculé par-dessus bord. Dans un grand fracas nous heurtons un mur d'eau qui s'est rapidement retiré sous la coque, laissant le bateau sans support. Nous sombrons dans les ténèbres.

Les ténèbres, c'était une vague aussi grosse qu'une montagne. Mais lorsque la vague est toute proche, à tribord, quelqu'un a crié que ce n'était pas une vague. C'était un poisson. Un poisson aussi gros que le bateau, on l'a vu quand il s'est arrêté à côté, effrayant les marins qui jusque-là faisaient comme s'ils avaient vu toutes les sortes de bêtes et monstres existants. J'ai cru que le poisson était aussi gros que le bateau jusqu'au moment où je me suis rendu compte que ce n'était que la tête. Je me suis penchée un peu trop en avant et le vent a failli m'envoyer valser. Failli, s'il n'y avait eu le griot, qui m'a pris la main. Le quart-maître a hurlé qu'on aille chercher les armes, mais ce n'était qu'un navire d'esclaves, pas un navire de guerre, et nous n'avions rien de plus gros qu'une lance. Il s'inquiétait plus de ce poisson qui donnait de grands coups dans la coque que de la tempête qui faisait rage. J'ai tenté de courir vers la poupe mais j'ai trébuché et j'y suis arrivée en glissant, et j'ai vu que les nageoires du poisson s'étendaient aussi loin que la longueur d'un champ de riz. Il va nous bouffer tout cru, a dit un membre de l'équipage, tandis qu'un autre hurlait comme un bébé. Un autre crie au cuisinier d'apporter du feu et un autre encore demande comment comptes-tu jeter du feu sur de l'eau. Au milieu d'une foutue tempête. Le poisson fait une embardée et heurte le navire. Et le capitaine se met à gueuler que son équipage est incompétent, qui précipite son bateau contre des rochers. Le quart-maître montre le poisson qui cogne de nouveau le navire. Choquez la grand-voile, dit-il, afin de ralentir puis d'arrêter le bateau. Un ordre qu'il aurait dû donner avant la tempête. Le quart-maître crie que maintenant ils n'ont plus qu'à attendre que le poisson leur fonce dedans comme le font toujours les monstres marins, mais le capitaine gueule à son tour que s'il ne la ferme pas, il va le mettre aux fers et demander au cuistot de lui faire avec un manche de poêle la même chose que lui faisait à l'apprenti cuistot. Le navire s'immobilise autant qu'il est possible sur une mer démontée. Un des marins crie que le poisson n'est plus à tribord. Un autre qu'il a aperçu une nageoire vers la poupe, mais une bourrasque l'entraîne dans les flots noirs. Le capitaine me regarde comme s'il n'y avait rien à faire que d'attendre les caprices de la tempête ou le bon plaisir de ce gros poisson. Derrière le bateau, le monstre se dresse de nouveau, suffisamment visible pour qu'à l'œil, il semble qu'une énorme montagne vient de sortir de la mer. Il se tient presque immobile, à part sa queue qui remue.

« Chipfalambula, dit le griot. Géante des rivières. Que fait-elle dans la mer ? »

Géante, effectivement. Large comme le bateau. Sa moitié supérieure est claire comme le sable, si claire qu'on voit presque à travers les écailles, tandis que la moitié inférieure, à partir de la bouche, est bleue comme la mer. Des yeux si gros qu'ils sortent de sa tête comme des couilles. Comment sais-tu que Chipfalambula est une femme ? je demande au griot. Les mâles ne deviennent que moitié moins gros, juste assez gros pour qu'elle n'en fasse que deux bouchées, dit-il, et il allait en dire davantage quand sa voix s'étrangle. La Chipfalambula ouvre la bouche, d'abord juste un peu, puis si grand que les marins hurlent qu'elle s'apprête à avaler le navire. Le griot se dirige vers la poupe et je le suis. L'intérieur de la gueule est plus noir que la nuit, mais du fond jaillit une lueur, comme une lampe, mais impossible qu'il y ait un feu dans cette tempête. L'eau inonde une fois de plus le pont et le courant manque de nous emporter tous les deux. La lumière éclaire la main qui la tient. Une main ! je crie au griot, qui porte la sienne à son menton. La Géante des rivières s'approche tant qu'on dirait bien qu'elle s'apprête à avaler le bateau. Puis je vois à qui appartient la main tenant la lumière. Popele.

« Elle nous fait signe d'entrer, dit le griot.

– Elle est folle.

– Peut-être, mais elle nous fait signe. »

Popele se tenait sur la langue de Chipfalambula. Le griot m'a regardée et dit : « Je ne peux pas sauter le premier, j'ai besoin de voir la scène pour la consigner. »

Je ne réfléchis pas. J'enjambe le bastingage et, tout en disant adieu à mes affaires, je saute. Bolom saute juste après moi et manque rouler dans l'eau. Une bourrasque vient fouetter le bateau et le fait de nouveau chavirer. Le mât s'enfonce dans l'eau. Chipfalambula referme la bouche.

Le griot continue.

Le poisson nous amène jusqu'à la côte d'Omororo, et pendant ce temps, tout ce que nous dit Popele, c'est de chercher une sorcière verte qui nous offrira le gîte et le couvert pour la nuit, sauf que nous devrons repartir à l'aube. Chipfalambula manque s'échouer. Elle nage jusqu'à la partie la plus rocailleuse du littoral, à l'extré-

mité sud de la baie de Weme Witu. De là où nous nous trouvions, atteindre le centre de la ville à pied nous aurait pris jusqu'à la nuit. Et même depuis notre emplacement, dans les faubourgs, où résident la plupart des citoyens, malgré la lumière déclinante, on voyait le temple du dieu du Ciel, plus haut bâtiment du monde selon la rumeur. Et pourtant le monument consacré au dieu de la Fertilité et de la Guerre est encore plus haut, son arc de pierre moitié aussi large que la ville proprement dite, avec un énorme pilier au milieu qui semble soutenir l'ensemble, encastré dans le sol. La bite dressée, c'est comme ça que tout le monde l'appelle, dit le griot en riant.

À voir Omororo, on croirait que sept architectes ont simultanément dessiné sept villes différentes. Sur le littoral, il y avait un village peuplé de gens qui se baladaient en pagne quand ils n'allaient pas nus, des gens qui ne savaient pas, apparemment, que l'un des quatre frères de l'empire du Sud était derrière eux. Le genre de pêcheurs qui avaient fini de travailler pour la journée et n'étaient donc pas sur la plage lorsqu'un poisson géant nageait jusqu'au rivage. Au-delà des huttes en bord de mer, d'après ce que j'ai pu voir, il y avait une colonie, l'une des quatre colonies qui entouraient le centre-ville, où vivaient la plupart des gens. Une colonie aussi grande qu'une ville. Essentiellement des maisons, des tavernes, des auberges et des temples, la plupart sur un seul niveau, certains sur deux, et de presque partout s'échappait un peu de fumée dans le matin. Tout cela je l'observais depuis la gueule de Chipfalambula. Derrière moi, sa gorge et son ventre, où j'ai dormi une nuit, et qui ressemble à l'intérieur du tronc creux d'un baobab, vide car, à ce que dit Popele, elle ne se nourrira pas avant encore deux nuits. Suivez la route de Cadanga, même si elle traverse le quartier populaire en zigzag, jusqu'aux temples du père et du fils ; là, vous verrez la vieille ville dans toute sa splendeur, mais continuez jusqu'à ce que les bâtiments en pierre se raréfient, que les maisons en terre se multiplient, jusqu'à ce que vous arriviez à un bush dense, avec des antilopes et des huttes rondes comme des seins. La tribu asakin. Vous les reconnaîtrez à leurs vaches superbes aux cornes aussi grandes que vous. La case que les pigeons survolent, c'est là qu'il habite. Quand les pigeons se posent, c'est lui, dit-elle. Elle prend congé, elle veut dire qu'elle ne nous suivra pas. Popele me fatigue déjà avec ses jérémiades au sujet de la terre sèche qui l'absorbe trop, ce qui me laisse penser que malgré sa naissance divine, elle n'a pas tellement d'avantages, si elle n'est que de l'eau qui pense.

Bolom se met en route mais il ne peut pas aller très loin sans moi. Je m'apprête à y aller, mais au dernier moment, je me retourne et prends Popele par le cou.

« Tu peux me dire pourquoi les Sangomin n'arrêtent pas de me suivre ?

– Je ne connais pas les habitudes des Sangoma.

– Surtout, on dirait que tu t'en fiches.

– La mission ne peut pas échouer.

– La mission. Comme si on accomplissait l'œuvre divine. Il s'agit de la mise à mort d'un enfant asakin. Et tu sais quoi ? Je me suis trompée. Ils me suivent pas, car ça voudrait dire qu'ils sont derrière moi, or ils ont tout le temps de l'avance. Qui d'autre est au courant ?

– Personne qui s'allierait avec les Sangomin.

– Tu le sais, ou tu le crois ? S'il y a une chose que je sais sur les êtres de naissance divine, c'est que vous n'êtes jamais loyaux, tous autant que vous êtes. Peut-être que l'un ou l'une d'entre vous prend son pied comme ça.

– En établissant un plan pour le saboter. Peut-être qu'il y a plus de gens que tu le crois qui savent que l'Aesi est mort de ta main.

– Dans ce cas ça représenterait un risque de m'employer. Donc tu ne serais jamais venue me trouver au départ. Non, quelqu'un a reçu des informations alors que j'avais déjà accepté.

– Les Sangomas partagent leur savoir d'esprit à esprit. Tu le sais très bien. À partir du moment où tu en as tué un…

– Mais qui l'a dit au premier ? »

Je n'attends pas sa réponse. Car à vrai dire, je me moquais de ce qu'elle allait dire. Vu que les gens n'arrêtent pas de s'adresser aux dieux à grands cris, on ne peut pas vraiment s'attendre à ce qu'une créature de naissance divine garde un secret, même si c'est pour son bien. Mais tandis que je m'éloigne, je me rends compte subitement que si je connais mes motivations, je ne connais pas les siennes. Oui, elle parle tant qu'elle peut de tel ou tel attribut divin, n'empêche qu'elle n'est pas venue me trouver juste pour nourrir ma vengeance. Quelque chose dans cet Aesi représente une menace pour tous les gens comme elle, et pour l'instant ma cause et la sienne se recoupent. Je me souviens qu'elle a parlé du droit divin des rois, ce qui m'a fait ricaner, mais plus je l'écoute, plus je me rends compte que ces mots ne venaient pas de sa bouche. En parlant de bouche, moins je l'ouvrais avec elle, moins il y aurait de chances que mes propos soient interceptés. Il fallait donc éviter toutes les routes qu'elle nous avait indiquées. J'ai donné une tape sur l'épaule du griot et tourné dans la première allée sur la gauche, comme si je venais de m'apercevoir que j'étais suivie. Tout de même, je me suis arrêtée une fois pour chercher des yeux les pigeons. Quant à la sorcière verte, elle pouvait s'enfoncer mille fois un poisson visqueux dans le koo avant que je frappe à sa porte.

Je prends la première route vers le nord et traverse la maison d'une femme qui reste trop sidérée pour crier. Sa maison me mène à l'arrière d'une autre, que je contourne, puis je débouche dans une autre allée qui me mène à une placette où homme, cheval, âne et mule se reposent. Je les dépasse et détale dans une rue large bordée de commerces. Tu vas bientôt devoir prendre vers le sud, *dit la voix qui me ressemble. C'est la première fois que je l'entends depuis le début de ce voyage. Je tourne vers le sud, mais prends un nouveau virage vers l'ouest, suivant une rangée d'arbres, les yeux toujours rivés vers le ciel. C'est alors que je rejoins cette route principale qui m'amène jusqu'à une vaste étendue de poussière, plus que je n'en attendais d'une ville célèbre comme Omororo. Je la voyais au loin, la grande clôture centrale, avec ses murs plus hauts que les plus hauts des arbres, ses remparts tous les quelques pas et ses gardes en patrouille. Le temple et le palais, derrière, étaient encore plus hauts, la porte entre les deux tours étant la seule voie d'accès. Mais je n'avais rien à y faire. J'ai de nouveau pris vers le sud, vers la mer.*

Popele avait tort. J'ai trouvé les Asakin, et leur village était tout près, en bord de mer. Mais aucun garçon de l'âge de l'Aesi ne vivait parmi eux. C'était donc une bonne chose que ce griot parle leur langue car elle était trop différente du marabangais, que je comprends à peine après toutes ces années. Il a expliqué à un homme qui mâchonnait une tige de blé que lui et moi, nous étions des grands-parents et que nous voulions laisser quelque chose à notre petit-fils. On sait que c'est interdit d'entrer en contact avec eux pendant qu'ils deviennent des hommes, mais même les dieux ne seront pas assez stupides pour contrarier une grand-mère. L'homme a secoué la tête et ri, comme si lui et ce griot avaient les mêmes soucis conjugaux. Oui, les garçons sont partis pour l'initiation il y a près d'une lune, mais non, ils ne sont pas au village. Ils ne sont peut-être même pas sur le continent. Tous les garçons doivent mourir, et tous les hommes doivent naître sur le Wakeda, l'île juste au large. Pourquoi cette salope et son poisson ne nous ont pas déposés directement là-bas ? je marmonne, espérant que le griot ne m'ait pas entendue.

Nous volons un canoë percé. Oui, nous. Je n'ai pas poussé ce canoë à l'eau toute seule, et ce n'est pas mon talon qui a colmaté le trou. Tout ce que m'a dit Popele au sujet de l'initiation, c'était de chercher des garçons en blanc. Mais dès que nous arrivons sur l'île, dès que je grimpe à un arbre pour avoir une meilleure vue, une chose devient claire. Les garçons sont tous blancs, jusqu'au dernier. Au-dessous de moi, une branche se casse. Le griot, qui peine. Je lui dis de trouver une bonne branche et de s'y tenir. Quant aux garçons blancs, ils se sont couvert tout le corps de cendres et les cheveux d'une pâte, peut-être un mélange de cendres et de pommade, ou de l'argile. Ils ressemblent à des statues, mais ils se mettent à bouger. Regarde bouger les garçons d'albâtre, en cercles de quatre, assis dans la terre, ils boivent à une petite gourde. Regarde ces deux autres accroupis devant les braises encore fumantes, l'un des deux tout blanc, sauf le visage, l'autre qui enfouit son visage entre ses mains pleines de cendres. Regarde les autres garçons, quatre, cinq, six, avec des ceintures de perles autour de la taille, et des bâtons de lutteurs, qui s'enfoncent en procession dans le bush. D'autres garçons, assis, boivent dans une gourde plus grosse. Ce sont des garçons, pas encore des hommes, mais ils ressemblent d'ores et déjà à des hommes, torse large, hanches fines, fesses musclées et puissantes, couilles et bite lourdes de semence pour engendrer d'autres guerriers. C'est ça les garçons, par moments ils ont l'air prêts, c'est tout – que ce soit pour se battre ou pour baiser, ça ne change rien. Ils ressemblent déjà à des hommes. Les indications de Popele ne servaient à rien. Chacun des garçons était en blanc, et je n'avais aucun moyen de les distinguer les uns des autres, encore moins de savoir à quoi ressemblait un jeune Aesi. Au bout de trois piqûres de mouches, je commence à comprendre le pourquoi de la cendre. J'attends que les adolescents s'en aillent, puis je saute m'en couvrir le corps. Là, seulement, les insectes cessent de me piquer et l'air se rafraîchit. Dans les gourdes, je renifle un reste de bouillie de sorgho.

Je n'ai pas besoin de sa voix pour me dire qu'à tout moment, l'Aesi peut devenir ce qu'il doit devenir. Mais j'entends tout de même Popele, avec ses bêlements geignards, exaspérants. Je commence à me rendre compte que je ne l'aime pas du tout, ce lutin des eaux. Et voilà que de nouveau je me trouvais dans un arbre, attendant d'ôter la vie à celui qui ne doit pas être encore né et qui pourtant est toujours en vie, marchant en dessous de moi. Elle a cru que la perspective de ma vengeance suffirait à m'animer, et elle ne s'est pas trompée. Quant au fait de savoir si laisser vivre cet homme changerait le monde, je ne connais pas le monde et le peu que j'en sais, j'ai cessé depuis longtemps de m'en préoccuper. Tout ce qui m'intéresse, c'est que mes enfants s'y déplacent sans risque, comme ils le souhaitent, et je tuerai quiconque tente de s'y opposer. C'est quelque chose qui ressemble à une damnation des dieux, le moment où vous réalisez que non seulement vous êtes prête à mourir pour vos enfants, mais aussi prête à tuer. Quand les garçons reviennent, il fait trop sombre, et bientôt on ne voit plus que des silhouettes et des ombres auprès du feu. Deux d'entre eux, l'un couvert de cendres, l'autre avec deux traînées allant du visage aux genoux, debout devant la hutte en terre où ils ont dormi, jouent de la lyre et chantent.

Le lendemain matin, le griot, qui dort encore, manque tomber par terre. Je le rattrape in extremis et le traîne dans un autre arbre. Sans façon, il sort sa queue et se soulage. Personne n'a demandé à se faire pisser dessus, je lui chuchote en le giflant. Arc et flèches se sont perdus avec le bateau. Les seules armes qui me restent sont celles que je gardais sur moi, le poignard, la machette et le bâton. Quand il s'agira de tuer ce garçon, je devrai le faire de près. Pas le tuer, je dois me le rappeler, même si ce langage est pour le lutin des eaux, pas pour moi. Je n'ai pas besoin de me cacher derrière des jeux d'esprit. Mais c'est seulement un enfant, *me souffle la voix qui me ressemble. C'est seulement un enfant. Un enfant n'est pas un enfant, un enfant n'est jamais un enfant. Un enfant est un potentiel. Donc je regarde le ciel pour voir où les pigeons se concentrent et un frisson me saisit, car leurs yeux sont ceux des Sangomin. Ils cherchent quelque chose, oui, mais ils surveillent quelque chose, aussi. Ils observent avec une concentration totale, resserrant leur attention jusqu'à former un nuage noir, tant ils sont près les uns des autres. Les garçons sortent de la hutte. Ils prennent des poignées de cendres pour couvrir ce que la sueur nocturne a nettoyé, et bientôt toute la cour est pleine de poussière blanche. Mais ils sont tous pareils. Ils ont tous la même apparence, la même voix, le même rire, la même façon de s'accroupir, jusqu'à la même façon de pisser.*

Les pigeons se sont déjà posés. Ils picorent, mais la plupart se rassemblent autour d'un des garçons avant qu'un autre les chasse. Ce garçon. C'est lui. Celui qui se frotte le front, exposant sa peau.

Le plus petit se tient immobile, tandis qu'un plus grand étale de la cendre sur son front et son nez. Celui qui a un anneau dans l'oreille droite et la narine gauche. Il pose une question à quelqu'un, je le comprends au ton. Il n'aime pas la réponse, je le comprends à la grimace. C'est le garçon qui ne sait peut-être même pas qui il est.

Le soleil de midi menace de me chasser de cet arbre. Je ne sais pas si le griot dort, ou s'il est ivre de chaleur. À moins qu'il médite sur ce qu'il doit écrire, coincé entre deux branches. Le tambour sonne depuis le matin, et si je connais un peu la langue des tambours marabangais, ce n'est pas du marabangais. D'abord, chacun des garçons saute à plusieurs reprises, puis ils font le tour du feu consumé, à pas lents. Le plus vieux cogne sur le tambour et crie ce qui semble être des ordres. Ils boivent à une gourde, prennent des lances, puis se rangent en file indienne et se dirigent vers le bush. Je secoue le griot pour l'arracher à sa torpeur et le laisse près du littoral pendant que je les suis dans la forêt, me cachant derrière des feuilles et épines sauvages et me guidant à leurs empreintes. Pas beaucoup d'arbres dans cette forêt. Quand on y pense, ce n'est pas vraiment une forêt, mais dans le plus grand arbre, quelqu'un a construit un auvent à l'aide de quatre poteaux d'un rouge noirâtre, recouverts de lichen, et le toit se perd dans les branchages. Ils sont allongés, immobiles, et le tambour bat de plus en plus lentement. Les pigeons continuent de picorer autour d'un des garçons. Ce garçon. Je m'approche. Tous sont tellement immobiles, même le tambour est une statue, à part sa main droite qui bat le rythme. Je suis plus près, assez près pour que les pigeons sursautent. C'est le moment. Je crois. Je ne sais pas, car le lutin des eaux, cette créature inutile, ne m'a pas dit comment savoir le moment où un garçon meurt et un homme naît et, pour l'instant, seuls les dieux doivent s'en inquiéter. Les poteaux m'intriguent, témoignant d'un savoir-faire que je ne pensais pas trouver dans cette province, fins à la base, fins comme un arbre, je veux dire, puis s'arrondissant au milieu, comme un fruit, avant de se rétrécir à nouveau, se terminant par une pointe acérée comme une flèche. Pour le moment, les garçons sont immobiles comme la mort, et peut-être que c'est de cette mort qu'ils renaissent. Ça doit être le moment. Je ne peux pas attendre autre chose. Mais il n'est qu'un enfant. Rien qu'un enfant. Un enfant n'est pas un enfant, un enfant n'est jamais un enfant. Un enfant est un potentiel. Ehede n'était qu'un enfant, et désormais, il ne sera jamais rien d'autre. Je ne sais pas quoi penser, mais les pigeons savent que je réfléchis. Ils en savent trop. D'abord, l'un d'eux me regarde, puis un autre, puis tous. Je sors mon couteau, comptant le nombre de gorges qu'il va me falloir trancher.

Les oiseaux s'envolent avec des petits cris aigus, donc je regarde en l'air. Mais alors la terre tremble et ça ne vient pas du ciel. Boum, fait de nouveau le sol, et d'autres oiseaux s'envolent des branches. Les poteaux remuent de haut en bas, s'enfonçant dans la terre. Ce sont eux qui causent le grondement. Les garçons, ils ne bougent pas. Au-dessus, les branches et les feuilles se tordent, se tortillent, se balancent et se détachent, bien qu'il n'y ait pas de vent. Les poteaux continuent de s'agiter et de pilonner le sol, penchant à gauche puis à droite, et tout d'un coup, l'auvent s'abat puis se dresse à nouveau, et quelque chose de noir, pareil à des mains, se met à arracher les feuilles. Un cri strident fend l'atmosphère et mes oreilles. Les poteaux, déjà hauts comme des arbres, en révèlent à présent davantage, une partie inférieure aussi longue que le pied, une autre tout aussi longue qui monte jusqu'au plafond, lequel menace de nouveau de s'effondrer. Je suis là à regarder cette maison déconcertante quand je vois la maison me rendre mon regard. Les jointures sont bien des jointures, mais les poteaux ne sont pas des poteaux. Le duvet noir n'est pas du duvet végétal. Le cri strident n'est pas celui du vent qui s'engouffre dans un orifice étroit. Les bras noirs qui arrachent les feuilles sont bien des bras, qui se balancent le long d'un corps noir avec une tête noire dotée d'une corne géante à l'arrière. Il retire les dernières branches pour se montrer entièrement, et sous son ventre pousse un énorme bulbe, comme le bas du corps d'une guêpe. Une araignée. C'est pas possible, je sais que je dis ça tout haut. Mais le voilà, l'enfant-sombre, le garçon – à la fois homme et araignée désormais, et dix fois plus grand que la dernière fois que je l'ai vu. Pas un visage mais un museau, et seuls les yeux rouges lui restent d'un visage de garçon. Trois maisons empilées l'une sur l'autre ne seraient toujours pas aussi hautes que lui.

Il peut pas se souvenir de moi, je me répète à voix basse. Il peut pas se souvenir de moi, il va pas se souvenir de moi, il peut pas se souvenir de moi. En me voyant il pousse un nouveau cri ignoble. Je fuis, mais je n'ai nulle part où fuir, nulle part où me cacher. Il se dégage des dernières branches et me poursuit. Je voudrais regarder derrière, je voudrais voir les petits arbres et branches qu'il démolit. Je me hâte vers l'unique bosquet, espérant le ralentir, mais les craquements, les cris et le bruit précipité de ses pas sont juste derrière.

Poignard, machette et bâton, qu'est-ce que je vais pouvoir foutre avec un poignard, une machette et un bâton ? Il me rattrape, son ombre est déjà sur moi. Un poteau tombe du ciel et s'enfonce dans le sol. Je le prends de plein fouet et tombe en arrière. Je rampe à reculons, sous lui. Son corps, sa carapace qui remue et se bloque, les pattes qui s'agitent comme si elles avaient chacune une volonté. J'essaie de m'enfuir, espérant qu'un corps aussi grand prendra trop longtemps pour se retourner, mais il enjambe l'obstacle. Il déplie une de ses pattes, qui me cogne dans le dos, m'expédie dans les airs et me projette dans les buissons. Puis, pile à ce moment-là, la poussière se soulève – non, il soulève la poussière et ce n'est que quand elle se repose que je vois qu'il a tourné sur lui-même. Une main surgit et m'administre un coup qui me déséquilibre. Le vent chasse la poussière. Mon vent ne vient pas bien que je l'en supplie à grands cris. Il se baisse, se plie en avant jusqu'à ce que sa tête soit juste au-dessus de moi. Pas de visage, juste les yeux. Deux longs crochets à la place de la bouche, et entre eux ses antennes se mettent à cliqueter. Puis il bondit, ses crochets s'entrechoquent et je dresse la machette. Il fait un bond en arrière. Je cours mais ne vais pas loin. Quelque chose de mouillé gicle sur l'arrière de ma jambe, une substance visqueuse, laiteuse, qui se durcit aussitôt. Il m'a prise au piège avec sa toile et me ramène à lui. Je sais que je hurle, je le sais. Il se penche de nouveau au-dessus de moi et je ferme les yeux et donne un coup de machette à l'aveuglette. La lame tranche quelque chose, qui tombe par terre. Il pousse un cri. J'ouvre les yeux et vois sa main par terre. Il agite frénétiquement les bras, mais au niveau de la plaie jaillit déjà un membre. Je m'enfuis tout en regardant sa patte repousser. Je ne peux pas vaincre cette araignée, je n'ai rien. Sa patte poteau me renverse d'un coup brutal et bloque au sol une de mes mains, qu'elle enfonce dans la terre. Je brandis la machette mais cette fois il la fait voler d'une claque. Mes jambes se mouillent de nouveau, sa toile me plaque au sol. Son visage est juste devant le mien maintenant. Ses antennes cliquettent et ses griffes s'entrechoquent. Mais ses yeux me regardent avec curiosité. Je ne suis pas son ennemie, je suis son repas. Une de ses pattes retient ma main libre, deux sont sur mon visage. Une quatrième repousse. Sa main caresse mon visage, tapote mes yeux, mon nez, puis s'enfonce dans ma bouche, ce qui étouffe mes hurlements. Chaque main, trois doigts couverts de poils. Il prend ma bouche et l'ouvre grand, si grand que mes lèvres commencent à se fendre. Ses antennes s'écartent et d'un petit orifice un jus se met à couler. J'essaie de me débattre, de me décaler, j'essaie de brailler, de donner des coups, de me dégager, de hurler, de me contorsionner, mais je ne peux rien faire. La première goutte manque ma bouche mais atteint mon épaule et c'est comme si une flamme éclatait sur ma peau. Je sais que je hurle : Non ! Je sais qu'il essaie de me faire couler ce liquide brûlant dans la bouche de façon à transformer mes entrailles en bouillie qu'il pourra aspirer. Tout ce que je vois c'est le dos de ses mains à présent, tandis qu'il tient ma bouche ouverte.

Puis il gueule quelque chose, pas un cri strident, un hurlement. Je perçois d'abord l'odeur pestilentielle, je l'entends, d'abord, le crépitement et le fouet, puis je la vois seulement quand l'araignée la voit aussi, sa patte arrière qui brûle. Il s'éloigne de moi d'un bond et tente de la frotter dans la poussière, et il est tellement énorme que c'est comme si une tente s'écroulait sur moi. L'araignée est couverte de duvet et le duvet prend comme un feu de brousse. Il court, bute sur ses propres pattes qui s'enflamment, il roule, il dégringole, tente d'atteindre le torrent, mais s'effondre avant.

J'applique de la terre sur mon épaule pour faire cesser la brûlure. Le liquide cesse de me ronger la peau mais la douleur ne faiblit pas.

« Depuis combien de temps tu le regardes me massacrer ?

– Je… je… j'étais pas censé intervenir dans tes histoires. C'est pas mon rôle. Je suis censé chroniquer, quoi qu'il arrive… Je… »

Ça le perturbe beaucoup. Pas seulement ce qu'il a vu, mais le fait d'avoir outrepassé la fonction exercée par ses semblables depuis des centaines d'années. Le remercier pour son geste n'aboutirait qu'à souligner qu'il l'a fait. Je me souviens du garçon, celui avec l'anneau dans le nez. Le tambour est loin de l'arbre, il marque toujours le rythme, en transe, comme tous les garçons, les yeux ouverts, mais sans voir. Aucun d'entre eux n'a bougé ne serait-ce que le petit doigt. Je place la pointe de mon poignard sur la gorge du garçon, et ce garçon, pas seulement lui, mais tous les garçons autour de lui, ainsi que le tambour, tous se réduisent en cendres.

« C'est un leurre ! » je crie, et je cours au canoë. Le griot se tient devant, prêt à le pousser à flot. « Ils ont monté une mise en scène pour nous leurrer », je crie. Je sais, dit-il. Le soleil étincelant sur la mer m'aveuglait. Midi n'a pas tardé. J'ai attendu toute la nuit des signes et des miracles alors que le mal venait à midi. Et ce griot. Je crie à cet idiot que ce n'est pas le moment d'écrire mais il continue

de gratter une peau d'animal avec un bâton et, nique les dieux, du sang. Je lui demande le sang de qui, mais il ne répond pas.

« Regarde les oiseaux ! » je crie en montrant le ciel, mais quand je lève les yeux, j'apprends une chose. Ce nuage noir n'était pas constitué de pigeons, mais de corbeaux. Cette vision quitte mes yeux pour se loger dans mon esprit. Quand l'Aesi a attaqué ma maison il est venu avec une légion de corbeaux. Popele était une imbécile, et moi aussi, car les pigeons représentent peut-être les Sangomin, mais les corbeaux représentent l'Aesi. Et ce nuage noir de corbeaux a déjà quitté l'île pour rejoindre le continent. Rame ! je hurle au griot, mais il continue de gratter sa peau et ne m'écoute plus. Un grondement s'élève de l'eau et les vagues se déchaînent. Mais j'allais trouver ce garçon et ces oiseaux allaient me mener à lui. Les vagues se brisaient sur la coque, nous faisant tanguer dans tous les sens comme le navire d'esclaves, mais entre chaque secousse, je peux voir le littoral. D'abord rien, puis une vague se dresse telle une colline et il me faut la négocier avec mes rames. Sur la plage, toujours personne. Puis une autre vague, plus haute que la première, qui manque renverser le bateau quand nous la chevauchons. Et sur la plage…

… Une femme. On dirait une femme. Grande, je le vois d'ici, nue, la peau luisante, noire de la tête aux pieds, noire comme la nuit comme le goudron. La stupéfaction me coupe la parole et l'effroi réduit le griot au silence. La peur, la fureur qui montent dans ma poitrine, m'empêchant même de murmurer le nom de la femme. Elle porte un petit garçon dans les bras, comme si elle allait le poser sur une table, un garçon blanc des pieds à la tête et inerte, pas comme s'il était mort, mais endormi, la tête contre le sein de la femme. Et ils sont là, elle debout sur la rive, qui me regarde, le garçon pareil à un bébé qui dort. Rame, je crie au griot, qui gratte des mots sur la peau si frénétiquement qu'on dirait qu'il va la percer. L'eau de mer m'aveugle, puis me brûle les yeux, et quand je les vois de nouveau, la femme noire porte encore l'enfant. Le garçon cale sa tête contre son sein et se réveille. Il la regarde et mon bateau prend enfin de la vitesse, mon épaule cuit de douleur. Le garçon la regarde de nouveau, puis se tourne vers nous, nous regarde et d'un seul coup, devient incandescent. Une lueur plus vive, plus blanche, plus vi…

Le silence s'épaissit dans la pièce, asphyxiant. Tout ce que je parviens à faire, c'est cramponner mon épaule, les énormes cicatrices de brûlure que je prenais pour de vilaines taches de naissance. Popele prend la parole.

« Je l'ai déjà dit, pendant trois ans on a appelé le Roi du Nord Liongo le Bon. Plus personne ne l'a appelé comme ça après sa troisième année, plus personne même ne s'en souvenait, à part les pages des griots du Sud. Parce que tout au début de la quatrième année, l'Aesi a été présent, complètement adulte, et juste derrière Liongo. Oh, il est bon à sa façon, Liongo, il essaie de l'être. Il a même lutté mieux que quiconque contre l'influence de l'Aesi. Mais il a fait revenir les Sangomin à la cour après que Moki le Méchant les a bannis. Et quand Paki lui a succédé, puis son frère Aduware un an après seulement, il y avait l'Aesi à son côté, le mentor redevenu chancelier. Et quand Aduware est mort après vingt et cinq ans de règne, Netu a été couronné, et qui était là près de lui ? L'Aesi, qui semblait n'avoir pas vieilli d'un jour, encore moins d'une génération. Puis l'Aesi est mort. Nous ne savons pas comment, car à cette époque les griots du Sud n'étaient pas admis à la cour de Fasisi. Mais quelqu'un écrivait, il y avait toujours quelqu'un pour écrire. Et la même chose est arrivée, qui est arrivée avec toi. Huit ans après sa mort il est rené, et douze ans plus tard, revoilà l'Aesi, les quatre membres supplémentaires du Roi-Araignée, à la droite de Kwash Netu, comme s'il n'était jamais parti. Cette fois encore, il est sans âge. Cette fois encore, personne ne remarque, pas même les griots du Sud, car désormais Kwash Netu et Dara les traquent et les tuent. Et les Sangomin, qui depuis des siècles obéissent au doigt et à l'œil à l'Aesi, il les bannit aussi. Bien des sorcières en rient, je peux te le dire. Bien des adorateurs des esprits de l'eau aussi. À présent, les gens de la ville et des villages savent que s'il naît un enfant mingi, il vaut mieux le tuer, sans quoi une Sangoma va le trouver. Et à présent, nous sommes à l'époque où Netu est mort et Kwash Dara est Roi, et toujours l'Aesi… »

Je sors trois flèches d'un coup et les tire l'une après l'autre, une deux trois, dans Popele. Elle chancelle, recule d'un pas mais ne tombe pas. Je m'apprête à en sortir deux autres, mais Nsaka Ne Vampi me devance et me menace, un poignard dans chaque main. Popele lève une main pour l'interrompre. Elle retire les flèches de son buste et de son flanc et j'entends les trous se refermer.

« C'était toi sur la plage, je dis.

– Non.

– Il l'a écrit, là. Il y a quelque chose qui pue chez toi, je l'ai senti dès que je t'ai rencontrée.

– Pourquoi j'aurais fait tout ça pour l'arrêter, si c'était pour le sauver ?

– Pute noire, ton nom est sur cette foutue peau de chèvre.

– Popele, c'est un nom courant.

– C'est ça, ta réponse ?

– Crois-le ou non. Mais m'appeler Popele, c'est comme appeler un homme maître, ou une femme reine. Je m'appelle Bunshi. Popele, c'est comme ça que les hommes appellent tout mon clan. Beaucoup de créatures se servent de ce nom. Et elles n'œuvrent pas toutes pour le bien de ce monde.

– Donc on ne peut faire confiance à aucune d'entre vous.

– Crois-le ou non…

– Non. Je choisis de ne pas croire. Dire aux gens que le danger vient d'un petit garçon quand la vraie menace vient du fait que tu n'es pas foutue de contrôler ta propre sœur. Qui te ressemble comme deux gouttes d'eau, et tu n'as pas éprouvé le besoin de mettre qui que ce soit au courant.

– Nous ne nous ressemblons pas.

– Vous vous ressemblez pas mal, espèce de sale pute noiraude. Tu sais quoi ? Je m'en fous, d'ailleurs.

– Ton arrière-arrière-petite-fille était sur le point de te tuer pour avoir essayé de me tuer.

– Elle était sur le point d'essayer.

– La famille veut dire la même chose pour toi que pour moi, dit Nsaka Ne Vampi. Popele, nous…

– Arrête de l'appeler comme ça, comme si tu la vénérais. D'ailleurs qu'est-ce qui se passe ensuite ?

– Ensuite ? Ensuite nous devons restaurer la…

– Tu crois que c'est à toi que je parle ? » je dis à Bunshi.

Je me tourne vers Ikede.

« Qu'est-ce qui se passe ensuite ? »

Le griot lutte contre l'envie de regarder Bunshi, de chercher des indications sur son visage.

« C'est ta maîtresse maintenant ou quoi ? J'ai dit qu'est-ce qui se passe ensuite.

– On n'a pas ça, une bibliothèque centrale. Quelqu'un… quelqu'un de sage a décidé il y a longtemps que si tous les écrits se trouvaient au même endroit, il suffisait d'une étincelle pour que des centaines d'années soient réduites à néant en un instant. Les écrits, ils sont dispersés, de lieu en lieu, de papier en papier, parfois pas sur du papier, parfois sur des murs, dans des grottes, ou sur de la peau de chèvre ou de porc. L'un d'entre nous avait pris l'habitude de tatouer les mots sur son corps et un autre a scarifié tout un couplet sur sa poitrine.

– Parle simplement, vieillard.

– Il faut près de cent ans pour que cinq griots s'aperçoivent que cette même histoire a été écrite en quatre parties. *"Un matin je me réveille sous le grand monument d'Omororo et je ne me souviens pas du tout comment je suis arrivé là. Je me dis, c'est moi, Bolom. Qu'est-ce que ça signifie, de se réveiller avec des mendiants, comme ça ? Je sais que je suis un griot du Sud, et qu'il y a des mots écrits sur la peau de chèvre contre ma poitrine, mais je n'ai pas le moindre souvenir de les avoir écrits. Compte maintenant, ça fait trois jours. Je la laisse à présent dans la salle des archives d'Omororo, la confiant à un autre griot du Sud qui se moque bien des affaires du Nord."* Ce sont les derniers mots figurant sur la peau de chèvre.

– Il suffit de la naissance d'un homme pour que tous oublient le monde ?

– Non. S'il te touche, tu…

– Attention à ce que tu veux dire par toucher.

– Je veux dire que si ta vie et la sienne se croisent, tu oublies qu'il est entré dedans. L'esprit est une chose trompeuse. La mémoire encore plus. Si ta mémoire trouve un fil qui dépasse, elle trouvera le moyen de le rattacher à la trame. C'est pour ça que tu penses que des braconniers ont tué ton fils, alors que c'est l'Aesi.

– Je me casse.

– J'ai ouvert la fenêtre, intervient Nsaka Ne Vampi.

– Tu te crois maline, connasse ?

– On dirait que tu as besoin d'air. On a tous besoin de…

– Je m'en fous de vos besoins.

– Sogolon, je sais que…

– Arrête de me dire ce que tu sais, putain ! C'est compris ? Je m'en fous de ce que tu sais, bordel. Pareil pour cette réunion secrète à la noix, comme si vous prépariez des grandes choses, tous. Un lutin de merde, un griot de merde, et toi, qui n'es rien pour moi.

– Idiote, on peut encore changer le monde, dit Bunshi.

– Tu sais ce que tu peux pas faire ? Me faire changer d'avis.

– Je vous avais dit que c'était une perte de temps, fait Nsaka Ne Vampi. Elle vit dans le bush et parle avec les singes depuis plus de cent ans.

– Ah ouais ? Et pourquoi ils t'ont pas écoutée ?

– Parce que d'après elle, tu as été là-bas. Tu as été à la Cour des Rois. Tu sais ce qui est en jeu, car tu l'as vu de tes propres yeux.

– La cour des Rois ? J'ai été à la cour des Rois ?

– Tu y étais oui, avec le Roi de Fasisi. Ils ont encore des choses à te raconter, mais tu… Bunshi, allons-nous-en. Laissons-la.

– Bunshi ? je dis.

– On a besoin d'elle.

– Mais non.

– Tu sais de quoi j'ai marre ? » crie-t-elle. Bunshi crie si fort que le sol tremble. Et elle grandit aussi, et ne s'arrête pas avant que sa tête manque heurter le plafond, où son ombre s'allonge. Des nageoires jaillissent de ses coudes et ses mains deviennent coupantes comme des couteaux. En vérité, on dirait un requin.

« J'en ai marre d'expliquer.

– Je peux encore te tuer, je dis.

– Avant ou après que je me transforme en brume pour reprendre forme dans tes poumons ? Ou ton cœur ? Tu crois qu'il n'y a que toi qui peux faire exploser quelqu'un ? Tu y étais, sache-le, quand tu étais encore une fillette. Tu y étais quand Kwash Moki a brisé la lignée des rois et précipité le Nord tout entier dans la décadence et la perversité. Même Liongo le Bon n'était pas assez bon pour faire cesser ça. Chaque Roi détruit sa sœur aînée ou l'envoie à Mantha afin d'en faire une nonne. Ils font ça depuis si longtemps qu'ils ne savent même plus pourquoi. Le père de Kwash Moki est le dernier vrai Roi à s'être assis sur le trône de Fasisi, et il n'arrivera rien de bon dans le Nord tant qu'un vrai Roi ne sera pas couronné de nouveau.

– Quel Nord ? Le Nord qui bat le Sud à chaque guerre ? Le Nord qui s'étale à l'est et à l'ouest ? Quel Nord est en échec, en fait ?

– Oh, les années d'abondance touchent à leur fin, crois-moi.

– Je ne crois rien de ce que tu…

– Crois-moi. Quand viendront les années de rien, le rien se répandra au Nord et au Sud et même les dieux ne pourront l'empêcher.

– Alors c'est ça. Vous tramez un stratagème pour empêcher les porcs gras du Nord de crever de faim.

– Nique les dieux, arrête de faire ta chienne du bush inculte », coupe Nsaka Ne Vampi. Le vent (pas vent) – la poussée s'élève dans la pièce et souffle toutes les lampes. Nsaka Ne Vampi agite la main et les flammes se rallument. J'essaie de ne pas montrer mon trouble. Tu n'es pas la seule à avoir des dons, me dit son regard noir.

« Ce n'est même pas une femme du Nord. Même plus.

– C'est pas toi qui vas me dire d'où je suis.

– C'est toi qui dis que tu n'es de nulle part. Lors de la grande purge des sorcières il y a plus d'un siècle, à Fasisi qu'as-tu fait ? Les chansons de deuil se sont transmises de femme en femme pendant des années. Certaines des femmes n'en étaient même pas encore. Certaines ont été brûlées parce que ça revenait moins cher de laisser la couronne brûler ton épouse que de divorcer. Tu ne t'es jamais souciée que de toi-même, déjà à l'époque, alors pourquoi ça changerait ? Toute cette longue vie, sans raison d'être à part de subsister ? Eh bien, j'espère que je mourrai avant toi. Le texte le dit bien. C'est toi qui as abandonné tes propres…

– Va pas croire que je vais pas te clouer le bec, si tu ne t'en charges pas.

– Essaie un peu pour voir.

– Ça suffit, toutes les deux ! s'écrie Bunshi.

– On aurait dû lui proposer de l'argent, ou des noix. Je ne sais pas ce que c'est, la monnaie d'échange chez les singes. Je ne vois pas du tout à quoi tu t'imaginais faire appel chez elle.

– Indique-moi où il est, cet Aesi, et je le tuerai, je dis à Bunshi.

– Tu as échoué la deuxième fois, att…

– Mais j'ai réussi la première. Indique-moi où il est.

– Pour que tu puisses frapper ? Il reviendra, tu verras. Tu as écouté ce qu'on a dit, tous ? Il revient. Il reviendra. Il ne cessera jamais de revenir. On a un autre plan, insiste Nsaka Ne Vampi.

– On le tue, on attend huit ans, on le retrouve et on le tue de nouveau.

– Parle-lui, Bunshi, moi je n'en peux plus.

– On le tue maintenant, moi je dis.

– Tu ne peux pas le tuer.

– Qui va m'en empêcher ? Qu'est-ce que c'est que ce diable qui ne peut pas rester mort ?

– Ce n'est pas un diable », dit Bunshi.

Je regarde autour de moi, en quête de quelque chose à briser. Je lui jette un regard noir, lui posant la question sans rien dire.

« Ce n'est pas un diable, répète-t-elle. C'est un dieu. »

Dix-neuf

Fasisi n'a pas de rancœur envers moi. Fasisi n'a rien. Je ne sais pas si j'avais hâte d'y retourner, ou si je le redoutais. Si j'étais une femme qui tient les comptes, je dirais que cent trente et six ans se sont écoulés depuis que mon pied a foulé cette terre, que mon nez a senti l'odeur de la rivière au pied du quartier d'Ibiku. On reste pas là, dit Nsaka Ne Vampi. C'est juste une étape sur le chemin de Mantha. Mais la forteresse, elle va devoir attendre, nous le savons toutes deux avant même de nous mettre en route. D'ailleurs, je n'ai pas d'ordres à recevoir de mon arrière-arrière-petite-fille, ni de la masse de goudron fuyante qui prend la forme d'une femme quand ça lui chante, mais, la plupart du temps, se contente d'être une flaque qui stagne dans les chambres pour épier les gens. Elles devraient s'estimer heureuses après ce qu'elles m'ont raconté, je l'ai pensé sans le dire quand nous sommes parties d'Omororo, il y a deux lunes. Si tu viens sans attente, tu pars sans déception, je n'arrête pas de me le répéter depuis que nous avons pris la mer pour partir du Sud. Pourquoi on a pas pris l'itinéraire le plus rapide ? a demandé Ne Vampi au lutin, mais Bunshi n'a pas répondu.

Je voulais me souvenir des dernières paroles qu'ils ont prononcées, même si elles étaient affreuses, mais j'ai oublié depuis longtemps, ce qui me donne une drôle de sensation. Pas la colère, mais pas… le mot que je cherche n'est pas *tristesse*, mais je ne le trouve pas. Je parle de ma famille, je me rappelle ce qu'ils ont fait, je me rappelle aussi ce que j'ai fait. Je me rappelle que mes lions se sont mis à me griffer, et le vent (pas vent) en a repoussé une si fort que quand elle a heurté le mur, j'ai entendu craquer ses côtes. Ndambi. Un rugissement, un coup de patte, un hurlement, quelqu'un qui supplie : qu'elle cesse de nous tourmenter ! Ces scènes, elles me reviennent à l'esprit et ne me lâchent plus, mais je ne vois pas de visage et la période m'échappe. C'était une autre époque, c'est tout ce qu'a dit Nsaka Ne Vampi, car c'était tout ce qu'elle pouvait dire.

La maison n'a pas bougé depuis la dernière fois que je l'ai vue. *Où voulais-tu qu'elle soit partie ?* dit la voix dans ma tête, qui me ressemble. Quelqu'un étale de l'argile sur les murs, car la saison des pluies vient de se terminer, une femme écosse des pois, une jeune fille moud du grain, et une autre écrase l'araignée qui est entrée dans la maison et a fait peur aux enfants. Je les cherche dans la largeur d'un œil, la dureté d'une mâchoire, des jambes trop fines, ces choses qui viennent de moi, je le sais. Et Nsaka, elle a tout cela et pourtant je ne vois rien de moi en elle. Où sont les hommes, je n'en sais rien, et elle n'a jamais dit si c'était toujours une famille de guerriers, mais à voir les douves toutes neuves autour de l'enceinte royale et les soldats qui patrouillent dans les rues, je comprends que Fasisi est toujours un territoire en guerre.

La ville a changé. Plus grande, plus large, plus peuplée, plus bruyante, mais il y a autre chose. Malgré tout le boucan, il y a là une forme de silence que je mets un moment à entendre. Pas de musique. Un peu de tambour, et des psalmodies venues d'un temple pas loin, mais pas de kora, pas de ngoni. Pas de harpe, pas d'arc musical et pas de balafon. Et personne qui en joue, ou qui chante. J'étais là quand ils s'en sont pris aux griots, je le sais. Moi qui ai perdu la musique, je marche parmi des gens qui n'en ont jamais eu et je ne sais pas qui, aux yeux des dieux, est le plus mal servi.

La ville a changé. La succession de rois n'ayant servi qu'eux-mêmes a eu des conséquences, y compris sur les plus petites ruelles. Une terre qui se remodèle en vue de la guerre, c'est une terre où personne n'érige de bâtiments de plus de deux niveaux, et la plupart du temps, juste un seul. Une terre dédiée à la guerre se ceint d'un mur dont la construction a dû prendre cinquante ans et des dizaines de milliers d'hommes. Une terre dédiée à la guerre possède désormais des forts avec des postes de guet au point le plus haut de chaque quartier, même dans le quartier flottant. Mais la maison est toujours là. Je me tiens immobile dans la cour extérieure jusqu'à ce que Nsaka me dise : Suis-moi.

« Il y avait un nkisi nkondi juste là. Plus grand qu'un petit enfant », je dis. Nsaka hoche la tête mais ne répond rien. « Qu'est-ce qu'ils en ont fait ?

– Va falloir que tu demandes à… » commence-t-elle, mais elle s'interrompt. Je voudrais qu'elle continue, surtout si ça mène à une bagarre. Je ne sais pas pourquoi, peut-être parce que la dernière fois que j'ai quitté cette maison, j'aurais pu tuer ceux qui s'y trouvaient. Ou du moins c'était le sentiment que j'avais parfois. Au lieu de ça elle se tourne vers moi et dit : « Je sais que tu as la sensation que ça fait seulement quelques étés.

– Je sais combien de temps s'est écoulé.

– J'ai pas parlé de savoir, j'ai parlé de sensation.

– La première fois que j'ai passé cette porte, quelqu'un a dit que j'avais l'air mal nourrie.

– En tout cas, tu n'écoutes toujours rien, on dirait », dit-elle avant de me conduire dans ma propre salle d'accueil.

Nous passons devant une pièce où je m'attends à entendre rugir un lion, mais ce sont des petits cris d'enfants qui en sortent. Deux garçons et deux filles, non, trois, il y en a une autre dans la pénombre, que je n'avais pas vu avant que ses yeux reflètent la lueur de la lampe. Une femme aux cheveux courts et crépus, avec des bras épais, sort aussi de la pénombre.

« Encore toi, ma sœur ? À chaque fois que tu dis que tu prends la route, la route te ramène droit ici, dit-elle en me regardant.

– Ça doit être à cause de ton fufu, fait Nsaka.

– Hmm-hmm. Elle fait tout ce chemin pour de la purée de manioc insipide. Et toi, t'es qui ? Une copine aventurière ? »

Nsaka pousse un petit rire. « Non, c'est ton arrière-arrière-grand-mère », dit-elle.

La sœur s'approche de moi. Elle regarde d'abord mes mains, puis mon visage.

« C'est vrai, ça ? Mère, Grand-Mère et Arrière-Grand-Mère sont toutes mortes, et toutes les trois avaient l'air plus vieilles que celle-là. C'est de toi qu'elle tient ça ? Nsaka, et d'autres parents. Ses dons, je veux dire. »

Je me tourne vers Nsaka. « La lune dernière, tu as appelé ça une malédiction.

– Certaines choses sont deux choses à la fois.

– Arrière-Grand-Mère n'a jamais rien dit sur toi. Elle a vécu très, très longtemps, plus longtemps que maman, mais même elle,

elle a jamais été aussi vieille que tu dois l'être. Et pourtant, à te voir, tu pourrais être notre mère ? Où est-ce que t'as vécu tout ce temps ? demande la sœur.

– Dans le Sud.

– J'ai entendu dire que là-bas toutes les femmes ont la poitrine plate et que les hommes baisent entre eux. Les enfants, venez là, c'est votre arrière-arrière-arrière-grand-mère. »

Les garçons et les filles accourent l'un après l'autre. L'un d'entre eux me demande si je suis plus vieille qu'un arbre. Les plus jeunes, des jumeaux, un garçon et une fille, me touchent le visage et me tirent les cheveux. Le garçon m'empoigne le sein et je manque lui coller une gifle. Ils m'examinent comme s'ils voyaient un animal étrange sur le point d'entrer en leur possession. Je les examine, cherchant quelque chose dans leurs yeux, peut-être, ou leur voix, ou dans la façon dont ils me touchent pour voir si j'existe vraiment. Je ne sais pas ce que je cherche, mais je ne le trouve pas.

« Tu sais faire la cuisine ?

– Oseye, arrête de te chercher une bonne, fait Nsaka.

– On dirait que le travail ne lui ferait pas de mal. Ou un repas, en tout cas. On t'a jamais emmenée dans une maison de gavage ?

– Pour qu'elle puisse se dandiner comme toi ?

– On apprend pas seulement ça, dans une maison de gavage. On apprend à se peigner et à se tenir comme une femme.

– C'est ton arrière-arrière-grand-mère, dit Nsaka. Je me tourne vers elle.

– Qui d'autre de la famille habite encore à…

– Ibiku ?

– Dans le Nord.

– Ils sont bien trop nombreux, si tu veux mon avis, fait Oseye. Et y en a pas un qui sait tenir une maison. C'est de toi qu'ils tiennent ça. Nos bons à rien de frères, soit ils font de la contrebande à Baganda, soit ils sont dans la garde rapprochée du Roi, comme leur père avant eux. Tu as un cousin féticheur à Juba, un autre qui enseigne au Palais de la Sagesse, apparemment. Et si tu n'as jamais entendu parler de ton parent Dunsimi, estime-toi heureuse, car il a violé une femme noble et tué son mari, qui était seigneur il y a près de dix ans. Les femmes maintiennent l'unité de la famille et les hommes, ils font tout pour la déchirer. Arrière-Grand-Père avait une pierre à son nom au cimetière royal. À ce qu'il paraît, il est devenu un éminent garde du Roi. Les hommes l'évoquent même quand ils évoquent les grands hommes. Qu'est-ce qu'on a hérité de ton côté de la famille ?

– Les femmes qui s'établissent pas, dit Nsaka.

– Et ça t'a menée où ?

– Loin d'ici.

– Et regarde-moi qui vient de rentrer.

– Je ne l'ai pas fait pour moi ou pour toi, mais pour elle. »

Je veux voir la chambre où je dormais autrefois avec Keme. J'ai la sensation que c'est ma maison, mais je sais aussi que ça ne l'est pas. Dans cette maison, avec ces femmes, je ne peux pas me souvenir de mes enfants. Ils refusent de me venir à l'esprit. Au lieu de ça, tout ce que je me rappelle, c'est Keme venant me trouver dans la cour de derrière, et comment nos conversations finissaient toujours en baise, et je tressaillais quand il était en moi, à cause du lieu où nous nous trouvions, et des autres qui s'y trouvaient, mais aussi je ne pouvais pas m'arrêter. Et je me rappelle comme je serrais fort sa bite, et tout le bruit que nous faisions en baisant, dans telle pièce, dans telle autre, quand les enfants étaient tous sortis jouer, et son odeur quand il était demi-lion, qui n'était pas la même que quand il l'était complètement. Cette pensée devrait me faire honte, mais non. C'est la vie, la transpiration, ce lieu que j'ai marqué avec ma pisse, mon sang-de-lune, avec son sperme, c'est ça que je me rappelle.

« Je pourrais jurer qu'arrière-arrière-grand-mère est morte depuis des années.

– Oseye.

– Quoi ? Je ne crois que ce que je sais et ce que se rappelait Grand-Mère. Et je pourrais jurer…

– Oseye !

– Quoi ! Oh…

– Elle était gentille, la deuxième épouse de Keme ? je demande.

– Elle l'était ici. Du moins c'est ce que disait Arrière-Grand-Mère. Matisha, elle aimait pas parler du passé. Vous restez pour dîner ou vous passez en coup de vent ? »

Aucune de nous deux ne répond.

« Tu arrêtes pas de regarder par là-bas. Si tu veux aller voir, je te retiens pas », dit Oseye après que j'ai jeté un troisième ou quatrième coup d'œil vers le couloir qui mène à la chambre. Je ne me rappelle rien dans cette pièce, et je ne sais pas pourquoi je comptais qu'il en soit autrement. Oui, ils sont du même sang que moi, mais ce sont d'autres personnes, qui vivent différemment, ce n'est donc pas la même maison. Des habits d'enfants et des bibelots de petite fille. Et des sacs qui sentent le grain. Et des bijoux en or pendus à un bâton, et des tabourets et des chaises partout parce qu'on manque de place dans la maison. L'étrangeté me fait défaillir et je m'assois sur un tabouret trop bas. *Tu cherchais un accueil chaleureux*, dit la voix qui me ressemble. *Tu cherchais quelqu'un pour t'appeler maman, bien qu'ils soient tous morts depuis longtemps. Mais affronte la vérité de ce que tu éprouves. Les enfants, ils te manquent, oui, mais pas autant que ton homme. Ton lion.* Je me plie en deux comme si j'allais fondre en larmes, mais rien ne vient.

Oseye baisse les yeux sur moi, puis examine Nsaka Ne Vampi. « Tu me comprends, ça y est ? » demande Nsaka, comme si elle lisait dans mes pensées.

« Jamais tu comprendras », ajoute-t-elle, et elle court après un petit garçon qui affirme qu'il va s'envoler jusqu'à la rivière par la porte de derrière. Nsaka tripote le pendentif en obsidienne noire à son cou, que je remarque pour la première fois. « Quand on pense que maman l'a appelée Oseye. La joyeuse.

– Où sont les lions ?

– Les lions ? Aucun fauve n'a vécu dans cette maison ni une autre depuis avant ma naissance.

– Ils ont disparu de la lignée ?

– Non, ils ont disparu de cette maison. C'est juste qu'un jour le lion a voulu être lion, et tous ceux qui naissent lionceau ou métamorphe vont vivre avec les fauves. Deux des oncles – tes petits-fils – ont même épousé des lionnes. Leurs fils, nos cousins, dirigent la troupe à présent, dans les prairies à l'ouest de…

– Emmène-moi là-bas. »

Nous y voilà le lendemain midi. Ne Vampi s'inquiète de Bunshi et de son programme, mais je réponds que nous sommes trop avant dans les terres pour qu'elle risque de venir m'embêter. En plus, pour la dixième fois, je n'ai pas d'ordre à recevoir de Bunshi. Les prairies à l'ouest de Fasisi n'ont pas de nom, car aucune des bêtes qui les peuplent n'a jamais éprouvé le besoin de les nommer. Je ne viens pas souvent, explique-t-elle. Je ne réponds pas bien sûr, mais je n'ai jamais rien vu du lion en elle. C'est la savane, où l'herbe est haute, dorée et fine comme la crinière d'un lion. Une autre rivière qui n'est pas celle qui coule derrière Ibiku, et elle inonde ses berges, car la saison sèche commence à peine, et l'eau n'est pas rare encore. Les arbres sont clairsemés, comme si les dieux avaient été avares, mais il y a tant de gazelles et d'impalas que j'y resterais bien si je mangeais encore beaucoup de viande. N'avoir pour famille que des singes et des gorilles pendant plus de cent ans, ça vous change une femme. Je ne peux toujours pas me résoudre à compter. Plus de cent ans. Le nombre paraît énorme, sauf quand on se rappelle qu'un jour, on s'est réveillée et on avait cinquante ans sans savoir ce qu'on avait fichu pour y arriver. Alors qu'est-ce que c'est, cent, ou cent trente et six ? Je pensais que c'était parce que je m'étais réveillée un jour et que j'avais dit au monde que je refusais ça, en bloc. Je refuse que l'espace empiète sur moi et que le temps me poursuive. Je n'ai jamais dit que je refusais la mort, car elle peut venir n'importe quand, par la lance, les griffes ou le venin. Et à présent, ce lutin des eaux raconte que le sang qui coule à travers moi, à travers les femmes – certaines, pas toutes –, vient d'avant l'époque où l'homme s'est mis à mesurer le temps. Moi, Matisha, et qui encore, maintenant que cette famille est éparpillée ? Les lions, car avant mes enfants, les lions mouraient juste après leurs dix et deux ans, peut-être dix et quatre. Cependant les miens ont vécu plus vieux, ce qui m'apporte de la joie, même si ça fait plus d'années à me rappeler que ce sont eux, aussi, qui m'ont chassée de ma maison en me traitant d'étrangère. Trois cicatrices sur mon sein droit, trois coups de griffes. Je comprends en un éclair que je commets une erreur. Je n'ai rien à faire ici.

« On ferait peut-être bien de rentrer. Avant qu'ils nous voient.

– Ils nous ont vues avant qu'on attache nos chevaux dans la vallée. C'est bon signe, comme ça ils seront peut-être encore là à notre retour. »

Un rugissement, lointain mais suffisamment puissant pour faire trembler la terre. Puis ils arrivent en courant, cinq, non six, non huit, trois hommes, un blanc comme un nuage et les autres dorés. Cinq femmes, avec leurs petites oreilles qui tressautent. Ils ne courent plus. En un clin d'œil, ils nous encerclent. Ils grondent, grognent, ronronnent et renâclent.

« Baisse-toi, dit Nsaka. Famille ou pas, ça change rien. »

Une des femmes s'approche de Nsaka et grogne : « Moi non plus, tu m'as pas manqué, salope. La lionne la renverse d'un coup de patte, mais Nsaka la gratte derrière les oreilles. Une autre lèche son pendentif en obsidienne, alors Nsaka le rentre dans sa robe et le coince entre ses seins. Deux autres s'approchent de moi, homme et femme.

« Ne lui manquez pas de respect. C'est votre…

– Non », je coupe, ce qui désarçonne le mâle, lequel émet un son dont je ne saurais dire s'il est amical. Il vient aussitôt me renifler. Je les connais, les lions, je sais qu'il pourrait prendre ma tête dans ses mâchoires et me l'arracher d'un coup. Il me fouille la chevelure du museau puis roule sa tête sous la mienne pour que je frotte mon cou contre sa tête. Et la femelle s'approche et fait de même. Oouuh, ouuh, je murmure, tentant d'imiter leur voix, et une autre me renverse, mais seulement parce que je n'étais pas prête. Une plus jeune, estimant qu'elle peut jouer avec moi. « Ils savent qui tu es », dit Nsaka. Je le sais, j'essaie de répondre, mais les mots ne viennent pas. Trois autres lions s'approchent et nous nous frottons cou contre cou, tête contre tête, cheveux contre crinière ; ils ronronnent et miaulent quand je ronronne et miaule et les larmes coulent enfin. Et coulent. Et coulent. Et j'essaie de ne pas pleurer, mais au lieu de ça, je chiale tout haut. C'est à cause de la façon dont ils se blottissent contre moi, pas seulement quand ils frottent la tête, mais quand ils la reposent tout contre moi, un poids presque inhumain, mais à cause de la confiance, je l'oublie, ce poids.

« Arrière-Arrière-Grand-Mère », dit finalement l'un d'eux. C'est un métamorphe, qui a le visage d'un lion et le corps d'un homme fin et musclé. Des griffes au bout des doigts, mais des doigts néanmoins. L'homme est d'une beauté si saisissante que seuls les dieux doivent avoir les mots pour le décrire. J'essaie de ne pas penser à sa ressemblance avec Keme.

« Voilà les fruits de ton arbre », dit-il.

Je dis à Nsaka Ne Vampi que je peux rentrer seule et que je partirai quand j'en aurai envie. Elle s'en va en faisant la grimace. Cette nuit-là, je dors à la belle étoile, avec pour oreiller et couverture la peau vivante des lions. Le matin venu, je frotte mon cou contre tous les lions que je croise, leur caresse la tête, leur gratte la crinière et pose mon front contre ceux qui se métamorphosent. En rentrant à la ville, je m'arrête au bord d'une rivière.

« Je sais que tu m'as suivie », je dis. Elle prend son temps, mais finit par jaillir des flots. Bunshi.

« Dis-moi tout ce que j'ai oublié. Je n'irai pas à Mantha tant que tu ne l'auras pas fait. »

Sur la route de Mantha, ce que je vois se dispute avec ce dont je me souviens.

« D'après ce que raconte Bunshi, c'est toi qui as fait ça », dit Nsaka au moment où nous passons devant le cratère, mais je m'en souviens par le son de la voix de Bunshi, pas par ma mémoire. Mon esprit garde un autre souvenir de ce temps-là : je me rappelle que j'étais au service de Maîtresse Komwono jusqu'à ce qu'elle m'offre en cadeau au prince de Fasisi, devenu Kwash Moki. Emini est un nom sur un parchemin, pas un visage sur lequel je mets un nom. Mais à présent, sur la route de Mantha, des bribes de souvenir me reviennent, que je le veuille ou non. Quand Nsaka montre le cratère mon cœur entend boum.

Mantha. Sept nuits à l'ouest de Fasisi, et ça monte tout du long. La particularité de Mantha, c'est que pour la plupart des gens, ce lieu n'existe pas, même pour des voyageurs qui passent devant neuf fois, si ce n'est dix. Car ils passent devant une montagne, d'aspect étrange, mais tout de même une montagne, plate et nue de part en part, moins colline avec une cime que rocher géant surgissant du sol, aussi large que haut. Pas de verdure avant le sommet, et au sommet, plein d'arbres ; entre la roche et les arbres, aucun signe d'habitation. Pendant une partie du trajet, nous voyageons à cheval, mais lorsque le matin se change en après-midi, nous devons aller à pied. C'est seulement le soir que nous atteignons l'escalier sur le flanc opposé de la montagne, taillé dans la roche, huit cents et huit marches. En haut, la roche, d'escarpée, devient verticale, et nous devons nous agripper à des arbustes, à des racines et aux anfractuosités pour nous hisser au sommet. Ce lieu a cessé d'être une forteresse il y a sept cents ans. À l'époque, on y guettait les ennemis, puis on s'est mis à les y cacher, en particulier si c'étaient des femmes de la famille royale. Désormais, c'est le domicile des nonnes au service d'Ishpali, la déesse de l'enfantement et de la fertilité. Je l'ai appris par Nsaka, pas par les nonnes, dont certaines faisaient comme si elles n'avaient jamais entendu parler de ladite déesse. C'était là que nous devions mettre le plan à exécution.

Un nouveau plan, puisque l'Aesi n'est pas un démon, mais un dieu. Plus qu'un demi-dieu mais moins que les dieux du ciel et de la terre ; et à chaque renaissance, il leur ressemble moins. D'après Bunshi, il revient de plus en plus vite, mais de plus en plus faible ; cependant, quand je réponds que ça doit vouloir dire que plus que jamais, nous devons le tuer, elle me gronde comme si j'étais une petite fille. De ce que j'ai appris de ce nouvel Aesi, il n'a aucun problème à contrôler les corps, mais avec les esprits, il n'est pas du tout au point. Les gens lui obéissent sans perdre totalement conscience. Ce qui est une torture, d'ailleurs. Il perturbe les esprits et fait disparaître des femmes, mais désormais les gens se souviennent de ces disparitions, même si elles se sont faites dans des circonstances inédites et troubles et que personne ne sait où trouver le corps. Les corbeaux sont encore sous ses ordres, comme certains pigeons sous ceux des Sangomin. Quant à la manipulation, il s'insinue dans vos rêves et les modifie, voire en prend le contrôle, et il peut vous garder dans ses filets même lorsque vous venez de vous réveiller. Auparavant, tous ces pouvoirs lui suffisaient, mais à présent, il doit aussi employer la ruse. Alors qu'elles me croyaient endormie, Bunshi a aussi expliqué à Nsaka que l'Aesi a trouvé le moyen de retirer de leurs forces aux dieux, et que c'est peut-être pour ça que de plus en plus de gens perdent la foi ; et puisque les dieux tirent en partie leur puissance de la foi, ils s'affaiblissent encore davantage. Raison de plus pour le tuer, je décrète à part moi. Raison de plus pour le tuer. Et cette fois, je sais que le tuer vraiment, c'est le tuer à deux reprises. Et je le ferai. Le faire exploser tout de suite, puis attendre. Là. C'est décidé.

« Tu dois t'engager dans la sororité divine pour entrer, dit Nsaka.

– Je m'engagerai dans rien du tout.

– Comment il a fait pour t'apprivoiser, Arrière-arrière-grand-père ?

– Ce lion ne m'a jamais apprivoisée.

– Quelque chose l'a fait.

– Ce n'est pas parce qu'une idée te vient à l'esprit qu'elle est forcément bonne, ma grande. »

Elle s'apprête à répondre, mais au même moment nous arrivons à un sentier étroit avec rien que la falaise à notre droite, un passage si étroit qu'à un endroit nous devons marcher en crabe, nous râpant le dos contre la roche. Nsaka pose le pied sur une pierre qui se détache. Elle glisse et tombe avant que je puisse déclencher mon vent (pas vent) – mais elle agite une main et tout repart en arrière : elle fait un bond à reculons jusqu'à la paroi, la pierre branlante revient se loger à son emplacement, et Nsaka retire son pied. Cette fois-ci, elle l'enjambe, et je fais de même.

« C'est quoi, ce don ?

– Un don ? Tu appelles ça un don ? Quand les garçons t'agressent dans la rue pour s'amuser, sous prétexte que c'est leur nature de petits garçons, mais que tu les renvoies – c'est comme ça que j'appelle ça, retour à l'envoyeur. Quand, oui, tu les renvoies et qu'en reculant ils butent direct dans un escadron de cavaliers au galop qui les piétinent et en font de la bouillie. Et une vieille femme voit toute la scène et vient trouver ma mère pour lui raconter que sa petite fille est une nécromancienne, qui cause déjà la mort, tout comme d'autres femmes de ta famille ; et ce Roi, il a pas encore publié son décret sur les sorcières, mais t'étonnes pas si un jour on débarque chez toi pour incendier ta maison avec toi et les tiens à l'intérieur. Alors va pas me prendre pour une salope si je te dis : va te faire foutre, toi, et tes dons.

– C'est pas une réponse, ça.

– Non mais je rêve ? dit-elle en riant tout haut. Tout ce qui m'arrive, presque tout ce qui m'arrive, si je le remarque et le saisis immédiatement, je peux l'annuler. La plupart des choses. Cette première fois, ce n'était rien de plus qu'un souhait, je voulais que mes amis me lâchent. Cette première fois, j'ai même pas cru que c'était moi qui avais fait ça, quoi qu'elle en dise, cette vieille.

– Je pensais bien…

– Qu'une autre femme serait juste comme toi ? Pas faux, Arrière-arrière-grand-mère, mais j'ai entendu parler de personne d'autre. Ça serait plus facile si on savait à quoi s'attendre, cela dit. C'est bon, je m'y suis faite. Ça me réjouit pas spécialement, si c'est ça la question. Mais je m'en plains pas non plus.

– J'ai jamais pensé à ça, je crois.

– Pensé à quoi ?

– Je me suis jamais demandé si ça me réjouissait ou si ça m'attristait, c'est comme ça, c'est tout.

– Tu dois être une de ces femmes qui ont toujours été vieilles », dit-elle. Elle montre un entassement de rochers qui ressemblent à des marches géantes, avec des arbustes qui dépassent. « Attention à la marche, la vieille. »

Voilà comment on sait qu'on est à l'entrée de Mantha : on ne le sait pas. Un mur de pierre est un mur de pierre, rien de plus, mais on doit s'arrêter devant une paroi marquée de trois cercles rouges et attendre. Deux lanières de cuir sont descendues du sommet, et avant que j'aie pu demander : Qu'est-ce que c'est que ce bordel ?, Nsaka avait commencé à grimper. Tu te rappelles qu'elle vient de te traiter de vieille femme, ce qui n'est pas faux mais mérite tout de même une gifle, alors tu attrapes la seconde lanière et tu hisses, et tu tentes d'ignorer que par deux fois tu remarques que ce sont juste deux lanières attachées, ce qui signifie que, par le passé, la corde a dû casser sous le poids de quelqu'un d'autre. Et quand tu arrives au sommet et traverses en rampant une cavité qui ressemble à une tombe, tu débouches sur un paysage dégagé, entouré de ciel et de montagnes. Et une arcade taillée dans la pierre, et la forteresse que j'aurais dû voir pour la première fois il y a plus de cent ans.

« On dirait un palais de Kwash, je dis.

– C'est que c'en était un », corrige une femme que je n'ai jamais vue auparavant, toute de blanc vêtue, une nonne. « C'était à la fois un palais et une forteresse, dans sa première vie. Et une prison. » Elle nous conduit à l'intérieur ; nous traversons plusieurs salles avec des peintures d'hommes dévots au plafond, et croisons plusieurs femmes en blanc qui marchent ensemble, parlent ensemble, versent des libations dans la cour à ciel ouvert, s'occupent d'un jardin luxuriant, ou se tiennent assises, seules, les yeux fermés ou fixés sur le ciel. L'une d'entre elles s'approche de nous et Nsaka incline la tête, puis s'agenouille à demi. Je me contente de regarder la femme, qui ne ressemble à rien jusqu'à ce que trois autres femmes se précipitent vers nous et se prosternent derrière elle.

« Comment suis-je censée faire une avec toute la sororité si la sororité ne cesse de me traiter comme un être à part ? demande-t-elle. Tu as entendu la dernière, Ne Vampi ? Il paraît qu'à la nuit tombée j'erre dans les couloirs et murmure aux dieux que je les maudis. Tu imagines ? Y a-t-il déjà eu femme aussi courageuse, ou aussi stupide ?

– Pas vous, Votre Altesse.

– La seule altitude qui me reste, c'est mon domicile. Et qui est-ce, là ?

– Mon arrière-arrière-grand-mère, Altesse.
– Arrière-arrière-grand-mère. C'est tout juste si tu ressembles à une mère. Et à toi. À quoi sers-tu ?
– À vous rétablir dans votre destin royal, Princesse, dit Nsaka.
– Elle est muette, Ne Vampi ? Non ? Alors laisse-la parler. »
La princesse se penche vers moi comme si elle comptait en entendre davantage. Nsaka me jette un coup d'œil sévère et je reste de marbre, même si j'ai parfaitement compris pourquoi. Mais si elle est pareille à n'importe quelle nonne de Mantha, je ne vais pas la considérer autrement. La déférence envers la royauté, quelle qu'elle soit, très peu pour moi désormais.
« Il n'y a rien de royal dans mon destin, et je ne suis pas princesse, je ne le suis plus. Alors, pourquoi est-elle là, l'arrière-arrière-grand-mère ? De toute évidence elle ne croit pas en la cause.
– La déesse des rivières…
– Le lutin. C'est un lutin.
– Bunshi s'est dit qu'elle nous serait utile.
– Utile. Utile à…
– Je tue des gens », j'ai répondu, puis j'ai savouré le long silence qui a suivi. « On m'appelle la Sorcière de Lune.
– Sorcière. Le monde n'est pas très sûr pour les sorcières.
– Le monde n'est pas très sûr pour les femmes.
– Et quelle est ta place, dans tout ça ?
– J'essaie pas de me trouver une place. »

Il y a du côté de Mantha une source où le soleil se couche, et cette source se précipite dans une chute d'eau qui alimente une piscine naturelle dans laquelle les sœurs divines, toutes les cent vingt et neuf, se baignent. C'est de cette piscine qu'émerge Bunshi. Elle effraie les plus jeunes d'entre elles.
« On va envoyer un homme. Tout est arrangé, dit Bunshi à Lissisolo dans sa chambre.
– Les confiseries me manquent. Tu en as apporté ?
– Altesse ?
– C'est la question la plus simple du monde. Oui ou non ? »
Elle a beau être toute noire, ça se voit que Bunshi est perplexe. Elle se tourne vers Nsaka.
« Pas de sexe, pas de confiseries, pas de chants, pas de joie, pas d'homme, pas de livres, pas de poésie, pas étonnant qu'il fasse sombre même à midi, ici, dit Lissisolo.

– Je… Je… Tout est arrangé, Votre Altesse.
– Arrangé. Tous ces arrangements qui se font sans jamais me consulter.
– C'était mieux ainsi, Princesse.
– D'après qui ? C'est mon esprit, mon corps, j'ose dire que c'est même mon foutu koo, puisque c'est moi qui pisse avec.
– On peut pas prendre le risque d'un…
– Ne me coupe pas la parole, Ne Vampi. Regarde ma vie. Tout tourne autour d'un trou possédé, ordonné et arrangé par des hommes. Maintenant je dois subir le même traitement de la part des femmes ? Tu ne comprends rien à la sororité. Tu n'es qu'un pâle reflet des hommes.
– Ce qu'elle allait dire, Votre Altesse, c'est qu'on ne pouvait pas prendre le risque de laisser des traces qui conduiraient à vous. L'Aesi a encore des espions. Y compris dans le ciel.
– Donc vous avez trouvé un homme qui n'éveillera pas les soupçons ? Vous vous figurez que mon fils va être le bâtard d'un abruti quelconque ?
– Non, Votre Très Excellente. Nous avons trouvé un prince à…
– Kalindar. Encore un ? On dirait qu'ils sont partout, comme de la vermine, ces princes sans royaume de Kalindar.
– De Mitu. Il rendra votre enfant légitime. Et lorsque la vraie lignée des rois reviendra, il pourra revendiquer le Nord avant tous les seigneurs.
– Qu'ils aillent se faire foutre, les seigneurs. Tous ces rois, ils sortent aussi du ventre d'une femme. Qui va l'empêcher de faire exactement comme les autres, cet homme-enfant ? Il faudrait tuer tous les hommes. »

Je ris, mais je suis la seule.

« Alors dirigez-les, Princesse. Dirigez-les à travers lui.
– Lui. Diriger à travers lui. Pourquoi seulement lui ? Et si c'est une fille ? Comment se fait-il que ni l'une ni l'autre, qu'aucune d'entre vous n'ait même pris la peine de se faire la réflexion que c'est peut-être d'une Reine qu'on a besoin ? On est entourées de femmes, dont une de naissance divine, et tout ce que vous arrivez à imaginer, c'est un autre homme pour vous diriger. Vous n'avez rien à répliquer à ça ? »

Même la brise fait plus de bruit qu'elles. Nsaka regarde dans le vide, alors que je veux qu'elle me regarde. Sur mon visage elle aurait pu lire la même question.

« Toi, tu n'as rien à dire ?

– Ce sera comme le voudront les dieux, Votre Altesse. Accomplissez votre destin et quittez ce lieu.

– Et s'il me plaît, ce lieu ? À Fasisi, même le vent conspire contre vous.

– Si tel est votre désir, restez, Maîtresse. Mais tant que votre frère est roi, les fléaux de ce monde et de l'autre visiteront aussi ce lieu.

– Aucun fléau ne nous a visitées jusque-là. Six rois – enfin, cinq et un quart. Et entre-temps, l'empire s'est étendu jusqu'à Wakadishu, la Cité mauve, et à l'ouest jusqu'au Mweru, et au sud jusqu'au Marais de Sang. Sans oublier que même les peuples des rivières envoient leurs tributs et paient des impôts. Alors elle doit se produire quand, cette catastrophe ? Pourquoi pas maintenant ?

– Peut-être que les dieux vous ont laissé du temps pour l'empêcher, Votre Excellence, dit Nsaka.

– Toi et tes belles paroles. Je ne te fais pas pleinement confiance. Elle est comme toi, ton arrière-arrière-grand-mère ?

– Non, pas du tout, Altesse.

– Ah, je l'aime déjà, alors. »

Bien que Kwash Dara ait banni la Sœur du Roi en un lieu où elle est pour lui comme morte, il veut encore qu'elle meure pour de bon. Tout ceci était clair comme la différence entre le parfum d'une fleur et une odeur de merde. Et pourtant, elle a du mal à le croire, car l'exil est déjà comme une mort, alors pourquoi tuer les morts ? C'est pour ça que tu es là, me dit Bunshi : il y avait une partie de Lissisolo qui pensait encore qu'avec le temps le cœur allait guérir, que son amour pour son frère l'emporterait sur sa haine, et qu'un jour, pas tout de suite, mais un jour, il viendrait lui-même la supplier de le pardonner et lui rendrait sa place légitime. Au lieu de ça, une lune sur deux il envoie un assassin pour la tuer. Lui, c'est-à-dire le Roi-Araignée, c'est-à-dire lui, l'Aesi. D'abord, il envoie une volée de corbeaux qui, un soir, s'amassent au-dessus de nous tandis que nous nous promenons. Elle n'a même pas remarqué la petite pluie de sang qui gicle sur ses épaules blanches lorsque j'envoie la poussée les faire exploser l'un après l'autre. Le deuxième assassin, Bunshi entre dans ses narines et le fait bouillir de l'intérieur. J'en tue moi-même quatre autres. Dans la forêt entre Mantha et Fasisi, l'un d'eux saute d'un arbre, me tombe dessus et manque me couper le cou. Un autre, parce qu'il m'a fait chuter d'un coup, pense à tort qu'il va d'abord me violer. Je le nique avec un poignard et lui découpe un koo qui lui remonte jusqu'à la gorge. Parfois le meurtre vient avec la nourriture et le vin et tue la sœur gourmande qui aura volé une bouchée. Dans les fruits qui tuent les vaches à qui on les donne. Dans le riz qui brûle la langue d'une chèvre, qui tombe raide morte.

« Qui eût cru que la compagnie des femmes pouvait être si ennuyeuse ? » me confie Lissisolo par une soirée chaude, sous la lune presque toute mangée. Ces derniers temps, elle a pris l'habitude de m'emmener partout, comme une sorte de garde. D'abord, j'ai cru que c'était pour se prémunir des dangers qui risquaient de s'abattre sur Mantha, mais j'ai compris ensuite que c'était pour faire fuir les autres nonnes. Surtout, elle me prenait pour l'écouter. Elles ont entendu parler de ton pouvoir, elles savent que tu as fait gonfler l'Aesi comme un poisson-globe jusqu'à ce qu'il explose, dit-elle.

« Montre-moi. Je suis morte d'ennui. »

Je ne perds pas de temps. Le désir apparaît dans ma tête et se manifeste dans l'espace. Le vent, la force, la poussée épaissit tant l'atmosphère que je m'élève dans le ciel comme par un escalier. Je monte assez haut pour effrayer les oiseaux. La princesse applaudit tandis que je redescends.

« Tu es ce qu'il y a de plus près d'une femme pas ennuyeuse que nous ayons ici. »

Nous sommes sur les remparts de la plus haute tour de Mantha. À deux coins s'élèvent de hauts poteaux avec des racines, des branches et des feuilles qui s'enroulent autour, jusqu'au sommet, où se dressent deux statues de dragons aux ailes repliées, et deux femmes avec des lances qui montent la garde à la base. Ça fait deux lunes que je suis arrivée et je n'ai jamais vu cette partie, jamais vu ce ciel ni la falaise vertigineuse en dessous.

« On m'a dit qu'il viendrait déguisé en eunuque. S'il me satisfait, on trouvera un ancien qui soutient notre cause.

– Un ancien ? Alors on est condamnées à être trahies, je dis.

– Je crois que tu es là pour faire en sorte que ça n'arrive pas », dit la princesse. Et soudain il se passe ceci. Les nonnes brandissent leurs lances vers le soleil couchant, et les statues de dragons crachent du feu et les allument. Mon petit cri étranglé se mue en hurlement qui se mue en petit cri. Je n'ai pas fui, car personne ne fuyait, mais mes pieds se sont préparés à courir comme jamais. Cent trente et six ans. Je croyais avoir tout vu, mais ces deux-là, avec un battement d'ailes et la fumée qui leur sort par le nez, me font mentir.

« Et ce sont juste des bébés, paraît-il. Encore quelques années, et il ne sera plus question de les maîtriser.

– Des ninki nankas ? Nique les dieux, mais comment ? »

Je cligne des yeux et fixe de nouveau le poteau. Ce ne sont pas des racines épaisses, mais une longue queue luisante, couverte d'écailles, qui fait le tour de la base. Une tête comme un cheval, des oreilles comme des éventails, avec deux petites cornes en haut du front et deux grosses juste derrière. Un cou long comme une girafe mais avec les pattes, les membres allongés et les griffes comme des lames. Une crinière descendant tout le long de l'échine comme si elle venait de prendre feu, mais la peau du dos comme celle d'un crocodile. Et des ailes. Du peu que je savais des ninki nankas, je n'avais jamais entendu parler d'ailes. Je ne peux pas détacher les yeux des dragons et des femmes guerrières à leurs pieds, comme s'ils se protégeaient l'un l'autre. Puis, sans coup férir, les ninkis nankas se propulsent dans les airs, en hauteur d'abord, avant de plonger vers la vallée. Les deux sont longs comme six hommes de la tête aux pieds, et ce ne sont que des petits. J'ai oublié ce qu'elle vient de me dire et ce que je m'apprêtais à lui répondre.

« Tu peux rester regarder les dragons. Mais amène-toi dans ma chambre avant qu'il fasse complètement nuit », dit Lissisolo.

« D'après le lutin des rivières, les préparatifs sont déjà lancés », dit Lissisolo dans sa chambre, qui ressemble à la mienne, à celle de tout le monde, avec des draps par terre, un repose-tête pour dormir, une cruche pour boire et un pot pour pisser et chier. Les chambres sont décorées de différentes babioles pour les différents dieux, et à en juger par toutes les pierreries et perles, émaux et statues bleus, cette chambre était consacrée aux dieux des lacs et de la mer. Pour les rivières, ce serait vert, je pense.

« Peut-être que je suis exactement où je suis censée être. Quelqu'un y a pensé, à ça ? Non. Personne. Toutes ces considérations sur l'histoire, ça me fait mal à la tête. C'est bien plus important pour ton arrière-arrière-petite-fille et ton lutin que pour moi. J'ai déjà eu un fils. Ta parente et la déesse, elles couchent ensemble ?

– Quoi ? Non, on m'a jamais dit ça.

– Et alors ? Vous n'êtes pas exactement proches, pourquoi on t'aurait dit ça ?

– Elle parle d'un homme. Elle dit que c'est son homme.

– Comme si ça changeait quelque chose. Le père du père de mon mari m'a déclarée sienne, je n'étais même pas née. Bunshi, elle est là parce que, divinité ou pas, elle a besoin d'un but, d'une mission pour lui apporter de la gloire, sans quoi le monde l'oublierait et elle serait emportée dans le vent comme de la poudre de craie. Elle ne peut pas devenir immortelle dans l'esprit des hommes, les murmures des esprits des rivières ne suffisent pas. Même si pas un mot qui sort de sa bouche ne lui appartient. Parle vrai, qu'est-ce que ce stupide lutin sait de l'ordre naturel des neuf mondes ? Elle se perd encore dans celui-ci. Les dieux lui soufflent ses paroles, parce que je ne sais pas ce que fait l'Aesi, mais ça leur nuit.

– Il fait quoi ?

– Les dieux ne le disent jamais, même pas aux féticheurs, sans quoi on saurait ce qui les affaiblit.

– Tout le monde s'en fout.

– C'est un symptôme de leur faiblesse, justement. À la même époque, il y a deux ans, je préparais la cérémonie d'anniversaire de mon fils. Il a fallu toute une année pour prévoir son… »

Lissisolo s'arrête. Je la crois pensive jusqu'au moment où je la vois qui tente de cacher ses larmes. Tout s'arrête dans la pièce, en attendant qu'elle ait fini, qu'elle se reprenne. Mais elle continue de sangloter, refuse de s'essuyer la figure, si bien que la lueur de la lampe se reflète sur ses joues humides.

« Maintenant je me surprends à penser aux choses étranges. Pourquoi personne ne m'a jamais dit ces choses sur la mort et la vie ? Je me dis qu'on se souvient des choses étranges, comme le fait qu'on s'aimait, mon mari et moi. Une princesse n'a pas besoin d'amour, pas vraiment, surtout pas de l'amour d'un homme, mais je l'aimais quand même, et quelque chose dans cet amour me rendait plus forte. Trop imprudente, peut-être. C'est à cause de mon imprudence que je me suis retrouvée ici.

– Dis-m'en plus.

– Pour que je puisse évacuer tout ça de mon organisme et que ma tête soit allégée de plusieurs poids ? Pour que je puisse avancer comme si je marchais sur de l'air pour la première fois depuis des années, en roucoulant comme un oiseau ? Pour que j'obtienne la magie de la paix, mademoiselle femme ?

– Non, parce que je veux savoir. »

Elle étudie mon visage sévèrement, demandant avec ses yeux s'il est vrai que je veux savoir. Je réponds avec les miens.

« Mon père, Kwash Netu. Pas différent de son grand-père, en fait. Ce n'est pas lui qui a émis le décret stipulant que la sœur aînée rejoigne la sororité, mais il avait l'intention de l'appliquer. Et il me disait la même chose : ce n'est pas moi, c'est le décret. Après que j'ai atteint dix et trois, mais avant que j'atteigne dix et huit, j'étais censée me remettre à la sororité divine, comme si c'était mon choix. Eh bien, que la femme laide qu'aucun homme ne veut devienne sœur divine. Pourquoi je renoncerais aux viandes, aux soupes et aux pains succulents pour boire de l'eau avec des chiennes amères et ridées, vêtue de blanc jusqu'à la fin de mes jours ? C'est ce que j'ai demandé à tous ces hommes sages, dont mon père. Même à l'Aesi, ce lâche, qui s'est collé si près derrière mon père qu'un jour je lui ai demandé s'il était un pot de chambre humain, qui ouvrait grand la bouche pour recevoir la merde de mon père. Tu aurais dû voir le fou rire à la cour, quelle journée, je te jure ! Mais il ne m'a pas répondu et les autres hommes non plus. Au lieu de ça, les hommes, ils ont fait ce qu'ils accusent les femmes de faire : ils ont fait circuler des rumeurs sur mon compte. Cette princesse, elle a oublié qu'elle était une princesse, elle s'est mise à marcher comme un prince. Un prince héritier. Regarde-la monter à cheval, manier l'épée, bander l'arc, jouer du luth, amuser son père et faire peur à sa mère. Ma propre mère, elle dit : Qu'est-il arrivé à la fille qui ne vivait que pour ses robes neuves, et pour la nourriture du sable et de la mer ? Comme si ça avait le moindre rapport avec ce que je veux, moi. Alors j'ai dit à mon père : Envoie-moi rejoindre les femmes guerrières à Wakadishu, ou livre-moi en otage à une cour du Sud, je serai ton espionne.

« "Tu as la tête dure, il a dit. Ce que je devrais faire, c'est t'envoyer un prince pour qu'il te ramollisse la tête à coups de trique."

« J'ai chatouillé ses doigts avec les miens et dit : “Je suis la fille de Kwash Netu. Es-tu prêt pour la guerre qui éclatera quand je l'aurai assassiné, le prince en question ?”

« Il a ri, et il s'est rappelé que j'étais la seule de ses enfants à faire travailler sa cervelle et à le faire rire. En plus, il ne voulait pas m'envoyer dans le Sud, car il savait que quel que soit le territoire, je finirais par le renforcer contre lui. Tu as l'esprit trop vif, me disait-il, et aussi, que les dieux avaient sauté certains des enfants au moment où ils distribuaient la sagesse, mots qui je le sais, sans le moindre doute, se référaient à mon frère. À courir les femmes et coucher avec des porcs, ou courir les porcs et coucher avec des femmes, qui sait ce qu'il fabriquait quand il est entré dans ma chambre un matin en affirmant que j'étais beaucoup plus un fils pour notre père que lui. Je me rappelle qu'il avait l'air chagrin en prononçant ces mots, mais en un éclair, il a chassé ça d'un sourire grimaçant.

« Frère, frère, frère. Je ne te mens pas, car malgré toute sa jalousie, j'étais la seule à voir que ce n'était pas un imbécile. Cruel, frivole, rancunier et si mesquin qu'il a manqué tuer un serviteur qui lui avait servi un café tiède, mais non, ce n'était pas un imbécile. Et, par les dieux, pas un guerrier. À l'entendre raconter la chose à la cour, c'était lui qui avait conseillé à mon père de faire de Kalindar un territoire neutre de libre-échange avec le Sud, après que les anciens lui avaient tous dit de conserver le butin de la Guerre de Neuf Jours contre le Sud et de ne rien laisser à l'ennemi, sans quoi celui-ci l'aurait considéré comme faible. Surtout qu'il n'avait plus le moindre droit sur Wakadishu. Mais Kalindar est une tache sur l'empire. Aucun fruit valable, aucun argent pur, aucun esclave fort ne vient de là-bas, et le Roi Massykin est tellement fou qu'il pensera que le libre-échange signifie qu'il a gagné. Et bien sûr, aussitôt que mon frère est devenu Kwash Dara, il s'est empressé de raconter tout ça, sauf que ce qu'il ne disait pas, c'était que la raison pour laquelle il était au courant de tout ça, c'était parce que mon père m'avait dit ce que je te dis maintenant, et aussi la chose suivante. Que j'étais vraiment comme un fils pour lui, plus que celui-là, qui se cachait derrière le rideau et a tout entendu.

« Trentième année de son règne. Le jour Carra de la lune Abrasa. Je m'en souviens encore, de ce matin-là. Mes dames d'honneur qui accourent dans ma chambre, ouvrent les rideaux, et moi qui râle : Je ne sais pas qui m'agresse le plus, de ces femmes ou du soleil. L'une d'entre elles a dit : Vous devez vous lever et vous laver, maîtresse, nous devons nous hâter, car le Roi a convoqué une séance et tous doivent se présenter à la cour avant le prochain tour de sablier. En retard, mon père a dit que j'étais. En retard. Comment peux-tu être en retard, ma fille, alors que cette réunion te concerne ? J'aime mon père, bien sûr, mais j'ai aussi peur de lui. Tout ce qu'il a dit c'est : Allez-y, et l'Aesi a dû lire la proclamation lui-même. Mon père. Mon Netu adoré. Il ne pouvait pas supporter de me voir quitter ses côtés, alors il a dit : Toi, ma très chère Lissisolo, tu ne seras jamais obligée de rejoindre la sororité divine. Mais tu dois te trouver un mari. Un seigneur, ou un prince, mais pas un chef.

« Oh, j'en ai trouvé un, de prince. La perle rare parmi les princes, je dirais, car les dieux savent que le Nord en est infesté. Il n'avait rien à m'offrir à part sa charmante compagnie et la promesse que, lorsque le Nord aurait libéré Wakadishu du Sud, lui-même récupérerait ses terres. À défaut d'autre chose, il m'a donné quatre enfants en sept ans, j'ai même pris plaisir à ce que nous faisions pour les concevoir. Ma mère était un terrible exemple, et ma grand-mère aussi, donc j'ai été la première surprise quand je me suis rendu compte que j'aimais mon mari. Je n'aurais pas pu rêver meilleure époque, tu m'entends ? Je n'aurais pas pu rêver mieux. Enfin, jusqu'à ce que mon frère trouve mon père mort dans sa tente, sur le champ de bataille. Étouffé avec un os de poulet, il a dit. Je suppose que je devrais apprécier le fait qu'au moins il ait tenté d'avoir l'air triste, parce qu'il en était loin, au campement. Le corps n'avait pas encore refroidi qu'il s'est tourné vers les généraux pour leur déclarer qu'il était Roi désormais, et qu'ils devaient l'adorer. Il a fallu un général pour lui dire qu'il deviendrait dieu à sa mort, pas en devenant Roi. Je te laisse imaginer comment mon frère a réagi à cette information.

« Mon frère est devenu Roi, s'est fait appeler Kwash Dara. Quant au général, on a retrouvé son armure dans l'estomac d'un crocodile, dans le Marais de Sang, tout à l'ouest. Une petite pute pitoyable et pleurnicharde, voilà ce qu'il était. Et il fête l'anniversaire de son couronnement alors que six lunes seulement se sont écoulées. Du vin, de la chèvre, du poulet, de la magie à peu de frais, toute la cour festoie lorsqu'il se tourne vers moi et demande qui est le plus intelligent, lui ou moi. Il croyait que je n'allais pas répondre, qu'il allait me faire taire par ces mots, mais je lui dis simplement que c'est une question qu'il devrait poser à notre mère ou à nos professeurs. Tu aurais dû le voir essayer de masquer sa colère. Il finit par s'arrêter de jouer et m'annonce : Le Roi divin a des oreilles partout, Sœur. De quel Roi parles-tu, puisque le dernier Roi divin est notre père, qui a désormais rejoint les ancêtres ? je demande en riant. Je regarde ce garçon qui a l'air de se trouver encore dans le lit royal, encore en train de dire ce qui est à moi est à moi et ce qui est à toi est à moi, et je ris, je ris. Je ris assez longtemps pour que mon rire se glisse entre les notes des guitares, bondisse par-dessus toutes les autres voix. Dès que tout le monde s'est retourné pour me voir, il me gifle. Non, il ne me gifle pas. Il me cogne si fort que je tombe de l'estrade du trône, et personne ne m'aide à me relever. Oh, il allait se lâcher désormais, cet homme qui se prenait pour le Roi. Il s'est lâché.

« Tes manigances ont été découvertes, dit-il. Toi, très chère Lissisolo, en ce jour, mon premier anniversaire, tes manigances ont été découvertes. Tu croyais pouvoir duper un Roi et un dieu ? Je n'ai pu que le fixer comme une chèvre hébétée car je ne voyais pas de quoi il parlait. Je n'ai pu que dire : Mais tu n'es pas un dieu, sur quoi j'ai ri de nouveau, car ça ne pouvait être qu'une plaisanterie, non ? Là-dessus il s'est lancé dans une longue tirade, disant que j'avais toujours été la préférée de Père, qu'il aurait bien recouru à la chirurgie afin de fixer sur moi sa propre bite et de faire de moi son fils. Je n'ai pu que penser que c'était la façon de parler de mon frère, mettre en moi la bite de mon père pour suggérer quelque perversion. Puis il a affirmé que j'avais pratiqué la sorcellerie, des années auparavant, quand Père avait décidé de ne pas m'envoyer à la sororité divine, que je violais les dieux, que mon mari et mes enfants, on pouvait les taxer d'abominations, mais qu'il s'en abstenait, étant un Roi bienveillant. Le Bon Roi Dara. Ce n'est pas lui qui me traite ainsi, ce sont les dieux. Et si Kwash Dara doit se plier à la volonté des dieux, pourquoi pas moi ?

« Je sers qui mérite d'être servi, voilà ce que je réponds. Vous avez entendu, excellents membres de la cour, vous avez entendu ? dit-il. Apparemment, les rois et dieux doivent se rendre dignes du service de la Princesse Lissisolo.

« C'est là qu'une sagesse nouvelle m'a assommée. Je connais mon frère. Ce n'est pas un idiot, mais il est limité dans ses manières, étroit par choix car pourquoi être large ? Il est Roi. Les gens apprennent à grimper jusqu'au sommet, mais si vous êtes né au sommet, pourquoi apprendre ? Non, il n'a jamais été astucieux, mon frère, mais quelqu'un lui donnait des conseils astucieux. Je déclare à la cour entière que seuls les dieux connaissent mon cœur.

« Alors nous sommes d'accord. Car c'est certain que je connais le tien, Sœur, dit-il, puis il nous ordonne à tous de manger et même là, il ne peut s'empêcher d'en faire des tonnes. À un moment, il demande du lait avec un peu de sang de vache dedans pour faire comme les peuples de la rivière. Miel et lait, mouton cuit, mouton cru, poulet, vautour, colombes farcies, encore maintenant je sens l'ail, et le poivre, et l'écrevisse en poudre, et les graines de caroube. Et le vin, tant de vin. Et de la bière, aussi. Tout ça à la grande table, tous ces mets proposés par les serviteurs, l'un après l'autre, comme à un concours de beauté. Je me rappelle que l'un d'entre eux n'a pas vu que l'outre à vin de mon frère était vide : les gardes l'ont emmené dehors pour le fouetter. Et la cour, ces hommes et femmes, ces charognes. Ils aiment se moquer des peuples de la rivière, et pour être honnête, moi aussi je le faisais, avant. Mais tu aurais dû les voir attaquer la table comme des hyènes chapardant le repas d'un lion. Tous qui mangeaient, buvaient, se goinfraient, s'engraissaient, les femmes nobles avec du sang qui coulait sur leurs robes parce que la chèvre crue avait dû être bénie par les dieux, je vous le dis, bénie par les dieux. Tout ce temps je les observais, debout, car je n'étais pas assez téméraire pour m'asseoir sans sa permission. Finalement il m'a fait un signe et j'étais sur le point de reprendre ma place, à trois chaises de lui, sur la gauche, où je m'asseyais toujours, quand il a dit : Sœur, assieds-toi au bout de la table, car nous sommes une seule chair. Et qui d'autre voudrais-je voir quand je lève les yeux de ma viande ? Tous ces gens qui mangent encore, puis mangent davantage, et qui boivent aussi. Poignées de viande, poignées de fruits, poignées de pain levé, poignées de pain plat, ils réclament du vin de miel et de la bière de daro, et des musiciens n'ayant qu'une fraction du talent de ceux du passé jouent de la kora et du tambour et chantent que le grand Kwash Dara est encore plus grand après un an de règne. Peut-être que si je me rappelle tout ça, c'est que je ne pouvais rien faire qu'observer. Je me tourne vers mon frère et constate que lui aussi me regarde. Puis il claque dans ses mains et deux gardes du palais apportent à la table un grand panier.

"Écoute-moi maintenant, dit-il. J'ai fait venir des mets fins, deux trésors des nobles maisons du Sud. Pour toi, ma Sœur. Afin qu'il n'y ait pas de rancœur entre nous et que nous soyons de nouveaux égaux."

« Il lève son gobelet vers moi, puis vers les hommes. Ceux-ci renversent le panier, et il se produit la chose suivante : deux têtes coupées tombent sur la table. Oui, je sursaute, comment faire autrement en voyant deux têtes jetées sur une assiette comme de la nourriture. Et il attend, mon frère, il attend. Il attend que je reconnaisse les visages. Il attend de voir mon tressaillement, mon sanglot, mon cri étouffé ou mon hurlement, car c'était ce que faisaient tous les autres dans la salle. Mais je le regarde, c'est tout. Julani de la maison Ishl était l'un des deux, qui connaissait mon père. Nwangaya était l'autre, un ancien. Tous les deux du royaume du Sud.

« Mon frère agite la main et tout le monde se tait. Puis il prend la tête de Nwangaya et place son visage face au sien, comme s'il s'apprêtait à converser avec. Les yeux étaient encore ouverts. Ces hommes, tout ce qu'ils faisaient, c'était éclairer mes journées, car je voulais en savoir plus long sur le Sud. Toute ma vie j'ai entendu dire qu'ils étaient très différents de nous. Je voulais simplement savoir. C'est Nwangaya qui m'a parlé des chanteurs exilés au Nord, ajoutant qu'ils avaient des histoires qui intéresseraient n'importe qui, moi en particulier. Voilà ce que mon frère dit à toute la cour :

« "Et celui-là, cet amoureux des garçons ? Est-il un amoureux des garçons ? Il faut qu'il le soit pour penser que ma sœur, une princesse, peut devenir roi. Quel genre de sorcellerie ont-ils dû exercer sur lui pour le faire comploter, manigancer ? Et rappelle-toi, hein, Sœur. Écoute les mots sages de ton sage Roi. Quand tu entraînes un homme dans tes manigances, tu devrais aussi entraîner l'épouse, sans quoi elle va penser que c'est contre elle qu'on manigance. La prochaine fois que ça te prend, cette fièvre de manigances, tâche de ne contaminer personne, Sœur. Fais une partie de Bao."

« Puis il laisse échapper la tête dans mon bol et dit : Ôtez-la de ma vue. Les gardes m'enferment dans ce que le seigneur appelle le trou de minuit et il a posté d'autres gardes en haut, qui attendent de rapporter si je pleure, hurle ou me mets en rage. La plupart du temps, il leur ordonnait de ne me nourrir qu'avec des restes de la table royale. Soit il donnait des instructions aux gardes soit ils avaient appris la cruauté tout seuls, car c'était bien le problème, n'est-ce pas ? Comment faire mal à la princesse sans la toucher ? Un jour ils m'apportent un bol d'eau et m'annoncent que c'est une soupe avec un assaisonnement spécial, tout à fait excellent, et quand ils la posent devant moi je vois un rat qui flotte à la surface. Puis ils se plantent devant les barreaux, tout sourire, et me narguent. Alors je soulève le rat, bois un peu d'eau, puis je croque dans le rat et crache au visage du garde. Il tente de me sauter dessus, cet imbécile. Je les mets au défi de poser la main sur la chair divine.

« Dix et quatre jours passent. Je le sais parce que le chef des gardes pisse toujours exactement au lever du soleil. Juste devant ma cellule, je te l'ai dit ? Néanmoins, mon frère vient me rendre visite, et la première fois, il me demande si je n'ai pas de pot de chambre. Je lui dis : Frère, je pensais qu'on avait dépassé le stade où tu faisais grand cas de mon koo. Il essaie de balayer ma remarque d'un sourire, mais je le connais, cet idiot. Le même garde, celui qui pisse, doit se mettre à quatre pattes dans sa propre urine quand son Kwash Dara lui demande un siège pour s'asseoir. Puis il me dit que je lui manque. Je lui réponds : Je me manque aussi.

« Je ne sais pas ce qu'il voulait m'entendre dire, mais pas ça. Alors il se met à parler de choses et d'autres, mais la conversation n'est pas le fort de mon frère. Il ne les aime pas assez pour s'intéresser à ce que les autres ont à dire. C'était pénible, de l'entendre essayer de bavarder, et je ne me rappelle presque rien de ses propos. Sauf que même si j'ai trahi le Nord, le sang, c'est le sang. Et ceci : que mon chagrin est son chagrin.

« Je n'ai pas trahi le Nord, je n'avais aucune raison de le faire. Et si j'ai écouté les ambassadeurs du Sud, parce qu'il fallait que quelqu'un injecte de la raison et de la sagesse dans la dernière dispute, ainsi soit-il, je le referais. Je n'étais même pas au courant des règles de succession avant d'arriver là. Je n'ai trahi personne mais ce que je lui ai dit, c'est : Tu n'as aucune preuve que je t'ai trahi. Puis il s'est écarté de son propre chemin et s'est engagé dans des voies pour le moins étranges, expliquant que la vérité est avec le Roi, qui est la divinité, et dans tout ça je prends conscience que ce n'est pas lui, car mon frère est trop stupide pour prononcer ce genre de paroles. Pas du tout. Même dans la quasi-obscurité, j'ai bien vu qui était derrière ces mots, tapi dans l'ombre. C'est idiot de se cacher dans l'ombre quand on a les cheveux plus rouges que la bouche d'une putain, ai-je lancé à l'Aesi. Sur ce, il est apparu.

« Nous venons apporter des nouvelles, Sœur. Elles ne sont pas bonnes, ajoute mon frère. Le prince consort et les enfants ont tous succombé au mal de l'air, car c'est la saison, et ils se sont rendus en des lieux où les vents malveillants dominaient. Ils seront enterrés demain, avec les hommages dus aux princes, bien sûr. Mais pas à proximité de l'enceinte royale, car ils peuvent encore être porteurs de maladie. Il continue mais je l'interromps. Lui, cet éclat de merde sur le dos d'un âne, que sa queue ne parvient pas à ôter, qui se fait appeler Roi – et que je n'ai pas trahi.

« Qu'est-ce qui t'a fait descendre ici ? Un hurlement ? Une supplique pour mes enfants ? Tu t'assois sur le dos d'un homme en attendant qu'une femme se décompose ? C'est ça que tu attends ? Il me dit qu'il va me laisser pleurer mes morts. Je lui demande si sa femme l'a déjà entendu crier mon prénom quand il la baise. Je savais que ça le piquerait au vif. Il se lève d'un bond, flanque un coup de pied au garde et sort, laissant l'Aesi. Enfin seuls, suis-je tentée de dire. Il m'explique que, dès le lendemain, je devrai rejoindre la sororité divine, puisque c'était ma destinée depuis le début. Il m'a même souhaité une paix durable. Donne ta paix à ceux qui ont du chagrin. Parler de chagrin laisse penser qu'il s'agit d'une tragédie, mais c'est une honte. Je le maudis avec une telle violence qu'il finit par perdre tout Itutu, disant qu'il me tuera aussi. Cet imbécile, il me force à lui demander s'il est vrai qu'il est venu me rendre visite uniquement pour avouer ses meurtres. Je le maudis, lui et ses enfants, et il s'enfuit. »

On avait assez parlé pour la nuit. Je n'avais rien à lui dire, même pas au revoir. C'était elle qui avait parlé tout le temps, mais c'est moi qui me suis réveillée fatiguée. Et pourtant dès qu'elle m'a vue, elle a trouvé encore des choses à raconter. Et à demander.

« Je connais les raisons de Bunshi, mais je ne sais pas ce qui motive Nsaka Ne Vampi.

– L'argent, j'ai dit.

– Non, ça, c'est toi. Il n'y a pas que ça, pour elle. Non. Je me trompe. Pour toi non plus, il n'y a pas que ça. Quoi d'autre ?

– C'est qu'un homme a pris ce qui n'était pas à lui et c'est le même homme qui m'a tout pris. Après quoi il a tout pris encore une fois. Je t'aide, parce que je l'emmerde et que j'emmerde ton frère. J'emmerde tes rois et j'emmerde tous les dieux.

– Ton plan semble différent du leur. Toi, tu veux te venger, on dirait.

– Me venger ? Comment veux-tu que je me venge d'un dieu ?

– On raconte que tu l'as déjà tué une fois.

– Je le tuerais bien pour de bon la prochaine, mais Bunshi a d'autres plans.

– Oui, je suis au courant de ses plans. Mais je voudrais qu'il meure, moi aussi, cet Aesi.

– Elle dit que ce n'est pas la voie à suivre. Qu'à sa façon l'Aesi est aussi lié à l'ordre que n'importe qui, et que si ce que nous faisons s'aligne avec l'ordre des choses, même lui devra s'y soumettre.

– Tu t'es déjà soumise à l'ordre ? demande Lissisolo.

– Non.

– D'après ce que je sais, à chaque fois qu'il renaît, il est plus faible, non ?

– Si. Raison de plus pour le tuer, je trouve, mais comme je disais, Bunshi a d'autres plans.

– Ça veut dire que tu trouves qu'il est bon, son plan ? »

Je n'ai pas répondu. Elle a pris mon silence pour une réponse.

Je retrouve le Prince de Mitu dans les bois de Longue Griffe, la forêt de montagne froide entre la piste de Mantha et la frontière de Fasisi. Je suis venue à cheval, lui est venu avec cinq hommes de plus que ce que nous avions convenu. Je devine que c'est l'homme au casque doré et lui annonce qu'il n'y a de passage que pour un. Les autres protestent et il explique que la seule raison qui les empêcherait d'accompagner leur seigneur, ce serait la mort, et je me retiens de répondre que je peux arranger ça. Aucun homme n'est censé entrer dans la forteresse de Mantha, donc même un, c'est déjà trop. Le prince dit alors que ça pourrait être une embuscade, pour ce qu'il en sait ; si ses hommes ne peuvent pas venir, il n'ira pas non plus. Je ne suis pas payée pour le raisonner, me dis-je, mais si on le perd, c'est une perte pour moi aussi, pas que pour la princesse. Et ce prince : grand, la peau brune, les cheveux épais, les yeux marrons, les lèvres pleines et sombres, des scarifications au-dessus des sourcils et sur les deux bras, et bien des années plus jeune.

« Je suis sûre qu'elles vous ont expliqué l'arrangement, Prince.

– Eh bien, oui, mais... maintenant, je suis rempli de doutes.

– Je connais une chose sur laquelle il n'y a pas de doute.

– Pas de doute, quoi ? » demande-t-il, avec un signe de tête, comme si ce titre qu'il est si avide d'entendre devait un jour quitter ma bouche.

« Pas de doute, si elle ne peut pas avoir Votre Grâce, elle en trouvera un autre. Pensez à votre situation quand tout ça se sera fait. Vous serez exalté, au-dessus de tous les autres princes. Vous ne serez même pas appelé Prince. »

C'est mon seul argument, donc s'il n'accroche pas, je me prépare à les planter là.

« Attendez », dit-il.

Le matin vient avant que nous arrivions à mi-chemin et le soir arrive avant que nous soyons à proximité du rocher de Mantha.

« Pourquoi s'arrête-t-on ? Ne devrions-nous pas nous hâter ? Ça suffit, ces bêtises, il faut qu'on se presse, maintenant, ou je jure que je fais demi-tour. »

Il ajoute autre chose, mais je cesse d'écouter et mets pied à terre.

« En tout cas, elles m'ont donné pour vous des instructions que je n'ai pas envie de répéter. Aucun homme n'a posé le pied à Mantha depuis cent ans, mais beaucoup d'eunuques y sont entrés. Les femmes n'iraient jamais demander à un eunuque de lever ses robes, car les cicatrices mal faites sont affreuses. Mais à la grande entrée se tient une garde redoutable, fille de la lignée des femmes de plus haute taille de Fasisi ; elle, elle empoigne l'entrejambe et elle serre. Alors écoutez-moi maintenant, oubliez votre profond malaise, et ne le laisse pas voir sans quoi elles vous tueront, peu importe que vous soyez prince.

– Quoi ? C'est scandaleux, je...

– Je ne répéterai pas deux fois ces instructions. Vous pouvez le faire devant moi ou derrière, je m'en fiche. Retirez votre armure et votre tunique.

– Il n'en est pas ques...

– Allez ! »

Il sursaute. Je voudrais qu'il soit aussi rapide pour se déshabiller.

« Vous voulez que j'enlève aussi mes habits de dessous ?

– Comme vous voulez, Prince. Mais voilà ce que vous allez devoir faire. Prenez vos couilles, tâtez-les l'une après l'autre, puis poussez-les hors de la bourse pour les rentrer dans votre touffe. Tirez bien votre sexe et coincez-le entre vos jambes jusqu'à ce qu'il touche presque votre trou de derrière. La garde sentira la peau de vos couilles pendant des deux côtés du pénis, et elle vous prendra pour une femme. Elle ne regardera même pas votre visage. »

Il reste silencieux, bouche bée, mais ses yeux disent : C'est forcément une plaisanterie.

« Je peux la coincer pour vous », je fais, et on dirait qu'il a pris un coup de poing dans la figure.

« Certainement pas », s'exclame-t-il, et il tchipe et se rend derrière le cheval.

« Il fera l'affaire », dit Lissisolo quand nous l'amenons à sa chambre.

Six mois plus tard, les sœurs divines ne savent toujours pas quel genre de science blanche ou de mathématique noire a mis Lissisolo enceinte. Ne Vampi, partie la moitié de ces lunes, revient avec moult nouvelles. Nous nous sourions jusqu'à ce que nous remarquions que nous sourions, puis nous nous faisons un signe de tête, et avançons d'un pas l'une vers l'autre, mais pour faire quoi ? La question nous arrête toutes deux. Donc nous nous faisons un nouveau signe de tête et attendons que la princesse lui demande où elle était et ce qu'elle a rapporté.

« Nous avons découvert d'où venait le tambour Ewe à l'ouest. Et Bunshi ne s'est pas trompée, nous avons trouvé un homme dévoué à la cause. »

Ne Vampi lui parle de Basu Fumanguru. Cet homme de Fasisi, qui était écouté par le Roi avant même qu'il devienne Roi, mais qui s'est retiré une fois que ledit Roi l'a nommé au conseil des anciens. L'ancien qu'il remplace a rendu son dernier souffle en besognant la dernière vierge sacrificielle, et il n'est pas revenu au conseil sous forme d'esprit, comme le voulait la coutume. Le Roi se cherchait des yeux et des oreilles parmi cette secrète bande de salauds, mais Fumanguru, il avait ses propres ambitions. C'était lui qui avait poussé le Roi à le nommer, disant : Vous avez mes yeux et mes oreilles, aussi sûrement que vous avez mon affection, nommez-moi donc à ce poste où les trois pourront vous servir. Et Kwash Dara l'a nommé car Basu était comme lui en toutes choses. Du moins le Roi en était persuadé. Fumanguru, il était peut-être comme lui quand ils étaient plus jeunes et qu'ensemble ils faisaient du sport, buvaient, festoyaient et couraient des femmes qui n'étaient pas des putains, mais quand il est devenu un ancien, il est vraiment devenu comme un ancien. Vous comprenez, l'homme est devenu dévot et pieux, et il s'est mis à agacer et le temple et la maison royale. Il n'y avait pas de loi prisée par le Roi que Basu ne remette pas en question. Sans parler des coutumes. Des lettres, il en rédigeait pléthore, des écrits qu'il affichait jusqu'à ce que les murs fatiguent de porter tant de parchemins. Fumanguru interprétait sa vieille amitié avec le Roi comme liberté de se rendre à la cour à sa guise, sans s'annoncer. Parfois même dans les appartements royaux. Je connais déjà cette bite aussi bien que la mienne, disait-il au souverain, qui levait les bras au ciel, ne sachant qu'ajouter. Si le Roi portait un ordre devant les nobles, Fumanguru le portait devant le peuple et murmurait que la terre n'était qu'à un quart de lune de la rébellion pour parvenir à ses fins. À tel point que beaucoup de gens commençaient à demander : Qui est le Roi et qui est l'ancien ? Avant que Kwash Dara ait même produit un prince, Fumanguru prit une pieuse femme et engendra de nombreux garçons.

Écoutez ça maintenant, dit Bunshi, car l'ancien créait encore des problèmes pour le bénéfice du royaume. Mais il était aussi arrogant et vantard, et personne n'était convaincu plus que lui de son intelligence. Même dans ce geste noble, nous avons dû le persuader que l'idée venait de lui. Un matin, les gens, en passant devant les donjons, ont entendu des cris, et ces cris étaient de Fumanguru. Il criait que le Roi l'avait emprisonné pour l'empêcher de s'élever contre son impôt sur le grain, brutal et barbare, imposé aux vieillards alors que ses propres amis demeuraient riches et gras.

« Le malheur va s'abattre sur cette terre, vous m'entendez. Je le prophétise. »

Il ne s'était pas écoulé un quart de lune que cela se produisit, des pluies torrentielles alors même que ce n'était pas la saison des pluies, qui engloutirent villes et villages, emportèrent des centaines de personnes, détruisirent les récoltes et tuèrent des centaines de vaches. Les eaux montèrent même jusqu'à la montagne de Fasisi, transformant toutes les voies d'accès à la ville en rivière. Le Roi a cédé, mais il s'est aussi libéré de leur amitié par la suite. Sauf que l'emprisonnement n'a pas arrêté Fumanguru. Il faut être intelligent pour saisir la méthode, le cœur de tous ses actes et nous, à Mantha, sommes les premières à l'avoir vue.

Donc Fumanguru s'est fait du Roi un ennemi, mais il s'est aussi aliéné les autres anciens. Qui sait quand, exactement, il est allé trop loin – les écrits, ou la rossée. Au sujet de la rossée, écoutez un peu. Les gens disaient les anciens gras et corrompus, mais ils étaient aussi sages et cruels. Quand Fumanguru est venu pour mettre en question leurs façons, ils n'ont pas du tout apprécié. Je l'ai dit, le dernier ancien était mort sur une petite fille qu'ils s'apprêtaient à violer à tour de rôle. Quand vont-ils cesser de s'en prendre à nos filles ? demandaient les gens. Ils les prennent de plus en plus jeunes, et aucun homme ne les épousera ensuite. Les gens disent : Un ancien a pris ta récolte ? Va trouver Basu. Un sorcier t'a jeté un sort ? Va trouver Basu, car c'est lui qui a la raison. Va trouver Basu.

Donc un ancien repère une fille, guère plus qu'une enfant, qui vend des colliers et des bracelets dans le quartier de Baganda, et il décide de ne pas laisser sa propre virilité se perdre. Ce sont mes mots, pas ceux de Bunshi, car visiblement elle est incapable d'amertume. Voici ce qu'il dit au père : S'il ne livre pas la fille au divin privilège de devenir la servante de la déesse des eaux, ni le vent ni le soleil n'empêcheront ses champs de sorgho de succomber à la rouille. La mère n'a même pas le temps de lui confectionner une nouvelle robe que l'ancien vient la leur arracher. La fille n'a pas posé le panier qu'elle tient sur la tête qu'il est déjà sur elle. Basu se trouvait dans une autre pièce en train d'attacher le sac de son nkita nsumbu. Il s'apprêtait à aller traquer le mal qui frappait un vieux clan de Taha lorsque les hurlements ont envahi sa chambre, suivis des gifles et grognements de l'ancien. Juste à côté de Basu était posée une verge en or. Il entre dans la pièce, et sans perdre de temps, il en cogne la tête de l'ancien à cinq reprises. Bien sûr qu'il a tué l'ancien, bien sûr qu'après ça ne se produit que wahala. L'année n'a pas fini de s'écouler qu'il déménage toute sa famille à Kongor, où tous vivent désormais.

Écoute bien, au sujet de ces écrits, me dit Bunshi. *Ici un écrit en présence du Roi, par son plus humble et loyal serviteur, Basu Fumanguru.* C'est ainsi qu'ils commencent, et ils sont trente en nombre. Basu fait de ces écrits ce qu'il fait de tout ce qui doit être porté devant le Roi – il les porte d'abord devant le peuple. Je me rappelle, aussitôt qu'elle dit ça, le jour précédant notre départ pour Mantha, tandis que je marchais dans le quartier flottant. À part Ibiku c'était le seul endroit de Fasisi que je tenais absolument à voir. La ville flottante, elle flotte encore, mais désormais on l'appelle Mijagham, et alors qu'elle accueillait autrefois tous ceux dont l'appartenance à Fasisi était douteuse, elle est à présent infestée par ceux qui la gouvernent, qui viennent s'y installer avec leurs habitations majestueuses, leurs rues éclairées à la torche, sans tavernes ni maisons de plaisir. Je croyais que les riches et les nobles habitaient à Ugliko, je murmure à part moi. Pourtant c'est sur les murs de Mijagham que je les ai vues, des lettres rouges, sur du bois, des tissus, et parfois directement sur les murs. *Un homme libre ne peut pas être réduit en esclavage*, dit l'un de ces slogans. *La propriété d'un homme mort doit revenir à sa première femme*, dit un autre. Un troisième déclare la maison royale corrompue, mais celui-ci est sur papier. Un quatrième, sur un rocher flottant, appelle le retour de l'authentique lignée des rois, pervertie depuis sept générations. Ce n'est qu'à une demi-journée de cheval de Fasisi que je me rappelle que j'ai vécu sous le règne de six rois, sept en comptant Paki qui n'a tenu que quelques lunes, et qu'on n'a nul besoin de la magie de l'Aesi pour oublier.

« Donc cet homme a écrit quelques doléances sur papier. Et ça nous suffit pour lui faire confiance ? demande Lissisolo.

– Il est la voix qui s'élève contre le Roi.

– Il n'est pas le seul à avoir une voix. Qu'est-ce qui le distingue ?

– Il est encore en vie. Mais avant tout, Altesse, il vous cherchait. »

C'est la vérité. Fumanguru finit les écrits, puis envoie par le tambour Ewe un message que seules les femmes pieuses peuvent entendre, car il le joue comme un hymne, annonçant qu'il a des mots pour la princesse et des informations qui peuvent être bonnes ou mauvaises, mais seront sans nul doute utiles.

Bunshi s'élève du cadre de la fenêtre et prend forme.

« L'Aesi n'est plus ce qu'il était, je l'ai déjà dit. Il est revenu plus faible. Il ne lui suffit plus d'agiter la main pour effacer toute l'histoire d'une femme de la mémoire de notre peuple. Même lui, il sera forcé de se plier au droit divin des rois. Mais cela signifie seulement que désormais il agit comme n'importe quel homme. Il manigance, il complote, il tue. Mais cacher et protéger le prince ne servira à rien s'il naît bâtard. »

Je retourne à cheval aux bois de Longue Griffe chercher l'ancien, Fumanguru, qui marie Lissisolo et le prince avant que les sœurs divines réalisent ce qui se passe. Je croyais que la sœur régente ignorait la princesse, ou n'en faisait pas de cas, pas plus que des autres sœurs, du moins. Mais la nuit du mariage, elle était dans le jardin avec nous, et deux lunes plus tard la voici, prête à accoucher le bébé de Lissisolo. Un garçon.

« Le seul endroit sûr pour lui est le Mweru », dit-elle. Dans quelle mesure elle est au courant, c'est pour moi un mystère.

Nsaka ne la regarde pas, elle a les yeux tournés vers moi et dit : « Tu étais dans le Sud, tu ne connais pas le Mweru.

– C'est un lieu maléfique. Rien de bon ne grandit dans le Mweru, dit Bunshi.

– Mais tu n'y es jamais allée, coupe Nsaka. Je suis d'accord avec la sœur régente.

– Mais nous ne savons rien de ce lieu. C'est un mystère même pour les êtres divins.

– Parce qu'il n'y a pas de divinités dans le Mweru. Tu as peur parce que c'est un lieu que les dieux ne peuvent ni expliquer ni contrôler.

– Même de loin, on le croirait perpétuellement en flammes. L'odeur que le vent ramène est…

– Les Sangomin ne le suivront pas là-bas », je dis.

Voici ce que la sœur régente dit du Mweru. Le lieu le plus à l'ouest du royaume du Nord, cependant même Kwash Dara ne se risquerait à le conquérir. Les gens qui y vivent, si on veut les appeler des gens, sont plus grands que les piliers d'un château, ils ont des crocs au lieu de dents et la peau plus blanche que les savants blancs. La rumeur dit que si n'importe qui peut y entrer, aucun homme ne peut en sortir. Désormais lorsqu'un homme ou un garçon disparaît, on murmure qu'il a été enlevé et amené dans le Mweru.

« Mais si vous y emmenez le garçon, il risque de n'en jamais sortir, proteste Bunshi. Il y a des arbres géants dans le Mweru, aucun n'est vert, des nuages dans le ciel, aucun n'est d'air, et des tours gigantesques, des tunnels d'acier et de bois mais personne ne sait qui les a construits. Et jamais un homme ne ressort du Mweru.

– Ce sont des bobards que colportent les vieillards. »

Mais ce sont des bobards auxquels croit la princesse. Un quart de lune ne s'écoule pas que nous envoyons deux pigeons, l'un en guise de leurre, qui se rend directement à la maison de Fumanguru, sachant qu'un quelconque corbeau ou un faucon vicieux lui coupera le cou, et l'autre qui prend la route la plus longue, par un vent plus étrange, qui se rend au bureau de Fumanguru. Nous sommes dans la chambre de Lissisolo, tentant de nourrir un garçon qui ne veut plus de son sein. Je m'apprête à dire qu'il est rassasié.

« Il boit encore du lait. Comment peut-on éloigner un garçon qui n'est pas encore sevré ?

– Avec une nourrice, je dis. Fumanguru va arranger ça.

– Non.

– Comment ça, non ? Si vous étiez princesse au palais, le garçon n'aurait jamais ne serait-ce que vu votre sein.

– Je ne suis pas princesse, et ce n'est pas un palais, ici.

– Vous savez ce que je…

– Ne fais pas de présomptions sur ma manière d'élever mes enfants. Et ne va pas croire que chaque mère est comme toi, qui as abandonné les tiens. Oh, je te connais. Ça doit être tellement facile de me dire : Abandonne ton bébé. »

J'ouvre la bouche mais ne dis rien.

« Sogolon, attends ! » crie Nsaka, mais je suis déjà dans le couloir. J'ouvre la grande porte et sors, mais il se passe ceci. Je marche à l'envers, chaque pas tombant exactement sur chaque empreinte que j'ai laissée, et lorsque j'arrive de nouveau à la porte elle s'ouvre, la poignée tourne dans ma main, et je la referme.

« Si tu réutilises ton pouvoir sur moi, je te tue.

– Tu ne serais pas la première femme à qui elle doit présenter des excuses pour avoir trop parlé, dit Nsaka.

– Oh, tu crois qu'elle va demander pardon. Une femme comme ça, elle ne connaît même pas le son de ce mot dans sa bouche.

– Je te dis pas de pardonner à la princesse. Je te demande un peu de compassion pour une femme qui a perdu toute sa famille.

– J'ai perdu la mienne aussi !

– C'est pas un conc…

– Finis cette phrase et plus jamais tu me reverras.

– Entendu.

– Et toi. C'est quoi, ton délire, au juste ? D'abord tu agis comme si tu ne voulais même pas me voir, et maintenant tu me supplies de ne pas m'en aller et tu me fais des gentillesses comme si je les demandais, comme si j'en avais besoin. Qu'est-ce que tu veux ?

– Ce que je veux ?

– Oui, qu'est-ce que tu veux pour toi ?

– Si j'étais un homme, tu me demanderais jamais ça. Un homme dit qu'il est prêt à sacrifier sa vie pour une cause, même une cause idiote, personne ne remet sa parole en doute. Certes, on remettra la cause en question, mais sur l'homme, personne ne cherche à en savoir plus. Peut-être que le monde qu'elles veulent bâtir est celui dans lequel je veux vivre, et ça s'arrête là.

– Toi et le lutin, vous vous frottez le koo ? »

Nsaka pousse un soupir.

« Cent soixante-dix et trois ans d'âge, mais vingt ans pour ce qui est de la perspicacité. J'ai un homme. Avant que tu me demandes où, il est au pays des hyènes, parce que quelqu'un a exigé le remboursement d'une dette. De plus, mon travail m'appartient et je n'ai pas besoin de son intervention. Quoi qu'il en soit, si je m'enfilais la bite d'un buffle tout en embrassant son grand-oncle, ça ne te regarderait pas davantage, bordel. Elles vont tripler ton salaire, si c'est tout ce qui compte pour toi.

– Me parle pas de haut et je te parlerai pas de haut. » C'est un soulagement qu'elle croie que je ne suis là que pour l'argent.

La sœur régente surgit dans le couloir. « Une sœur a disparu. Elle s'appelle Lethabo, dit-elle.

– Merde. Depuis combien de temps ? je demande.

– Je sais pas, mais elle est partie à pied. »

Une autre sœur divine accourt dans le vestibule. « C'est Lethabo. Elle est là depuis plus longtemps que la princesse, mais encore nouvelle. Elle est aide-cuisinière, mais elle ne s'est pas présentée à son poste ce soir. Sa chambre est vide. Toutes sortes d'éclaboussures blanches dans un coin de la pièce.

– Je pars tout de suite.

– Nous pouvons l'intercepter avant qu'elle atteigne Fasisi, dit Nsaka.

– Ce n'est pas à Fasisi qu'elle essaie d'aller. »

Je ne perds pas mon temps à lui expliquer que cette femme cherche juste à échapper à la vue des sentinelles. De la fiente d'oiseau. Elle hébergeait un pigeon. Ou peut-être un corbeau.

« Sellez deux chevaux, dit Nsaka.

– Il nous faut un véhicule plus rapide qu'un cheval », je rétorque.

Nous voilà dans le ciel, plus vite qu'une idée fugace. Moi et une sentinelle sur le dos d'un ninki nanka. Le vent (pas vent) me fait monter dans les airs tout le temps, et il m'est arrivé plusieurs fois de passer une forêt entière d'un bond, mais le vent souffle si vite, sur le dos de ce dragon, que j'en oublie la raison de notre voyage. Et l'air est plus froid que la poudre blanche et l'eau solide qui recouvrent le haut des montagnes, et le vent nous fouette vite et puissant comme une tempête. J'ouvre les yeux trop grands et des larmes en jaillissent. Je m'agrippe à la sentinelle plus fort que je ne le voudrais, mais elle ne remarque rien. Sous mes fesses, des muscles plus puissants qu'un éléphant ou un rhinocéros, et des écailles qui piègent les derniers reflets orange du crépuscule. Le ninki nanka pousse un cri suraigu. La sentinelle tire sur les rênes, ce que la bête interprète comme l'ordre de faire claquer ses ailes pour s'élever plus haut encore dans le ciel. Par-dessus son épaule je vois le cou impossible du dragon et l'épaisse crête qui conduit à sa tête hérissée de cornes. Lorsqu'il renifle, de la fumée sort de ses narines. Derrière, la queue s'étale loin, fouette le ciel. Je voudrais rester dans les airs sur le dos de cette créature fantastique, et la voix dans ma tête me dit que je le ferais si nous n'avions pas une mission à accomplir. Je voudrais demander à la sentinelle si elle s'est habituée à ça, à voler si légère sur le dos puissant d'un être si lourd, et je le ferais si nous n'avions pas une mission à accomplir. Je m'apprêtais à dire que nous devrions voler plus bas quand plonge le ninki nanka et je m'efforce de ne pas hurler tandis que nous descendons, descendons, descendons, jusqu'à nous retrouver à hauteur de deux hommes au-dessus du sol, soulevant la poussière. Ce n'est qu'une simple piste, à peine assez large pour une petite charrette. À Mantha, chaque tissu, peau et lainage est si blanc que jamais la sœur ne pourra se confondre avec la nuit et les ténèbres.

« Je la vois pas, je dis.

– Laisse ça à Ningiri, fait la sentinelle. Elle voit la chaleur, en particulier chez les proies. »

Ce que j'allais dire ensuite, je le laisse coincé dans ma gorge. Nous touchons presque le sol à présent, mais nous filons si vite que la terre, les rochers et le brouillard se brouillent à mes yeux. Le ninki nanka pousse encore un cri. Je me cramponne à la sentinelle, et là le dragon s'élève, tournoie par deux fois, par deux fois écarte les ailes puis plonge en piqué sur une petite vallée. Et là nous la voyons, celle qu'on appelle Lethabo, elle court à perdre haleine et tente de se cacher derrière un gros rocher. La sentinelle tire sur les rênes comme on le ferait avec un cheval et le dragon bat des ailes pour s'arrêter. Lethabo tente de nouveau de s'enfuir, mais le ninki nanka crache un jet de flammes devant elle.

« Où est l'oiseau ? je lui crie de mon perchoir.

– Envolé, parti, répond-elle. Tu m'entends ? Envolé, parti.

– Voir qui ?

– Si j'étais aussi idiote il ne m'aurait pas envoyée.

– Quand même assez idiote pour dire “il”. Qui est-il ? »

Elle plisse les lèvres et détourne les yeux comme si elle n'avait rien à ajouter sur le sujet. Je fais un signe de tête à la sentinelle et le ninki nanka s'approche de la sœur. Elle recule, trébuche et tombe. Le dragon baisse la tête pour la placer juste devant Lethabo et pousse un cri si fort qu'il agite ses vêtements comme le vent. Lethabo hurle. Le ninki nanka lui souffle une petite flamme au visage. Elle hurle à nouveau.

« Deux anciens m'ont envoyée. Ils ont tout manigancé, même le nom.

– Tu n'es pas Lethabo.

– Quelle mère a jamais appelé ainsi sa fille ? Ils ont estimé que la régente se dirait que celui ou celle qui m'avait donné ce nom n'avait jamais voulu de moi. Elle est attirée par ce genre de femmes.

– D'abord un il, puis un deux, maintenant un ils. Parle, femme, ou nous allons commencer par te brûler les mains. »

Le ninki nanka ronronne. Il me comprend. Et à présent, il voudrait bien son souper. Il s'approche de nouveau de Lethabo.

« Écartez cette bête de moi !

– Tu crois qu'elle va se laisser faire ?

– L'oiseau est parti depuis longtemps. Vous pouvez plus rien y faire.

– Mais toi, tu peux encore y faire quelque chose. Je reposerai pas la question.

– L'un d'entre eux était un gros homme du nom de Belekun. L'autre n'a rien dit. Il ressemblait pas à un ancien, maintenant que j'y pense. Plutôt à un guerrier. Robes noires, pas de bleu, pas de bleu et noir. Il rendait le gros nerveux. C'est le noir qui m'a donné le corbeau. En me recommandant de le lâcher si je voyais la moindre anomalie concernant la femme que vous appelez princesse.

– Sans message ?

– S'ils avaient voulu un message, ils auraient envoyé une femme qui sait lire et écrire.

– Une anomalie, hein ?

– Vous connaissez plus anormal qu'une nonne avec un gros ventre qui pointe ?

– Tu mens.

– Vous croyez que je vais mentir avec… avec cette chose qui me menace ?

– Anomalie, ça peut vouloir dire n'importe quoi. Ils devaient attendre plus de précision. Tu emploies des mots ou des glyphes ?

– J'ai dit…

– Un corbeau va arriver à Fasisi avant la fin de la nuit. Continue comme ça et tu seras morte d'ici-là.

– J'ai fait un dessin ! Une silhouette avec un gros ventre et un point dedans. »

L'Aesi. Peut-être. *Mais qui d'autre, sinon lui ?* demande la voix qui me ressemble. Comment sommes-nous arrivées si loin sans imaginer que derrière lui devait se cacher une légion ? Des yeux et des oreilles, des nez partout, même par-delà l'hymen soi-disant sacré de Mantha.

« Vous êtes bonnes, toutes. J'ai failli croire qu'elle avait juste arrêté de se mêler à nous autres parce qu'elle s'était rappelé que son sang était plus riche que le nôtre. Ce n'est que quand elle a commencé à brailler pendant l'accouchement que j'ai compris. »

Plus rien à apprendre de celle-là, mais elle commence seulement à parler. Et elle continue, racontant qu'elle menait une vie simple de voleuse avant que ce gros moine qui puait le viol vienne la trouver avec cet homme en noir qui puait le meurtre. Et elle, elle n'était qu'une voleuse. Tout ce qu'elle voulait désormais, c'était se tenir à l'écart de cet imbroglio et de toutes les personnes concernées, ainsi que du wahala qui n'allait pas manquer d'éclater.

« Je connais même pas le nom de cette femme. Je ne… »

Elle ne m'a pas vue faire un signe de tête au ninki nanka. Il a craché une salve de flammes qui l'a rôtie en moins de temps qu'il en aurait fallu pour hurler. Puis il a dégusté le plat qu'il venait de se faire cuire.

Voilà donc le plan. Le garçon, nous l'envoyons avec Nsaka chez Basu Fumanguru, qui, deux jours après qu'on a lâché le pigeon, répond par le tambour secret des femmes de *venir, venir tout de suite*. Mais si notre pigeon peut atteindre Kongor en deux jours, leur corbeau n'en mettra qu'un pour arriver à Fasisi. La princesse, nous l'escortons jusqu'à Dolingo, le territoire indépendant des hommes et femmes à la peau bleue, qui ne se trouvent pas sous la domination du Roi de Fasisi, quoi qu'il en dise. D'après Nsaka, la reine de Dolingo est une sympathisante de la cause. Nous serons femmes ensemble, dit-elle dans un message envoyé il y a deux lunes par les Bultungi, des hyènes métamorphes des Terres de la Forêt. Seuls deux autres royaumes ont une reine, et ni l'un ni l'autre ne ressemblent à Dolingo, au sujet duquel même moi, au fond de mon bush, dans le Sud, j'ai entendu des légendes et des rumeurs décrivant le domaine nouveau qui y fut bâti. Un territoire gigantesque avec une citadelle sise au sommet d'arbres géants, et toutes sortes de caravanes, chariots, charrettes, portes, échelles, trappes, baignoires et fenêtres qui fonctionnent tout seuls.

« D'après ce qu'on me dit, il faut plus d'une lune pour arriver à Dolingo. Elle est déjà suffisamment en danger comme ça.

– Par les terres, oui, mais vous irez par la rivière, réplique Nsaka.

– C'est encore trop long pour rester cachées. Les corbeaux volent dans tous les ciels, ainsi que les pigeons.

– On va pas faire tout le trajet par la rivière, Sogolon, intervient Bunshi. Chipfalambula va nous faire descendre la partie sud de l'Ubangta, jusqu'à Mitu.

– Tu m'as pas entendue ? Par les terres, c'est trop long et trop dangereux.

– On y va pas par les terres », répond-elle.

Lissisolo réclame une dernière nuit avec son bébé et hurle quand nous rétorquons qu'elle doit partir dès ce soir. Hurle plus fort quand nous disons maintenant. Elle ne lâche pas son enfant à moins qu'on lui ouvre les doigts un par un et elle nous crache dans l'œil ou nous mord la main à chaque tentative. Tu comprends pas, dit-elle en me regardant. Tu comprends pas ce que ça veut dire quand tu te rends compte que tu mourrais pour quelque chose, mais tuerais aussi bien. Cette femme, elle me parle comme si j'avais pas eu des enfants avant même que soit née sa grand-mère. Alors garde-le, et perds un autre enfant, imbécile, je dis, sachant qu'au fond de moi c'est à une autre Sœur du Roi que je parle. Elle me demande comment oses-tu, mais je n'écoute pas la suite. La sœur régente nous recommande de lui laisser jusqu'à l'aube, sans quoi il n'y aura pas de paix. Même en faisant au plus rapide, personne ne peut atteindre Mantha en moins d'un quart de lune, et ce à condition que nous laissions pendre les sangles pour les accueillir.

Chipfalambula nous descend tout au long de la rivière Ubangta, contournant le col de Juba, puis prend la partie sud de l'Ubangta. Une fois dépassées Juba et Kongor, l'énorme poisson ouvre la bouche.

« C'est pas le même ? » je demande, mais Bunshi ne répond pas. Effectivement, c'en est un autre, car la moitié de son corps est au-dessus de l'eau. Et sur le côté, juste au-dessus de son œil droit, il y a un barreau.

« Un barreau d'échelle ? » je demande. Bien vite nous sommes sur le dos du poisson, et je suis sidérée par ce que je n'ai pas vu dans la nuit. De la terre sous mes pieds, riche comme dans une ferme, et de l'herbe, un petit étang avec des petits poissons, des arbres. De grands arbres avec des branches puissantes, des feuillages luxuriants, qui poussent sur le dos de ce poisson comme si nous n'étions pas du tout sur un poisson mais sur une petite île. Une île dérivant sur la rivière, portée par le courant. Combien de fois des navigateurs sont-ils passés devant lui sur l'un des grands fleuves en se demandant : Depuis combien de temps y a-t-il à cet endroit une île ? Et où a-t-elle disparu le lendemain ? Neuf nuits plus tard nous sommes sur les rives de Mitu. Nous retirons les capuchons des chevaux car ils auraient forcément été effrayés de se trouver dans l'estomac du gros poisson. Deux nuits de plus et je sais qu'il les aurait mangés, ou nous aurait avalées toutes.

Prairies et fermiers, exactement comme dans mon souvenir. À cheval nous prenons une piste poussiéreuse qui nous conduit à une route plus large en direction du sud. Sur cette route nous passons devant des vaches qui dorment et des huttes plongées dans l'ombre jusqu'au premier croisement avec une autre route. Au bord du ciel l'aurore s'apprête à poindre.

« Les Sangomas croient que ce secret, ils et elles sont seuls à le connaître, dit Bunshi.

– Qu'il arrive que deux routes se croisent, ce n'est un secret pour personne », coupe Lissisolo. Bunshi émet un gloussement de petite fille, qui m'exaspère. Au croisement, elle met ses mains en coupe et murmure quelque chose. Voyez un peu alors, à hauteur de quatre ou cinq mains au-dessus de sa tête, une étincelle qui prend feu, un feu qui se divise et court des deux côtés d'un cercle jusqu'à ce que les deux extrémités se rencontrent dans une ultime flambée.

« Un tour de magie. La face du monde en est changée ? demande Lissisolo.

– La face du monde, non. Juste ce point en plein milieu », je dis, désignant un petit espace, à peu près de la taille d'une porte, un espace sans rapport avec le nôtre, où il fait encore nuit. Bunshi passe le seuil la première. Trop curieuse, je fais le tour en pensant la voir de l'autre côté, mais au lieu de ça je vois la route sous mes pieds, transparente, qui monte jusqu'au ciel. Lorsque je m'engage à mon tour, le passage se replie sur lui-même puis, avec un *pschhhit*, disparaît. Tout autour de moi l'air est neuf. Et la route cinq fois plus large qu'à Mitu, une route en pierre taillée. Plus verte, et avec des arbres, mais d'un vert qui n'est pas celui des arbres créés par les dieux. Des êtres humains entretiennent cet espace qui s'étend à perte de vue.

« On dirait que quelqu'un a planté un jardin qui fait cinq jours de large, s'exclame Lissisolo.

– On est encore à un jour ou deux de la citadelle », réplique Bunshi.

Dolingo.

Il y a quelque chose chez les chevaux qui fait frémir Bunshi. Son corps ne s'y habitue pas, et malgré ses yeux, sa bouche et ses dents noirs, on voit la peur. Finalement elle choisit de tomber comme un torrent dans une outre à vin en cuir fixée à la taille de Lissisolo. C'était toute l'eau qu'on avait, dit celle-ci en repartant. Mon cheval est juste derrière, calquant ses pas sur le sien, et je me demande comment fait Bunshi pour lui indiquer le trajet. Nous suivons cette route pavée, grimpons ce qu'on ne peut qu'appeler une montagne cultivée, lorsqu'un petit gloussement se transforme en fou rire. Je regarde derrière moi, mais personne sur mes talons. Le vent, alors, et la fatigue. J'ai presque rattrapé Lissisolo lorsque le rire retentit à nouveau, plus fort. Je fais ralentir le cheval et me retourne. Rien. Puis quelqu'un me donne une gifle mais je ne vois rien et ce rien me gifle à nouveau. Je protège mon visage mais un coup de pied heurte ma poitrine et une main s'empare de la mienne et me fait perdre mon assise. Je tombe violemment de cheval. Une motte de terre bloque le cri dans ma bouche. Puis je me mets à rouler, à rouler, sans pouvoir m'arrêter, jusqu'au moment où une jambe que je ne vois pas m'arrête d'un violent coup à la poitrine, qui me fait tousser. Le rien m'empoigne par les cheveux et me traîne de l'autre côté de la route. Il peut m'empoigner mais j'ai beau essayer, je ne saisis que de l'air. Je crie : Qui ! et le mot reste coincé dans ma gorge – qui, qui – je ne peux m'arrêter. Lissisolo finit par remarquer que quelque chose ne va pas et revient vers moi avec son cheval. Je donne des coups dans le vide, mais le vide me cogne, le vide me coupe le souffle, me saute dessus à pieds joints. Mon hurlement quitte finalement mes lèvres.

Comment ça va, la vie, salope de la lune ? raille la voix dans ma tête.

Mais elle ne me ressemble pas.

Vingt

Parfois une porte est plus qu'une porte. Parfois une porte relève des mathématiques secrètes, les mathématiques noires. Parfois, quand on la passe, on croit l'avoir ouverte, mais c'est la porte qui vous a ouvert. Et il y a tant de portes, ou peut-être quelques-unes, la vérité c'est que peu de gens le savent, et parmi ceux-ci, peu le diront. Certaines vous font monter jusqu'aux dieux du ciel, d'autres vous font descendre droit dans l'outre-monde. Certaines ne vous passent qu'une seule fois. Certaines transforment un voyage d'une demi-année en trajet d'une journée, et moins encore. Exercez votre esprit à ce spectacle : une jambe à Dolingo tandis que l'autre entre à Mitu. Un Sud lointain qui ouvre sur le Nord, voire jusqu'aux terres de la lumière de l'Est, ou au-delà de la mer de Sable.

« On ne sait pas combien il peut y en avoir. Certains disent qu'il s'agit du passage des dieux. Leur moyen de se déplacer d'une terre à une autre ou d'un monde à un autre en un clin d'œil. Raison pour laquelle quand on appelle un dieu il peut apparaître ou disparaître tout aussi vite. Va derrière les collines de la Cité mauve, il y en a une qui donne sur la lisière du Mweru. Quelqu'un a affirmé en avoir ouvert une dans les Collines du Sortilège et s'être retrouvé dans un conduit d'évacuation des eaux de pluie à Lish. Une autre de la lisière de l'Est à la vallée d'Uwomowomowo. Trois cents ans se sont écoulés, donc ce n'est pas forcément vrai, mais on dit que le Kwash de l'époque a fait passer toute une armée par une porte près de Ku et qu'ainsi l'armée a écrasé une rébellion à Kalinda. La croyance commence à manquer, car aucune de ces portes ne reste longtemps ouverte. Parfois une porte se tient là, parfois elle est déjà ouverte, parfois une porte est bel et bien une porte, comme celle qui se trouve, selon la rumeur, dans les Terres sombres. Il y en a une au bord de la mer de Sable qui mène à la mer. Et une sur la route de Mitu, qui vous mène en fait à Dolingo. Dix et neuf qu'on connaisse, ou dont on ait en entendu parler, mais oui, il se peut qu'il y en ait d'autres. Cependant, rares sont ceux qui parviennent à les flairer, et ce sont soit des Sangomin soit des divinités. Comment l'as-tu ouverte ? »

Cette femme que je n'ai jamais vue tend le cou pour m'entendre bien que je ne parle pas spécialement bas et qu'elle ne soit pas sourde.

« C'est la langue de Dolingo. Je la comprends, et je sais la parler, je dis.

– C'est étonnant, d'où viens-tu ?

– Si je ne suis pas de Dolingo, oui.

– Tu ne te rappelles pas où tu l'as apprise ?

– Non.

– Mais tu en sais assez long pour ouvrir les portes de feu.

– J'ai pas ouvert de porte, moi. C'est le lutin des eaux qui l'a fait.

– Peu importe qui était la clef ou qui a ouvert la porte, tu n'aurais jamais dû la passer. »

À moins de lever les yeux, je ne vois que des pieds. Ils m'ont allongée sur des coussins plats, par terre, dans une pièce confectionnée en osier ou en brindilles, sans fenêtre, où passe une lumière sans chaleur. Ils, les autres dans la pièce. Une jeune femme, une femme plus vieille habillée pareil, et un homme qui porte une robe légère à la manière des grands esprits, la peau tellement noire qu'elle est bleue. Et un autre homme, qui a des rides mais n'a pas l'air vieux, des cicatrices, peut-être. Et aussi, il est blanc. Pas sans couleur, comme un albinos, mais blanc comme du lait. C'est la plus âgée des deux femmes qui me parle – pas à eux, elle se moque simplement qu'ils l'entendent.

« Où est Popel… Bunshi ? Où est la princesse ? je demande.

– Elles profitent de l'hospitalité de Son Éminence Glorieuse.

– Et quand on est malade, on n'a pas droit à sa gloire ?

– Je crois qu'elle trouve à redire à ton accueil », dit la vieille à l'homme blanc. Je vais dire la vérité : sa vue augmente ma nausée et je n'ai pas encore retrouvé ma tête. Même dans le bush j'ai entendu parler des savants blancs. Des hommes (ce sont tous des hommes) qui s'adonnent à une magie interdite, pratiquant des sacrifices cruels, mêlant leur savoir à l'abomination et concoctant des potions fortes et chargées en soufre qu'ils font chauffer si longtemps qu'ils brûlent la couleur de leur peau. À présent le blanchiment de la peau est l'initiation requise pour se joindre à leur troupe. Et même après ça, il faut encore trente ans avant de pouvoir se déclarer savant. Leur voie est celle de la douleur car pour eux la douleur est croissance et la croissance le but ultime. Il retire son capuchon et ses boucles blanches retombent sur ses épaules. À part son manteau, la seule partie de cet homme qui ne soit pas blanche est son œil, qui est entièrement noir, pas seulement la pupille. À gauche, un œil ; à droite, un bandeau. J'ai envie de lui demander comment, après toutes ces années d'apprentissage intense, il n'a jamais appris à faire ce qui est à la portée du premier sorcier venu, faire revenir un œil perdu.

« Plus de lumière et d'air », dit-il, et à ces mots, le plafond s'écarte lentement pour montrer le ciel et des parties du mur s'ouvrent et remontent comme des persiennes qui se lèveraient toutes seules.

« Qu'est-ce que c'est que cet endroit ? je demande.

– Dolingo, répond le savant blanc. Où même les petites merveilles font s'émerveiller les merveilles du monde.

– Ça t'arrive, de dire des choses sensées ? » je demande, et la vieille rit. Une voix dans ma tête me dit que la vieille, elle est plus jeune que moi, mais je refuse de l'entendre. Des comme elles, je n'en ai jamais vu non plus. Mais j'en ai entendu parler : c'est une femme Nnimnim. L'éclat des plumes, c'est ce qu'on voit d'abord, rouge et blanc, et une longue à l'arrière de sa tête, assez longue pour se replier comme une queue. La couronne, elle peut la retirer, mais celle de derrière, elle pousse de sa tête. Puis il y a les os de singes qui dépassent des côtés de sa coiffe. Sa robe couverte de coquillages et de petites calebasses pleines de potions et de poison, mais ample, avec des vagues de tissu aussi, des ondes. Le visage, elle l'a peint en blanc, mais pas comme les Ku ou les Gangatom, sa main est sûre et précise, chaque ligne régulière et nette. Je n'ai jamais entendu dire qu'il y avait des femmes Nnimnim si loin à l'ouest, mais je n'ai jamais entendu dire non plus que quelqu'un avait le pouvoir de leur dicter où aller. On raconte qu'elles sont convoquées par le dieu du ciel, ce qui explique cette plume à l'arrière de la tête quand elles redescendent. Les Nnimnim sont plus anciennes que les plus vieux maîtres de guerre et personne ne les appelle si ce n'est pour l'emporter contre un mal encore plus grand.

« Qui t'a fait venir ? je demande.

– Sa Glorieuse Majesté en personne. Tes amies doivent être exceptionnelles.

– J'ai pas d'amies.

– Tu dois quand même avoir quelque chose d'exceptionnel.

– Comment on appelle cet endroit, une infirmerie ? Je suis malade ?

– Tu n'es pas malade.

– Alors qu'est-ce que je fais là ?

– C'est le moment de parler clairement, sans faire de chichi. Tu n'es pas bien, femme. Et tu ne le seras plus jamais.

– Tu viens de dire que j'étais pas malade. Je sais pas ce que c'est que tes devinettes, mais ça me fait pas rire.

– J'ai dit que j'allais parler clairement, mais laisse-moi clarifier encore plus. Ceux qui ne meurent pas comme il faut, ils sont peut-être morts, mais ils ne sont pas partis. Quelle que soit la manière dont ils sont emportés, leur mort n'était ni voulue ni désirée par le dieu de l'outre-monde, et il ne les prend donc pas. Mais ils n'ont pour seul corps que la chair qui pourrit, donc ils ne peuvent pas marcher parmi les vivants non plus. Alors ils errent, ils hurlent et ils se servent de tout ce qui leur tombe sous la main pour s'attaquer à la cause de leur mort. Chose inanimée ou personne. Parfois la puissance de leur rage est telle qu'ils feront tomber ta coiffe ou ton gobelet comme une bourrasque, ou soulèveront ta robe, mais ils ne reposent ni ne vivent, donc ils errent en un lieu où ils ne peuvent atteindre ni la terre des morts ni celle des vivants. C'est une bonne nouvelle si tu es le mal qui a conduit à leur mort.

– Le mal par rapport à qui ? La femme qui ne peut plus marcher, ou l'amant qui n'y voit pas ? Ou peut-être la jeune fille qui a perdu un bébé parce qu'un homme lui a donné un coup de poing dans le ventre, car les bébés sont la tâche de son épouse, pas de sa maîtresse ?

– Je n'émets aucun jugement, je laisse simplement les faits se mettre en place. Bien des hommes rôdent sans corps à cause de toi, et après toutes ces années d'errance il ne leur reste que la rage. Mais cela n'a aucune importance parce qu'aucun d'eux ne pouvait te toucher. Et là tu es passée par une des portes.

– Je me rappelle aucune porte.

– Tu l'as entendu. La porte n'est pas toujours une porte. Mais la porte prend l'espace et le temps et les aplatit comme un flet. Mais ce n'est pas parce qu'ils sont plats qu'ils ne sont pas larges. Comprends bien ce que je te dis. Porte, ce n'est qu'un autre mot pour passage, et chacune d'elles est un passage où toutes sortes de mondes peuvent se rencontrer. Voilà ce ça que ça signifie pour toi. Quand tu as passé cette porte, tu as passé tous les passages pour parvenir de l'autre côté. Sauf que tu ne le savais pas, ou ne l'as pas senti. Tous les passages, tous les mondes, même celui où demeurent les morts spoliés. Voilà la vérité, tu étais comme de la viande fraîche jetée à des chiens sauvages affamés, et ça n'a fait qu'empirer quand ils ont reconnu l'odeur de la chair. Tu as laissé échapper les chiens, femme. »

Je sais que je tremble et j'ai envie de me maudire pour ça. Je ne suis pas en colère et je n'ai pas peur, alors pourquoi je tremble ?

« C'est ton corps qui tremble comme tremble le monde entier, dit-elle. Quand tu passes la porte pour la première fois, il peut arriver que tu aies la sensation d'y rester.

– Les hommes. Les hommes que j'ai tués. Ils vivent où maintenant ?

– Où ils veulent. La plupart des gens, ils ne peuvent les toucher car ils ne les connaissent pas, ou ne s'en souviennent pas. Certains ne se souviendront même pas de toi, pas complètement, ils oublieront peut-être jusqu'à ton nom. Mais ils connaissent leur misère éternelle et ils savent que tu en es la cause. Ils s'en prendront à toi à chaque fois que tu franchiras une de ces portes, ou à chaque fois que tu t'approcheras d'un lieu marqué par la magie sangoma. Ou dans une terre ensorcelée, ou peuplée d'êtres ensorcelés. Toute pratique qui secoue le monde les libérera aussi de leur joug. Compris ? Les portes sont magiques et la magie est une porte, donc l'un comme l'autre les lâcheront à tes trousses. Tu es une sorcière ?

– Non.

– On t'appelle Sorcière de Lune.

– C'est juste un nom ! Juste un nom.

– Si j'étais toi, je deviendrais ennemie de toutes les pratiques occultes. Sauf le don qui t'est inné. Mais la force, ce que tu appelles la poussée, appartient au monde, et eux non.

– Ils vont me tourmenter jusqu'à la fin de mes jours. Qu'est-ce que c'est que cette vengeance ?

– C'est toi qui as franchi cette porte.

– Non. Bunshi m'a entraînée. Je… »

La suite ne vient pas. Je sais que je suis par terre depuis le début de la conversation, mais j'ai l'impression que je viens juste de m'écrouler. Les mauvaises nouvelles sont en marche et elles m'écrasent la nuque. Une voix, moi cette fois, dit : Il a fait tomber le garde d'un coup de pied pour se retrouver seul avec l'Aesi. Mais je ne peux pas continuer à faire ça. Rien que d'y penser, ça m'épuise. Je suis sur le point de pleurer, mais alors les sanglots résonnent comme une simple voix et je ne sais pas si cette voix est mienne.

« Combien d'hommes as-tu tués ?

– Tu crois que je tiens les comptes ?

– Ça t'aiderait de savoir.

– Je sais pas. Pourquoi ? Ils vont tous revenir ?

– Seuls les dieux savent.

– Les dieux, ils me poursuivent sans cesse. Et chaque fois que je crois avoir gagné, ils décident de changer les règles. Qu'est-ce que c'est que ce délire ? »

Pour toute réponse, elle hoche la tête, ce qui me met en rage.

« Pourquoi m'annoncer toutes ces saloperies, si je peux rien y faire ?

– Tu préférerais croire que tu deviens folle ?

– Oui. J'aurais préféré croire que je devenais folle. À ton avis, bordel de merde ?

– Il y a encore une chose que tu peux faire. »

Sa première leçon a lieu le lendemain, dans l'infirmerie même. Elle prend un morceau de craie et trace des signes sur le mur, une courbe montante, et en dessous, une courbe descendante, les deux qui s'entrecroisent au bout. On dirait un dessin rupestre de poisson. Quand je fais observer que ça ressemble à des runes, elle renâcle avec mépris. C'est l'homme qui trace des runes, et cinq fois sur dix elles ne veulent rien dire, et dix fois sur dix elles n'ont aucun effet. Ce ne sont pas des runes ; ce sont des nsibidi. Certains les appellent les lettres cruelles car *sibidi* voulait dire autrefois « assoiffé de sang ». La rumeur disait que c'était la marque des bourreaux, mais la vérité c'est qu'elles sont nées du jenga dans la rivière. Deux territoires, quatre yeux, le poisson et le Roi, tels sont les mots de la vision mystique. Il s'agit du pouvoir de noter des choses significatives, un pouvoir qui dure aussi longtemps que l'inscription. Inscris-les sur la porte, la table, la chaise. Médite profondément sur elles jusqu'à ce que tu t'élèves du sol pour les inscrire dans les airs.

« Écoute ce que je suis en train de te dire, ma grande. Pour tenir les esprits à distance et les renvoyer, tu dois les enfermer dans les mots, les emprisonner dans les signes. Ça ne suffit pas de prononcer l'invocation, même si tu vas bien sûr l'apprendre. Ça ne suffit pas d'inscrire l'invocation, car certains de ces signes, tu vas devoir les porter constamment sur toi. Demain, nous commencerons les scarifications, nous t'en marquerons sur le bras. Prends ça, car c'est le tissu ukara ngbe et le motif est l'écriture nsibidi. Tu devras te tenir sur tes gardes pour le restant de tes jours, femme. Car il y a des hommes en liberté qui nourrissent des griefs contre toi. Et ils arrivent. »

C'est beaucoup demander à une seule femme de croire à tout ceci donc je n'y crois pas. Les sortilèges jetés sur toi ne quittent pas cette pièce, me prévient la femme Nnimnim. Chaque jour et chaque pièce, dit-elle. Désormais je dois marquer tous les lieux où j'entre, car chaque porte est un passage. Ça fait maintenant deux quarts de lunes que mon esprit n'a pas été troublé, et ça suffit pour que je me demande si ces nsibidi n'étaient que balivernes et si ce qui m'est arrivé n'était que troubles de l'esprit. Ça fait un moment maintenant que la vieillesse menace de me rattraper. Et si un homme ne m'a pas fait peur de son vivant, ce n'est pas dans la mort qu'il va m'effrayer. Je copie et recopie tous les nsibidi, jusqu'à ce que la pièce commence à me rappeler la chambre d'un autre, une personne dont je ne me souviens pas, mais c'était un homme, j'en suis sûre. Je les copie car elle continue de me les montrer, mais je ne les apprends pas. Je ne me rappelle rien. Tu ne t'en iras pas tant que tu n'auras pas appris tout ce que tu dois apprendre, dit-elle, mais ça fait une lune que je suis dans cette pièce. Assez longtemps pour me rendre compte que si elle me retient ici, ce n'est pas à cause d'une promesse mais par peur. *J'en ai assez d'elle et de sa magie*, dit la voix, qui me secoue avant que je réalise qu'elle est à moi. Je verrai Dolingo. J'approche de la porte et elle s'ouvre sans que je touche la poignée. Je ne sais pas pourquoi, mais je recule de quelques pas et elle se referme toute seule. Mais quand j'esquisse un pas vers elle et elle s'ouvre de nouveau, quand de nouveau je recule, elle se ferme. Je ne saurais dire à quand remonte le dernier rire ou sourire qui m'est monté aux lèvres, alors je le fais plus longtemps que nécessaire – j'avance et je recule, la porte s'ouvre et se ferme. Avant, arrière, avant, arrière, puis avant, puis... arrière ! Je recule d'un bond soudain mais la porte s'ouvre quand même. Ha ! je crie. La science blanche est efficace, mais la science blanche n'est pas parfaite, me dis-je en sortant de la pièce.

Dolingo. Ça doit être un lieu impressionnant quand on le regarde d'en bas, mais me voilà en hauteur, avec les oiseaux, dans ce qui doit être la plus haute tour. Melelek, la salle de la science blanche. Et alors que je m'attendais à voir des nuages, ce sont des feuilles d'arbre qui m'apparaissent. Beaucoup de gens vivent dans les arbres, et certains y construisent leur maison, mais je n'ai jamais vu une ville entière bâtie de la sorte, ni des arbres aussi hauts et amples. Suffisamment hauts pour toucher la lune, aussi hauts que le monde lui-même. Ça n'a pas de sens de regarder en bas, car la distance de la tour au sol est trop grande. On ne peut regarder qu'à l'horizontale, la caravane céleste qui arrive à quai juste devant ma fenêtre, un chariot – c'est moi qui l'appelle caravane céleste, pas eux. Des caravanes grosses comme des dhows qui se déplacent toutes seules d'un arbre à l'autre grâce à un système de poulies – c'est moi qui les appelle arbres, pas eux, et comme ces arbres sont éloignés les uns des autres, les caravanes parcourent de grandes distances. Une ville dans les arbres, et une autre plus loin, et des cordes qui les relient, des cordes qui transportent des charges, des charrettes et des animaux en cage. À cause du manque d'air, j'ai la tête qui tourne en voyant des chutes d'eau, au loin, et des aqueducs qu'ils appellent rivières flottantes, et de vastes étendues d'eau. Comment est-ce possible ? L'eau entre et sort de cette citadelle quand il semble inexplicable qu'elle puisse monter si haut. Troublée par ce spectacle grandiose, je sors de la salle de la science blanche, me dirige vers les quais aériens et prends la première caravane en partance.

Les Dolingons, avec leur peau si noire qu'elle en est bleue. La plupart sont debout et se tiennent à un poteau. Des hommes surtout, en robes et chapeaux, portant des livres et des rouleaux. Pas de savants blancs parmi eux. Certains se parlent, sans se disputer, car ils semblent d'accord sur tout, mais la plupart se contentent de rester debout en s'adonnant à des pensées profondes. Un coup de vent fait tanguer la caravane, mais je suis la seule à sursauter. En voulant m'accrocher au poteau, j'attrape le bras d'un homme qui me regarde comme s'il allait le laver aussitôt que nous atteindrons quoi, je ne sais pas. Et cette caravane, sa forme rebondie comme les entrailles de Chipfalambula, mais avec des fenêtres de chaque côté, comme ces serres que seuls les riches de Marabanga possèdent. Je ne pouvais pas les voir mais je les sentais, les roues au-dessus qui se déplaçaient sur ces énormes cordes, telles d'énormes chenilles rampant dans le ciel. Et même de ce point de vue Dolingo semble en pleine croissance, maison sur maison sur maison, jusqu'au-dessus des nuages. Rouages et moyeux nous entraînent dans le centre, une zone ouverte, ronde comme le soleil, avec un toit de chaume et des piliers en or.

« Nous sommes à Mungunga, le cœur », annonce une voix qui flotte dans les airs, une voix qui flotte dans les airs, et je suis la seule à trouver ça bizarre. Au centre du cœur, de grosses roues se relient à des petites roues, qui se relient de nouveau à des grosses. Tout cela dans la mystérieuse magie dolingone consistant à faire en sorte que les choses se poussent et se tirent elles-mêmes. À Mungunga, des caravanes vont et viennent, mais mes genoux fléchissent à l'idée d'un autre trajet, ce qui me laisse perplexe, car j'ai l'habitude du ciel. *Ce n'est pas la peur de voler mais la peur de tomber qui te tient*, dit la voix qui me ressemble. *Tu devrais tomber et atterrir dans un champ de lances qui t'empaleraient, qui niqueraient ta vie pour de bon*, dit une autre voix que je ne connais pas. La voix me fait chanceler, mais je continue quand même. À l'extérieur du centre part une longue section de route en pierre taillée, avec des chaises larges pour qui veut et des fontaines telles que je n'en ai vu qu'à Fasisi, mais plus grandes, des statues de créatures ressemblant à Bunshi crachant de l'eau par la bouche et les mamelons. Je m'arrête sur un autre quai, qui se révèle être une autre station d'embarquement, et une voix forte n'appartenant à personne dit : Tribunal. Une vieille charrette passe lentement, suivie d'un chariot neuf et rapide conduit par deux personnes. Mungunga doit se trouver au centre, parce que de là je vois tout. Ce sont vraiment les arbres de dieux et de géants bien que je n'aie jamais entendu dire que des géants vivaient dans le Nord. Le tribunal se résume à une série de vastes couloirs, empilés comme des bocaux dans un marché, et de là je vois des piliers, des colonnes et de grandes places noires de monde. Et d'autres vestibules qui ressemblent à des entrepôts, ou à des dépôts de triage pour le dédouanement des biens étrangers. C'est ce qu'il y a derrière Mungunga qui me coupe le souffle. Assez loin pour voir l'arbre presque en entier, même si la base est encore cachée par la brume. Mais près du sommet le large tronc se divise en trois, et sur les deux cornes sont posés deux quartiers entiers, ou faubourgs, peut-être même des petites villes.

Sur la droite, ils ont remplacé le tronc par les murs d'un fort, ou peut-être les ont-ils bâtis autour. Mais le mur du fort monte haut, et derrière le mur, des bâtiments encore plus hauts. Des châteaux, pourrait-on dire, avec plus de cinq à six, sept, ou même huit étages. Au cinquième, une plateforme suspendue qui me fait sursauter lorsqu'elle commence à s'abaisser sur d'épaisses cordes. Derrière ces châteaux, plus haut encore, des routes, des ponts, d'autres canaux et des maisons en hauteur plutôt qu'en largeur, plus hautes que les obélisques d'Omororo, qui abritent des habitations. Tellement de gens dehors, marchant, bavardant entre eux, ou restant dans leur coin, que je me demande qui, dans cette ville, travaille, outre les esclaves. Beaucoup de robes longues, pas d'armures, pas de tuniques, pas de gele, pas d'agbada, pas de jupes, pas de pantalons, pas de seins nus, pas de pieds nus.

Sur la branche gauche, l'enceinte de la Reine, j'en étais sûre. J'en ai vu assez pour le comprendre, un lieu aux cent toits est la résidence d'une seule dirigeante. Une cour, oui, et pleine de nombreux palais, mais un lieu pour les dirigeants et ceux qu'ils souhaitent recevoir. Mauve, rouge et or. Une caravane fait des allers-retours, et je n'ai pas besoin de bien la voir pour saisir qu'elle est remplie de gardes. Je refais le tour de l'enceinte et prends une caravane qui se dirige vers le nord. L'atmosphère sent le brûlé comme après la foudre, mais je ne me rappelle pas avoir vu un orage. C'est Mkora, les grandes jambes jumelles, annonce la voix. Mes propres jambes remuent plus vite que ma cervelle, elles m'emmènent à une autre caravane sur le départ. C'est Mwaliganza, l'échangeur de la rivière de droite au flot constant, dit la voix. Et c'est vrai que nous arrivons au milieu d'une rivière, l'échangeur pile au centre, les deux rives faites de briques, donc il s'agit plutôt d'un canal que d'une rivière. Tous les toits font à peu près la même hauteur, cela doit être le quartier où vivent les gens ordinaires. Même si jusqu'alors je ne sais pas ce que signifie ordinaire à Dolingo. Mais c'est là que je les vois finalement, les gens qui vaquent aux affaires communes à tous citadins. Des charrettes tirées par des ânes que personne ne conduit, ou des mules. Des hommes de haute taille sur des chevaux de haute taille, des femmes robustes poussant des chariots, des marchands de fruits postés dans un coin, les jambes écartées et leurs paniers au milieu. Des hommes comme ceux des autres quartiers, en robes et chapeaux, avec des parchemins et des livres. Des vendeurs de soie, de fruits, de bibelots ; des hommes et des femmes qui achètent de la soie, des fruits, des bibelots. Et partout : des cordes qui gémissent à force de tirer fort, des essieux qui couinent, une roue à eau géante qui crépite. La caravane vers l'arbre suivant dit qu'elle se rend à Mupongoro. Je regarde autour de moi et ne vois rien de neuf à découvrir. Je suis juste à côté de la berge du canal lorsqu'un garde me remarque, et je comprends pourquoi. Tout a la même apparence, pas à cause de la construction, ni des coloris, mais à cause de l'état d'esprit qui préside.

Choisis quel sein je tranche le premier, dit une voix qui ne me ressemble pas. *Non, plante un couteau dans la partie tendre de son cou, là où le sang jaillira comme un geyser*, corrige une autre. *Empare-toi de son esprit, contrôle ses pieds et qu'ils nous emmènent à la demeure de sa famille afin que nous puissions choisir quelle fillette violer*, dit une autre voix. *C'est ça qui t'excite, petite ? Un homme qui ne porte rien que lui-même, ça t'émoustille ?*

Rappelle-toi qu'ils ne viennent pas toujours avec des mots, je me le répète. Je me le répète encore et encore, jusqu'à ce que le garde m'entende et se retourne. Je ne vois rien, mais le rien me prend par le cou et tente de me pousser par terre. *Tu es restée si longtemps l'animal de compagnie de ma femme que tu as oublié ton métier de putain*. Je pousse, je gifle, je donne des coups de pied et j'essaie de libérer ma main droite parce qu'une autre main m'immobilise la gauche, bien qu'il n'y ait pas de main. Nsibidi. Lettres cruelles. Écris-les dans les airs si tu ne peux pas les tracer sur le sol, c'est ce qu'a dit cette femme. J'essaie de dessiner une lettre. Juste une.

« Alors comme ça, la Sorcière de Lune plonge dans la rivière comme si elle voulait se noyer ? »

Je suis dans une autre pièce, et la femme Nnimnim me surplombe.

« Où sommes-nous ?

– Mupongoro. Tout à l'ouest. À moins que tu préfères retourner dormir sous l'œil du savant blanc.

– Non. Et j'ai pas plongé. Il m'a poussée.

– Qui ça, il ?

– Tu le sais bien.

– Il s'est annoncé, celui-là ?

– Tu crois que j'ai besoin de présentations ? Et ton tissu ukara ngbe, il sert à rien du tout.

– À lui tout seul, non. C'est ça que tu attends, ma grande, le tour qui suffira à faire disparaître tout ça d'un coup ? Si une magie pareille existe, elle s'est pas encore manifestée.

– Alors à quoi ça sert, putain ?

– Ils doivent œuvrer main dans la main. Et tout marche pas de la même manière avec tout le monde. Ça dépend de la femme. Ça dépend aussi de la volonté ou du désir de cette femme.

– Tu crois que j'ai pas assez de volonté ? Tu crois que je désire autre chose ?

– Je sais pas ce que tu penses. Je sais seulement ce que je sais.

– C'est vraiment une foutue réponse de sale pute du bush.

– Alors trouve-toi une autre conseillère, si le bush est pas assez noble pour toi. Va, Sogolon la Sage.

– Et si je repasse par la même porte ?

– Quoi ? Il te l'a pas dit, cet affreux homme blanc ? Non, Sorcière de Lune. Tu peux pas aller en arrière. Tu passes cette porte aussi souvent que tu veux, mais la plupart ne le font qu'une fois. Ce qu'il y a, c'est que tu peux pas la repasser dans l'autre sens avant d'avoir passé toutes les autres portes. Et personne ne sait exactement combien il y en a, donc personne ne sait trop quand tu as terminé.

– Qu'est-ce qui se passe, si on le fait quand même ?

– Jusque-là, personne n'a survécu pour le dire, alors personne ne le sait. Certains pensent que repasser la porte dans l'autre sens revient à retourner la voie comme un gant, et que c'est ce qu'il advient également de ton corps.

– Je la trouverai, cette porte.

– Tu as besoin de la magie des Sangomin, pour ça.

– Ou d'un inutile lutin des eaux, qui aura finalement une utilité. »

Mais Bunshi ne vient pas dans ma chambre. Le garde posté à ma porte me dit qu'elle est entrée dans une pièce et a disparu – il a déjà passé la matinée à me parler des glorieux exploits de sa stupéfiante Reine, en présence de laquelle toutes les têtes s'inclinent, tous les genoux se posent à terre. Et si belle, avec ça, l'ai-je déjà aperçue ? Bunshi est partie, c'est vrai. Je ne la dirais pas lâche, mais la peur semble être son état naturel. Ou bien elle sait que je la tiens responsable de ce qui m'arrive, et Lissisolo aussi, car je n'avais aucune raison de passer une porte ensorcelée. Désolée pour ton malheur, m'a dit la princesse, mais elle ne s'est pas excusée d'en être la cause. Pas excusée de m'avoir forcée à hésiter désormais devant la moindre porte.

« Assieds-toi », dit Lissisolo. Je regarde autour de moi mais ne vois pas d'autre tabouret ou coussin.

« J'vais pas m'asseoir par terre juste pour que tu aies quelqu'un au-dessous de toi, putain.

– Nique les dieux, Sogolon. J'ai pas dit assieds-toi par terre, j'ai dit assieds-toi. »

Peut-être veut-elle juste que je tombe. Peut-être veut-elle me mettre mal à l'aise. Peut-être que je devrais m'accroupir comme si j'allais pisser. Je m'assois et sans crier gare une porte s'ouvre dans le mur et une chaise vient se poser sous moi pour me rattraper.

« Remarquable, n'est-ce pas ?

– C'est pas le mot qui me serait venu.

– Science, ou magie ?

– J'en sais rien.

– Ça ne doit être ni l'un ni l'autre. Qui nous a dit qu'ils étaient en guerre ? Pour l'heure, il n'y a pas de guerre à Dolingo. Je regrette presque de n'être pas princesse de ce royaume. Reinaume. As-tu déjà vu lieu plus parfait en toutes choses ? Parfait.

– Là non plus, pas le mot qui me serait venu.

– Alors cours dehors et va te balancer dans un arbre si ça te chante. La Reine vient de me dire que ce doit être les dieux qui l'ont gratifiée d'une sœur, car nous allons régner ensemble.

– Tu veux être Reine, maintenant.

– Bien sûr que non. Je dois être régente pour le véritable Roi, qui d'autre le protégera ?

– Je peux pas répondre à ta place.

– Arrête avec ce ton. Je suis encore de sang royal dans un royaume qui reconnaît mon titre. Tu ferais bien d'en faire de même.

– Oui… Altesse. » À ces mots son visage change, et elle me sourit de nouveau, comme si nous étions des sœurs sur le point d'échanger des secrets terribles.

« Mais tu sais ce qu'elle vient de me dire, notre Reine ? Que je gâche un temps précieux et cause trop de danger en tentant d'engendrer un héritier d'une manière si arriérée, barbare. J'aurais pu simplement venir à Dolingo et un fils me serait né en trois lunes. »

J'ai envie de dire à cette salope que ce n'est pas son temps, qu'elle gâche, mais au lieu de ça je demande :

« Qu'est-ce que ça signifie ?

– En m'accouplant avec une divinité mineure, peut-être. Elle veut te rencontrer.

– Et si moi je veux pas ?

– Ton arrière-arrière-petite-fille ne m'avait jamais parlé de ton humour.

– Je plaisante pas.

– Moi non plus. Tu as l'air de croire que la Reine te demande ton avis. Tu as l'air aussi de croire que nous sommes femmes ensemble. Tu te trompes dans les deux cas. Connais ta place avant que quelqu'un ici soit forcé de te la rappeler. » Je retiens ma langue, la voyant pour ce qu'elle a toujours été, une femme qui n'a qu'une hâte, resserrer les rangs en me laissant à l'extérieur. J'ai fait mon temps.

Même quand elle est pleine, je me sens seule dans la caravane aérienne, peut-être parce que c'est le seul endroit où je n'ai pas la sensation d'être observée. Aucune voix qui ne ressemble pas à la mienne ne vient me déranger dans le ciel. Je prends la caravane pour me rendre à la Branche des Courtisans, puis une autre pour Mluma, le quartier le plus lumineux car ses ailes prennent le soleil toute la journée puis illuminent le ciel à la nuit tombée. Je suis le petit groupe jusqu'à une plateforme qui s'abaisse d'un étage. Personne ne fait mine de descendre, mais moi si. Je traverse un vestibule fait d'argile, rugueux et irrégulier, comme du travail à la main. Dans le coin se dresse une statue d'un homme et d'une femme assis devant un feu, tout en argile également. C'est par l'herbe des marais que je comprends que c'est un hommage à l'ancien Dolingo. Le vestibule forme un cercle à partir de l'entrée, et au mur de gauche sont accrochés des tambours, des lances, des peaux de lion, des peaux de guépard, des morceaux de dhow, et deux squelettes pourvus chacun d'une couronne et d'un sceptre. Sur la droite, un parchemin, déroulé tout le long du mur. Le témoignage d'une quelconque époque glorieuse qui ne l'était pas tant que ça, me dis-je, jusqu'à ce que j'approche. Ce n'est pas du papyrus ni de la feuille, mais du lin, et sur le lin c'est Dolingo. Aucune indication de ce dont il s'agit, de qui l'a fait ou comment. Peut-être est-ce l'œuvre de l'architecte en chef de la ville, et que tout cela a jailli de sa tête. Le premier dessin représente un arbre qui s'élève plus haut que la lune, avec une ville ou une citadelle sur sa cime. À côté, une route qui serpente entre les branches et une rivière qui monte au lieu de couler vers le bas. Un palais dans un arbre, et un autre plus loin, et des cordes qui relient les deux, des cordes qui transportent des biens, des charrettes et des bêtes dans des cages. De la corde nouée, de la corde sur du bois, de la corde qui relie des grandes roues à des petites roues et de nouveau à des grandes. Maison sur maison sur maison sur maison.

« Tellement hautes qu'elles feraient peur aux dieux. » Le murmure quitte à peine mes lèvres.

Je n'ai pas entendu parler de mon arrière-arrière-petite-fille depuis qu'elle a emmené le bébé à Basu Fumanguru. On dit qu'à Fasisi, Malakal et Juba, presque jusqu'à Kongor, on ne parle que de ses écrits à l'adresse du Roi, bien que rares soient ceux qui les ont lus.

« Je n'ai rien vu d'écrit, si ce n'est l'évidence », j'ai dit à la Reine de Dolingo. Elle veut savoir de quoi il est question dans ces écrits, et elle veut le savoir tout de suite. Disent-ils du mal de toute la monarchie ou seulement du Roi de Fasisi ? Et cette Reine se montre hautaine, dure et cassante avec tout le monde. Pas de patience pour les imbéciles, sauf qu'à ses yeux, il n'y a que ça. En particulier son chancelier, qui se charge de la traduction bien que sa langue ne soit pas si différente de celle du Nord une fois qu'on s'habitue à ses particularismes. Cette Reine grande et mince, avec sa couronne de plumes de paon en or que ses dames d'honneur doivent régulièrement empêcher de glisser de son front. De l'or aussi sur ses cils, enrobant ses lèvres et ses mamelons. Un trône magnifique derrière elle, mais elle reste debout. Et cette salle du trône, cette grande pièce, avec des colonnes en or qui montent jusqu'au plafond, si haut que c'est presque le ciel. Le trône, une pyramide érigée sur une estrade basse, sur laquelle tous les autres se tiennent debout. Au pied de celle-ci, sur l'estrade, des femmes, et de part et d'autre, des soldats. J'emploie le mot *soldats* au sens large. Ces poignards en or et épées de cérémonie ne sont pas faits pour la guerre, pas même pour une rumeur de guerre.

« La prochaine fois, amenez-moi ce Basu Fumanguru. Ça fait longtemps que je n'ai pas entendu tant de sagesse de la bouche d'un homme. Je trouve ça comique », dit-elle avec un sourire qui se transforme en grimace de mécontentement quand la cour ne réagit pas. « J'ai dit que je trouvais ça comique. »

Toute la salle éclate de rire, d'applaudissements, de sifflets et de cris vers les dieux. Un geste et ils cessent aussitôt.

« Tu m'intéresses, dit-elle en me regardant. Chancelier, n'est-elle pas intéressante ?

– Si, Votre Splendeur.

– Même très intéressante. Le temps d'un tour de sablier, tu as fait quatre choses qui auraient pu te valoir la décapitation, si ce n'est cinq. Et pourtant je n'ai pas la sensation que c'est par manque de respect, simplement parce que tu ne sais pas. Quel âge as-tu ?

– J'ai pas de compte officiel, je réponds.

– Faux pas numéro six. Dis-lui, Chancelier.

– C'est : "Je n'ai pas de compte officiel, Votre Majesté." Commencez toujours par dire le titre de Sa Majesté quand vous vous adressez à elle.

– À qui je pourrais m'adresser ? Certainement pas à vous. »

Elle rit. « J'ai entendu dire que tu as cent et soixante-dix ans. Bien sûr. Tu en as vu trop pour t'attacher encore au cérémonial. Où est ta princesse ?

– Je suis pas dame de compagnie, Reine.

– Bien sûr. Elle ne m'a jamais dit ce que tu faisais, au juste.

– Je tue tous ceux qu'elle ne connaît pas qui l'approchent.

– Homme ? Animal ? Oiseau ?

– Oui.

– Comme c'est effrayant. Et délicieux. La Sœur du Roi veut mon allégeance et mon aide, et pourquoi pas ? Dolingo est la lumière du monde et qui, à part nous, ira montrer la voie à ces rois bestiaux et barbares ? Frère et sœur qui se battent pour un trône que ni l'un ni l'autre n'a vraiment mérité. Il y a de quoi en rire, tout juste. Mais nous serons Reines ensemble – même si elle n'est que régente. Sauf qu'elle n'a rien à offrir à ce royaume. Toi, par contre. Toi, aussi pauvre sois-tu, tu pourrais bien avoir quelque chose. »

La cour frémit si fort que le sol tremble quand j'annonce à la Reine que je vais réfléchir à son offre. Elle se laisse tomber en arrière comme si je lui avais mis mon poing dans la figure alors qu'elle s'attendait à une gifle. J'ai vécu dans le bush trop longtemps pour craindre d'offenser les reines et les rois. Ou les seigneurs, ou les chefs, ou leurs épouses, d'ailleurs. S'ils veulent s'en prendre à moi, qu'ils viennent. Je ferai exploser au moins quatre têtes, dont peut-être celle de la Reine, avant qu'ils aient la mienne, et même les plus crétins savent que je n'ai rien à perdre. Je suis dans mes appartements, je rassemble mes affaires, car il est plus que temps que je me tire de cet endroit. La Sœur du Roi est aussi en sécurité que possible, ayant échappé à une meute de loups en se cachant dans un nid de serpents. On raconte que l'Aesi va venir dans le cadre d'une mission diplomatique, peut-être pour demander des choses que cette Reine ne confirmera ni n'infirmera. Malgré tous mes grands mots, il restait le seul sujet sur lequel je ne pourrais jamais être indifférente. Trop de temps s'est écoulé quand je prends conscience que je tiens dans la main la même outre à vin depuis que le soir est tombé, parce que je me suis égarée à penser à l'Aesi. La rage n'était pas présente, mais je savais qu'il ne m'aurait pas fallu longtemps pour la faire monter en moi. L'outre à vin dans la main, je me demande pourquoi je suis venue ici au départ. L'argent, certes, mais je ne manquais pas d'argent, j'en avais même un peu plus que nécessaire. Voir ma famille, absolument, mais cette idée ne me serait jamais venue si mon arrière-arrière-petite-fille n'était pas venue me déranger. Pour la connaître, mon arrière-arrière-petite-fille ? Nous nous connaissons assez pour savoir qu'il ne pourra jamais y avoir d'amour entre nous, même pas d'affection. L'aimer, les aimer demanderait beaucoup de travail, surtout du travail sur moi, trop de travail. Le simple fait d'être du même sang ne fait pas une famille. Et cet Aesi. Je me rappelle encore que Bunshi m'a fortement déconseillé d'entreprendre quoi que ce soit contre lui, car selon elle c'est un dieu. Un demi-dieu. Une sorte de créature divine diminuée. Mais un homme que j'ai tué une fois, manqué tuer une deuxième. Je sens une voix qui vient, avec un goût infect dans ma bouche, et je dessine un signe nsibidi en l'air pile au moment où il dit son nom et déclare qu'il est venu libérer ma tête de mon cou. Jakwu, il s'appelle. Je me souviens de lui, c'était il y a soixante-dix et sept ans. Un guerrier que même le Roi du Sud a couvert d'or, pour l'honorer. Un violeur et un tueur de filles, de Weme Witu. Je me suis introduite chez lui en pensant pouvoir me faire passer pour sa victime, une initiative vouée à l'échec lorsque j'ai constaté qu'aucune des filles vivantes ou mortes pendues dans son donjon n'avait de poils ailleurs que sur la tête. Lui, je m'en souviens, car il m'a fait aimer la cruauté. J'ai pris plaisir à le tuer lentement, à le regarder souffrir jusqu'à la fin et à la repousser encore et encore. Suffisamment longtemps pour que certaines des filles vivantes commencent à se demander combien de monstres il y avait dans la pièce. Et même ensuite j'ai abandonné son corps de telle façon qu'il soit condamné à souffrir encore dans l'au-delà. J'ai pris une craie et dessiné un trait de nsibidi sur la porte. Il a quand même réussi à me cogner la tête contre celle-ci. Je sais que je les sens – une main qui me prend la main droite, l'autre qui m'empoigne le cou. La poussée, le vent, quel que soit son nom, est une pute imprévisible, qui ne vient à mon aide que quand ça lui chante. Puis, au moment où je commence à sentir des ongles s'enfoncer dans ma peau, les nsibidi apparaissent sur le mur, s'écrivant en traits de feu. Ils flambent, brûlent, et laissent une marque fumante en un clin d'œil. Derrière moi, la femme Nnimnim.

« T'es pas prête, dit-elle.

– N'empêche, c'est le moment de partir.

– Tu pourrais même pas lutter contre deux d'entre eux. Qu'est-ce que tu vas faire quand ils seront vingt à t'attaquer ?

– Les emmener à la rivière et les noyer.

– Ils sont déjà morts.

– Alors je…

– Laisse tomber l'humour, ma petite, c'est pas ton truc.

– Ma petite ? Qui c'est qui plaisante, là ? Je prends ce que je sais et je pars dans la matinée. Si tu veux m'en montrer plus d'ici là, avec plaisir. Sinon, sors de là. »

Le matin une voix me réveille. Elle ne me ressemble pas, mais elle ne leur ressemble pas non plus. Pressante et faible à la fois, comme si quelqu'un à la porte m'appelait dans un murmure. Mais il n'y a personne à la porte et il n'y a personne dans la pièce. Et la voix ne dit rien de blessant, elle ne dit rien du tout. Je l'ignore d'un haussement d'épaules, décide que ça doit être le gémissement du vent dans une fente quelconque. Je me dirige vers l'emplacement de la fenêtre et elle s'ouvre toute seule, ce qui m'étonne à chaque fois. Dehors : Mluma, le quartier aux ailes d'acier, qui attire le soleil. Qui a l'air d'être perpétuellement sur le point de s'envoler. Suspendus au mur latéral il y a des hommes, cinquante, soixante-dix, peut-être cent, accrochés à des cordes, qui peignent le visage de la Reine, en noir. Cette dernière m'a promis un cheval et un char pour aller et venir, car elle croit encore que je vais revenir. La rébellion lui est si étrangère qu'elle rebondit sur son oreille sans y entrer.

La femme Nnimnim m'a préparé un sac d'amulettes, de grigris, d'os de vautours, de craie et de pierres venues du fond d'une mare sans fond. Je le range avec mon paquetage et me prépare à partir. Dans une autre vie, j'aurais fait mes adieux à la Sœur du Roi, mais en l'état, je connais ma place. Je murmure dans le vent que j'espère que les dieux veilleront sur elle et vais pour me mettre en route quand la voix vient m'asticoter, par-derrière. Ma main est dans la craie, en train d'écrire à côté de la fenêtre avant qu'un diable ait le temps de fermer les yeux. Mais il est difficile de lier une voix qui ne dit rien, ne prononce aucun mot. Un son difficile à suivre, mais le suivre, j'essaie, jusqu'à la porte, qui s'ouvre, puis en arrière de quelques pas, puis sur la gauche tandis que la porte se referme, puis tout contre le mur. Des gens dans la pièce voisine, peut-être, sauf que ce n'est ni un refuge ni une auberge. Bien vite, la vérité m'apparaît : le son ne vient pas de derrière le mur, mais de cette pièce. La poussée m'obéit avant que j'en donne l'ordre, se glissant entre les panneaux de bois pour assommer l'intrus.

C'est un homme que je vois.

Les yeux grands ouverts mais sans le noir au milieu. Les bras épais, les cuisses grasses, un petit ventre. Pas de bouche, car il a quelque chose dans la bouche, comme une queue aussi large qu'un poing. Il est appuyé contre l'herbe sèche, cet homme que je vois. D'abord je vois une toile d'araignée, lui emprisonné dedans.

L'espace de trois ou quatre instants, tout ce que je vois c'est de la corde. La bande autour de son bras, une corde. Tous ses membres – jambes, pieds, orteils, bras, cou, même chaque doigt – attachés aussi à une corde, et chaque geste qu'il fait tire quelque chose dans la maison. Personne ne tire sur ma mâchoire, mais je reste bouche bée, sidérée. Je recule, sans trop réfléchir, mais quand j'arrive près de la fenêtre, l'homme plie son majeur comme pour me faire signe et tiens, la fenêtre s'ouvre. La voix de la Reine me revient alors, qui dit : Ce n'est pas à cause des sortilèges ou de la technique que Dolingo est Dolingo, c'est à cause de la corde et de l'acier. C'est un homme que je vois, mais c'est une femme que j'entends, une femme que j'ai soit entendue une fois sans le savoir, soit connue, mais oubliée. Pas cette Reine, mais une autre qui demande : Si la corde tire toute chose, pourquoi tirer sur la corde ? Le vent s'engouffre par la fenêtre et gifle la peau de l'homme, ce qui le fait paniquer. La pièce perd son sang-froid et se déchaîne, les fenêtres s'ouvrent et se ferment, et les portes de même, violemment. La table s'envole, puis revient. C'est un homme que je vois, et jusque-là il n'a jamais senti le vent. Je ne sais pas quand c'est arrivé, mais j'ai vomi sans m'en rendre compte mon dernier repas. Ma bouche est amère et ma gorge brûlante. J'ai un nouveau haut-le-cœur, mais mon ventre est vide. Du plafond, un seau s'abaisse et renverse de l'eau juste au-dessus du sol. Je m'écarte d'un bond. Des planches s'écartent, se retournent pour drainer l'eau, puis se remettent en place comme si de rien n'était.

Je prends mes sacs, monte à cheval et pars pour ne jamais revenir.

4

LE LOUP ET L'OISEAU-FOUDRE

Igegenechi o ma za okawunaro

Vingt et un

Elles ont perdu le garçon.

Cette pute noire et elles, elles ont perdu le garçon. Ça doit être une triste nouvelle pour certains, peut-être beaucoup, mais tout ce que j'ai pu faire, c'est rire. Quand on vit aussi longtemps que moi, il y a peu de choses qui ne finissent pas par devenir comiques, même le chagrin, même la cruauté, même le deuil. Parce que voilà la vérité. Entre les dieux, les princesses, les rois et les nobles, tout ceci est un jeu, alors comment ne pas rire en voyant qu'ils ne savent pas jouer. Et ce lutin des eaux, avec sa perspicacité coutumière, abandonne l'enfant, puis le déclare perdu. Non, enlevé, car même elle ne peut supporter le terme, perdu, qui pourrait aussi signifier qu'il est mort. Des circonstances malheureuses lui ont été échues, disent-elles, comme si ces circonstances n'étaient pas le fait de quelqu'un.

Comme je l'ai dit, je ris.

Donc, Malakal. Me voilà dans la ville où elle m'a convoquée, malgré tout ce que je sais de sa stupidité. Ce que ça fait de moi, je n'en sais rien. Il y a deux quarts de lune, à Lish, j'ai embarqué sur un dhow arborant des drapeaux commerçants pour échapper aux navires de guerre et des rayures berserker pour éloigner les pirates. De même, je me faisais passer pour une nécromancienne afin de décourager ceux qui seraient tentés de me défier sur le bateau. Ils m'ont déposée sur la côte, tout à l'ouest, une côte sans nom, et ne m'ont pas laissé le choix : soit je descendais, soit je devenais cargaison, m'ont-ils dit. Je sais pourquoi ils ont choisi ce lieu, parce que je sais qui l'a choisi. Juste un peu plus au nord et le rivage serait plus près de Malakal, qui était encore à plus de sept jours de navigation, voire davantage. Or, non loin de là, se tenait une des dix et neuf portes, qui m'amènerait juste devant la ville. En cela, au moins, le lutin des eaux était fidèle à sa nature : elle envoie les autres sur une route, mais ce n'est jamais elle qui s'acquitte du péage. Elle savait ce que ça me coûterait de passer cette porte, mais pour elle, c'était comme si c'était fait. Et pourtant regardez-moi, qui suis ses instructions et me rends à la croisée des chemins, où m'attend un garçon, ancien Sangoma qui s'est converti à la vraie cause à l'approche de l'âge d'homme. Ce qui en fut la cause, et pourquoi il la pense vraie, je n'ai pas demandé. Je me contente de me mettre au cou le tissu de la femme Nnimnim – dont il ne reste que lambeaux –, de griffonner dix nsibidi sur mes habits, et d'en graver un sur mon épaule du bout de l'ongle. Pourtant dès que j'ai passé la porte, l'esprit me jette à bas dans la poussière de Malakal et tente de me piétiner la tête avant que je puisse libérer ma main et dessiner des signes sur le sol pour le chasser. Ce n'est pas Jakwu, je me dis, car il aime à s'annoncer, mais un autre homme qui s'est placé sur la route de mon couteau assassin.

Je prends encore une nuit avant de me présenter, car il n'est pas question que je me montre affaiblie par cette porte. Mais aussi, je l'emmerde. Cent malédictions sur ce lutin des eaux qui se dit qu'elle n'a qu'à me faire signe pour que j'accoure. Et pourtant me voilà, alors qu'est-ce que ça fait de moi, je n'ai pas la réponse. Cette nuit-là, je la passe chez un homme qui enseigne la loi à ceux qui ne savent pas lire. Il brûle de me dire ce qui se passe entre le Nord et le Sud. Il y a de nouveau des tensions. À un moment donné, sous le règne de Netu, le Roi du Sud – le dernier fou en titre – est passé des discours belliqueux à la guerre proprement dite, et malgré ou à cause de sa folie, il a conquis non seulement Wakadishu mais tous les territoires jusqu'à Kalindar, redessinant la carte du Nord et du Sud. Il a mené l'attaque lui-même et honte sur Kwash Netu, qui a passé la guerre sur son trône et sur son pot.

Neuf ans se sont écoulés depuis que le peuple de Kalindar lui-même a repoussé le Sud en dessous de la rivière Kegere et libéré Wakadishu du même coup. Wakadishu s'est empressé de proclamer son indépendance, refusant la domination du Nord comme du Sud, même si la ville n'a jamais été en position de se défendre contre l'un ou l'autre. Les choses se sont calmées entre les derniers jours du règne de Netu et celui de Dara, mais c'était un calme tout relatif. Les nouvelles arrivent à la forêt au compte-gouttes, mais on en sait suffisamment pour affirmer que le Nord et le Sud sont à deux doigts de la guerre. Une fois de plus. Ma vie dans le Sud ne m'a pas rendue partisane du Sud, mais elle m'a rendue indifférente au Nord. *Indifférente aux rois et princesses*, dit la voix qui me ressemble. Cet homme me regarde comme s'il s'attendait à ce que je le remercie pour les informations que, pour certaines, je connaissais déjà. Quant à moi, je me demandais si lui sucer la langue, au lieu de la bite, le ferait parler moins. Je suis partie avant qu'il se réveille pour me dire que je n'ai pas la même tête dans la pénombre.

Une fois que nous avons amené la Sœur du Roi à Dolingo et le garçon à Fumanguru, je suis retournée dans le bush. Dans les bois du Sud près de la Cité engloutie, les femmes avaient cessé de venir solliciter la Sorcière de Lune. Ça me rendait malade que plusieurs femmes en souffrance, dont une ou deux ont dû succomber depuis lors, aient bravé les bois pour chercher l'aide de la Sorcière de Lune, en vain. Partie aider des membres de la famille royale dont elle n'a rien à faire. Alors je suis devenue une ermite, jusqu'à ce qu'elles me fassent appeler.

Ce qui m'a ramenée à Malakal, l'autre montagne, mais sans aucun rapport avec Fasisi. Fasisi s'est établie au pied de la côte, mais le désir des gens de dominer les autres, avec le Roi du Nord en dominant ultime, les a conduits à construire plus haut. Malakal – la nouvelle ville, pas l'ancienne – s'est établie au sommet avant de s'étendre en aval.

En arrivant on voit tout de suite pourquoi certains l'appellent le grand phare, ou le faisaient du temps où je traînais toujours dans le Nord. Quand Malakal a commencé à exploser, ils ont construit un autre mur, plus bas, pour avaler le premier, un mur qui fait le tour de la montagne. Mais ce mur ne pouvait pas non plus contenir une province en pleine expansion, donc il a fallu en ériger un autre, plus bas et plus large, puis encore un autre. Maison sous maison, fenêtre sous fenêtre, et des tours comme des aiguilles, les tours pour lesquelles Malakal est célèbre, certaines si fines qu'elles oublient d'avoir des marches. Certaines si minces qu'elles penchent, s'écroulant les unes sur les autres tels des amants éreintés. Et aussi, ils ont construit le troisième mur après le quatrième, pas parce que ce mur-là risquait de s'effondrer, mais parce qu'au fil des années, il est apparu beaucoup de gens qui se trouvaient trop bien pour vivre en bas, mais se heurtaient à d'autres trouvant qu'ils n'étaient pas assez bien pour vivre en haut. Je n'ai jamais pu me faire une vraie opinion sur le grand phare. Les routes qui serpentent puis pointent, les rues qui grimpent puis plongent, comme si elles ne pouvaient décider où elles veulent aller. Quatre forts pour une ville qui se comporte encore comme si elle était le dernier bastion du Nord – ce qui était vrai avant même que Netu soit Roi, quand le Sud avait tout envahi sauf elle. Malakal se trouve à peine à une journée des Collines du Sortilège, le territoire des Sangomin, et c'est aussi pour ça que ce lieu ne m'emballe pas. Mais la ville produit de l'or, et elle donne sur la mer.

Quelqu'un m'a réservé un logement dans une auberge derrière le deuxième mur de Malakal, une chambre avec un miroir près de la porte. Et ce miroir, d'un style que je n'ai pas vu depuis une éternité, suspendu mais de telle sorte qu'on croirait qu'il flotte, ce qui lui donne l'apparence d'une fenêtre ensorcelée, du genre qui vous condamne à ne voir que ce qu'il y a derrière, jamais ce qu'il y a devant vous. Un passé gauchi, impossible à déchiffrer, qui se referme sur lui-même. Je regarde dans la glace et vois enfin une vieille femme. La tête presque complètement blanche, les cheveux rasés tout autour, avec juste l'arbre au-dessus. Mais je ne peux pas faire confiance à cette image, car le miroir, il retourne mon visage, déplace les cicatrices de mon bras droit sur le gauche, et dessine une ligne irrégulière sous ma mâchoire. Certaines femmes redoutent davantage la moindre mèche de cheveux blancs qu'un démon, mais j'attendais le blanc et le gris depuis plus de cent ans. Quant aux années, il en faut trois pour qu'elles m'envoient enfin leur message, trois années qui peuvent arriver deux années et dix lunes trop tard. Celui-ci passe par le murmure d'un yumbo, qui l'a appris d'un autre yumbo, qui l'a appris de Bunshi, qui ne m'avouerait jamais elle-même que le garçon a disparu.

Alors quand Nsaka vient me l'annoncer, dans un premier temps je ne réponds rien. Elles ont perdu le garçon avant que la mère l'ait nommé, il a trois ans à présent, s'il n'est pas mort. Bunshi n'a pas vérifié s'il se trouvait dans la Malangika, la ville tunnel et le marché aux sorcières souterrain et secret, et je sais pourquoi. C'est qu'elle sait que si elle s'y aventurait le plus discrètement du monde, un nécromancien plus puissant qu'elle la piégerait, et la revendrait, peut-être même après l'avoir coupée en morceaux vivante pour faire monter les prix. Mais je n'ai pas besoin de la voix pour me dire que si un petit garçon a disparu depuis longtemps, c'est le premier endroit où chercher. Alors avant de prendre le bateau à Lish, c'est là que je me rends, au nord du Marais de Sang mais au sud de Wakadishu, pour découvrir ce qu'il est advenu de ce garçon sans nom.

Quelqu'un est déjà venu s'en enquérir, m'apprend un homme qui d'un tour de magie renverse sa charrette et transforme les potions en jouets et bijoux. Pas la mère, mais un homme, en son nom. Enfin pas un homme, un serpent, qui disait être à la recherche d'un garçon sans nom et de la personne qui le vendait. En vérité, je n'ai jamais vu ce genre d'homme, mais j'en ai entendu parler : ils ont bien deux bras et deux jambes, mais on les reconnaît à leurs yeux plus clairs que ceux des autres, à leur peau plus froide que l'eau des torrents de montagne et à leur langue fourchue. Pas un métamorphe, un homme. Mais grâce aux dieux, il ne s'embarrasse pas d'habits et on pourrait vraiment appeler son engin troisième jambe ; l'homme serpent, qui change de peau toutes les deux lunes, avec sa langue fourchue et son sang froid. Il parle de Nyka, avec qui Nsaka Ne Vampi prétend encore ne pas baiser. Avant, je baisais avec un lion, ai-je envie de lui dire. Pas de honte à niquer un serpent.

L'enfant a disparu, Basu Fumanguru est recroquevillé dans une urne, à un stade de pourriture avancé, mais ce n'est ni le début ni la fin de l'histoire. L'homme ne m'a pas plu quand je l'ai rencontré, donc la nouvelle de sa mort ne m'a pas émue dans un sens ou dans un autre. Voilà ce que je sais : Fumanguru a rédigé des pamphlets contre la maison d'Akum, le Roi en particulier, mais à part quelques extraits sur les murs de Fasisi et de Juba, personne n'a vu ces écrits. Les écrits sont pris très au sérieux dans le royaume du Nord car une fois que les gens les ont lus, ou entendus, ils ne peuvent faire qu'il n'en ait rien été. Mais ce qui s'écrit sur les murs sans but et sans auteur, les gens l'oublient aussitôt qu'ils passent au mur suivant. Nsaka parle des conséquences avant de parler des causes, disant que seul Basu savait où il conservait ses textes, mais si quelqu'un devait le tuer, et c'est bien ce qui s'est produit, le secret mourrait avec lui. Mais c'était partir du principe que le malheur était descendu sur Basu à cause de quelque chose qu'il s'apprêtait à faire, et si l'explication était si simple que ça, je ne serais pas là. Les écrits contiennent de graves reproches contre le Roi, mais ce Roi, c'est Kwash Dara, et pour qu'il ait peur de la puissance d'un parchemin, il fallait bien qu'il l'ait lu. Le malheur est descendu sur Basu à cause de quelque chose qu'il avait déjà fait.

Je reviens de la Malangika et Nsaka m'attend dans la chambre comme si je n'étais jamais partie. « C'était quoi sa version ? je demande. Au lutin des eaux.

– Je sais de qui tu parles », répond-elle, puis elle me livre le récit de Bunshi. À Kongor, ils appellent ça la Nuit des Crânes, une appellation qui existait bien avant ces événements. L'épouse de Fumanguru et ses six fils, plus le petit garçon qu'il élevait comme un des siens, se sont tous endormis vers le milieu de la nuit. La plupart des serviteurs, ainsi que les esclaves de la propriété et du jardin dormaient aussi. Voilà qui ne dormait pas : Wangechi, sa plus vieille épouse ; Militu, la plus jeune ; deux des cuisinières ; et Basu lui-même. On ne sait pas qui a manigancé ça, mais ça ressemble fort aux anciens : il a fallu d'abord qu'un sorcier jette le sort, puis qu'une esclave renfrognée récolte le sang-de-lune de la plus jeune épouse pour faire venir les marcheurs de plafond. Si tu ne connais pas les Omoluzu, sache que leur appétit est aussi monstrueux qu'inextinguible, et il suffit d'une odeur de sang humain pour qu'ils se mettent à chasser sans relâche jusqu'à ce qu'ils puissent boire à sa source. Cette esclave a récupéré les protections sanglantes de l'épouse et, la nuit venue, les a jetées vers le plafond. Ceux qui ne dormaient pas ou s'agitaient dans leur sommeil ont dû croire entendre une averse. Mais c'étaient les ténèbres qui consumaient le plafond, les ténèbres épaisses et démontées comme des vagues. C'est ce qu'elle dit, des vagues. Comme la mer qui s'abat contre les rochers, donc à la fois le flot et le grondement, mais aussi le crépitement. Et ces diables, en formes d'hommes mais noirs comme le charbon, commencent à émerger du plafond comme on émergerait d'un lac. Ils courent, ils sautent et bondissent au plafond ainsi qu'on le ferait au sol, et ils ont des lames qui ressemblent à des os et des griffes géantes qui ressemblent à des lames.

« La noirceur balaie toutes les pièces, elle tranche, elle découpe les esclaves d'abord, qui poussent des cris. L'une d'entre elles s'échappe et hurle qu'elle la poursuit, la nuit. Bunshi se glisse par la fenêtre juste à temps…

– Viens pas me raconter des bobards en oubliant de mentionner qu'ils ont exactement la même apparence qu'elle. À moins qu'elle t'ait pas dit.

– Elle a dit les Omoluzu ou marcheurs de plafond, les démons des ombres. Bunshi n'est pas une ombre, elle est…

– De l'eau, à ce qu'il paraît.

– Bunshi ne coule pas du plafond.

– Il ou elle peut couler de partout si elle veut.

– Ce n'est pas son espèce.

– C'est son espèce qui protégeait l'Aesi pour qu'il puisse renaître, alors je sais pas ce que tu racontes, putain. Je l'ai vue de mes propres yeux.

– Tu veux la suite, ou pas ?

– Vas-y.

– Donc Basu hurle à sa famille de s'enfuir, et il prend dans ses bras le seul qui lui tombe sous la main, le fils de la Sœur du Roi. L'esclave court vers l'épouse mais les Omoluzu leur sautent dessus et les taillent en pièces. Les enfants, ils les tuent vite, pas par pitié, mais parce que c'est plus rapide de tuer un enfant. Ensuite, les esclaves dans la réserve à grain. Tous sauf Basu et l'enfant, qui courent vers Bunshi pour qu'elle les sauve. Mais les Omoluzu sont à leurs trousses, masse noire filant au plafond. Donne-moi ton enfant si tu veux qu'il vive, dit-elle. Je ne peux vous sauver tous les deux. Tu n'aurais jamais dû me l'amener, répond-il, et il jette le garçon au sol. Non, ce n'est pas vrai. En fait il lui confie l'enfant comme si c'était le sien. Je suis son père, dit-il. Le garçon avait tout juste un an, à l'époque. Bunshi transforme son doigt en griffe et s'ouvre le ventre pour y fourrer le bébé comme dans une matrice. Basu Fumanguru a été courageux jusqu'à la fin, mais il n'avait pas de lame. Elle avait le genre de couteau qui les atteint…

– Parce qu'elle est l'une d'entre eux.

– Tais-toi. Elle ne pouvait les tuer tous, donc elle s'est enfuie par la fenêtre.

– C'est son acte le plus héroïque, à ma connaissance. La plupart du temps, elle se tapit dans un coin avec l'air dépassé. »

C'est là que l'histoire devrait s'arrêter, mais elle n'a jamais dit que c'était terminé.

« Et tout ça, c'était il y a trois ans ? je demande.

– Ce n'est pas tout.

– Bunshi n'est ni une guerrière, ni une chasseuse, ni une protectrice, ni un assassin. En toute logique, elle aurait dû t'appeler à ce moment-là. Mais tu n'as jamais entendu parler d'elle, je parie ? Cette idiote, elle ne vient te trouver que quand il est trop tard, j'ai l'impression. »

Cette fois, elle se tait.

« Elle est ici ? Sors de l'ombre, espèce de lâche, je dis.

– Pourquoi tu la détestes autant ?

– Moi ? Je suis trop vieille pour détester qui que ce soit. Au mieux, c'est de l'indifférence.

– Si tu le dis. Tu lui en veux encore de t'avoir empêchée de tuer l'Aesi, même si en fait, ce n'était pas elle.

– Elle n'a jamais été chaude pour que je retente le coup.

– Pour qu'il renaisse encore une fois ? Peut-être que tu as vécu trop longtemps. En tout cas, tu ne te lasses jamais de répéter des conneries. L'Aesi ne peut plus changer les esprits comme avant, elle te l'a dit. Tu veux le changement, restaurer le Roi, et même lui n'empêchera pas cette vérité de se dévoiler quand le temps viendra.

– Tu te bases sur quoi pour affirmer ça ?

– Même lui, il respecte l'ordre des choses, à sa manière.

– Tu te bases sur quoi pour affirmer ça ?

– L'idée de bouleverser la lignée des rois n'est pas venue de lui. Lis les griots. Lui, son affaire, c'est uniquement de servir l'autorité, et, crois-le ou non, quelle autorité, il s'en moque. Il se moque de qui il sert, mais une fois qu'il les sert…

– Je refuse de croire ça.

– Je m'en fiche. Faire appel à toi était, une fois de plus, l'idée du lutin des eaux.

– Je sais pourquoi elle fait ça. Pourquoi elle fait tout le temps appel à moi.

– Ça doit être à cause de tes cent années de bonnes œuvres.

– Elle ne vient me sonner que quand il est trop tard. Ou quand les autres ont échoué.

– Tu parles de moi ? Je n'ai pas été appelée. Tout ce que j'ai fait, c'est amener le garçon à destination. Mais il y a de quoi être fière, de n'être appelée que quand les gens ont épuisé toutes les autres possibilités. Bravo, Arrière-arrière-grand-mère. »

J'ai envie de lui dire : Je la vois, ta rancœur contre moi, alors vas-y, exprime-la, qu'on en finisse. J'ai envie, mais je ne le dis pas.

« Tu n'as pas fini ton histoire, je fais, et j'attends.

– Bunshi a emmené le bébé à une femme aveugle, toujours à Kongor. Le garçon tétait encore et elle devait l'allaiter. Et c'était l'une des seules femmes de la région à ne pas être une sorcière.

– Bien.

– Non, pas bien. Son mari l'a presque battue à mort pour avoir accueilli un enfant sans sa permission et il a revendu le bébé à un marchand dès qu'il a obtenu un prix.

– Impayable, ce lutin des eaux. Elle a vraiment le chic pour jauger les gens.

– Ce n'est pas elle qui a merdé. C'est l'épouse qui a fait un pari désastreux.

– Il n'y a pas eu de vente à la Malangika, au moins.

– Non. Tu es partie avant que j'aie le temps de te dire que ce n'était pas la peine d'enquêter là-bas. Il a emmené le garçon à un marché d'esclaves dans la Cité mauve, près du lac Abbar. C'est à ce moment-là que Bunshi m'a envoyé chercher. J'ai découvert que le garçon avait été pris par un marchand d'argent qui comptait le vendre sur les marchés d'extrême-orient où les petits garçons à la peau sombre s'échangent à prix d'or. Pendant que je cherchais, j'ai appris que des mercenaires avaient déjà repéré la caravane à la frontière de Mitu et des Terres sombres. Quelqu'un l'avait pillée et avait massacré tout le monde.

– Les Mituti sont des voleurs, mais en général, ils ne sont pas violents.

– Ce ne sont pas les Mituti. Ni des voleurs, car ils n'ont rien pris, ni l'argent, ni la civette, ni même la myrrhe. Seulement le garçon. Et une autre chose. »

Les morts, ils ressemblaient aux plus vieux d'entre les vieux, m'a-t-elle dit d'abord, puis elle m'a regardée et s'est rappelée que l'apparence de la vieillesse, c'était moi, du moins dans cette pièce. Ce qu'elle voulait dire, c'était qu'on les aurait crus flétris par une influence extérieure, jusqu'à ce qu'il n'en reste qu'une coquille, alors j'ai demandé : « Comme une coquille vide ? » Elle a secoué la tête. Comme si quelqu'un leur avait percé un trou dans la poitrine pour aspirer tout ce qu'il y avait à l'intérieur. Toutes les larmes, le sang, les liquides, la moelle, aspirer absolument tout ce qui alimente ce qu'on appelle la vie, ne laissant que la peau et les os. Et même cette peau, de café, elle était devenue cendre. Et tous avaient les yeux gris et troubles, comme ceux que la guerre a sidérés. Peut-être que c'est pour ça que, bien que tout le monde soit mort, certains ne dégageaient pas la puanteur de la mort. Les mercenaires ont dit que sur le site régnait un parfum de ciel lourd d'averse.

« Tu perds du temps, à pas me dire toute la vérité.

– Qu'est-ce que tu crois que je ne te dis pas ?

– Les Ipundulu ne se déplacent jamais seuls. Simplement, ils ne voyagent pas avec d'autres Ipundulu.

– Je n'ai jamais dit que c'était un Ipundulu.

– J'ai pas posé la question. Un Ipundulu, s'il voyage avec d'autres, il les mène, tous sauf sa sorcière. Elle lui fait signe si besoin, mais le reste du temps, il est livré à lui-même. On n'a pas retrouvé tous les corps, en plus du garçon. La raison pour laquelle il est encore en vie, c'est qu'il fera un appât excellent. »

Je vois bien qu'elle ne me croit pas.

« Tu en as déjà croisé un ? je demande.

– N...

– Non. Parce que si c'était le cas, tu serais pas là aujourd'hui.

– Mais pas toi, Sogolon, la plus coriace de toutes les femmes sur terre.

– J'en ai jamais rencontré un qui puisse me mettre à son palmarès.

– On tourne en rond. Alors qu'est-ce qu'il y a de si exceptionnel chez cet Ipundulu, et pourquoi penses-tu qu'on n'ait pas retrouvé tous les corps ?

– On l'appelle aussi l'oiseau-foudre. Un vampire qui ferait honte à tous les vampires. Un bel homme blanc, les cheveux comme du crin. Quand on s'approche, on voit que ce sont des plumes, pas des cheveux. Blanc comme un nuage, plus blanc qu'un albinos qui a tout de même du sang qui coule sous la peau. Ils ne viennent pas d'une seule région, car ils aiment voyager et dissimuler leurs traces. Et c'est ce qu'ils font, ils se déplacent en permanence, à la recherche du prochain cœur à arracher d'une poitrine, du prochain corps dont boire le sang. Dès qu'il te voit, il retourne ton propre esprit contre toi-même, si bien que la nuit devient jour, et tu es seule à ne pas savoir que la robe blanche qu'il porte, ce sont en fait des ailes. Les femmes surtout, mais aussi les enfants et les hommes. Parfois, il les tue, parfois il les métamorphose, mais il les viole toutes et tous. Le pire c'est lorsque la rage le prend : il se transforme complètement en oiseau, et un seul battement de ses ailes libère assez de tonnerre pour faire tomber un mur et assez de foudre pour tuer tout le monde derrière.

– Tu en as déjà tué un ?

– Non. Mais j'ai tué son sorcier.

– Et ça le détruit, lui. Facile, alors.

– Non. Ça le libère. Il a terrorisé un petit village entre Masi et Nigii toutes les nuits pendant une lune jusqu'à ce qu'il essaie d'enlever un petit garçon de la hutte de sa mère en le traînant par les pieds. Sa mère a pris le premier projectile qu'elle a trouvé, une lampe, et lui a jeté dessus. Il a pris feu et s'est enfui. Le lendemain matin on a retrouvé un homme mort sur la berge de la rivière. Le corps carbonisé, avec deux ailes, mais pas de plumes. Au cours de ma longue vie, j'ai entendu parler de vingt, mais il doit y en avoir d'autres. Et ils ne sont pas tous aux ordres d'un ou d'une sorcière.

– Toutes les victimes ne se font pas arracher le cœur.

– J'ai dit qu'il ne se déplace pas seul. Mais jamais avec un autre Ipundulu. Obayifo, qui quittait son propre corps, le faisait, mais les deux comparses se sont fâchés. Et aussi, les Ipundulu ne tuent pas toutes leurs victimes. Il y en a qu'ils métamorphosent, à la place.

– Tu en as déjà croisé un ?

– Et j'ai survécu pour te le raconter.

– Miss Sogolon, la terreur ultime.

– Il avait déjà bu tout son soûl, donc il n'avait aucun besoin de m'attaquer. Mais une petite fille voyageait avec lui, à pied. C'est elle qui avait convaincu cette femme d'ouvrir sa porte. Une fillette que sa mère m'avait payée pour la retrouver. »

Pour le dire vite, il avait suffi d'un quart de lune à peine à l'Ipundulu en question pour empoisonner l'esprit de cette fillette, or ce petit garçon se trouve entre les mains de l'un d'entre eux depuis trois ans. Je n'explique pas à Nsaka que ce que nous trouverons au bout de notre quête ne sera pas un enfant, pas un fils, et ne sera absolument jamais un Roi. J'ai vu une petite fille qui, en cinq nuits, avait connu le désir, connu la luxure ; à peine sortie de la petite enfance, elle allait trouver le vampire comme un amant. Le retour à la vraie lignée des Rois ne se produira pas du vivant de Lissisolo. La dernière fois que j'ai voulu attaquer un Ipundulu, il m'a fait tourner en bourrique. Malgré tout je demande à Nsaka où et quand nous devons nous retrouver la prochaine fois, et elle prend ça pour un oui. Et c'est le cas, pas pour cet enfant, mais pour celui qui, je le sais, cherche l'enfant, lui aussi. L'Aesi. Ce garçon n'a plus qu'une utilité, c'est de m'aider à débusquer ce fils de chacal, qui n'a pas l'air d'en savoir long sur le vampire, sans quoi il saurait que le travail qu'il se propose de faire a déjà été accompli. Je ne dirai rien de tout ça à Nsaka Ne Vampi.

« Il faut que tu saches que l'Aesi et sa garde royale cherchent aussi l'enfant », dit-elle. Je ne fais pas semblant de m'en moquer, elle ne me croirait pas de toute façon.

« Alors il a déjà de l'avance. » M'imaginer Bunshi et Nsaka Ne Vampi empoignant l'enfant pour une course au trône, l'Aesi à leurs trousses, me fait rire.

Certaines personnes pensent que le temps apporte de l'Itutu à toutes choses, qu'à mesure que les jours viennent et s'en vont, on peut apaiser toute haine par une tranquillité d'esprit mystique. Sauf que ma haine ne s'apaise pas, elle s'envenime. Tout m'énerve, tout m'exaspère et toutes choses se liguent pour me rendre amère. Tout ce temps passé au loin, à aider la Sœur du Roi à faire naître un futur Roi qui sera bien aussi mauvais que tous ceux qui l'ont précédé m'a fait perdre le nom de Sorcière de Lune. La femme qui a perdu son enfant, pris par l'Ipundulu, a été la dernière à venir à la clairière en appelant ce nom. Une voix qui me ressemble s'exclame : *Tu es redevenue la femme sans nom*, et je ne peux pas la contredire. Pendant tout ce temps que j'ai passé au loin à aider la princesse à enfanter, les singes ont abandonné la maison, les faucons sont retournés sur les cimes de leurs arbres et les gorilles m'ont oubliée. Je le sais car trois d'entre eux m'ont attaquée, dont un dans la maison, et il n'a pas cessé avant que je le chasse d'une bourrasque. Ils n'ont pas renoncé avant que l'un d'entre eux vienne me trouver dans mon sommeil et que mon vent (pas vent) le heurte vivement et lui brise le cou. C'est là qu'ayant épuisé l'accueil chaleureux qui m'avait été fait pendant près de cent ans, j'ai dû m'éclipser comme une voleuse avant que la tribu vienne se venger. Revenir était une erreur pour laquelle quelqu'un d'autre allait payer. Et comme je l'ai dit, ma haine ne faisait que s'envenimer.

J'ai l'impression que les gens qui perdent tout n'ont pas le même chagrin que ceux à qui on enlève tout, car pendant des jours, des lunes puis des années, je n'ai rien pu faire d'autre que laisser bouillonner ma rage, la laisser mijoter jusqu'à ce qu'elle n'ait plus qu'une seule et unique cible. Et si cette cible commence à se brouiller, je repense au moment où j'ai vu mon fils mourir, je revois le jardin où les miens m'ont regardée en face et déclaré qu'ils ne me connaissaient pas. Et le fait qu'ils aient tous disparu depuis longtemps n'a pas apaisé la colère, ni ne m'a apporté le moindre soulagement. Le seul soulagement, c'étaient les lions dans la nature qui ne demandaient rien sinon de frotter leur tête contre la mienne. Le Nord m'a vue plusieurs fois, une chose que je n'avouerais jamais à Nsaka. Mais je n'ai pas pu renoncer à l'Aesi. Chaque lien me rappelait ma solitude, chaque lionceau nouveau-né que je rencontrais me rappelait mon enfant perdu, chaque beau lion métamorphe me donnait l'envie torturante de courir vers lui en criant : Donne-moi des nouvelles de l'amour et de la joie, car la dernière chose que j'ai dite à mon lion était une pure saloperie. Voilà la vérité – j'allais plus mal que quand j'ai perdu Ehede, plus mal encore que quand j'avais perdu toute ma famille. Non, pas pire. Je ne me sentais pas plus mal. J'avais la sensation que quelqu'un m'avait affûtée au maximum comme le tranchant d'une lame. Je n'éprouvais rien.

Mais le rien est quelque chose. Il a un poids et une forme. Comme j'ai dit, il est comme le tranchant d'une lame. Du temps où j'avais des gens pour qui vivre, l'un d'entre eux est mort. Je pouvais dire que les lions étaient miens, mais les lions ne sont à personne, et quant à Nsaka, elle n'est jamais devenue… une parente. La voix qui me ressemble dit ce que je me refuse à dire : *C'est ça, le vrai lien que tu as depuis des années à présent. Tu l'as fait grandir, tu l'as nourri, et le pire, c'est que tu as choisi de ne pas le réaliser, car une fois que tu l'auras fait tu n'auras plus rien.* Alors appelez ça comme vous voudrez, des années dans la nature sauvage à cultiver ma haine jusqu'à ce que je puisse supporter de vivre avec rien, s'il s'agit vraiment d'une vie. Parce que je ne pense qu'à lui, et quand je mettrai fin à son existence, je mettrai fin à la mienne aussi ; et pourquoi pas ? Cent soixante-dix et sept ans, c'est une vie plus longue que celle des diables. Un don que je n'ai jamais réclamé et dont je n'ai jamais eu besoin. Là. C'est décidé. Nous pouvons retrouver l'enfant, mais je sais déjà qu'il est perdu.

Donc, Malakal. De tout ce que m'a dit Nsaka Ne Vampi, peu de choses pouvaient m'être utiles, mais lorsqu'elle a ajouté que nous n'étions pas les seules à avoir été convoquées par le lutin, j'ai dressé l'oreille. Aucun d'eux n'est une Bultungi, bien que les femmes-hyènes métamorphes soient les meilleures chasseuses du Nord, quand elles ne sont pas en train d'essayer de dévorer ce qu'elles trouvent. Pas de femmes guerrières, pas de mercenaires des Sept Ailes, et pas d'ancien garde ou soldat. Qui cela laisse, cela restera un mystère jusqu'à mon arrivée.

C'est une longue marche jusqu'au premier mur, trop pénible pour un cheval. La plupart des habitations dans cette enceinte sont plus que vieilles, mais aucune n'est aussi ancienne que celles du Sud, même pas le bâtiment que les gens appellent la Tour Effondrée, qui se constitue en fait de deux tours, dont une s'est écroulée et repose sur l'autre. Une plaisanterie qui a fait son temps, à mon avis, car toutes ces tours ont l'air à deux doigts de s'effondrer. Ne Vampi a dit qu'ils nous retrouveraient au dernier étage, mais elle n'a pas signalé que la plupart des marches sont éboulées depuis longtemps, et ce qu'elle appelle une montée, c'est un saut, qui pourrait facilement se transformer en chute mortelle, et ce sans compter les marches prêtes à s'enfoncer sous votre poids. Pendant ce temps je me demande pourquoi en avoir engagé un si grand nombre. La Sorcière de Lune travaille seule, je lui ai dit, mais elle n'a pas plus réagi que si j'avais roté. Elle n'a pas dit que c'était parce qu'ils avaient essayé, avec un seul, mais que Nyka n'avait pas trouvé le garçon.

Je ne vois que des colonnes, jusqu'au moment où l'une d'entre elles remue. Un Ogo, assez grand pour que sa tête frôle le plafond comme s'il le soutenait. La lampe jette des ombres sur ses scarifications frontales, les deux défenses qui dépassent légèrement de sa bouche, ainsi que sur la montagne de colliers qui couvrent son torse nu. Autour de sa taille, un pagne en tissu, ou peut-être une peau de bête, et rien aux pieds, que des pieds. Un géant de la montagne du Nord que l'armée du Sud emploie comme berserker, alors j'ai été surprise qu'on les emploie à autre chose. Je l'ai salué d'un signe de tête, il a émis un grognement, et c'est tout. J'étais deuxième, mais il m'a donné le sentiment que j'arrivais la première, comme je n'avais rien à faire que de contempler la salle avec ses murs bleus, ses lampes feutrées et les coussins sur lesquels personne ne s'était assis depuis au moins un siècle. À l'autre bout de la pièce, il s'en ouvrait une autre, avec plus de lumière et une table recouverte de mets. Là-dessus, les autres sont arrivés tous en même temps. Amadu, le marchand d'esclaves qui avait rejoint la cause et se chargeait de régler les avances. Un autre homme derrière lui, au pas traînant de serviteur. Et Nsaka.

« Pas de fauve ? a-t-elle demandé.

– Le Léopard ne devrait pas tarder. Il amène un autre homme. J'ai entendu parler de lui, il paraît qu'il a du nez, a dit le marchand d'esclaves.

– Il va faire quoi, renifler l'odeur du garçon après un an et demi ?

– C'est exactement ça qu'il fait », a-t-il répondu.

Nsaka a esquissé un pas vers moi puis fait un bond quand l'Ogo s'est gratté le visage.

« Nique les dieux, je t'avais pris pour une statue.

– Remercie les dieux que cet Ogo médite chacun de ses gestes avant de les accomplir, a dit le marchand.

– Il a un nom, cet Ogo ?

– Sadogo, a dit le géant.

– Un Ogo nommé Sadogo. Pauvre géant, c'est parce que…

– Nsaka.

– Quoi, vieille femme ?

– Aucun homme n'a besoin d'être questionné par une femme qu'il ne connaît pas. »

Elle a pris ça pour une invitation à venir me parler. Quelqu'un avait passé un temps considérable à tortiller ses mèches pour en faire des branches si bien que sa tête ressemblait à un baobab. Je ne détestais pas, mais je ne l'appréciais pas assez pour lui dire que ça me plaisait. Sa robe au décolleté plongeant m'a fait me demander si elle venait de quelque part, ou si elle comptait y aller ensuite.

« Une femme-foudre. On en a capturé une. Elle va nous conduire à lui. »

J'étais sur le point de lui demander de quel lui elle parlait quand deux personnes ont monté le demi-étage. L'esclavagiste s'est levé d'un bond. Deux hommes sont entrés, un sombre et luisant de peau, une jupe autour de la taille, des perles au cou, et deux haches dans le dos, l'autre grand, barbu et poilu, nu comme au premier jour.

« Trois yeux, qui brillent dans le noir. Le Léopard et… comment on t'appelle, demi-loup ?

– Œil de Loup, mais je préfère Pisteur. »

Encore deux que je ne connais pas, et à voir Nsaka, elle non plus. Le visage de l'Ogo ne change pas. Mais l'esclavagiste est ravi de voir celui qu'il appelle Léopard. « Dans la salle du fond », dit Amadu, et le Léopard en devient un, effectivement, se mettant à quatre pattes comme le faisait Keme, diminuant et grandissant en même temps, de peau brune à fourrure noire, les bras plus petits, la tête plus grosse, les jambes plus épaisses, la tête plus poilue, deux pattes, deux autres, des griffes. Le fauve se rend dans la salle du fond au petit trot et s'empare d'un morceau de viande charnu et humide.

« Un Ogo ? Manquerait plus que cette tour effondrée s'effondre vraiment », dit le Pisteur avec un rire sonore, bien que personne ne trouve sa remarque drôle. « J'ai entendu dire que le Prince Moki est l'imbécile qui a construit ce bâtiment il y a quatre cents ans. Il s'est effondré aussitôt qu'ils l'ont béni avec du sang de poulet.

– Quatre cents ans ? Les peuples de la rivière comptent en années lion ou chien ? demande Nsaka.

– Je suis de Juba, pas de la rivière.

– Tu t'habilles comme un Ku.

– Dans le meilleur tissu de Malakal ?

– Pas quand il empeste le Ku. J'ai l'impression de traverser un marais.

– J'ai l'impression que c'est le marais qui t'est passé dessus, toi », dit-il avec un grand sourire.

Nsaka suit le Léopard dans la salle du fond et revient avec un bol de prunes. Le serviteur offre un plateau de fruits rouges au marchand, l'Ogo reste debout comme s'il tenait le toit, et le Léopard mastique son reste de viande d'okapi. Je trace trois nsibidi en l'air au cas où.

« On perd du temps, je dis.

– Ah parce qu'il est à toi, le temps ? demande le Pisteur.

– Oh. Je croyais que t'avais fini.

– Fini de quoi ?

– Fini de chercher quelqu'un qui vaille la peine.

– C'est vrai, le bon sens me demande de partir, mais pourquoi décevoir mon ami à fourrure quand il s'est donné tant de mal pour me trouver. Et d'où viens-tu, vieille dame ? Tracer des runes dans l'air. Il faut qu'une chose hideuse te suive. » J'étais sur le point de dire à cet homme quelle partie d'un mort il devrait niquer en premier lorsque l'esclavagiste est intervenu : « Je te dis vrai et te dis sage. Il y a trois ans maintenant qu'ils ont pris l'enfant, un garçon. Il marchait depuis longtemps mais ne savait dire pratiquement que *nana*. Enlevé dans sa maison ici même, en pleine nuit. Personne n'a rien laissé, et personne n'a réclamé de rançon. Peut-être a-t-il été vendu à la Malangika – oui, je connais ce lieu –, mais à présent il est sûrement trop vieux pour être utile à une sorcière. Il vivait avec sa tante dans la ville de Kongor. Puis une nuit, il a été volé et la gorge du mari de la tante tranchée. Sa famille de onze enfants, tous assassinés », dit-il, puis il se tait. Pour faire un effet, sans doute. Quand je me tourne vers Nsaka, la seule chose qui me vient à l'esprit, c'est pour quelle raison, au nom des dieux, il ment. Elle hoche la tête et hausse les épaules, puis se tourne vers Œil de Loup pour voir s'il la regarde.

« Kongor n'est que le début, mais ça pourrait être aussi la fin, reprend le marchand. Vous pouvez partir pour la maison dès l'aube. Il y aura des chevaux pour ceux qui montent, mais le plus simple est de passer par le lac Blanc, puis de contourner les Terres sombres, et de traverser la partie sud de l'Ubangta. Et quand vous arriverez à Kongor…

– Tu réduis les garçons en esclavage, tu ne les sauves pas. Il représente quoi, pour toi ? » demande le Léopard, qui m'ôte les mots de la bouche. J'aurais bien voulu qu'il demande aussi pourquoi Kongor serait la fin. Nsaka sait que je lui jette des regards furieux, donc elle évite de tourner la tête dans ma direction. Le Pisteur, lui, a les yeux fixés sur moi.

« Le garçon ? C'est le fils d'un ami décédé. C'est tout. Je veillerai à ce qu'il soit sauvé.

– Il est très probablement mort, dit le Pisteur.

– Alors je veillerai à ce que justice soit faite.

– Et je me contenterai pas de réponses si vagues, marchand d'esclaves. Pourquoi l'enfant était-il avec une tante et pas avec sa mère ?

– J'allais te le dire. Sa mère et son père sont morts, du mal des rivières. Les anciens ont dit que le père avait pêché dans la mauvaise rivière, qu'il avait pris du poisson destiné aux seigneurs des eaux, et que les nymphes bisimbi qui y montaient la garde l'avaient frappé d'une maladie mortelle. Il l'a transmise à la mère du garçon. Le père était un vieil ami à moi, un associé dans cette affaire. Sa fortune appartient au garçon. »

Le Léopard va droit sur l'esclavagiste et le renifle. Nsaka et le serviteur empoignent leur épée.

« Sais-tu reconnaître un bon mensonge, maître Amadu ? demande le Léopard. Moi je sais en reconnaître un mauvais. Chez les gens qui parlent faux, les mots sont confus quand ils devraient être clairs, clairs sur des conneries qui n'ont aucune raison de l'être. Ces gens disent une chose qui pourrait être vraie, à première vue. Mais ce n'est jamais la bonne. Tout ce que tu viens de dire contredit ce que tu m'as raconté il y a trois nuits.

– Et qu'il m'a répété, renchérit le Pisteur.

– La vérité ne ment pas, dit le marchand d'esclaves.

– Mais elle peut tout à fait changer. L'existence du garçon, j'y crois. Et je crois aussi que ce garçon a disparu et, s'il a disparu depuis plusieurs années, qu'il est mort. Je crois même que tu veux qu'on le retrouve. Mais il y a quatre jours, il vivait avec une gouvernante. Aujourd'hui tu dis sa tante. Le temps qu'on arrive à Kongor, ce sera un singe eunuque ? Que crois-tu, Pisteur ? demande le Léopard.

– Je ne crois rien. Et toi, vieille sorcière ?

– Je crois que moins d'interruptions seraient bienvenues.

– Bien, bien, merveilleux, superbe, dit le marchand d'esclaves.

– Pourquoi as-tu besoin que nous soyons si nombreux ? Entre l'intelligence de l'Ogo et la force phénoménale de la vieille, impossible de te cacher quoi que ce soit, dit le Pisteur.

– Sadogo, il te traite d'idiot », fait Nsaka.

À ces mots, l'Ogo s'éloigne de son coin et se dirige d'un pas sûr, mais pas lourd, vers le Pisteur.

« J'ai dit intelligent ! Tout le monde m'a entendu dire intelligent ! » dit-il, s'éloignant rapidement. Le Pisteur prend les haches qui pendent dans son dos. Le Léopard s'abaisse lentement au sol. Nsaka se tient près du serviteur, et tous deux se cramponnent au manche de leurs lames. L'Ogo ne bouge pas.

« Si c'est une embuscade, je vais vous arracher la gorge avant qu'il vous fende la tête en deux, dit le Léopard.

– Qui est à tes trousses ? » je demande.

Tous prennent parti. L'Ogo reste seul. J'en ai assez vu.

« Comment une si petite pièce peut contenir tant d'imbéciles, c'est un mystère, je dis.

– Ah bon, il y a des choses que les sorcières ignorent ? Tu dois être une rareté. Franchement, tu as tout d'une sorcière. Tes habits en vélin, la puanteur de tes aisselles, ta citronnelle, tes poissons, ton sang – non, ton sang-de-lune qui vient, eh bien, pas de toi, c'est clair.

– Et toi, tu ressembles aux Sangomin. Ils t'ont pris quand tu étais petit, ou tu t'es forgé cette mentalité tout seul ? »

Il rit. C'était une chamaillerie pour jouer.

« Que sais-tu des hommes qui ont enlevé le garçon ? » demande le Léopard.

Quelque chose captive l'odorat du Pisteur et l'attire à la fenêtre, nez en l'air. L'odeur l'attire si fort qu'il s'assoit sur le rebord et reste là, les yeux tournés vers l'extérieur.

« Pisteur ?

– C'est rien, chat. »

Pisteur. Chat. Je suis dans une pièce qui pue le mâle. Les garçons. Même l'Ogo.

« Je te dis vrai, on ne sait rien, dit le marchand. Ce n'est pas la nuit qu'ils sont venus, c'est au midi du jour. Peu nombreux, peut-être quatre, peut-être cinq, peut-être cinq et un, mais c'étaient des hommes à l'allure bizarre et atroce. Je peux lire le…

– Je sais lire moi aussi », réplique Pisteur. Je ne sais pas si c'est toute l'assemblée que je trouve horripilante, ou seulement lui. Mais je ne sais pas quel jeu joue l'esclavagiste, et je n'arrive pas à déterminer si Nsaka le sait, elle. Bien sûr, ils reniflent le mensonge, car ce sont des mensonges que leur dit cet homme. Je me prépare à partir sans plus de cérémonie, puis je remarque que l'obscurité n'est que corbeaux.

« Personne ne les a vus entrer. Personne ne les a vus partir, reprend le marchand.

– Pourquoi sommes-nous ici ? je demande. En quoi ça nous aide à retrouver le garçon quand ceux qui l'ont pris en dernier lieu ne sont pas ceux qui ont essayé de l'enlever au départ ? Arrête de faire perdre le temps de tout le monde, lutin des eaux.

– Sogolon.

– Tais-toi aussi, Ne Vampi. Bunshi, sors de cette fenêtre, putain.

– À qui elle parle, la vieille ? demande le Pisteur au Léopard.

– Bunshi !

– Pisteur, faut y aller, là, répond le Léopard. »

Le Pisteur est de nouveau à la fenêtre, il regarde dehors. « Oui, tirons-nous d'ici », dit-il.

Ils sont sur le point de partir quand le seuil de la porte fond. Bunshi. Ça faisait longtemps que je n'avais pas vu des gens faire un bond en la voyant. Elle dégouline comme du miel et forme une flaque au sol. La flaque s'élève et prend forme tandis que Léopard et Pisteur serrent de nouveau les poings. L'œuvre des diables, dit le fauve, mais le Pisteur explique qu'il a déjà vu ce genre de diables, et je sais qu'il pense ce que je dis souvent. Le Pisteur enfonce un poignard dans la masse noire, qui l'absorbe puis tout d'un coup la retourne contre son œil. Le Léopard l'intercepte, vif comme l'éclair. J'ai envie de hurler : Arrête d'en faire des tonnes, espèce de pute noire, mais je me retiens. Bunshi continue son manège, se roulant dans tous les sens comme de la pâte à injera, qui se tord, se presse, s'étale. Le Léopard gronde, le marchand d'esclaves gigote nerveusement parce que ce sont ses mots sans consistance qui l'ont attirée. Eh bien, c'est toi l'imbécile, de l'avoir poussée à mentir, j'ai envie de dire au lutin. Finalement, elle jaillit de sa propre masse et reste immobile un instant, comme si elle attendait des applaudissements. Nsaka sait qu'il vaut mieux qu'elle évite de me regarder, car elle devine la tête que je vais lui faire en réponse.

« Je suis…

– Omolozu, tout le monde le voit bien », dit le Pisteur, et je ne peux m'empêcher de renâcler.

« Bunshi. On m'appelle aussi Popele.

– Tu es quoi, un lutin des eaux ?

– Le léopard a beaucoup parlé de ton nez, mais il n'avait rien dit sur ta bouche.

– Qu'il l'ouvre à tort et à travers ? » intervient Nsaka Ne Vampi.

Le marchand d'esclaves rit le premier, puis Nsaka et l'Ogo, qui détourne les yeux pour cacher un sourire. Même dans la pénombre, je vois son ricanement s'effacer sur les lèvres de Pisteur. Il va pour prendre une hache.

« Tu as oublié ce que j'ai fait de ton couteau ?

– Léopard, j'en ai marre de cet endroit, dit le Pisteur.

– Écoute l'histoire en entier, puis tu décideras si tu veux rester.

– Encore une ? Promets-moi qu'il y a du cul dans celle-là. »

Bunshi reprend ; elle lui parle de Kwash Dara, de Basu Fumanguru et raconte comment cet homme que le Roi aimait par-dessus tout n'a pas tardé à se retourner contre lui. Basu avait une idée de ce que doivent être un Roi, un pays, ce qui lui permettait de se faire des alliés, mais des ennemis en ceux qui préféraient le

Nord tel qu'il est, parmi lesquels la maison royale et les anciens. Puis, une nuit, il a surpris un ancien en train de violer une fille et il l'a tué. Tant mieux pour la fille, tant mieux pour tous ceux qui recherchent la justice, mais tant pis pour Fumanguru. Il s'est enfui avec sa famille à Kongor, où au bout de quelques années, il s'est cru en sécurité. Puis sont arrivés les Omoluzu et la Nuit des Crânes, et c'est là que Bunshi a sauvé son plus jeune fils. Je savais que Nsaka ne me regarderait pas quand je me tournerais vers elle, mais je lui jette quand même un regard noir. Meurtrier. Je la mets au défi d'affronter mon mépris. Ce lutin des eaux leur raconte que l'héritier du trône était le fils de Basu Fumanguru. J'ai envie de leur dire que j'en ai assez de ce cirque, mais je regarde dans la pénombre et je le jure, je vois des corbeaux.

Puis le Pisteur dit que l'enfant est peut-être mieux là où il se trouve, avec ses ravisseurs. Certainement mieux qu'avec ce lutin qui n'a pas su assurer sa sécurité. Franchement, tu ressembles à une cible ambulante, qui n'attend que la flèche qui va la transpercer. S'il ajoute encore quelques remarques de ce type, je finirai presque par l'apprécier, d'autant que les trous qui émaillent le récit de Bunshi deviennent si gros qu'ils se mettent à siffler.

« Elle ne te paie pas pour poser des questions ni pour réfléchir, fait Nsaka. C'est toi qui as un nez qui sent tout. Si cette mission est trop lourde pour toi, va-t'en.

– C'est moi qui décide qui reste ou qui part. »

Le Pisteur n'écoute ni l'un ni l'autre. Il est de nouveau près de la fenêtre, le nez en l'air. Une porte s'ouvre et la seule personne que je peux imaginer monter ici est la seule qui manque.

« Dans deux jours, nous partons pour Kongor. Que tu viennes ou pas, ça m'est égal. C'est elle qui veut de vous », dit Nsaka. Les pas lui font dresser l'oreille également, elle fait un petit bond puis se met à marcher, s'efforçant de ne pas trop trahir sa hâte. Elle baise avec ce serpent, c'est sûr.

« Tu es en retard. Tout le monde est… »

La hachette coupe sa phrase, passe devant son visage en sifflant et va se loger dans la porte.

« Ça va pas la tête ? Tu m'as manqué de peu, mon vieil ami », dit Nyka en entrant avec un sourire. À la vérité, j'ai envie de passer devant mon arrière-arrière-petite-fille pour toucher la peau de cet homme qui n'éprouve pas le besoin de porter autre chose. *Peau de serpent, pelage de fauve, tu veux toucher, c'est tout*, dit la voix qui me ressemble, mais je ne sais pas ce qu'elle entend par là.

« Je n'avais pas l'intention de te manquer ! » s'écrie le Pisteur, qui jette sa seconde hache droit dans la figure de Nyka. Ce dernier esquive mais la lame manque faucher Nsaka. Nyka la récupère et la lance aussitôt vers le Pisteur, mais la hache descend ou dévie trop vite, difficile à dire dans la pénombre. Nyka dit quelque chose sur les sortilèges quand, à toute vitesse, le Pisteur lui saute dessus et ils roulent dans les escaliers. Nsaka leur court après, hurlant contre les deux, comme si elle ne savait pas que le dernier endroit où se mettre, c'est entre deux hommes qui se battent. Par conséquent, je les suis, pas pour eux, mais pour elle. J'atteins la porte, les vois encore en train de rouler vers le bas, avec des étincelles qui jaillissent de leurs armes qui poignardent et raclent le mortier plus que leurs peaux. Nyka ! crie Ne Vampi. Il n'y a pas beaucoup de lumière mais on les voit atterrir sur le palier et Nyka bondit sur le Pisteur. Mais celui-ci le repousse d'un coup de pied et l'éclair d'une lame apparaît de nouveau. Nyka est rapide, il la fait sauter de sa main et donne un grand coup de poing dans le ventre du Pisteur, qui se plie en deux, le visage au niveau des genoux de Nyka. Pisteur hurle et titube mais il n'en a pas assez. Il bloque la main droite du serpent, lui donne un coup dans le menton par en dessous, puis un autre en plein visage. L'atmosphère change pour moi, se change en quelque chose que je connais trop bien et apprécie trop. Il ne manque que le bâton, je ne le pense pas et le dis encore moins. Ne Vampi me crie de les interrompre et tout ce qui me vient c'est que l'odeur du combat m'a vraiment manqué. Le Léopard me dépasse en courant mais que compte-t-il faire, ce matou ? Nyka est le plus expérimenté des deux, mais le Pisteur se moque de perdre. Nsaka arrête de me hurler dessus et dévale l'escalier. Le Pisteur se jette sur le dos de Nyka et lui empoigne le cou. Puis ça se produit, la main du Pisteur s'arrache au cou du serpent, Nyka se dérobe à la prise de son assaillant et tombe au sol tandis que ce dernier ramène sa main le long de son corps et fait un saut en arrière.

« Mais putain ! » hurle-t-il. Nsaka et son don. Dans son bond en arrière il atterrit juste contre le couteau qu'elle appuie contre sa gorge.

« Va pas croire que j'hésiterai à planter un chien, dit-elle.

– Je peux échapper à ta prise et te donner un coup de poing dans le koo.

– Et la prochaine fois que je t'enverrai en arrière, mon couteau sera contre tes couilles. Calme-toi.

– La prochaine fois qu'il te baise, lave-toi après.

– Qu'est-ce qu'un amoureux des garçons comme toi fait à flairer le koo d'une femme », réplique-t-elle, ce qui fait passer d'abord la stupéfaction, puis la rage sur le visage du Pisteur.

Et il tire, une flèche qui manque de peu son front. Un garçon, quelques pas en dessous, bande son arc. J'en ai assez vu. Le vent (pas vent) s'abat en bourrasque sur le palier et les emporte tous. Tous, je les plaque contre le mur en leur passant devant, le Léopard gronde, le Pisteur pousse des jurons, l'archer tombe quelques pas plus bas, Nyka rit à gorge déployée et Ne Vampi me gueule d'arrêter. Un poids touche mon épaule et me fait chanceler. Je crois d'abord qu'une colonne m'est tombée dessus mais c'est l'Ogo. Mon vent (pas vent) relâche tout le monde, ils tombent. Le Pisteur hurle de rage.

« Alors comme ça vous vous connaissez ? » demande Bunshi et je me rappelle le nombre de fois où j'ai eu envie de la gifler.

« C'est avec eux que tu t'imagines retrouver le garçon ? je demande.

– Vous vous connaissez, tous les deux, répète Bunshi, qui ne m'entend même pas.

– Maîtresse noire, tu n'as pas entendu ? fait Nyka. Nous sommes de vieux amis. Mieux que des amants puisque j'ai partagé son lit pendant six lunes. Et pourtant il ne s'est rien passé, hé. Pisteur ? Je t'ai déjà dit que j'avais été déçu ?

– Qui est cet homme ? demande le Léopard.

– Il t'a rien dit sur moi ? Mais il m'a tellement parlé de toi, Léopard.

– Ce fils d'une pute chacale lépreuse n'est rien, mais certains l'appellent Nyka », dit le Pisteur. Puis il explique que le fils de pute l'a vendu aux Bultungi juste pour faire chier. « Elles m'ont pris mon œil !

– Et maintenant tu en as un mieux », fait Nyka. Même moi, je commence à en avoir marre de son petit sourire.

« Tu m'as laissé à elles pour qu'elles me tuent.

– Et pourtant elles t'ont laissé en vie, regarde. En meilleure forme que leurs sœurs quand tu les as laissées. Ce que mon frère a choisi d'omettre, c'est qu'une fois il en a tué cinq, dont deux enfants. Rien que pour s'amuser.

– Toi aussi, t'es une ordure.

– Pas assez pour tuer des nourrissons.

– J'ai juré à tous les foutus dieux que je pouvais nommer que je te tuerais le jour où je te reverrais.

– Ce jour n'est pas aujourd'hui, intervient Nsaka.

– Ces retrouvailles, on dirait que c'est un fiasco, je dis.

– Tu ne l'as même pas fait pour l'or. Pas même pour l'argent, crie le Pisteur.

– T'es toujours aussi naïf. Tu crois que j'ai fait ça pour l'argent ?

– Pars immédiatement, sans quoi je jure que je me fous de qui je devrai tuer pour t'atteindre.

– Pars toi-même, je dis, et reste, Léopard », mais de ce que j'ai vu de lui, le matou ne m'écoutera pas.

« Où il va, je vais, répond-il.

– Dans ce cas, partez tous les deux », tente de crier Bunshi, mais elle ne parvient qu'à glapir. Vraiment, j'ai envie de gifler cette femme. Le Pisteur, le Léopard et l'archer s'en vont.

Je me réveille et tout Malakal devient or et noir. Tant d'or que j'ai cru que le soleil brillait plus bas ou deux fois plus fort. Mais en regardant par la fenêtre, je les ai vues, couvrant chaque toit, chaque arche, chaque porte, chaque bâton et hampe de drapeau, des traits or et noir, les couleurs qui annoncent la richesse de l'empire du Nord et de son chef, Kwash Dara. Des fenêtres avec des motifs à la feuille d'or, des plantes accrochées à des anneaux d'or et aussi cela – personne ne les vole. Malakal n'a jamais été du genre à se lever tôt, mais tout le monde a commencé la journée sans moi. Tous ces préparatifs ont pour effet de me rendre perplexe car il n'y en avait aucun signe annonciateur hier soir ou la nuit d'avant. Des banderoles sur les murs, des couronnes sur les têtes, des ceintures colorées sur les femmes, des robes sur les hommes, même un chemin pour la procession royale, flanqué de lances d'or, tout cela a dû être préparé par quelqu'un hier soir.

Ma mémoire me forçait à penser à la femme Nnimnim qui avait restauré des tranches de mon passé, mais pas tout, disant qu'aucune science, aucune mathématique et aucun sortilège n'étaient assez puissants. Mais il y a un souvenir si frais, si réel et si net que j'en sens presque l'odeur. Kwash Dara vient à Malakal. Kwash

Dara, le Roi-Araignée, avec ses quatre membres en plus devant lui. Certaines plaies guérissent et d'autres s'infectent. Le tranchant de la lame se fait plus tranchant et il reste deux jours avant notre départ. Je quitte ma chambre, mais j'ai plutôt la sensation que la chambre me pousse dehors. Regardez-moi qui marche dans les rues traîtresses de Malakal, une côte abrupte suivie d'une pente raide, un virage sinueux, un bond par-dessus une impasse. Un drapeau or et noir me mène au suivant, un ruban d'or me mène au suivant, une femme aux seins noir et or me mène à la suivante, et ainsi de suite jusqu'à ce que j'arrive au palais du grand chef de Malakal.

« C'est là qu'il va dormir ? je demande à une femme dont le visage est divisé en deux moitiés, une noire et une or.

– Tu mettrais le Roi ailleurs ? dit-elle en s'éloignant d'un pas chaloupé.

– Ils arrivent dans deux jours », m'apprend la femme à qui je demande ensuite.

Connaissant Bunshi, elle a passé la nuit à convaincre Œil de Loup de se joindre à notre quête. Le coup de la femme qui n'a pas confiance tant qu'il n'y a pas un homme à la barre, j'ai arrêté de m'en mêler quand quelqu'un m'a demandé une fois qui était le Sorcier de Lune qui guidait la Sorcière. Elle a toujours été bornée. Elle voit ce qu'elle a envie de voir, et elle ferme les yeux sur ce qui la gêne, même si ça se trouve sous son nez.

Ça fait deux nuits à présent que je marine dans ma chambre. Maudis ce rouquin pour avoir rouvert mes plaies. Nsaka Ne Vampi est passée le second soir mais elle a renoncé en constatant que je n'ouvrais pas la porte. Pendant ce temps, j'affûtais ma rage en rêves éveillés, la tranche de ma main, une lame pour couper le cou de l'Aesi, mon haleine un feu pour le calciner. Je ne veux pas seulement qu'il meure ; je veux qu'il souffre. Le troisième matin je m'enduis le visage de bandes noir et or et me fonds dans la foule. Ça m'exaspère encore que personne à Malakal ne connaisse sa propre histoire, remerciant ce Roi qui devrait les remercier. J'ai envie de croire que ça aussi, c'est l'Aesi, mais personne n'a besoin d'un sortilège pour réécrire l'histoire à sa convenance. Le Roi est ici et parce qu'il y a tant de routes en pente, ils voyageront à pied. Ses soldats, je veux dire, car le Roi se déplace en palanquin. Une autre femme m'a dit que même les pauvres auront droit à leur or pour s'en parer, mais qu'ils seront exécutés s'ils tentent d'en vendre une partie. Je n'ai rien demandé. Quant à moi, il me revient que l'Aesi ne peut pas lire dans ma cervelle, mais qu'il perçoit dans la foule le point qu'il ne peut déchiffrer. Les tambours s'échauffent et mon cœur cogne à leur rythme. La voix a envie de dire que c'est la poussière d'or qui m'est montée à la tête et m'a donné la fièvre, mais je sais que ma main tremble et que mon cou dégouline de sueur, car l'idée de tuer un homme me brûle le cerveau. Un dieu. Un demi-dieu. Je laisse le mouvement de la foule me porter jusqu'au bout de la rue. Comment m'approcher de lui ? Peut-être en employant ce même flot humain pour me projeter contre lui, couteau en avant, prêt pour son flanc, le tuer avant qu'il me remarque. Ou le poignarder dans le cou de telle sorte que ses pieds ne sauront même pas qu'il est mort. *Ou le toucher et le faire exploser à nouveau, seulement la tête cette fois*, dit la voix, qui me surprend en m'apportant son aide. Absorbée comme je suis par mes pensées, je n'entends pas le changement de rythme des tambours et de la foule avec eux, le *baka baka boum.* Toute la rue se soulève telle une vague, bien qu'il n'y ait aucun signe de la procession. Mais ils ne doivent plus être loin.

Des soldats au pas passent devant nous. Ce Roi veut montrer sa puissance, bien que ce soient des mercenaires qui aient sauvé Malakal. On pourrait croire que la puissante armée de Fasisi, avec ses lances, ses couteaux, ses matraques et ses arcs vigoureux, me calmerait, mais non. Peut-être que je suis encore la femme qui croit qu'elle n'a plus de raison de vivre et rien à perdre, mais ça me laisse une drôle d'impression, comme si je croquais dans le bon fruit mais que le goût n'était pas le bon. Les soldats passent, les tambours jouent, les femmes et les enfants applaudissent. Je me précipite sur le côté de la rue pour marcher en sens inverse de la procession, marcher vers lui. Trop d'épaules heurtent la mienne, me renvoient dans l'autre sens, manquent me faire tomber. Trop dense cette foule, et tout ce que j'ai, c'est un poignard. Ils se pressent trop, me font trébucher, m'entraînent avec eux dans une ruelle. Je crie, m'agrippe, je donne des coups de pied, des coups de poing pour rejoindre la rue, mais le Roi est déjà passé. En vérité, je suis tellement furieuse que je pourrais assassiner n'importe qui, en cet instant. Vous êtes tous de mèche avec lui, je me dis. Tous de mèche.

Les toits sont la seule voie que je puisse emprunter, et avant d'y penser me voilà qui cours sur les toits. Le vent (pas vent) me fait bondir d'un bâtiment à l'autre, enjamber les petites rues, et pour une fois je lui crie, à ce vent, d'arrêter. Comme si quelqu'un regardait en l'air pour me voir chevaucher le ciel. Tu vas vraiment le faire, cette fois-ci, tu vas le trouver dans cette foule, car tu le sais, il est ici, et tu vas tuer un demi-dieu. Et tant pis s'il renaît dans huit ans, car là, tu le retrouveras et le tueras encore. *Si tu le trouves*, dit la voix. Mais je ne tue pas cet homme pour l'empêcher de renaître. Je ne cherche pas la paix, et je ne cherche pas à combler un vide. Je le tue pour le tuer. Là, dans un palanquin d'or porté par quatre malabars, je repère Kwash Dara. Il est presque perdu dans les draperies d'or que la brise ne cesse de lui rabattre sur le visage, tel un enfant trouvé. Des lanciers marchent à sa gauche, des archers à sa droite. La Garde blanche lui emboîte le pas, mais pas d'Aesi. Bien sûr, il n'est pas du genre à se montrer à découvert ; le noir et or, ce n'est pas son genre. Un homme comme lui, il œuvre dans l'ombre, et tout ce qui projette de l'ombre. Peut-être est-il parti en avant depuis longtemps, à moins qu'il soit loin derrière ; peut-être qu'il se cache dans la foule, qu'il m'a déjà vue. Peut-être qu'il m'observe depuis le début ou qu'il surveille les alentours pour parer une éventuelle attaque, y compris les toits. Des cheveux rouges. Qui se mêlent aux badauds de l'autre côté de la rue. C'est lui, ça ne peut être que lui. Non, des plumes rouges sur la tête d'une femme. Du rouge à nouveau. Non. Des cheveux rouges, encore. Non. Peut-être qu'il m'a vue. Peut-être que je ne suis pas la chasseuse, mais la proie. Il me traque. La voix de Bunshi à l'arrière de ma tête, un murmure me soufflant de ne pas le poursuivre. Je le sais, qu'il est là. Il est là, forcément. Des ombres bougent le long du toit, des nuages qui cachent le soleil. Mais quand je lève les yeux, ce ne sont pas les nuages, mais des corbeaux.

Je cours, mais ils fondent sur moi. Je ne suis pas arrivée au bord du toit que les volatiles me piquent les cheveux, ou me griffent la poitrine, le dos. Mon vent (pas vent) n'aide pas, et je hurle un juron qui se perd dans leur jacassement strident. Et tout à coup mes pieds se gèlent, puis mes mollets et mes genoux. J'écarte les corbeaux de mon visage assez longtemps pour distinguer un liquide noir qui forme une flaque à mes pieds, remonte le long de mes jambes, me recouvre jusqu'à atteindre mes yeux et je n'y vois plus que du noir.

Quand je rouvre les yeux, je vois ma chambre, et Bunshi à la fenêtre qui s'apprête à partir.

« Il n'a pas participé à la parade, dit-elle.
– J'ai jamais...
– S'il était à Kongor, je l'aurais senti.
– Pourquoi je devrais te croire ?
– Parce que s'il était là, je ne serais pas venue te sauver.
– J'ai pas besoin qu'on me sauve.
– Bien sûr. Ton vent allait se lever d'une seconde à l'autre pour tout balayer.
– T'as pigé, ça y est ? Alors pourquoi les corbeaux, s'il est pas là ?
– Tu crois qu'il se serait dispensé d'envoyer un sortilège pour protéger le Roi ? Tout le monde marche vers le nord, mais toi tu marches vers le sud. J'ai aussi arrêté deux archers dans la tour d'en face qui visaient ton cœur », réplique-t-elle, sur quoi elle s'en va sans me laisser le temps d'ajouter quoi que ce soit.

Six jours plus tard, au pied de la montagne de Malakal, à l'orée de la vallée d'Uwomowomowo, voilà que débarquent le Léopard, l'archer et le Pisteur en personne, qui demande après l'Ogo. On dirait bien qu'ils ont changé d'avis et ne reculeront plus.
« Vous allez avoir besoin de son nez », me dit le marchand d'esclaves quand je le prends à parti dans sa cabane.
« On a besoin d'un limier, pas d'un loup, je réplique.
– Ce loup a un nez exceptionnel. D'ailleurs, comment comptes-tu trouver un enfant qui n'a laissé aucune trace ? Il n'y a rien, pas un lange, pas un chiffon à lui, pas un cheveu, rien. Il trouvera à Kongor ce que beaucoup n'ont pas trouvé.
– Et dans le cas contraire ?
– Il va trouver.
– C'est toi qui parles, là, ou Bunshi ?
– La déesse des eaux, elle... »
Je le coupe. « Lutin. C'est un lutin.
– Elle a dit qu'il voyagerait avec vous.
– Tu crois que je vais lui faire confiance ?
– Je ne crois rien du tout. Demande à Bunshi. »
Le marchand nous donne de l'argent pour nos frais prévisibles et imprévisibles, puis dit adieu à son serviteur, qui monte sur un cheval et déclare qu'il nous accompagne. L'Ogo, revenu de la rivière, fait un signe de tête, l'air de dire, comme souvent, ce qui doit arriver arrivera. Nyka et Nsaka ne font pas du tout la même

tête. Ils n'ont pas besoin de ça, dit Nsaka en retirant le voilage qui recouvre une cage, révélant une femme-foudre folle, avec des éclairs qui lui sortent de partout, de la tête aux pieds. Je prends Nsaka à part.

« Elle suit quel Ipundulu ? Comment tu sais que c'est le bon ? »

Elle me regarde comme si ses yeux contenaient la réponse. Nyka ouvre la cage et la femme part en courant, renifle l'air, puis détale comme un chien enragé, en direction de l'est.

« Votre limier est parti dans le mauvais sens, oh », dit le Pisteur, mais ni l'un ni l'autre ne lui prêtent attention. Ils montent dans un char et s'en vont.

Vingt-deux

J'écoute les lions qui se déplacent dans la nuit, espérant que ce sont des fauves de ma connaissance. *Oh, ils vont te retrouver, ils sentiront l'odeur de ton koo avarié*, dit Jakwu. Sa voix était partie depuis si longtemps qu'elle m'avait presque manqué. Deux gifles et un coup de poing dans ma poitrine qu'il parvient à placer, avant que je trace un nsibidi qui retire aux esprits leur ressort et leur langue, car voilà la vérité : ses coups de pied ou de poing, je peux les supporter, c'est sa voix qui me contrarie le plus. Et me contrarier, il ne fait que ça tandis que nous nous reposons sur la route solitaire qui contourne les Terres sombres. Dans la vallée d'Uwomowomowo, nous nous sommes retrouvés à huit, nous en sommes partis à six, et comme nous faisons halte après une journée de cheval, en lisière des Terres sombres, nous ne sommes plus que deux. C'est ce qu'a dit le marchand d'esclaves, qu'il y avait deux itinéraires pour se rendre à Kongor. Prendre vers l'ouest jusqu'au lac Blanc. De là, on peut soit contourner, ce qui ajoute deux jours au voyage, soit traverser, ce qui n'en prend qu'un car le lac est étroit. Quand on arrive à la forêt mystique, on peut soit contourner, soit traverser, pareil. Mais réfléchissez bien avant de vous engager dans les Terres sombres.

Laissez-moi résumer. Nous ne sommes plus que deux à contourner la forêt mystique, une seule à être partie d'Uwomowomowo. Il y a deux nuits, l'obscurité nous a saisis dans la vallée, sur la piste du lac Blanc. J'ai dit qu'on devrait continuer, mais le Pisteur a protesté, préférant faire halte pour la nuit, et ses paroles ont contaminé le groupe. Alors on s'est reposés, du moins on a essayé ; sauf que cet Œil de Loup a posé une question quelconque au géant, et celui-ci en a profité pour s'épancher toute la nuit. Deux fois il a réveillé le serviteur, qui a protesté avec véhémence qu'il tient en haute estime ce précieux don qu'est le sommeil. Le Léopard a grimpé à l'arbre auquel nous avions attaché les chevaux, il a changé de forme et s'est mis à ronfler presque aussi sec. Le Pisteur s'est allongé à côté de l'Ogo, qui n'a pas cessé de parler jusqu'à ce qu'il s'assoupisse, et encore, il marmonnait à part lui jusqu'à s'enfoncer dans un rêve où il continuait de marmonner.

Le Pisteur s'est dirigé vers un bosquet qu'on avait dépassé en arrivant. Peu après, l'archer du Léopard, dont je ne connais pas le nom, l'a suivi, alors bien sûr, je l'ai suivi à mon tour car si le sommeil semblait m'échapper, je n'allais pas laisser l'occasion de m'informer. Les arbres parsèment la région, par grappes, tels des petits groupes de bavards qui n'ont rien à faire avec leurs autres congénères. Mais je me suis approchée suffisamment pour entendre l'archer se cracher deux fois dans les mains, puis faire quelque chose au cul du Pisteur, courbé en deux. Le pantalon de l'archer est tombé, tandis qu'il claquait, claquait sa queue sur les fesses d'Œil de Loup avant de le pénétrer d'un coup de reins ; ce dernier a poussé un petit cri dans sa main. Et ils y allaient, ils y allaient, deux ombres qui se giflaient, rebondissant, le clac clac clac de la peau contre la peau, les deux hommes qui tentaient de baiser sauvagement mais sans bruit.

C'est que vous leur avez fait peur avec vos ébats secrets, je me suis dit quand l'archer s'est demandé à haute voix où étaient partis tous les animaux. Mais il n'avait pas tort, car les plaines couvertes de grands arbres qui montent aux Terres sombres sont très appréciées des girafes, des zèbres et des dik-diks, elles pullulent de gnous, résonnent de cris de singes, or je n'en avais pas encore vu un. Ni un cochon sauvage, ni un okapi, ni un fauve en chasse, pas même un oiseau.

Envisageons de changer d'itinéraire, j'ai dit au groupe, mais le Pisteur a maintenu le cap, puis son nouveau copain, l'Ogo, l'a suivi, et les autres leur ont emboîté le pas. C'est lui qui a du nez, mais c'est moi qui l'ai senti la première, le feu de brousse, la cendre, les bulles de graisse et les poils brûlés qui nous ont enveloppés d'une puanteur redoutable. Ici, les arbres sont plus fous, le bush plus haut, et ils cachent la source de l'odeur jusqu'au moment où nous tombons juste dessus. Flamme débridée qui flamboie à chaque goutte de graisse. Toute une jambe qui cuit sur une broche, la jambe d'un garçon pendu à un arbre, le bras droit, le dernier membre qu'il lui reste, attaché. Suspendue à côté de lui, une fille, intacte, indemne. Le Pisteur tranche la corde et la libère, et elle devrait l'en remercier, mais au lieu de ça elle hurle. Trois d'entre eux, non loin du feu, se lèvent d'un bond.

« Les Zogbanu ! » crie le serviteur.

Des trolls des marais. Personne n'a le temps de demander ce qu'ils fabriquent dans les plaines, à côté d'une rivière limpide. Sadogo écrase le premier contre un arbre. Le Léopard bondit sur le deuxième tandis que le serviteur enfonce une épée dans sa gorge. Je prends une de leurs lances et la jette dans le dos du troisième troll, qui court, puis tombe. Nous n'avons pas le temps de regarder, mais nous regardons, la peau blanche, les défenses qui dépassent partout sur sa tête, le long de ses sourcils, qui sortent de sa tête. Des petits crânes autour de la taille. Nous entendons un genre de cri de guerre et récupérons les chevaux pour nous enfuir mais ils courent après nous, vingt, trente, courant aussi vite que notre galop. La fille hurle qu'elle est la joyeuse offrande aux Zogbanu et me repousse, et l'Ogo la jette sur son épaule et part en courant. De partout s'élève un grondement dans le bush, il se rapproche. Mon cheval est en avant, ainsi que le serviteur, mais un Zogbanu saute d'un arbre et le renverse. Le Pisteur ! crie Bibi !, mais il n'arrête pas sa course.

Nous arrivons à la rivière et dans l'eau il y a une île que je connais, un monticule de sable, de terre et d'arbres. Le Léopard me dépasse, l'archer en croupe. Je lui crie de se rendre à l'embarcadère et de rejoindre l'île. Nous distançons les trolls mais là se fait entendre un *zip zip zip*, puis arrive une pluie de poignards, flèches, lances et cailloux. Quelque chose m'éclate l'épaule gauche et la brûlure me suit jusqu'à la rivière. Rien à faire que trancher, couper, galoper. Trancher, couper, galoper. Le Pisteur me dépasse et je revois le phénomène : poignards, petites lances, toutes sortes de projectiles à bout d'acier qui dévient, l'esquivent ou s'arrêtent juste avant de l'atteindre. Il y en a qui rebondissent sur une barrière inexistante. L'Ogo saute sur l'île qui s'enfonce un peu avant de remonter pour accueillir le cheval du Léopard. L'île – Chipfalambula – prend le large avec nous avant que toute la tribu Zogbanu débarque sur la plage. Sur l'île, Bunshi nous attend.

Ce n'est que le lendemain soir que nous atteignons le littoral qui conduit aux Terres sombres. Bunshi descend à terre, ce qui me surprend. Nous n'avons pas de temps à perdre, c'est notre seul point d'accord. Je sens les voix qui s'en prennent à moi, pas seulement Jakwu, et je sais que c'est parce qu'elles sentent le sortilège dans la forêt. La seule solution est de la contourner, je dis.

« La seule solution est de contourner la forêt, répète le Pisteur, avec une voix de vieille sorcière. Parle pour toi, l'ancêtre. » Sur quoi il demande à la fille ce qu'elle en pense et éclate de rire quand elle répond qu'elle est l'offrande glorieuse aux Zogbanu. Il prendra la route directe, par la forêt, car il n'a ni le temps ni la lâcheté d'ajourner son arrivée. Je manque convoquer le vent (pas vent) pour le jeter en haut d'un arbre. Il s'apprête à partir, et l'archer lui emboîte le pas. Seul le Léopard signale que ça pourrait bien être pure folie.

« Il y a des mauvais sorts, ici. Tu ne pourras faire confiance à personne, pas même à toi-même.

– Qui t'a fait gober ces foutaises, maman ou papa chat ? Faire le tour, ça prend trois jours. Le choix est simple pour un homme sensé. Pour une femme capricieuse ? Qui peut le dire ? »

Jamais aucune femme n'a pris une bite avec ton appétit d'il y a deux nuits. Je ne le dis pas.

« Fais comme tu veux. Nous on fait le tour.

– Ça me paraît raisonnable. Viens, Fumeli, dit le Léopard.

– Venir où ça ? Pourquoi j'irai gaspiller des jours précieux ? » proteste l'archer.

Le Léopard est perplexe. Il ne remarque pas le sourire sur les lèvres du Pisteur, mais moi si, et il me voit le voir.

« Je ne t'attendrai pas à Kongor », annonce le Pisteur, et il part au petit trot. L'archer le suit au galop. Puis l'Ogo.

« Pourquoi, Sadogo ? » demande le Léopard, mais Sadogo les suit en grommelant.

La fille s'accroche à moi, terrifiée, maintenant qu'elle est sur le cheval. Le soir risque de nous devancer, mais le Léopard regarde encore le point où les Terres sombres les ont engloutis.

« Tu as déjà traversé les Terres sombres ? je lui demande.

– Une petite portion, pour rejoindre le sud de l'Ubangta.

– Et ?

– Et j'ai failli pas en sortir.

– Et le Pisteur ?

– Son nez voyage plus que lui.

– Pas que son nez.

– Ils ne vont pas arriver de l'autre côté. Tu le sais.
– Ce sont des adultes.
– Tu parles à moi ou à toi, là ? »
Je repars. Il ne me suit pas. Bunshi est partie aussi.

Le marchand d'esclaves a dit qu'il fallait deux jours pour contourner les Terres sombres, mais trois nuits se sont écoulées et nous n'avons même pas dépassé la corne. La fille pose tant de questions que j'ai cru que *Venin* était quelqu'un d'autre, jusqu'au moment où j'ai compris que c'était son prénom. Mais ensuite elle énumère les noms de tous les glorieux sacrifices des Zogbanu à travers les âges et tous s'appellent Venin. Toutes ont été élevées pour tenir lieu d'offrandes sacrées aux Zogbanu, afin qu'ils ne terrorisent pas son village. Autrement dit, sa propre famille l'a élevée pour servir de nourriture. La première nuit, elle saute du cheval, atterrit brutalement sur le pied gauche, et tente de s'en aller en boitillant, criant qu'elle refuse d'être spoliée de sa gloire. La deuxième nuit, Venin s'est montrée ingénieuse. Elle a attendu que je dorme pour s'enfuir en courant, mais j'avais attaché sa cheville à une corde attachée au cheval. Le troisième jour et la nuit suivante, je laisse le cheval se reposer. La quatrième nuit, nous arrivons à court de nourriture et elle ne fait que gémir et brailler, et je commence à envisager de lui enfoncer le crâne avant de le faire cuire. Tard dans la nuit, des chiens sauvages commencent à nous encercler, mais ils filent quand mon vent (pas vent) en soulève un si haut dans le ciel qu'on ne le revoit plus.

Un peu avant l'aube je sens une main autour de mon cou. Voici la vérité, si l'esprit peut donner des coups qui portent, s'il peut faire démonstration de force, il ne peut la maintenir longtemps. Ça serre fort, mais l'étau disparaît comme de la poussière dans le vent.

Donne-moi la fille, dit-il.

D'autres voix viennent me trouver, dont celle d'un homme qui affirme que j'ai dupé sa maîtresse, puis lui, et où est mon cœur, ma vieille, où est-il ? Mais c'est Jakwu qui me tourmente le plus, assez pour que j'apprenne son nom. Parfois, je me surprends à essayer de le comprendre, mais tout ce que je saisis, c'est que ce qui était pour lui un moment crucial, sa mort, une mort par la main d'une femme, n'était pour moi qu'une encoche de plus sur un bras couvert de scarification. Jakwu, le guerrier tacticien prisé du Roi du Sud, qui a honoré autrefois son noble combattant en lui faisant ériger une statue en or. Jakwu, dont tout le monde savait depuis longtemps qu'il violait et tuait des filles, sauf que ça n'affectait pas ses talents pour la guerre, et en plus ces filles venaient de Weme Mitu. Peut-être se souvient-il de moi parce que je me suis donné du mal pour rendre sa mort mémorable.

Donne-moi la fille, dit-il.

« Je ne te donnerais même pas mon pipi matinal », je dis au vent. La fille dort encore. Hier soir j'ai attrapé assez d'insectes pour les rôtir et calmer sa faim.

Je sais ce que tu veux. Ce que tu veux vraiment. Je suis le seul à le savoir.

« Ah bon ? Et comment tu sais ça ? »

Réfléchis, sale pute.

Mensonge, mensonge, il ment. Il est le père du mensonge, après tout, pas une seule des femmes que j'ai trouvées dans sa maison n'y était venue de son plein gré. Je vis avec ses glapissements depuis des années, et il n'est pas question que je me mette à prendre ses paroles au sérieux, et encore moins à cœur. Mais j'ai beau tracer des nsibidi pour le faire taire, il est devenu plus virulent ces derniers temps. Il m'oppresse et il le sait. Il sait peut-être même pourquoi. *Tu le sais aussi*, dit une voix qui me ressemble. Cette voix et Jakwu échangent des saloperies jour et nuit, et elles vont me rendre folle. Je m'arrache à ma torpeur et me lève, m'enjoignant de ne pas les laisser m'encombrer. Ne les laisse pas encombrer ton esprit. Je m'attendais à une légion, mais le seul qui me gêne vraiment, c'est Jakwu.

Il vit dans ta tête aussi, dit-il.

Le « lui » à qui je devrais penser, c'est le garçon, et les vampires avec qui il voyage. Même s'il n'a pas l'étoffe d'un roi, il sera un appât idéal. *Un appât ?* demande la voix. *Qu'est-ce que ça dit de toi, que tu ne le voies que comme un petit poisson dont se servir pour attraper un requin ?* Je réponds par un grondement, disant que puisque la seule chose que m'ont faite tous les rois, reines et nobles est de me bouffer tout entière pour me chier tout pareil, je n'ai pas de scrupule à traiter cet enfant comme un objet utilitaire non plus. En plus, j'ai vécu assez longtemps pour voir Moki le Cruel, Liongo le Bon, Paki le Malchanceux, Aduware le Vaincu, Netu le Vengeur et Dara je sais pas quoi, et dans tous les régimes les gros continuaient d'engraisser et les pauvres de mourir de faim.

J'ai pris conscience que Bunshi abhorre la violence envers l'homme. Oh, elle abhorre aussi la violence commise par lui, bien sûr. Mais bien que de naissance divine, elle accepte tout de même le fait que nous sommes sur les terres des hommes, qu'il s'agit d'éviter, de contourner ou de supporter. Que la cruauté fait partie de la masculinité, qu'il s'agisse du Roi ou de l'Aesi, et que ce n'est pas tant qu'ils y ont droit, mais que nous n'avons pas le droit de lutter contre. Ou de le venger. Ou peut-être que cette pute noire stupide ne pense pas si profond. Mais même quand elle a accepté que j'aille attaquer l'Aesi enfant, ça n'a jamais été pour le punir du mal qu'il a fait, mais pour faire cesser son influence à la cour. Son influence sur d'autres hommes. Eh bien nique les dieux, car si un homme me laisse la souffrance, je peux lui laisser la violence. Et peut-être y a-t-il un intérêt à restaurer la lignée des rois, qui ne soit pas seulement de remplacer l'un par l'autre. Je suis une femme du monde, et dans le monde, pourquoi ne voudrais-je pas la justice, ou l'ordre que les hommes ne cessent de confondre avec la justice ? Mais la justice ne vous consume pas. Aider un pouvoir à en remplacer un autre n'est pas ce qui fait que mes jours se meuvent lentement et mes années à toute vitesse. *Et tout ce que tu fais c'est le garder dans ta tête et le ressasser jusqu'à te faire mouiller.*

Jakwu.

Certains d'entre nous vivent là car tu les as enfermés, mais lui tu l'as invité. Encore Jakwu.

« Si je devais enfermer un homme, j'en choisirais un qui me donne du plaisir. »

Tu vas me dire qu'il n'y a pas de plaisir là-dedans ? Regarde-toi, tu te leurres. Consumée de feu dévorant, et pourtant tout ce que tu fais, c'est dormir dans une maison dans les montagnes et laisser les singes te baiser.

« Aucun singe ne m'a baisée. »

Ah bon, c'est ce qu'ils t'ont dit ? Tu as dormi pendant des lunes.

Il m'a sonnée, si fort qu'il aurait aussi bien pu m'éclater une brique en plein visage. Jakwu sait ce qu'il fait, il sait à quel point le doute peut secouer une femme, quand elle ne peut pas jurer de ce qui est arrivé à son propre corps. Je vois ce qu'il fait, il tente de me retirer tout ce que je sais, ne laissant que ce que je crois, qui sera plus facile à saper.

Même Maîtresse Vengeance ne peut dire ce qu'il se passe quand elle dort.

Je mets trop longtemps à répondre : « Toi non plus. » Il rit fort et longtemps.

« Quelle que soit la vérité, ta langue ne la sait pas », je dis.

Donne-moi la fille.

« Ferme-la. »

Donne-moi la fille.

« Ferme-la ! »

Et nous continuons ainsi jusqu'au matin, où mes cris finissent pas réveiller la fille.

Nous arrivons à Kongor de nuit, après six jours à contourner la forêt et un autre à atteindre la rivière. En prenant le virage pour contourner les Terres sombres, on arrive au point le plus étroit de la rivière, le passage le plus court de la côte à l'île, que les gens appellent Kongor bien que la ville ne soit coupée des terres que pendant quatre lunes lors de la saison des pluies. Ça me fait quelque chose de la voir, cette rivière, car je me rappelle le temps où l'eau était l'ennemie de Kongor. Il n'y a jamais plu beaucoup, il n'y avait jamais d'inondation, et la rivière n'était presque rien. D'abord, le passeur nous fait payer plus à cause du cheval. Puis il ajoute un supplément à cause de l'heure tardive, affirmant qu'il risque de ne jamais revoir ses enfants s'il accoste si tard au port de Gallunke/Matyube, illégal et mal fréquenté. Ce n'est pas là qu'on va, je lui dis, mais il m'ignore. J'ai déjà décidé que soit nous prendrons ce radeau jusqu'à ce quartier, après quoi nous emprunterons la voie de berge jusqu'à notre destination, soit nous le forcerons à nous déposer au canal de Nimbe. Mais avant que je puisse protester, nous débarquons et il repart. Peut-être a-t-il remarqué mon expression sinistre, car la brièveté de la traversée doit signifier qu'il nous a laissées dans le quartier de Tarobe. Illégal, c'est bien probable, car je ne peux imaginer que les braves gens de Tarobe soient ravis qu'un radeau sans nom dépose des inconnus en son sein, même sous couvert de la nuit. J'essaie de ne pas y penser, à toutes les années qui se sont écoulées depuis que j'ai vu Kongor. Des dizaines de dizaines.

Bunshi et le marchand d'esclaves nous ont recommandé de nous diriger vers l'est en longeant la berge, de prendre la deuxième à droite, puis à gauche et encore à gauche afin d'arriver à la maison de ce maître, dans le quartier commerçant de Nyeme. Cet homme, elle sait depuis longtemps que c'est un griot du Sud, mais à présent il le nie avec tant de véhémence qu'elle doute d'elle-même. Sur le chemin de chez lui, je ne cesse de jeter des coups d'œil vers Tarobe sans reconnaître ce que je vois. Pourquoi un lieu garderait-il la même apparence depuis tant d'années, c'est une question que je n'ai pas besoin de me poser. Mais trop de choses me frappent comme insolites. Les torches rares et espacées, dans un quartier autrefois si éclairé qu'on y aurait pris la nuit pour le jour. À un moment je quitte la route pour tourner vers le sud et manque foncer dans la rivière. Mais ce n'est pas la rivière, pas vraiment, c'est toujours Tarobe, toute une rue de maisons immergée à un tiers, à moitié, ou complètement. Nous sommes si fatiguées quand nous arrivons chez cet homme que c'est tout juste si je lui souhaite bonne nuit ou regarde où je pose la tête avant de sombrer.

Pas de signe de l'Ogo, du Léopard, de l'archer ou du Pisteur. En principe, la route ne prend qu'une journée, deux tout au plus, en traversant les Terres sombres. Si les rumeurs sur ce lieu se révélaient fausses. Mais avec les sept nuits de voyage pour rejoindre Kongor et les trois depuis, il s'est écoulé dix jours et aucune des quatre recrues de Bunshi ne s'est montrée. Bunshi non plus, pas parce qu'elle ne connaît pas le chemin, mais parce qu'elle sait que je vais les déclarer morts, ainsi que cette mission. Entre les mensonges qu'elle a dits à ces hommes, et cette première étape à Kongor pour récolter des informations que pourrait récolter le premier venu, Bunshi a déjà ruiné une mission qu'elle considère comme pure et juste. Dans ses efforts acharnés pour cacher qu'elles cherchent le futur Roi, elle nous a fait perdre notre temps à nous tous, et l'affaire a coûté la vie à quatre hommes. Et pourtant, je m'attarde à Kongor, car une intuition me dit que j'ai encore à y faire.

Kongor. Un jour, en ce lieu, j'ai été une fugueuse, puis une pute, puis un cadeau. Un de ces trois statuts, je me le rappelle mieux que les autres. Le territoire est plus petit désormais, et je n'ai jamais vu autant d'eau. Il y a des lieux que je suis censée connaître, des noms, si ce n'est des visages, dont je suis censée me souvenir, mais rien ne me revient, à cause de cet Aesi. Quant à la maison, je me réveille dans une chambre qui se cache de la lumière matinale, la fille collée contre moi comme un animal de compagnie, bien qu'elle ait son propre lit. Tant de hautes statues dans la pièce, j'imagine Venin se réveiller en hurlant face à cette foule d'hommes déterminés à la prendre. Je quitte le lit et marche sur un sol en terre battue qui a été aplati jusqu'à briller. Il aime les tapisseries, cet homme, il les aime comme qui est allé au-delà de la mer de Sable et s'est émerveillé de tout. Elles semblent discuter entre elles, ces tapisseries qui couvrent les murs du sol au plafond, avec leurs motifs de lions, de cobras, d'animaux inconnus et d'amants. Des fenêtres en arc grandes comme des portes. Des arcades à la place des portes. De la fenêtre je vois la rue qui monte puis serpente, et aussi que je me trouve au sixième étage, volets ouverts. Aux autres fenêtres, il y a des rebords où sont suspendues des plantes. Je me demande qui va se réveiller en premier, la fille ou la rue. Quant à l'homme, il est dans une sorte de cuisine, bien que je ne voie pas de cuisinière. Elle va arriver bientôt pour faire le café, dit-il, bien que je n'aie rien demandé. Ce que j'ai envie de lui demander, c'est en quoi il est utile à Bunshi, mais j'imagine qu'il vaut mieux commencer par des politesses.

« Les gens m'appellent Sogolon.

– Et toi, comment tu t'appelles ?

– Gros malin.

– C'est une des choses les plus gentilles qu'on m'ait dites ce quart de lune. Il y a neuf jours, c'était vieux suceur de bites blasphématoire, donc le soleil brille sur moi aujourd'hui, pas de doute. »

Mon rire me surprend.

« Bunshi m'a beaucoup parlé de toi, fait-il.

– Étrange, car elle ne m'a rien dit de toi.

– Rien à dire. Je suis un homme simple qui se voue à la cause. Aussi un vieillard qui n'a pas grand-chose à faire et plus très longtemps à vivre. J'imagine qu'on a le même âge ?

– Tu imagines mal.

– Oh. Qu'est-ce qui t'a décidée pour la cause ?

– L'argent. »

Là-dessus, il se rappelle qu'il a une autre pièce à construire à l'arrière de la maison donc il doit s'y mettre, ou plutôt y atteler les beaux jeunes hommes si fiers de leurs muscles.

« Avant que tu t'en ailles. La saison des pluies est encore loin. Alors qu'est-ce qui est arrivé au quartier de Tarobe ?

– Tarobe ? Comment ça ?

– J'ai manqué noyer mon cheval hier soir en prenant vers le sud. Il y a des maisons entièrement inondées dans la rivière. »

À son regard, je pourrais aussi bien parler de la mer de Sable.

« Pourquoi prendre vers le sud pour aller à Tarobe, alors que c'est au nord ?

– Au nord ?

– C'est ce que je dis. Si tu allais vers le sud, tu passerais par le quartier des esclaves et des serviteurs.

– Gallunkobe ? Comment ça se fait ? Quand ça ?

– Que Tarobe soit au nord et Gallunkobe au sud ? C'est ainsi depuis que je suis né.

– Ce lieu va me rendre folle.

– Je ne…

– C'était pas une question.

– Je… je veux dire, je ne m'encombre pas la tête avec les événements, mais il y a eu de terribles pluies il y a bien des années, soit avant ma naissance, soit juste après. Tarobe a tellement souffert qu'un tiers du quartier s'est noyé. Les autres se sont installés au nord.

– Où il y avait des gens qu'ils pouvaient facilement chasser. »

Je ris. Il fait un signe de tête et me laisse.

Mon souvenir de Kongor, ce n'est presque rien, mais c'est suffisant pour savoir qu'à tous égards je marche dans une autre ville. Oui, certains bâtiments et habitations n'ont pas du tout changé, mais tout le reste est désormais fait pour me perturber. Je me rappelle les combats au bâton et les garçons qui ne portaient rien que l'attitude d'un guerrier et d'un homme de spectacle. Et je me rappelle que certaines femmes portaient des jupes qui s'arrêtaient sous les seins, jamais au-dessus. Alors quand je traverse Nyembe et vois des femmes qui non seulement se couvrent les seins, mais les bras, les jambes, les doigts, les cheveux, parfois même le visage, je n'arrête pas de penser que j'ai trébuché et que j'ai atterri ailleurs. Je marche dans des rues dont je connais l'odeur, mais pas l'apparence, sur des sentiers où la couleur revient, mais pas les sons. Peut-être parce que cet endroit ne m'a jamais trouvée digne de me faire sienne. Je demande à un vieillard qui ne va nulle part ce qui est arrivé à Kongor. D'abord il me regarde avec perplexité, comme si Kongor avait toujours été ainsi.

« Je veux dire l'inondation.

– Laquelle ?

– Celle qui a provoqué le déplacement de Tarobe.

– Ah. Ah. J'étais tout petit quand cette calamité est arrivée. Avant l'inondation, il y a eu la sécheresse, tu comprends. Après neuf nuits, les gens ont demandé aux anciens de supplier les dieux et de faire des sacrifices – enfin, ils ont fait plus que demander. Ils ont traîné trois anciens de passage dans la rue et les ont battus jusqu'à ce qu'ils se mettent à appeler les nuages par la magie. L'un d'eux a averti les gens que tout ce qu'ils pouvaient, c'était faire en sorte que la pluie commence. Seuls les dieux pouvaient décider de la suite. Mais écoute plutôt, la supplication a fonctionné, mais comme il avait prévenu, elle a trop bien marché, car la pluie n'a pas cessé toute une lune durant. La plus grosse inondation, et subite avec ça, si énorme qu'elle a englouti la plus grande partie de Tarobe et tué beaucoup de ses habitants. Voilà la vérité – personne n'a versé une larme. Quoi qu'il en soit, quand le déluge s'est calmé, la moitié du quartier est demeurée sous l'eau. Les gens se sont installés plus au nord, sans se soucier de qui ils délogeaient pour ça.

– Mais qu'est-ce qui est arrivé à Kongor ?

– Comment ça ? Je viens de te le dire… Ah. Ah, ça. Moi je suis assez vieux pour me rappeler avant ça aussi. Eh bien, après la grande inondation, Kongor s'est mise à craindre les dieux, tu comprends. Dans sa peur d'être punie pour un manque de sévérité envers le péché, toute la ville est devenue pieuse, même les putains portent le voile, désormais. Et la plus petite infraction peut déclencher un châtiment sévère, et immédiat, oh. Très sévère. »

Je ne lui demande pas pourquoi les mercenaires des Sept Ailes s'assemblent partout, car ça ne peut pas être seulement pour répondre à l'appel à la tour de l'Autour noir.

Bunshi s'est montrée encore deux fois. La première, c'était avant notre arrivée ici, à moi et Venin. J'ai failli me chier dessus, dit le maître de maison, mais il ne répond rien quand je lui demande pourquoi il serait terrifié par celle à qui il voue un culte. Le mot le fait tiquer, *culte*, et en le voyant je me rappelle que les louanges et la peur sont deux choses différentes. Je faisais mes ablutions dans la salle d'eau quand le cadre de la fenêtre se met à fondre comme de l'huile, huile qui s'est fondue en elle, explique-t-il. Il n'a cessé de crier que quand elle a plaqué ses doigts sur sa bouche. Quelles sont les nouvelles ? Où sont-ils ? lui a-t-elle demandé, sur quoi elle a hurlé quand il a avoué ne pas savoir.

« Franchement, puisque c'est une divinité, n'est-ce pas elle qui est censée savoir ? Le lendemain de votre arrivée, elle est apparue une fois de plus.

– Ça l'a calmée, quand tu lui as dit que j'étais là ?

– Non. Je lui ai dit que toi et la fille dormiez en haut, mais elle est repartie aussi vite qu'elle était venue.

– Insolite.

– Tu parles comme s'il existait un solite.

– Comment se fait-il que tu sois si mordant, vieillard ? Je te croyais acquis à la cause ?

– La cause, elle a ma tête, et peut-être même mes yeux. Mais mon cœur ?

– Explique-moi ça.

– Elle est bien belle, la paix, mais c'est comme de marcher sur le dos d'un crocodile, Sogolon. On ne voit que les hommes de l'Autour noir, mais ce ne sont pas les seuls à se réunir. Les hommes de Juba ont reçu l'ordre – officieusement, bien sûr – de ressortir l'épée et le bouclier longtemps remisés. Les Sept Ailes se rassemblent à Malakal, même à Mitu, et des soldats retournés depuis longtemps dans le civil sont rappelés aux baraquements. Je ne peux pas parler pour ce Roi, mais quand son père convoquait les mercenaires, c'était pour une bonne raison.

– Une chose dont personne ne veut.

– Nous, non, mais personne, ça reste à voir. Des ambassadeurs de Weme Mitu arrivent dans deux quarts de lune. Pour régler les différends, soi-disant.

– Quels différends ?

– La vraie question, c'est comment les régler. Tu peux deviner ma réponse.

– Kwash Neru n'aurait jamais dû céder le butin d'une guerre qu'il n'a pas perdue.

– Quel butin ? Kalindar et Wakadishu ? Wakadishu est une nation indépendante et Kalindar n'a jamais été un trophée.

– La nouvelle n'est jamais arrivée dans le Sud, apparemment. J'y ai entendu plus d'une fois parler le marabangais.

– Il n'a pas donné Kalindar au Sud. Aucun traité n'a jamais dit le contraire. Il leur a donné la liberté de circulation et un accord de commerce, or contre sel. Le Sud en a conclu qu'ils avaient l'indépendance, et ils ont commencé à s'installer peu à peu, comme une invasion en douce.

– Avant ou après avoir commencé à brûler les constructions de l'homme du Sud ? »

Il m'a laissée à la nourriture préparée par quelqu'un d'autre. J'ai arrêté de demander après la maîtresse ou la femme qui venait cuisiner et faire le ménage, à l'en croire. C'est devenu une plaisanterie entre lui et moi, les trois nuits suivantes : quand le lutin des eaux allait-elle se montrer, viendrait-elle sous la forme d'un ruissellement par la fenêtre, d'une flaque sous la porte, ou d'un grumeau dans le seau à merde. Alors quand elle est arrivée la quatrième nuit, comme Bunshi le fait toujours, en dégoulinant par la fenêtre pour former une flaque sur le rebord, je n'ai pas pris la peine d'expliquer pourquoi j'ai gloussé. Aussitôt Venin a été exaspérée par elle, et c'était réciproque.

« Comment se porte ta confrérie ? j'ai demandé.

– Ça ne fait pas encore deux quarts de lune.

– Qui compte ton temps, Bunshi ? Il passe vite le temps. Les jours plus vite encore. Toi et Maîtresse la Sœur du Roi, il vous faut un nouvel attelage.

– Ils peuvent encore arriver.

– Quand ? On dirait que pour toi, n'importe quelle date est la bonne. Si j'avais su que j'allais être si désœuvrée, j'aurais demandé au passeur de me conduire à Juba.

– On a besoin du Pisteur.

– Ce dont vous avez besoin, c'est d'un nouveau plan, lutin. Cette mission, si mission il y a, elle tient plus qu'à un fil.

– On a besoin d'eux.

– De lui, ou d'eux ? Et lequel ? Le Léopard ?

– Le loup.

– L'Œil de Loup ? Il se fait appeler comment, déjà, Pisteur ? Quelle mère appelle son fils Pisteur ? Comment s'appelait son frère ? Garde ? Ce gars, on dirait qu'il s'est assis sur un cactus et que les épines sont restées.

– Il a du nez.

– Tout le monde a un nez, lutin.

– Personne n'a son nez. Il lui suffit de capter l'odeur d'un homme ou d'un animal pour le traquer.

– Donc c'est vraiment un loup.

– Tu ne comprends pas. Il peut suivre l'odeur à n'importe quelle distance, même de l'autre côté de la mer, ou même de la mer de Sable. Et il peut la suivre d'un quart de lune à un an.

S'il capte l'odeur du garçon, il pourra aussitôt indiquer la direction. Si j'ai contacté le Léopard, c'est uniquement pour entrer en contact avec lui.

– Bien vu. Malin, le lutin des eaux. Eh bien, nous autres qui n'avons pas de nez, nous allons devoir faire marcher notre cervelle.

– Il a d'autres aptitudes.

– Quel homme. C'est un demi-dieu ou un sorcier ? Ou juste un homme qui te dupe, après tant d'autres ?

– Tu n'arriveras pas là où tu as besoin d'aller sans lui.

– Il doit avoir des ailes, alors. C'est un oiseau ?

– Tu prends ça pour une plaisanterie.

– J'ai rien dit.

– J'ai pas dit que tu l'avais dit.

– Tout ça pour remplacer un dirigeant par un autre, alors que l'actuel est déjà assez tordu comme ça ? Non, lutin, il n'y a rien de drôle là-dedans. Je dois rire d'autre chose.

– Se débarrasser des femmes en les traitant de sorcières, tu trouves ça drôle ?

– J'ai jamais rien dit sur…

– Neuf cent quatre-vingt-dix et six sous Kwash Moki. Six cents et deux sous Liongo le soi-disant Bon.

– Hé, écoute…

– Cinq cents sous Adware. Trois cent soixante-dix et six sous Kwash Netu. Toutes des femmes que quelqu'un a traitées de sorcières. Parfois sur la foi d'un seul témoignage. Alors peut-être que c'est drôle. Peut-être que tout ce qui s'est passé sous le règne du Roi-Araignée est drôle. Tiens, je viens de penser à un truc désopilant. Le meurtre d'un lionceau. Le fils de quelqu'un, une lance droit dans le cœur. C'est drôle, non ?

– T'es vraiment une merde.

– Une lance, c'est comique. C'est juste un bâton tout en longueur…

– Arrête.

– Mais regarde-la qui rentre dans le cœur du petit garçon.

– Je te jure…

– Non, non, non ! Amusons-nous un peu. Quand ton propre fils est mort devant toi à cause du putain de chancelier de ce roi de merde, t'as pas pleuré, t'as rigolé, je suis sûre ?

– Bunshi.

– Et puisque tous les rois sont les mêmes, ça n'a pas d'importance, au fond. Les rois changent, le garçon mort est toujours le même. »

Peut-être que le vent (pas vent) a hurlé, ou peut-être moi. Peut-être est-ce juste une force, comme a dit la femme Nnimnim, mais elle est entrée dans la chambre tel un tremblement, elle a ébranlé les murs, projeté le lit, les tabourets, les brocs, la vasque, l'eau partout en l'air où ils se sont éclatés les uns contre les autres, puis elle s'est infiltrée dans Bunshi, l'a fait gonfler comme l'estomac d'un mouton, et l'a fait exploser. Partout dans la pièce, des giclées, des taches noires, dégoulinant du plafond, roulant au sol, aspergeant les tapisseries, nous transformant en léopards, moi et Venin, avec toutes ces taches. J'ai pris le bras de la fille pour qu'on s'en aille, mais un torrent de noir s'est infiltré dans l'encadrement de la porte et l'a fermée hermétiquement. J'avais beau tirer, rien à faire. Venin s'est remise à chialer. Je me suis retournée et j'ai vu les gouttelettes, les éclaboussures et les flaques se rejoindre et s'élever tel un poteau. Le poteau s'est tordu, plié, puis m'a lancé des éclats qui ont frôlé mon cou et m'ont clouée à la porte. J'ai fait l'erreur de pousser un petit cri, sur quoi Bunshi s'est introduite dans ma bouche, laissant le conduit de la nourriture pour envahir mes poumons. J'ai commencé à m'étouffer, à perdre mon souffle, elle me noie, elle va me tuer sur place. Venin hurle trois fois avant qu'elle arrête. J'étouffe encore, je m'affaiblis, je tombe encore à genoux quand Bunshi ressort enfin de moi. Chaque point noir venu des quatre coins de la pièce accourt pour former sa silhouette. Puis elle saute par la fenêtre.

Un quart de lune plus tard, je pourrais encore la tuer pour ce qu'elle a dit. Je le pourrais vraiment. Assise dans la chambre, je bous intérieurement. Sans réfléchir je soulève un fruit et une cruche en l'air et les fais exploser. Mais j'interromps l'explosion, immobilise le tout et regarde les parties qui flottent en l'air, m'approchant des éclats pour les contempler. Voilà ce que j'ai fait – ce que je ferai – à la tête de l'Aesi. Ce que j'ai fait – ce que je referai au corps de Bunshi. Ce que je vais faire au monde entier. Puis je dors et le sommeil dissipe ma rage, et quand je me réveille, je me sens vide et j'ai mal partout. *Elle est partie, bon débarras*, dit la voix qui me ressemble. *Je vais prendre un couteau et t'élargir la chatte*, dit la voix qui ne me ressemble pas. Je la raille, disant : Tu veux mener à bien toutes sortes de projets en moi, et pourtant j'ai cent et soixante-dix ans de plus que tes goûts habituels. Quand une fille de dix et trois ans est trop vieille pour ta lance, ça veut dire que tu n'as qu'une brindille grande comme le petit doigt. C'est pour ça, Jakwu ? Pourquoi tout ce qui sort de ta bouche ne fait que hurler petite bite ? Jakwu n'a pas de mots contre ma voix devenue aussi sauvage que la sienne, donc il se replie, pour quelques jours au moins.

Quelques jours où je n'ai rien à faire qu'attendre, hébétée, dans le silence. Ou échanger des traits d'esprit avec le maître de cette maison, qui a l'air satisfait que je ne l'appelle jamais que « toi ». Un matin une voix me vient : Pars telle que tu es, avec ton sac et ta soif de vengeance, et remonte la rivière le plus au nord que tu puisses, les Terres de la Forêt ou Ku. Et de là, approche-toi autant de Fasisi que possible. Puis la ville, puis l'enceinte royale, puis lui. Puis attends huit ans pour soit torturer l'un des Sangomin, soit suivre le vol d'un de leurs pigeons. Mais ces pensées, je les ai déjà eues. Je n'y ajoute rien de nouveau et je sens déjà qu'elles rancissent. La vérité c'est que le lutin a laissé des mots qui m'ont salie. Je n'appellerai pas ça honte. J'ai passé ma vie à côtoyer les têtes couronnées, mais je m'imagine encore que leur règne n'influence pas la vie des femmes, la mort des hommes. Je suis pourtant bien placée pour savoir que c'est faux. Peut-être que si c'était l'authentique lignée des rois, la mort de mon fils ne me reviendrait pas chaque matin. Je n'ai pas envie de penser à la mort.

Au lieu de ça, je suis dans la Grande Salle des Archives. Quatre quarts de lune se sont écoulés et ces branleurs n'arrivent pas. Je n'ai pas vu Bunshi depuis plusieurs jours, mais je peux l'imaginer dans la fenêtre où elle se cache, se disant qu'ils vont arriver, puisqu'il le faut. Entre-temps un pigeon voyageur a apporté la nouvelle : ils sont *sur le point de coincer l'Ipundulu.* Nsaka, j'imagine, bien qu'il n'y ait pas de nom sur l'enveloppe. Ils sont convaincus que c'est bien de cet Ipundulu qu'il s'agit, et pourtant on dirait qu'il se déplace seul, or celui que nous cherchons se déplace en bande. « Ils », enfin lui, car c'est lui qui est convaincu. Elle, elle est simplement convaincue par le serpent.

L'énorme œuf au centre du quartier de Nimbe, cette majestueuse salle des archives, ne tenait pas seulement l'historique de Kongor, mais de tout le Nord. Selon la rumeur, elle renferme aussi un caveau où sont conservés les vers des griots du Sud, mais soit elle se trouve dans un coin que personne n'a jamais vu, soit c'est aussi réel que des yumboes à taille humaine. C'est un lieu où les gens vont rarement, tenu par un homme qui, à la façon dont il me regarde, préfère qu'il en soit ainsi.

« Cette grimace, vous vous êtes entraîné à la faire devant un miroir ?

– Quoi ?

– Rien.

– Vous voulez quelque chose, ou juste embêter un vieillard ? »

Je suis sur le point de répondre, mais la grandeur démesurée de la salle me distrait. Cinq étages de haut, chacun plus haut qu'une maison de trois étages, où s'entassent tant de manuscrits, livres, sacoches et feuilles volantes que l'archiviste a dû renoncer depuis longtemps à l'ordre. Aussi impossible que ça en ait l'air, quelqu'un m'a dit que c'est lui qui les avait empilés, tout seul, ou peut-être qu'il a commencé à le faire quand il était encore enfant et qu'il n'a jamais cessé. Parfois, un manuscrit glisse de son tas, tombe, claque comme une paire d'ailes et atterrit plus loin, tandis que sur des étagères des livres laissent échapper des murmures sur leur contenu.

« Fermez-la, petites putes », dit le vieillard, et ils se taisent immédiatement.

D'abord, je l'ai cru bossu, mais il s'arrache au livre posé sur sa table assez longtemps pour me regarder encore une fois. Un foulard blanc autour de la tête, un visage qui est surtout pommettes et menton, sourcils et barbe blancs. Des yeux chassieux comme du mal des rivières et pourtant il lit, semble-t-il.

« Femme, que veux-tu ?

– Que sais-tu des buveurs de sang ?

– Tu veux savoir si j'en connais personnellement ?

– Je veux savoir ce qui est écrit.

– Tu veux que je te le dise pour t'éviter de le lire ?

– Nique les dieux, est-ce que tous les vieillards sont des chiennes acariâtres, à Kongor ? »

Il me regarde comme s'il cherchait sincèrement une réponse à la question, mais reste perplexe. Pas sa faute s'il a oublié depuis longtemps comment faire la conversation.

« Dans tes voyages de papier, tu es déjà tombé sur des écrits traitant de l'oiseau-foudre ? » je demande.

Son visage se réveille quand j'appelle ses lectures voyages de papier. Finalement, je suis digne de son attention. Il se caresse le menton et promène rapidement les yeux sur la salle.

« Il a d'autres surnoms ?

– Chi… Chi… je sais plus.

– Chimungu. Et aussi l'Inyoni Yezulu. Tu m'interroges sur des créatures qui errent dans un domaine que la plupart des gens ne connaissent pas, bien qu'il soit juste à côté d'eux, respirant le même air. Certains d'entre nous les appellent des créatures du haut midi. Pourquoi ? Parce que c'est seulement à l'heure où le soleil est le plus haut dans le ciel que certaines personnes pensent à fermer leur porte à clef ou, s'ils n'ont pas de porte, à se tapir dans un coin pour prier. Par certaines personnes, j'entends les tribus de la rivière qui ne savent ni lire ni écrire, et n'ont donc pas d'archives. Mais certains Chimungu ne sont pas rassasiés par les peuples de la rivière. Et ils sont aussi nombreux, parmi eux, à préférer se mouvoir de nuit. Viens avec moi. »

Nous prenons une allée où de nouveau les livres se mettent à chuchoter, et il les fait taire d'un chut.

« Certains de ces parchemins sont plus vieux que les enfants des dieux. La parole est souhait divin, disent-ils. La parole est invisible à tous sauf aux dieux. Alors quand une femme ou un homme écrivent des paroles, ils osent regarder le divin. Oh, quel pouvoir. Mais c'était tellement nouveau que ce ne sont pas encore des livres, simplement des feuilles volantes et un manuscrit inachevé. Imagine, sur certaines des feuilles on sent encore l'encre. Sache que parfois cette encre n'est pas de l'encre mais le sang de la créature même – ne me demande pas comment c'est arrivé. Toutes les feuilles ne proviennent pas du même scribe non plus.

– Comment as-tu découvert tout ça ?

– Comment ? Comme toujours. Certains, je les cherche ; pour d'autres, ce sont eux qui me cherchent. Un homme sur un cheval fourbu me les a confiés il y a douze lunes, me recommandant de les tenir en sécurité, au secret. »

Une feuille flotte sur le dessus. Puis une autre, et encore une autre.

« Elles se battent, dit-il. Elles se battent pour savoir quel récit sera lu le premier. » Il s'éloigne et revient avec un chandelier muni de quatre bougies allumées.

« Tu es ma première visite en sept lunes », dit-il.

Les pages ne cessent de s'étaler et de se dérouler.

« Savoir nouveau. Elles ont peur de se transformer en archives qui ne seront lues que par un vieillard. C'est vrai, regarde autour de toi. Regarde cette sagesse exilée dans un recoin sombre », dit-il en montrant les murs. Mais je ne reconnais pas l'écriture. Le vieillard n'a pas besoin de demander.

« C'est le journal d'une femme qui affirme qu'on l'appelle la Nonne.

– Ah bon ?

– C'est ce que j'ai lu dans ces pages. Tu vas poser des questions tout le temps, ou tu vas m'écouter ? Elle a abandonné ses enfants, et son mari… non, le mari est mort… tué. Oui, tué. “Il” l'a ensorcelée, mais il ne l'a pas transformée ni tuée ; il veut qu'elle se rappelle qui a tué son mari. Il l'a assaillie par surprise pendant qu'elle broyait des patates douces dans le jardin. Elle se rappelle ceci : il l'a sortie de sa transe assez longtemps pour qu'elle voie ce qu'il était en train de lui faire, puis l'a de nouveau envoûtée de façon à ce qu'elle ne puisse pas se défendre.

– C'était il y a combien de temps ?

– Ça doit dater du temps où tu étais petite fille. Il m'a ensorcelée car il était ensorcelant, ça dit. Pourquoi tout le monde éprouve le besoin de faire le malin ?

– Vieillard.

– Désolé. Mais mari et enfants ? Comment peut-elle être nonne, alors ?

– Vieillard.

– Pardon. Il l'a ensorcelée, puis il l'a violée, après quoi il a tué son mari sous ses yeux. Et ensuite, il a déclenché la foudre dans sa chambre et s'est envolé. Le bébé et les autres enfants, elle les a laissés chez la grand-mère. Elle leur a expliqué qu'elle ne pourrait pas revenir. Elle est partie au bord de la mer de Sable jusqu'à ce que son ventre soit trop lourd. Bizarre, je n'ai jamais entendu dire qu'un Ipundulu soit porteur de semence vivante.

– On les appelle Ipundulu, pas zombies.

– Certes. Ensuite elle est partie à Malakal…

– Qu'est-il advenu du bébé ?

– Mort-né, à moins qu'elle l'ait tué. Oh. Oh lalala. Fais confiance aux dieux, dit-il à mi-voix.

– Pourquoi ?

– Quoi ?

– Continue.

– Ah. Oui. Je…

– Ce récit a l'air de te surprendre, vieillard. Tu ne l'as jamais lu ?

– Ça ne m'a jamais semblé très intéressant, un récit d'une fe...
– Nonne ?
– Ah. Oui. Enfin bref, elle va à Malakal. Elle rassemble des armes pour le tuer. Une lance et des pieux en bois assegai. Du lait empoisonné, car il aime le lait de femme autant que le sang. C'est pour ça qu'il ne l'a pas tuée, car elle allaitait encore un enfant. Elle a trouvé sa piste sur l'une des routes de sel partant de Malakal. Là, elle dit que ce n'est pas l'Ipundulu qui a tué son mari. Il y en a peut-être cinq ou six – avant, il y en avait davantage, mais qui sait combien ?
– Davantage. J'en cherche un en particulier.
– Pas celui-là. Elle l'a blessé avec une lance en assegai qui l'a fait brûler vif. »
Il saute deux pages.
« Celui-ci, elle l'a suivi jusqu'à son sorcier dans les collines qui s'élèvent derrière la Cité mauve. Ça dit simplement qu'il est mort. Mais il y en a un autre, qui ne cesse de s'échapper, sans explication ; aussitôt qu'elle obtient des informations sur lui, il s'éclipse. Il s'éclipse en laissant des corps vidés de leur sang, en général des familles entières, sauf un qu'il garde pour en faire l'esclave de la foudre. Différent, elle n'arrête pas de dire que celui-là est différent. Un esclave de la foudre l'a conduite sur son terrain de chasse. Mais il n'était pas seul. Il y avait des Eloko, trois d'entre eux, des démons de l'herbe, chacun pourvu de deux os affûtés comme des poignards. Et surtout, comme l'esprit vampire, Obayifo, mais l'Ipundulu et lui se sont brouillés et quittés ennemis. L'Ipundulu emploie des petits enfants. L'Obayifo les mange. Cette page date de trois ans après le meurtre du mari.
– Elle se prépare.
– Peut-être. Rien n'est précisé, à part qu'elle les piste. Elle rassemble des informations, peut-être que des gens la tiennent au courant. Là, ça dit qu'elle parle avec ceux que les autres ont cessé d'écouter, et ceux que les autres croient fous. Tu as dit que tu traquais l'Ipundulu ?
– J'ai jamais dit que je traquais quelqu'un.
– Non, tu cherchais juste un conte de fées pour endormir les enfants, et le poignard sous ton cuir, c'est pour peler les raisins, fait-il avec un petit rire. Ici, quelqu'un se contente de dresser la liste des attaques et des victimes. Impossible qu'elle ait été à tous ces endroits à la fois. Écoute, on dirait que ce sont les derniers

mots qu'elle a écrits. Le reste, ici, est de la main de quelqu'un d'autre, peut-être plusieurs personnes. Celui-ci dit qu'il a entendu dire qu'on l'appelait la Nonne parce qu'elle s'habillait toujours en vert. Elle les a traqués jusqu'à la frontière de la mer de Sable. Si c'est un autre qui écrit, ça doit vouloir dire qu'elle… qu'elle…

– A trouvé un petit coin dans l'arbre des ancêtres.

– Une femme courageuse.

– Elle n'était pas censée l'être. Les femmes ne sont jamais censées être courageuses si elles n'en ont pas envie. »

Il me regarde et hoche la tête. Les quelques pages suivantes, il les passe sans rien dire.

« Attends, ces feuilles sont récentes, car je sens encore l'odeur de l'encre. Le Marais de Sang – trois femmes, des sœurs. Luala Luala – une famille qui vit près des berges avec les Nyangatom. Sept jours plus tard, les Collines du Sortilège, puis Nigiki – une fille et un garçon… Un quart de lune après, Dolingo – un homme, une femme et sept enfants… la page suivante, cinq jours plus tard, la Route de Mitu à Kongor – une équipe de chasseurs les cherche. La page suivante, on est une lune plus tard… Hmmm.

– Hmmm quoi ?

– En haut, il y a les Terres sombres, pas un meurtre, mais un témoin qui dit qu'il a vu une énorme bête noire avec des ailes de chauve-souris qui volait vers des gens déjà postés sur le rivage. Elles n'ont pas accosté. Puis un passage à Kongor, puis cette partie, la route de Mitu à Kongor – une famille qui dirige une auberge au bord de la route.

– Saute les cadavres.

– De nouveau la route de Mitu à Kongor, puis huit jours après, Dolingo. Un quart de lune après, Nigiki, Luala Luala, le Marais de Sang.

– Les mêmes lieux à l'envers, à quelque chose près. Ils suivent un itinéraire précis. Depuis quand les vampires sont aussi disciplinés ?

– C'est à moi que tu poses la question ? Ce n'est même pas le plus étrange. La route de Mitu à Kongor, puis huit jours après, Dolingo ? Page suivante, plus d'une demi-année après, de nouveau Dolingo, puis cinq jours après, la même route ? Entre Dolingo et Mitu, il y a presque trois lunes, et encore, à cheval. Peut-être une lune et demie par la rivière. Comment se déplacent-ils si vite ?

– Elle parle de Malakal, quelque part ?

– Là, oui.
– Je parie que juste avant ou juste après, elle évoque la côte est.
– Oui, oui, juste ici.
– Cette pute noire.
– Qui ?
– Quelqu'un de la rivière qui devrait y rester. »

Ce lutin des eaux savait forcément. C'est obligé, et elle attendait juste que je le découvre par moi-même. Ipundulu et sa bande de buveurs de sang utilisent les portes.

« Combien de noms sont cités avant de revenir au premier ?
– Dix et neuf.
– J'ai besoin d'une liste dans une langue que je sache lire.
– Attends, ça continue sur cette page. Quelque part entre Mitu et Dolingo. Ça ne dit pas exactement où. Ils emmènent un garçon.
– Quoi ? Ça dit quoi d'autre ?
– Rien, juste que c'est un garçon. Ils voyagent avec un petit garçon. Voilà ce qu'ils disent. Le garçon vient frapper à une porte, en sanglots, et ils le laissent entrer.
– Ça se passe où, ça ?
– Les Collines du So... Les Collines du Sortilège.
– Tu as dit que c'était un nouveau livre, tout à l'heure.
– Oui, ça ne fait même pas un an qu'il est là, mais je peux vérifier dans le registre.
– J'ai besoin d'informations plus récentes que ça, vieillard.
– Je suis archiviste, moi. Si ce n'est pas dans les écrits, je ne suis pas au courant.
– Ou tu t'en fiches ?
– Les choses ne sont pas réelles tant qu'elles ne sont pas sur la page.
– C'est trop tard, quand ça arrive sur le papier.
– Tu me juges ? Tu crois que c'est une archive quelconque ?
– C'est une tombe. Au moment où on lit ce qui se trouve entre tes murs, ça n'a plus d'utilité.
– Tu me dis que ma salle n'a aucune utilité ? S'il n'y avait pas ces paroles mortes, certaines personnes ne sauraient même pas qui elles sont. Tu t'imagines que tu fais quoi ? Que tu répares le mal ? Tu crois que du mal, il n'y en a jamais eu avant le tien ? Si vous lisiez, toi et ton espèce, peut-être que le dernier mal resterait le dernier et que tu ne serais pas là à insulter des livres qui n'ont rien fait que renfermer une vérité que tu ne peux pas préserver. Va-t'en.

– Ce n'est pas ce que j'ai dit.
– Tu viens d'appeler ma salle une tombe !
– Tout ce que je veux…
– Et tu veux encore quelque chose, pour parachever ton insulte. Lequel des neuf mondes t'a chiée ? »

Je ne veux pas me disputer avec cet homme. Alors je lui dis que tout ce que je veux, c'est des informations si récentes qu'il va devoir les écrire lui-même. Toutes ces années, tous ces livres, tout cela est la parole des autres. Et ta voix, à toi ? je lui demande. Ton livre ? Il ne se laisse pas duper par ma flatterie mais elle fonctionne tout de même.

« Il n'y a qu'un moyen d'entendre les nouvelles avant qu'elles se proclament », dit-il. Il disparaît dans un couloir sombre. Des objets glissent, tombent et se cassent dans le noir, avant qu'il revienne avec un tambour parlant.

« Les cordes ne sont pas assez serrées. Quand je serre le corps sous mon bras, les notes ne seront peut-être pas assez aiguës. Je ne peux pas jurer qu'il soit accordé. Tu me comprends ? Si tu tapes quatre fois la note haute, ça veut dire : “Dis-moi ce que tu sais.” Desserre le cordon et frappe un coup grave, puis resserre là au milieu du son, et ça voudra dire : “les étrangers” et “les gens du sang”. Mais si la corde se desserre au milieu de l'écho, je leur dirai simplement que “la lune est pleine et belle”. Hélas, il y a bien des tonalités à ce tambour, autant qu'à ta langue. Peut-être que ceux qui l'entendront sauront ce que je demande et répondront. » Il prend l'escalier du fond et se rend sur le toit.

La nuit se perd au jour quand il vient frapper à ma porte. Je lui ai dit que je reviendrai, mais les nouvelles sont si récentes qu'elles lui ont donné de la vigueur. Il cogne encore en l'air quand j'ouvre.

« Les Collines du Sortilège ! C'est là qu'ils ont été vus pour la dernière fois, disent les tambours.

– Quand ?

– Il y a un peu plus d'une lune. Donc s'ils ont attaqué les collines il y a une lune, où vont-ils aller ensuite ?

– À Nigiki. Aucune porte à proximité, donc ils sont peut-être encore dans le sud. Peut-être qu'ils ont fait halte à Wakadishu.

– Il y a encore un truc très bizarre, dit-il. Ces récits, ils font état de l'Ipundulu et des autres, et de ce garçon. Mais un dont il n'est jamais question, c'est sa sorcière. L'Ipundulu obéit encore à sa sorcière. Elle le dirige autant qu'elle peut, il est à ses ordres, autant qu'il veut, et c'est elle qui le dirige vers le sang frais. Mais ces écrits ne mentionnent jamais de sorcière. Ce qui signifie que ce n'est pas du tout un Ipundulu, que tu cherches. Tu cherches un oiseau sans maître. Un Ishologu.

– C'est grave, on dirait.

– Loués soient les dieux, c'est le pire du pire. Au moins, un Ipundulu est sous contrôle, dans une certaine mesure. Un Ishologu n'obéit à personne, c'est purement la soif du sang qui le guide. Pas d'enseignant, pas de maître, pas de méthode, rien que le chaos. »

Vingt-trois

Il n'y a qu'à Kongor qu'on met les morts dans des urnes assez grandes pour qu'une femme vivante puisse s'y cacher avec son enfant. Peut-être qu'ils les offrent en nourriture aux dieux dans des récipients prévus pour stocker l'eau ou l'huile, mais personne n'est là pour poser la question. Il ne reste que les morts. Basu Fumanguru, sa femme et ses enfants assassinés, embaumés et abandonnés dans sa maison. Ce que je sais, c'est qu'après que les Kongori ont placé les morts dans ces énormes pots, ils les enterrent. Ils le font avec soin. Mais personne n'est venu pour cette famille, personne ne veut les toucher, personne ne les a enterrés. À en juger par la prolifération des ronces tout autour de la maison, personne n'y est retourné depuis.

Je n'ai rien à faire ici. Le Pisteur sentirait peut-être quelque chose s'il était là, mais tout ce que je trouve, ce sont les morts. La salle d'accueil à côté de la réserve à grain, c'est là qu'ils sont rangés, car ces corps ne mentent pas, c'est sûr. Le soleil est parti depuis un moment, mais la dernière lueur tarde à s'évanouir. Cette pièce ne contient rien, à part trois urnes qui m'arrivent à la poitrine, une autre qui m'arrive à la taille. Je crois que c'est à ce moment-là qu'il le fait : le vent (pas vent) soulève les couvercles et les replace délicatement. Fumanguru le costaud a droit à la plus grosse. Pas de visage, le crâne enfoncé. Ils l'ont vêtu de ses robes d'ancien, et ont laissé le bâton appuyé derrière lui, pour tenter de lui redonner une dignité dans sa posture assise. Mais seule une jambe en est une, l'autre est bois et tissu. La deuxième urne dégage des odeurs pourries et sucrées à la fois, ce sera au Pisteur d'en déterminer l'origine. Mais le parfum et le lin bleu m'apprennent que c'est l'épouse. Elle ressemble à ces cadavres, dans le Nord, qu'ils préservent en les desséchant. Mais le haut de son corps est tourné vers le nord et le bas vers le sud. Dans la troisième urne, les restes de deux enfants, et dans la quatrième, un seul. Trois enfants ici, cela signifie que trois autres ont disparu. Plus rien à voir, donc je m'en vais.

Ceux qui ont massacré la famille ne sont pas ceux qui détiennent le garçon, mais Bunshi nous a tous fait venir à Kongor afin que le Pisteur le retrouve grâce à son nez magique. Sauf que je suis quasiment sûre de savoir où est le garçon, et où il sera. Mais Bunshi n'est pas là pour écouter, le Pisteur pas là pour sentir, et je ne suis pas d'humeur à le dire. Elle se fait rare depuis qu'elle a tenté de me noyer, ce qui m'arrange, car si je connaissais le moyen de la tuer ce soir même, je le ferais. Malgré tous ces discours sur Œil de Loup, malgré le besoin qu'elle a de ces hommes, aucun d'entre eux n'a passé plus de cent ans à en tuer des comme eux. Aucun d'entre eux ne peut tenir tête à l'Aesi qu'elle n'arrête pas de m'empêcher de tuer. Sa voix ne cesse de s'inviter dans ma tête, me disant que si je le tue, ça n'empêchera pas qu'il revienne. Mais je sais ce qu'elle ne sait pas, ou refuse de reconnaître : à savoir que l'empire n'a pas d'avenir en la Sœur du Roi. *Tu pourrais partir*, me dit la voix qui me ressemble. Partir immédiatement, les faire dévier. Peut-être pas à temps pour Wakadishu, mais mettons pour le Marais de Sang, ou Dolingo. Là. C'est décidé. Retrouve-les, d'une façon ou d'une autre, à l'aide d'un limier. Retrouve le garçon, tue le vampire, emploie le garçon de la seule manière dont il peut encore être utile. Là. C'est décidé.

Je sais ce que tu mijotes, dit Jakwu, qui choisit comme toujours le meilleur moment pour m'envahir la tête.

« Ce petit imbécile, il croit toujours qu'il me connaît », je dis.

Cette putain, elle oublie toujours que je vis dans sa tête.

« Envahis, envahis, tu ne peux toujours pas conquérir. »

Donne-moi la fille.

« Je ne te donnerais pas la merde que je laisse par terre. »

Qui crois-tu tromper, femme ? Tu crois que tu es un maître et elle une apprentie. Elle est plus terne qu'un caillou et a moins d'esprit. Même elle, elle sait qu'elle n'est rien que de la chair, et sa fonction utilitaire.

« Et tu as déjà prévu comment l'utiliser. »

Je sais dans quelle mission tu t'embarques. Je sais même que tu attends un homme ou un animal qui ne viendra jamais. Si là où tu vas, il faut se battre, cette fille ne te sera d'aucun secours. Il vaut mieux pour elle et toi que tu la laisses à Kongor. Ou que tu la vendes au marchand d'esclaves. Ou que tu me la donnes.

« Même si les deux autres choix sont très mauvais, ils valent mieux que de mettre la moindre partie de toi à l'intérieur de cette fille. »

Tu as besoin d'une lance. Tu as besoin d'une épée. Tu as besoin d'un guerrier expérimenté qui sache les manier.

« Alors je devrais donner son corps à un homme qui prenait autrefois les corps des femmes, et pourquoi déjà ? Pour que tu puisses me poignarder dans le dos à la première occasion ? On croirait que je sors du koo d'une vache, non mais. »

Meilleurs vœux de succès, alors, dit-il, et il s'en va. Je suis stupéfaite qu'il s'en aille comme ça et je me tiens prête à recevoir un coup de poing ou une gifle. Mais rien ne vient. Il croit que ça suffit, de m'abandonner à ces pensées. Je n'ai pas envie de réfléchir. De penser au fait que, peu importe si je choisis de poursuivre l'Ipundulu ou l'Aesi, cette fille ne sera d'aucune utilité, elle constituera un obstacle, voire un danger. Mais je ne peux pas me résoudre à m'en séparer, elle valserait directement dans les bras d'un autre homme n'attendant que de la dévorer.

Je quitte le quartier de Tarobe et prends la route frontalière vers l'est. Le maître de maison s'affaire devant plus de marmites qu'à l'accoutumée, m'invitant pratiquement à lui demander pour qui il prépare un festin.

« Pas question de festin, juste plus de bouches à nourrir. Ils ont retrouvé ton Pisteur. Et ton géant. Et deux autres.

– Tu as dit au Léopard de ne pas me suivre ? demande le Pisteur, vivant et indemne.

– Je lui ai dit que tu n'atteindrais pas l'autre côté, mais regarde : tu es vivant et indemne. Fais confiance aux dieux. »

La pièce où nous nous trouvons n'inspire pas confiance au Pisteur. Je ne peux pas le lui reprocher, car elle est sombre et sent le moisi, ce qui n'est pas un cadeau pour son nez. Le vert caca d'oie ne doit pas être un cadeau pour ses yeux non plus. À Kongor, on dirait que les vieux ronchons sans femme se serrent les coudes. Du moins, ils partagent des choses. C'est comme ça que le maître de maison a appris que des hommes extrêmement étranges avaient été vus dans une salle obscure des archives. Une pièce quasiment condamnée par un mur de livres intouchés depuis cent ans. Le maître a dû dire à quelqu'un qu'il attendait des individus correspondant exactement à cette description.

Voilà la vérité : ce n'est qu'à cet instant que je le vois enfin, allongé dans un lit, incapable de beaucoup bouger. Une autre femme dirait même que le Pisteur est beau, une autre femme, à savoir moi, quand j'étais plus jeune. Pas comme le Léopard – ce fauve est une raison ambulante de rester tout le temps nue, tout le temps prête. L'idée me fait glousser, et le Pisteur fronce les sourcils, ce qui me ramène à lui, à ses cheveux coupés tout près du crâne, montrant la forme de son crâne et sa peau plus sombre que du café pur. Il a l'air plutôt Jubite que Ku, pas de scarifications, seulement quelques cicatrices, des traces de kaolin sur le cou. Des lèvres épaisses et sombres qui révèlent qu'il lui reste toutes ses dents pour les faire grincer. J'essaie de sourire, et il se rembrunit. Il est furieux que le monde ait continué sans lui. Le Pisteur est tellement furieux que même ce coucher de soleil – un autre jour qui s'en va – le fait enrager. Lui fait dire des choses comme : « Ces dieux t'ont dit de nous oublier au bout d'une nuit seulement ?

– Tu as laissé toute ta tête dans la forêt.

– Comment une seule nuit aurait pris toute ma tête ?

– Estime-toi heureux qu'elle n'ait pas pris autre chose.

– Tu insinues quoi, femme ? Dès que j'aurai repéré une odeur chez Fumanguru, on pourra repartir avant la fin du quart de lune.

– Ça y est, ça recommence.

– Me parle pas sur ce ton, femme.

– Tu t'es perdu dans cette forêt pendant vingt-huit jours, Pisteur.

– Quoi ?

– Toute une lune est venue et repartie depuis ton entrée dans la brousse. »

Il recommence : il s'affale sur les tapis et les draps comme si quelqu'un l'avait poussé. On le voit sur son visage, il peine à saisir ce qu'il a entendu plus d'une fois, ses lèvres tremblent, ses yeux tressautent, il détourne le visage car il doit savoir que son angoisse se voit sur ses traits.

« Oui, toute une lune, je répète.

– Je suis déjà allé dans les Terres sombres. Le temps ne s'était jamais arrêté, les autres fois.

– Qui a dit qu'il s'était arrêté ?

– Tu me fatigues. »

Dehors, les Sept Ailes se rassemblent pour défiler, par groupes de trois et quatre, jusqu'à la Tour de l'Autour noir. C'est la première fois que j'en vois à cheval, des chevaux blancs ou noirs avec des rênes rouges, des hommes en voiles et robes noirs, cotte de mailles et armure. Je n'entends pas le Pisteur qui se glisse juste à côté de moi.

« Ils viennent de tous les coins du Nord, et pour certains, de la frontière sud, je dis. Eux, ils portent un foulard rouge au bras gauche. Tu les vois ?

– C'est l'armée de qui ?

– Des mercenaires.

– Qui ? Je viens rarement à Kongor.

– Les Sept Ailes. Habits noirs à l'extérieur et blancs à l'intérieur, comme leur symbole : l'Autour noir.

– Pourquoi Kongor a-t-il besoin de mercenaires ? Les jeunes filles font des danses trop osées à Gallunkobe ? »

Je ris. « Dis-moi une chose. La forêt ne mène pas à cette ville. Elle ne mène même pas à Mitu. Alors comment vous avez fait pour venir ?

– Il y a porte et porte, femme.

– Oui. Moi aussi je connais ces portes.

– Ah les vieux, on dirait toujours qu'ils savent tout. Quel genre de porte transforme une nuit de voyage en un seul pas ?

– Les dix et neuf portes. Je sais pas si elles ont un nom. On en a compté dix et neuf à ce jour. Une porte qui transforme le trajet jusqu'au Marais de Sang en un seul pas.

– De la folie. C'est de la pure folie, putain.

– Pourtant regarde-toi, qui me regardes là maintenant. Combien de temps as-tu été apprenti d'une Sangoma ?

– J'ai jamais été apprenti.

– Tu as été formé. Et si tu n'as pas été formé, en tout cas tu connais un sortilège qui ouvre les portes.

– Je n'ai ouvert aucune porte dans les Terres sombres.

– Une porte ne s'ouvre pas toute seule. Comme j'ai dit, si tu n'as pas été formé, tu connais un sortilège sangoma. Quand Bunshi a dit que tu avais des dons, elle devait parler de ça. C'est sans doute pour cette raison qu'elle n'a jamais eu l'air de s'inquiéter, malgré votre longue absence. Pourquoi s'en faire, quand tu peux manger le temps d'un pas. Les seules personnes que j'aie vues qui possèdent ce don sont soit des divinités soit des Sangomin.

– On a vécu avec une Sangoma. Moi et le Léopard. Enfin, on était en visite.

– Pas besoin de rester longtemps pour apprendre la nécromancie.

– Tu as l'air de la confondre avec une sorcière. C'est vous qui découpez des bébés. Nous, on sauvait des enfants mingi.

– Non, vous étiez recruteurs d'une armée d'enfants Sangomin. Et je suis pas une sorcière.

– C'est toi qu'on appelle Sorcière de Lune, pas moi. Alors si je… si on a vraiment été absents pendant toute une lune, qu'est-ce que vous avez découvert sur l'enfant, toi et la déesse des eaux ? Et sur Fumanguru ? Rien ? Rien de toute une lune ? »

Je le regarde sans rien dire.

« Tu es allée chez lui ?

– La maison attendait tes dons, pas les miens.

– Pff. Peut-être que tes dons n'exigent pas beaucoup de réflexion.

– Je dois être un instrument contondant.

– Oh, rien d'étonnant à ce que je croie encore qu'un seul jour est passé, si après vingt-huit, on ne s'est pas du tout rapproché du garçon de Fumanguru. Ou peut-être que personne n'a vraiment envie de le retrouver, à part Bunshi.

– Occupe-toi de ton matou et de ton géant. Et de ton… et de l'archer. »

L'Ogo est plus impassible que la dernière fois que je l'ai vu, et le Léopard est plus hargneux qu'Œil de Loup. Ni l'un ni l'autre n'a assez de force pour tenir longtemps sur ses jambes, et encore moins marcher. Les deux parlent d'un homme singe, dans la brousse, et sont pris de frénésie avant de se rendormir. Je passe devant la chambre du géant plus tard dans la journée. Le Pisteur est avec lui, assis par terre, tandis que le géant donne des coups de poing dans sa paume avec ses gants d'acier, faisant des étincelles.

« C'est tuer qui me démange, dit-il.

– Ça pourrait se produire bientôt.

– Quand est-ce qu'on retourne dans les Terres sombres ?

– Quand ? Jamais. »

Au moins, l'Ogo est en état de donner des coups de poing par terre, faisant trembler le sol. Le Léopard ne fait trembler que lui-même quand il se lève. Il manque tomber et je cours dans la chambre et le rattrape par l'épaule, mais nous nous retrouvons à genoux tous les deux. Le Léopard s'excuse. Il ne sait pas pourquoi ses jambes ne fonctionnent toujours pas, et quand il arrive tout de même à s'en servir, pourquoi si peu de temps. Le plus clair de la journée, il reste allongé sur ces draps comme un chat agonisant. Je veux lui demander où il est, l'archer, mais je le vois déjà se traîner à l'étage du Pisteur. J'ai failli devenir une proie, marmonne-t-il pour lui-même, c'est la troisième fois que je l'entends dire ça, comme s'il en était plus surpris qu'effrayé. En le regardant, je m'interroge sur mon lion, même si les lions détestent les léopards.

« Tu es la Sorcière de Lune, dit-il.

– Oui. »

Je me prépare à une nouvelle dispute.

« Tu as redressé bien des torts en ce monde. Ça, je le sais de source sûre.

– Je… quoi ?

– J'ai beaucoup de sœurs, par l'esprit, si ce n'est le sang. Elles marchent la tête haute, courageuses comme des guerrières, et cela parce que la Sorcière de Lune veille sur elles. Elles ne voudront jamais croire que je t'ai rencontrée.

– Je sais pas quoi dire », je réplique. Mais son esprit a déjà fichu le camp ailleurs.

« Il y a des trous dans le sol, de l'argile cuite et creuse comme du bambou, dit-il, se soulevant sur ses coudes. Pisse et chie dedans, le trou emportera tes excréments. Kongor ne traite pas la pisse et la merde comme les autres villes. Pardonne-moi. Mon esprit bat la campagne. Qui nous a emmenés ici ?

– Un vieux pervers qui aime faire la cuisine », lâche le Pisteur. Il est sur le seuil de la porte. Il a aussi mauvaise mine que le Léopard, mais au moins il tient debout. « Oh, c'était rien, de te sauver.

– Alors c'est des remerciements que tu veux ? C'est à cause de toi qu'on a fini dans cette foutue forêt.

– Je vais vous laisser, tous les deux, je dis.

– Reste, rétorque le Léopard. J'ai vraiment pas très envie de l'écouter, lui, de toute façon.

– Il faut qu'on reste pour retrouver le garçon, vu que cette sorcière a gaspillé toute une lune, dit le Pisteur.

– Si tu restes, je m'en vais, réplique le Léopard.

– Comme tu voudras. C'est ce que veut Fumeli ?

– Nique les dieux. Quelle question.

– Dis-moi, tu tiens debout ? Tu peux changer de forme ? Même un piètre archer paresseux et à moitié aveugle ne te raterait pas. Je dirai au marchand d'esclaves que tu ne veux plus chercher l'enfant.

– Ne parle pas à ma place.

– Fumeli peut s'en charger. C'est déjà lui qui pense à ta place.

– Redis une chose pareille et…

– Et quoi ? Tu te changeras en fauve, ou en petite pute pleurnicharde ? »

Le Pisteur rit. Le Léopard est furieux. Il se lève de ses tapis mais chancelle.

« Sors, je dis.

– Si tu savais ce que je m'en branle, de tes ordres, enrage le Pisteur. T'as même pas été fichue de mener une petite enquête en une lune entière. Je… »

Le vent le soulève, le projette par la porte et la claque avant qu'il puisse donner un coup dedans. Tous ces cris le fatiguent soudain, et il s'en va.

Je dis : « Vous aviez l'air amis, la première fois que je vous ai vus.

– Ah, les apparences, répond le Léopard.

– C'est pas toi qui l'as ramené ?

– Pas moi, Bunshi. J'ai juste fait la proposition. Et oui, c'était un ami jusqu'aux Terres sombres, où il a choisi de ne sauver que lui-même.

– Dans les Terres sombres, les hommes ne sont pas eux-mêmes, bien souvent.

– Sauf que c'est exactement ce qu'il est. C'est l'Ogo qui a fait demi-tour pour nous sauver, et seulement parce qu'il a remarqué que la porte était encore ouverte. Il n'a même pas essayé de nous récupérer. Même pas jeté un regard en arrière. Je suis sûr qu'il a raconté aux autres que c'est l'Ogudu, le petit sort. Et qu'aucun d'entre nous ne se rappelle correctement. Mais je me souviens. S'il continue cette mission, je m'en vais.

– Et l'archer ?

– Il peut s'exprimer tout seul. »

Le jeune homme entre pile à ce moment-là, comme si ces paroles l'avaient convoqué. Il porte un arc et des flèches et se tient trop droit, le torse trop bombé. Essayant de se donner l'air d'un homme, mais les Terres sombres l'ont ensorcelé, lui aussi. En le regardant, je me demande à quoi il servait en réalité.

« La chambre de Pisteur se trouve au deuxième étage, si vous voulez l'éviter, je dis.

– Non, elle est au troisième », rétorque le jeune homme, aussi vite que je m'y attendais. Il se tait et détourne les yeux, me donnant deux coups d'œil pour me surprendre en train de l'observer.

« On cherche un garçon, n'est-ce pas ? demande le Léopard.

– Tu te souviens pas ?

– Oui et non.

– Dors, Léopard, il faut que tu récupères », je dis.

Cette nuit-là, quand le Pisteur sort, je le suis. Bunshi n'hésite pas à donner des instructions différentes aux personnes censées travailler ensemble, mais pour un homme qui ne pouvait pas bouger ce matin encore, il se déplace avec énergie. On croirait qu'il a reniflé quelque chose, mais il n'est pas encore allé chez Fumanguru. En vérité, le Pisteur avance à son propre rythme, presque lent. La voix essaie de me dire que j'ai mieux à faire, mais quand je lui demande quoi, par exemple, elle se tait. Bunshi lui a donné une consigne, il doit être en train de s'exécuter. Le tissu Ukuru qui se trouvait sur son lit est à présent autour de sa taille et par-dessus sa tête comme une capuche. Certainement qu'avec mon odeur il pourrait deviner que je suis sur ses pas, mais si j'ai bien compris, s'il n'a pas décidé de se concentrer dessus, mon odeur est pour lui pareille à n'importe quelle autre. Alors je le suis sur un itinéraire que j'ai déjà emprunté, tandis qu'il visite des lieux que j'ai déjà visités, apprend des informations que j'ai déjà apprises. Dans le quartier de Nimbe, il essaie de parler à un garçon qui ne cesse de crier Bingingun. Puis ses pieds l'emmènent en un lieu auquel je ne m'attendais pas du tout. Un lieu qu'on appelle, d'après ce que me dit une femme du marché qui a terminé sa journée, la Maison des Biens et Services du Plaisir de Madame Wadada.

Un bordel.

Le lendemain, le Léopard demande à grands cris combien de fois il devra sentir le Pisteur sur la bite de l'archer. La dispute s'envenime, j'envisage de la faire cesser, puis me ravise. Le Pisteur ne nie pas, il ne comprend juste pas pourquoi le Léopard place cet *appendice* au-dessus de leur amitié. Le garçon ne sait pas ce que veut dire appendice ; mais il sait que ce n'est rien de bon. Il dit quelque chose, mais je n'entends que très vaguement. Nique les dieux et nique ce petit con, hurle le Pisteur, sur quoi il bondit sur l'archer, qui n'est bon à rien sans son arme. Le Léopard finit de se transformer en fauve et le renverse. Le Pisteur donne des gifles et des coups mais très vite le félin referme sa mâchoire sur le cou du Pisteur.

« Léopard ! » je crie.

Il le relâche. Le Pisteur va pour s'en aller, avec une méchante toux.

« Ne soyez pas ici demain, dit-il. Ni l'un ni l'autre.

– J'ai pas d'ordres à recevoir de toi, rétorque le Léopard.

– Ne soyez pas ici demain », répète le Pisteur, puis il part d'un pas chancelant.

Puis Bingingun est arrivé. Quelqu'un qui ne connaîtrait Kongor que de nom serait surpris et épouvanté par le festival, car oui, ce qui vient de le dépasser, ce sont des seins nus, et ce qui vient de gifler la cuisse de cette femme, c'est bel et bien un pénis. Un homme qui ne serait là que pour une journée crierait à l'hypocrisie, ne sachant pas que c'est la nature pieuse de Kongor qui engendre un phénomène tel que Bingingun. Ce n'est qu'en un lieu comme Kongor, où tout le monde est si étroitement corseté, que les gens peuvent se lâcher si totalement. Ce n'est qu'en un lieu comme Kongor, et lors d'un festival comme Bingingun, que je passerais le plus clair de mon temps dans les ruelles et les ravines, car c'est là que les hommes traînent les filles à la faveur des couleurs vives et du bruit. Je les regarde défiler, les hommes qui frappent sur des fûts et des tambours bata, gros ou petits, pour asseoir le chant et inviter à la danse. Derrière eux sautent les vrais Bingingun. Voyez le Fripon et ses robes trompeuses, qui ne cessent de se plaquer sur lui, puis de s'ouvrir sur de nouvelles couleurs, le Roi des Ancêtres en mauve royal, cachant son visage sous un rideau de porcelaines, et les autres qui sautent à hauteur d'homme, en rouge, or, rose et bleu, et argent, parés de lierre, de pièces, de tresses, de glands et d'amulettes. Des résilles pour cacher ce que voit l'homme, des résilles pour cacher ce que fait l'homme. Les tambours changent de rythme et toute la procession se transforme.

Les Bingingun se dispersent. Dans une demi-lune, ils fouetteront les femmes qui s'aviseraient de les imiter, mais ne donneront aux hommes qu'un avertissement. Je rattrape le Pisteur, cette fois avec l'Ogo, et le perds dans un mouvement de foule. Mais je sais où il va, et il est plus que temps. La maison de Fumanguru. Au matin il m'annoncera que lui, et lui seul sait où est parti le garçon, et où il apparaîtra la prochaine fois. Il m'annoncera aussi comment a péri la maison Fumanguru, comme s'il l'avait découvert le premier.

Au matin, le Léopard et l'archer ont tous deux disparu. Le Pisteur et l'Ogo rentrent le soir. L'Ogo, plus heureux que je ne l'ai jamais vu, s'attaque immédiatement au repas plantureux que je n'ai pas vu le vieillard préparer. Sa troupe diminue de jour en jour, mais même ça ne suffit pas à faire apparaître Bunshi. À mon avis, tant que la seule personne qu'elle juge irremplaçable est toujours partante, tous les autres peuvent s'en aller. Alors m'en aller, c'est à ça que je pense presque toute la journée. J'étais sur le point de le faire, il y a encore cinq jours. Bunshi a ses raisons pour ne pas révéler à ces hommes l'identité de celui qu'ils cherchent.

Et cette fille, Venin. Elle prend goût aux choses qui plaisent à la plupart des filles, se précipite au marché pour palper des étoffes précieuses et sentir des huiles parfumées, sans savoir qu'elle ne peut rien prendre sans payer d'abord. Je voudrais suivre le Pisteur, mais c'est elle que je suis obligée de suivre, comme parfois de payer le marchand avant qu'il hurle à la voleuse. Ou de déclencher le vent (pas vent) quand il se met à la poursuivre. Elle y demeure indifférente, pensant que je ne la suis que pour limiter sa liberté. Pas suivre ! c'est tout ce qu'elle crie, car à présent elle résiste à tout ce qui vient de Sogolon, en particulier les enseignements. Je ne peux pas la maîtriser et j'envisage de consulter une sorcière pour lui jeter un sort qui l'endorme si elle s'aventure trop loin, mais ça reviendrait à abandonner une jeune fille endormie à la merci du premier venu.

Donne-moi la fille. Jakwu.

« Assassin, je connais pas ce genre de sorcellerie. »

T'as pas besoin de technique. Il faut juste que tu t'écartes de mon chemin, putain.

Je devrais attendre le réveil du Pisteur pour entendre son programme, ou bien voir où il se rend. Mais au lieu de ça je sors aux premières lueurs de l'aube et pars en quête de la hutte derrière la maison d'une sorcière qui jettera un sort à la fille. Je n'en suis pas fière. Mais je le fais. La sorcière est indignée que je l'aie découverte pour ce qu'elle est, et ce n'est que lorsque je menace de révéler non seulement qu'elle est une sorcière, mais qu'elle est un homme, qu'elle se résout à ouvrir la porte.

« Kongor est une ville pieuse. Pas de sorcellerie ici, dit-elle.

– On n'a qu'à pas dire que c'est un sortilège, alors », dis-je en entrant sans attendre d'être invitée. Dans ma besace, un morceau de la corde employée par les Zogbanu pour attacher Venin. Après le rituel, la sorcière tresse avec un bracelet de cheville qu'elle trempe dans l'encens.

« Dis-lui que c'est un cadeau », dit-elle.

Jakwu sait que quelque chose se prépare.

Donne-moi la fille, maintenant.

« Maintenant ? Comment ça se fait que tu sois le seul à vouloir de cette fille ? En plus, pendant des années et des années, j'ai eu dans la tête une armée d'hommes mécontents qui se préparaient à me renverser. Il ne reste plus que toi. Qu'est-ce que t'as fait ? »

Jakwu, qui n'a jamais été du genre à répondre aux questions que je lui pose, se tait de nouveau.

Je rentre à la maison du maître. Dès que je mets le pied dans ma chambre, je devine, bien que ce ne soit pas moi qui possède le nez, que le Pisteur y est entré. Elle aussi a laissé son odeur, Bunshi. Je rassemble mes affaires pour m'en aller quand Venin se met à râler. « Tiens, voici un cadeau qui vient d'un marchand de musc précieux », je lui dis, et elle est ravie. Puis je lui raconte que là où nous allons, on verra des prodiges : de l'eau qui coule vers le haut, des chariots dans le ciel et des habits qui t'enveloppent tout seuls. Nous nous préparons au départ quand l'odeur de ce foutu lutin, à peine une trace jusque-là, se fait soudain âcre, prégnante. Elle tremble si fort qu'elle entre et sort d'elle-même.

« Les archives… il se passe quelque chose… Pisteur ! »

Bunshi n'a pas le temps d'ajouter quoi que ce soit, et elle tremble trop fort pour prononcer un mot de plus. Je propose d'emmener l'Ogo, elle crie qu'on a besoin d'un poignard, pas d'un bélier, mais il ne se vexe pas. Elle dit qu'elle va conduire Sadogo et la fille à une route qui mène à Mitu. Et à un carrefour.

« Toi et tes foutues portes. Elle va à Dolingo, celle-là ?

– Tu sais bien que oui.

– S'ils emploient les portes, on n'a qu'à attendre qu'ils arrivent à Kongor.

– Non. On peut pas rester à Kongor. Plus maintenant. Va ! »
– Peut-être que le Pisteur devrait se sauver lui-même. C'est toi qui as besoin de lui.
– Et s'ils décident de rester dans le Marais de Sang, tu le sauras comment ? S'ils vont à Dolingo, comment tu feras pour les retrouver dans un lieu qu'il faut trois cents jours pour traverser ? Tu vas jouer aux devinettes ? Tracer des runes ? Ou tu préfères interroger les femmes au marché jusqu'à ce qu'une dise oui, j'ai vu un monsieur blanc qui achetait des baies magiques, juste là.
– Tu te crois maline.
– Va l'aider, ou fiche le camp ! »

Ce sont les visages que nous voyons en premier, moi et le maître de maison, des visages orange sur lesquels la lumière danse, la foule qui regarde la Salle des Archives brûler. Les Kongori écrivent tout, même les événements sans rapport avec Kongor, donc je le sens avec eux, le spectacle de la disparition de tout ce qui fait d'eux ce qu'ils sont. La Grande Salle des Archives ressemble à un feu de joie allumé par un dieu méchant, avec ses flammes si hautes qu'elles éclairent tout le quartier. Je me demande si les livres qui chuchotaient hurlent à présent. Juste au moment où je me mets à penser à lui, quelqu'un hurle dans la foule : Non, toi, non ! L'archiviste. Comme pour dire : Non, tu n'y peux rien. Le toit s'est effondré et les braises ont explosé. De larmes, de sueur, ou les deux, les visages sont mouillés. Si tout prend feu en cet endroit, le feu ne prend pas feu. Le Pisteur, j'en suis sûre, va devoir s'expliquer dans les grandes largeurs. À moins qu'il soit dans le brasier.

Et les gens.

Les gens pleurent.

Les gens hurlent.

Les gens se taisent.

D'un coup, sans transition, sans appel au calme, sans murmure, en un instant c'est le silence. Le feu provoque la transe, ça je le sais, mais le visage le plus proche de moi regarde au-delà de l'incendie, au-delà de tout, y compris lui-même. Lui et tous les autres ne sont pas seulement silencieux, mais immobiles. Figés. La sueur coule dans ses yeux, il ne bat pas des paupières. Chaque homme, femme et enfant dans la rue est raide comme du bois et toutes les têtes se tournent vers la gauche. Aucun autre membre, pas même un doigt, ne bouge. Puis soudain une femme crie, deux rues plus loin, et tous prennent leurs jambes à leur cou, comme s'ils fuyaient un véritable incendie, tous, même les très vieux, les très jeunes, et c'est une débandade qui renverse et piétine tous ceux qui ne tiennent pas le rythme. Personne ne dit rien, et il n'y a rien à faire que les suivre. Ils se précipitent dans cette allée, où je repère le Pisteur, juste au moment où il donne un coup de coude à une femme qui fonce sur lui tandis qu'un homme, habillé en officier, écarte les gens du plat de son épée. Une mère laisse échapper son propre enfant et attaque le Pisteur tandis qu'un jeune garçon lui saute sur le dos. L'officier le détache. Puis la foule les nasse, des gens qu'ils essaient de ne pas tuer, qui ne pensent rien de tel des deux hommes. Qui ne pensent rien. Il me faut un moment pour me rendre compte qui pense, et avant que je comprenne que c'est lui, à l'autre bout de l'allée, il disparaît. Les cheveux comme des flammes au sommet de sa tête. Ses cheveux courts et roux. Ses bouchons dans les oreilles. La cape qui claque bien que ce soit une nuit chaude, une nuit sèche.

L'Aesi. À Kongor.

Ce qui veut dire qu'il nous suit, soit seul, soit avec une armée. Qu'il nous suit depuis Malakal. Ce qui veut dire qu'il nous connaît, car il n'a pas d'autre raison de s'en prendre au Pisteur. Ce qui veut dire que quelqu'un nous espionne pour son compte. J'ai passé tant de temps à tenter de m'affranchir de cette mission pour partir à sa recherche que je n'ai pas pensé une seconde que ce serait lui qui nous suivrait. Il y a beaucoup de choses qu'il ne peut pas faire. Il ne peut pas voler, ne peut pas disparaître, il ne peut se souffler dans les airs comme un souhait. Si je le traque, je vais le trouver, et je suis l'une des rares personnes, peut-être la seule, à l'avoir déjà tué. Je peux le tuer. Il les tuera. Je ne les connais pas, et ne m'en soucie pas. Il n'empêche qu'il les tuera, et puis ces gens se réveilleront demain pour découvrir qu'il leur manque une sœur, un frère, un enfant, peut-être juste un membre, mais même la main, c'est un membre de trop. La colère monte en moi et je ne peux la maîtriser – car la seule perdante ici, c'est moi. La foule est sur eux à présent, sur le Pisteur et l'officier, et bientôt ils n'auront d'autre choix que de tuer pour s'échapper. Et bien que je sache tout ça, je fais tout de même un pas dans sa direction.

« Tu n'es pas une de ces femmes qui ont des pouvoirs secrets ? » demande le maître de maison, qui me retient.

« Y a rien de secret. »

Je saute de mon cheval et ma peau se met à onduler. Le vent (pas vent) soulève tout d'abord la poussière, puis il renverse toutes les torches, arrache les fenêtres mal fermées et, avant que quiconque le remarque, il commence à projeter les gens contre les murs et dans les airs. Je marche, et il court devant moi, le vent (pas vent), il renverse ou soulève chaque femme, homme, enfant ou bête. Ma force ouvre un passage, un passage jusqu'à eux deux.

« Il possède tous les esprits dans cette ruelle », j'annonce lorsque nous rejoignons l'officier et le Pisteur.

« Je sais, dit ce dernier.

– Sauf le vôtre.

– Qui sont ces gens ? » me demande l'officier. Sa peau claire nous surprend, moi et le maître de maison. Je n'ai pas vu pareille peau depuis mes voyages bien trop au Nord.

« Allons-nous-en maintenant, je dis.

– Je n'ai besoin de personne pour me sauver d'eux.

– Mais ils vont bientôt avoir besoin de quelqu'un pour les sauver de toi. » D'autres hommes, femmes et enfants s'élèvent dans les airs.

Comme je mets trop longtemps pour rejoindre mon cheval, les gens commencent à se rassembler. À courir. Le vent (pas vent) n'attend pas. Il balaie toutes et tous vers le bout de la ruelle.

« Il vient, cet homme-là ? je demande au Pisteur.

– Je suis pas maître de ses mouvements.

– Oh, tu vas la fermer ? dit l'officier qui monte sur le cheval du maître de maison.

– Où est Sadogo ?

– Avec la fille, il attend. »

Nous laissons le maître de maison chez lui, et trouvons le passage le moins profond de la rivière, où l'on peut encore traverser à cheval. Le Pisteur n'arrête pas de geindre que je cherche à le noyer, et l'officier demande : il est toujours comme ça ? De l'autre côté commence la longue route qui mène à Mitu. Quand nous arrivons à un carrefour, Sadogo sort des fourrés avec la fille. Le Pisteur crie son nom. L'Ogo fait ce qui se rapproche le plus d'un sourire que je lui aie jamais vu. Mais la vue de l'officier le distrait.

« Alors t'es qui ? je lui demande.

– Il fait partie de l'armée du chef kongori…

– Sa bouche, c'est comme un intestin frappé de diarrhée. Je m'appelle Mossi. »

J'essaie de voir cet homme dans la nuit, mais je ne distingue clairement que ses grands anneaux d'oreilles, son collier en argent et ses cheveux longs.

« T'as rien à faire là-dedans, je dis.

– Vous auriez dû y penser avant de vous introduire dans la maison de Basu Fumanguru, tous. Il t'a dit où il avait passé la nuit, le Pisteur ? »

Avec les putes, me dis-je à part moi.

« Ces derniers temps, j'ai l'impression que tu me suis partout, fait le Pisteur. Il était grand temps que tu arrêtes.

– Il est grand temps que tu arrêtes de me dire ce que je dois faire.

– Écoute, il s'intéressait au destin de Fumanguru, comme toi, et ça a failli lui coûter la vie. Maintenant il n'a plus nulle part où aller.

– C'est son problème, je crois.

– Ah, et tu crois que si l'Aesi le traque, ça ne va pas devenir ton problème ? Oui, femme, on est au courant pour l'Aesi. Entre autres choses.

– Je t'ai dit de pas parler à ma place, fait l'officier.

– Oh ta gueule, Mossi. »

L'Ogo aide Venin à descendre d'un arbre avec une délicatesse dont je ne l'aurais pas cru capable. Elle reste agrippée à son bras, même une fois sur la terre ferme. Nous avançons un peu, jusqu'au centre du carrefour.

« Tu as commandé le vent, là-bas ? demande l'officier. Fascinant.

– C'est pas du vent.

– Ah bon ? C'est quoi ?

– N…

– Vous les sorcières, avec vos carrefours, fait Pisteur.

– C'est pour toi, pas pour moi », je réplique, stupéfaite de la rapidité avec laquelle il parvient à m'exaspérer. « Toi et Bunshi, vous en avez déjà parlé.

– J'arrive pas à savoir si tu es de mauvaise humeur ou si c'est ton état normal. Je sais qui il est, tu sais. Le garçon.

– Aje o ma pai ta yi onyin auhe.

– La poule ne sait même pas quand on va la faire cuire alors elle devrait peut-être écouter l'œuf, répond-il avec un clin d'œil.

– Et c'est qui, le garçon, d'après toi ? je demande.

– Quelqu'un que cet Aesi essaie de toutes ses forces de trouver avant toi. Tout semble indiquer que le Roi est dans le coup. Et me raconte pas que c'est le fils de Fumanguru, parce que je n'aime pas perdre mon temps, tout comme toi.

– Le Roi veut effacer la Nuit des Crânes, et cet enfant…

– C'est cet enfant qu'il cherche depuis le début. J'ai lu les écrits de Fumanguru, femme.

– Tu les as trouvés.

– Les gens devraient vraiment lire davantage. C'est à ça que ça sert, les bibliothèques. Mais tu y es passée il y a seulement quelques jours.

– Mon odeur.

– Elle y est restée. Et tu ne les as pas trouvés ? La grande Sorcière de Lune. Ou bien ce n'est pas ce que tu cherchais. C'est tout.

– Tu crois encore que je m'intéresse aux écrits.

– Tu devrais. Il donnait des instructions sur ce qu'il faudrait faire de l'enfant une fois qu'on l'aurait trouvé. Les mots superposés, ton ancien, il adorait ça.

– Parle clairement.

– J'ai été clair. Il écrivait des phrases par-dessus des mots, avec du lait. Il disait d'emmener l'enfant dans le Mweru. Tu me dévisages. Et quel silence. Traverse le Mweru et laisse-le engloutir ta trace, voilà ce qu'il disait.

– Bien sûr. Bien sûr. Aucun homme n'a jamais dressé de carte du Mweru, et aucun dieu non plus. L'enfant serait en sécurité là-bas.

– Autant dire qu'il serait en sécurité en enfer.

– Bunshi nous a envoyés ici parce qu'il y a une porte, Pisteur.

– Dis-moi qui est l'enfant avant que je la trouve. Tu sais que je vais y arriver.

– Ouvre-la.

– Qui est le garçon ?

– Vous n'arrêtez pas de parler de ce garçon. C'est à cause de la poupée, c'est ça ? demande l'officier.

– Une poupée ? » Sa réflexion me prend par surprise.

« Quelle famille, où personne ne communique. Non, vous êtes exactement comme une famille. Donc oui, une poupée a été retrouvée dans la maison. Un jouet d'enfant. Sauf qu'aucune mère *de* Kongor n'aurait offert une poupée à son enfant. C'est un péché terrible que d'entraîner un enfant à avoir des idoles, tu comprends. Un enfant *à* Kongor, par contre, n'est pas forcément kongori. Donc ceux qui ont tué les Fumanguru en ont laissé un en vie… l'enfant dont vous parlez, je suppose. Non ? Forcément un enfant d'une grande importance pour que des… gens pareils le cherchent. Je pensais que ce Pisteur me cachait des choses, mais c'est qu'il ne sait pas, en fait. »

Cet officier m'est sympathique. Mais ça n'explique pas sa présence ici, ou pourquoi je devrais le laisser venir avec nous plutôt que le tuer.

« Je ne sais pas qui nous suit, mais il nous suit toujours », dit l'Ogo au Pisteur, et il finit par hocher la tête, s'écarter, joindre les mains et entonner un chant. De l'antimagie sangoma. Une étincelle s'allume, puis se divise en deux, formant un cercle de feu aussi grand qu'une maison, avant de s'éteindre.

« Voilà, sorcière, la flamme est morte et il n'y a pas de porte. Car nous sommes à la croisée des chemins, où il n'y a jamais eu de porte. Je sais que tu viens du bas peuple, mais même si ça ne fait que quelques jours, tu as certainement vu ce qu'on appelle une porte, dit le Pisteur.

– Mais il va la fermer, à la fin ? » demande Mossi à la fille, et même elle, elle rit. Je souris aussi, sachant que ça met Œil de Loup en rage. Nous ne marchons pas très longtemps avant de nous retrouver sur une autre route, pas de terre mais de pierre, l'air n'est plus chaud, mais froid, la chaussée n'est plus plate, mais légèrement en côte.

« C'est… ce n'est ni Mitu ni Kongor, fait observer Mossi.

– Même un Sangoma, quand il n'est pas en train de pleurnicher comme une chienne mal nourrie, peut accomplir de grands prodiges. Ou juste ça », je dis, et je pousse mon cheval, laissant l'officier plaisanter avec la fille, agaçant l'Ogo. Je suis trop vieille à présent, c'est évident. Trop vieille pour remarquer quand un homme, même ce géant, a des sentiments tendres pour une femme. Je ralentis pour laisser le Pisteur monter en croupe derrière moi.

« L'Aesi pourrait bien te suivre dans tes rêves, je dis.

– Je n'ai rêvé de lui qu'une fois.

– Ne dors pas ce soir. Ni toi ni l'officier.

– Mais je tombe de sommeil, Sorcière de Lune.

– Trouve-toi quelque chose à faire.

– Je sais qui c'est, ton garçon, chuchote-t-il.
– Le garçon de Bunshi, tu veux dire. »

Ce soir, nous n'arriverons nulle part, nous n'arriverons à rien sauf à nous perdre, donc nous faisons halte au bord de la route. Mossi et le Pisteur allument un feu, et en les observant je ne peux m'empêcher de me demander comment a commencé l'incendie des Archives. Le Pisteur essaie d'exaspérer tout le monde pour se tenir éveillé, si bien que l'officier finit par s'éloigner. Ils se rendent à la rivière en courant à moitié. Je l'entends expliquer à l'officier le fonctionnement de son flair ; une fois qu'il a capté une odeur, il peut la suivre partout, par-delà terre et mer, et la première fois qu'il a découvert son don, il a failli trancher ce nez qui le rendait fou. Et il peut suivre le parfum jusqu'à ce qu'une personne meure, dit-il, et les vivants – femme, homme et animal – ont tous une odeur distincte, tandis que les morts sentent tous pareil. Il a repéré l'odeur de l'enfant chez Fumanguru, et à présent elle l'entraîne vers le sud, peut-être Dolingo, peut-être encore plus loin. Mais auparavant, cette odeur disparaissait pour revenir plus forte, comme si l'enfant ne parvenait pas à se décider sur le chemin à prendre. À présent, elle s'intensifie au fil du voyage, et quand ils ont passé la porte, c'est comme si le garçon lui avait sauté au visage.

Sur ce, l'un des deux hommes crie et je n'ai pas sursauté qu'un grand plouf retentit dans la rivière. Puis un autre, et puis plus de paroles. Je ne saurais dire, pendant ce silence, si le feu s'est consumé ou si je me fais des idées. Je roule sur moi-même pour m'endormir, sachant – non, espérant – que mon esprit est toujours inconnaissable pour l'Aesi. Mais le calme est trop complet.

Ce sont leurs vêtements sur le bord qui m'empêchent de tomber de la falaise. En dessous, la rivière. Sur les berges, la lueur de la lune joue sur leur peau ; le Pisteur est sur le dos, les jambes écartées comme si elles se fuyaient, et sur lui, en lui, l'officier, qui le baise.

Vingt-quatre

Et ils me renversent de mon cheval. Me bourrinent si fort que je crois que c'est mon propre vent (pas vent) qui m'a heurtée. Ils me font tomber de mon cheval, m'expédient dans les airs et j'atterris sur le dos, dans une toux étranglée. Aussitôt Venin met pied à terre et court vers moi, mais ils lui donnent une gifle si forte qu'elle se tord, tombe en pleurs. Eux, pas que lui, Jakwu. Peut-être cinq ou dix, peut-être tous les hommes que j'ai tués. J'essaie de me relever mais ils m'en empêchent, puis des mains – je sens des mains qui me tirent par les jambes – me traînent en travers de la route. Mossi saute de son cheval, sort son épée, mais ils l'encerclent, le projettent en avant et retournent son arme contre lui, tentant de le faire tomber dessus. Le Pisteur s'élance puis recule. Les mains sur mes chevilles me traînent dans les fourrés, trop vite pour que je puisse tracer des nsibidi. Et je ne connais pas les paroles. La femme Nnimnim m'a dit plus d'une fois de les apprendre afin de m'entraîner à les invoquer, mais je ne l'ai jamais fait. La voix de quelqu'un chevauche l'air, et ce n'est pas Jakwu. Quelqu'un psalmodie quelque chose. Mossi se précipite vers moi, ils le renversent encore. Seul l'Ogo tient debout. Quand il vient se planter devant moi, ils lui donnent des petits coups, le poussent, le giflent, mais rien ne l'ébranle. Venin, je ne sais pas ce qu'elle fabrique, mais elle prend un bâton et trace des traits dans la terre. Peut-être qu'elle m'a vue écrire des nsibidi suffisamment longtemps pour en connaître la forme, si ce n'est la signification.

Ça marche. Ils font le bruit du vent qui couine. Retournant tous là d'où ils viennent. L'un d'eux me tire les cheveux et m'arrache une mèche.

Mossi accourt pour m'aider, mais Venin s'interpose.

« Aucun homme ne doit la toucher. »

Pisteur semble aussi surpris que moi. Quand l'Ogo me soulève pour me mettre sur son cheval, ça ne la dérange pas, pourtant. Nous reprenons la route jusqu'à ce que le chemin se rétrécisse, une portion de piste lisse. Ma tête me revient, mais je n'ai toujours pas l'impression que c'est la mienne, et si je mets pied à terre je vais sûrement tomber. Une voie construite par un empire disparu, sans doute, dit Mossi. À la lumière du jour, je réfléchis que si presque tout chez ce Pisteur me semble défaillant, stupide, ridicule ou néfaste, je n'ai rien à redire à ses goûts en matière d'hommes. Et celui-là. Même avec sa peau de la couleur de ce qu'on emploie pour dessiner, sur la peau, il est d'une beauté saisissante. Et un vrai guerrier, contrairement à tous les autres. Le seul homme que le lutin des eaux n'a pas choisi pourrait être le seul à se révéler utile. Rien à voir avec les hommes que je croise tout le temps, à part les lèvres épaisses. Les cheveux longs et emmêlés, comme mon cheval. Une barbe sur un visage anguleux, un nez en bec d'aigle, et lorsqu'il s'approche, des yeux comme une flaque d'eau. Aussi, il est plus grand que le Pisteur. Mais tous les autres hommes le sont, pas seulement l'Ogo.

« Je suis le seul à entendre ça ? demande Mossi.

– J'entends aussi », répond l'Ogo.

Juste au moment où le Pisteur hoche la tête, des deux côtés, ça vient, un grondement, un crépitement, puis une vague de craquements, et un tonnerre venu d'en bas, de profond, et qui monte.

« Nique les dieux, qu'est-ce qui va encore nous arriver ? »

Venin prend son bâton et le divise en deux lances. C'est le maître de maison qui a dû lui donner, me dis-je. Sadogo renifle en l'air. La chaleur éclate de la terre, avec une puanteur qui brûle les narines. De la terre s'élève également un rire fou et cruel, un rire de femmes. Plus déchaîné à mesure qu'elles s'approchent, pour jaillir finalement de la terre.

« Mesdames et messieurs, fuyez ! » crie Mossi.

Quatre à la fois, deux de chaque côté. Soulevant d'énormes mottes de terre qui nous pleuvent dessus tels des rochers. Regardez-les monter, plus haut que la Tour de l'Autour noir, entendez-les glousser, hurler. Des femmes, les seins, la poitrine, la taille de femmes, mais des mains de géantes, et au-dessous du ventre, un corps de serpent aussi épais que des troncs d'arbre.

S'élevant du sol et poussant de plus en plus haut, quand soudain elles nous repèrent et plongent. Maigres, efflanquées, la peau recouverte d'écailles noires, les cheveux rouges, les yeux aussi, des crocs qui claquent, en mal de chair. Le sol se fend et il en sort deux autres. L'une fond sur le Pisteur et le renverse, sur quoi elle sort ses griffes, mais arrive Mossi avec ses deux épées, qui virevolte tel un tourbillon, coupe et finit par trancher la main de la diablesse. Elle hurle et se replie dans le sol.

« Les sorcières Mawana ! » crie Sadogo.

Elles ont senti la nourriture. Elles nous ont sentis. Je suis trop faible pour invoquer le vent (pas vent).

Sadogo en attaque une juste au moment où elle se saisit d'un cheval. Elle veut l'emporter avec elle, mais le géant saute sur sa queue de serpent, la piétine et la cogne jusqu'à ce qu'elle laisse échapper le cheval. Sadogo l'escalade comme un arbre. L'une d'entre elles plonge pour me saisir mais Venin se plante devant moi, faisant des moulinets avec ses deux lances comme Mossi avec ses deux épées. D'où elle a tiré ce talent, il faudra qu'elle me le dise. La sorcière tremble, se balance et plonge, tentant de se débarrasser de l'Ogo, mais il s'accroche et son poids suffit à l'enfoncer. Devant son visage, son haleine fumante, il bourre son front de coups de poing jusqu'à ce que sa tête se fende, et elle tombe. Sa chute fait peur aux autres qui tentent encore de s'emparer de Mossi, de griffer l'Ogo et de rafler les chevaux. Une sorcière en attrape un, le soulève trop haut avant de le laisser échapper. Je vois Sadogo qui regarde le cheval s'écraser et mourir. Il est furieux à présent, et ça faisait longtemps que je n'avais pas vu un Ogo déchaîné. Il saute sur une autre, referme ses bras autour de son cou. Ni la respiration ni les griffes de la sorcière ne l'empêchent de l'étrangler jusqu'à ce que mort s'ensuive. Une autre essaie d'attraper le Pisteur, mais recule lorsqu'il se retourne pour lui faire face. Et Venin. Cette fille remonte en courant le dos de Sadogo, bondit de son épaule et cloue ses deux lances dans le dos d'une adversaire en poussant un hurlement. À mesure qu'elles tombent, les sorcières se mettent à mollir. Le Pisteur en profite, poursuivant la plus jeune, ses deux haches en avant. Elle tente de se renfoncer dans la terre avant son arrivée, mais il a le temps de lui enfoncer les deux haches dans le cou. Une autre, voyant que je suis la seule à être trop faible pour se battre, me prend pour cible, dans une plongée rapide. Venin court se poster devant moi, juste en dessous de la sorcière, qui se voit condamnée à s'écraser la poitrine sur les lames. Elle tombe en avant, poussant des glapissements jusqu'à ce que du sang noir emplisse sa gorge. Les autres sorcières cessent leurs cris aigus et replongent dans le sol. Nous nous regroupons, toutes armes prêtes, n'entendant que nos respirations haletantes, jusqu'à ce que le grondement sous nos pieds se calme.

« Regardez-moi ça, les sorcières attaquent les sorcières, dit Pisteur.

– Regardez-moi ça, aucune ne t'a attaquée, toi, je réplique.

– Tu l'as déjà compris. L'acier n'a pas de prise sur moi. Pas plus que l'or, l'argent, ou le bronze.

– Elles sont toutes de chair. Me dis pas que t'as pas vu la dernière reculer devant toi.

– Elle a eu la frousse.

– De nous tous, c'est pas de toi qu'elle a des raisons d'avoir peur.

– Où veux-tu en venir, femme ?

– Tu as dormi la nuit dernière ?

– Qu'est-ce que tu crois, sorcière ?

– J'ai dit tu as dormi ?

– C'est à peu près la seule chose que j'aie pas faite hier soir. Tu l'as vu de tes propres yeux, non ? Sur la falaise. »

Je ne sais pas ce que j'allais dire mais il me coupe la chique.

« On ferait mieux d'y aller. Maintenant ! » je crie.

Il ne nous reste plus qu'un cheval. Mossi marche, et Pisteur avance un moment sur les épaules de Sadogo jusqu'à ce qu'il se rende compte que ça lui donne l'air d'un enfant. Je suis sur le cheval, avec Venin en croupe.

« Où as-tu appris à te servir d'une lance avec une telle maîtrise ? je lui demande.

– Maîtrise ? Je joue avec des lances depuis que j'ai arrêté de téter ma mère.

– Quoi ?

– Je vais me procurer une épée. Peut-être deux, comme l'homme pâle. Dis-moi, lequel de ces deux-là baise et lequel se fait baiser ? Ils marchent tous les deux comme si quelqu'un avait sérieusement besogné leur trou du cul.

– Venin.

– Tu sais bien que non, pute de la lune.
– Jakwu.
– J'adore t'entendre dire mon nom. Redis-le. »

Cette route n'est pas la seule qui mène à Dolingo. Nous arrivons à un embranchement où celle de gauche serait plus rapide, protégée par des arbres, dont plusieurs fruitiers. Mais je reste sur la droite et ne réponds pas à Pisteur quand il demande pourquoi. Personne ne prend la voie de droite car la rumeur dit qu'on ne peut parcourir une lieue sans y rencontrer des diables. Aucun diable ne vit sur cette route, mais l'homme qui a lancé cette rumeur, si. Lui et ses semblables se sont dispersés au nord et au sud par peur. Lui, le griot du Sud.

Ikede.

Pourtant je suis surprise en apercevant sa maison. Nous nous en approchons lentement. *Qui sait ce qui nous attend encore ?* dit la voix qui me ressemble. Jakwu essaie une nouvelle fois de me prendre par la taille et je lui flanque un coup de coude.

« J'ai hâte d'essayer d'être une femme. Dis-moi vrai, comment vous faites pour ne pas passer vos journées sous les draps à jouer avec vos seins ?

– Si tu touches un cheveu de Venin, je te jure…
– C'est fait, pute de la lune. C'est déjà fait.
– Venin, si tu m'entends, résiste.
– Pute à la chatte puante, tu m'as pas entendu ? Elle est partie et elle reviendra pas. T'en fais pas, tu vas pas tarder à l'entendre chuchoter, bien qu'elle connaisse pas beaucoup de mots.
– Comment tu t'y es pris ? Parle.
– Moi ? Tu as fait le plus gros, en passant une porte que t'aurais jamais dû prendre. Les autres hommes ont fait le reste. Ils t'ont suffisamment battue, quand tu étais trop faible pour contenir tous les esprits. Et on l'a fait aussi, mais ils sont devenus trop forts. Tu as cru que c'était Venin qui traçait des nsibidi dans le sable pour les éloigner ? C'était moi. Qu'est-ce que tu veux que je te dise ? De tous les enfants de ma mère, c'est moi que je préfère. Et cette fille, elle était si creuse que n'importe qui aurait pu se glisser dans sa tête et y trouver assez d'espace. Mais voilà la vérité. Je vais pas mentir. Je me suis toujours demandé ce que ça faisait de recevoir une bite comme la mienne. Et cette Venin m'a tout l'air d'une vierge. J'ai hâte, et j'aimais même pas les hommes.

Ces pics et ces vallées dont aucun homme ne dispose. J'ai hâte. Je devrais essayer l'Ogo, tu crois ? Il est plus que charmé, mais j'ai pas envie de tuer la fille.

– Je te tuerai avant que ça se produise.

– Écoutez-moi ces belles paroles. Venin, elle va pas avoir besoin de paroles. Sa bouche sera pleine d'autre chose.

– Si tu…

– Tu continues à dire *si* comme si on avait pas dépassé ce stade. La question, c'est quand, femme. Sache-le.

– Tu crois que je ne la tuerai pas pour la sauver ?

– Tu peux essayer. »

Et donc nous nous rendons à la maison d'Ikede, presque aussi haute que la maison du maître à Kongor, mais pas du tout aussi large. Elle est si étroite qu'on pourrait la considérer comme une tour, et c'est ce que je dis à Ikede quand nous le trouvons assis devant sa porte, en train de mastiquer du khat en nous attendant.

« Tu les as préparés ? demande-t-il. Bunshi…

– Oui, le lutin des eaux m'a tenue au courant. Ils sont prêts. »

Le Pisteur me regarde comme s'il était sur le point de poser une question à laquelle je ne suis pas sur le point de répondre. Jakwu examine le griot du Sud et suit la troupe à l'intérieur.

« Je pars bientôt. Et je prendrai le cheval, annonce-t-il. Mais ce jeu que tu joues, je l'aime bien. Ils savent déjà qu'ils sont à la recherche du futur Roi ? Ce secret, il compte beaucoup pour toi ?

– C'est pas mon secret, imbécile. »

Il rit. Je ne l'appellerai jamais elle. Les pigeons sont dans une cage, prêts à s'envoler pour Dolingo, avec un mot rédigé par le griot que je relis deux fois car le temps de la confiance est depuis longtemps révolu. À la patte du second pigeon, j'attache un autre mot. Je suis dans une maison avec un homme que les sorcières ne touchent pas, un autre qui n'est que puissance, pas d'esprit, un autre encore qui a volé son corps à une femme et un dernier que je ne connaissais pas il y a quelques jours, bras armé du chef qui est le bras armé du Roi. Dans la maison d'un homme qui a un jour fait planer sur moi la menace de tout mon passé. Pas sûre que je m'endorme ce soir. Le Pisteur est à ma porte quand je libère le second pigeon : il se dispute avec Jakwu, tentant de passer malgré lui, sans savoir que dans la fille se trouve un homme qui a tué des dizaines et des dizaines d'hommes tels que lui. Mais Jakwu le laisse entrer, car il sait que le Pisteur va m'énerver.

« Un message pour la Reine de Dolingo, lui disant de nous attendre, j'explique.

– J'ai rien demandé.

– Ils sont pas tendres avec les gens qui se présentent sans s'annoncer.

– Si tu le dis. Mais il faut qu'on parle, femme.

– Ah, maintenant tu veux qu'on parle ?

– Oui, qu'on parle. De ce garçon, tout d'abord. Ton Aesi le poursuit. Et puisqu'il n'agit que pour les intérêts du Roi, ça veut dire que Kwash Dara le cherche.

– T'as trouvé beaucoup de choses, dans cette bibliothèque.

– Avoue-le. Ça t'étonne que je sache lire.

– T'as pas besoin de savoir lire pour savoir que l'Aesi agit pour le compte du Roi, voire pense à sa place. Même les enfants, ils appellent Kwash Dara le Roi-Araignée.

– Toutes les informations sur le garçon figuraient dans les écrits.

– Regarde-toi, grand lecteur. Toi et ton bel officier.

– Si tu dis qu'il l'est.

– Comment avez-vous réussi à échapper à un incendie pareil, tous les deux ? Soit vous êtes trop durs à tuer, soit il a pas fait tellement d'efforts pour avoir votre peau. »

Je me rends à la porte pour lui indiquer la sortie.

« On a pas fini, toi et moi, dit-il.

– Charmant, parce que moi, je commence tout juste, dit Mossi en entrant dans la chambre.

– Vous connaissez combien de femmes qui se permettraient d'entrer comme ça dans la chambre d'un homme ? » je demande.

L'officier est décontenancé. Contrairement au Pisteur, il est bien élevé. Il fait mine de s'en aller, mais décide de rester.

« Officier, je commence.

– Mes amis m'appellent Mossi.

– Officier, cette mission, elle est pas pour toi. Ce que tu as de mieux à faire, c'est rentrer.

– Trop tard pour ça. Grâce à vous autres, je n'ai plus nulle part où rentrer. L'armée du chef va penser que j'ai tué mes propres hommes, sur ce toit.

– Vous étiez en train de massacrer des officiers quand les Archives ont pris feu ?

– Ils ont d'abord essayé de nous tuer, explique le Pisteur. D'ailleurs, quelques-uns d'entre eux étaient déjà morts. Contrôlés par l'Aesi.

– Et d'autres achetés par lui », précise Mossi. Il s'assoit par terre et sort une liasse de papier de sa besace.

« Nique les dieux, tu as pris les écrits ? demande le Pisteur.

– Quelque chose en eux exsudait l'importance. Ou peut-être juste le lait caillé », dit-il avec un rire.

En voyant les papiers, je m'approche. Je peux pas m'en empêcher. Tout ce que je connais des écrits, c'est ce que Fumanguru a écrit sur le mur. Mais les voilà : preuve que le peuple de l'empire réfléchissait par lui-même et ne croyait pas que chaque pensée doive être calquée sur le Roi.

« Des glyphes, dit le Pisteur. Écriture du nord sur les deux premières lignes, écriture de la côte en dessous. Il les a tracés avec du lait de brebis.

– Ton nez. »

Même Jakwu s'est approché, attiré par les papiers.

« La grande idée neuve de Fumanguru, c'était de revenir à l'ordre ancien, je dis. Là, je résume pour vous autres.

– Tu as tout lu ? demande le Pisteur.

– J'étais là quand il les a écrits. À partir du moment où il cesse de parler du Roi, ça devient barbant. Après il se met à dire aux femmes quoi faire, comme tant d'hommes. Mais quant à ce qu'il dit du Roi, il aurait pu être très utile.

– Mais tu les as lus ?

– À ton avis ?

– À mon avis, tu fais la maline.

– Tu as lu le passage sur l'histoire des rois ? Quand il explique que l'ordre de succession a changé après Moki ? Tous les rois avant lui étaient les fils aînés de la sœur aînée du Roi. Oui, putain de limier, j'étais là. J'ai vécu cette époque, et j'ai survécu quand ce même Kwash Moki et ce même Aesi ont décidé que toutes les femmes indépendantes devaient être des sorcières, et qu'il fallait leur enfoncer un pieu dans le trou du bas et le faire ressortir par la bouche. Au moins, Fumanguru ne vous a pas raconté cet aspect, car malgré toute sa noblesse, il était incapable de voir autre chose en une femme que l'usage de son koo. Même une femme de sang royal. Mais Bunshi vous a pas dit ? J'étais là, et j'ai souffert tout ça alors que vous étiez pas nés, pour la plupart.

– Pour la plupart ? demande Mossi.
– Ferme ta bouche, toi ! je dis, sans quitter Jakwu des yeux.
– J'ai juste demandé comment il était devenu Roi ? dit Mossi, chagrin.
– Il a exilé sa sœur sous prétexte d'adultère et manigancé le couronnement d'un faux roi. J'étais au service de la princesse quand ça s'est produit. Il l'a exilée à Mantha, soi-disant pour qu'elle rejoigne les sœurs divines, et on n'était pas à mi-chemin qu'il a envoyé les frères sangomin du Pisteur pour nous assassiner.
– Bien sûr. Mes frères assassins, dit ce dernier en riant.
– Tu agis comme si tu les avais jamais vus à l'œuvre.
– Après avoir vu les cruautés dont vous êtes capables, vous autres sorcières, j'ai tendance à penser qu'ils ont raison. Comme s'il n'y avait que toi qui connaissais l'atrocité. J'ai survécu à vos horreurs, moi aussi.
– Pisteur, fait Mossi.
– Non. Cette femme veut la discorde, elle l'aura. J'ai vu les Sangomin protéger des gens que personne d'autre ne protège. J'ai vu les ossements de petits bébés, tout ça parce que des femmes comme toi avaient estimé qu'ils étaient des abominations et les avaient laissés mourir de faim, et agoniser lentement. Car pour vous, c'est ça, la pitié. Et pourtant, tout ce qu'elles font, c'est protéger les personnes mêmes qui essaient de les détruire depuis leur naissance. La dernière fois que j'y suis passé, personne n'appelait Malangika le marché des Sangomin.
– Pisteur.
– Quoi, Mossi ? Tu veux que je l'écoute calomnier des enfants ?
– S'ils ont le moindre rapport avec les Sangomin de Kongor, à mes yeux, elle n'a pas tort. »
Le Pisteur fait la grimace, mais se tait.
« Après Moki, même le bon Roi Liongo a suivi les traces de son père. Puis l'Aesi a fait oublier tout l'empire. C'était un de ses dons, à cette époque. Maintenant il est moins puissant.
– La vieillesse vient pour tout le monde, sauf toi, d'après ce que j'ai entendu. Trois cent soixante-dix et trois ans ? demande Mossi.
– C'est le Pisteur qui t'a dit ça ? je ris. Quoi qu'il en soit, Bunshi pense que tout le territoire est maudit depuis que l'Aesi a pris le pouvoir.
– Malgré l'expansion ? Malgré la prospérité ? Comment ça, maudit ?

– Je sais pas exactement ce que ça signifie, mais à un moment donné, le Sud a failli gagner la guerre d'Areri Dulla, tout de même. Et j'ai passé du temps derrière les murs du palais. L'un des jumeaux de Kwash Moki s'est noyé. Liongo a perdu son premier-né, donc on a dû couronner son deuxième. Et les enfants de leurs concubines se sont avérés aussi fous que des rois du Sud. La famille est dégénérée de père en fils. Oui, les grands rois du Nord font la guerre et gagnent souvent, mais ils perdent les batailles qui comptent, et ils en veulent toujours davantage. Les territoires libres, les territoires en difficulté. Les royaumes qui ne prennent pas parti. Ils peuvent pas s'en empêcher, ces hommes élevés par des hommes, pas des femmes. Les femmes, elles sont pas comme les hommes, elles connaissent pas l'avidité. Et si chaque royaume s'étend plus loin, chaque Roi est pire que le précédent. Les rois du Sud sont de plus en plus fous parce qu'ils pratiquent systématiquement l'inceste. La folie des rois du Nord est différente. C'est le mal qui les frappe, car toute la lignée vient du mal le plus abominable, car quelle abomination tue sa propre famille ?

– Les seules questions qui m'intéressent, c'est celles dont le garçon est la réponse », dit le Pisteur. Je passe à ça de le projeter par la fenêtre d'une bourrasque.

« Si tu peux pas répondre à ces questions à ce stade, ta mère doit encore s'inquiéter pour toi », je dis.

Il essaie de me rentrer dedans, mais Mossi l'arrête.

« Mossi, lis ça », dit-il, et l'officier ramasse les papiers.

Les dieux du ciel – non, les seigneurs du ciel. Ils ne parlent plus aux esprits de la terre. La voix des rois devient la nouvelle voix des dieux. Brise le silence des dieux. Piste le boucher des dieux car il piste l'assassin des rois. Le boucher des dieux avec ses ailes noires.

« Quel homme pompeux, vaniteux, stupide. Même sur le papier, il peut pas s'empêcher de bomber le torse.

– Tu veux la suite ou pas ? Continue, Mossi. »

Emmène-le à Mitu, à la main guidée de celui qui n'a plus qu'un œil, traverse le Mweru et laisse-le engloutir ta trace. Ne te repose pas avant Go.

« Go ? Emmener le garçon au sud, à la ville flottante ? Fumanguru fait des hypothèses. Il invente car il ne sait pas grand-chose du Mweru. Et pourquoi un homme saurait ?

– Le boucher des dieux, car il piste l'assassin des dieux. Le boucher des dieux avec ses ailes noires. L'Aesi ? » demande le Pisteur, et je hoche la tête.

« C'est pour ça qu'il essaie de s'emparer de ce garçon avant nous ou de nous le reprendre, non ? Le garçon tuera le Roi en grandissant ? » demande Mossi. L'officier en lui est en alerte. Il ne la perdra pas de sitôt, sa nature, qui consiste à protéger le Roi. Je ris.

« C'est pas une prophétie, je dis.

– Quoi, tu es sourde ? C'est une prophétie qui fait reposer ses espoirs sur un enfant. Quel prophète est stupide à ce point-là ? Les putes de sorcières de Ku ? Sur un petit être qui ne va pas vivre dix ans ? Et toi, Mossi, tu n'es pas d'un pays où les gens croient dur comme fer à ces histoires d'enfants magiques ? Les enfants du destin, les gens placent tous leurs espoirs en eux. Tous leurs espoirs dans un être qui se colle un doigt dans le nez et mange ce qui en sort, dit le Pisteur.

– C'est pas une prophétie, même s'il est pompeux. Il indique une route.

– Écoute-toi. Tu crois encore que je ne sais pas. La nuit où Bunshi m'a expliqué toutes ces conneries sur Fumanguru et les anciens, je suis allé trouver l'un de ces anciens. Et je l'ai tué, ce qui se produit quand on tente de me tuer. Lui aussi, il voulait en savoir plus sur les écrits. Il était même au courant pour les Omoluzu. Ta poiscaille, elle m'a dit que le garçon était le fils de Fumanguru, mais il en avait six, pas sept. Même ceux qu'on a envoyés le tuer ne le savaient pas, c'est pourquoi ils ont cru leur mission accomplie. La veille de notre rencontre avec toi, le Léopard et moi, on a suivi le marchand d'esclaves jusqu'à une tour à Malakal, sans raison, si ce n'est que quelqu'un essayait de faire passer un poisson pour un chien. Et là, tu comprends, on a vu cette femme atteinte de la maladie de la foudre, que Nsaka a libérée le lendemain. Donc soit vous laissiez des noisettes pour tracer une piste que pourrait suivre l'oiseau, soit vous ne savez rien du tout.

– Je sais qu'il y a dix et neuf portes.

– Et aucune ne te conduira à lui. À ce compte, soit l'Aesi va le trouver le premier, soit il sera là pour te l'arracher au moment où tu le trouveras.

– L'homme connaît son importance, dit Mossi.

– L'homme sait ce qu'il vaut. Je peux trouver ce garçon, ta porte permet simplement d'aller plus vite.

– Et l'officier est avec toi.

– Mossi est indépendant. Nous avons fait du chemin, Sogolon. Plus long que je n'aurais pu le faire avec des demi-vérités et des mensonges, mais il y a quelque chose dans cette histoire… Non, ce n'est pas ça. Il y a quelque chose dans la manière dont vous modelez cette histoire, le poisson et toi, contrôlant de toutes vos forces la manière dont nous l'interprétons, qui est devenu la seule raison de ma venue. Aujourd'hui, ça va être la seule raison de mon départ. »

Il fait mine de s'en aller. Mossi fait un pas pour le suivre, puis s'arrête.

« C'est juste là, non ? Tout est là. Maintenant tu attends qu'on reconstitue le puzzle comme si on était des enfants.

– Je serai mère, alors. Bel officier, relis cette ligne. Encore une fois.

– Piste le boucher des dieux, car il piste l'assassin des rois.

– Arrête. »

Je les regarde. Ils ne vont pas piger. Et je n'ai plus l'impression que c'est un jeu.

« Je persiste, dit Mossi. On dirait bien que ça prophétise que ton petit garçon va devenir un assassin qui tuera le Roi, ce qui constitue une trahison.

– Non. Assassin des rois, ça veut dire qu'il va tuer la lignée dévoyée, qui est rejetée par les dieux et sous l'influence d'un demi-dieu qui tire son pouvoir des autres dieux. Non, j'ai pas le temps de clarifier tout ça. Mais ce que vous devez savoir, c'est que le garçon n'est pas là pour assassiner le Roi. »

Je fais une pause. *Tu veux vraiment les emmener là-bas ?* demande la voix qui me ressemble. *Continue comme ça et personne ne reviendra.*

« Ce petit garçon, c'est lui, le Roi. »

Les deux font un pas en arrière, titubant presque, ivres de cette vérité soudaine. Puis je leur demande de s'asseoir, car la journée commence à peine. Je leur parle de Kwash Dara, de la princesse Lissisolo, des meurtres, de l'exil, des manigances pour la marier et lui faire produire un nouvel héritier, de comment nous avons caché le garçon, perdu le garçon, de Basu Fumanguru. C'est presque le soir quand j'ai terminé.

« Pourquoi ne pas nous avoir dit ça dès le début ?

– Vous travaillez pour l'argent. Il pourrait y avoir plus d'argent à se faire en le tuant qu'en le sauvant.

– Le seul véritable assassin, de nous tous, c'est toi, Sorcière de Lune », dit le Pisteur. Je ne réponds pas.

« Comment se fait-il que l'Aesi n'emploie pas ces portes ? demande Mossi.

– C'est celui qui échange des secrets avec lui qui devrait poser la question.

– D'idiots à traîtres en une seule journée, fait le Pisteur. Ma propre vitesse me donne le vertige. Pourtant vous avez confié un prince à une femme qui l'a vendu dès qu'elle en a eu l'occasion. Vous avez même pas besoin de traîtres.

– C'est son mari qui l'a vendu. Et c'est Bunshi qui a fait trop confiance.

– Mais qui a le garçon ? demande Mossi.

– Donc il y en a un parmi vous qui se moque des intrigues royales, dit Ikede en entrant dans la chambre. Même toi, Sogolon, tu oublies que pour sauver ce garçon de l'Aesi, tu dois d'abord le sauver des buveurs de sang. Et c'est possible qu'il ne veuille même pas être sauvé.

– Je sais qu'ils utilisent les dix et neuf portes, encore un truc que cette sorcière ne nous avait pas dit.

– Bunshi, je précise.

– Peu importe.

– J'ai déjà la tête qui tourne, avec toutes ces histoires de rois, de princesses et de manigances, dit Mossi. C'est qui, ils, là ?

– Deux Eloko, des démons de l'herbe. J'en ai déjà croisé quelques uns. Mais cette créature est trop agitée pour diriger. Et trop bête. Et il y a un Ipundulu.

– L'oiseau-foudre, murmure le vieillard. Tu as trouvé son sorcier ?

– Celui-là n'a pas de maître.

– Grands dieux du ciel, qu'est-ce que vous avez abattu sur nous ? Grands dieux du ciel, un Ishologu. »

Il jure dans sa barbe et se rend à la fenêtre. Un poids s'abat sur la pièce. « Oiseau-foudre, oiseau-foudre, femme, méfie-toi de l'oiseau-foudre, dit-il.

– Tu veux nous chanter une chanson, frère ? » je demande, mais il plisse le front.

« Je parle de l'oiseau-foudre. Parler c'est juste parler.
– Et tu parles en chantant.
– La voie du chant est partie depuis longtemps, Sogolon. Le chanteur ne chante plus de chansons.
– C'est pas parce que tu écris plus les faits que tu as arrêté de chanter. Comment tu garderais en mémoire ce que le monde te dit d'oublier, sinon ?
– Peut-être que je veux oublier ! Tu y as pensé à ça ?
– Les griots du Sud disaient la vérité sur le Roi bien avant Kagar. Sans vous on saurait pas que le Roi était censé descendre d'une sœur, pas d'un frère. Si vous aviez pas préservé le souvenir, aucun d'entre nous ne serait dans cette pièce. Sans vous, eh bien… »

Ikede hoche la tête, sachant ce que je n'ai pas pu terminer.

« Les griots du Sud, ils sont partis avec les sorcières, Sogolon. Tu vois ce que je veux dire. »

Le vieil homme écarte une pile de tapis sous laquelle est enfouie une kora.

« Kwash Aduware, le grand-père de ce Roi, six d'entre nous ses soldats l'avons découvert. Ce Roi, tous il les a tués. Tu veux savoir s'il les a tués rapidement. Non est ta réponse. Non. Sogolon, tu te souviens de Babuta ? Peut-être que tu ne l'as jamais connu. Babuta, fils de Babuta. Une nuit il vient là où six d'entre nous sont réunis, des proclamations pèsent lourd sur sa poitrine. Assez de se cacher dans des grottes sans raison, nous chantons la véritable histoire des rois ! Puis il récite un long poème dont je ne me souviens pas, sur la finalité de la vérité. Babuta dit qu'il connaît un homme à la cour du Kwash Adure qui sert le Roi tout en étant fidèle à la vérité. L'homme explique que le Roi a appris notre existence car il a au sol des rampants et dans le ciel des pigeons. Alors rassemble tes griots et visez Kongor, car ils peuvent vivre en sécurité parmi les livres dans la Maison des Archives. Car l'ère de la voix est terminée et nous sommes à l'ère de la marque écrite. Le mot sur la pierre, le mot sur le parchemin, le mot sur du tissu, le mot qui est encore plus grand que le glyphe, car le mot provoque un son dans la bouche. Et une fois à Kongor, laisse les hommes de l'écrit préserver les mots sortis des lèvres et, de cette façon, si les griots meurent, la parole ne mourra pas. Il nous a convaincus que c'était une chose magnifique. Un sanctuaire pour les griots du Sud, du moins, dont le seul crime était de dire la vérité aux puissants. Nous ne vivrons plus comme des chiens, c'est ce qu'a promis Batuta. Écoute ça, car il a dit ça également. Quand le pigeon atterrira à l'orée de cette grotte, dans deux soirs, prenez le mot à sa patte droite et suivez les instructions. Sais-tu au service de qui était le pigeon ? Sogolon sait. Babuta, il note tout ce qui se produit avec grand soin, mais ça ne l'a jamais empêché d'être un abruti complet. Je lui dis : Lis les chansons de tes pères. Les gens de la cour du Roi, seul un idiot leur ferait confiance. Et il dit : Va lécher le koo d'une chienne sauvage pour m'avoir traité d'idiot, et pars, si tu ne veux pas rester. Alors je m'en vais. Personne n'a jamais revu ces hommes. La même chose s'est produite dans presque toutes les autres grottes. Donc il n'y a plus de griots du Sud. Il y a moi.

– T'es pas le dernier.

– Je suis le dernier que tu verras.

– Le jour passe et il court, vieillard. Parle-leur de l'oiseau-foudre. Et de qui voyage avec lui.

– Tu as vu comment ils opèrent.

– Toi aussi.

– Nique les dieux vivants, l'un de vous va se décider à raconter l'histoire ? » demande Mossi. Il était par terre, la tête dressée comme un chien, il souriait presque, car il allait avoir son récit. Le griot prend le tabouret et se lance.

« Une nouvelle terrible est venue du lac Rouge, il y a deux quarts de lune. D'un village juste à côté du lac.

– La dernière chose que j'ai entendue, c'est qu'ils avaient quitté les Collines du Sortilège pour Nigiki. Ils ont déjà traversé la rivière ? je demande.

– Voilà ce qu'a annoncé le tambour parlant. Des gens sont tombés sur une hutte dans un village au-dessus du Marais de Sang, mais au-dessous du lac Rouge. Tout autour de la hutte ça pue la mort, mais l'odeur vient des vaches et des chèvres mortes, pas des gens et pourtant, oui, ils sont morts. Le pêcheur, sa première et sa deuxième épouses, ainsi que ses trois fils, mais leurs cadavres ne puent pas, oh. On peut même pas dire qu'ils pourrissent. Comment décrire un spectacle que même les dieux trouvent étrange ? La peau comme de l'écorce d'arbre. Comme si le sang, la chair, les humeurs, les rivières de vie, quelque chose les avait aspirés. La première et la deuxième épouses, toutes deux ont la poitrine ouverte et le cœur arraché. Mais pas avant qu'il leur ait mordu abondamment le cou, pas avant qu'il ait laissé sa semence morte pour qu'elle fasse grandir en elles la décrépitude. Et maintenant tu dis qu'il n'obéit à aucun sorcier.

– Oui.

– Ishologu, c'est le plus beau des hommes, la peau blanche comme de l'argile, plus blanche que celui-là, mais joli lui aussi, dit Ikede en regardant Mossi.

– Ayet bu ajijiyat kanon », dit celui-ci. J'ai écarquillé les yeux sans pouvoir cacher ma surprise.

« Un oiseau blanc. Voilà ce qu'il est, oui, mais sans bonté. Il est plus immonde encore que l'on ne peut l'imaginer. Et Ishologu, il ne cesse d'empirer. Parce qu'il est beau et qu'il est vêtu d'une robe blanche comme sa peau, les femmes pensent qu'elles vont à lui librement, mais Ishologu empoisonne leur esprit dès qu'il entre dans une pièce. Et il ouvre sa robe qui n'est pas une robe mais une paire d'ailes, et il ne porte pas d'habits, et il fait faire aux femmes ce qu'elles ne choisissent pas, à certains hommes aussi, quand il en éprouve le désir. La plupart il les tue, certaines il les laisse vivre, mais elles ne vivent pas, elles vivent mortes avec la foudre qui court dans leur corps à la place du sang qui y coulait avant. J'ai entendu dire qu'il avait aussi transformé des hommes. Et attention si vous vous approchez de l'oiseau-foudre et qu'il le sait, car il se transforme en créature énorme et furieuse et lorsqu'il bat des ailes il déclenche le tonnerre qui fait trembler le sol et assourdit l'oreille et renverse une maison entière, il lance des éclairs qui vous choquent le sang et ne laissent de vous qu'une coquille calcinée.

« C'est ainsi que ça s'est passé avant cela, à Nigiki. Une nuit chaude. Un homme et une femme dans une chambre, un nuage de mouches au-dessus d'une paillasse. Lui bel homme, cou long, cheveux noirs, œil luisant, lèvres épaisses. Trop grand pour la pièce. Il sourit au nuage de mouches. Il fait signe à la femme et elle, nue, l'épaule en sang, elle s'approche. Ses yeux, ils sont remontés dans son crâne et ses lèvres, elles frémissent. Elle est toute mouillée. Elle s'approche, les bras raides, le long du corps, elle marche sur sa robe et renverse un bol de sorgho. Elle vient plus près de lui, qui a toujours le sang de cette femme dans sa bouche.

« Il la prend par le cou d'une main et tâte son ventre pour chercher un signe de l'enfant de l'autre. Des crocs de chien jaillissent de sa bouche, dépassent de son menton. Ses doigts se font brutaux entre les jambes de la femme, mais elle reste immobile. Ipundulu pointe un doigt sur son sein et une griffe jaillit de son majeur. Il l'enfonce profondément et le sang gicle, tandis qu'il ouvre sa poitrine pour y prendre son cœur. Le troll de l'herbe, Eloko, il se fout du cœur. Il ne chasse que seul ou avec ceux de son espèce, mais depuis que le Roi a fait brûler sa forêt pour y planter du tabac et du millet, il est prêt à s'associer à n'importe qui. On ne sait pas trop s'il y en a deux ou s'il est juste cité deux fois. Et maintenant, imagine ça. Un nuage de mouches qui se rassemble, et qui fait bzzz, et qui s'engraisse sur le sang. Les mouches s'écartent un court instant et c'est un garçon sur le lit, la peau vérolée, comme infestée d'aoûtats. Des furoncles sortent des vers, dix, des douzaines, des centaines, qui jaillissent de la peau du garçon, déplient leurs ailes et s'envolent. Ses yeux sont grands ouverts, son sang dégouline sur le matelas couvert aussi de mouches. Mordre, creuser la peau, sucer. Sa bouche s'entrouvre et un gémissement s'en élève. Le garçon est un nid de guêpes.

– Un Adze ? je demande. Tu es en train de me dire qu'un Adze est avec eux ? Avant, ils ne se plaisaient que dans les pays froids.

– Les temps changent. Il a fallu que quelqu'un prenne la place d'Obayifo. C'est ce qui se produit quand Ipundulu a vidé le corps de son sang mais s'est arrêté avant de le vider de sa vie. Il a engendré en elle la foudre qui l'a rendue folle. Un officier lui a arraché ces mots, mais il n'est pas griot, n'en a pas fait des vers. Il y a ces trois-là et deux autres, et encore un autre. C'est ça que je te dis. Ils travaillent ensemble. Mais c'est un Ishologu qui les mène. Et il y a ce garçon.

– Quoi, ce garçon ?

– Ne fais pas l'ignorante. Tu sais très bien qu'ils se sont servis de lui pour entrer dans la maison de la femme.

– Ils l'ont forcé, je dis.

– Là, on croirait entendre le lutin des eaux. Il y a encore ça, Sogolon. Un autre. Il arrive un ou deux jours après eux, car à ce stade les corps pourrissants qu'Ishologu n'a pas tués produisent une odeur agréable à ses narines. Il avait un frère, autrefois, mais quelqu'un l'a tué dans les Collines du Sortilège. »

À ce moment-là, le Pisteur détourne les yeux avant de les ramèner sur le griot, pensant que personne n'a remarqué.

« Par force, par choix, cela n'a aucune importance, dit Ikede. Ils se servent du garçon comme appât, en tout cas.

– J'ai pas dit le contraire.
– Et le garçon, il a disparu depuis trois ans ? demande Mossi.
– Oui. »
Tout le monde dans la pièce sait les mots qui vont suivre, alors personne ne les prononce.
« Comment connaissent-ils l'existence des dix et neuf portes, et comment les utilisent-ils ? demande Mossi.
– On se le demande, je réponds. L'un de ces suceurs de sang était un Sangomin, ou sous l'influence de leur magie.
– Femme, tu es vraiment fatigante, dit le Pisteur.
– Idiots, on perd du temps, là », nous gronde le vieillard.
Sur le coffre il prend un épais parchemin.
« Trop pour un seul après-midi, vieil homme, montre-nous ça ce soir », je dis. Et tout le monde prend congé avant qu'il ait le temps de protester. C'est alors que je remarque que Jakwu ne sort pas, car il est parti depuis longtemps.

Ce vieillard. Ce fichu griot. Non seulement il connaît l'existence des dix et neuf portes, mais il en a dressé la carte. Pisteur n'a jamais vu de plan auparavant, mais Mossi, qui est venu par la mer, le regarde comme en transe. Je croyais que c'étaient des territoires inexplorés, dit-il, puis il demande s'ils ont été dessinés par des maîtres de l'Est. Ikede lui demande en retour s'il s'imagine que seuls les hommes couleur sable savent dessiner, ce qui lui coupe la chique.
« Tu les as marqués en rouge ? je demande. Quelle sagesse t'a guidé ?
– Les mathématiques et les arts de la mesure, répond Ikede. Personne ne voyage quatre lunes en un tour de sablier, à moins de se déplacer à la manière des dieux, ou d'employer les dix et neuf portes.
– Et les voici. Elles y sont toutes ? je demande.
– Toutes celles qu'on connaît. Mais il se peut qu'il y en ait d'autres, dans le Sud.
– Qu'est-ce qu'on sait d'autre à leur sujet ?
– Tu en sais déjà beaucoup.
– Pas de ça, vieillard.
– Oh. » Il pousse un petit rire. « Alors voilà le reste. Une fois que tu as passé une porte, tu peux l'emprunter ensuite autant que tu veux, mais tu ne peux pas revenir sur tes pas avant de les

avoir toutes passées. Si ces vampires s'arrêtent chaque fois entre cinq et huit jours, ils doivent effectuer le cycle complet trois fois par an. Peut-être.

– Alors que se passe-t-il si je retourne aux Archives ? demande le Pisteur.

– Elles n'existent plus.

– Mais la porte existe encore. Que se passe-t-il si je retourne dans les Terres sombres ?

– On ne sait pas, Sogolon. Personne n'a survécu pour nous raconter. Ils doivent les utiliser depuis deux ans à présent. Depuis plus longtemps, d'après certains papiers qui se trouvent aux Archives.

– Se trouvaient.

– C'est presque impossible de suivre leurs déplacements, même si on connaît leur itinéraire. Certains lieux sont riches en victimes, d'autres pauvres. Et certains endroits se rebiffent. Mais ils restent fidèles à leur trajet jusqu'à terminer chaque cycle, puis ils repartent dans l'autre sens. C'est pour ça que j'ai mis une flèche à deux bouts à chaque ligne. Comme ça ils tuent la nuit, tuent seulement une maison, peut-être deux, voire quatre, ils tuent autant qu'ils peuvent en sept ou huit jours, puis disparaissent avant de laisser une véritable trace. »

Le Pisteur montre la carte et dit : « Si j'allais des Terres sombres à Kongor, puis ici, pas loin de celle entre Mitu et Dolingo, alors je devrais passer par Wakadishu si j'éprouvais le besoin de me nourrir davantage, ou aller droit vers le sud, à Nigiki. S'ils voyagent en sens inverse, et la dernière fois qu'on a entendu parler d'eux ils étaient au nord de Nigiki, peut-être même au nord de la rivière Kegere, ça veut dire qu'ils se dirigent vers…

– Dolingo, répond Mossi en appuyant un doigt sur la carte. Dolingo. »

Vingt-cinq

« Elle est montée sur ton cheval et elle a filé, semble-t-il, dit Ikede.

– T'inquiète pas. Elle ira pas loin », je réponds.

Il fixe toujours des yeux sa kora quand je le laisse, et j'envie Ikede car il aura beau se couper entièrement de son passé, il peut toujours le considérer comme une chose concrète, unique, et moi pas. Je sais que c'est injuste, qu'il regarde seulement un symbole qui veut en dire plus, et que le poids lui en pèse encore, mais au moins, quand il regarde son passé, il s'en souvient. Moi, quand je regarde mon passé, je me rappelle quelqu'un qui me le raconte, et je ne sais pas dans quelle proportion ce qui se déploie dans ma tête est mémoire ou imagination. L'Ogo, qui a décidé de dormir sur le toit, me regarde partir. Je suis les traces de sabots, qui longent un temps la route avant de s'enfoncer dans le bush rocailleux. La nuit, oui, mais l'obscurité totale ne vient jamais dans ces régions. C'est le cheval que je vois d'abord. Jakwu, il est à peine vingt pas plus loin, toujours dans la poussière, mais il est assis et tamponne une meurtrissure sur son genou. Je sais qu'il m'a entendue venir mais il ne prend pas la peine de bouger.

« Ingénieux, sale chienne. Putain, c'était ingénieux.

– Fais pas semblant de savoir le sens de ce mot.

– Je dirais bien que je pourrais te tuer, mais maintenant, on sait tous les deux que c'est faux. »

Donc à propos de ce sort que j'ai fait jeter à la fille par une sorcière. Nous avons prononcé mon souhait dans une vieille langue du Nord que Jakwu ignore, juste au cas où il écoute. C'est un sort qui la lie, jeté sur la fille et sur la corde dont j'ai fait un bracelet de cheville car je sais qu'elle aime les bijoux. Jakwu, les bijoux, il s'en moque, donc il l'a laissé à sa cheville. Je ne sais plus jusqu'à quelle distance elle peut courir, chevaucher ou nager, toujours est-il que si elle va trop loin, très vite, elle va se heurter à un mur invisible qui ne se dresse que pour elle. J'éclate de rire à cette image, Jakwu sur mon cheval, qui s'enfuit au galop et se prend une barrière transparente tandis que le cheval sous lui continue sa course. Je ris encore quand il se lève d'un bond et se précipite sur moi, hors de lui.

« Sale pute de la jungle ! »

Il crie encore, et jure encore quand mon vent (pas vent) le projette dans le ciel et l'y laisse, tourbillonnant la tête en bas. Il me vient à l'esprit de le faire monter encore plus haut, alors il monte plus haut, laissant les oiseaux qui se retrouvent plus bas que lui désorientés. Je suis tentée de l'expédier si haut que du gel se forme sur son nez, mais je me rappelle alors que ce n'est pas le sien. Une fois à proximité du sol, il s'agite comme un chat enragé qui donne de grands coups de griffes.

« Tu peux pas me faire de mal, je lui dis.

– Tu as vu comment il me regarde, cet Ogo ? Il tuerait ce corps rien qu'en le pénétrant avec le doigt.

– Et où est-ce que tu vas après, Jakwu ? Un esprit errant sans corps, il y a une quantité de créatures qui se nourrissent d'êtres tels que toi.

– T'en sais rien.

– Alors tente le coup. En plus, l'Ogo ne peut pas la toucher. Elle ne risque pas d'être violée, car j'ai fait en sorte que ni la douleur ni le plaisir ne puissent la pénétrer. Alors essaie, oh. Essaie de te faire niquer. Hé, essaie de te niquer toi-même et tu verras ce qui arrive à ton doigt. »

Je relâche la pression et il roule au sol. Mais il bondit sur ses jambes, rapide comme un chat. Il a l'air prêt à attaquer mais se ravise et s'arrête, époussetant ses habits.

« Je sais ce que ça veut dire, ingénieux.

– On dirait bien que oui, après tout.

– Alors qu'est-ce que tu veux ? »

Nous rentrons en début d'après-midi. Je remarque que le Pisteur a l'air préoccupé, mais le cache dès qu'il me voit.

« Ta protégée, là, elle a traité Sadogo de simplet.

– Il a qu'à arrêter de se comporter comme tel, je réplique. J'ai rien contre le géant, mais il ferait peut-être mieux de laisser Venin tranquille.

– Le traite pas de géant. »

Je sais que nous n'avons rien d'autre à nous dire, et je le laisse sans même un salut de la tête. Là, il ajoute : « Ton vieillard, il a chanté.

– Tu mens.

– J'ai aucune raison de mentir, vieille femme. Et j'ai pas peur non plus.

– Le même homme qui a refusé de chanter ce matin même ?

– Je sais ce que j'ai entendu.

– Il chante pas depuis trente ans, peut-être plus, mais il chante devant toi ?

– En vérité, il me tournait le dos.

– Un griot silencieux, ça n'ouvre pas la bouche.

– Peut-être que c'est qu'il voulait pas que tu l'entendes.

– Peut-être qu'il chantait à ton sujet. » Mes mots le piquent, il n'est pas assez rapide pour éviter mon aiguillon.

« Moi. Un rien du tout.

– Un griot, il explique jamais une chanson, il fait que la répéter, peut-être avec quelques vers nouveaux, sans quoi il te volerait la possibilité d'en tirer ton propre sens. Rien sur le Roi ?

– Non.

– Ni sur le garçon ?

– À ton avis ?

– Alors c'était un chant d'amour, je dis.

– Personne n'aime personne », réplique Pisteur, et immédiatement je suis saisie d'une immense tristesse pour ce garçon qui ne se rend pas compte qu'il n'est encore qu'un garçon.

Ikede avait un amour autrefois. Quand le père de Kwash Dara a pris conscience qu'il n'allait pas capturer tous les griots du Sud, qu'il n'allait pas mettre fin à la chanson sur les rois, il a conçu un nouveau plan. Ça doit être l'Aesi qui lui a appris qu'il n'est pas nécessaire de tuer un homme pour le détruire. C'est là que les épouses et les enfants se sont mis à flotter dans les rivières, la tête tranchée.

Le lendemain matin, nous sommes réveillés par les sanglots de l'Ogo. Ikede gît par terre, mort. Il s'est jeté du toit. Moi et Pisteur, on cache le corps, puis on repart tous, avec son cheval.

Dolingo. Nous arrivons à la tombée de la nuit, après un jour et demi de voyage. Personne ne remarque les arbres alors que nous sommes juste en dessous, pas avant que je leur dise de lever la tête. Je fais comme si ce spectacle n'avait rien d'exceptionnel, mais ce n'est pas possible de venir à Dolingo sans avoir le souffle coupé par l'émerveillement. Venant du sud, nous atteignons d'abord l'arbre Mkololo, avec ses trois fourches. L'arbre du grand centre de la citadelle, qui abrite les salles du gouvernement et le palais de la Reine. Une plateforme au-dessus de nous s'abaisse et, imitant le Pisteur, tout le monde dégaine. Je les arrête :

« Rentrez vos armes. Les Dolingons peuvent gagner un combat sans épée.

– Qu'est-ce que c'est que cet endroit ? demande Mossi.

– Dolingo, apparemment.

– Je n'ai jamais vu une telle magnificence. Est-ce que les dieux vivent là ? Est-ce que c'est une demeure de dieux ? insiste Mossi.

– C'est la demeure de la science blanche et des mathématiques noires », je réponds, mais il plisse davantage son front. L'Ogo semble être déjà venu ; il monte sur la plateforme avant qu'elle touche le sol. Mossi et Pisteur mettent pied à terre tandis que nous nous élevons dans les airs mais Jakwu reste sur le cheval. Je vois sur le visage de Mossi qu'il n'est jamais monté si haut. Il vient de ces terres où l'on croit en un seul dieu, dont on dit qu'il vit dans le ciel. Le grincement des machines et des rouages, je m'en souviens, mais la vue de la corde, je l'avais chassée de ma mémoire. Ils la voient comme je la vois, la peinture représentant le profil de la Reine avec son gele régalien sur la tête, couvrant six étages et toujours inachevée, ce qui me surprend, vu la Reine en question. Lorsque la plateforme se stabilise à l'arrivée, Pisteur doit donner un coup de coude à Mossi pour le faire bouger.

« Voilà Mkololo, le premier arbre, siège de la Reine », annonce Sadogo en même temps que la voix fantôme fond sur nous, prononçant les mêmes mots.

« Sadogo, quand es-tu venu ici ? je demande.

– Il y a deux ans. Les Dolingons paient bien pour les combats. »

Les combats. Je ne saurais dire la dernière fois que j'ai pensé aux combats, sans même parler d'en voir un. Et combattre, encore moins.

« On devrait en reparler, à l'occasion », je dis. Il hoche la tête.

La dernière fois que je me suis approchée de cette rivière, je suis tombée dedans. Tout ça, le large pont de pierre, la route droite qui disparaît au bout, même les zones où la rivière coule vers le haut, j'en avais oublié une grande partie, car à Dolingo il y a trop de choses à se remémorer. J'observe surtout la stupéfaction de mes compagnons. À proximité de telles altitudes, nous ressemblons à des insectes. Deux sentinelles avec des armures vertes qui leur montent jusqu'au menton nous ouvrent la porte. Tous les autres, y compris Jakwu, cherchent de nouveau leurs armes. Je les gronde.

« Insultez pas l'hospitalité de la Reine. »

Je me rappelle bien que la cour de Dolingo est plus magnifique que magnifique. Femme, homme et bête y sont courtisans. Trop d'hommes chauves en laine coûteuse, trop de femmes avec des tours de tissu sur la tête, des métamorphes – lions, léopards, hyènes. Des gardes puissants aux épées et lances cérémoniales qui n'en sont pas, car personne à Dolingo la neutre n'a jamais besoin de s'en servir. Le Pisteur a l'air fasciné par les colonnes en or. Mossi et Venin par tout le reste. Tant de choses à regarder avec sidération qu'on manquerait presque la Reine. Mais il n'y a pas moyen de louper la Reine de Dolingo. Elle va s'en assurer. L'oiseau doré perché sur sa tête – sa couronne, bien sûr –, les points d'or sur ses paupières et sur ses lèvres, le visage renfrogné de quelqu'un qui a entendu tout ce qu'il y avait à entendre, sa taille vertigineuse, l'or qui court le long des coutures de sa robe si bien que l'on dirait que le métal jaillit d'elle. La Reine, elle est plus souvent debout qu'assise ; elle a les mains sur les hanches, les yeux baissés, le menton haut.

« Sogolon ! En voilà, une surprise. Quand les sentinelles m'ont décrit les visiteurs, j'ai dit : Ça ne peut être que la Sorcière de Lune, ne faites pas obstacle à notre rencontre. Vous devez être exténués par le voyage, les amis. Reposez-vous d'abord, ensuite nous parlerons.

– Mais il y a... », je commence.

Elle me coupe : « Des affaires d'État dont je dois m'occuper. Retirez-vous et vous serez traités avec égard, vous pouvez en être certains », dit-elle tandis que deux gros hommes aux robes traînant au sol s'approchent de nous.

« Besoin d'un bain, non, oui ? Et de nourriture succulente, non, oui ? Oui ! entonnent-ils en même temps.

– Très Excellente Reine, rappelle-toi que nous venons pour une affaire urgente.

– L'urgence, c'est moi qui en décide. »

Plus tard dans la soirée, elle me rappelle à la cour. Seul environ un tiers des courtisans de tout à l'heure est présent, debout ou assis – ses chanceliers, ses suivantes, les quatre sentinelles de la salle du trône.

« Le guerrier aux cheveux de cheval, je n'ai jamais vu une peau comme la sienne. C'est une maladie ?

– La plupart des hommes qui vivent au-delà de la mer ont la même, Majesté.

– Ah bon ? Comme c'est effrayant. Et délicieux. Assieds-toi », dit-elle, mais comme d'habitude, elle préfère rester debout. Deux hommes s'empressent de placer un tabouret sous mes fesses et de me faire asseoir, mains sur mes épaules.

« Et la Sœur du Roi ? Lissisolo ? Elle est où ? demande-t-elle.

– Je le sais pas plus que toi, Majesté. J'ai des nouvelles que par Bunshi, et ça fait déjà plusieurs jours.

– Alors après tout ce mal qu'elles se sont donné pour engendrer un héritier, et les dieux savent par quel procédé barbare, elles ont perdu le garçon. Il faut que tu me racontes cette histoire. »

À mon avis, elle la connaît, l'histoire, mais je lui raconte ce que je sais.

« Et elle a laissé cette décision au lutin des eaux.

– Elle a choisi une femme dévouée à la cause, Majesté. Mais le mari ne l'était pas.

– Non. Elle n'a pas choisi une femme dévouée à la cause, elle a choisi une femme qui lui était dévouée, à elle. Ces lutins se prennent pour des dieux, alors que ça n'a aucun intérêt d'être un dieu ou une déesse. Je n'attends pas de dévotion, Sogolon. Je fais régner l'obéissance. C'est plus simple. Mais vu le peu de temps qu'a duré ma sororité avec Lissisolo, je suis étonnée de ta présence. Comment s'en sort-elle, dans le Mweru ?

– Y a qu'elle qui puisse répondre à cette question, Majesté. »

Sa surprise m'étonne, à moins que ce soit un de ses petits jeux. Mais dans ce cas, les dés sont jetés et je ne peux pas me défiler.

« Je t'ai presque tout raconté dans mon mot, Reine.

– Ton mot ? Je n'ai pas le souvenir d'un mot. »

Mais bien sûr, que tu ne t'en souviens pas, je me dis à part moi. Pourquoi encombrer ta tête impériale avec une affaire que les chanceliers suffisent à traiter ?

« Ils ont trouvé une porte, quelque part à Dolingo. Nous pensons qu'ils l'utilisent depuis des années.

– Qui ?
– Majesté ?
– Qui ?
– Ipund... Ishologu et ses acolytes. Des vampires, si on veut. Ils voyagent avec le garçon. Nous pensons qu'ils se servent de lui comme appât.
– Quelle terrible malchance, n'est-ce pas ? Échapper à une bande de monstres pour se retrouver entre les mains d'une autre...
– C'est une route dangereuse. » Je dis ça, mais en fait je n'en sais rien. Pourtant il manque autre chose ici, sauf que je ne sais pas si je le découvrirai un jour. Je pense, comme elle, néanmoins, que quelque chose dans ce récit est à la fois trop limpide et trop retors.

« Et maintenant tu crois que ce petit groupe, le bébé et les suceurs de sang, se dirige vers nous ? Vers Dolingo ? Et qu'ils sont déjà venus ? C'est de la folie. Les morts ne s'évaporent pas comme ça, chez nous. Nous tenons des registres, nous faisons des recensements. Les gens rendent des comptes. Ils ont des obligations. Même un simple scribe, on se rendrait compte de sa disparition.
– Ils sont assez intelligents pour pas laisser tellement de traces, Majesté. Peut-être qu'ils tuent pas à Dolingo, peut-être qu'ils viennent juste emprunter le passage. Ou alors ils tuent des esclaves.
– Nous n'avons pas d'esclaves. »

Je sais qu'elle me voit chasser la grimace qui me vient. « Il y en a un qui possède le pouvoir de persuasion, et un qui sait se rendre invisible, Majesté. » Bien sûr qu'ils tuent des esclaves. C'est juste que les Dolingons ne songeraient pas à traiter un meurtre d'esclave comme un décès.

Elle se tourne vers ses chanceliers, mais leur expression est aussi vide que la sienne. L'idée qu'il puisse se passer une chose aussi insidieuse sans qu'elle le sache la met en colère, et leur fait peur. Quelqu'un va payer pour cette ignorance, je le vois déjà sur son visage. Je n'ai pas envie de lui parler des dix et neuf portes, même si ça m'est égal qu'elle les utilise. *Mais si ça m'est égal, pourquoi je lui dis pas ?* demande la voix, qui m'exaspère.

« Je veux en savoir plus sur ce portail, dit-elle.
– Il se trouve à Dolingo, mais pas dans la citadelle. À trois jours de cheval. »

Je lui expose ce que je sais des dix et neuf portes. D'abord, elle promet de faire fouetter tous ses chanceliers et hommes de science à l'aube, car ils sont censés être les grands dépositaires du savoir, or ils ignoraient leur existence. J'ai envie d'ajouter qu'on dit des portes qu'elles sont les passages des dieux, mais puisque Dolingo se moque des dieux, pourquoi ces hommes le sauraient-ils ? Mais je me retiens. Cette Reine agit encore plus bizarrement que la dernière fois que je l'ai vue.

« Si je puis me permettre, Majesté, tout est en place ?

– Quoi, tout ? Toutes ces demandes à la Reine, venant d'une femme du bush ? On a échangé nos rôles ou quoi ? »

La cour chuchote et murmure : Non, impossible, Majesté.

« Le prince va avoir besoin de la protection de tes troupes, d'abord pour le délivrer des griffes d'Ishologu, puis pour le conduire au Mweru sans risque. Et de là, auprès de sa mère, la Sœur du Roi.

– Je croyais qu'aucun homme ne revenait jamais du Mweru, dit la Reine.

– Le plan n'est pas de moi, Majesté.

– Mais ça ne te gêne pas de le mettre en application. Je t'ai toujours considérée comme une femme indépendante. Et que je sache, ça fait bien longtemps que tu es lasse des affaires royales. Comment t'ont-elles convaincue ?

– Ça paie bien, Majesté.

– Mais tu es la Sorcière de Lune. Tu gagnes déjà bien ta vie. Ce garçon merveilleux, il est le poisson, ou l'appât ? »

À ce moment-là, je me dis que je ne fais pas tout ça pour l'Aesi, qu'il y a autre chose.

« Majesté ?

– Depuis combien de temps es-tu au courant de l'existence de ce portail ?

– Pas longtemps. Je n'en connais que trois, mais il y en a sans doute plus. À la vérité, si y avait pas de portail à Dolingo, nous serions pas là. »

Je connais cette expression. Déjà elle manigance – ou du moins, elle réfléchit, elle prend acte du caractère fantastique de cette porte, s'intéressant de moins en moins au garçon, si possible.

« Si Bunshi comprenait mieux les humains, vous ne seriez pas là. Je lui ai proposé de le cacher, ce garçon. Au lieu de ça, il a fallu qu'elles l'amènent à un homme, sous prétexte qu'il avait rédigé des écrits quelconques. Un homme avec une mission, encore un – ils me rendent malade, tous. J'ai dit à Lissisolo que je me réjouissais de son plan. Trop de rois consanguins, avec leurs bites consanguines, alors que ce qu'il nous faut, au pouvoir, c'est des Reines. Et même si j'ai été déçue que sa seule intention soit de mettre un autre homme sur le trône, j'étais contente de penser qu'elle allait être régente. Le vrai pouvoir. Nous devions être femmes ensemble. Mais sa foi inébranlable en son fils, et rien d'autre, a commencé à me lasser. Il est avec des vampires depuis combien de temps, ce garçon ? Ne me mens pas.

– Trois ans.

– Trois. Donc il ne connaît que les vampires ?

– Bunshi jure qu'il n'est pas infecté, Majesté.

– Mais elle le sait, Bunshi ? Oui ? Non ? Je dois dire que c'est très étonnant, tout ça. Quand mes sentinelles ont annoncé que tu arrivais, et avec qui, je croyais que c'était pour une vieille affaire. »

Là, c'est moi qui suis perplexe. Je n'ai pas d'affaire en souffrance avec cette femme. Je ne suis pas en affaires avec des reines, en règle générale.

« Et comment comptes-tu retrouver l'enfant ? Vous allez frapper aux portes et demander poliment si les vampires sont là ?

– Un de mes compagnons de route, le Pisteur, il a du nez. C'est lui qui repère les déplacements du garçon. C'est lui qui sait quand il s'approche, et où on va le trouver.

– Fascinant.

– J'ai envoyé deux mots, Majesté. Le premier indiquant notre position et le jour de notre arrivée. L'autre, ce dont nous avons besoin.

– Chancelier, de quels mots parle-t-elle ?

– Il n'y a pas de mot, pas de lettre, Majesté. Ni dans les provinces, ni dans la grande salle. Rien par les tambours ni les nuages.

– Deux pigeons. C'étaient deux pigeons.

– Chancelier, dit-elle à un autre, c'est ton travail d'observer le ciel. Quelle nouvelle des pigeons ?

– Aucune nouvelle, Majesté.

– Mais… mais…

– Quelqu'un a intercepté tes oiseaux, Sogolon. »

D'un coup, une faiblesse si violente m'écrase que j'aurais besoin de m'asseoir, même si je suis déjà assise. Ne pas tomber par terre, c'est tout ce que j'arrive à penser.

« Quelle danse étrange entre nous. Tu croyais que je savais. Non, je n'ai pas reçu tes pigeons. En revanche, on a reçu la visite d'un corbeau.

– Un corbeau ?

– Tu n'es pas sourde, que je sache.

– L'Aesi.

– Qui envoie déjà une délégation. Ils ne seront pas là avant une lune et demie, et encore, s'ils prennent la rivière, mais ils arrivent. Comment se fait-il que le chancelier de Fasisi soit juste derrière vous, et pourtant bien en avance ?

– Je sais pas.

– Si, tu sais. Tu as un espion. Nous serons femmes ensemble, m'a promis la Sœur du Roi. Pourtant à chaque tournant, elle s'appuie sur des hommes. Et toi, tu viens avec trois d'entre eux, dont aucun ne te supporte. Soit l'un d'entre eux est un espion, soit c'est toi. La question, déjà, c'est comment il les contacte. Avec des corbeaux ?

– J'ai pas vu le moindre corbeau.

– Tu as un mystère à résoudre, alors. »

Non, c'est déjà fait.

« C'est Bunshi qui a insisté pour engager le Pisteur. Elle nous a retardés d'une lune entière rien que pour l'attendre. Sans ces vingt jours et quelques on serait à Nigiki, ou même à Juba, pas ici.

– Et l'Ogo ? Et celui aux cheveux de crin ?

– Bunshi a choisi l'Ogo. L'officier est avec le Pisteur.

– Et la fille ?

– Avec moi.

– Quelle bande.

– Ma Reine, tu as passé un accord avec la Sœur du Roi.

– Ne me dis pas ce que j'ai fait ou pas. Quand tout cela était secret, passe encore. Tu crois que je mettrais en colère le Roi du Nord pour une espèce de princesse qui rêve de récupérer le trône mais n'a aucun désir de l'occuper elle-même ? Si elle voulait être Reine, ce serait autre chose, mais elle se bat juste pour un garçon. Pourquoi ? Parce qu'elle l'a engendré ? Quelle raison idiote. Pendant ce temps, voilà ton Aesi qui arrive.

– Je suis sûre que la Sœur du Roi va te faire une proposition.

– Je suis sûre que le Roi du Nord va me proposer davantage. En vérité, ta Sœur du Roi, elle n'a rien à me donner. Toi, par contre, c'est différent. Alors raconte-moi, qui est ton espion, d'après toi ? »

Elle veut que j'ouvre les yeux. La Reine continue. « Tu veux la vérité ? C'est ça que je cherche, Sogolon. Je cherche la vérité. Notre vérité, c'est que l'intimité est la menace, la sensualité l'agression, et puisque nous avons depuis longtemps séparé la barbarie de la reproduction, qui a besoin des malades ou des difformes ? Les enfants mingi, le plaisir simpliste – qui a besoin de la sueur ou de la violence d'un homme ? Qui a besoin des enfants – les êtres les plus exigeants et les moins utiles à la fois – alors que grâce à la science et aux mathématiques, nous pouvons produire des êtres pleinement développés, prêts à se mettre au travail ? »

La voilà, avec des femmes qui la lavent et l'habillent, qui tente de me convaincre. Je lui oppose un silence. Ses appartements sont aussi grands que la salle du trône, avec un lit au centre qui est aussi vaste que les piscines de Fasisi. Tout est bleu, les murs, les draps et les voileries sur les poteaux du lit, ce qui fait que tout dans cette chambre est pris dans un halo indigo. La baignoire jaillit toute seule du mur, ainsi que la table avec huiles et parfums, et les tabourets où s'assoient ses servantes pour la laver. Elles me postent près de la fenêtre du sud, à côté d'un savant blanc qui tente de ne pas laisser voir qu'il sort un souriceau d'un petit sac et l'engloutit. Une petite queue dépasse de sa bouche, il l'aspire et sourit. Ma tête quitte cette pièce pour une autre, où je vois une corde autour d'un cou, autour d'un bras et de deux jambes, autour du bout de chaque doigt. Et des yeux qui voient ce que voient les gens au-delà de la terreur. Et une porte qui s'ouvre et se ferme, s'ouvre et se ferme, s'ouvre et se ferme.

La Reine dit quelque chose à la première suivante en chef, qui claque deux fois dans ses mains. Les portes s'ouvrent et entrent deux gardes devant, deux derrière, avec Mossi entre eux, fasciné, perplexe, arborant un sourire qui n'est peut-être que de façade. Ils l'ont revêtu des longues robes que j'ai vues portées par les vieillards. Je le vois mal parler le dolingon, et lorsque la suivante commence à lui dire quelque chose il la regarde l'air interdit. Je tente d'aller me réfugier à côté de la fenêtre sans lumière, mais le savant blanc continue d'essayer de se glisser des souris dans la bouche. Je m'avancerais bien pour expliquer qu'il n'est pas amateur de chair féminine, mais on risquerait de me demander comment je le sais. La Reine lui crie trois fois de retirer son habit et, comme il n'en fait rien, les gardes s'emparent de lui. Il tente de se défendre et donne deux coups de poing avant qu'ils le maîtrisent. Une suivante les écarte avec de petites claques et lui touche le visage. Il ne résiste pas quand elle lui ôte son caftan par le cou.

Et le voilà près du lit, encore perplexe, mais appréciant le contact des femmes qui l'enduisent d'huile. Au moins, c'est plus délicat que le bain, dit-il, et elles lui frottent le torse, les bras, le dos et les fesses. C'est un sacré spectacle, ses membres bruns comme du sable et son torse et ses cuisses presque aussi blancs qu'un savant blanc. Ses lèvres telle une plaie ouverte, dit-elle. Cette Reine n'a vraiment aucune notion de l'intimité et elle refuse les conseils. Cela dit, qui, ici, serait en mesure de lui en donner ? Un vieillard, pas un savant, murmure quelque chose à une femme, qui le murmure à une autre, qui le murmure à la première suivante, qui le murmure à la Reine. Celle-ci donne une gifle à la première suivante et crie : Tu crois que je ne sais pas ça ? Elle lève alors le bras pour qu'elles puissent lui retirer sa robe. Lui, nu et blanc ; elle, nue et bleue ; et une salle de femmes et d'hommes qui ne savent que faire ensuite.

Un garde pousse Mossi vers le lit, mais toutes et tous fixent des yeux sa bite, attendant le moment où elle va se réveiller. Un tressaillement déclenche un petit cri collectif, mais ça s'arrête là. Ils tâtonnent, ils hésitent, les femmes secouent la tête et les hommes se caressent le menton. Et la Reine, debout sur le lit, demande : Pourquoi il ne se passe rien ? Qu'y a-t-il d'autre dans la méthode barbare ? Ses anciens lui ont dit que le pénis connaîtrait une transformation. Ça pourrait continuer toute la nuit si rien ne change. La première suivante lui suggère de frotter ses seins l'un contre l'autre en souriant à Mossi. Une autre retire ses propres habits et se caresse, mais n'obtient qu'un sourire timide. Il est plus dur, mais pas assez, et il se ramollit bien avant qu'elles aient le temps de le pousser dans le lit.

« C'est un garçon qu'il lui faut », je dis dans leur langue. Mossi lève les yeux vers moi, pour me regarder à travers le voile. Je me détourne avant que ses yeux posent des questions. Entrent deux garçons dolingons, à peu près de l'âge de Venin, et ils retirent leurs caftans sans se faire prier. Quelque chose me dit que tous ces Dolingons pensent la même chose. *Quelle formidable science ! Quelle science formidable !* Les garçons sont enthousiastes. L'un, par-derrière, se met à caresser le cou de Mossi avec sa langue. L'autre se sert de sa bouche pour réveiller enfin sa bite ; et pour être réveillée, elle est réveillée, attention. La Reine applaudit quand les deux garçons le tirent dans le lit.

En regardant derrière eux je la vois pour la première fois, une cage dorée avec deux pigeons à l'intérieur. Tout blancs, pas comme les miens. C'est vers ce moment-là, quand Mossi arrête de cacher le plaisir qu'il prend, que la première suivante nous ordonne de sortir. Nous, le savant blanc et moi.

« Barbare, oui, mais si elle conçoit, elle n'aura pas besoin de le porter, dit-il, comme si je lui avais posé une question. Tu veux voir comment on se reproduit ? Comment les générations engendrent les générations ? »

Le lendemain. Déjà l'après-midi. C'est seulement quand on obtient ce qu'on croit vouloir qu'on s'aperçoit qu'on n'en veut pas. La Reine obtient ce qu'elle veut. Même Lissisolo. Si je veux sauver l'enfant, c'est surtout à cause de la rancœur que je garde envers Bunshi. Histoire de dire : Le voilà, ton prince, alors va te faire niquer mille fois pour avoir dit que mon enfant est mort par ma faute. La voix qui me ressemble précise que ce n'est pas ce qu'elle a dit. C'est folie de penser que les vies ne sont pas reliées au destin des rois, car le destin de ta famille ainsi que le tien ont été modelés par les rois. Les mauvais rois. Non que les bons rois auraient fait mieux, mais le mal qui a visité ma maison n'y serait jamais venu. On dirait tout de même qu'elle estime que le sort de ma famille découle du fait que j'ai laissé un Roi sur le trône, comme si c'était moi, l'Aesi.

Le Pisteur. Je lui ai dit de ne pas dormir, ni lui ni l'officier. Pourtant l'Aesi nous suit, et il a en même temps des lieues d'avance sur nous, ce qui signifie qu'il doit aussi le suivre, les suivre, l'un ou l'autre, dans leurs rêves. Venin est partie ; Jakwu, il ne l'a jamais vu ; et l'Ogo est l'Ogo. Ça ne laisse qu'eux deux, et des deux, le Pisteur est le seul à le connaître personnellement. C'est Bunshi qui croit en lui. Et c'est Nyka qui l'a envoyé à la mort, sauf que les Bultungi ne l'ont pas achevé. Je ne le connais pas beaucoup, et du peu que je le connais je ne l'apprécie pas. Je me demande encore et encore pour quelle raison ce Pisteur irait trahir, et je me réponds à moi-même qu'il s'en fout tant de cette mission, de ce sauvetage, que secourir l'enfant se résume pour lui à l'argent. Qu'attendre d'un mercenaire si ce n'est d'agir comme tel ?

Les policiers dolingons leur disent que c'est à cause du garçon qui est tombé, mais ils savent bien que cette version est appelée à changer. Moi, je sais deux choses : il est tombé du balcon du Pisteur, et c'était un esclave des cordes. Je ne sais pas comment l'appeler à part ça. La grande force qui fait bouger Dolingo, c'est l'esclavage. La puissance pour actionner les rouages, c'était une énigme dont quelqu'un avait la solution, quelqu'un que j'ai oublié. Ce royaume l'a résolue avec les mains et les pieds des esclaves. À la plateforme des caravanes, tout le monde ne parle que de ça : rien ne marche. Ma chaise a refusé de me laisser m'asseoir ce matin, dit l'un. L'eau de mon bain est devenue froide quand j'ai dit chaud, renchérit l'autre. Ma porte a refusé de s'ouvrir – vous imaginez, ouvrir sa porte soi-même ? Et : Non, il n'y a pas eu de ventilateur quand j'ai dit ventilateur, je l'ai regardé comme un con, pas moyen de le faire bouger. Est-ce que nos maisons se rebiffent contre nous ? Et en un clin d'œil on ne parle plus du garçon. Je prends conscience que ces gens ne savent pas ce qui fait fonctionner leurs maisons. Ils ne savent rien du tout, n'en ayant jamais eu besoin. Ils ne savent pas qu'une chaise qui hésite hésite réellement, et qu'un ventilateur rétif l'est pour de bon, rétif. Je ferais bien comme eux, méditer des heures sur tous ces mystères, mais il y a un chancelier à ma porte qui m'amène là où ils ont enfermé le Pisteur.

« Je ne parlerai ni à toi ni à ta Reine. Seulement à la sorcière. Il a dit ça mot pour mot. Je me sens sale rien que de répéter, me confie le chancelier.

– Ah, l'odeur de Sogolon, dit le Pisteur.

– Elle te plaît.

– Non. Ils vont nous arrêter pour le meurtre de ce jeune esclave ?

– Peut-être.

– Ce pauvre garçon, il a sauté parce qu'il croyait trouver la liberté. Tu le savais, comment fonctionne cet endroit. »

La ville a beau être sophistiquée à l'extrême, leur cellule a l'air plus archaïque que les trous noirs de Juba. Sol en terre, murs de pierre, une épaisse porte en bois avec une fente assez grosse pour sa tête, mais rien d'autre. Rien pour chier, car la merde est la seule odeur.

« Une langue trop bien pendue a raconté que les métaux ont peur de moi, dit-il.

– Depuis quand tu travailles avec l'Aesi ?

– J'ai au moins pour habitude de finir mon travail avec quelqu'un avant de me mettre à travailler pour son ennemi.

– Tu as fait quelque chose pour attirer son attention. Tué un espion ? Une sorcière ? Il remarquerait le meurtre d'une sorcière.

– Va pas croire que mes morts ont grand-chose à lui dire.

– Il te suit dans tes rêves.

– Alors demande à mes rêves.

– Je t'avais dit de pas dormir cette nuit-là.

– Déjà, j'ai pas d'ordres à recevoir de toi, et en plus, la seule chose que j'ai pas faite, c'était dormir. Tu le sais mieux que personne, vu que tu as regardé l'officier me niquer jusqu'au matin.

– Je suis pas restée jusqu'au bout.

– C'était divin, le bout, comme tu dis.

– Et pourtant même les dieux, ils font toujours la même chose après… si c'est des hommes.

– J'ai dit que j'avais pas dormi.

– L'Aesi a déjà envoyé une troupe vers Dolingo.

– Alors quelqu'un t'a trahie ? Bunshi ? Elle a disparu depuis un moment, mais je pensais que vous étiez en contact.

– C'est pas lui qui vient. Juste les troupes.

– Ah non ? Mais n'empêche. On dirait qu'il faut que tu retrouves cet enfant en vitesse. Comment tu comptes t'y prendre ?

– J'ai jamais compris pourquoi elle avait besoin de vous autres. Cinq ou six guerriers et un limier, n'importe lequel, ça aurait fait l'affaire. Peut-être toi, puisque même avant d'avoir ton Œil de Loup, tu avais tout d'un chien. Et pourtant, ta première initiative, c'est de t'enfoncer dans les Terres sombres pour la seule raison que ça te fait trop mal d'écouter les mots sages d'une femme.

– Sage ? Tu as fait le tour de la forêt parce que tu es lâche, pas parce que tu es sage. Et c'est aussi pour ça que tu te tiens à l'écart de la magie en général. Et pour ça que tu détestes ces portes.

– Tu es sûr que le sort qui t'a été jeté dans cette forêt n'est pas resté avec toi ?

– Qu'est-ce que tu veux, Sogolon ?

– Ce que je veux, moi ?
– Oui, toi. Ou la Sœur du Roi, ou Bunshi, peu importe.
– Dis-nous où est le garçon.
– C'est qui, nous ? Parce que je sais que c'est pas ça qu'elle veut, cette Reine. Mossi lui a déjà donné un peu de ce qu'elle cherchait. Donc si c'est pour me dire comment je me libère de cette prison, sache que je vais te répondre de prendre un bâton merdeux et de te le foutre dans le koo.
– Qui a dit que je te promettais la liberté ?
– Alors tu promets quoi ? La paix intérieure pour l'éternité ? Tu sors d'où, franchement ? Tu m'as toujours pas dit ce que tu voulais.
– L'enfant que tu vas tout de même m'aider à retrouver.
– Tu as trop traîné avec les rois et reines. Tu dis une chose et tu en penses une autre. Pour une femme qui n'a rien, tu as tout de même leurs manières. Et tu peux arrêter ton baratin sur l'enfant. Tu l'as mentionné moins de cinq fois depuis le début de notre voyage. L'Aesi, par contre, tu en parles très souvent. Y compris à l'instant. Tu t'entends pas parler ? Avant même de me demander où est l'enfant, tu as dit quoi ? Répète un peu, pour voir ?
– C'est ça le truc avec les diables. Ils ont pas besoin de reconnaissance.
– Putain, t'es complètement à la ramasse ce soir, femme.
– Il peut pas l'emporter encore une fois, tu m'entends ? Pas une troisième fois, et tu vas pas l'aider. Je te tuerai avant.
– Enfin ! Ça fait plus d'une lune que j'attends la vraie Sogolon. Donc c'est un jeu entre toi et l'Aesi.
– Pas un jeu. Je joue pas.
– C'est exactement ce que tu fais. Alors, en quoi ça consiste ? Sadogo, il est au courant ? Mossi ?
– Je joue pas.
– Tu veux dire que t'y prends pas plaisir. Mais c'est un jeu. T'es pas une vraie fervente de la cause comme la fille qui baise avec Nyka. Pas une zélote comme la déesse des eaux.
– C'est un lutin.
– Peu importe. En fait, tu es plus indifférente qu'un lézard dans un combat de coqs. Sauf en ce qui concerne l'Aesi. Qu'est-ce qu'il t'a volé ?
– C'est toi qui as réponse à tout, pas moi.

– Ils te parlent encore, les esprits qu'il t'a arrachés ?

– Non.

– C'est dommage. On dirait que ça te ferait pas de mal, un mot gentil d'un parent mort. À moins que… Bien sûr.

– Quoi encore ?

– Une parole d'un parent mort, tu voudrais ça pour rien au monde. Tu es responsable. Nique les dieux, Sogolon.

– T'as fini ?

– Tu veux le silence, maintenant ?

– Dis-moi où est le garçon.

– Maintenant c'est dis-moi. Il y a une seconde tu disais dis-nous. Et en échange de quoi, la liberté ?

– Regarde par cette fente derrière toi, tu verras la prison et la salle de torture.

– Entre toi, moi et les dieux ? Un poing enfoncé dans mon cul, c'est pas une torture.

– Non, imbécile, par là-bas, c'est la prison. T'y es pas, dans la prison, là. »

Ça faisait un moment que j'attendais qu'il perde son rictus suffisant.

« Je sais que tu te demandes comment ça se fait qu'on ne voie jamais d'enfants à Dolingo. Certaines villes élèvent du bétail, d'autres font pousser du blé. Dolingo, elle cultive des hommes, et pas du tout de manière naturelle. T'as pas besoin d'explications et t'as pas la tête assez grosse pour recevoir tout ça. Alors sache ceci : lune après lune, année après année, grappe d'années après grappe d'année, la semence et la matrice des Dolingons se sont détériorées.

– Les savants blancs ?

– Ça, c'est de la malchance, pas de l'élevage. Ce qui n'est pas stérile donne naissance à des monstres d'aspect innommable. La mauvaise semence, elle germe dans de mauvaises matrices, toujours dans les mêmes familles, et les Dolingons, qui étaient les enfants les plus intelligents, sont devenus les plus stupides. Il leur a fallu cinquante ans pour se dire : Hé, on a besoin de semence nouvelle et de nouvelles matrices.

– Dis-moi qu'il va bientôt y avoir des monstres.

– C'est plus que de la magie. Si elle conçoit – elle, la Reine –, c'est par un homme incomparable. Il mène une vie incomparable sauf qu'il engendrera des centaines et des centaines de bébés. Il est le robinet et ils l'épuiseront. Ils épuiseront d'autres hommes pour le reste du peuple. Même ton Ogo, dont la semence est inutilisable, leurs savants et leurs sorciers peuvent la rendre exploitable.

– Qu'est-ce qui se passe quand le robinet est à sec ?

– Tu as vécu une vie aussi pleine que n'importe quelle autre.

– Bien sûr. Tout ce qu'ils veulent, c'est me donner une vie bien pleine. Je suis séduit par cette idée. Ils se servent d'un tube, pour récolter ? Je préférerais de loin une bouche. Ça explique pas pourquoi il n'y a pas d'enfants.

– La salle que tu vois par ta fenêtre. Ils l'appellent la grande matrice. Ils les suspendent dans le jus de matrice. Les nourrissent et les font pousser, jusqu'à ce qu'ils soient aussi grands que toi. Ils n'éclosent qu'à ce moment-là. Mais ils sont en bonne santé et ils vivent longtemps. »

J'attends son commentaire acide. Ça vient. Mais pas encore.

« C'est ça, Dolingo la grande.

– Trois jours se sont écoulés, en comptant aujourd'hui. Où est le garçon ?

– Pas d'enfants, pas d'esclaves, et pas non plus de voyageurs.

– Personne n'entre à Dolingo sans risque. Ils mettent à profit tous ceux qu'ils trouvent aux pieds des troncs pour la reproduction et tuent ceux qui ne peuvent pas leur servir. Au moins, tu as cette utilité. Même dans ce cirque, c'est l'homme qui est utile.

– Va niquer un chien estropié, avec ta logique. Tu nous as vendus.

– La Reine vous traitera mieux que des concubines, toi, l'officier et l'Ogo.

– Elle nous donnera chacun un palais où elle ne viendra jamais ?

– Toute ma vie, des hommes m'ont assuré que ce serait ça, la vie au-dessus de toutes les vies. Et voilà que la Reine de Dolingo te dit : tu n'auras rien d'autre à faire pour le restant de tes jours. À en croire les hommes, ça devrait être le cadeau suprême.

– Je préfère un choix à un cadeau.

– Maintenant tu es comme une femme en toutes choses. Tu me diras ce que ça fait, un jour.

– Je croyais que j'étais juste un nez.

– Un nez, avec une utilité. Le reste de ton corps, il fait que nous gêner. Et quand on aura récupéré le garçon, sache que tu auras aidé à rétablir l'ordre naturel dans le Nord.

– Mais qu'est-ce que t'en as à foutre, de l'ordre naturel du Nord ? Tu parles comme Bunshi, maintenant. Tu vas utiliser l'enfant pour l'attirer ici. L'Aesi. Elle le sait, Bunshi ?

– Dis-leur ce qu'ils veulent savoir. Ces savants, j'ai entendu dire qu'ils ont trouvé de nouveaux moyens de faire parler les gens », je dis avant de tourner les talons pour partir.

« Une dernière chose, Sorcière de Lune. Tu ne me connais pas bien, mais tu en sais suffisamment. Quand j'aurai tué la moitié des gardes dans cette pièce, ils vont devoir me tuer. Alors ma question est : combien de runes vas-tu devoir écrire chaque nuit pour m'empêcher de t'attaquer ? »

Je me tourne vers l'ombre. C'est lui qui est en cellule, mais c'est moi qui sens les murs se refermer sur moi. Mais je le vois à peine du coin de l'œil ; tellement vite que je le manque presque, il dresse la tête. Comme si quelqu'un avait crié son nom.

« Le garçon. Il est là », je dis.

Il me pourrit d'injures, mais je le laisse. Dans la pièce d'à côté, deux gardes sont postés devant une porte, trois autres de l'autre côté. À ce moment-là les torches s'éteignent. Se rallument. S'éteignent. Et ça recommence, ce merdier, dit l'un des gardes. Puis la porte s'ouvre, se claque, se rouvre. Un gardien accourt, disant que les portes des cellules n'arrêtent pas de se déverrouiller et que ce bordel dure depuis tout un quart de lune. La porte claque encore, pile sur le doigt d'un garde. L'un d'entre eux soupire qu'ils en ont marre ; il va chercher une échelle pour accéder à une trappe dans le plafond. Un bruit sourd d'abord, un coup de poing, puis un couinement, des grognements et des injures. Et pendant ce temps, le feu des torches vient, repart, puis revient, les portes claquent et s'ouvrent en grand, et l'unique fenêtre, à son tour, s'ouvre et se referme. Tout s'ébranle, tout s'immobilise.

Deux hommes entrent, trois sortent. Les deux, capuchons sur la tête, robes cachant le reste. L'un d'eux retire sa capuche et révèle ses boucles blanches, fines comme des pattes d'araignées. L'autre ouvre sa robe de manière à laisser voir la bosse charnue, instable qu'il a à l'épaule droite. Ils referment la porte derrière eux. Le Pisteur étant le Pisteur, il rit, se moque, insulte, lâche une remarque caustique que je n'entends pas, fait le malin. Mais j'entends quelque chose qui assourdit sa voix. Puis je ne l'entends plus. Plus rien, longtemps, peut-être trop. Assez longtemps pour que je devine aux signes de tête et chuchotements qu'échangent les gardes ce que ça signifie. Et ça y est : d'abord il balbutie, puis hurle dans le bâillon – les mots qu'il tente de dire. Ensuite il braille. Puis il hurle, et hurle encore, plus fort, et encore plus fort. Et il hurle à tousser, il se met à brailler comme si on lui coupait la jambe sans opium. Puis il hurle à nouveau, un cri long, un cri fort qui retentit dans le couloir et disparaît dans la pénombre. Et il continue de hurler. L'un des gardes vomit.

« Mwaliganza, le cinquième arbre. On l'a vu là-bas, avec d'autres. Vous le trouverez chez la vieille apothicaire. »

Le deuxième surgit, nu jusqu'à la taille. Blanche et fine sa peau, je vois les routes du sang et leur fonctionnement. Il suit le premier lorsqu'un bloc de chair sort de la pièce en rampant. On dirait un cuissot de porc. Il gémit, couine et ouvre un œil d'un coup. Pas de tête, un grumeau grouillant de grumeaux et la bouche toujours ouverte dont s'échappent des filets de bave. Il se traîne en avant à l'aide de longues mains osseuses, avec des cris aigus, jusqu'à ce qu'il attrape le savant, s'agrippe à lui et se glisse en haut de son dos, puis enroule une main autour de sa taille où elle disparaît dans un repli de peau. De l'autre main jaillissent des griffes qui se fichent dans sa poitrine. Je n'ai pas vu, je ne voulais pas. La bosse se rétablit sur son épaule droite tandis que le savant rajuste son vêtement et s'éloigne.

« Mwaliganza ! Immédiatement ! » je crie. Les soldats dehors, vingt et neuf de plus qui courent. Venin ne court pas.

« Ni dans ce monde ni dans un autre je ne mènerai ton foutu combat, dit-il.

– N'empêche que t'iras pas loin.

– Sauf si tu meurs. »

Il n'y a pas de caravane céleste pour nous conduire directement à Mwaliganza. Nous devons passer par Mungunga, nous précipiter pour prendre la suivante, en direction de Mkora, et de là nous engouffrer dans la seule en partance. L'appareil a presque quitté l'embarcadère quand nous voyons la scène plusieurs étages en dessous sur la grande place publique. Une explosion de bruns, comme si un poids était tombé sur un nid de fourmis pour les faire se disperser. « Qu'est-ce que c'est que ça ? » crie un garde. Nous sommes au moins dix étages au-dessus de la masse. Des gens. La masse est brune car ils sont tous nus, à part les bouts de cordes sans doute encore accrochés à eux. Encore une explosion de bruns, comme une vague sur une vague qui en répand d'autres sur la place. Les esclaves ? demande un garde. Les esclaves ! crie un autre. Quels esclaves ? crie un troisième. Mais ils ont envahi l'esplanade, piétinant tout le monde dans la bousculade. Les esclaves se sont rebellés. Ils inondent Mkora comme un raz-de-marée, à la stupéfaction des gardes déroutés. Personne n'a rien deviné en voyant les chaises coller, les portes claquer, le garçon sauter par la fenêtre du Pisteur. Si l'éventail refusait d'éventer, c'était qu'un esclave refusait de l'agiter, si la baignoire refusait de se remplir, c'était qu'un esclave refusait de la remplir. En vérité, je n'en ai rien pensé. Les soldats hurlent tous à la caravane d'accélérer, ils ne pensent toujours pas aux esclaves qui la tirent. Jusqu'au moment où, à quelques pas des quais, ils s'arrêtent. Nous ouvrons les portes à coups de pied et sautons dans la rivière. Un soldat remercie les dieux qu'elle ne soit pas profonde. Depuis le quai, nous nous retournons vers Mkora, où les esclaves continuent de jaillir par les portes telle une marée. Une explosion nous secoue. Une explosion à Mwaliganza, maintenant.

« Vous connaissez les ordres ! » je leur crie.

Mais je ne peux pas non plus m'arracher au spectacle. La rébellion des esclaves. J'essaie de me couper de ce que ça fait remonter en moi. Non, de ce qui me submerge. Les cours royales. Les Rois, les Sœurs du Roi, les Reines. Une traînée de corps empalés sur un mot d'un seul Roi. Moi qui ai tout reçu comme si ça comme allait de soi. Même quand je le déteste, je l'accepte, même quand je le déteste, le destin, je l'accepte. Le choc vient mais n'écarte pas la honte. Rébellion. Nous souffrons, nous survivons, nous supportons. Nous ne pensons jamais, nous nous rebellons. Je me force à revenir au présent.

« Allons-y ! » je crie.

Nous voilà devant l'échoppe de la vieille apothicaire. La porte est ouverte, sans doute parce qu'il n'y a pas d'esclave pour la tenir fermée. Je ne connais pas les tactiques des soldats et ils sont incapables d'obéir à une femme qui ne soit pas leur Reine. Et ces armes de cérémonie, en or, sont destinées à des gens qui n'ont jamais eu besoin de faire la guerre. Ces foutues armes en or. Deux passent devant moi, et avant que le troisième ait pu leur emboîter le pas, mon vent (pas vent) le repousse en arrière. Derrière nous, le galop des esclaves qui éclatent les frontières, les bons nobles qui braillent, hurlent, se font déchiqueter. J'imagine les rebelles ahuris par le soleil, pantelant, se galvanisant de haine si la volonté défaille. Les soldats sursautent à chaque explosion, à chaque cri, à chaque rugissement, ils sursautent à chaque tremblement. Plusieurs s'enfuient.

« On ne gagne pas un combat avec une danse, je dis à ceux qui m'entourent. Votre Reine vous a donné des ordres. »

En haut, il y a une pièce, juste une, pareille à une salle de classe. Mais à l'étage encore au-dessus, un enfant pleure. Des sanglots légers mais désolés, qui insistent pour qu'on les entende. Les deux qui me précèdent continuent de monter. Personne ne parle de manière codée, personne ne fait de signe. Keme recourait à ce stratagème avec son Armée rouge. Je ne sais pas pourquoi cette idée choisit ce moment pour me venir, mais je la chasse. L'étage est plus vide encore que celui d'avant, si bien que je me demande ce qu'elle peut bien vendre, cette apothicaire. Les murs gris dont l'usure laisse transparaître l'orange derrière. Mais ce n'est pas vide, juste brumeux. De chaque côté nous cernent des tabourets couverts d'huiles, de potions, de poudres, une rangée de chaises d'accouchement – bizarre, vu que personne à Dolingo ne procrée par le biais de cette méthode barbare. Je suis sur le point de me maudire pour avoir pensé comme eux lorsque les pleurs du garçon m'attirent plus avant. Nous marchons jusqu'à lui en traînant des pieds et voyons la forme de deux garçons. L'un qui flotte dans les airs, immobile, des insectes bourdonnant autour de lui, peut-être mort. L'autre qui nous tourne le dos, il pleure encore.

« Petit, petit, viens maintenant, dit un soldat. Arrête de pleurer. »

« La ferme », je chuchote.

Nous nous approchons davantage, prudemment. Les pleurs du garçon se muent en braillements à gorge déployée, mais lorsqu'il se retourne il n'y a que sa bouche qui pleure. Son corps est immobile comme celui d'une statue, ses yeux aussi vides et calmes que ceux de quelqu'un qui vient de se réveiller. Le visage tout à fait paisible alors même que des cris bruyants s'échappent de sa bouche. Et l'autre garçon, la forme de garçon, du sang lui dégouline des pieds. Ses yeux sont grands ouverts, mais il n'y voit rien. Partout sur sa peau des trous s'ouvrent comme dans un nid de guêpes et des insectes y entrent, en sortent et le parcourent. Plusieurs se glissent par ses yeux et s'envolent vers le plafond, où personne n'a regardé encore. Eloko le démon de l'herbe aux cheveux verts, c'est lui que je vois d'abord, puis je cligne des yeux et j'en vois deux. Puis un petit, cheveux, doigts et orteils tout noirs, et lui, Ishologu, toujours sous sa forme de bel homme, avec ses ailes écartées qui prennent toute la largeur. Le dos contre le plafond comme s'ils étaient couchés par terre, et nous à l'envers. Le garçon pousse un sanglot. En haut ! crie un garde, mais à ce moment-là, Ishologu fait claquer ses ailes, le tonnerre fait trembler les murs et la foudre illumine toute la pièce d'une clarté aveuglante.

Des cheveux en feu me ramènent, mais la clarté m'a étourdie. J'ai les yeux ouverts mais c'est comme si c'étaient les yeux de quelqu'un d'autre. Ils s'ouvrent sur tout dans cette brume, puis se referment, puis la peur me saisit que ma peau soit en feu, en flammes, que ma peau rôtisse vite, blanc aveuglant, douleur cuisante. Je me réveille en hurlant, mais tout est encore flou. Un Eloko, puis deux, puis deux de plus, un avec quelque chose qui dépasse de sa bouche, une jambe, puis un pied, puis un orteil, et il avale. Les corps de soldats éclatés, dispersés, et d'autres qui courent partout crépitant de foudre au-dehors et au-dedans. De la fumée – non, une brume. Une nuée de mouches déferle sur deux soldats et les soulève du sol et ils hurlent jusqu'à ce que des insectes emplissent leur bouche et s'enfoncent dans leur peau jusqu'à ce qu'ils ne soient plus que des récipients d'insectes. Elle abandonne les corps et je vois par les trous quand tombent les cadavres. La masse se reconstitue pour former une goule aux yeux jaunes, avec des griffes. Des épées volent, les monstres rient. La pièce devient floue et tous ces cris me font mal aux oreilles. Puis juste devant moi, cheveux verts sur un visage en pointe de flèche, rouge avec des bandes blanches – non, blanc avec des bandes rouges, les globes oculaires en rotation, son poignard en os sur le point de plonger dans ma poitrine. Il prend de l'élan pour frapper, mais quelqu'un le tire en arrière si violemment que sa jambe heurte mon visage et mes yeux se ferment à nouveau. Et il y a de l'air sous mes pieds, mon corps s'élève et ce n'est pas le vent (pas vent). Sa main se referme autour de mon cou fermement, mais sans serrer. J'ouvre les yeux sur sa mâchoire carrée et sa peau blanche comme la lune. Cheveux blancs striant les cheveux noirs et menant à des plumes à l'arrière de sa tête. Je cligne des paupières et son visage se résume à une paire d'yeux et un bec, cligne à nouveau et c'est un homme et je balbutie qu'il est beau, si beau. Vois ses cheveux tomber en pointe entre ses sourcils et ses lèvres se retrousser en un sourire cruel. Il ouvre la bouche mais j'entends encore un écho tonitruant. Je ne peux pas baisser le regard. Ipundulu. Non, Ishologu. Ma tête se met à brûler… ce n'est pas la foudre… il essaie d'entrer dans mes pensées… tout comme l'Aesi. Il maudit quelque chose. Je l'entends. Puis il sort une griffe et la pose entre mes seins.

Et ma poitrine est en feu, ma poitrine est mouillée, et j'ouvre encore les yeux, le vois me découper. Tout d'un coup il bondit – il a un couteau planté dans l'épaule, et il saigne du sang noir. Il me laisse m'échapper et je m'envole, non, je tombe, je heurte le sol – mes pieds, mes genoux mon ventre, ma tête –, noir de nouveau. Mes yeux s'ouvrent et Jakwu ricane tandis que les deux Eloko lui sautent dessus, l'un du sol, l'autre du plafond. Celui du plafond atterrit pile sur Jakwu et le heurte en pleine poitrine. Celui du sol lui ouvre la cuisse mais il pousse un nouveau rire, esquive un coup et lui enfonce le visage. Le troisième je ne vois pas ce qu'il fait, mais je l'entends hurler et lui saisir le ventre. Jakwu n'attend pas, il écrase le démon de l'herbe dans le sol. Le nuage d'insectes encercle Sadogo, qui leur distribue des claques, des claques et en aplatit mais ne peut les empêcher de percer sa peau jusqu'à ce qu'un flacon d'huile se casse sur sa poitrine. Frotte ça sur tes bras ! crie quelqu'un. Pisteur. Mes yeux plongent. Ils reviennent au moment où les insectes d'Adze sortent de l'Ogo un par un. Des hommes-foudres se battent contre Mossi et ses deux épées, qui se confondent dans le flou. J'essaie de me relever mais sous ma peau ça recommence à rôtir. La foudre d'Ishologu jaillit de sa poitrine vers moi. Il ouvre ses ailes et lance un coup de tonnerre qui fait tout trembler, tout tomber. Tout se casse. Personne ne s'enfuit, car tout le monde est renversé. Ishologu se tourne vers moi et pile à ce moment-là une torche l'atteint dans le dos. Il me regarde aussi perplexe qu'un bébé avant de prendre feu.

Ils s'affairent autour de lui, je peux tous les compter. Personne ne vient me voir. Je tousse et ma poitrine crache le sang. J'ai la même odeur que lui, autour de qui ils s'affairent. À côté de moi je vois un oiseau calciné. Les ailes complètement rôties, la peau noire et rouge, grillée comme une chèvre. Avec un parfum de sacrifice raté. Ils parlent de lui avec dureté, mais quand ils me regardent la dureté ne les quitte pas.

« Comment il s'appelle ? demande Mossi.

– Il n'a jamais reçu de nom, dit Pisteur.

– Alors on l'appelle comment ? Petit ? »

Ils se rassemblent autour d'Isholugu. Jakwu surgit derrière moi et me donne un coup de pied au cul.

« Si la pute de la lune se réveille pas bientôt, tous ses esprits vont savoir qu'elle est faible, dit-il.

– Et celui-là, qu'est-ce qu'on en fait ? demande Mossi, montrant Isholugu.

– Tue-le, répond Jakwu. Tue-le. Puis tue ce… »

Le mur et la fenêtre tombent et entre un ninki nanka. Non, pas un dragon, une créature avec des ailes, des ailes plus grandes que l'Ipundulu. Un grand pan de mur assomme Sadogo. Pas un dragon, il a des jambes d'homme. Pas un homme, il a des griffes aux pieds. Les pieds, d'un coup, ils font passer Mossi à travers un mur. Il renverse des affaires avec ses ailes, peau noire, pas de plumes, comme une chauve-souris, pas un Ipundulu. Sasabonsam ! crie quelqu'un. Il va pour s'en prendre au Pisteur, et je ferme le poing et le vent (pas vent) le renverse et le plaque au sol. Je le retiens, mais à chaque fois qu'il pousse j'ai mal à la poitrine. Je ne peux plus le retenir. Sadogo se relève. Sasabonsam prend Isholugu par la jambe de sa main aux griffes d'acier, ramasse le garçon de l'autre – le garçon qui court vers lui – et s'envole.

La clameur de la rébellion enfle et éclate dans mes oreilles, puis s'estompe quand une autre bande s'éloigne. À présent je suis dehors, sur un sol humide. Au-dessus, une caravane brûle et une autre vient de tomber. Le palais de la Reine n'a pas de cordes. Ils m'entourent et je sors de nouveau. Je me réveille dans la nuit manquant tomber d'un cheval qui trotte dans le noir, je me rendors, je me réveille sentant la corde qui m'attache à un dos, me rendors, me réveille enfin le matin.

« On ne les rattrapera jamais », dit Mossi, fixant la porte encore ouverte.

Nous sommes à la sortie de Dolingo.

« Elle n'a pas envoyé ces pigeons à Dolingo. Elle les a envoyés à l'Aesi », dit Pisteur. Ça me met le feu à la bouche, mais pas au corps.

« Tu mens, espèce de… espèce de fils de pute de menteur…

– Il a déjà envoyé une armée vers Dolingo, dit le Pisteur. T'as pigé son plan ? Nous emprisonner, récupérer l'enfant elle-même.

Pour faire un double putain de cadeau à l'Aesi, qui n'a plus qu'à tuer l'enfant pour sauver cette monarchie corrompue.

– Et alors, ça avance bien, cette entreprise ? demande Mossi.

– Vous vous en foutez, de la monarchie, putain ! je crie. Tous, vous vous en foutez !

– C'est contre toi que Bunshi m'a mis en garde, reprend le Pisteur. Contre toi et personne d'autre. Fais jamais confiance à une sorcière, elle a dit.

– Je suis pas… je suis pas une sorcière. Je suis pas une sorcière.

– Et toi, c'est Jakwu, je me trompe ? demande Mossi. Qu'est-ce que tu fiches dans le corps de cette fille ?

– Pose la question à la Sorcière de Lune.

– C'est moi tout, hein ? Tout est de ma faute. Si le soleil se lève et se couche, ça doit être moi…

– En tout cas, tout ce qui est sensé, c'est pas toi, fait le Pisteur.

– Et Mossi qui nique la Reine jusqu'à la fin de ses jours, c'est pas une punition, peut-être ?

– On voit que t'as pas senti l'intérieur de son koo », fait Mossi, et ils rient et continuent de discuter mon cas. Le Pisteur, qui s'est éloigné de quelques pas, murmure dans l'air. Apparaissent alors des étincelles, puis un flamboiement qui ouvre la porte en la découpant.

« Qu'est-ce que je vois, par ce trou ? demande Jakwu.

– La route de Mitu, explique Sadogo.

– Je vais l'emprunter.

– Tu auras peut-être des problèmes. Jakwu n'a jamais vu les dix et neuf portes, mais Venin si.

– Comment ça ?

– Il veut dire que même si ton âme est neuve, ton corps risque de brûler, précise Mossi.

– Je suis peut-être encore attaché à celle-là, mais je vais prendre le risque », réplique Jakwu.

Je réussis enfin à me lever, mais je chancelle et manque tomber. Aucun d'eux ne fait un geste pour me rattraper, même pas l'Ogo. Ils ont tous décidé de continuer de chercher le garçon. Jakwu me regarde m'escrimer à rester debout et éclate de rire. Mais c'est tout de même timidement qu'il emprunte la porte. Celle-ci se rétrécit encore tandis que les trois hommes se préparent à partir. Je trébuche de nouveau, atterris sur mes genoux, et cette fois le Pisteur accourt pour me relever.

« Sache une chose, Sogolon. L'Aesi, il m'a jamais trouvé en rêve. »

Il s'est penché si près que ses lèvres effleurent mes oreilles.

« C'est moi qui suis allé le chercher dans les siens. Et toi, tu es l'imbécile qui a laissé échapper un Sangomin, merde. »

Avant que je puisse répondre quoi que ce soit, avant que mon vent (pas vent) puisse se lever, il m'a prise par le dos et m'a poussée à travers la porte.

Je ne me rappelle qu'une chose, le feu.

5

NO ORIKI

Ko oroji adekwu ebila afingwi

Vingt-six

Tu veux que je te parle de ma liste. Tout ce temps, et tous ces mots, toute cette encre et tout ce papier, alors que tu aurais pu poser la question dès le début. Regarde-toi, qui t'échauffes, disant que tu es venu pour avoir des faits, mais c'est pas des faits que tu es venu chercher chaque matin avant même que le coq chante. T'es venu pour que je te raconte une histoire qui soit pas celle que t'a exposée le Pisteur. Je l'ai entendu. J'ai entendu une partie de son récit. Il y a même une ou deux femmes qu'il traite ni de sorcière ni de pute, ici et là. Mais tout ça – il y a des passages dont je me souviens pas, d'autres que je me rappelle comme d'une fable –, tout ça c'est pas quelque chose que j'ai vu, entendu ou senti moi-même. On se rappelle ce qui nous a fait transpirer, tu le sais bien. J'ai pas souvenir d'avoir transpiré. Une partie de ce récit est le témoignage d'Ikede, qui a couché ma vie sur le papier alors qu'elle partait en fumée, puis s'est jetée de son toit. Dis-moi ce que ça signifie, que ma mémoire, elle vienne d'un homme qui m'a expliqué ce qu'était ma vie, moi qui ai choisi de le croire, alors que même le plus doux des hommes, il peut pas en savoir bien long sur une femme. Mais regarde-toi. Tout ce que tu veux vraiment savoir, c'est qui figure sur ma liste.

Pas de papier. Tu pousses cette histoire de sorcellerie trop loin. Oui, trop loin, parce que j'en connais, des sorcières du Nord et du Sud, et aucune d'elles n'agit comme tu te l'imagines. Quoi, encore ? Tu crois que je vais écorcher un enfant et écrire ma liste sur sa peau ? Ça, je vais te le dire : un jour j'ai noté tous les noms sur un bout de tissu rouge que j'ai noué autour d'un nkisi nkondi volé, puis j'ai enterré le tout dans le sol même où reposait un nécromancien qui pratiquait une science honteuse avec des plantes et des animaux si bien qu'on l'a enterré vivant. Et si tu crois ça, alors qui sait ce que tu confonds avec la vérité, encore, ces temps-ci. Drôle de raisonnement pour un homme qui vit un mensonge.

Je vois Inquisiteur, mais j'entends griot du Sud. Regarde-toi, tu gigotes sur ton tabouret, mais le seul diable dans cette pièce c'est le passé juste derrière ton oreille. Tu y travailles dur, à cette voix, tu y travailles, mais on dirait encore que d'une minute à l'autre tu vas te mettre à parler en vers. Si ta fesse gauche est épuisée, Inquisiteur, appuie-toi sur la droite. Tu te demandes si je te méprise. Tu sais pas de quoi je parle. Je parie qu'avant qu'on ait fini tu vas regarder la porte encore une fois pour vérifier qu'aucun garde nous écoute, même si tu leur as déjà dit deux fois de nous laisser. Ils sauront pas ce que c'est, un griot du Sud, mais ils pourraient poser la question. Je croyais que ton espèce était à l'abri dans le Sud, sauf si ce que tu prépares, c'est un rapport pour le Nord. J'entends griot du Sud, oh. Même l'odeur, je la sens. Mais ne laisse jamais une femme dire que t'as pas réussi. Un homme non plus, car cet homme-là, il a pas d'ambition. Pour grimper les échelons jusqu'à la grande assemblée des inquisiteurs et des législateurs, il a fallu quand même que tu fasses preuve de ruse. D'intelligence aussi, bien sûr, sans oublier ton œil d'une rare acuité. Soit ça, soit les critères ont tant baissé à Nigiki qu'un simple archiviste peut se hisser jusqu'aux plus hauts rangs du plus bas rang du pouvoir – oui, oui, je t'insulte. Ne tente pas de faire passer un corbeau pour un faucon quand tout le monde voit les plumes. Abrégeons, donc.

N'importe quel griot dirait : Mais que peut faire un homme, si ce n'est s'enfuir ? Les yeux des gens autorisent plus et condamnent moins dans le royaume des quatre frères. Si je t'exècre, c'est pas parce que tu es un menteur. Si je te méprise, c'est même pas parce que t'es lâche. Si je t'aime pas, c'est parce que tu te donnes des airs, persuadé d'être plus intelligent que les autres, tout ça parce ton boulot c'est de leur soutirer ce qu'ils veulent pas donner. Regarde-toi, tu notes tout ce que je dis, pensant que tu feras le tri plus tard, que tu distingueras les mensonges. Toi, le même inquisiteur qui vient de gober qu'il existe des buffles ingénieux. Oui, oui, j'ai entendu ce passage aussi. Quelle astuce, cet animal. Malin, débrouillard, avec sa manière si espiègle de remuer la queue, un excellent compagnon, vraiment. Les animaux de ce genre, ils sont plus fiables que les hommes, loyaux et francs, et quant à sa gaieté ? Insondable. Mais tu t'es même pas posé de questions quand cet incomparable animal s'est tout bonnement évanoui de la dernière partie du récit ? Et ça, pour une seule raison : il en a eu marre de ses propres bobards. Un buffle intelligent ? Hé, un buffle intelligent ne serait jamais assez stupide pour se mêler à des humains. Pareil pour un léopard intelligent. Une bête ingénieuse – un mensonge ingénieux, plutôt !

J'ai longtemps réfléchi à ce que je dirais quand je finirais par rencontrer un spécimen dans ton genre, qui a trahi ses frères. Non ? T'es pas un traître ? Juste un type qui est parti juste avant la purge. Providence divine, heureuse coïncidence, disent les savants blancs. T'as pas été averti par un murmure ou un pigeon venu à ta fenêtre, bien sûr. Un jour tu t'en vas, le lendemain la hache tombe sur le cou des griots. J'en connaissais un, de survivant, mais sa culpabilité l'a poussé à mettre fin à sa vie. Mais te voilà, en pleine forme, pour l'instant.

Tu crois que l'idée, c'est de remettre droit ce qui est de travers, de remettre en ordre le désordre. C'est grâce à ce genre de balivernes que les hommes parviennent à justifier toutes leurs actions cruelles. Non, imbécile, c'est une histoire de vengeance. Je viens de te le dire, je confonds pas un faucon avec un corbeau. Et même la vengeance, c'est pas une histoire de vengeance, au fond. Ce qui alimente vraiment la vengeance, c'est le désir. Tu veux savoir pourquoi ça m'a pris cinq ans de faire ce qui n'aurait pris que cinq lunes à une autre, mais la réponse, elle est sous ton nez. C'est le désir. Le désir, c'est ça qui afflue sous ta peau, à travers tes os, ce qui coule à la place du sang. Vouloir tuer un homme, vivre pour tuer un homme, affûter ma vie entière au point de n'être plus qu'un outil de précision, pour tuer, c'est ça qui m'a donné plus de raison de me réveiller à chaque aube que de le tuer pour de bon. Tu le fais grandir, tu l'entretiens, tu le tailles, comme une plante, tu le plies et le tords, pareil. En plus, c'est une occupation comme une autre, et les femmes ont besoin d'un travail. Tu veux savoir qui sont les personnes sur ma liste pour pouvoir relier leur mort à moi.

Le Mweru. C'est elle que j'ai traquée d'abord. Elle et lui, deux cibles que j'aurais découpées en morceaux, massacrées au sommet de ma rage, ou bien j'aurais envahi leur cœur à les en faire exploser.

La Sœur du Roi a posté des sentinelles de son armée rebelle à la frontière du Mweru. Pour bloquer l'approche de l'ennemi, en principe. Qui monte la garde à l'intérieur du Mweru, c'est un mystère. Aucun homme n'est vraiment sûr qu'aucun homme y entrant puisse en sortir, mais peu de gens sont assez stupides pour avoir vérifié. J'ai attendu la nuit et m'y suis introduite furtivement, à pied, sautant les nids-de-poule plus profonds que des gouffres, esquivant les flaques et torrents plus nauséabonds qu'un chien qui brûle, avec leur vapeur fétide qui m'aurait calciné la peau. Ça me dépasse, comment elle fait pour y vivre, car rien n'est jamais vert, là-bas, et jamais rien n'y pousse. Pas d'arbre, donc pas d'abri, mais j'étais vêtue de noir et c'était une nuit sans lune. Tant d'étrangetés sur ces terres que personne n'irait remarquer une ombre mouvante. Les dix tunnels sans nom du Mweru. Les gens disent qu'ils ressemblent aux urnes des dieux, renversées. Les gens disent aussi qu'ils vont tous dans une direction différente, l'un d'entre eux vers un lac de feu, un autre vers l'outre-monde. Tout ce que je sais c'est que vu leur hauteur j'avais l'air d'une fourmi. Celui que j'ai choisi était plus large qu'un passage mais quelque chose brillait au bout. La peau de palais, car peau, c'est ainsi qu'on nomme les parois d'un édifice qui ressemble à une baleine au derme tendu par la mort. Des voiles, aussi, comme si c'était un vaisseau d'un autre âge, ou un sarcasme à l'intention de qui s'imagine quitter un jour ces lieux. Je me suis vue dans une flaque et j'ai marché dedans.

Les gardes m'ont repérée. Mon vent (pas vent) en a expédié deux dans les cieux et en a cogné deux contre les murs de ce couloir. Il y en a un que j'ai cogné contre le haut plafond, et il n'est pas retombé, un a tenté de m'empoigner mais c'est son cou qui m'a atteinte avant le reste. Je tranche, poignarde et me fraie un chemin dans le grand bâtiment, mais cette Reine, elle est nulle part. Dans la salle du trône, deux femmes montent la garde autour du siège vide. Elles brandissent leurs lances. Je leur explique que je fais de mon mieux pour éviter de tuer des femmes, mais si on me cherche trop, j'hésiterai pas à abattre un chienne.

« Je te connais.

– Je suis Sogolon.

– Non, c'est pas toi. Je la connais, elle. »

Je lui dis pas qu'elle a à la fois raison et tort. Au lieu de ça, je la laisse penser que je suis juste une femme lambda qui s'est infiltrée dans le palais. Sauveuse ou bourreau, elle s'en fout. Je m'en rends compte.

« Certains jours, je crois qu'il l'a enlevé. D'autres jours, je crois qu'il est parti. »

La voix est tellement faible que d'abord j'ai cru que c'était l'une des miennes, de retour. Il n'a pas appelé au secours, pas hurlé, pas crié, pas même pleuré, dit-elle. Elle, Lissisolo, qui se laisse tomber sur le trône noir, sous l'emprise du sommeil, l'alcool en est la cause. Je reconnais l'odeur d'une herbe de la Cité engloutie. Deux défenses se dressent au pied du trône et montent jusqu'au plafond. Sa couronne par terre, sa robe ouverte en haut, ses seins qui en débordent. La soif de lait du garçon, elle n'est jamais partie, et pourtant il n'allait jamais venir de lait, dit-elle. D'abord, elle l'a trouvé bizarre, un garçon à qui manquait le contact de sa mère. Bientôt elle l'a trouvé bizarre, un garçon qui voulait tout le temps lécher le mamelon de sa mère. Plus tard, elle l'a trouvé bizarre, quand il a arrêté de lécher son sein et s'est mis à le mordre, assez fort pour faire couler le sang, qu'ensuite il léchait. Non, tétait.

« Il n'a même pas pleuré, tu comprends ? Il n'a même pas pleuré. »

Voilà ce qui s'est passé. L'un des vampires qui voyagent avec Ishologu, celui qu'ils n'ont pas tué, il est venu chercher le garçon. Ce garçon que rien ne satisfaisait, qui s'endormait dans la position d'un cadavre, assassiné, qui a donné un coup de couteau à une servante, un coup de pied à une autre, et presque arraché les yeux d'une troisième, il n'a rien dit quand le monstre est venu le chercher. Non, il a rampé vers sa poitrine, et il l'a laissé le bercer. Ce garçon, ça faisait longtemps qu'il n'avait plus rien d'un nourrisson. Bien sûr qu'elle les a fait fouetter, les femmes qui ont juré qu'il était parti de son plein gré. Son fils a été enlevé. Mais depuis le début, je n'ai jamais placé d'espoir en cet enfant, je lui dis.

« Tais-toi.

– Ton petit garçon, il tète le mamelon des monstres depuis le jour où Ishologu l'a emmené.

– J'ai dit tais-toi.

– Et tu te racontes que c'est ton fils. Ça a jamais été ton fils. Maintenant c'est pas un Ipundulu, ni un Ishologu, mais pire.

– Non.

– Parmi les vivants, mais il boit le sang quand même. Il boit le sang du vampire comme d'autres mâchent de l'opium. Un enlèvement ? Il avait qu'une hâte, c'était de te fuir. Et pourquoi est-ce qu'il aurait besoin de toi ? Il a déjà une mère.

– Tuez-la ! »

Les deux femmes jettent leurs lances, j'en évite une, et l'autre je laisse le vent (pas vent) la stopper en plein vol, la retourner et la relancer droit sur elle, dont elle traverse le cou, la clouant au mur. L'autre tire son épée. Je rentre mes couteaux et la laisse perplexe.

« C'est vrai que j'ai dû appeler les guérisseurs la dernière fois qu'il s'est attaqué à mes seins.

– C'est plus ton enfant.

– Arrête de parler de mon fils.

– Comment tu l'as appelé ?

– Liongo, comme son ancêtre.

– Et il répond à ?

– Je...

– Il répond à quel nom ?

– Il a un nom !

– Il répond à quel nom ?

– Il est l'avenir du Nord.

– Il en a pas, d'avenir.

– Qu... qui es-tu, hein ? Pour qui se prend-elle, à jouer les oiseaux de mauvais augure ? J'ai mon armée. »

Cela fait tant d'années qu'elle consacre toute sa volonté à faire que son fils soit préservé, indemne, qu'il ne lui reste que la volonté, au lieu de lui. J'imagine très bien le moment où elle a fini par le voir pour ce qu'il est ; elle a choisi alors le fils de son désir au lieu du vrai. Essayant tous les jours de faire exister ce fils-là à partir de la masse de chair et d'os devant elle. Et cette armée. Son armée rebelle. Je les vois, même pas deux mille têtes, unissant leurs forces avec le Sud de façon à ce que, s'ils vainquent le Nord, elle soit couronnée Reine. Régente, bien sûr : elle gardera seulement la place pour le vrai Roi du vrai Nord. Puis le Roi du Sud, mort subitement, ses forces bannies plus au sud que lors de n'importe quelle guerre auparavant, et elle, tout ce qu'elle y aura gagné, ce sera des forces dispersées.

« Et le lutin des eaux... elle se planque où ?

– Tu es qui, pour demander de ses nouvelles ? »

Je la regarde sans rien dire.

« Ce n'est pas un secret, après tout. Les morts ne peuvent pas vraiment s'accrocher à leurs secrets, ils sont morts. J'étais là, et même moi, je ne l'ai pas cru. L'Aesi lui a tranché la gorge. »

Je fais un pas de côté comme pour esquiver ses mots. La nouvelle est si choquante et si inévitable à la fois que je secoue la tête en étouffant un petit cri. De naissance divine, tuée par un demi-dieu, c'est une mauvaise plaisanterie. Mais la dernière fois que nous nous sommes vues j'ai essayé de la tuer aussi. Je n'ai pas de chagrin pour remplir l'espace laissé par sa mort, mais il y en a un, d'espace vide.

« Comment tu t'appelles ?

– Sogolon.

– J'ai dit que je connaissais une Sogolon, et ce n'était pas toi. Elle est morte, non ? Ou elle non plus, elle ne va pas rester disparue ? Tu es venue sauver mon fils ? Ce n'est qu'un petit garçon, mon petit garçon. Mais il y a tant de méchants personnages qui veulent lui faire du mal. »

Puis elle fait quelque chose à quoi ni moi ni la garde ne nous attendions. Elle s'arrache au trône comme si elle tentait de s'échapper, elle court vers moi, me prend la main. Soit elle se trouve mal, soit elle supplie, car elle est à genoux. Elle ne voit toujours pas que c'est moi. Premier nom sur ma liste et je ne la tue pas car je n'y suis pas forcée.

« Mon fils, mon fils, tu vas me le retrouver ? Tu vas me le ramener, mon précieux petit garçon ? »

Je la regarde, qui ne me voit même pas, même si, pour dire la vérité, si je regardais par ses yeux, je ne me verrais pas non plus. Au lieu de ça je me retrouve partiellement en elle. Quand le désir est tout ce qu'il te reste. Pas de fils, juste le désir de le retrouver, le fils. Ce qu'elle ne dira jamais c'est qu'elle l'avait encore, ce désir de le retrouver, quand elle l'avait sous les yeux. Et c'est ça qui lui fait fléchir les genoux, ça qui la met à terre.

« Non », je réponds, et je m'en vais.

Je sais plus qui m'a retrouvée. Mais je me rappelle que tout, même un effleurement délicat, tout brûle. Rien qu'un souffle sur moi suffirait à me faire hurler. J'entends alors à travers ce qui est sorti de mes oreilles que c'est soit la cruauté des dieux, soit leur miséricorde. Les deux fois où je regarde mes mains je vois de la viande calcinée donc j'arrête de regarder. Je reste allongée là, sur le chemin de terre, et le rire de Jakwu faiblit de plus en plus, et je sais que s'il s'évanouit, ça signifiera que le sortilège qui le tient a été brisé aussi. Mais cette idée me vient et se dissipe comme la fumée. Le Pisteur m'a poussée par la porte ; il a violé la porte. Le corps de Jakwu reste indemne, mais le mien explose de flammes. Je ne vois qu'une chose, le feu. Je ne me rappelle que les flammes. Je me souviens pas d'avoir couru, de m'être jetée au sol et d'avoir roulé, hurlé par-dessus le crépitement de ma propre chair. Je ne cesse de brûler même quand le feu s'arrête. Je ne cesse de brûler dans mon sommeil, et même quand je me traîne jusqu'à un étang, le goût de l'eau est rouge. Comme j'ai dit, je sais pas qui m'a retrouvée. Ma tête ne retenait rien, pas le cheval, le chariot, les pieds, le lit, les draps, la paillasse, les herbes médicinales, rien. Je me rappelle une plante dont on m'a enduite qui m'a brûlée d'abord, puis rafraîchie, plus froide que la boue blanche des montagnes.

Elle m'a trouvée. Qui sait combien de jours étaient passés, combien de lunes ? T'arrêtais pas de le crier, me dit une voix d'homme dans une chambre obscure, après qu'il a essoré un linge mouillé sur mon front et pelé des fruits pour me les fourrer dans la bouche. T'arrêtais pas de l'appeler alors on a demandé un peu partout de qui c'était le nom. Personne par ici n'y répondait mais de Kongor est venue une femme qui s'appelait ainsi. Je pouvais pas trop parler alors je savais pas comment demander quoi que ce soit. Une autre voix que j'ai sentie, proche, je lui ai demandé si elle avait convoqué les Nnimnim aujourd'hui. Le lendemain, une femme est venue se présenter dans la pénombre. Pourquoi rester dans l'obscurité ? elle a demandé, et l'homme a dit : Elle croit que même la lumière du jour la brûle. La femme leur a dit qu'elle allait m'emmener en bateau la nuit même. Je sais pas où on va, seulement que le vent souffle en sens contraire, et sur l'Ubangta, le vent souffle vers le sud.

« Nnimnim… Dolingo, je chuchote.

– Il n'y a pas de Dolingo », elle réplique.

Une lune plus tard, c'est la chute de Dolingo qui m'a le plus choquée. Oui, les esclaves ont tué presque tous les nobles, conseillers, délégués, tous les maîtres du vers et de la chanson, et tous les savants blancs qu'ils ont pu jeter de leur tour, a expliqué la femme nnimnim. Après quoi ils ont incendié les salles de science blanche. Tous étaient déchaînés, personne n'a réfléchi, tout le monde voulait du sang. La plupart des esclaves ne savaient même pas parler, ignorant qu'ils avaient une langue. La Reine, ils l'ont donnée à un homme qui n'était pas esclave, mais pas libre non plus, il avait pour mission de choisir une parmi les milliers de chambres secrètes de Dolingo, d'attacher tous ses membres avec de la corde, de pousser l'entonnoir à nourriture, dans sa gorge, et de l'enfermer jusqu'à la fin de ses jours. Puis ils ont tué cet homme afin que l'emplacement du cachot meure avec lui. Kwash Dara n'a pas tardé à envoyer des troupes afin de rétablir la paix. Des guerriers et un chef venus de Malakal pour faire accepter en douceur au peuple de Dolingo la transition vers une nouvelle ère de paix et de coopération. Dolingo a les cordes, et ils ont les machines. Mais ils n'ont pas la force de traction. Nous allons avoir besoin de la force de traction, a-t-il dit, juste au moment où Kwash Dara envoyait de nouvelles troupes.

Du dakka sauvage pour me faire dormir, car quand il y a sommeil, il y a guérison. Un bain de feuilles de prunier noir pour les plaies ouvertes. Les gens du Sud l'appellent iputumame, mais nous on l'appelle kiluma, dit-elle en apportant une plante piquante dans la chambre. Elle apporte la vie, soigne la vie, allonge la vie, la seule chose qu'elle ne fasse pas, c'est la prendre. Elle et les femmes hachent les feuilles épaisses, récupèrent le suc et le font pénétrer dans ma peau, puis elles m'enroulent dans les feuilles, et me donnent une tisane d'une plante sœur pour lutter contre l'infection. Quand je vois ma peau verte au réveil je hurle jusqu'à ce qu'elle dise : Chut, ma grande, voici les choses qui doivent t'arriver. Une autre nuit, voyant que je ne peux toujours rien faire avec mes mains, les femmes écrasent des vérucants et appliquent la pommade obtenue sur ma peau. Il s'écoule encore des jours avant que je puisse tenir mon propre bol de tisane.

« Cette tisane, elle est pas pareille, je dis.

– Les premiers mots que tu prononces à part Nnimnim ou Dolingo.

– La tisane.

– Mkonde-konde dans le Nord, umkakase à l'Est. Elle empêche ton esprit de battre la campagne. Y a pas que la peau qui a besoin de soins. »

La femme Nnimnim me regarde, pas ravie, mais satisfaite.

« Ton corps t'a emmenée loin, Sogolon. Il faut le laisser reposer, maintenant.

– Tu me dis de mourir ?

– Non. Tu sais ce que je te dis. »

Je ne saisis pas d'abord ce qu'elle entend par là, puis soudain si.

« Non.

– Y en a beaucoup, par ici, des femmes qui servent à rien. Tu sais qu'il y a un moyen, parce que tu l'as vu faire.

– Non.

– Ce corps-ci, il peut plus te servir à grand-chose.

– Je prendrai pas le corps d'une jeune fille, tu m'entends ? Je préfère mourir. Faire que la mort vienne en premier.

– La mort, elle viendra pas te chercher, ma belle.

– Alors empoisonne-moi.

– Si tu devais mourir, tu serais morte depuis bien longtemps. »

Un jour que je n'ai pas compté, je sors du lit. Je marche, mais je ne vais pas loin. Je me penche en avant et sens craquer des feuilles de kiluma : je crois que c'est la peau de mon dos. Le lendemain je fais une grosse erreur : je tourne la taille ; d'autres feuilles craquent. Quand je me pince les flancs, je vois que je suis passée de quatre doigts à deux. Tous ces soins n'ont pas empêché mes doigts de se coller ensemble. Je jette ma main le plus loin possible, comme si dans ma fureur, je pouvais me l'arracher. Le reste de mon corps, je n'ose pas le regarder. Pas une fois. On te baigne dans toutes les herbes médicinales, toutes les lotions, toutes les poudres magiques, on fait tout pour que ta peau retrouve sa souplesse de mouvement, mais t'es toujours cramée, ma belle, dit-elle. Tes cheveux, ils vont pas revenir. Ta peau, elle sera toujours comme du charbon. L'odeur de brûlé coincée dans ta cervelle, elle quittera jamais tes narines. Mais on peut encore faire une chose.

La femme nnimnim me propose un sortilège et j'accepte. Cette nuit-là, deux de ses semblables entrent dans ma chambre. Non, c'est pas une possession, c'est autre chose, disent-elles. À qui aimerais-je ressembler ? Ça peut être n'importe qui.

« Une vieille femme de Mitu », je dis.

Elles me décrivent la femme. Mâchoire plus carrée que la mienne, pommettes plus hautes et plus larges, un grand front plat, un nez droit qui dépasse, comme une femme de la mer de Sable. Épaules larges, mince et forte comme un porteur de messages, les cheveux tressés ornés de fruits secs, de fleurs durcies, d'os, d'ivoire et de longues plumes de faucon. Puis elles m'enduisent les seins d'argile blanche, jusqu'au ventre ; et, les doigts mouillés, elles le divisent en rayures. Une autre femme enveloppe mes hanches de cuir déchiqueté. N'importe quelle âme qui te regarde verra la femme que tu décris. C'est comme ça qu'on te voit, toutes. Mais le sortilège ne trompera aucun miroir, pas le verre, pas l'acier ou le cuivre, pas la flaque ni la rivière. Rien de ce qu'utilisent les femmes pour contempler leur visage. C'est ainsi que tout le monde te verra, mais toi, tu te verras jamais.

D'autres femmes entrent dans la chambre alors que le jour point. Et encore d'autres, ou bien ce sont les mêmes et je les avais mal vues avant. Tu te souviens pas de moi, dit l'une d'entre elles. Elle porte un bandeau sur les yeux que son mari lui a arrachés. Après que tu as vengé le mal qu'il m'avait fait, les femmes m'ont appris à voir avec mes doigts, mes oreilles et mon nez, m'explique-t-elle en peignant gracieusement à l'argile sur ma peau. Après avoir tué ma mère, mon père a pris l'habitude de me violer, dit une autre. La nuit où tu es venue, il se dirigeait vers le lit de ma sœur. Tu me connais pas, car j'étais pas une femme, dit encore une autre. Depuis ce jour, ces femmes, je les considère toutes comme mes sœurs, tu te souviens de nous ? Les filles enlevées dans cette caravane en partance pour Marabanga. Ils nous emmenaient sur la mer pour nous vendre comme épouses et concubines. On avait sept et huit ans. Chaque nuit, ils en emmenaient une pour tester la marchandise et la fille en question, elle revenait jamais. Cette nuit où t'es descendue sur notre toit, c'est la nuit où j'ai su que les dieux nous avaient pas abandonnées.

« Toutes les femmes dans cette pièce qui ont été touchées par la Sorcière de Lune, avancez », dit la femme nnimnim et toutes les femmes dans la pièce me regardent, s'approchent du lit et l'entourent. Elles prennent leur temps et laissent leurs pas discrets parler pour elle. Certains visages me disent quelque chose, d'autres pas. Beaucoup sont vieilles, même vieilles des qui n'étaient qu'enfants quand elles ont vu la Sorcière de Lune. Femme avec un gele de l'Est sur la tête, femme vêtue de l'ighiya du Sud. Femme en blanc comme les nonnes, en arc-en-ciel comme les Reines. Femme avec un seul œil, une seule oreille, une seule jambe, pas de jambes, femme que d'autres femmes soutiennent. Femme des hauteurs de Mantha et du pied de Maranga. Fantômes de femmes revenues de l'outre-monde pour voir la Sorcière de Lune, et une vieille grincheuse qui dit : Ça, l'argent, elle aimait ça. D'autres avec la bouche pleine à ras bord de mots qui attendent d'exploser, hochant doucement la tête, avec leurs yeux qui disent : On te voit, sœur. Femme qui vole une caresse sur mon épaule, mon front, femme qui prend ma main jusqu'à ce qu'une autre l'attire dans la sienne. Elles remplissent la pièce jusqu'à la porte et il y en a d'autres dehors, qui attendent leur tour. Une fille se glisse entre elles pour me toucher et dit : Elles ont pas réussi à déplacer ma mère, alors elles m'ont envoyée.

« Sorcière de Lune qui vole encore entre les arbres, dit une autre. Il y a beaucoup de femmes désormais qui redressent les torts. Beaucoup au Nord, au Sud qui disent : La Sorcière de Lune, c'est moi. »

Cicatriser, récupérer, me rappeler, m'éprouver – ça prend un an. Puis je m'en vais. La femme nnimnim me voit essayer d'écrire sur un parchemin avec mes doigts collés. J'abandonne, prends le bâton comme un singe, et gratte les mots. Elle me demande ce que je compte faire mais mon regard donne la réponse.

« Pas de paix dans la vengeance, dit-elle.

– Ceux qui cherchent vengeance ne cherchent pas la paix. »

Mitu. Tu veux savoir comment je l'ai trouvé. Comment je les ai trouvés. C'est pas comme s'ils essayaient de se cacher, les uns et les autres. C'est pas comme si le marchand d'esclaves, ils l'avaient pas payé assez pour qu'il croie que désormais ce qui l'attendait, c'était la belle vie, et que la belle vie était pour lui. C'est pas comme s'ils avaient pas cru, tous, que j'étais morte depuis longtemps. C'est pas comme si j'avais pas pu trouver où ils habitaient après avoir menacé de couper la gorge de cet homme, lui avoir coupé un doigt et lui avoir promis que je reviendrais en chercher d'autres si la rumeur se propageait que j'étais en quête de ce type. Il a eu peur, mais il a ri, trop longtemps pour que ce soit moi qui l'aie déclenché, ce rire. Parle, gros lard, je lui ai dit. Il a parlé. Et sa langue était un torrent, oh. Racontant que le Pisteur et eux, ils avaient suivi au nez la trace du garçon jusqu'à Kongor, où ils se cachaient dans la section inondée de l'Ancien Tarobe. Et bien sûr, l'Ishologu n'était plus qu'une coquille vide, sans personne pour le guérir par un sortilège, puisqu'il avait depuis longtemps tué son sorcier. De sa bande tous étaient morts, sauf un, mais il s'est quand même dirigé vers Kongor, ce qui prouve que c'était lui qui connaissait les dix et neuf portes. Animal acculé. Animal blessé. Animal dangereux, sauf que la bête n'allait nulle part. C'est là que le Pisteur a envoyé un pigeon au marchand d'esclaves avec un mot demandant trois fois la somme de départ, sans quoi lui, l'officier, le Léopard et l'archer allaient se tirer et abandonner le garçon, voire pire, le sauver mais le livrer à l'Aesi. Le Pisteur, il a beaucoup de défauts, mais c'est pas un menteur, disait le marchand d'esclaves. Donc quand il a raconté qu'il était déjà en communication avec l'Aesi, nous l'avons cru. Et ils ont sauvé le garçon, mais perdu l'Ogo. Il a pris la part de l'Ogo.

Un bateau sur le sud de l'Ubangta m'a emmenée là-bas. J'ai demandé s'ils n'avaient pas vu les hommes qui vivaient comme des frères, puis avec un clin d'œil, j'ai ajouté : ou plutôt comme mari et femme, et j'ai pas eu besoin d'en dire plus. Rien sur le corps mince du Pisteur ou la peau de sable de l'officier. Il avait depuis longtemps charmé les femmes du marché, qui disaient : Il avait des cheveux comme du crin, et oh, ses enfants, effrayants, mais il a dit qu'on était généreuses, d'esprit et de seins, alors maintenant on l'aime, oh. Lui, Mossi. Les deux hommes et les six enfants mingi qui habitent dans le baobab en lisière de la ville. Au-delà du grand avant-poste central, au-delà des villages mais au nord de la rivière. De la berge je les ai observés. Le nez du Pisteur ne me tracassait pas, car je n'avais plus l'odeur de Sogolon.

Ils habitent dans l'arbre, et autour, l'arbre leur donne beaucoup bien qu'ils l'utilisent à outrance. Ils font cuire leurs repas sur un feu, un peu plus loin, mais tout le reste ils le font à l'intérieur du tronc, et ils suspendent quantité de choses aux branches. Une maison dans un arbre, avec de nombreuses pièces qui ne sont pas reliées mais dispersées partout au sommet.

L'arbre, il se trouve non loin de la rivière, alors de la rivière, je les observe. Il y a une vieille hutte sur la berge d'en face. La vieille femme qui l'habitait est morte depuis longtemps, mais personne n'est jamais venu la voir, semble-t-il, car à présent sa robe n'habille que des os qui s'entrechoquent à la moindre bourrasque. Peut-être que le Pisteur reste avec les siens et qu'il ne se préoccupe pas d'une vieille ayant crevé toute seule. Les enfants les plus vieux puisent de l'eau selon leurs besoins. Les plus jeunes jouent aux alentours, mais Mossi n'aime pas qu'ils aillent trop loin. Un midi, la fille-fumée apparaît devant moi, mais j'enfile ma cape et fais mine d'être une lavandière. Elle aussi, elle fait mine : elle donne à son nuage la forme d'une main qui frotte de haut en bas jusqu'à ce qu'elle en ait marre et s'évapore dans les airs, avant de se reformer quelques pas plus loin. Pendant ce temps j'observe et laisse monter ma rage contre ces hommes capables d'être vils envers certains et vertueux envers d'autres. Les voir traiter ces enfants avec bonté devrait les faire remonter dans mon estime, mais ça les rend pires à mes yeux, car il n'y a rien de plus ignoble que de choisir à qui l'on distribue sa bienveillance. Les voir envelopper d'amour leurs enfants ne me donne aucune envie de les épargner. Ça me donne envie de les voir souffrir. Le vieillard qui vit avec eux écrit de jolis oriki, mais le Pisteur le gifle chaque fois qu'il en entend. Un quart de lune plus tard, ils partent tous vers les terres de la rivière, mais je ne peux pas les suivre à découvert sans me faire remarquer, donc je ne sais pas où, au juste. Mais ils reviennent encore plus aimants, plaisantant au sujet du prêtre bizarre et malodorant qui était si enthousiaste à l'idée de couper la peau du keke de Papa, et je pense à la famille que j'ai eue et perdue, et les hais encore plus.

Ce soir-là ils laissent les enfants sous la garde du vieillard et s'éloignent. La lune fait des scintillements argentés à la surface de l'eau. Ils arrachent leurs habits avant même d'arriver à la rivière, et je n'ai pas l'intention de les regarder baiser. Mais les arbres sont trop rares et les rochers trop petits, impossible de rejoindre l'abri sans me faire voir. Le vent (pas vent) souffle une boule autour de moi, qui se transforme en bulle, et je m'enfonce dans l'eau. Je ne les vois qu'un instant, deux jambes blanches qui battent devant moi, deux mains à la peau sombre qui empoignent une paire de fesses.

Un jour, le vieillard part avec autant de cérémonie qu'il est venu, je parie. Le quart de lune ne cille même pas que le Léopard arrive, sans l'archer. Je n'ai rien contre lui, mais je suis étonnée de le voir revenir en ami. Il tente le Pisteur : il veut le faire repartir. Il le tente si bien que même une violente dispute avec Mossi ne suffit pas à l'en dissuader. Je ne connais pas le Pisteur, et en même temps je le connais, donc je sais qu'il n'y a pas besoin d'insister tellement. J'aimerais avoir sa tête, mais comme j'ai dit, je n'ai rien contre le Léopard. Un combat contre l'un serait un combat contre eux deux, et ce matou ne figure pas sur ma liste. D'abord, j'envisage de les suivre, mais je décide de rester – après tout, combien de temps un homme peut-il rester loin de sa famille ? Et comme j'ai dit, je n'ai rien contre le Léopard. Alors je reste dans la cabane, assez longtemps pour que la fille-fumée s'approche trop. Pisteur et le félin sont partis un quart de lune, puis une moitié, puis une pleine lune. J'attends et je nourris ma haine, car je suis une vieille femme, je n'ai rien d'autre à faire qu'attendre.

Mais l'attente me pousse à la réflexion, et mon esprit me demande si je veux tuer le Pisteur ou le détruire, car ce sont deux choses différentes. Si je veux le trouver, je n'ai qu'à découvrir qui a engagé le Léopard. Si je veux le détruire, tout ce que j'ai à faire, c'est me diriger vers sa maison. Je me gargarise de cette perspective, mais je reste à ma place dans la cabane. Je ne vais pas m'en prendre à des gens qui ne m'ont rien fait, même pas le compagnon qui le croit, et toute sa nichée de petits Sangomin.

C'est le fracas violent qui me réveille. Une porte enfoncée, un toit qui s'effondre, je ne sais pas ce qui me pousse vers la fenêtre en vitesse. L'arbre est secoué, il tremble et de l'intérieur jaillissent des cris, des grondements, des hurlements. Des choses se cassent, des choses se brisent, le cri d'un garçon se casse en deux. Le grand Sangomin albinos, celui qui est beau, oui, lui et Mossi prennent leurs épées et sautent de la cabane sur la plus haute branche pour enfoncer la porte à l'arrière du tronc. Couinement, glapissement, jappement, aboiement, cri, et l'arbre qui tremble. Et par la fenêtre surgit une aile de chauve-souris géante. Mossi se précipite au-dehors, avec deux des enfants. Il les met sur un cheval, dont il claque l'arrière-train en gueulant, puis il les lance au galop. C'est là que je vois le garçon, je ne l'ai pas vu depuis qu'il est né, mais je sais que c'est lui, même si ça n'a pas de sens. Il vient à la rivière, il vient vers moi. À l'intérieur de la maison Mossi beugle, jure et frappe et je ne sais pas qui est dedans mais on entend des couinements, comme un cochon. Et là il vole, Mossi. Jeté de la maison, il atterrit, roule, s'arrête dans la poussière. Il n'a plus qu'une épée pour se défendre quand l'inconnu surgit.

Il est plus grand que trois hommes debout sur les épaules les uns des autres, des mains à la place des pieds, des défenses qui lui sortent de la gueule, et les ailes de peau grise, pas de plumes. Du sang lui dégouline du cul, qu'il ne cesse de toucher. Même accroupi il est plus grand qu'un arbre. Le garçon est au bord de l'eau, il ricane comme aux plaisanteries d'un oncle qui fait le pitre. La bête pousse des cris stridents, mais Mossi n'a pas peur. Il ne recule pas, il brandit son épée. Je ne me doutais pas qu'il était si vif, l'officier. Il fonce entre les jambes de la bête et lui entaille le dos, puis il revient en arrière, lui lacère la cuisse et lui donne un coup d'estoc à l'entrejambe. Il rit, je sais que l'animal rit, et d'une claque écarte Mossi. Mossi par terre, qui ne peut même pas se relever mais qui essaie tout de même. L'animal l'attrape et lui tranche la gorge avec sa griffe. Puis le dévore.

Je me plaque à nouveau au sol, abasourdie. Je rampe vers la deuxième fenêtre en faisant le moins de bruit possible, pour voir si le garçon m'a entendue bouger. Il doit avoir pas loin de dix ans à présent, mais il contemple son reflet comme s'il le voyait pour la première fois, comme si ce n'était pas du tout un reflet, mais un jumeau qui ne cesse de l'imiter. Bien sûr il éclabousse, lui, le futur Roi. Mon sarcasme a bien dû s'entendre, car il lève à nouveau les yeux. Une énorme main velue le prend par la taille et avec lui la bête aux ailes de chauve-souris s'envole.

La voix qui me ressemble dit : *Viens, il faut qu'on s'en aille*, mais je reste. Je reste assise dans la hutte et regarde le jour perdre face à la nuit, puis la nuit perdre face au jour. Je reste à regarder les vautours qui descendent du ciel pour commencer à nettoyer le sol. L'arbre demeure immobile, comme si de rien n'était. Je vois revenir Pisteur, les bras chargés de cadeaux. Je le vois renifler, mais il est trop loin pour que je distingue son expression. Est-il perplexe ? Les vivants ont des milliers d'odeurs, mais tous les morts sentent pareil. Je le vois courir jusqu'à l'arbre, découvrir les restes de Mossi dispersés dehors, et hurler à la mort. Puis ça glisse comme une idée fugitive. Non ! Non ! Non ! il crie, repoussant le destin en se précipitant à l'intérieur. Des choses sont jetées, des choses se brisent, se cassent. Il hurle à nouveau. Puis il braille si fort que ça fait trembler la rivière et au-delà. Il braille toute la journée, braille toute la nuit et braille tout le jour d'après. Il a trouvé assez de Mossi pour le bercer, et se met à lui parler comme si c'était par caprice que son amant refusait de reconstituer son corps. Reviens, mon officier, tes enfants ont besoin de toi. Tes enfants ont besoin de toi. J'ai dit tes enfants ont besoin de toi putain maintenant reviens ! Puis il voit ce qu'il a sur les genoux, la peau claire qui devient grise, les vautours derrière lui, silencieux mais insistants, et il se remet à chialer. Je le regarde les enterrer un par un, ce qu'il reste à en enterrer. Un jour plus tard apparaît la fille-fumée. Il lui court après, tente de l'attraper, la supplie puis la maudit. Elle ne cesse de se reformer, puis de se décomposer, et même quand il ouvre grand les bras, pour la serrer, il ne peut faire cesser cette folle alternance. Elle finit par se décomposer sans se reformer.

Sache ceci : j'avais la ferme intention de tuer le Pisteur, mais à ce stade, ça aurait été un acte de pitié. Et de la pitié, je n'en ai plus. Tout ce chagrin trop lourd pour l'exprimer, il nous réunit, frère et sœur, en un sens. Je murmure de loin, car il ne m'a jamais repérée : À partir de maintenant tu vas souffrir comme je souffre. Le Sasabonsam est venu semer la mort, un garçon sur le dos. Le même garçon qu'a sauvé le Pisteur, je murmure, de loin, car il ne m'a pas repérée. Et je n'ai jamais entendu une histoire pareille, où tu sauves la vie de quelqu'un, et en récompense, ce quelqu'un détruit la tienne. Un puissant chagrin qui ferait chanceler un géant.

Mais pour ce qui est arrivé à sa maison, le Pisteur blâme le Léopard. Il le blâme pour l'avoir entraîné loin des bras des siens, comme si le matou l'avait forcé à s'en aller. Je comprends sa douleur, mais la comprendre ne me fait pas souhaiter qu'elle s'allège. Je suis contente qu'il souffre. Je suis contente que sept morts signifient sept fois et sept manières dont son chagrin le lacère tous les jours. Je le regarde qui titube en sortant ivre de la seule taverne de Mitu, essayant de dire qu'il va tuer le monde, mais en guise de mots ce qui sort est un torrent de vomi et de larmes. La pitié est un dhow qui a levé l'ancre depuis longtemps. Nique les dieux et nique ton chagrin. Ma seule inquiétude est qu'il atteigne avant moi ceux qui figurent sur ma liste.

Mais je ne le tue pas.

En cinq ans et une lune, la rumeur de guerre devient réalité. Personne ne peut l'ignorer trop longtemps car même quand tu n'es pas près du champ de bataille, elle est sur toi, la guerre. Qui sait ce qui l'a déclenchée, si c'est la disparition des ambassadeurs de Weme Witu à Kongor ou le moment où le Roi du Sud a envoyé quatre mille soldats à Wakadishu et Kalindar, bien que Wakadishu n'arrête pas de revendiquer son indépendance, et que Kalindar soit un espace de libre échange pour les gens et les biens entre le Nord et le Sud, pas une ville occupée. Peut-être que des idiots ont entendu le même message différemment. Mais des batailles éclatent et les deux camps proclament leur victoire, ce qui veut dire qu'aucun ne gagne. Le Nord fait battre le Sud en retraite à Kalindar. Le Sud atteint le nord de Wakadishu, traverse le Marais de Sang, et se met à convoiter Dolingo. Le Nord a un Roi plus avisé, et plus cruel. Le Sud a de meilleurs guerriers. Une bataille sanglante après l'autre, rien ne change l'issue du conflit. C'est là que Lissisolo déclare la guerre à son frère avec son armée rebelle.

Omororo. À cinq rues de l'autel haut comme cent hommes que tout le monde appelle la bite dressée. La ville où je me souviens d'avoir tout oublié. Ce que ne m'a pas dit la femme nnimnim jusqu'au jour de mon départ, c'est que je peux changer l'apparence de mon visage. La paume de ma main me suffit à lisser ses traits, la faisant paraître plus jeune, je peux aussi me pincer les seins pour qu'ils semblent plus gros, presser le nez pour le rendre plus flatteur, plisser les lèvres afin qu'elles soient plus épaisses. Je m'en fous, une forme est une forme, et si elles sont toutes à moi, aucune d'elles n'est moi. Je baisse les yeux et vois cinq doigts, ça me suffit. Ce lieu n'est même pas une taverne, ni une fumerie d'opium, mais un salon de thé. Cet homme ne cherche pas une autre épouse, une maîtresse ou une concubine, et même si c'était le cas, ce n'est pas dans un salon de thé qu'il irait la chercher. Il ne marche pas comme un guerrier, mais il est équipé pour la guerre, avec son bouclier, il a écouté l'appel de son Roi qui dit que tous les hommes, ils doivent se tenir prêts. Je lui ai dit que je viens d'une des tribus des prairies, que je ne connais pas bien la langue du Nord. Mon mari est parti à l'ouest trouver un lion à tuer afin de prouver qu'il peut entrer dans la société des hommes, bien que tuer un lion soit considéré comme un meurtre à Omororo. Dans le placard – c'était à peine une pièce – il m'empoigne et me jette sur le lit, car il pense que de cette manière, il va m'avoir. Il promet de retirer l'argile de ma peau avec sa langue. Je lève ma jupe et il dit loués soient les dieux, car je croyais sentir l'odeur d'un koo du bush. Je dis grâce soit rendue aux dieux, oui, car je m'attendais à ce que ta bite pue le poisson. Dis-moi des trucs cochons, je lui demande, et il commence à m'exposer tout ce qu'il va me faire, me fait, ce qu'il me fera. Il dit des choses qui auraient fait rire une plus vieille Sogolon. Mais appeler une plus jeune Sogolon plus vieille, c'est ça qui me fait ricaner. Il me fait perdre mon temps, avec ses mots, alors je monte sur le lit et le guide en moi. Il dit encore des mots cochons quand je passe la main derrière lui et tire fort sur ses couilles, ce qui le fait sursauter. Baise comme si tu n'allais plus jamais poser les yeux sur moi, je dis, mais j'attends pas, c'est moi que le baise. Je le bourre. Je l'écrase. C'est moi qui lui fais mettre les jambes en l'air. Je lui fais dire oh… attends… je… comme s'il était débordé. J'ai failli le traiter de petite pute faiblarde mais sa bite faisait le travail. Je le presse pour le faire juter, et il jute, il se crispe comme si la foudre l'avait frappé. Il arrête pas de dire que c'est un bon coup, cet homme, car il reste dur jusqu'à ce que je jouisse aussi. Ça m'avait manqué, mais ça me secoue les nerfs, car on a beau dire que c'est le summum du plaisir pour soi, l'orgasme reste une chose que l'on donne à quelqu'un, et on le donne trop nue, trop sans défense, trop épuisée. Il est toujours sous moi quand je lève les yeux et vois une coquille noire à l'arrière du bouclier d'acier qu'il a laissé dans le coin. On dirait que Bunshi est un bout de bois calciné et qu'elle s'apprête à lécher la bite de cet homme. Il crie : Qu'est-ce qui se passe ? J'ai fait quoi ? même après que je me suis depuis longtemps envolée de ce lit et enfuie à cheval.

Voilà comment on amoindrit une femme.

Disons que c'est il y a un quart de lune qu'un souvenir vient me prendre en embuscade pendant la nuit. Dans le souvenir il y a une femme. Regarde la femme. Une femme sans nom, car elle en avait plusieurs mais les a tous perdus, car il n'y a plus personne en ce monde pour l'appeler. Personne qui puisse dire : Je la connais, voilà qui elle est. Elle a survécu à sa famille, à ses enfants et aux enfants de ses enfants. Écoute ce qu'on dit sur elle, qu'elle ne mourra jamais, même si elle devient très vieille. Elle est vieille. Trois cents et dix-sept, dit la rumeur dans le Nord, cent soixante-dix-sept dit la rumeur dans le Sud. Autrefois, elle était la sorcière du bush et le fantôme du Marais de Sang, mais il fut un temps où elle était une femme et une guerrière et une putain et une voleuse. Car c'est ainsi que les gens l'appellent, mais personne ne lui demande comment elle, elle s'appelle.

Même Sogolon, c'est le nom de quelqu'un d'autre. Certains avancent que c'est celui de sa mère, mais elle ne sait rien de plus que ce que dit la rumeur. Un murmure échangé entre ses frères, pas destiné à ses oreilles, alors le nom, ça aurait pu être Sugulon, Sogola, Songulun, ou rien du tout. Le murmure aurait pu être allusion à une autre femme, un chien, ou un lieu qui n'apparaît plus sur la carte. Il y a longtemps maintenant qu'elle devrait être morte, même elle le sait, mais regardez-la qui vit encore, qui souffre encore, qui le traque encore, car il ne reste rien désormais que cette chose.

Cette chose qu'elle a cessé également de nommer.

La Malangika. Marché secret de la sorcellerie. Le lieu qui prouve qu'elles sont vraies, toutes les choses pour lesquelles les gens prétendent chasser et tuer les sorcières. Ne cherchez pas cette ville sur une carte, car vous ne la trouverez pas. Prenez la mine de sel la plus profonde, creusez trois fois plus profond, et la Cité Tunnel se trouve encore plus bas. Les gens se perdent entre le Marais de Sang et Wakadishu, mais elle n'appartient à aucun des deux. On raconte que c'est à cause de l'or, et non du sel, que les anciens ont creusé si profond, plaçant des troncs d'arbres partout pour empêcher les tunnels de s'écrouler. Les anciens sont restés si longtemps dans le fond, à creuser, qu'ils se sont mis à construire des maisons, des écuries, une ville, faisant des trous dans le plafond pour laisser entrer la lumière du soleil, mais dépendant de plus en plus de celle des lampes. Puis ils ont disparu, comme tant de peuples anciens, tant de cités anciennes. On raconte qu'ils sont tombés si amoureux de l'or qu'ils n'ont plus pu supporter de s'en séparer ; ils se sont enfermés dans les souterrains, pour mourir avec. Une ville morte comme celle-ci, ce n'était qu'une question de temps avant qu'elle attire les nécromanciens, et ceux qui font affaire avec eux.

Mais d'abord le Mweru. Je n'ai pas quitté la vieille cabane, je suis restée regarder le Pisteur traverser les nombreuses saisons de son deuil. Quand la rage l'a poussé à seller son cheval, je me suis mise dans sa tête pour deviner sa destination. Le garçon, bien sûr, mais ils ne s'étaient pas envolés vers l'ouest, et c'est pourtant vers là que se dirigeait le Pisteur. Il ne suivait pas une odeur, dans ce cas. Ou peut-être que le garçon, il n'en avait plus, d'odeur. Quant au monstre, tout ce qui est susceptible d'avoir conservé son odeur, il l'a mangé. Le Pisteur épuise plusieurs chevaux avant d'atteindre le Mweru. Je n'en ai qu'un, donc ça me prend quelques jours de plus. Il veut s'entretenir avec cette Reine au sujet de son fils. Peut-être même tuer la Reine, et ce garçon. Mais Lissisolo, elle sait pas où il est, son petit garçon, et presque toute son armée rebelle la regarde, même le régiment des femmes, qui marche sur Nigiki pour rejoindre l'armée du Sud, sans savoir que celle-ci bat déjà en retraite. Je le sais parce que je me tiens sur l'itinéraire des pigeons et que je les fais tomber du ciel avec mon vent (pas vent). Comme la dernière fois, le Mweru me dissimule tout dans la longue traînée des ombres. Je reste dans ces paysages, j'attends pendant des jours.

Ce qui se produit ensuite, la voix dans ma tête aurait juré que ça ne pourrait jamais se produire. *C'est parce que tu es une idiote, tu as toujours été une idiote. Qui d'autre serait venu ? Qui d'autre aurait le pouvoir d'arracher un homme au Mweru ?* Le Pisteur et son cheval sortent au galop d'un tunnel, la petite infanterie de Lissisolo à leurs trousses, chauffée à blanc. Où donc croit-il s'enfuir ? Je me pose la question, et mes yeux le suivent jusqu'à la réponse. Il était là, assis en tailleur, il flottait dans les airs, il y écrivait. Il a posé les pieds par terre comme s'il descendait d'un tabouret, a frotté quelque chose dans sa main, pierre, boue, et l'a jeté. Ce n'est pas qu'il s'est produit quelque chose, ensuite. Rien ne s'est produit, ensuite. Ce qui veut dire que rien n'empêchait le Pisteur de quitter le Mweru.

Avec l'Aesi.

Un cavalier est arrivé à une longueur d'eux mais sa monture et lui se sont écrasés dans un mur que personne n'avait vu. C'est arrivé à bien d'autres.

L'Aesi. Il me fait encore voir rouge. J'ai envie de dire que ça me fait ressentir quelque chose, comme si ce quelque chose était inconnaissable, mais je le connais. Il réveille mon désir. Avec cette liste j'étais corde et machine, sans force de traction. Il me donne la puissance.

Donc, la Malangika. Le Pisteur entre seul, mais en ressort avec un Ipundulu. Un Ishologu, car je ne crois pas qu'il ait une sorcière non plus, celui-là. Je ne peux pas m'approcher trop, car soit le Pisteur va remarquer mon odeur, soit l'Aesi va remarquer une zone morte que son esprit ne peut explorer. Mais ils ont un Ishologu, et le jeune prince n'a pas sucé de sang de vampires depuis des années. Je ris. Ils n'auront même pas besoin de chercher. Lui et la chauve-souris, ils vont venir à eux.

Abrégeons. Je les ai vus se rendre à ce village. Je les ai vus depuis les bois, et j'ai failli me faire prendre par ce monstre qu'ils attendaient pour l'attraper. Ils l'ont pas attrapé, même avec leur appât, l'Ishologu. Le monstre, le Sasabonsam, attaque le village en passant par-derrière, se saisit d'une femme et disparaît dans les airs. Ils partent à sa poursuite, ils s'éloignent de moi, tous les deux – je n'ai pas oublié comment marcher sur la cime des arbres. Ils poursuivent l'aile de chauve-souris et tombent ce faisant sur l'armée rebelle de Lissisolo. J'ai déjà vu ce détachement et je sais qu'il est composé quasi exclusivement de femmes. L'Aesi par sa magie les pousse à s'attaquer entre elles, elles s'entretuent presque toutes à part quelques chevaux. Le Pisteur et l'Ishologu ne font rien. Peu après leur départ, un cavalier, l'un des rares hommes que l'Aesi n'a pu contrôler, récupère un cheval et se lance à leurs trousses. Je les suis sur ma monture mais j'emprunte un autre chemin jusqu'à une colline par laquelle tous devront passer, je le sais. Voilà la vérité, je ne m'attendais pas à y arriver avant eux, mais ce cavalier, il a dû les retarder. Il n'est pas avec eux.

Sur cette butte, je les regarde approcher. Personne ne m'a vue. Je sais pas si une partie de moi a déjà choisi ce lieu, ou si c'est ce lieu qui m'a choisie. Ou l'époque est la bonne, elle dit : ici, maintenant, ça y est. C'est tellement étrange quand une chose que l'on a attendue toute sa vie finit par arriver. C'était le moment. Et il devait le savoir aussi. J'ai chuchoté son nom et laissé mon vent (pas vent) le transporter jusqu'à lui dans les airs. C'est ma tête qui me joue des tours mais je jurerais que j'ai vu ma voix qui dévalait, volait au bas de son monticule, dans les airs, je l'ai vue éviter la poussière pour arriver jusqu'à lui. L'Aesi. Aussitôt il laisse les deux autres et se dirige vers moi. Je descends la petite colline quand j'entends son cheval, puis ses pas derrière moi.

« Je ne peux pas entrer dans ta tête », dit-il. Je ne réponds rien. « J'ai dû te confondre avec une créature… digne de considération. »

Mais tu viens quand même m'attaquer, je me dis à part moi.

Je lui jette deux poignards. Vite il en attrape un mais le second évite sa main, monte, descend, puis revient par-derrière où il coupe sa nuque. Il sourit et dit que tiens, il devrait me connaître, mais je ne ressemble à personne qu'il ait rencontré jusqu'alors. Même si tous ces gens-là n'ont jamais vécu pour en témoigner, en bien ou en mal, il ajoute. Je ne me rappelle pas l'avoir entendu parler autant. Le sol sous mes pieds se met à trembler, se fendre, se déchirer en deux. Je saute sur le bord d'un gouffre qui ne cesse de s'élargir, un rocher s'en détache et se propulse vers moi. Je tente de l'esquiver mais il heurte ma cuisse droite et me fait tomber dans la poussière. D'autres morceaux, plus gros, se détachent. Il va m'écraser avec, mais le vent (pas vent) forme un dôme au-dessus de ma tête et les rochers se pulvérisent et se transforment en poussière, la même poussière dont je fais une tempête, pour l'aveugler. Et je cours droit vers lui, tandis qu'il tâtonne, étourdi, mais il saisit ma main, l'agrippe, me fait valser dans les airs et me jette sur le sol, tuant le nuage de poussière. Il a une épée à présent, il la manie, prêt à trancher, trancher, couper, mais je roule sur moi-même, je roule et je l'évite. Mon vent (pas vent) le renverse et il atterrit sur les fesses. Je lui bondis dessus mais un arbre m'arrête et me heurte. Il dit : Ça suffit la magie, il sort son épée et me lance mes poignards d'un coup de pied. Il dit que ça fait de longues années qu'il n'a pas eu l'occasion de se dépenser. Je ne réponds pas que ça doit être la première fois depuis sa dernière naissance qu'il trouve un esprit qu'il ne peut ni lire ni contrôler. Il me surprend au moment où je me laisse engluer dans cette idée et vise ma tête avec sa lame. Je pare, mais il me fait tomber, et pour éviter un autre coup d'estoc, de nouveau je dois faire une roulade. Il frappe bas et bas je pare, je le repousse et vise vers le haut mais il pare, en haut. Je lui donne un coup de pied dans le ventre et il titube juste assez pour se remettre droit et de nouveau charger, tournoyant comme une tornade. Un élan, un coup à gauche, je pare à gauche, un coup à droite, je pare à droite, je ne fais que me défendre et il le sait, il cogne plus vite et plus fort, et je laisse le vent (pas vent) me propulser au-dessus de sa tête et je balafre son visage au passage. Il crie, puis crache, puis rit. Alors comme ça on triche, il dit, et un bloc de terre m'éclate à la figure. Je ne me suis pas essuyé les yeux que déjà sa main s'est refermée sur mon cou, et je me rappelle la dernière fois qu'elle s'est refermée sur mon cou, cette main.

« Je te connais, il dit. Mais je ne me rappelle pas ton visage. Même pas le vrai, sous ton faux visage. »

Ces mots me mettent en rage. Après tout ce qu'il m'a fait, c'est le fait qu'il se souvienne même pas de moi qui me fait hurler et mon vent (pas vent) le projette au loin. Je suis entrée dans des gens, je les ai fait exploser, je l'ai déjà fait. Je peux le faire à un homme à grande distance de moi. Mais peut-être qu'il faut que je le touche car tout ce que je parviens à attraper pour l'instant, c'est un mal de tête. Peut-être que le corps a appris de l'ancien même s'il est nouveau. Il atterrit sur le flanc de la colline, fait une réflexion sur mon vent.

« C'est pas du vent », je dis. Puis un trou s'ouvre qui m'engloutit. Je pense même pas au vent (pas vent) lorsque la terre m'entraîne plus profond, toujours plus profond, plus bas que les racines jeunes, que les racines anciennes, que les couches de rocailles et les couches de boue, encore plus profond, encore et encore. Le vent (pas vent) il doit choisir entre attaquer et protéger, il choisit protéger et forme une barrière autour de ma tête. Cependant les profondeurs m'aspirent sous la terre qui crépite, qui remuent, qui s'effrite avec moi tandis que je descends, descends, toujours un peu plus bas. Je tente de faire que le vent (pas vent) déclenche une explosion, mais il s'obstine à me protéger. Il s'obstine à ne pas attaquer. Il me laisse si bas dans les entrailles de la terre, mais je l'entends toujours, ce putain d'Aesi.

Il dit qu'elle arrive, la guerre, pas la guerre présente, actuelle. Il est vital que le Nord l'emporte. Le dernier Roi fou de la lignée des rois fous du Sud, dit-il, est le plus dément car il a voulu régner sur tous les royaumes. Ou alors peut-être qu'il n'était pas si fou. Juste un peu stupide. Mais une menace arrive, elle ne vient ni du Sud, ni du Nord, ni de l'Est. Mais de l'Ouest. Feu, et maladie, et mort, et esclavage viendront de l'autre côté de la mer, et personne, aucun des grands anciens, des féticheurs ou des yerewolos ne l'a vue venir. Mais lui si, grâce à son troisième œil. Et il n'y a qu'un seul grand royaume unifié, il n'y a qu'un seul Roi fort, pas un fou, pas une abomination assoiffée de sang, il n'y a qu'un tel Roi qui puisse contrevenir à sa vision. Il me laisse avec l'écho de sa voix, ensevelie profond dans la terre.

Le lac Rouge. Quand finalement je parviens, à la force des ongles, à me hisser à la surface, c'est le matin. Mais c'était aussi le matin quand cette boue m'a aspirée, c'est donc un autre jour. L'Aesi n'a pas daigné prendre mon cheval ; il pensait sans doute que je ne me libérerais jamais. Quand j'arrive, je vois les soldats de Lissisolo, dix ou douze tout au plus, tous dans la crique presque entourée d'eau que les gens appellent le crâne. Il y en a un qui tient son fils. Séparés d'eux par cette étroite langue du lac se tenaient le Pisteur et l'Ishologu. Je ne sais pas ce que je voyais. Une sorte de drame silencieux. L'Ishologu ouvre les ailes et le garçon se débat contre les mains plus fortes qui le retiennent. Il veut courir vers l'Ishologu et pousse des cris stridents, ça je l'entends. Je ne sais pas ce qu'ils disent. Le soldat qui porte le garçon retire son casque et, à ma grande surprise, il s'agit du

Léopard. C'était à son sujet que je me posais le plus de questions, car si le Pisteur ne lui en a pas voulu après ce qui s'est passé, lui-même a bien dû s'en vouloir. Puis le garçon se dégage, le Léopard le poursuit et deux lances volent, qui l'atteignent au torse. L'Aesi arrive par-derrière, comme il semble toujours le faire. Le Pisteur hurle le nom du Leopard, plonge dans l'eau pour le repêcher, nage vite pour le rattraper avant que le courant l'emporte. L'Aesi, je sais que c'est lui, on dirait qu'il ne fait rien, mais tous les soldats tombent par terre, d'un coup d'un seul. Le Pisteur pleure la perte de son matou, qui semble encore vivant.

Et maintenant ceci : le garçon court vers l'Ishologu. Tout le monde est tellement pris par le spectacle de l'Ishologu qui serre le garçon dans ses bras que personne me voit approcher. L'Aesi fait le tour, s'assurant que les soldats sont soit profondément endormis, soit morts. Le Pisteur berce le Léopard dans ses bras et l'embrasse sur le front, lui disant que c'était lui, le grand amour, le seul qu'il puisse appeler amour. Le félin réplique que s'il aimait une personne autant qu'il aime sa propre bite, ça aurait fait assez d'amour pour remplir le monde entier. Ça aurait suffi pour tout le monde, ajoute-t-il, et il expire en plein fou rire. Ishologu se retourne et pour la première fois je vois que c'est Nyka, le serpent. J'ai l'impulsion de lui demander où est Nsaka Ne Vampi, mon arrière-arrière-petite-fille, mais c'est un Ishologu désormais et dans ses yeux je lis la réponse. Et ce garçon. Il s'appuie contre la poitrine de Nyka, presse sa joue, cherche avec le nez comme un agnelet en quête du mamelon qu'il va mordiller. Ce garçon, qui aura l'âge d'un Zareba dans quelques courtes années. Nyka tressaille, mais sourit. Il l'enveloppe plus étroitement dans ses bras et bat des ailes jusqu'à s'envoler. Le garçon arrête de sucer une fois qu'il remarque qu'ils sont dans les airs. Il sourit, les lèvres noir et rouge. Soudain Nyka bat des ailes encore une fois et un éclair, aussi grand que le ciel, les frappe tous les deux. La terre tremble et me fait tomber. La foudre reste, elle ne zigzague pas, ne bondit pas, ne disparaît pas, elle décharge sa puissance sur les deux. Nyka s'accroche fermement au garçon qui donne des coups de pied et hurle, jusqu'à ce qu'ils prennent feu tous les deux, puis explosent, ne laissant qu'un nuage de fumée. Et le Pisteur, qui gémit encore.

Une main me saisit le cou, par-derrière.

« C'est la troisième fois que tu me prends par le cou, je fais observer à l'Aesi.

– Ah bon ? Il s'est passé quoi la première fois ?

– La deuxième est plus intéressante.

– Raconte-nous.

– La deuxième fois, c'est là que je me suis rappelé que tu es la seule personne que j'ai besoin de toucher d'abord.

– Toucher pour qu… »

Je ne jette pas un regard en arrière, pas un seul. Je fais ça depuis plus de cent ans. D'abord un gros crac dans son œil gauche, puis le droit. Il est trop sidéré pour faire quoi que ce soit avant qu'éclate à son tour son oreille droite. Avant qu'il puisse crier, hurler, sa langue enfle, elle explose. Alors il lâche mon cou et tente de m'échapper. Je ne me retourne toujours pas quand l'arrière de sa tête explose, quand il tombe. Je ne sais pas pourquoi je ne me retourne pas. *Si, tu le sais*, dit la voix dans ma tête. Retourne-toi et tu verras que ce n'est pas le sommet que tu espérais en venant, que son cadavre ne te donnera pas davantage que la dernière fois que tu l'as tué. Que sa mort ne clôture rien et ne met fin à rien, car sa mort n'est que le commencement de le tuer.

Puis il m'agrippe les cheveux et m'attire à lui. L'Aesi. Là je me retourne et vois sa tête sanguinolente, réduite en bouillie qui tente de me dire quelque chose. Je lui coupe la gorge.

Le Pisteur tient encore le chat mort dans ses bras, il pleure encore, l'embrasse encore.

« C'est le seul homme qui m'ait jamais aimé, il dit.

– Personne n'aime personne », je réponds.

Tu veux que je te parle de ma liste de personnes à tuer. Sacrée liste, où ne figure qu'un seul homme à qui j'ai déjà réglé son compte. Tu t'attends à ce que sorte de ma bouche une parole profonde.

Juba. Il traverse un pont vers l'est auquel personne n'a jamais donné de nom, celui qu'on appelle le Pont-dont-même-les-anciens-ignorent-le-nom, et entre dans la ville avant que les sentinelles reviennent fermer la porte pour la nuit. Le soleil plonge à l'ouest et à l'est, il fait déjà sombre. Trois jours depuis qu'il est parti de la Cité mauve, et là-bas personne ne pleure son départ. Cinq ans dans le Nord et il n'en connaît toujours pas grand-chose, alors il fait ce que font les hommes en arrivant sur une route qu'ils ne connaissent pas. Il tourne à gauche. Il espère que ça lui ouvrira Juba, bien que ce soit une petite route, trop petite pour les grands chars, mais ça pourrait être le genre de rue qui renferme le genre de plaisir qui aime se tapir dans un recoin sombre. Un homme comme lui, il ne veut pas ce que la ville montre ; il veut ce qu'elle cache. Donc le cheval, il le laisse à une étable qui promet de l'herbe fraîche et un bon abri contre la pluie qui vient. Mais il menace de couper le cou au palefrenier si demain il ne trouve pas son cheval reposé et indemne. Et le palefrenier le regarde et prend ça pour une plaisanterie jusqu'à ce qu'il brandisse un poignard plus long qu'une épée et le colle contre ses couilles avant que l'homme ait pu reculer d'un bond. Je sais pourquoi ce genre de menace le réjouit, tout comme je sais que c'est le genre de menace qu'il mettrait à exécution, sans sourciller. N'importe qui peut voir encore la porte de l'est où il se tient, et l'aqueduc qui passe au-dessus, alors il marche dans l'autre sens, ignorant les promesses du tonnerre, laissant cette petite rue pour une autre, plus large. Il va boire et bambocher, il va profiter de la mascarade et de la grande aventure. Et baiser, et blesser, et festoyer, et qui viendra le trouver avec une intention néfaste finira avec une lame plantée dans le ventre. Ou dans le dos.

Il porte les habits qu'il a volés sur le dos d'un homme qu'il a tué dans la Cité mauve. La voix qui me ressemble demande : *Qu'est-ce que ça fait de toi que ta seule envie soit de voir mourir un homme ?* Je réponds à cette pute geignarde que le monde de personne sur cette terre n'en sera appauvri, car cet homme était une ordure, lui aussi. Vole un voleur, les dieux riront. Tue un assassin et les dieux pousseront des youpi. Si tu crois en les dieux. Un jour j'ai entendu le Pisteur dire que ce n'est pas qu'il ne croit pas en les dieux, il ne croit pas en la foi.

D'abord il se cache pendant deux ans, car chaque jour il est persuadé que je vais arriver. Je le laisse penser que je suis morte, car c'est ce que le temps finit toujours par nous laisser penser, et il baisse la garde. Les hommes tels que lui, ils vont toujours où les portent leurs désirs, c'est-à-dire en des lieux qui ne posent pas de questions, ne gardent pas de traces, des lieux où personne ne vient jamais chercher personne, et où personne n'accorde la moindre importance à qui y vit. Masi, donc, ou bien Juba, les cloaques les plus puants du Sud et du Nord. Deux ans je prends pour m'approcher tant de lui, et ce n'est pas parce qu'il passe son temps à se déplacer. Ce n'est pas parce qu'il recouvre ses traces. C'est parce que je me prépare, et puis il n'était pas le premier nom sur ma liste.

Voilà la vérité. La première fois que je l'ai suivi, c'était pour voir comment il s'en sortait dans ce monde. Il savait que la guerre arrivait, que, dans l'esprit de beaucoup, la guerre était déjà là, et lui, le voilà, le maître stratège du Sud, mais d'une guerre datant d'il y a plus de cent ans. L'art est l'art et l'art ne peut tuer, dit-il à l'officier recruteur de Malakal. Je le vois quand même perdre son calme et taper des mains sur la table, toujours en train de la ramener. Maître stratège de la grande armée, en son temps, même si en apparence il n'a pas plus de vingt ans. Le capitaine pousse un soupir, son regard dit si jeune, et déjà folle. L'adjoint qui semble ajouter : Au moins notre Kwash Dara inspire les gens, tout le monde veut prendre les armes, même les femmes. Jakwu, toujours dans le corps de Venin, quels que soient ses efforts pour se donner une forme virile. Il a laissé ses cheveux pousser, sauvages et pleins de nœuds, je vois. Il se frotte le visage avec des plantes pour se faire pousser la barbe mais ne laisse qu'une marque, il fume toutes sortes d'herbes dégueulasses pour se casser la voix, pour qu'elle grasseye, mais parle désormais comme un eunuque. Dans sa chambre il s'enveloppe un morceau de tissu étroitement autour des seins pour les cacher avant d'aller se bagarrer, avant d'aller aux putes. Et bien souvent, il baise une pute avec son doigt et sa langue, ce qui la fait ricaner – oui, je le regarde la battre. Puis un jour quand la troupe d'acteurs de Kampara passe en ville, il s'introduit dans la caravane et vole une de leurs bites en bois. Maintenant, c'est avec ça qu'il les baise toutes et tous, il fait très mal, mais gare à la femme qui se moque.

Alors, regarde-le qui marche dans cette rue quand les commerces du jour ferment pour laisser place au travail nocturne. Il fanfaronne comme un guerrier. Il marche comme s'il ne savait pas que tout chasseur devient gibier. Voilà la vérité : il devrait être mort depuis une demi-année, et jusqu'à la dernière toutes les armes que je possède sont passées près de son cou, son visage, son dos, et même son cœur, mais je l'ai laissé partir. Ce n'est que depuis le dernier quart de lune que je m'en avoue la raison. Que c'est le traquer que je voulais, pas l'achever, du moins pas encore. Parce que je sais déjà qu'une fois que je l'aurai éliminé, il ne me restera qu'une seule chose. Et on ne peut pas traquer les morts. Jakwu arpente cette rue car il cherche une chose si secrète qu'il se la cache à lui-même. Dans cette rue, il perd toute assurance et marche comme la forme de ses hanches et ses jambes lui dicte de marcher, en quête d'un homme qu'il pense qu'il va devoir payer, et il le fera, pas qu'avec de l'argent. Je me rappelle ses premiers jours dans le corps de Venin, quand il me disait : Sans mentir, je me suis toujours interrogé là-dessus. J'ai toujours envié ça, cette succession d'orgasmes quand les femmes jouissent, qui fait défaut aux hommes. Je lui ai répondu : C'est un mystère pour moi que tu sois au courant, car je ne connais certes pas une femme qui a subi ça avec toi. Ça l'obsédait, ça le dégoûtait, que je sache. Et de savoir qu'il allait rechercher ça, mais haïr celui qui le lui ferait connaître.

Il entre dans une fumerie qui ne sert pas d'opium. Il ne faut pas grand-chose pour attirer l'attention d'un homme, une femme n'a guère besoin que d'être la suivante. Je reste à la porte et j'écoute Jakwu demander à l'homme de lui infliger toutes les punitions qu'il pense pouvoir donner. Il émet toutes sortes de gémissements, de cris, de pleurnicheries, comme s'il s'attendait à ce qu'on écoute à la porte. Peu après que l'homme a tremblé et joui, il lui crie de la fermer et de sortir. C'est le moment que préfère Jakwu, celui où il peut calciner sa honte en se mettant en colère, la partie où l'homme, ça ne rate jamais, la remet en place, cette petite chienne insolente. Jakwu ne frappe jamais le premier car il n'y est jamais contraint. Quelqu'un nettoiera le carnage – il paie aussi pour ça.

Il a envie de raconter à quelqu'un ce que ça lui fait ressentir, mais qui, en ce monde, pourrait l'écouter sans le juger ? À moins de le prendre pour une vierge ou une idiote. C'est toi qui as volé son corps, j'ai envie de lui dire. Ce que tu as envie de raconter, c'est qu'elle, en retour, t'a volé ton désir d'être un homme. Ce n'est pas seulement que tu t'es adapté à la forme de cette femme, que tu as volée, c'est que tu commences à aimer ça.

Tout cela doit être une abomination quelque part, mais l'indignation ne fait plus partie de ma gamme d'émotions. Pas plus que le choc, l'horreur ou même le dégoût. Je vais te dire ce que j'ai ressenti, et je l'ai même pas ressenti, je l'ai entendu. Les voix de ces femmes dans la chambre qui m'appelaient Sorcière de Lune. Qui se font maintenant appeler Sorcière de Lune à leur tour. Et grâce à ça, j'ai su que le vide que j'espérais remplir par la vengeance était bien plein, qu'il débordait. Simplement il m'avait fallu tout ce temps pour le voir.

Ça veut pas dire que je l'ai pas buté, cette saloperie de Jakwu. Dans cette même fumerie, je suis entrée à son côté, j'ai dit que Venin m'avait parlé quand j'avais vu les ancêtres, ce qui était faux, mais en entendant ça, il s'est retourné, si bien que mon vent (pas vent) lui a tordu le cou, qui s'est brisé.

Quelques jours après, la nouvelle s'est répandue dans tout le Nord, même un trou paumé comme Juba, que quelqu'un avait tué le fils de Lissisolo, la Sœur du Roi – ce qui signifiait que cette dernière avait un fils, bien que nonne. Et parce qu'elle avait formé une alliance avec le Roi du Sud (mort à présent) afin de couronner cet enfant Kwash Quelque-chose, ce Pisteur, présentement incarcéré, risquait un procès en régicide. Kwash Dara, laissant pour l'instant sa quête de l'Aesi, a déclaré que le Nord n'avait rien à voir dans ce meurtre, ni un autre, et que c'était plutôt le Sud qui devrait répondre de la disparition du chancelier. Je me suis embarqué en direction du sud, sur la rivière, et à mon rythme j'ai fait tout le chemin jusqu'à Nigiki, profitant d'un vaisseau pirate pour esquiver les barrages à la frontière entre les deux royaumes.

Ça me chatouille le nez, et me réveille. Je l'écarte d'une petite claque, mais ça revient, me chatouille le nez, me fait éternuer, m'exaspère. Je roule pour m'en éloigner, mais ça se colle dans mon oreille, et c'est pire. Nique les dieux, je crie en me donnant des claques pour écarter ce nuisible. Mais une fois de plus, il me chatouille.

« C'est moi qui vais te mordre, si t'arrêtes pas, je dis.

– Tu promets ? » Ce lion me chevauche déjà, ses pattes puissantes comme deux tours, sa queue au milieu, il m'asticote les seins, et le reste de son corps est plus que prêt pour ce qu'il compte faire ce matin. On m'a mise en garde contre vous autres, les félins, avec votre appétit constant, mais j'ai pas écouté, je dis, et il sourit.

« C'est pas ce que j'appelle un refus », dit-il, et aussitôt son énorme tête, avec sa volumineuse crinière dorée, ses grosses oreilles rondes et ses moustaches rêches, se frotte contre ma joue gauche, puis la droite. Premier jour dans la Légion des Buffles, dit-il. Je pars bientôt.

« Partir ? Non », je dis.

À une pièce vide, mal éclairée.

Quand je suis venue me livrer à cette prison, les gardes, ils savaient pas quoi faire. Je leur ai dit que s'ils cherchaient des suspects dans l'affaire du prince mort, ils devaient s'entretenir avec moi. Même si je l'ai pas tué, j'étais là quand ça s'est fait. Et là tu m'as fouillé et t'as trouvé la liste, avec le nom du garçon dessus. Puis tu m'as enfermée ici, et pourquoi pas. J'ai nulle part où aller, pas pour les huit prochaines années du moins, et même vingt si on compte le moment où ce demi-dieu sera de nouveau intronisé dans l'âge adulte. J'ai survécu à tous ceux qui étaient à connaître, et si je laisse ça rien qu'à lui, le seul récit de cette affaire sera celui du Pisteur, et cet imbécile qui a le feu au cul, il sait même pas que cette histoire, elle le dépasse, pas seulement en envergure, mais en âge, de cent soixante-dix et sept ans. Parce que malgré tout son amour et tout son chagrin, cet homme qui a du nez, c'est juste un petit garçon. Et tu veux la vérité ? C'est un travail de femme.

Alors abrégeons.

Remerciements

Peut-être qu'on retiendra l'année 2021 comme celle de la nouvelle « Grande peste », mais pour ma part, c'est celle où, fuyant une maladie dévastatrice, j'ai quitté la ville pour m'installer à la campagne, comme si nous étions en 1665. Ce qui veut dire que j'ai commencé ce roman loin de chez moi, sur la table à manger d'Abbie Boggs et Milo Theissen, qui ont ouvert la maison qu'ils venaient tout juste d'acheter à des invités qui ont fini par rester plus de six mois. La gratitude que j'éprouve à leur égard dépasse les mots, mais en voici tout de même un prononcé du fond du cœur : merci.

Comme toujours, pour leur soutien, leurs conseils, leur générosité, leurs repas gratuits et leur foi aveugle : Ellen Levine, Jake Morrissey, Jeff Bennett, Claire McGinnis, Jynne Dilling Martin, Geoffrey Kloske, Simon Prosser, Jackie Shost, toute l'équipe de Riverhead Books, le département de littérature de Macalester College, Ingrid Riley, Ano Okera, Lisa Lucas, Steven Barclay, Pablo Camacho pour cette nouvelle superbe couverture, Neil Gaiman, la James Merrill House pour la merveilleuse résidence que j'ai pu y faire, et, pour sa profonde confiance et compréhension, et pour son amour encore plus profond, Nicholas Boggs.

Ma mère est autorisée à lire l'intégralité de ce livre.

Table

DU MÊME AUTEUR

Aux Éditions Albin Michel

BRÈVE HISTOIRE DE SEPT MEURTRES, 2016

LÉOPARD NOIR, LOUP ROUGE, 2022

Composition : Nord Compo
Impression : Normandie Roto Impression s.a.s.
Éditions Albin Michel
22, rue Huyghens, 75014 Paris
www.albin-michel.fr
ISBN : 978-2-226-45030-2
N° d'édition : 23957/01 – N° d'impression : 2404966
Dépôt légal : janvier 2025
Imprimé en France